G. Schnik

W0199566

Danielle Steel · Sternenfeuer

DANIELLE STEEL

STERNEN-FEUER

Roman

Aus dem Amerikanischen von
Dr. Ingrid Rothmann

Goldmann Verlag

Die amerikanische Originalausgabe
erschien unter dem Titel »Star«
bei Delacorte Press,
Bantam Doubleday Dell Publishing Group,
New York

Umwelthinweis:
Dieses Buch und der Schutzumschlag
wurden auf chlorfrei gebleichtem Papier gedruckt.
Die Einschrumpffolie (zum Schutz vor Verschmutzung) ist aus
umweltfreundlicher und recyclingfähiger PE-Folie.

Der Goldmann Verlag
ist ein Unternehmen der Verlagsgruppe Bertelsmann

1. Auflage
Copyright © 1989 by Danielle Steel
All rights reserved including the rights of reproduction
in whole or in part in any form
Copyright © der deutschsprachigen Ausgabe 1992
by Wilhelm Goldmann Verlag GmbH, München
Satz: IBV Satz- und Datentechnik GmbH, Berlin
Printed in Austria · Wiener Verlag
ISBN 3-442-30376-1

Für den einzigen Mann, der je
Donner und Blitze
und Regenbogen
in mein Leben gebracht hat.
Dergleichen passiert nur einmal,
und wenn es geschieht,
dann ist es für immer.
Für meine eine und einzige Liebe
von ganzem Herzen –
für meinen geliebten Popeye.
Ich liebe Dich!

Olive

1. Kapitel

Die Vögel zwitscherten schon in der morgendlichen Stille des Alexander Valley, als sich die Sonne langsam über die Hügel erhob und mit goldenen Fingern einen Himmel abtastete, der sich innerhalb kürzester Zeit fast purpurrot färbte. Das Laub der Bäume rauschte leise von einem Lüftchen bewegt, während Crystal reglos im feuchten Gras stand und zusah, wie der leuchtende Himmel in schimmernder Farbenpracht zerbarst. Einige Augenblicke lang verstummten die Vögel, fast so, als empfänden sie Ehrfurcht vor der Schönheit des Tales. Üppiges, von zerklüfteten Hügeln umgebenes Weideland, auf denen Vieh graste, erstreckte sich, so weit das Auge reichte. Die Ranch von Crystals Vater umfaßte zweihundert Morgen fruchtbaren Bodens, der Mais, Walnüsse und Wein lieferte. Dazu kam die Rinderzucht, die den größten Gewinn brachte. Seit hundert Jahren warf die Wyatt Ranch stattliche Erträge ab, doch Crystal liebte die Ranch nicht deswegen, sie liebte sie der Bedeutung wegen, die sie ihr beimaß. Es war, als spräche sie wortlos mit den Geistern, von deren Vorhandensein sie allein wußte. Während sie dem hohen Gras zusah, das sich sanft in der Morgenbrise wiegte, und die Sonne warm auf ihr weizenblondes Haar schien, fing sie leise zu singen an. Ihre Augen hatten die Farbe des Sommerhimmels, und ihre Gestalt war langgliedrig und anmutig, als sie zum Fluß lief und ihre Füße im feuchten Gras versanken. Crystal kauerte auf einem glatten grauen Stein nieder und ließ das eisige Wasser über ihre Füße laufen. Dabei beobachtete sie, wie die Sonnenstrahlen sich immer näher an die Felsen heranschoben. Sie liebte es, den Sonnenaufgang zu erleben, so wie sie es liebte, über die Fluren zu laufen, einfach dazusein, lebendig, jung und frei, eins mit sich und der Natur. Und sie liebte es, dazusitzen und in der Morgenstille zu singen, sich von ihrer wohltönenden, vollen Stimme einhüllen zu lassen, die auch ohne Begleitmusik wie ein Zauber war. Ihr Gesang hatte etwas ganz Besonderes, wenn allein Gott ihn hörte.

Auf der Ranch gab es Hilfskräfte für das Zusammentreiben der Rinder, es gab Mexikaner, die unter der Aufsicht ihres Vaters auf den Maisfeldern und in den Weingärten arbeiteten. Doch es gab niemanden, der das Land so innig liebte wie sie oder ihr Vater, Tad Wyatt. Crystals Bruder Jared half ihm nach der Schule, war aber mit sechzehn Jahren mehr am Kombi des Vaters interessiert und an den Ausflügen nach Napa, die er mit Freunden unternahm. Von Jim Town aus waren es nur fünfzig Minuten Fahrt. Jared war ein hübscher Junge, der das dunkle Haar seines Vaters geerbt hatte und eine gute Hand bei der Zähmung wilder Pferde bewies. Aber weder er noch ihre Schwester Becky besaßen Crystals geradezu lyrische Schönheit. Heute war Beckys Hochzeit, und Crystal wußte, daß Mutter und Großmutter in der Küche schon emsig am Werk waren. Sie hatte die beiden gehört, als sie entwischt war, um zu beobachten, wie die Sonne über den Bergen emporstieg. Crystal watete in den Fluß. Das Wasser umspülte schon ihre Schenkel, als sie spürte, wie ihre Füße erstarrten und es in ihren Knien prickelte. Da lachte sie laut in den Sommermorgen hinein und zog das dünne Batistnachthemd über den Kopf, um es ans Ufer zu werfen. Sie wußte, daß kein Mensch sie sehen konnte, wie sie voller Anmut im Wasser stand. Ihr selbst war nicht bewußt, wie schön sie war, einer jungen Venus gleich. Von weitem sah sie sehr weiblich aus, als sie mit einer Hand ihr langes, hellblondes Haar auf dem Hinterkopf zusammenhielt und ihr makelloser Körper allmählich im eisigen Wasser versank. Nur wer sie kannte, wußte, daß Crystal blutjung war. Einem

Fremden wäre sie erwachsen vorgekommen – etwa achtzehn oder zwanzig Jahre alt. Ihr Körper war ausgereift, und ihre Augen leuchteten groß und blau, als sie zur Frühmorgensonne aufblickte. Ihre schimmernde Nacktheit ließ an hellrosa Marmor denken. Und doch war sie keine Frau, sie war ein junges Mädchen, knapp vor dem fünfzehnten Geburtstag, den sie im Sommer feiern würde. Sie lachte wieder, als sie sich vorstellte, wie man sie in ihrem Zimmer suchen würde, um sie zu wecken, weil man sie in der Küche brauchte. Sie malte sich die Wut ihrer Schwester aus, die kopfschüttelnde Empörung ihrer Großmutter. Wie so oft war sie ihnen auch heute entkommen. Ja, das tat sie am liebsten – lästigen Pflichten entfliehen und auf der Ranch umherzuschweifen, durch das hohe Gras zu wandern, im Winterregen die Wälder zu durchstreifen oder ohne Sattel zu reiten und zu singen, während sie über die Hügel sprengte, auf dem Weg zu den geheimen Plätzchen, die sie auf ausgedehnten Ritten mit ihrem Vater entdeckt hatte. Hier war sie zur Welt gekommen, und eines Tages, wenn sie sehr alt sein würde, so alt wie Grandma Minerva oder noch älter, würde sie hier sterben. Sie liebte die Ranch und dieses Tal von ganzem Herzen. Crystal hatte die Leidenschaft ihres Vaters für das Land geerbt, für die fruchtbare, braune Erde, für das üppige Grün, das im Frühling die Hügel überzog. Als sie ein Reh in der Nähe verharren sah, lächelte sie. In Crystals Welt gab es keine Feinde, keine Gefahren, keine geheimen Ängste. Sie gehörte hierher, wo sie zu Hause war und sich geborgen fühlte.

Sie sah zu, wie die Sonne höherstieg, und watete langsam zurück ans Ufer. Dort zog sie ihr Nachthemd wieder an und ließ es feucht am Körper haften, während die hellblonde Mähne ihr über die Schultern fiel. Höchste Zeit, daß sie sich auf den Heimweg machte. Inzwischen würden alle sehr ungehalten sein. Ihre Mutter würde sich bereits bei ihrem Vater beklagen, obwohl Crystal am Tag zuvor mitgeholfen hatte, als vierundzwanzig Apfelkuchen gebacken und sieben Schinken gekocht worden waren, wie sie auch mitgeholfen hatte, dicke, reife Tomaten mit Basilikum und Nüssen zu füllen... kurzum, sie hatte ihren Teil geleistet und wußte, daß es jetzt nichts mehr zu tun gab. Sie wäre ohnehin nur im Weg gestanden und hätte sich anhören müssen, wie Becky ihren Bruder herumkommandierte. Jetzt hatte sie noch ausreichend Zeit zum Duschen und Anziehen, um dann um elf in die Kirche zu fahren. Man brauchte sie jetzt nicht wirklich, man glaubte nur, sie zu brauchen. Sie war viel glücklicher, wenn sie draußen umherschweifen und sich im Licht des frühen Morgens im Fluß tummeln konnte. Inzwischen war es wärmer geworden, und der Wind hatte sich gelegt. Es würde für Becky ein schöner Hochzeitstag werden.

Schon von weitem hörte sie die Stimme ihrer Großmutter, die von der Veranda vor der Küche aus schrill nach ihr rief: »Crystal...« Das Wort schien um sie herum widerzuhallen, während sie lachend auf das Haus zurannte wie ein langbeiniges Kind und das Haar hinter ihr herwehte.

»Crystal!« Ihre Großmutter stand noch immer auf der Veranda, als Crystal vor dem Haus ankam. Grandma Minerva trug das schwarze Kleid, das sie immer anhatte, wenn es in der Küche viel zu tun gab. Darüber hatte sie eine saubere weiße Schürze gebunden. Mit ärgerlich geschürzten Lippen tat sie ihren Unwillen kund, als sie Crystal auf das Haus zulaufen sah, im Nachthemd, das feucht an ihrem nackten Körper haftete. Das Mädchen hatte nichts Gekünsteltes an sich, nicht die Andeutung von Koketterie, sie besaß nur eine umwerfende Schönheit, der sie sich noch nicht bewußt war. Crystal fühlte sich selbst noch als Kind, Ewigkeiten entfernt von der Bürde des Frauseins. »Crystal! Wenn du dich sehen könntest! Das Nachthemd ist ja durchsichtig! Du bist doch kein Kind mehr! Wenn dich einer der Männer gesehen hätte!«

»Grandma, es ist doch Samstag... kein Mensch ist da.« Als sie in das verwitterte Gesicht ihrer Großmutter blickte, zeigte ihr Lächeln keine Spur von Verlegenheit oder Zerknirschung.

»Du solltest dich schämen! Und jetzt rasch hinein... du mußt dich für die Hochzeit deiner Schwester anziehen.« Grandma Minerva wischte sich die Hände an der Schürze ab und murmelte mißbilligend vor sich hin: »Läuft bei Sonnenaufgang wie ein Wildfang draußen herum... Es gibt hier viel Arbeit zu tun, Crystal Wyatt. Und jetzt rasch... schau zu, wie du deiner Mutter helfen kannst.« Crystal lief lächelnd die breite Veranda entlang und kletterte behende durch das Fenster in ihr Zimmer, während ihre Großmutter die mit Drahtgeflecht bespannte Tür zuknallte und in die Küche ging, um ihrer Tochter zur Hand zu gehen.

In ihrem Zimmer blieb Crystal kurz stehen. Sie streifte das Nachthemd ab und warf es als feuchtes Häufchen in eine Ecke. Vor ihr hing das Kleid, das sie zu Beckys Hochzeit tragen sollte: ein einfaches, weißes Baumwollkleid mit gebauschten Ärmeln und einem kleinen Spitzenkragen. Ihre Mutter hatte es genäht, betont schlicht, ohne Rüschen, ohne schmückende Details, die ihre Schönheit noch betont hätten – wie ein Kinderkleid eben. Crystal kümmerte das überhaupt nicht. Für die spärlichen geselligen Anlässe, zu denen sie es später tragen konnte, war es ausreichend. Ihre simplen weißen Pumps stammten aus Napa, und ihr Vater hatte ihr aus San Francisco ein Paar Nylonstrümpfe mitgebracht. Anlaß für ihre Großmutter, wieder einmal unwillig die Nase zu rümpfen. Auch Crystals Mutter hatte laut geschimpft, das Mädchen sei doch noch viel zu jung dafür. »Tad, sie ist schließlich noch ein Kind.«

Olivia sah es ungern, wenn Tad ihre Jüngste so verwöhnte. Ständig mußte er ihr etwas zum Naschen oder modischen Unfug aus Napa oder San Francisco mitbringen. »Das alles wird ihr noch zu Kopf steigen.«

Crystal war das Kind, das vom ersten Tag an Tads Herz erobert hatte, so sehr, daß es fast schmerzte, wenn er sie ansah. Schon als Baby hatte platinblondes Haar wie ein Heiligenschein ihr Köpfchen umgeben, und ihre Augen hatten ihn angeblickt, als wollte sie ihm etwas ganz Besonderes sagen, ihm und keinem anderen. Sie war ein Kind, das mit Träumen in den Augen geboren worden war, und dieser ganz eigene Zauber war es, der die Menschen innehalten und sie anstarren ließ. Sie sah anders aus als der Rest der Familie, sie war einzigartig, und sie brachte das Herz ihres Vaters zum Klingen. Er war es auch gewesen, der ihr den Namen gegeben hatte, als er sie gleich nach der Geburt in Olivias Arme geschmiegt gesehen hatte, strahlend und vollkommen. Crystal. Ein Name, wie geschaffen für sie, mit ihren strahlend blauen Augen und dem weichen, hellblonden Haar. Auch ihre Spielgefährten hatten gespürt, daß sie etwas Besonderes war – auf nicht greifbare Weise anders. Sie war freier, klüger und glücklicher als die anderen, nie gänzlich von fremden Regeln und Einschränkungen beherrscht wie ihre ständig nervöse und jammernde Mutter oder ihre viel unscheinbarere ältere Schwester oder auch ihr Bruder, der sie erbarmungslos aufzog, oder gar die strenge Großmutter, die seit Crystals siebentem Jahr bei ihnen lebte, nachdem Grandpa Hodges in Arizona gestorben war. Allein ihr Vater schien sie zu verstehen; nur er wußte, wie bemerkenswert sie war, gleich einem seltenen Vogel, dem man von Zeit zu Zeit die Freiheit gewähren mußte, damit er sich hoch über alles Gewöhnliche und Banale erheben konnte. Crystal war ein Geschöpf, das ihm direkt aus Gottes Hand gegeben worden war, deshalb brach er ständig für sie die Regeln, brachte ihr kleine Geschenke mit und ließ bei ihr Ausnahmen zu, zum großen Ärger aller anderen.

»Crystal!« Die scharfe Stimme ihrer Mutter drang von draußen in das Zimmer, das Crystal mit Becky teilte. Ehe sie Zeit hatte zu antworten, wurde die Tür geöffnet, und Olivia Wyatt sah sie nervös und verärgert an. »Wieso stehst du so da?« Das Mädchen war nackt, und sie war schön – das sah Olivia nicht gern. So wollte sie ihre Tochter nicht haben – fast schon Frau, doch mit den Unschuldsaugen eines Kindes, als sie sich nun zu ihrer Mutter umdrehte und diese in dem blauen Seidenkleid ansah, das sie zur Hochzeit angezogen hatte. Darüber hatte sie wie Grandma Minerva eine weiße Schürze gebunden. »Zieh dir etwas an! Dein Vater und dein Bruder sind schon auf!« Sie sah Crystal streng an und schloß die Tür hastig hinter sich, als stünden die zwei Männer draußen und warteten nur darauf, Crystals nackten jungen Körper zu sehen. In Wahrheit hätte ihr Vater sie nur bewundert, ein wenig erschrocken, sie weiblicher zu sehen, als sie dem Wesen nach war, und Jared hätte die hinreißende Schönheit seiner Schwester wie immer kaltgelassen.

»Ah, Mama...« Crystal wußte, wie aufgebracht ihre Mutter gewesen wäre, hätte sie sie nackt im Fluß sehen können. »Sie kommen ja nicht hier herein.« Mit einem Lächeln zog sie die Schultern hoch, was Olivia nicht hinderte, sich in eine Gardinenpredigt zu stürzen.

»Weißt du denn nicht, wieviel es noch zu tun gibt? Deine Schwester braucht Hilfe beim Anziehen, Grandma braucht Hilfe beim Tranchieren des Puters und beim Aufschneiden der Schinken. Kannst du dich denn nicht nützlich machen, Crystal?« Beide wußten, daß sie es sehr wohl konnte, doch ihr lag wenig daran, in der Küche und im Haus Hand anzulegen. Sie fuhr viel lieber mit ihrem Vater auf dem Traktor oder half ihm, das Vieh zusammenzutreiben, wenn es an Hilfskräften mangelte. Sie hatte sogar bei heftigen Unwettern verlorengegangene Kälber eingefangen und war überhaupt im Umgang mit Tieren sehr geschickt. Doch für ihre Mutter war das gar nichts. »Zieh dich an«, befahl sie schroff und fügte dann mit einem Blick auf das an der offenen Schranktür hängende weiße Kleid hinzu: »Bis wir zur Kirche fahren, genügt dein altes blaues Kleid. In der Küche machst du dich ja doch nur schmutzig.«

Unter den Augen ihrer Mutter schlüpfte Crystal in ihre Unterwäsche und zog das alte blaue Kleid über den Kopf. Sie hatte es noch nicht ganz zugeknöpft, als die Tür aufgerissen wurde und Becky hereinplatzte, um sich sofort nervös und wortreich über ihren Bruder zu beklagen. Sie hatte braunes Haar wie ihre Mutter und weit auseinanderstehende braune Augen. Crystals Schwester war hübsch, aber unauffällig, groß und schlank und Crystal nicht ganz unähnlich. An ihren Zügen war indessen nichts Bemerkenswertes, und ihre Stimme klang schrill und jammernd, als sie Olivia eröffnete, Jared habe im einzigen Badezimmer des Ranchhauses sämtliche Handtücher benutzt und naß gemacht.

»Nicht mal die Haare kann man sich trocknen! Und das macht er täglich, Mama! Mit Absicht, das weiß ich.« Crystal beobachtete sie wortlos, fast so, als wären sie sich noch nie begegnet. Obwohl sie fast fünfzehn Jahre Seite an Seite verlebt hatten, waren sich die zwei Mädchen mehr Fremde als Schwestern. Rebecca war ihrer Mutter nicht nur äußerlich nachgeraten, sondern hatte auch ihre ständige Nervosität und ihr Gejammer geerbt. Und jetzt stand Becky im Begriff, den Jungen zu heiraten, in den sie sich verliebt hatte, als sie in Crystals Alter gewesen war. Den ganzen Krieg über hatte sie auf ihn gewartet. Und nun, fast genau ein Jahr, nachdem er wohlbehalten aus Japan zurückgekehrt war, wurde geheiratet. »Ich hasse ihn, Mama! Ich hasse ihn!« Damit meinte sie ihren Bruder. Das lange Haar hing ihr feucht über den Rücken, als sie, den tränenumflorten Blick wutentbrannt auf ihre Mutter gerichtet, ihrem Ärger Luft machte.

»Nun, ab heute brauchst du nicht mehr mit ihm zusammenzuleben.« Ihre Mutter lächelte. Am Tag zuvor hatte es zwischen ihr und Becky ein langes Gespräch gegeben, als Olivia, langsam an den Stallungen vorüberschlendernd, ihrer gerade achtzehnjährigen Tochter erklärte, was Tom von seiner jungen Frau in der Hochzeitsnacht in Mendocino erwartete. Becky war freilich bereits von ihren Freundinnen eingeweiht worden, die wenige Monate nach der Rückkehr ihrer Herzallerliebsten aus dem pazifischen Raum geheiratet hatten. Tom hatte zuerst Arbeit finden wollen, und Beckys Vater hatte darauf bestanden, daß sie ihren Schulabschluß machte. Das hatte sie nun vor fünf Wochen geschafft, und jetzt, an einem schönen sonnigen Tag Ende Juli, wurde ihr Traum Wirklichkeit. Sie würde endlich Mrs. Thomas Parker werden. Das hörte sich sehr erwachsen an und war zugleich ziemlich furchteinflößend. Insgeheim konnte Crystal sich nicht genug wundern, weshalb ihre Schwester Tom nahm, denn mit ihm würde Becky über Booneville nie hinauskommen. Ihr Leben, das hier begonnen hatte, würde auch hier enden, auf der Ranch, auf der sie großgeworden war. Crystal liebte zwar die Ranch – weit mehr als die anderen –, und sie wünschte sich nichts mehr, als hier zu leben – aber erst, nachdem sie ein Stück von der Welt gesehen hätte. Sie träumte von fremden Ländern, von anderen Dingen, von anderen Menschen als von denen, mit denen sie aufgewachsen war. Sie wollte mehr von der Welt sehen, nur ein wenig mehr als das Fleckchen Erde, das von den Mayacama-Bergen umschlossen wurde. An den Wänden von Crystals Zimmer hingen Fotos von Greta Garbo und Betty Grable, Vivien Leigh und Clark Gable. Daneben Fotos von San Francisco und Hollywood und New York. Einmal hatte ihr Vater ihr eine Ansichtskarte von Paris gezeigt. Mitunter träumte sie sogar davon, nach Hollywood zu gehen und Filmstar zu werden. Sie träumte davon, Orte zu besuchen, denen ein Zauber anhaftete, wie jenen, von denen sie mit ihrem Vater heimlich sprach. Sie wußte, daß sie sich mehr wünschte als ein Leben, das sie an einen Mann wie Tom Parker gekettet verbringen müßte. Ihr Vater hatte Tom Arbeit auf der Ranch angeboten, da der junge Mann sonst nirgends einen Job bekommen hatte. Nach Pearl Harbor war er einfach von der Schule abgegangen und hatte sich freiwillig gemeldet. Becky hatte ihm jede Woche geschrieben und dann oft monatelang auf seine Briefe warten müssen. Nach seiner Rückkehr war Tom ihr so erwachsen vorgekommen, und er hatte so viel vom Krieg zu erzählen gehabt... Mit einundzwanzig war er ein Mann, zumindest in Beckys Augen. Und jetzt, ein Jahr später, wurde er ihr Mann.

»Wieso bist du noch nicht angezogen?« Mit einem Ruck wandte Becky sich ihrer Schwester zu, die barfuß in ihrem blauen Kleid dastand. »Du solltest längst fertig sein!« Es war sieben Uhr morgens. Erst für halb elf war die Abfahrt zur Kirche geplant.

»Mama will, daß ich Grandma in der Küche helfe«, antwortete Crystal mit ihrer leisen Stimme, die so anders klang als die von Olivia oder Becky und die heisere Sinnlichkeit ihres Gesangs ahnen ließ. Ihre Lieder waren unschuldig, ihre Stimme aber war von intuitiver Leidenschaft erfüllt. Becky warf ihr nasses Handtuch auf das Bett, das sie teilten und das noch nicht gemacht war, da Crystal entwischt war, um draußen auf der Weide den Sonnenaufgang zu beobachten. »Wie soll ich mich in diesem Durcheinander anziehen?«

»Crystal, mach das Bett«, sagte Olivia und half Becky beim Ankleiden. Den Brautschleier hatte sie selbst gemacht – ein weißes perlenbesticktes Satinkrönchen, von dem weißer Tüll üppig herabfiel.

Crystal zog die Laken glatt und strich über die schwere, kunstvolle Steppdecke, die ihre Großmutter vor Jahren für sie angefertigt hatte. Olivia hatte als Hochzeitsgeschenk für Becky eine neue Decke genäht, die bereits in das kleine Haus geschafft worden war, ihr künftiges Heim auf der Ranch. Ihr Vater hatte es Becky und Tom zur Verfügung gestellt, bis sie sich etwas Eigenes leisten konnten. Olivia war froh, Becky in der Nähe zu wissen, und Tom erleichtert, nicht die Miete für ein eigenes Haus aufbringen zu müssen. Crystal hatte das Gefühl, daß Becky gar nicht fortging. Sie würde keine halbe Meile entfernt an dem Feldweg wohnen, den sie oft mit ihrem Vater auf dem Traktor entlangfuhr.

Olivia bürstete sorgfältig Beckys Haar und unterhielt sich mit ihr über Cliff Johnson und dessen französische Frau. Cliff hatte sie als Kriegsbraut mitgebracht, und Becky hatte lange und hart darum kämpfen müssen, daß die beiden zur Hochzeit eingeladen worden waren.

»Sie ist gar nicht so übel«, gestand Olivia zum erstenmal ein, während Crystal dastand und zuschaute. In Gegenwart der beiden fühlte sie sich unweigerlich als Außenseiterin, da sie in diese Gespräche nie mit einbezogen wurde. Sie fragte sich schon, ob ihre Mutter sie nun, da Becky das Haus verließ, stärker beachten würde, ob sie mehr darauf hören würde, was sie zu sagen hatte, oder ob Olivia jede freie Minute bei Becky in dem kleinen Häuschen verbringen würde. »Sie hat dir einen herrlichen Spitzenstoff mitgebracht. Er ist von ihrer Großmutter in Frankreich, sagt sie. Daraus kannst du dir mal etwas Hübsches machen.« Es waren die ersten freundlichen Worte, die jemand über Mireille seit ihrer Ankunft im Jahr zuvor äußerte. Sie mochte vielleicht nicht besonders hübsch sein, aber sie war sehr liebenswürdig und verzweifelt bemüht, sich trotz der anfänglichen Ablehnung, die ihr von Cliffs Freunden und Nachbarn entgegenschlug, anzupassen. Es warteten zu Hause so viele Mädchen auf die Heimkehrer, daß ausländische Kriegsbräute mit scheelen Blicken empfangen wurden. Wenigstens war sie eine Weiße. Nicht wie das Mädchen, das Boyd Webster aus Japan mitgebracht hatte. Das war eine Schande, die seine Familie nie verwinden würde. Niemals. Becky hatte mit Tom erbittert gestritten, weil sie Boyd und seine Frau nicht zur Hochzeit einladen wollte. Sie hatte geweint, gejammert, getobt und ihn sogar angefleht. Aber Tom hatte darauf beharrt, da Boyd sein bester Freund war. Vier Kriegsjahre hatten sie Seite an Seite überstanden. Auch wenn es eine Dummheit war, daß Boyd dieses Mädchen geheiratet hatte, wollte er ihn doch bei der Hochzeit dabeihaben. Er hatte Boyd sogar gebeten, sein Trauzeuge zu sein – ein Umstand, der Becky noch mehr erbost hatte. Aber schließlich hatte sie klein beigeben müssen. Tom Parker war noch eigensinniger als sie. Hirokos Anwesenheit würde sehr peinlich sein, zumal ihre schrägen Augen und das glatte schwarze Haar einen nicht vergessen ließen, woher sie kam. Schon Hirokos Anblick allein genügte, um alle an die Jungs zu erinnern, die sie im Pazifik verloren hatten. Eine richtige Schande, das alles... Auch Tom konnte sie nicht leiden, aber Boyd war nun einmal sein Freund. Boyd hatte für diese Heirat ohnehin teuer bezahlen müssen. Niemand hatte ihm Arbeit gegeben, und alle hatten ihm die Tür vor der Nase zugeschlagen. Schließlich hatte sich der alte Mr. Peterson erbarmt und ihn in seiner Tankstelle beschäftigt. Ein wahrer Jammer, denn Boyd war ein intelligenter Bursche. Vor dem Krieg hatte er aufs College gehen wollen – eine Hoffnung, die er sich jetzt aus dem Kopf schlagen konnte. Er mußte arbeiten, um sich und Hiroko zu ernähren. Jeder rechnete damit, daß sie sich bald entmutigen lassen und wegziehen würden. Zumindest hofften dies alle. Aber auf seine Art liebte Boyd das Tal genauso wie Tad Wyatt und Crystal.

Als Crystal Boyds hübsche kleine japanische Frau zum ersten Mal gesehen hatte, war sie fasziniert gewesen. Hirokos sanfte, behutsame Art, ihre zögernde Sprechweise, ihre übergroße Höflichkeit und ihr drolliges Englisch hatten sie geradezu magnetisch angezogen. Aber Olivia hatte nicht erlaubt, daß Crystal mit ihr sprach, und auch ihr Vater hielt es für besser, wenn sie sich von den Websters fernhielt. An manche Dinge rührte man lieber nicht, und in Zeiten wie diesen gehörten die Websters dazu.

»Was treibst du da...? Stehst da und starrst deine Schwester an?« Olivia, die Crystals Gegenwart vergessen hatte, bemerkte plötzlich, daß ihre jüngste Tochter sie beobachtete. »Schon vor einer halben Stunde habe ich dir gesagt, daß du Grandma in der Küche helfen sollst.«

Wortlos verließ Crystal den Raum, während Becky nervös von der bevorstehenden Hochzeit plapperte. In der Küche waren bereits drei Frauen an der Arbeit. Sie waren von benachbarten Farmen und Ranches gekommen, um zu helfen. Beckys Hochzeit war das Ereignis des Jahres, die erste Festlichkeit des Sommers. Freunde und Nachbarn würden von weit her kommen, um dabeizusein. Zweihundert Gäste wurden erwartet. Kein Wunder also, daß die Frauen mit Feuereifer letzte Hand an das großartige Festmahl legten, das nach der Trauung angesetzt war.

»Mädchen, wo hast du bloß gesteckt?« empfing ihre Großmutter Crystal unwirsch und deutete auf einen großen Schinken, der aus der eigenen Schlachtung stammte und den sie auch selbst geräuchert hatten. Alles, was auf den Tisch kam, war hausgemacht, sogar der Wein, den ihr Vater einschenken würde.

Crystal machte sich wortlos an die Arbeit, von der sie nur Augenblicke später durch einen Klaps auf ihre Kehrseite abgelenkt wurde: »Hübsches Kleid, Schwesterchen. Hat Dad es dir aus San Francisco mitgebracht?« Natürlich, das konnte nur Jared sein, der aus überlegener Höhe auf sie heruntergrinste. Mit sechzehn schien er nichts anderes im Sinn zu haben als Neckereien und Bosheiten. Er trug seine neueste Hose, aus der er schon wieder ein wenig herausgewachsen war, dazu ein weißes Hemd, das seine Großmutter so gestärkt und gebügelt hatte, daß es von allein hätte stehen können. Nur seine Füße waren noch bloß. Er hielt die Schuhe in der Hand, Jackett und Schlips hatte er lässig über die Schulter geworfen. Jahrelang hatten er und Becky sich wie Hund und Katze bekämpft, und erst im letzten Jahr war Crystal zum Opfer seiner boshaften Aufmerksamkeit aufgerückt. Als er eine Scheibe des saftigen Schinkens stibitzen wollte, schlug Crystal ihm auf die Finger.

»Gib acht, sonst schneide ich dir die Finger ab.« Sie drohte ihm mit dem Messer, und in ihrem Tonfall schwang mehr mit als nur Neckerei. Jared ärgerte sie ununterbrochen. Nichts tat er lieber, als sie aufzuziehen und seine Späße mit ihr zu treiben. Wie oft hatte er sie so bedrängt, bis sie gegen ihn zu einem Schlag ausholte, dem er immer mühelos auswich, um sich dann um so heftiger zu revanchieren. »Laß mich ...! Such dir ein anderes Opfer für deine Späße, Jar.« Meist belegte sie ihn mit allerhand Namen. »Warum machst du dich nicht auch nützlich?«

»Für mich gibt es Besseres zu tun. Ich muß Dad helfen, den Wein heraufzuholen.«

»Ja, das kann ich mir vorstellen«, erwiderte Crystal in tadelndem Ton. Sie hatte wiederholt beobachtet, wie er sich mit seinen Freunden betrank, wäre aber lieber auf der Stelle tot umgefallen, als ihren Bruder zu verpetzen. Auch wenn sie hin und wieder auf Kriegsfuß standen, bestand zwischen ihnen eine herzliche Beziehung. »Gib nur acht, daß für die Gäste etwas übrigbleibt.«

»Und du gib acht, daß du nicht barfuß bleibst.« Wieder gab er ihr einen Klaps auf die Kehrseite, worauf sie das Messer fallen ließ und seinen Arm packen wollte – zu spät, er lief schon pfeifend den Flur entlang zu seinem Zimmer. Vor Beckys Tür blieb er kurz stehen und öffnete sie in dem Moment, als seine Schwester sich in ihren Strumpfbandgürtel quälte. »He, Kleine... Donnerwetter!« Er stieß einen gedehnten Pfiff aus, und Becky schrie entsetzt auf.

»Raus mit dir!« Sie schleuderte ihre Haarbürste nach ihm, er aber hatte die Tür schon zugeknallt. Es waren alltägliche Geräusche in diesem anheimelnden alten Ranchhaus, in dessen Küche niemand Tad Wyatt Beachtung schenkte, als er, schon feingemacht für die Kirche, in seinem dunkelblauen Anzug eintrat. Er war von einer Aura der Verläßlichkeit, Wärme und stillen Würde umgeben. Seine Familie war vermögend gewesen, sehr vermögend sogar, aber das Geld war schon vor vielen Jahren verlorengegangen, schon vor der Wirtschaftskrise. Die Wyatts hatten viele tausend Morgen Land verkauft, und Tad hatte die Ranch völlig neu organisieren müssen, damit sie wieder Gewinn brachte. Dies alles hatte viel Schweiß gekostet, seinen und den Olivias. Vor seiner Ehe hatte er sich die Welt ein wenig ansehen können und erzählte zuweilen Crystal auf ihren langen Spaziergängen oder wenn sie im Regen saßen oder im Winter darauf warteten, daß eine Kuh kalbte, von seinen Reisen. Mit Crystal teilte er längst Verschüttetes und fast Vergessenes. »Dort draußen wartet eine große Welt, Kleines, mit ihren vielen Schönheiten. Zwar gibt es nicht viel, was schöner wäre als unser Fleckchen hier, aber trotzdem gibt es sehenswerte Orte...« Er schwärmte ihr von New Orleans vor, von New York, von England. Wenn Olivia es hörte, schalt sie ihn, weil er Crystal Rosinen in den Kopf setze. Olivia war nicht weiter als ein Stück in den Südwesten gekommen und hatte sich dort schon fremd gefühlt. Ihre beiden Ältesten teilten ihre Ansicht von der Welt. Das Tal und die Menschen, die es bewohnten, genügten ihnen. Nur Crystal träumte von mehr, und sie fragte sich, ob sie es je sehen würde.

»Na, wie geht's meinem Mädel?« Tad Wyatt betrachtete stolz seine Jüngste. Sogar hier in der Küche, wo es von Frauen wimmelte, rührte Crystal in ihrem alten blauen Kleid an sein Herz. Daß ihre Schönheit ihm den Atem raubte, konnte er nicht verbergen. Er war nur froh, daß heute nicht ihr Hochzeitstag war. Das hätte er nicht ausgehalten. Und er hätte auch nie zugelassen, daß sie einen Mann wie Tom Parker heiratete. Für Becky war Tom der passende Ehemann. Becky hatte keine Träume... in den geheimen Himmeln ihres Herzens gab es keine Sterne... sie hatte keine geheimen Visionen. Sie wünschte sich einen Mann, Kinder und ein kleines Haus auf der Ranch; einen gewöhnlichen Mann wie Tom, ohne Ehrgeiz und Träume, und genau das würde sie auch bekommen.

»Hallo, Dad.« Crystal sah ihm mit einem sanften Lächeln in die Augen. Auch ohne Worte war die Liebe der beiden zueinander fast greifbar.

»Hat Ma dir für heute ein hübsches Kleid genäht?« Er hatte seine Frau dazu gedrängt wie immer, und er lächelte nun in Gedanken an die Strümpfe, die er Crystal geschenkt hatte, auch wenn Olivia ihn für verrückt erklärte. Crystal nickte. Das Kleid war ganz nett. Natürlich nicht mit den Roben zu vergleichen, die man in Filmen sah. Es war einfach ein Kleid, ein adrettes, weißes Kleid. Die Nylons waren das beste an ihrer Aufmachung, hauchdünn und aufregend. Aber Tad wußte, daß sie, was immer sie anzog, hinreißend aussehen würde.

»Wo ist Mama?« Tad sah sich suchend in der Küche um.

»Sie hilft Becky beim Anziehen.«

»Was – jetzt schon? Unsere Braut wird ganz welk werden, ehe wir in die Kirche kommen.« Sie tauschten ein Lächeln. Die Wärme war schon am Morgen spürbar, und die Küche dampfte. »Und wo steckt Jared? Ich suche ihn schon seit einer Stunde«, sagte er in gutmütigem Ton. Er war nicht leicht aus der Ruhe zu bringen und brachte für seine Kinder immer viel Geduld auf.

»Er hat behauptet, er müsse dir mit dem Wein helfen.« Wieder lächelte Crystal, als sich ihre Blicke trafen. Sie bot ihm eine Scheibe von dem Schinken an, den sie Augenblicke zuvor ihrem Bruder verwehrt hatte.

»Trinken helfen, meinte er wohl.« Beide lachten, und Tad ging den Flur entlang zu Jareds Zimmer. Jareds Leidenschaft waren Autos und nicht die Ranch, wie sein Vater wußte. Das einzige seiner Kinder, das die Ranch liebte, etwas davon verstand und an dem Land so hing wie er, war Crystal. Er ging an dem Zimmer vorüber, in dem Becky sich mit Hilfe ihrer Mutter anzog, und klopfte an die Tür seines Sohnes. »Komm und hilf mir mit den Tischen. Es gibt draußen noch viel zu tun.« Im Freien sollten lange, mit weißem Leinen gedeckte Tische aufgestellt werden, die noch von der Hochzeit seiner Mutter vor einem halben Jahrhundert stammten. Die Gäste würden im Schatten der Riesenbäume sitzen, die das Ranchhaus umgaben. Tad Wyatt steckte den Kopf in Jareds Zimmer. Sein Sohn lümmelte auf dem Bett, in ein Magazin mit Fotos schöner Frauen vertieft. »Könntest du dich losreißen und mir helfen?« Jared sprang mit einem nervösen Grinsen auf. Sein Schlips saß schief, sein Haar war mit Haarwasser angefeuchtet.

»Aber klar, Dad. Tut mir leid.«

Tad gab acht, das sorgsam zurechtgemachte Haar seines Sohnes nicht in Unordnung zu bringen, als er ihm den mächtigen Arm um die Schultern legte. Ihm kam es noch immer unfaßbar vor, daß eines seiner Kinder heiratete. Für ihn waren sie alle noch immer Babys. Er wußte noch, wie Jared laufen gelernt und Hühner gejagt hatte. Mit vier war er vom Traktor gepurzelt ... Als der Junge sieben geworden war, hatte er ihm das Fahren beigebracht, und er hatte ihn auf die Jagd mitgenommen, als Jared kaum größer war als die Flinte. Und Becky war kaum älter als ihr Bruder, und doch würde sie jetzt heiraten.

»Ein schöner Hochzeitstag für deine Schwester.« Nach einem Blick zum Himmel lächelte er seinem Sohn zu, während er Jared und drei seiner Rancharbeiter anwies, wo sie die Tische aufstellen sollten. Es dauerte eine ganze Stunde, bis alles zu seiner Zufriedenheit hergerichtet war. Als er zurück in die Küche ging, um sich etwas Kühles zum Trinken zu genehmigen, war Crystal nicht mehr da, und auch die anderen Frauen waren verschwunden. Alle waren sie im Zimmer der Mädchen, bewunderten das Brautkleid mit entzückten Ausrufen, seufzten wehmütig und drückten Taschentücher an die Augen, als sie Becky prächtig in Tüll und Spitzen gekleidet sahen. Sie war eine schöne Braut, und alle umdrängten sie und wünschten ihr Glück, nicht ohne verhüllte Andeutungen über die Hochzeitsnacht fallenzulassen, die sie erröten ließen. Suchend blickte Becky sich nach Crystal um, die in einer Ecke unauffällig in ihr eigenes schlichtes Kleid schlüpfte. Die kostbaren Nylons lagen glatt an, und die flachen weißen Pumps verhinderten, daß sie noch größer wirkte, als sie war. Und während sie ruhig in der Ecke stand, wandten sich ihr alle zu. Mit ihrem hellblonden, mit einem Hauch Schleierkraut und weißen Rosen geschmückten Haar sah sie aus wie ein Engel. Neben ihr wirkte Becky aufgedonnert und längst nicht so schön. Crystal schien in einem kostbaren Augenblick zwischen Kindsein und Weiblichkeit zu schweben. An ihr war nichts Gekünsteltes, nichts Plumpes, nichts Rohes, nur der subtile Glanz ihrer strahlenden Schönheit.

»Ach, Crystal sieht aber nett aus«, sagte eine der Frauen, als könnten banale Worte ihr etwas von ihrem Glanz rauben. Doch das war nicht möglich. Crystal blieb die, die sie war. Nichts konnte sie herabmindern. Betrachtete man sie, dann war alles vergessen... man sah nur ihre Anmut und ihr schönes Antlitz unter dem Heiligenschein unschuldiger weißer Blüten. Auch Becky trug weiße Rosen, aber die Frauen mußten sich zwingen, wieder zu ihr hinzusehen und sie von neuem mit Komplimenten zu überschütten. Trotzdem stand fest, daß Crystal die Schönheit war.

»Gehen wir«, sagte Olivia schließlich und führte die Frauen hinaus. Ihr Mann und Jared warteten schon. Man wollte in getrennten Autos zur Kirche fahren, in der die Trauung im kleinsten Kreis stattfinden würde. Erst zum Essen sollten sich dann die zahlreichen Freunde einstellen. In die Kirche waren nur wenige geladen.

Tad sah den Frauen entgegen, die die Stufen der Veranda unter Gelächter, Gekicher und Geplapper herunterkamen wie junge Mädchen. Unwillkürlich wurde er an seine eigene Hochzeit erinnert. Olivia hatte damals im Brautkleid ihrer Mutter so reizend ausgesehen – wie lange das her war. Jetzt wirkte sie müde und verbraucht – ganz anders als seinerzeit. Das Leben war für sie beide nicht leicht gewesen, besonders während der Wirtschaftskrise, doch das lag jetzt alles hinter ihnen. Die Ranch lieferte gute Erträge, die Kinder waren fast erwachsen. Sie lebten in ihrer vertrauten kleinen Welt in dem abgeschiedenen Tal behütet und glücklich. Als Becky auf der Veranda erschien, scheu und stolz, das Gesicht vom Schleier verhüllt und einen Strauß Rosen in den bebenden Händen, hielt er unwillkürlich den Atem an. Sie sah so wundervoll aus, daß ihm heiße Tränen in die Augen stiegen.

»Ist sie nicht bildschön, Tad?« flüsterte Olivia voller Stolz, selig über die Wirkung, die ihre ältere Tochter sichtlich auf ihn ausübte. Jahrelang hatte sie versucht, Becky mehr Raum in seinen Gefühlen zu erkämpfen, und immer war es Crystal gewesen, die sein Herz erfreute... Crystal, mit ihrer ungestümen Art, mit ihrer ungezwungenen Anmut, mit der sie ihm überallhin folgte. Jetzt hatte Becky es endlich geschafft!

»Reizend siehst du aus, mein Schatz.« Zärtlich küßte er seine Tochter, deren Schleier er zugleich mit ihrer Wange auf den Lippen spürte. Er drückte ihr die Hand, während beide gegen Tränen ankämpften, und dann war der Augenblick vergangen, und sie liefen zu den Autos, die sie zur Kirche bringen sollten. Es war für alle ein großer Tag, besonders aber für Becky, und als Tad um den Wagen herumging, um sich ans Steuer zu setzen, hielt er plötzlich inne. Er spürte denselben Stich im Herzen, den er immer spürte, seitdem er seine Crystal zum erstenmal gesehen hatte. Scheu wie ein Reh stand sie in ihrem schlichten, weißen Kleid da, zögernd, scheu, während die Sonne ihr Haar schimmern ließ und ihre Augen blau wie der Himmel strahlten. Crystal sah ihn an. Er konnte gegen seine Gefühle nicht an, konnte nicht verbergen, was er für sie empfand, was sie ihm bedeutete und immer bedeutet hatte. Auch sie hielt einen Moment inne, und beide lächelten. Crystal fühlte sich in seiner Nähe stark und lebendig und geliebt. Er lächelte seiner Jüngsten zu, als sie ins Auto stieg, das Jared lenkte und in dem auch ihre Großmutter saß. Mit einer jähen Bewegung warf sie ihm eine ihrer weißen Rosen zu, die er mit kehligem Lachen auffing. Heute war Beckys Tag, das mußte Olivia ihm nicht eigens in Erinnerung rufen, und Crystal war so, wie sie immer war... nicht anders. Sie war sein ein und alles, das Liebste auf der Welt. Sie war einfach... Crystal.

2. Kapitel

Es war eine schlichte, bewegende Feier in der kleinen, weißen Kirche in Jim Town, wo die Brautleute ihr Ehegelübde tauschten. Becky sah hübsch und sehr stolz in dem Brautkleid aus, das ihre Mutter genäht hatte, während Tom in seinem eigens für die Hochzeit angeschafften blauen Anzug sehr aufgeregt und jung wirkte. Trauzeuge war der kupferhaarige und sommersprossige Boyd Webster. Tad, der sie von der ersten Kirchenbank aus beobachtete, kamen sie alle schrecklich jung vor – kaum den Kinderschuhen entwachsen.

Crystal, die einzige Brautjungfer ihrer Schwester, stand seitlich, den Blick schüchtern auf Boyd gerichtet. Sie war bemüht, nicht ständig ihrer Neugierde nachzugeben und zu seiner jungen Frau in der hintersten Reihe zu sehen. Hiroko trug ein einfaches grünes Seidenkleid, eine Perlenkette und schwarze Lackschuhe.

Sie bemühte sich sehr, sich so westlich wie möglich zu kleiden, obwohl Boyd sich gewünscht hatte, sie würde im Kimono kommen. Bei ihrer eigenen Hochzeit in Japan war sie im Kimono erschienen und hatte wie eine Puppe ausgesehen, mit dem traditionellen Kanzashi im Haar, mit dem goldenen Dolch und der mit Münzen prallgefüllten Seidenbörse, die sie in ihren goldenen Obi gesteckt hatte. Aber das alles war jetzt vergessen. Tom küßte gerade die Braut, während Jared sie hochleben ließ. Olivia betupfte ihre Augen mit demselben Spitzentaschentuch, das sie schon bei ihrer eigenen Hochzeit bei sich gehabt hatte. Alles klappte reibungslos. Man blieb vor der Kirche noch eine Weile stehen, plauderte mit Angehörigen und Freunden und bewunderte Becky ausgiebig. Der Trauzeuge klopfte dem freudestrahlenden Bräutigam auf den Rücken, Händedrücke und Küsse wurden getauscht. Allen hatte die schlichte Trauung gefallen. Jared warf dem jungen Paar eine Handvoll Reis nach, als es in den Wagen stieg und sie alle im Konvoi zurück zur Wyatt Ranch fuhren, dem liebevoll zubereiteten Festmahl entgegen.

Kaum zu Hause angelangt, flatterte Olivia aufgeregt in der Küche umher und wies die Hilfskräfte an, wo Tabletts und Teller auf den Tischen zu plazieren waren. Die Frauen der Rancharbeiter waren zum Servieren und Saubermachen angeheuert worden. Die langen Tische bogen sich unter den Köstlichkeiten – Truthahn und Kapaune, Roastbeef, Rippchen und Schinken, schwarzäugige Erbsen und Süßkartoffeln, Gemüse und Salate, Aspik und pikante Eier, Plätzchen und Süßspeisen und Obstkuchen, und als Krönung ein riesiger weißer Hochzeitskuchen, der auf einem Extratisch stand. Es sah aus, als könne man ein ganzes Regiment mit den Speisen verköstigen. Tad ging den Männern beim Entkorken der Flaschen zur Hand. Tom lächelte seiner Braut zu, während der neben ihnen stehende Boyd sie scheu beobachtete. Boyd war ein gutaussehender Bursche von offener Wesensart und mit freundlichem Blick. Er hatte die Wyatts immer sehr gern gehabt. Seine Schwester Ginny war mit Becky zur

Schule gegangen, und an Jared und Crystal konnte er sich noch als Babys erinnern, obwohl er kaum älter war. Aber mit zweiundzwanzig und nach vier Jahren Krieg auf dem Buckel kam er sich wesentlich bejahrter vor.

»Na, Tom, du hast es geschafft. Wie fühlt man sich als Ehemann?« Boyd Webster grinste seinen Freund breit an, während dieser mit unverhohlenem Wohlgefallen um sich blickte. In die Familie Wyatt einzuheiraten, bedeutete für Tom Parker einen großen Schritt vorwärts im Leben. Er freute sich, von nun an auf der Ranch zu leben und von dem stattlichen Gewinn zu profitieren, wenn schon nicht direkt, dann wenigstens, was den Lebensstil betraf. Tad hatte ihn seit Monaten an die Kandare genommen und ihm alles über Getreide, Vieh und Weinbau beigebracht. Die Walnüsse brachten der Ranch den geringsten Profit, aber auch sie waren nicht zu verachten. Und während der Walnußernte packten alle auf der Ranch tüchtig mit an, bis die Finger vom Pflücken und Schälen verfärbt waren. Doch in den ersten Monaten sollte Tom seinem Schwiegervater vor allem beim Weinbau helfen.

»Jede Wette, daß es jetzt eine Weinprobe gibt oder wie man das nennt«, zog ihn einer seiner Freunde an dem Tisch auf, auf dem Schinken und Truthahn standen. Der Bräutigam lachte gutgelaunt und mit verdächtig schimmernden Augen, während Becky inmitten einer Gruppe von Mädchen, mit denen sie aufgewachsen war, aufgeregt kicherte. Die meisten ihrer Freundinnen waren jetzt verheiratet. Im letzten Jahr hatte es viele Hochzeiten im Tal gegeben, und bei einigen Mädchen hatte sich sogar schon Nachwuchs eingestellt. Und jetzt zogen die Freundinnen Becky weidlich auf. »Becky Wyatt, lange wird es nicht dauern ... warte nur ... ein Monat oder zwei, und du wirst in froher Erwartung sein!« Die Mädchen lachten, während Autos und Lieferwagen ununterbrochen vorfuhren und die Nachbarn im Sonntagsstaat ausstiegen, ihre Kinder schalten, ihnen auftrugen, sich zu benehmen und sich nicht die Kleider beim Herumtollen zu zerreißen.

Binnen einer Stunde hatten sich zweihundert Gratulanten und halb soviel Kinder um die Tische versammelt. Die ganz Kleinen klammerten sich an die Beine der Mütter, die die Babys in den Armen hielten, ein paar Jungen thronten auf den Schultern ihrer Väter, und in einiger Entfernung von den schön gedeckten Tischen spielte eine große Kinderschar unter Mißachtung der Ermahnung ihrer Eltern Fangen. Die größeren Jungen jagten sich um die Bäume herum, die von den Wagemutigeren erklettert wurden, und die Mädchen standen in Gruppen kichernd und schwatzend beisammen, während sie sich bei den Schaukeln abwechselten, die Tad vor Jahren für seine eigenen Sprößlinge gebaut hatte. Von Zeit zu Zeit gesellten sich die Kinder zu ihren Eltern, im großen und ganzen aber blieben die Gruppen für sich, die Eltern in dem Bewußtsein, daß die Kinder sich in sicherer Nähe befanden, und die Kinder zufrieden, daß die Eltern zu abgelenkt waren, um sich über das Tun und Lassen ihrer Sprößlinge den Kopf zu zerbrechen.

Und wie immer stand Crystal am Rande der jüngeren Gruppe, bis auf einen gelegentlichen Blick voller Neid oder Bewunderung fast vergessen. Die Mädchen beäugten sie verstohlen, und die Jungen waren schon seit einiger Zeit fasziniert von ihr, wenn sie ihrer Faszination zuweilen auch höchst merkwürdig Ausdruck verliehen, indem sie Crystal schubsten oder stießen, sie sogar am langen blonden Haar rissen und alles mögliche taten, um ihre Aufmerksamkeit zu erregen, ohne sie ansprechen zu müssen. Und die Mädchen waren um so mehr bemüht, jedem Gespräch auszuweichen. Crystals Aussehen machte sie zu einer Bedrohung. Sie war ausgestoßen, ohne zu verstehen, warum. Es war der Preis, den sie für ihre Schönheit zahlte. Sie nahm diese Behandlung als gegeben hin, ohne sie zu begreifen. Zuweilen, wenn die Jungen sie zu sehr behelligten und sie sich ein Herz nahm, setzte sie sich zur Wehr und schubste sie ebenfalls, schlug zurück oder stellte ihnen ein Bein. Es war ihre einzige Art der Kommunikation mit ihnen. Die übrige Zeit ignorierte man sie. Sie kannte alle seit ihrer frühesten Kindheit, und doch war sie in den letzten Jahren zur Fremden geworden. Die Kinder waren sich wie die Erwachsenen bewußt, wie hinreißend sie war, wie atemberaubend schön. Und keiner wußte, wie damit umzugehen war. Es waren einfache Menschen, und es war, als sei Crystal in den letzten ein, zwei Jahren eine andere geworden.

Ein Teil ihrer faszinierenden Ausstrahlung bestand darin, daß sie sich ihrer Wirkung auf Männer nicht bewußt war. Crystal war noch immer so geduldig und gutartig wie als Kind. Ihre Schüchternheit hatte sogar noch zugenommen, da sie die Wirkung, die sie ausübte, irgendwie spürte, sich über den Grund aber nicht im klaren war. Nur ihr Bruder behandelte sie wie immer schon, nämlich mit grober Zuneigung. Doch das Fehlen jeder Koketterie ließ ihre Unschuld noch sinnlicher erscheinen – eine Tatsache, der sich ihr Vater sehr wohl bewußt war. Schon vor zwei Jahren hatte er sie gebeten, sich nicht mehr so viel in der Nähe der Rancharbeiter aufzuhalten. Er wußte genau, was diese dachten und warum, und er wollte vermeiden, daß Crystal sie unbewußt provozierte. Ihre Sanftheit und ihre stille Art, mit der sie sich unter ihnen bewegte, wirkte aufreizender, als wenn sie splitternackt an ihnen vorübergegangen wäre.

Im Moment aber machte sich Tad ihretwegen keine Sorgen, während er mit seinen Freunden über Politik und Sport, über örtliche Vorkommnisse und die Traubenpreise debattierte. Es war ein glücklicher Tag für alle, als ihre Freunde aßen und tranken und lachten, die Kinder unbeschwert in der Nähe spielten und Crystal sie alle beobachtete.

Auch Hiroko hielt sich ein wenig abseits von den anderen, im Schatten eines Baums, still und allein, den Blick unausgesetzt auf ihren Mann gerichtet. Boyd tauschte, umgeben von einer Freundesschar, mit Tom Kriegserinnerungen aus. Unglaublich, daß der Krieg vor einem knappen Jahr zu Ende gegangen war, denn ihnen kam es vor, als läge er ein Menschenalter hinter ihnen, mit seinen Greueln, der Angst, den Freunden, die sie gewonnen und jenen, die sie verloren hatten. Nur Hiroko war noch eine lebendige Erinnerung daran, wo sie gewesen waren und was sie erlebt hatten. Man begegnete ihr mit offener Feindseligkeit, keine der Frauen ging auf sie zu. Sogar ihre Schwägerin Ginny legte es darauf an, sie zu schneiden, Ginny in ihrem knallengen rosa Kleid, mit dem tiefen Ausschnitt über dem vollen Busen. Das gezogene Schößchen der weißgepunkteten Jacke betonte ihre stramme Kehrseite. Sie lachte noch lauter als die anderen und flirtete mit sämtlichen Freunden von Boyd, wie schon vor Jahren, als sie versucht hatte, die Kumpel ihres Bruders zu erobern, wenn dieser sie mit nach Hause brachte. Mit ihrem fuchsroten Haar, dem knappen Kleid und dem übertriebenen Make-up strahlte sie unverhüllte Sinnlichkeit aus. Seit Jahren schon war sie im Gerede, und die Männer konnten es auch jetzt nicht lassen, immer wieder den Arm um ihre Schultern zu legen, um einen tiefen Einblick in ihren wohlgefüllten Ausschnitt zu bekommen. Dabei erwachten bei vielen von ihnen Erinnerungen. Seit ihrem dreizehnten Jahr war Ginny mit ihrer Gunst sehr freigiebig umgegangen.

»Na, Ginny, was hast du denn da?« Der Bräutigam machte sich an sie heran. Er roch nach Whiskey, dem ein paar der Männer heimlich in der Scheune zugesprochen hatten. Tom beäugte Ginny mit offenkundigem Interesse, als er sie an sich drückte und seine Hand unter ihr Jäckchen gleiten ließ. Sie hielt Beckys Brautstrauß in Händen, doch seine Frage hatte nicht den Blumen gegolten. Sein Blick war auf ihr Dekolleté gerichtet. »Hast du den Strauß aufgefangen? Sicher wirst du die nächste Braut sein.« Er lachte schallend und ließ blendende Zähne sehen. Sein Lächeln hatte Beckys Herz vor Jahren erobert. Aber Ginny kannte von ihm mehr als das Lächeln – ein Umstand, der für einige Anwesende kein Geheimnis war.

»Tom Parker, ich sagte dir schon, daß ich sehr bald heiraten werde.« Sie kicherte, und er zog sie noch enger an sich, während Boyd errötend den Blick von seiner Schwester und seinem Freund abwendete. Er schaute zu seiner kleinen Elfenbeinbraut, die aus der Ferne zusah. Boyd spürte einen Stich bei ihrem Anblick. Er wich nur selten von ihrer Seite, heute aber, als Toms Trauzeuge, fiel es ihm schwer, ihr so viel Aufmerksamkeit zu schenken, wie er es gern getan hätte. Nun aber, während Ginny und Tom unter viel Gelächter Neckereien austauschten, machte Boyd sich unauffällig davon und ging zu Hiroko. Sie sah ihm lächelnd entgegen, und sein Herz machte einen Satz wie immer, wenn er in ihre sanften Augen sah. Sie hatte ihm fern der Heimat Trost gespendet, und sie war ihm zutiefst ergeben, jeden Augenblick seit ihrer Ankunft hier im Tal. Ihm brach das Herz, wenn er mit ansehen mußte, wie abweisend die Leute sie behandelten. Trotz der Warnungen seiner Freunde, die er schon in Japan zu hören bekommen hatte, war er auf diese Ablehnung nicht gefaßt gewesen, nicht auf die häßlichen Worte und auf die vor ihnen zugeschlagenen Türen. Mehrfach hatte er erwogen wegzuziehen, doch dies hier war seine Heimat, und er wollte nicht davonlaufen, egal, was man ihm antun oder zu ihm sagen mochte. Seine Sorge galt allein Hiroko. Die Frauen waren zu ihr unfreundlich, die Männer hingegen benahmen sich noch ärger. Sie nannten sie Schlitzauge und Japsin. Nicht einmal die Kinder wollten mit ihr reden, weil ihre Eltern es ihnen untersagt hatten. Der Gegensatz zu ihrer sanften, liebevollen Familie in Japan hätte nicht größer sein können.

»Alles in Ordnung?« Boyd lächelte Hiroko zu, und sie beugte den Kopf in einem Nicken, um ihn dann in ihrer scheuen Art anzusehen, die immer wieder sein Herz zum Schmelzen brachte.

»Ja, wunderbar, Boyd-san. Eine sehr gutaussehende Party.« Er lachte über ihre Wortwahl, und sie machte ein verlegenes Gesicht, um gleich darauf zu kichern. »Nein?«

»Doch.« Boyd beugte sich über sie und küßte sie sacht, ohne Rücksicht darauf, wer sie sehen konnte. Er liebte sie, und sie war seine Frau. Zum Teufel mit allen, wenn sie dafür kein Verständnis hatten. Sein rotes Haar und die Sommersprossen bildeten einen auffallenden Kontrast zu ihrer Elfenbeinhaut und ihrem lackschwarzen Haar, das im Nacken zu einem züchtigen Knoten zusammengefaßt war. Alles an ihr war einfach und adrett und kündete von Geschmack. Ihre Familie war über ihre Heiratspläne ähnlich entsetzt gewesen wie die seine. Ihr Vater hatte ihr verboten, Boyd wiederzusehen, doch angesichts von Boyds Güte und sanfter Wesensart und seiner aufrichtigen Liebe zu dem Mädchen hatte er sich trotz seiner Vorbehalte und der mütterlichen Tränen erweichen lassen. In ihren Briefen verschwieg Hiroko ihrer Familie, auf wieviel Ablehnung sie in ihrer neuen Heimat gestoßen war. Sie berichtete nur von dem Häuschen, in dem sie lebten, von der schönen Landschaft und von ihrer Liebe zu Boyd. Und sie beschrieb alles so, daß niemand den Eindruck haben konnte, sie hätte Probleme. Bei ihrer Ankunft hatte sie nichts von den Internierungslagern für Japaner geahnt, die während des Krieges errichtet worden waren, nichts von dem Haß und der Verachtung, die man ihr in Kalifornien entgegenbringen würde.

»Hast du gegessen?« Er hatte ein schlechtes Gewissen, weil er sie so lange allein gelassen hatte, und argwöhnte plötzlich völlig zu Recht, daß sie noch nichts zu sich genommen hatte. Sie war zu schüchtern gewesen, um an einen der großen, von Nachbarn umlagerten Tische zu treten.

»Ich bin nicht sehr hungrig, Boyd-san. Es ist sehr warm.«

»Ich hole dir gleich etwas.« Allmählich gewöhnte sie sich an westliches Essen, kochte aber meist japanisch, besonders jene Speisen, die Boyd in Japan schätzengelernt hatte und deren Zubereitung ihre Mutter ihr beigebracht hatte. »Gleich bin ich wieder da.« Wieder gab er ihr einen Kuß und ging zu einem der Tische, auf denen noch immer reichlich von allem vorhanden war. Aber als er mit dem vollen Teller zu seiner Frau zurück wollte, hielt er inne. Er wollte seinen Augen nicht trauen. Mit dem für Hiroko bestimmten Teller in der Hand lief Boyd auf einen großen, dunkelhaarigen Mann zu, der Tom Parker die Hand schüttelte. In seinem dunkelblauen Blazer, der weißen Hose und der bunten Krawatte stach er von den übrigen Gästen stark ab. Dazu kam eine gewisse Aura, die er ausstrahlte; eine Aura, die an eine Welt des Müßiggangs denken ließ, an eine Welt fern, ganz fern von diesem Tal. Er war nur fünf Jahre älter als Boyd und sah jetzt anders aus, doch im Pazifik waren sie enge Freunde gewesen. Spencer Hill war der Vorgesetzte von Tom und Boyd gewesen. Er hatte sogar an der Hochzeit von Boyd und Hiroko in Kyoto teilgenommen. Und während Boyd mit breitem Grinsen auf ihn zusteuerte, schüttelte Spencer Toms Hand und sprach ihm Glückwünsche aus. Braungebrannt und lässig stand er da, ebenso lässig wie seinerzeit in Uniform in Japan. Er war ein Mensch, der sich überall zurechtfand und wohl fühlte. Seine tiefblauen Augen schienen mit einem Blick die ganze Szenerie zu erfassen, und im nächsten Moment lachte er Boyd Webster entgegen.

»Wen sehe ich da... Boyd Webster! Das Sommersprossengesicht! Wie geht's Hiroko?« Boyd war gerührt, daß Spencer ihren Namen noch wußte. Er lächelte, als er zu den Bäumen hindeutete, in deren Schatten sie stand.

»Gut geht es ihr. Herrgott, wie lange das her ist, Captain!« Ihre Blicke trafen sich in einem Aufflammen der Erinnerung an den geteilten Schmerz und die Ängste. Doch es hatte noch mehr gegeben, was sie verband; es hatte auch Wärme und Kameradschaft gegeben, die sich wieder einstellen würden. Eine Kameradschaft, geboren aus Angst und Schrecken, aber auch aus einem gewissen Triumphgefühl. Doch der Rausch des Sieges schien im Vergleich zu allem anderen nur ein kurzer Augenblick. Es waren die Jahre davor, die ihm vor allem im Gedächtnis hafteten. »Kommen Sie und sagen Sie ihr guten Tag.« Spencer entschuldigte sich bei der Gruppe und überließ Tom seinen Freunden, die bereits spürbar angeheitert waren und es kaum erwarten konnten, wieder in die Scheune und zu ihrem Whiskey zu gelangen.

»Na, wie ist es gelaufen? Ich habe mich schon gefragt, ob du hier sein würdest oder ob ihr beide inzwischen in die Stadt gezogen seid.« Er war der Ansicht gewesen, sie hätten es in einer Stadt wie San Francisco oder Honolulu viel leichter, aber Boyd war entschlossen, in dem Tal zu leben, von dem er so oft gesprochen hatte.

Aus Hirokos Blick sprach große Verwunderung. Sie verbeugte sich tief, als sie den ehemaligen Offizier sah. Spencer, der sie anlächelte, erschien sie so klein und zart wie vor einem Jahr bei ihrer Hochzeit. Doch jetzt lag in ihren Augen mehr – eine Weisheit und Melancholie, die zuvor nicht da gewesen waren. Spencer konnte sich denken, daß das vergangene Jahr für sie weder gut noch einfach verlaufen war.

»Hiroko, Sie sehen wunderschön aus. Ich freue mich sehr, euch beide wiederzusehen.« Er faßte sanft nach ihrer Hand, und sie errötete und wagte kaum, den Blick zu ihm zu erheben, wie ihr Mann bemerkte, der die beiden beobachtete. Captain Hill hatte sich seinerzeit sehr anständig verhalten. Nachdem es ihm nicht gelungen war, ihnen die Ehe auszureden, hatte er fest zu Boyd gehalten, so wie er immer zu seinen Leuten gehalten hatte. Seine Männer wußten, daß er sie nie im Stich gelassen hätte. Er war verantwortungsbewußt, intelligent und gut, konnte aber auch rücksichtslose Härte zeigen, wenn sich jemand unfair benahm. Nie hatte er es sich leichtgemacht. Unermüdlich war er an ihrer Seite, mitten im Kampfgeschehen, wenn es um Tod und Leben ging, und das Merkwürdigste war, daß nun, da all das vorüber war, da sie eine halbe Welt davon entfernt und in Sicherheit waren, doch nichts davon vergessen war. »Es ist lange her, nicht?« Spencer begegnete Boyds Blick, und auch in dessen Augen las er Reife und Weisheit. Beide hatten sie im Krieg viel Leid mit ansehen müssen. Doch in Zivil wirkte der gutaussehende Captain viel jünger als bei ihrer letzten Begegnung, als Boyd Japan mit dem Ziel San Francisco verlassen hatte.

»Ich wußte gar nicht, daß Sie heute dasein würden«, sagte Boyd leise. Er war über das Wiedersehen glücklicher, als Spencer ahnte. Captain Hill war der erste Mensch, der Hiroko seit ihrer Ankunft in Kalifornien mit Menschlichkeit und Wärme begegnete. »Tom hat mir nichts davon gesagt.«

»Ach, der hat vermutlich nur seine Braut im Kopf.« Spencer bezog beide Websters in sein Lächeln ein. »Ich schrieb ihm, daß ich versuchen würde zu kommen, aber ich wußte es bis vor ein paar Tagen selbst noch nicht. Eigentlich sollte ich schon in New York sein. Aber jetzt möchte ich am liebsten für immer in Kalifornien bleiben.« Als Spencer suchend um sich blickte, reichte Boyd Hiroko den Teller und drängte sie, davon zu kosten. Die junge Frau stellte den Teller vorsichtig auf einem Baumstamm hinter sich ab.

»Machen Sie hier Urlaub, Sir?« Aus Boyds Blick sprachen die Zuneigung und Achtung, die ihre Beziehung auch in Japan gekennzeichnet hatte. Spencer schüttelte lachend den Kopf.

»Nein, mache ich nicht, und, um Himmels willen, Webster, ich heiße Spencer, oder hast du das vergessen?«

Boyd Webster lief puterrot an, wie immer, wenn er erregt war – auch in der Hitze einer Schlacht. Diese Eigenschaft hatte ihm unzählige Spitznamen von seiten der Kameraden eingetragen. Die beiden Männer lachten. »Ich dachte, ich käme vor ein Kriegsgericht, wenn ich das sage.« Hiroko beobachtete die beiden lächelnd. Sie erinnerten sie an eine glücklichere, in weiter Ferne liegende Zeit, als sie noch in ihrer Heimat gewesen war.

»Ob du es glaubst oder nicht, ich habe wieder die Schulbank gedrückt. Gleich nach dem Krieg wußte ich nichts mit mir anzufangen. Also habe ich mich hingesetzt und Rechtswissenschaften studiert.« Es war ihm gelungen, das Pensum zweier Jahre in einem zu absolvieren, und er sollte im nächsten Sommer in Stanford promovieren.

»Im Osten?« Boyd nahm selbstverständlich an, ein Mann wie Spencer müsse in Yale oder Harvard studieren. Er wußte, daß er vermögend war, allerdings nicht, wie vermögend. Spencer erwähnte dergleichen nie. Man munkelte, er käme aus einer angesehenen Familie an der Ostküste. Er selbst sprach nie darüber. Man wußte nur, daß er College-Absolvent und Offizier war, mehr war nicht von ihm bekannt, und beim Überwinden eines

Minenfeldes hatte dies alles auch nicht die geringste Rolle gespielt.

Spencer schüttelte den Kopf. Den Blick auf seinen jungen Freund gerichtet, dachte er bei sich, wie weit dieser Flecken von jener Welt, die er kannte, entfernt war. Hier war man Lichtjahre entfernt von der weltoffenen Atmosphäre San Franciscos. Hier lebte man in einer Abgeschiedenheit, wie er es sich bislang nie hätte vorstellen können, in einer Welt der Ranches und Farmen, der Menschen, die das Land bearbeiteten. Es war ein hartes Leben, das Boyds Gesicht trotz seiner erst zweiundzwanzig Jahre geprägt hatte. »Nein, ich bin in Stanford. Auf dem Heimweg habe ich dort Station gemacht und mich in den Ort verliebt. Ich schrieb mich auf der Uni ein, ehe ich zurück nach New York ging, wohl aus dem Gefühl heraus, daß ich mich nie wieder dazu entschließen würde, wenn ich zu lange wartete. Es gefällt mir dort sehr gut.« Daß Stanford nur drei Stunden entfernt war, erschien ihm geradezu phantastisch. Es hätte ebensogut in einem anderen Land liegen können. »Im Herbst komme ich zurück. Meiner Familie mußte ich versprechen, den Sommer im Osten zu verbringen. Nach der Entlassung aus der Armee waren wir nur ein paar Wochen zusammen, ehe ich zu studieren anfing. In meinem Alter ziemlich komisch, aber der Krieg hat ja diesbezüglich vielen einen Strich durch die Rechnung gemacht. Manche Studenten sind noch älter als ich. Und du, Boyd? Was treibst du so?« Hiroko hatte sich unauffällig gesetzt und hörte zu. Sie fragte sich, wieviel von ihren Schwierigkeiten Boyd preisgeben würde. Er klagte nie, vor ihr jedenfalls nicht, und in letzter Zeit war er kaum jemandem begegnet, mit dem er offen sprechen konnte. Als Tom ihn gebeten hatte, bei seiner Hochzeit als Trauzeuge zu fungieren, war es für sie eine große Überraschung gewesen. Ansonsten waren sie nie eingeladen worden, kein Mensch würdigte sie eines Wortes, und es konnte sogar geschehen, daß der alte Mr. Peterson die Kunden an der Tankstelle selbst bedienen mußte, wenn jemand nichts mit Boyd zu tun haben wollte.

»Ach, es läuft ganz gut. Es war zwar schwer, einen Job zu bekommen, weil alle gleichzeitig nach Hause kamen und Arbeit suchten. Aber jetzt geht es uns tadellos.« Hirokos Blick verriet nichts, während sie ihn ansah.

Spencer nickte. »Das freut mich.« Oft hatte er sorgenvoll an die beiden gedacht und sich Vorwürfe gemacht, weil die Verbindung zu ihnen abgerissen war. Im Krieg hatte er Boyd schätzengelernt, seine Heirat mit einer Japanerin aber mit gemischten Gefühlen betrachtet. Schön zu wissen, daß sich für die beiden alles zum Guten gewendet hatte. Er wußte, daß es andere gab, die es nicht so gut getroffen hatten: Männer, die sich ihrer Kriegsbräute wegen mit ihren Familien entzweit hatten, die Trinker geworden waren, in manchen Fällen Selbstmord begangen hatten und die Frauen in einem Land, das kein Vergessen zu kennen schien, allein ließen. Die Websters sahen gut aus und waren noch zusammen, das war immerhin etwas. »Kommst du je nach San Francisco?«

Boyd schüttelte lächelnd den Kopf. Das Leben war für sie hier schon schwer genug, und außerdem hatten sie kein Geld für das Benzin, aber das sagte Spencer nicht. Er war jung und stolz, und er wußte, daß sie es mit der Zeit schaffen würden.

»Ihr müßt kommen und mich mal besuchen. Es dauert noch ein Jahr, bis ich Anwalt bin. Kaum zu glauben, wie?« Beide lachten, aber Boyd war keineswegs erstaunt. Der Captain war immer schon ein Erfolgstyp gewesen, bei der Mannschaft und den Offizieren gleichermaßen beliebt. Boyd hatte immer gewußt, daß Spencer Hill es eines Tages zu etwas bringen würde. Der Anwaltsberuf war sicher nur der erste Schritt auf der Erfolgsleiter. Spencer sah fragend um sich, und Boyd lächelte. Dann trafen ihre Blicke wieder aufeinander. »Wie ist denn Toms Braut? Scheint ein nettes Mädchen zu sein.«

»Die ist in Ordnung. Sie ist die Freundin meiner Schwester.« Eine Bemerkung, über die beide lachten. Ginny Webster war für Spencer schon lange ein Begriff. Sie hatte Boyd ständig mit ihren-Badeanzug-Fotos bombardiert und ihn bestürmt, er solle Brieffreunde für sie suchen. Damals war sie noch ein sommersprossiger Teenager gewesen, rothaarig wie ihr Bruder und mit einer phänomenalen Figur ausgestattet. »Die Wyatts sind nette Leute. Tom wird Beckys Vater auf der Ranch helfen.« Boyd erschien dies als Geschenk des Himmels. Als ihm aufging, daß sich solche Dinge mit Stanford nicht messen konnten, wurde er verlegen. Aber Spencer blickte sich mit offenkundiger Bewunderung um. Die Ranch machte einen stattlichen, sauberen und erfolgreichen Eindruck. Sie konnte sich sehen lassen, und die Gäste, die schwatzend unter den Bäumen saßen, machten den Eindruck anständiger, solider Menschen. »Tad Wyatt ist ein feiner Kerl. Tom hat es gut getroffen.«

»Du auch.« Spencer sagte es ganz leise. Sein Blick galt erst Hiroko, dann Boyd. In seinen Augen lag Wärme und ein Anflug von Neid. Es gab niemanden, an dem ihm etwas lag, niemanden, den er liebte oder der ihn liebte wie Hiroko ihren Mann. Fast beneidete er die beiden. Andererseits hatte er es nicht sonderlich eilig. In seinem Leben gab es jede Menge Frauen, von Langeweile konnte also keine Rede sein. Mit siebenundzwanzig konnte er sich wahrlich noch Zeit lassen, ehe er sich festlegte. Es gab anderes, das er zuvor noch machen wollte. Erst wollte er sein Studium abschließen und nach New York gehen. Sein Vater war Richter und hatte ihm zum Anwaltsberuf geraten. Es sei das Vernünftigste, was er anfangen könnte. Mit einem abgeschlossenen Studium und den Verbindungen, die er sich auf einer Universität wie Stanford schaffen konnte, war ihm beruflicher Erfolg so gut wie sicher. Sein Aussehen und sein einnehmendes Wesen würden Spencer Hill viele zusätzliche Türen öffnen – für ihn nichts Neues, da er schon immer ein Leben geführt hatte, das von einem Zauber umgeben schien. Wo er auch hinkam, weckte er Sympathien. Er war anständig, sehr intelligent und hatte Lebensart. Im Pazifik hatte sein Verstand ihm mehr als einmal das Leben gerettet, ihm und seinen Leuten. Was ihm an Erfahrung fehlte, hatte er mit Intuition und Mut wettgemacht.

»Soll ich mich unter die Gäste mischen?«

Boyd lachte. »Klar. Kommen Sie, ich stelle Sie meiner Schwester vor.«

»Na endlich«, meinte Spencer Hill scherzhaft. »Ob ich sie ohne Badeanzug wiedererkenne?« Doch als sie langsam auf die Schar der Gäste zugingen, erkannte er sie auf den ersten Blick. Das lachende und ziemlich beschwipste Mädchen, das noch immer den welkenden Strauß umklammert hielt, den sie von Becky aufgefangen hatte, konnte nur Boyds Schwester Ginny sein. Boyd machte die beiden miteinander bekannt. Ginny lief zu einem Rosarot an, das beinahe zu ihrem rosafarbenen Kleid paßte, als Spencer ihre Hand schüttelte und ihr erklärte, wie tapfer ihr Bruder im Pazifik gewesen sei.

»Er hat mir nie verraten, wie toll Sie aussehen, Captain.« Sie drängte sich kichernd an ihn, und er roch billiges Parfüm und Wein, während Boyd ihn mit seinem Vater bekannt machte, dessen mißbilligender Blick Spencer verriet, daß er mit seinem Sohn nicht auf bestem Fuß stand. Daß Hiroko der Grund war, konnte man sich denken.

Spencer blieb eine Weile bei ihnen stehen und tauschte mit Boyd und Tom Erinnerungen aus, ehe er zu einem Tisch ging und sich ein Glas Wein geben ließ. Er plauderte mit einigen Gästen und ging dann zu einem der Bäume, wo er allein stehenblieb. Diese friedliche Idylle rührte etwas in ihm an, das er längst vergessen geglaubt hatte. Es war wie ein Schritt in die Vergangenheit – die Erwachsenen unter Bäumen an Tischen, deren weiße Tischtücher sanft von der Brise bewegt wurden, Kinder, in einiger Entfernung tollend und lärmend. Schloß er die Augen, dann vermeinte er, sich irgendwo in Frankreich auf dem Land zu befinden oder gar in einem anderen Jahrhundert. Die Angehörigen und Freunde saßen da, sprachen und lachten, und hinter ihnen erstreckten sich die Hügel...

Plötzlich spürte Spencer, daß ihn jemand beobachtete. Er drehte sich um und sah, wie ein schönes Kind ihn anstarrte, ein barfüßiges Mädchen, größer als die meisten anwesenden Frauen zwar, aber dennoch ein Kind. Daran zweifelte er keinen Augenblick – ein Kind mit dem Körper einer Frau und großen blauen Augen, die in seine Seele zu blicken schienen. Eine schmale, anmutige Hand strich eine weißblonde Strähne aus einem Gesicht von bemerkenswerter Schönheit. Reglos stand sie da, als ihre Blicke sich trafen. Keiner sagte ein Wort. Er sah sie nur an, nicht imstande, den Blick von ihr zu wenden. Noch nie hatte er ein weibliches Wesen gesehen, das so schön und so unschuldig schien. Am liebsten hätte er die Hand ausgestreckt und sie angefaßt.

»Hallo.« Er sprach als erster, und sie schien Angst zu haben, ihm zu antworten. Er hätte ihr gern zugelächelt, doch ihre Augen übten eine geradezu lähmende Wirkung auf ihn aus. Es waren Augen von einem Blau, wie er es noch nie gesehen hatte, von der Farbe eines lavendelfarbenen Sommerhimmels am frühen Morgen. »Na, amüsierst du dich?« Eine alberne Frage, aber er konnte ihr doch nicht sagen, wie schön sie war, obwohl es das einzige war, was ihm einfallen wollte. Und dann, ganz allmählich, leuchtete ihr Lächeln auf, und sie ging behutsam auf ihn zu wie ein Reh, das sich aus dem Wald wagt. Sie war neugierig, wer er sein mochte, das las er in ihren Augen, und er befürchtete schon, sie zu erschrecken, wenn er näher ging. Er würde warten müssen, bis sie zu ihm kam, und er verspürte das Verlangen, eine Hand auszustrecken, um sie zu sich zu ziehen.

»Sind Sie einer von Toms Freunden?« Ihre Stimme war tief und weich und so seidig wie das hellblonde Haar, das zur Berührung geradezu herausforderte. Doch er mußte sich zwingen, so zu tun, als sei alles ganz alltäglich. Sie war ja nur ein Kind, und er war selbst verblüfft über seine Gefühle. Da war nichts von dem aufdringlichen Reiz, den Ginny Webster in ihrem schrillen rosa Kleid ausstrahlte. Nein, dieses Mädchen war ganz zarte Sinnlichkeit wie eine duftende, wilde Bergblume.

»Wir waren in Japan zusammen in der Armee.«

Sie nickte, als wäre sie gar nicht verwundert. Sie wußte, daß sie ihn nie zuvor gesehen hatte, ja, daß sie noch nie jemandem wie ihm begegnet war – einem Mann, dem man ansah, daß er über Bildung und dezente Vornehmheit verfügte. Diese Eigenschaften faszinierten sie. Alles an ihm war ohne Tadel und erlesen, von dem perfekt sitzenden Blazer angefangen bis zu der fleckenlos weißen Hose, dem bunten Seidenschlips und seinen schmalen Händen. Aber mehr als alles andere gefielen ihr seine Augen. Dieser Mann hatte etwas an sich, das sie magnetisch anzog.

»Kennen Sie Boyd Webster?« Sie legte neugierig den Kopf zur Seite, so daß ihr Haar ihr kaskadengleich über die Schulter fiel. »Er war auch mit Tom in Japan.«

Spencer nickte, von dem Gefühl erfüllt, sich von ihr nicht mehr lösen zu können. Dabei fragte er sich, wer sie sein mochte – als ob dies von Bedeutung gewesen wäre. »Ich kenne beide.« Er verschwieg, daß er ihr Vorgesetzter gewesen war. Es war unwichtig. »Und auch Hiroko. Kennen Sie sie?«

Sie schüttelte gemessen den Kopf. »Mit ihr darf niemand reden.«

Spencer nickte bekümmert, wenn auch nicht sonderlich erstaunt. Genau dies hatte er von Anfang an befürchtet, und nun hatte dieses erstaunliche Geschöpf seine Vermutung bestätigt. »Zu schade. Sie ist ein nettes Mädchen. Ich war bei ihrer Hochzeit.« Es fiel ihm schwer, ein Gesprächsthema zu finden, weil sie noch so jung war und weil er spürte, daß sich in ihm vor Sehnsucht alles verkrampfte, wenn er sie ansah. Hatte er den Verstand verloren? Sie ist ein Kind, sagte er sich, ein blutjunges Mädchen, höchstens vierzehn oder fünfzehn, und doch raubte ihm alles an ihr den Atem.

»Sind Sie aus San Francisco?« Er mußte es sein. Die Leute aus der Gegend hier sahen nicht so aus wie er, und sie konnte sich nicht vorstellen, daß jemand von noch weiter her käme als von San Francisco.

»Gegenwärtig schon. Aber eigentlich stamme ich aus New

York. Ich drücke hier noch die Schulbank.« Er lächelte, und sie lachte hell auf. Es war ein fröhliches Geräusch wie von einem Gebirgsbach, und sie kam ein Stück näher heran. Die anderen Kinder waren noch immer in ihre Spiele vertieft. Niemand schien sie zu vermissen.

»Was für eine Schule?« Ihre lebhaften Augen leuchteten. Er spürte, daß sich hinter ihrer Schüchternheit Schalkhaftigkeit verbarg.

»Ich studiere Rechtswissenschaften.«

»Das muß aber schwer sein.«

»Ja, das ist es. Aber es ist auch interessant und gefällt mir. Und was machst du?« Er wußte, daß es eine dumme Frage war. Was hätte sie in ihrem Alter schon machen sollen, außer zur Schule zu gehen und mit ihren Freundinnen zu spielen.

»Ich gehe noch zur Schule.« Sie zog einen langen Grashalm aus dem Rasen und spielte damit.

»Gefällt es dir?«

»Manchmal.«

»Das klingt ja richtig begeistert.« Wieder lächelte er ihr zu. Wie sie wohl heißen mochte? Vermutlich Sally oder Jane oder Mary. Hier mochte man keine ausgefallenen Namen. Und dann stellte Spencer Hill sich ihr förmlich vor, als ob das für sie eine Rolle gespielt hätte. Und sie nickte, ohne ihren Blick von ihm loszureißen.

»Ich bin Crystal Wyatt.« Ein Name, der ideal zu ihr paßte.

»Bist du mit der Braut verwandt?«

»Sie ist meine Schwester.«

Spencer fand es sonderbar, daß Tom nicht lieber auf Crystal gewartet hatte, aber vielleicht war den Leuten hier gar nicht bewußt, welch außergewöhnliche Schönheit sie war, obwohl man sich das kaum vorstellen konnte.

»Eine wunderschöne Ranch. Ein herrlicher Ort, um hier zu leben.«

Sie lächelte weniger zurückhaltend als zuvor, so als hätte sie ein

Geheimnis zu verraten. »In den Hügeln dort hinten ist es noch viel schöner, an einem kleinen Fluß, den man von hier nicht sehen kann. Ab und zu reite ich mit meinem Dad hin. Es ist dort wunderschön. Reiten Sie auch?«

»Nicht sehr gut, dafür aber gern. Vielleicht komme ich eines Tages zurück. Dann kannst du oder dein Dad mir das Plätzchen zeigen.« Sie nickte, als würde sie die Idee großartig finden. In diesem Moment rief jemand ihren Namen. Zuerst achtete sie nicht darauf, dann wandte sie sich zu Spencers Bedauern um. Es war ihr Bruder, der sie gerufen hatte. Spencer spürte, wie sein Herz sank. »Es war nett, mit dir zu plaudern.« Er wußte, daß sie im nächsten Moment fort sein würde, und wünschte sich, er könne die Hand ausstrecken und sie nur einen Augenblick berühren. Gleichzeitig empfand er Angst, sie nie wiederzusehen. Am liebsten hätte er die Zeit angehalten, damit ihm dieser Augenblick für immer in Erinnerung blieb; dieser Augenblick unter den Bäumen... ehe sie erwachsen wurde... ehe sie fortging... ehe das Leben sie verändern konnte.

»Crystal!« Jetzt war es ein ganzer Chor, der nach ihr rief. Sie konnte sich nicht mehr taub stellen und rief ihnen zu, daß sie gleich kommen würde.

»Werden Sie wirklich eines Tages wiederkommen?« Es war, als spürte auch sie es, als wollte auch sie nicht, daß er ging. Sie hatte noch nie einen so gutaussehenden Mann zu Gesicht bekommen, von den Filmstars abgesehen, die sie an ihre Zimmerwand geheftet hatte. Dieser Mann aber war anders; er war wirklich. Und er sprach mit ihr, als wäre sie kein Kind mehr.

»Ja, ich würde gern wiederkommen. Jetzt weiß ich ja, daß Boyd hier ist... Vielleicht besuche ich ihn einmal.« Sie nickte wie in stummem Einverständnis. »Bei dieser Gelegenheit werde ich auch Tom besuchen...« Er ließ den Satz unvollendet, denn er hatte sagen wollen »... und dich«, aber er wußte, daß er ihr das nicht sagen konnte. Sie hätte ihn für verrückt gehalten, und er wollte sie nicht erschrecken. Vielleicht ist es der Wein, sagte er sich, vielleicht ist sie gar nicht so schön, wie sie mir erscheint, vielleicht ist es nur die Stimmung, der Tag, die Hochzeitsatmosphäre. Doch er wußte, daß es mehr war, daß vor allem sie mehr war. Und dann winkte sie ihm mit einem letzten Blick und einem scheuen Lächeln zu und lief zu den anderen.

Spencer sah ihr lange nach. Ihr Bruder sagte etwas zu ihr und zog sie an den Haaren, worauf sie dem Jungen nachlief und ihn neckte, als hätte sie die kurze Begegnung vergessen. Doch als Spencer fortging, bemerkte er, daß sie sich nach ihm umdrehte und kurz stillstand, als wollte sie noch etwas sagen. Es blieb ungesagt. Sie sah wieder den anderen zu, während er zurück zu Boyd und Hiroko ging.

Ehe er das Fest verließ, sah er sie noch einmal auf der Veranda neben ihrer Mutter, von der sie ausgescholten wurde. Sie trug eine schwere Servierplatte in die Küche und kam nicht wieder heraus, und gleich darauf fuhr er los, noch immer in Gedanken bei dem großen Kind, dem er begegnet war. Sie war wie ein wildes Füllen, schön, ungezügelt und frei, ein Kind mit den Augen einer Frau. Er lachte über sich selbst. Einfach irre! Sein Leben spielte sich in einer Welt ab, die von hier sehr weit entfernt lag. Es besteht kein Grund, sich in der üppigen Wildnis des Alexander Valley zu einer Fünfzehnjährigen hingezogen zu fühlen, keinen Grund außer jenem, daß sie nicht irgendein Mädchen war. Allein der Name drückte ihr Anderssein aus. *Crystal.* Er sagte ihn sich beim Fahren vor, in Gedanken bei dem Versprechen, das er Boyd und Hiroko gegeben hatte. Er hatte versprochen, sie irgendwann zu besuchen, und vielleicht würde er es tatsächlich tun. Sonderbar, plötzlich spürte er, daß er es unbedingt tun mußte.

Und während Crystal ihrer Mutter half, die letzten Tabletts ins Haus zu tragen, ertappte sie sich dabei, daß sie an Spencer dachte, an den fabelhaft aussehenden Besucher aus San Francisco. Jetzt wußte sie, wer er war. Tom hatte ihn schon einmal erwähnt, seinen Vorgesetzten bei der Army. Tom, der sich sehr gefreut hatte, daß Spencer zur Hochzeit gekommen war, war im

Moment von wichtigeren Dingen in Anspruch genommen. Er und Becky waren in einem Hagelschauer von Reis in ihre Flitterwochen nach Mendocino ans Meer losgefahren. Sie wollten dort zwei Wochen verbringen. Dann würden sie das Häuschen auf der Ranch beziehen, mit ihrem Vater die Ranch bearbeiten und irgendwann Kinder bekommen. Wenn Crystal sich das alles vorstellte, kam es ihr unendlich langweilig vor, so vorgeplant und banal. Ein Leben in diesen Bahnen barg keinen Zauber, nichts Seltenes und Außergewöhnliches. Es war ein Leben, so ganz anders als das, von dem sie träumte. Ob sie auch einmal so enden würde? Verheiratet mit einem der Jungen aus der Umgebung, mit einem von Jareds Freunden, die sie nicht ausstehen konnte? Alles kam ihr sehr sonderbar vor, wenn sie es sich recht überlegte. Sie fühlte sich hin und her gerissen, ihrer vertrauten Welt verbunden, und doch von einer Welt träumend, die voller Geheimnisse und interessanter Männer war, ähnlich jenem, dem sie eben begegnet war.

Bis sie mit dem Geschirr fertig war und alles aufgeräumt hatte, war Mitternacht vorüber. Alles war wieder an seinem Platz, und Grandma schlief schon. Das Haus erschien sonderbar ruhig, als Crystal ihren Eltern gute Nacht wünschte und ihr Vater sie langsam zu ihrem Zimmer begleitete, um sich mit einem Kuß auf die Wange und einem zärtlichen Blick zu verabschieden.

»Eines Tages wirst du an der Reihe sein... so wie heute Becky.«

Sie zog unbeteiligt die Schultern hoch, und Jared, der an ihnen vorüber zu seinem Zimmer ging, ließ einen spöttischen Ausruf hören.

Ihr Vater sah sie lächelnd an.

»Möchtest du morgen mit mir ausreiten? Du könntest mir bei der Arbeit helfen.« Er war so stolz auf sie, viel stolzer als sie ahnte, als sie zu ihm aufblickte und sein Lächeln erwiderte.

»Ja, sehr gern, Dad.«

»Ich wecke dich um fünf. Und jetzt schlaf schön.« Er fuhr ihr durchs Haar, und sie schloß leise die Tür. Es war die erste Nacht, die sie allein in ihrem Zimmer schlief. Es kam ihr nun sehr friedlich vor. Endlich war es ihr Reich! Und während der Schlaf sie langsam übermannte, war sie in Gedanken wieder bei Spencer. Und Spencer Hill dachte in seinem Bett in einem Hotelzimmer in San Francisco an Crystal.

3. Kapitel

Tom und Beckys erstes Baby wurde auf den Tag zehn Monate nach der Hochzeit geboren. Es kam in dem Häuschen auf der Ranch zur Welt – mit Hilfe von Minerva und Olivia –, während Tom auf der Veranda des Haupthauses auf und ab lief. Das Baby, ein strammer Junge, wurde nach Toms Vater auf den Namen William getauft. Becky war unendlich stolz auf den Kleinen und Tom nicht minder. Es war ein strahlend erhellter Augenblick in einem Jahr, das ansonsten für die Wyatts viele Schwierigkeiten bereitgehalten hatte. Nach sintflutartigen Regenfällen war die Ernte sehr schlecht ausgefallen, und Tad hatte eine Lungenentzündung bekommen, von der er sich nicht wieder zu erholen schien. Als das Baby geboren wurde, war er noch immer sehr schwach, tat aber so, als wäre er völlig genesen. Nur Crystal wußte, wie matt er war. Die gemeinsamen Ritte fielen immer kürzer aus, und er schien immer froh zu sein, wenn er zu Hause wieder ins Bett gehen konnte, zuweilen sogar ohne Abendessen.

Erst vom Tag der Taufe an – es war zwei Tage vor Crystals sechzehntem Geburtstag – ging es mit ihm wieder bergauf. Das Baby wurde in derselben Kirche getauft, in der Tom und Becky im Jahr zuvor getraut worden waren. Olivia hatte diesmal sechzig Bekannte zum Lunch eingeladen. Es war eine viel einfachere Feier als die Hochzeit, aber immer noch sehr festlich. Ginny

Webster fungierte als Patin, und Tom bat Boyd, als zweiter Pate zu fungieren – bei den Wyatts ein heikles Thema, da Hiroko noch immer gemieden wurde. Ihre einzige Freundin war Crystal, doch auch sie hatte keine Ahnung, daß Hiroko schwanger war. Der Arzt im Ort hatte sich geweigert, sie als Patientin anzunehmen. Da sein eigener Sohn in Japan umgekommen war, erklärte er ihr klipp und klar, daß er nicht daran dächte, ihr bei der Geburt beizustehen. Boyd hatte sie nach San Francisco zu einem Arzt bringen müssen. Es war abzusehen, daß er sich diese Arztbesuche nicht oft würde leisten können. Dr. Yoshikawa, ein wortkarger, gütiger Mensch, war in San Diego geboren und hatte sein ganzes Leben in San Francisco verbracht. Nach Pearl Harbor war er wie alle anderen in den USA ansässigen Japaner interniert worden. Vier Jahre hatte er seine Landsleute im Lager medizinisch versorgt und ihnen mit den spärlichen ihm zur Verfügung stehenden Mitteln zu helfen versucht, so gut es eben ging. Für ihn war es eine Zeit der Verzweiflung und der Enttäuschungen gewesen, in der er sich jedoch die Achtung und Zuneigung der Menschen erworben hatte, denen er zur Seite stand. Hiroko hatte durch die einzige Japanerin, die sie in San Francisco kannte, von ihm erfahren und war zitternd zu ihm gegangen, voller Angst, nachdem sie von dem im Alexander Valley so angesehenen Arzt auf demütigende Weise abgewiesen worden war. Boyd war während der Untersuchung nicht von ihrer Seite gewichen. Dr. Yoshikawa konnte ihnen versichern, daß alles ganz normal verlief. Ihm war bewußt, wie schwierig es für Hiroko war, in einem fremden Land unter Menschen, die sie ihrer Hautfarbe und ihrer schrägen Augen wegen haßten.

»Mr. Webster, im März werden Sie ein hübsches, gesundes Kind haben«, sagte er zu Boyd, um sodann Hiroko zuzulächeln. Mit ihr sprach er Japanisch. Boyd merkte ihr an, wie wohl es ihr tat, sich für wenige Augenblicke in die Heimat versetzt zu fühlen. Und was das Wichtigste war, sie konnte diesem Arzt vertrauen. Er riet ihr, jeden Nachmittag zu ruhen und sich vernünftig zu ernähren. Er empfahl ihr eine Diät aus allen ihren japanischen Lieblingsgerichten – ein Rat, den sie kichernd akzeptierte.

Boyd war im Begriff, ihr bei der Zubereitung einer dieser Köstlichkeiten zu helfen, als Crystal an dem Tag nach dem Arztbesuch in San Francisco an ihre Tür klopfte. Von Zeit zu Zeit schaute sie bei ihnen vorbei, nur um guten Tag zu sagen und ein wenig zu schwatzen. Seit Beckys Hochzeit hatte sie sich diese Besuche zur Gewohnheit gemacht. Kein Mensch wußte, daß sie kam, und Boyd war so klug, die Sache nicht an die große Glocke zu hängen.

»Hallo, ist jemand da?« Sie hatte ihr Pferd vor dem Haus angebunden und trat vorsichtig ein, das Haar unter einem Cowboyhut auf dem Hinterkopf hoch aufgetürmt. Crystal, deren lange Beine von den Jeans noch betont wurden, war noch hübscher als im Jahr zuvor, und vor allem viel weiblicher, ohne daß sie ihre Aura der Unschuld verloren hätte. Zu den Jeans trug sie eines von Tads alten Hemden, und als sie ihren Hut auf einen Stuhl warf und sich über die Stirn fuhr, fiel ihr die blonde Mähne wie ein Wasserfall über die Schultern.

»Hallo, Crystal.« Boyd trocknete sich die Hände an einem Küchentuch ab, und Hiroko bot ihr lächelnd eine Kostprobe von dem *sashimi* an, das sie eben zubereitete. »Hast du schon gegessen?« Es war Sonnabend, und sie hatte keine Schule. Ihr Vater pflegte der Ruhe, sie selbst hatte an dem Tag nichts zu tun. Eben kam sie von einem Besuch bei Becky und dem kleinen Willie, wie der Kleine genannt wurde. Er war ein rundliches Kerlchen, das schon lächeln konnte.

»Was ist denn das?« Crystal starrte den rohen Fisch fasziniert an.

»*Sashimi*«, antwortete Hiroko mit schüchternem Lächeln. Crystals helles Haar und ihre großen, blauen Augen erregten bei ihr immer wieder staunende Fassungslosigkeit. Sie wünschte sehnlichst ebenso auszusehen. Hiroko träumte davon, sich die schmalen Augen durch einen Eingriff vergrößern zu lassen, aber das konnten sie sich nicht leisten, und Boyd wäre außer sich geraten, hätte er geahnt, daß sie dies in Erwägung zog. Er liebte sie, so wie sie war, mit all ihrer zarten japanischen Schönheit.

Hiroko, die nur drei Jahre älter als Crystal war, war von viel ernsterem Wesen, das sich in der Abgeschiedenheit ihres Lebens im Tal noch vertieft hatte. »Möchtest du etwas *sashimi* kosten, Crystal-san?« Ihr Englisch hatte sich im Laufe des Jahres sehr verbessert. Abends las sie Boyd laut vor und arbeitete ernsthaft an ihrer Aussprache. Crystal hatte ihr sogar einige Schulbücher geborgt, und Hiroko vertiefte sich in die Texte und lernte rasch.

Crystal setzte sich zu ihnen in die winzige Küche und versuchte vorsichtig von dem rohen Fisch.

»Deinem Vater geht es besser?« fragte Hiroko leise, und Crystal nickte mit besorgtem Stirnrunzeln.

»Ja, viel besser. Der Winter war für ihn sehr hart. Heute war ich kurz bei Becky«, berichtete sie. »Das Baby wird richtig niedlich.« Da bemerkte sie, wie Hiroko und Boyd einen sonderbaren Blick wechselten. Boyd sah seine Frau aufmunternd an. Seine Sommersprossen leuchteten stärker als je auf seinem bleichen Gesicht. Er war so ganz anders als Crystal, deren Haut trotz ihrer hellen Haare und blauen Augen tiefbraun werden konnte. Doch er schien unempfänglich für ihre Schönheit zu sein. Boyd hatte nur für Hiroko Augen.

»Sag es ihr.« Er lächelte seiner Frau zu, denn er wollte, daß sie ihre einzige Freundin in die gute Nachricht mit einbezog, die nun keine so große Bürde mehr darstellte, seit sie Dr. Yoshikawa gefunden hatten. Sie konnten sich eigentlich kein Kind leisten, aber dennoch wünschten sie sich sehnlichst eines. Sie wunderten sich ohnehin, daß es so lange gedauert hatte. Über zwei Jahre hatte Hiroko warten müssen, bis sie schwanger geworden war. »Los...« Boyd stieß sie an, und Hiroko machte ein verlegenes Gesicht, während Crystal wartete. Sie war noch zu jung, um sofort das Richtige zu ahnen. Kinderkriegen war etwas, woran Crystal wenig Gedanken verschwendete. Sie sah die beiden mit großen, erwartungsvollen Augen an, aber Hiroko brachte es nicht über die Lippen. Schließlich mußte Boyd einspringen. »Wir erwarten im Frühjahr ein Baby.« Er sah sehr stolz aus, als er das sagte, und Hiroko wandte sich schüchtern ab. Sie hatte sich an seine amerikanische Art noch immer nicht gewöhnt, an seine Offenheit, mit der er den Leuten ganz private Dinge anvertraute. Dennoch war sie so glücklich wie er.

»Das ist ja wunderbar.« Crystal lächelte. »Wann denn?«

»Voraussichtlich im März.« Er strahlte seine Frau voller Stolz an, und Hiroko legte Crystal noch *sashimi* auf den Teller.

»Ach, das ist ja noch eine lange Zeit.« Crystal kam es bis dahin wie eine Ewigkeit vor. Ihr war auch Beckys Schwangerschaft endlos vorgekommen. Ihre Schwester hatte unentwegt gejammert, wie schlecht es ihr ginge und wie unbehaglich sie sich fühlte. Schließlich hatte Crystal es in ihrer Nähe nicht mehr ausgehalten. Sogar Jared bekam das Gejammer satt, und Tom machte es sich zur Gewohnheit, abends noch öfter mit seinen Freunden auszugehen. Nur Olivia zeigte Mitgefühl. Die zwei Frauen standen sich näher als je zuvor, aber das störte Crystal nicht im geringsten. Sie war am glücklichsten, wenn sie mit ihrem Vater zusammensein konnte. Und die Besuche bei Hiroko waren im vergangenen Jahr für sie zu einer lieben Gewohnheit geworden. Sie hatten sich über die Natur, das Leben und über ihre Gedanken unterhalten und nur sehr selten über andere Menschen. Hiroko hatte keine Bekannten, über die sie hätte sprechen können, nur ihre Familie in Japan, und auch von dieser erzählte sie nur sehr selten. Sie war so weit entfernt, daß sie für sie fast als verloren gelten konnte. Einmal aber gestand sie, daß sie ihre kleinen Schwestern vermißte. Und im Gegenzug für diese Vertraulichkeit hatte Crystal ihr gestanden, daß sie zuweilen träumte, zum Film zu gehen. Hiroko war fasziniert von dieser Idee, und vor allem war sie der Meinung, Crystal sei hübsch genug. Aber Hollywood schien Welten entfernt vom Alexander Valley zu sein. Es war so weit fort, daß es auf einem anderen Planeten hätte sein können.

Hiroko und Boyd waren zur Taufe des kleinen William eingeladen, der munter krähte, als der Geistliche sein Köpfchen mit Wasser benetzte. Der Kleine trug das Taufkleidchen, das schon Grandma Minervas Vater getragen hatte. Beim Verlassen der Kirche sah Hiroko ziemlich blaß aus, und Boyd nahm liebevoll ihren Arm, während er ihr mit den Augen eine Frage signalisierte. Ein Nicken war die Antwort. Nie beklagte sie sich über Übelkeit, doch er wußte, daß sie stark darunter litt. Sie kochte für ihn noch immer liebevoll die kompliziertesten Gerichte, während sie selbst kaum aß und in den Speisen nur herumstocherte. Er hatte auch einige Male mitbekommen, wie sie sich am Morgen übergeben mußte. Crystals Blick begegnete dem Hirokos, ehe Boyd mit ihr davonfuhr, und die zwei Frauen lächelten sich zu. Es fiel offenbar niemandem auf. Alle waren zu sehr damit beschäftigt, den kleinen Willie zu bewundern.

Auf der Ranch war das Festmahl so üppig wie an Beckys Hochzeitstag, diesmal aber war alles leichter, weil viel weniger Gäste geladen waren. Die Frauen saßen in kleinen Gruppen beisammen und besprachen, wer heiraten und wer ein Kind bekommen würde. Von Hiroko wußte man noch nichts, zudem galt das allgemeine Interesse Ginny Webster, über die viel getuschelt wurde. Sie hatte sichtbar zugenommen, und es wurde gemunkelt, daß sie mit Marshall Floyd eine Affäre hatte. Jemand wollte sogar beobachtet haben, wie die beiden ein Hotel in Napa verließen.

»Sie ist schwanger, möchte ich wetten«, verkündete Olivia im Verschwörerton, und Becky setzte hinzu, daß Ginny vor drei Wochen bei einem Kirchenfest in Ohnmacht gefallen war.

»Glaubst du, er wird sie heiraten?«

»Schon möglich«, gab eine der Frauen ihrer Meinung Ausdruck. »Aber er täte gut daran, es sehr rasch zu tun, ehe sie noch dicker wird.« Die Frauen schwatzten, während die Männer abgesondert dastanden und tranken und aßen und die Kinder wie im Jahr zuvor spielten. Zwei Jahre nach Kriegsende hatte sich nicht viel geändert, nur waren die Kinder etwas größer geworden. Crystal selbst wirkte nicht mehr so kindlich. Ihr Körper zeigte nun unverkennbar weibliche Formen, die ebenso wie ihre langen, anmutigen Beine die Blicke der Männer auf sich zogen. Ihre Kleider vermochten die Figur nicht mehr wie früher zu verbergen, und ihre Augen waren stiller und abgeklärter geworden. Den ganzen Winter über war sie in großer Sorge um ihren Vater gewesen. Jared hatte im Juni den Abschluß an der High School gemacht und wollte mit Tom und seinem Vater gemeinsam die Ranch bearbeiten. Sein Vater hatte sich gewünscht, daß er aufs College ginge, aber Jared wollte nicht. Er bastelte ständig an den Autos herum und raste mit seinen Freunden durch die Gegend. Neuerdings hatte er in Calistoga eine Freundin.

»Ein netter junger Mann«, bemerkte eine von Olivias Freundinnen mit bewunderndem Unterton. »Der heiratet als nächster, wette ich. Er soll sich mit der kleinen Thompson des öfteren treffen.« Seine Mutter lächelte stolz, doch als sie zu Crystal hinübersah, umwölkte sich ihr Blick. Das Mädchen trug das blaue Kleid, das ihr Vater ihr in San Francisco gekauft hatte. »Ein hübsches Mädchen... eine richtige Schönheit...« Die andere hatte Olivias Blick bemerkt, der ihrer Jüngsten galt. »Du wirst Crystal bald in die Scheune sperren müssen«, neckte sie Olivia, die so tat, als hätte sie nichts gehört. Ihr jüngstes Kind war ihr immer fremd geblieben. Crystal war so anders als die anderen Mädchen, vor allem anders als ihre Schwester. Sie war still und in sich gekehrt, eben anders als die anderen. Ständig neigte sie zum Grübeln, und wenn sie – selten genug – von ihren Gedanken sprach, dann sorgte sie damit bei ihrer Mutter unweigerlich für Verstimmung. Ein Mädchen brauchte nicht tiefsinnig zu sein, vor allem aber sollte es nicht von jenen Orten träumen, die Tad ihr schwärmerisch geschildert hatte. Das alles war sein Fehler; er hatte ihr diesen Unsinn in den Kopf gesetzt. Sein Fehler war es auch, daß sie so viel in den Hügeln umherstreifte, seine Pferde ritt, nackt in Bächen schwamm und wie ein richtiger Wildfang mitunter stundenlang verschwunden blieb.

Sie war nicht wie die anderen Mädchen, nicht wie Becky und ihre Mutter. Sie war es nie gewesen, und das trat nun, da sie langsam erwachsen wurde, immer deutlicher zutage. Die Jungen aus der Umgebung schienen für sie nicht zu existieren. Am liebsten war es ihr, wenn sie allein sein oder stundenlang mit ihrem Vater sprechen konnte – über die Ranch, die Bücher, die sie las, oder die Orte, die Tad kannte und die sie so gern kennenlernen wollte. Olivia hatte sogar einmal mitbekommen, wie von Hollywood die Rede gewesen war. Tad mußte doch wissen, daß es reiner Wahnsinn war. Unter diesen Umständen würde sich trotz ihrer Schönheit schwerlich ein Mann für sie finden. Das Aussehen war nicht ausschlaggebend. Crystal war zu schön, zu frei, zu andersgeartet. Sogar jetzt, während die Frauen schwatzten, saß Crystal allein auf der Schaukel. Sie schaukelte ganz hoch, während die anderen, die sie gar nicht zu bemerken oder zu sehen schien, in der Nähe spielten. Anstatt sich anzupassen, war sie im letzten Jahr noch mehr zur Einzelgängerin geworden. Sogar Jared, der jetzt ein selbständiges Leben führte, ließ Crystal in Ruhe. Nur wenn sie am Sonntag in der Kirche sang, wurde sie von den Leuten überhaupt wahrgenommen. Sie hatte eine Stimme, die jeden aufhorchen ließ. Man mußte zuhören, ob man wollte oder nicht. Es war das einzige, was es über sie zu sagen gab.

Auf der Schaukel durch die Luft schwebend, unbekümmert um das Gerede der Leute, ohne die Gesellschaft um sich herum wahrzunehmen, sang sie vor sich hin, als sie seinen Wagen vorfahren sah. Sie erkannte ihn sofort, als er ausstieg. Ein Jahr lang hatte sie ihn nicht gesehen, und doch hätte sie ihn überall wiedererkannt. Sie hatte ihn nicht vergessen, aber nur gelegentlich hatte sie gewagt, Boyd zu fragen, ob er von Spencer einen Brief bekommen hätte. Doch zur Taufe war er nun gekommen, und Crystal verstummte und ließ die Schaukel ausschwingen, während sie zusah, wie er die Hand ihres Vaters schüttelte und sich dann auf die Suche nach Boyd und Hiroko machte. Er sah so gut aus wie letztes Jahr, vielleicht sogar noch besser. Sie hatte Spencer Hill keine Sekunde vergessen, und als sie ihn nun sah, drohte ihr Herz auszusetzen.

Er trug einen Sommeranzug und auf dem Kopf einen Strohhut. Crystal sah, wie er lachte, als er zu Hiroko etwas sagte. Und dann ließ er langsam den Blick schweifen. Dann entdeckte er sie auf der Schaukel. Auch aus der Entfernung merkte er, daß sie zu ihm hinüberblickte, und er spürte, wie ihr Blick an ihm haftenblieb, während er langsam auf sie zuging. Seine Miene war ernst, und seine Augen waren tiefblau, als er vor ihr stehenblieb. Die Luft zwischen ihnen war unerträglich geladen, ohne daß einer der beiden es hätte erklären können. Etwas, das beide ein Jahr lang im Gedächtnis bewahrt hatten, ließ sich jetzt nicht mehr unterdrücken, als ihre Blicke sich trafen. Es war eine Spielart der Leidenschaft, die über Worte und über das einfache Begriffsvermögen hinausging. Und doch waren sie einander fremd, wie beiden wohl bewußt war.

»Hallo, Crystal... na, wie geht's?« Er spürte, wie seine Hände zitterten, als er sie in die Tasche steckte und sich an den Baum lehnte, an dem die Schaukel hing. Er war bestrebt, einen normalen Ton anzuschlagen, um seine Gefühle nicht preiszugeben. Leicht fiel es ihm nicht. Crystal rührte sich nicht, sie sah ihn nur an, und einen Augenblick war es, als seien alle anderen Anwesenden gar nicht vorhanden. In der Nähe stand ein Magnolienbaum, der die Luft mit seinem betäubenden Duft erfüllte. Fast war es, als hörte man aus der Ferne schicksalsschweren Trommelschlag.

»Ach, ganz gut.« Auch sie versuchte, beiläufig zu sprechen. Schon war sie nahe daran, ihn zu fragen, warum er sich nie hatte blicken lassen, unterließ es aber aus Schüchternheit. Sie konnte nichts tun, als ihn anstarren, wie er ähnlich makellos vor ihr stand, mit gepflegtem Haar, braungebranntem Gesicht und mit Augen, die etwas suchten, das sie noch nicht verstand. Sie wollte ein Leben lang in seiner Nähe bleiben, wollte seinen Duft riechen und seinen Blick auf sich spüren. Der schwüle Nachmittag war plötzlich noch viel drückender. Spencer hatte das Gefühl, sein

Inneres sei am Schmelzen. Er mußte sich ernsthaft ermahnen, daß sie ja nur ein Kind war. Und doch wußten beide, daß er ihr seine Liebe gestehen wollte – auch wenn es im Grunde genommen unmöglich war, denn er kannte sie ja kaum. Es war niederschmetternd, daß das Mädchen, das er ein Jahr lang aus seinem Bewußtsein hatte streichen wollen, ihm nun noch begehrenswerter erschien.

»Und was macht das Studium?« Ihre Augen durchbohrten ihn, als sie ihm die Frage stellte. Sie war teils Kind, teils Sirene, und jetzt, nach einem Jahr, war sie in seinen Augen ganz Frau.

»Kürzlich habe ich mein Examen bestanden.« Sie nickte, und in ihrem Blick lagen tausend Fragen, die keiner von ihnen hätte beantworten können. Obwohl er das Gefühl hatte, innerlich zu vergehen, strahlte er nach außen eine ruhige Überlegenheit aus, als fürchte er nichts – nichts außer den Gefühlen, die er für dieses Kind empfand, das er kaum kannte. Davon las sie nichts in seiner Miene, während er sie ansah und beobachtete, wie ihr Haar in der leichten Sommerbrise wehte. »Und was ist mit dir?« Sehnsüchtig wünschte er sich, die Hand auszustrecken und sie zu berühren.

»Übermorgen werde ich sechzehn«, sagte sie ganz leise, und er spürte, wie sein Herz sank. Einen kurzen Augenblick hatte er gehofft, er hätte sich geirrt und sie sei in Wahrheit älter. Und doch hatte sie in dem vergangenen Jahr eine Veränderung durchgemacht. Sie wirkte nun erwachsener und in dem blauen Kleid viel weiblicher, mit einem Hauch Kindlichkeit, und er fragte sich erneut, welcher Wahnsinn ihn zu ihr hinzog. Heute war er nicht nur gekommen, um Boyd wiederzusehen. Er hatte gehofft, *sie* würde da sein, weil er sie noch einmal sehen wollte, bevor er Kalifornien den Rücken kehrte. Aber es hatte keinen Sinn, sich zu quälen. Mit sechzehn war sie ja noch ein Baby. Und doch ... ihre Augen sagten ihm, daß sie ähnlich empfand wie er. Aber es war Wahnsinn, daß er, mit achtundzwanzig, sich in eine Sechzehnjährige verliebte. »Wird es eine Geburtstagsparty geben?« Er sprach wie mit einem Kind, und doch sagte ihm alles, was er vor sich sah, daß sie eine Frau war. Crystal schüttelte lachend den Kopf. »Nein...« Sie konnte ihm unmöglich erklären, daß sie kaum Freunde hatte, daß die Mädchen sie ihres Aussehens wegen haßten, was ihr selbst unbegreiflich war. »Dad hat gesagt, er würde vielleicht nächsten Monat mit mir nach San Francisco fahren.« Sie hätte Spencer gern gefragt, ob er noch dort sein würde, unterließ es aber. Keiner von ihnen konnte das sagen, was er gern sagen wollte. Sie mußten so tun, als sei gar nichts, als sei ihnen nicht klar, was sie trotz des Altersunterschiedes und all der Gegensätze, durch die das Leben sie trennte, füreinander empfanden.

Als könne er Gedanken lesen, beantwortete er die Frage, die zu stellen sie nicht gewagt hatte, nämlich, wohin er jetzt nach dem Examen gehen würde. »In ein paar Tagen kehre ich nach New York zurück. Ich werde in einer Anwaltsfirma an der Wall Street arbeiten.« Er kam sich ziemlich albern vor, weil er ihr dies alles erklärte. »Dort ist das Zentrum der Finanzwelt«, fuhr er lächelnd fort und verlagerte sein Gewicht auf den Baum, der ihn aufrecht zu halten schien. In diesem Moment war er nicht sicher, ob seine zitternden Knie ihn noch länger halten würden. »Es soll eine sehr renommierte Firma sein.« Er wollte sie unbedingt beeindrucken, hätte sich die Mühe aber getrost sparen können, da sie von ihm ohnehin sehr angetan war.

»Sind Sie aufgeregt?« Crystal sah Spencer mit aufgerissenen Augen an, als wolle sie tief in seine Seele blicken, und fast befürchtete er, sie könnte es. Er war nicht sicher, was sie darin entdecken würde – vielleicht einen Mann, der Angst vor dem hatte, was er für dieses Mädchen empfand. Er wußte nicht, ob es nur ihr Aussehen war oder das Geheimnis, das er in ihren Augen las. Aber er wußte, daß etwas Seltenes, etwas ganz anderes um sie war. Trotz seiner Bemühungen, sie zu vergessen, hatte sie ihn das ganze vergangene Jahr verfolgt. Und jetzt, neben ihr, spürte er die Anspannung, die von ihrer Nähe herrührte, in seinem ganzen Körper.

»Ich bin ziemlich aufgeregt, und ein bißchen Angst habe ich auch.« Dieses Eingeständnis klang beiläufig. »Es ist ein guter Job, und meine Familie wäre enttäuscht, wenn ich die Erwartungen, die sie in mich setzen, nicht erfüllen würde.« Seine Familie kam ihm freilich im Moment ganz unwichtig vor. Jetzt war nur Crystal von Bedeutung.

»Werden Sie nie wieder nach Kalifornien zurückkommen?« Ihre Augen blickten so traurig, als stünde er im Begriff, sie zu verlassen, und beide empfanden den Verlust, noch ehe er eingetreten war.

»Ich werde gern bei Gelegenheit wiederkommen. Es kann freilich sein, daß es eine Weile dauert.« Das sagte er verhalten und bekümmert. In diesem Augenblick bedauerte er, daß er überhaupt gekommen war. Es wäre leichter gewesen, wenn er sie nicht wiedergesehen hätte. Ebenso wußte er, daß er dazu nicht imstande gewesen wäre. Seit Wochen schon hatte er sich danach gesehnt, sie wiederzusehen, und jetzt schaute sie ihn mit weisen und traurigen Augen an, mit Augen, in denen die Einsamkeit stand, in der sie lebte. Der heutige Tag war ein Geschenk, das sie immer hochhalten würde. Spencer war für sie zu einem Traum geworden, ähnlich den Träumen von den Filmstars, deren Fotos in ihrem Zimmer hingen. Genauso fern und unwirklich und unerreichbar war Spencer Hill. Der einzige Unterschied bestand darin, daß sie wußte, daß sie ihn liebte.

»Hiroko erwartet im Frühling ein Baby«, sagte sie, nur um das Schweigen zu brechen, und er seufzte und wandte den Blick ab, als versuche er tief durchzuatmen und sich zu zwingen, an etwas anderes als an Crystal zu denken.

»Das freut mich für die beiden.« Seine Worte waren von einem Lächeln begleitet. Dabei fragte er sich, wann Crystal heiraten und Kinder bekommen würde. Wenn er eines Tages wiederkäme, würde sie vielleicht schon verheiratet sein, ein halbes Dutzend Kinder würde an ihren Schürzenbändern hängen, und sie würde einen Mann haben, der zuviel Bier trank und sie am Wochenende ins Kino ausführte – wenn sie Glück hatte. Der Gedanke daran bereitete ihm fast Übelkeit. Er wollte nicht, daß ihr Leben so verlief. Sie verdiente so viel mehr als das. Doch er wußte, daß er nichts tun konnte, um sie zu retten. »Sie wird eine wundervolle Mutter sein.« Damit war Hiroko gemeint, doch einen Moment fragte er sich, ob er dabei nicht an Crystal gedacht hatte.

Crystal beschränkte sich auf ein Nicken und stieß die Schaukel sacht mit einem Fuß an. Sie trug dieselben weißen Pumps, die sie schon bei Beckys Hochzeit getragen hatte. Diesmal aber hatte sie die Schuhe anbehalten und trug dazu ihre kostbaren Nylonstrümpfe.

»Vielleicht wirst du eines Tages auch nach New York kommen.« Das sagte er, um sich Hoffnung zu machen. Beide wußten, daß es kaum wahrscheinlich war.

»Mein Vater war einmal dort. Er hat mir davon erzählt.«

Spencer lächelte. »Ich denke, es würde dir gefallen.« Wie gern hätte er ihr die Stadt gezeigt. Wenn sie nur etwas älter gewesen wäre.

»Ich würde lieber nach Hollywood gehen.« Verträumt blickte Crystal zum Himmel empor, und in diesem Moment schien sie wieder ein Kind zu sein. Ein Kind, das von Hollywood und davon träumte, ein Filmstar zu werden. Es war ein so unwahrscheinlicher Traum wie sein Traum, sie lieben zu dürfen, obschon er das nicht sagte.

»Und wem möchtest du in Hollywood begegnen?« Er wollte wissen, welches ihre Lieblingsstars waren, worüber sie gern sprach und wovon sie träumte. Er wollte alles von ihr wissen, vielleicht in der Hoffnung, daß der Zauber, mit dem sie ihn bannte, dann verfliegen würde. Er mußte dieses Mädchen vergessen, ein für allemal, ehe er Kalifornien verließ. Sie hatte seine Gedanken das ganze Jahr über beschäftigt, so sehr, daß er oft schon erwogen hatte, Boyd zu besuchen, obwohl er insgeheim wußte, daß er nur Crystal sehen wollte. Aber aus Angst vor dem

Wahnsinn, in den sie ihn zu versetzen vermochte, war er absichtlich nicht gekommen – bis heute. Ein letztes Mal nur, ehe er fortging. Doch es war schon zu spät. Er wußte jetzt, daß er sie nie vergessen würde.

Crystal dachte über seine Frage, wen sie am liebsten in Hollywood kennenlernen würde, nach und sagte schließlich: »Clark Gable. Und vielleicht Gary Cooper.«

»Klingt recht vernünftig. Und was möchtest du in Hollywood tun?«

Crystal lachte hell auf. Sie spielte mit ihren eigenen Träumen und ein wenig mit ihm. »Ich möchte zum Film. Oder Sängerin werden.« Er hatte sie noch nie singen gehört, hatte noch nie die Stimme gehört, die alle Menschen hier im Tal bezauberte, auch jene, die Crystal sonst nicht mochten.

»Na, vielleicht glückt es dir eines schönen Tages.« Beide lachten über seine Bemerkung. Filme waren etwas für Filmstars, aber nichts für gewöhnliche Menschen. Und Crystal wußte, daß ihr keine Filmkarriere vorausbestimmt war.

»Hübsch bist du ja. Du bist sogar schön«, sagte Spencer leise, als die Schaukel langsam zum Stillstand kam und Crystal ihn anblickte. Seine Worte klangen irgendwie furchteinflößend, und das erstaunte beide so sehr, daß sie sekundenlang schwiegen. Dann schüttelte sie wehmütig den Kopf. Der Gedanke an seinen Abschied stimmte sie traurig.

»Hiroko ist schön. Aber du bist es auch«, sagte er so leise, daß sie es kaum hören konnte.

Da faßte sie sich ein Herz und stellte ihm die Frage, auf die sie zu gern die Antwort gewußt hätte, seitdem sie ihn an diesem Morgen entdeckt hatte.

»Warum sind Sie heute gekommen?« Um Boyd zu besuchen? Hiroko? Tom? Becky und ihr Baby? Es gab ein halbes Dutzend plausibler Gründe und nur einen, der ihn tatsächlich hierhergeführt hatte. Und als er ihr in die Augen sah, wußte er, daß er es ihr sagen mußte. Sie sollte es wissen.

»Ich wollte dich sehen, ehe ich endgültig fortgehe.« Wieder war seine Stimme leise, und sie nickte stumm. Es war das, was sie hatte hören wollen, nun aber jagten ihr seine Worte ein wenig Angst ein. Dieser attraktive Mann aus einer anderen Welt war tatsächlich gekommen, um sie zu sehen. Sie verstand gar nicht, was er von ihr wollte. Spencer selbst wußte es nicht, und das machte alles nur noch verwirrender.

Crystal löste sich von der Schaukel und ging auf ihn zu. Diese lavendelblauen Augen, mit denen sie ihn ansah, hatte er nie vergessen. »Danke.« Sie standen eine Zeitlang so beisammen, bis Spencer aus dem Augenwinkel ihren Vater auf sie zukommen sah. Er winkte Crystal zu. Für eine Sekunde glaubte Spencer, Tad Wyatt sei ungehalten, so als könne er seine Gedanken lesen und mißbilligte sie zutiefst. Tatsächlich hatte Crystals Vater die beiden lange beobachtet und sich gefragt, was sie zu besprechen hätten. Der junge Mann hatte etwas an sich, das ihm gefiel. Er wußte, daß er von auswärts war, und es war gut, wenn Crystal einem solchen Mann gefiel. Tad Wyatt fand es nur sehr bedauerlich, daß es in der Gegend nicht mehr Männer dieses Typs gab. Doch als er sich jetzt den beiden näherte, hatte er anderes im Sinn.

»Na, ihr beide macht aber ernste Gesichter. Ist die Jugend dabei, die Probleme der Welt zu lösen?« Seine Worte waren scherzhaft gemeint, doch die abgeklärten alten Augen von Tad musterten Spencer dabei sehr ernsthaft. Und Tad gefiel, was er vor sich sah. Spencer war ihm auf Anhieb sympathisch, wenngleich ihm klar war, daß er für Crystal wegen des Altersunterschiedes nicht in Frage kam. Andererseits sah er in ihrem Gesicht etwas, was er dort noch nie zuvor gesehen hatte, von ein oder zwei Malen abgesehen, wenn sie ihn mit unverhohlener Bewunderung angesehen hatte. Diesmal aber war es etwas anderes. In ihrer Miene spiegelte sich Glück und Wehmut zugleich. Und plötzlich war Tad Wyatt klar, daß aus seiner kleinen Tochter eine Frau geworden war. Er wandte sich an Spencer und sagte mit seiner tiefen, beruhigenden Stimme: »Captain Hill, jetzt steht Ihnen etwas Besonderes bevor.« Sein stolzes Lächeln galt Crystal. »Das heißt, wenn Crystal einverstanden ist. Die Leute möchten dich singen hören, Kleines. Na, wie wär's?«

Errötend schüttelte sie den Kopf, so daß ihr die lange, helle Mähne halb ins Gesicht fiel und in der Sonne schimmerte, während die andere Hälfte vom Baum beschattet wurde. Ihre Schönheit ließ die beiden Männer jäh verstummen. Sie sah zu ihrem Vater auf, und in ihren Augen lag ein schüchternes Lächeln. »Heute sind zu viele da... es ist nicht so wie in der Kirche...«

»Das macht doch nichts. Wenn du anfängst, vergißt du sie alle.« Er tat nichts lieber, als ihrem Gesang zuzuhören, wenn sie über die Hügel ritten. Ihre Stimme hatte dieselbe ehrfurchtgebietende, aufwühlende Wirkung wie ein strahlender Sonnenaufgang, und er wurde ihrer nie müde. »Ein paar Männer haben ihre Gitarren dabei. Nur ein Lied oder zwei, zur Belebung der Party.« Er sah sie bittend an, und sie konnte ihm keine Bitte abschlagen, obwohl es sie verlegen machte, in Spencers Gegenwart zu singen. Vermutlich würde er sie für sehr albern halten. Spencer freilich schloß sich Tads Bitten an und drängte sie, und als ihre Blicke sich trafen, trat Schweigen ein – ein Moment, der alles sagte, was die beiden nicht auszusprechen wagten. Vielleicht würde es für ihn wie ein Geschenk sein, eine Erinnerung. Crystal nickte stumm und folgte ihrem Vater zu den anderen. Spencer ging zurück zu Boyd und Hiroko, und als sie einen Blick über die Schulter warf, sah sie, daß er sie beobachtete, und sie spürte auch über diese Entfernung hinweg die Liebe, die aus seinen Augen sprach. Eine Liebe, die keiner der beiden verstand und die vor einem Jahr begonnen und ein ganzes Jahr überdauert hatte, bis sie sich wieder begegnet waren. Es war eine Liebe, die zu nichts führen würde, aber wenigstens hatten sie dies für sich, wenn er jetzt ging.

Einer der Männer reichte Crystal eine Gitarre, und sie setzte sich auf eine Bank, während zwei andere Gitarrenspieler sich zu ihr gesellten. Olivia beobachtete sie von der Veranda aus – wie immer ungehalten, weil Tad sie bevorzugte und so ein Aufhebens um sie machte. Sie wußte aber, wie gern die Leute Crystal singen hörten. Sogar die Frauen wurden weich, wenn Crystal in der Kirche sang. Und wenn sie gar »Amazing Grace« anstimmte, bekamen alle feuchte Augen. Diesmal aber trug sie die Lieblingsballaden ihres Vaters vor, jene Lieder, die sie auf frühmorgendlichen Ritten sangen, und im Nu hatten sich alle um sie geschart. Wortlos lauschten sie und ließen sich von ihrer Stimme verzaubern, die ebenso unvergeßlich war wie ihr Gesicht. Spencer schloß die Augen und ließ sich von dem klaren, süßen Zauber forttragen, gebannt von der Macht ihrer Stimme. Sie sang vier Lieder, und die letzten Töne schienen engelsgleich zum Sommerhimmel emporzuschweben. Als sie verstummte, brach der Applaus explosionsartig los, und Tad wischte sich die Augen.

Bald darauf hatten sich die Zuhörer wieder zerstreut. Sie schwatzten und tranken wie vorher, nachdem Crystal einen Augenblick lang jeden dazu gebracht hatte, sich ein wenig in sie zu verlieben. Noch lange nachdem sie geendet hatte, brachte Spencer es nicht über sich, sich mit jemandem zu unterhalten. Er wollte unbedingt wieder mit ihr sprechen, nur mit ihr, sie aber war mit ihrem Vater verschwunden, und er sah sie nicht wieder, bis es für ihn Zeit zum Aufbruch war und sie neben ihren Eltern stehend die Hände der Gäste schüttelte, die sich für die Einladung bedankten und ihre Kinder um sich scharten.

Spencer bedankte sich höflich bei ihren Eltern und hielt dann plötzlich Crystals Hand in der seinen, erschrocken, daß der Augenblick so flüchtig war. Er würde sie womöglich nie mehr wiedersehen – ein unerträglicher Gedanke, als er ihr in die Augen sah und sie am liebsten für immer festgehalten hätte.

»Du hast mir ja gar nicht verraten, daß du so schön singen kannst.« Seine Stimme war leise wie ein Hauch, während seine Augen sie liebkosten. Crystal lachte und sah wieder ganz kindlich aus. Das unerwartete Kompliment machte sie verlegen. Sie hatte diese Lieder allein für ihn gesungen und fragte sich nun, ob er es gemerkt hatte. »Du könntest es in Hollywood tatsächlich schaffen.«

Wieder lachte sie, und ihr Lachen war so melodisch wie ihr Gesang. »Mr. Hill, das kann ich mir nicht vorstellen... wirklich nicht.«

»Ich hoffe sehr, daß wir uns eines Tages wiedersehen.« Die Blicke beider wurden ernst, und sie nickte.

»Ich auch.« Beide wußten, daß dies sehr unwahrscheinlich war.

Und dann konnte er nicht an sich halten. »Crystal, ich werde dich nie vergessen... niemals... gib gut acht auf dich.« Gib acht, daß du es gut im Leben hast... heirate niemanden, der dich nicht verdient... vergiß mich nicht... Was hätte er ihr sonst sagen können, ohne wie ein kompletter Idiot dazustehen? Daß er sie liebte, wagte er nicht auszusprechen.

»Und Sie... geben Sie auch acht auf sich.« Ihre Worte waren von einem ernsten Nicken begleitet. Sie wußte, daß er in wenigen Tagen nach New York fuhr und daß ihre Wege sich nicht mehr kreuzen würden. Ein Kontinent, eine Welt, ein ganzes Leben würde sie für immer trennen.

Wortlos beugte er sich über sie und drückte ihr sanft einen Kuß auf die Wange. Dann stieg er in sein Auto und fuhr davon, fort von der Ranch, während sein Herz wie ein Felsbrocken in seiner Brust lag und Crystal abseits von den anderen stumm dastand und ihm nachblickte.

4. Kapitel

Auf der Heimfahrt nahm Spencer die Ausfahrt vor der Golden Gate Bridge und fuhr an den Straßenrand. Er brauchte einen Augenblick, um nachzudenken, sich zu fassen und seinen Erinnerungen nachzuhängen. Ein Jahr lang hatte Crystal ihm keine Ruhe gelassen, und jetzt, eine Stunde nachdem er sie verlassen hatte, war es nicht anders. Das Tal verschwamm für ihn zu einer undeutlichen Erinnerung. Das einzige, was er vor sich sah, war ihr Gesicht... ihre Augen... die Art, wie sie ihn anblickte... ihre Stimme, als sie die Balladen sang. Er hatte das Gefühl, einen seltenen Vogel für immer im Wald verloren zu haben. Es gab keine Möglichkeit, wieder zu ihr zurückzugelangen. Ein Wahnsinn, daran auch nur einen Gedanken zu verschwenden. Sie war ein sechzehnjähriges Mädchen, das in einem abgeschiedenen Tal Kaliforniens lebte. Von dem Leben, das er führte, hatte sie keine Ahnung. Und wenn sie davon gewußt hätte, dann hätte sie es doch nicht verstanden. Was wußte sie schon von der Wall Street und von New York und von den Verpflichtungen, denen er nachkommen mußte. Seine Familie setzte große Erwartungen in ihn. In ihren Plänen war kein Platz für das Mädchen vom Lande, für ein halbes Kind, in das er sich im Vorübergehen verliebt hatte. Ein Mädchen, das er kaum kannte, wie er sich selbst in Erinnerung rief. Seine Eltern hätten dafür nicht das geringste Verständnis aufgebracht. Wie auch, wenn er selbst es nicht ganz begriff? Wie Crystal von Hollywood und Filmstars träumte, so hatte auch Spencer seine Träume gehabt, Träume, die sich jäh geändert hatten, als sein Bruder auf Guam gefallen war. Jetzt hatte er nicht nur sein eigenes Leben zu führen, sondern sollte in die Fußstapfen seines Bruders treten. Seine Familie erwartete es, und er wollte es zumindest versuchen. Und was wußte Crystal von all dem? Nichts.

Spencer war klar, daß er Crystal vergessen mußte. Traurig blickte er über die Bucht zur Brücke, in Gedanken bei Crystal, bis er sich sagte, daß er ein Narr sei. Er hatte sich von einem hübschen Mädchen blenden lassen, ein Beweis dafür, daß er endlich etwas aus seinem Leben machen mußte. Sein Studium und die Hamburger, die er in Palo Alto in Gesellschaft hübscher Mitstudentinnen verdrückt hatte, lagen hinter ihm. Jetzt wartete auf ihn eine ganze Welt. Eine Welt, in der für Crystal Wyatt kein Platz war, mochte sie auch noch so schön und begehrenswert sein.

Spencer schlenderte zurück zu seinem Auto. »Adieu, kleines Mädchen«, flüsterte er vor sich hin, als er zum letztenmal über die Golden Gate Bridge fuhr. Am Abend stand ihm eine Dinnerparty bevor, eine Pflichtübung, die er seinem Vater schuldete. Er war nicht in Stimmung, wußte aber, daß er Ablenkung brauchte. Crystal war für ihn verloren. Aber verloren oder nicht, er wußte, daß er sie niemals vergessen würde.

Für die letzten Tage hatte er ein Zimmer im Fairmont Hotel genommen, von dem aus man das ganze herrliche Panorama der Stadt überblickte, nur um sich vor Augen zu führen, was ihm in New York fehlen würde. Fast bedauerte er, daß er sich nicht in San Francisco nach einer Stellung umgesehen hatte, doch das war ja nie geplant gewesen. Er hatte seinen Eltern fest versprochen, nach Hause zu kommen. Sein Vater war bis zum Kriegsausbruch als Anwalt tätig gewesen. Dann war er zum Richter ernannt worden und hatte damit sein Ziel erreicht. Aber für seine Söhne hatte er sich noch höhere Ziele gesteckt, besonders für Spencers älteren Bruder Robert, der dann im Krieg gefallen war und eine junge Witwe und zwei Kinder hinterlassen hatte. Robert hatte in Harvard politische Wissenschaften studiert, und sein Ziel war es gewesen, Kongreßabgeordneter zu werden. Spencer dagegen hatte von einem Medizinstudium geträumt, doch der Krieg hatte ihm einen Strich durch die Rechnung gemacht. Bei der Armee hatte er vier Jahre verloren und konnte sich nicht vorstellen, jetzt noch einige Jahre mit dem Medizinstudium zu vertun. Ein Jura-Studium war ihm in seiner Situation als das geeignetere erschienen – eine Entscheidung, in der sein Vater ihn bestärkt hatte, der selbst noch insgeheim davon träumte, ans Appellationsgericht berufen zu werden. So oder so, die Last des elterlichen Ehrgeizes lag jetzt auf Spencers Schultern. Er war es, der nun Roberts Nachfolge antreten sollte.

Die Familie Hill genoß ein nicht geringes Ansehen; die Vorfahren seiner Mutter waren schon mit den Pilgervätern in die Neue Welt gelangt. Sein Vater war einfacherer Herkunft, hatte dies aber durch harte Arbeit wettgemacht und in Harvard Rechtswissenschaften studiert. Und nun lag beiden Eltern daran, daß Spencer etwas »Bedeutendes« in seinem Leben erreichte. Und für sie schloß dieses »Bedeutende« ein Mädchen wie Crystal nicht mit ein. Robert hatte natürlich standesgemäß geheiratet. Er hatte immer getan, was man von ihm erwartete, während es Spencer freistand, alles zu tun, was ihm beliebte. Seit dem Tod seines älteren Bruders hatte er das Gefühl, er müßte für seine Eltern den Verlust wettmachen und in Roberts Fußstapfen treten, die ihm nie zuvor gepaßt hatten, jetzt aber passen mußten. Dazu hatte auch sein Studium gehört. Und seine Rückkehr nach New York. Und die Wall Street.

Spencer konnte sich nicht vorstellen, dort zu arbeiten, obschon er – dieses Ziel vor Augen – den Stoff dreier Studienjahre in nur zwei Jahren gepaukt hatte. Aber Wall Street klang gar so seriös und steif. Nur die Aussicht, sich damit die Grundlage für eine größer angelegte Karriere zu schaffen, stimmte ihn einigermaßen zuversichtlich. Wieder starrte er bei diesen Gedanken aus dem Fenster, in Gedanken an jenem Ort, an dem er Crystal zurückgelassen hatte. Seufzend wandte er sich um. Die Teppiche waren weich, die Einrichtung vornehm, über ihm hing ein riesiger Lüster. Und doch konnte er an nichts anderes denken als an die Ranch... an die Hügel... und an das Mädchen auf der Schaukel. Noch zwei Abende, bis er den Schritt in jenes Leben tun mußte, das er so unvermittelt von Robert geerbt hatte. Warum hatte Robert den Krieg nicht überlebt? Warum konnte sein Bruder nicht für die Eltern und deren ehrgeizige Pläne dasein, für eine Karriere in der verdammten Wall Street.

Spencer knallte die Tür hinter sich zu, als er aus dem Zimmer ging. Um acht wurde er im Haus von Harrison Barclay erwartet, einem Freund seines Vaters und Bundesrichter mit weitreichenden politischen Verbindungen. Gerüchte wollten wissen, daß ihm eine Berufung an den Obersten Gerichtshof in Aussicht stand. Spencers Vater legte großen Wert auf diesen Kontakt. Schon im Jahr zuvor war Spencer bei den Barclays zu Besuch gewesen, und dann ein zweites Mal vor einigen Wochen, um dem Richter mitzuteilen, daß er sein Studium in Stanford abgeschlossen hätte und nun nach New York an die Wall Street gehen wolle. Harrison Barclay hatte sich für ihn gefreut und darauf bestanden, daß er vor seiner Abreise noch zum Dinner käme. Es war für Spencer eine reine Pflichtübung, die erste von sehr vielen, die ihm nun bevorstanden und an die er sich tunlichst gewöhnen mußte. Er war gerade noch rechtzeitig im Hotel angelangt, um sich zu duschen, zu rasieren und umzuziehen, und ging nun in die Lobby, überhaupt nicht in Stimmung für einen Besuch, am allerwenigsten bei Harrison Barclay.

Das Haus der Barclays, ein auffallend schöner Backsteinbau im Herrenhausstil, lag an der Ecke Divisadero und Broadway. Nachdem ein Butler ihm die Tür geöffnet hatte, umfingen ihn die Geräusche einer Party im fortgeschrittenen Stadium, und seine Laune sank beträchtlich. Im Moment wußte er nicht, ob er imstande war, dies alles über sich ergehen zu lassen. Er mußte Konversation treiben, charmant sein und intelligente Gespräche führen – lauter Dinge, für die er nicht im geringsten in Stimmung war. Er wollte nichts anderes, als irgendwo still sitzen, seinen eigenen Gedanken und seinen Träumen von einem Mädchen nachhängen, das er kaum kannte... einem Mädchen, das übermorgen sechzehn sein würde.

»Spencer!« Die dröhnende Stimme des Richters drang an sein Ohr, kaum daß er den Raum betreten hatte. Spencer kam sich vor wie ein Schuljunge, der in einen Raum voller Lehrer geschubst worden war.

»Guten Abend, Sir.« Spencers Lächeln war herzlich und sein Blick ernst, als er den Freund seines Vaters begrüßte und mit Mr. Barclay einen Händedruck wechselte. »Schön, Sie zu sehen. Guten Abend, Mrs. Barclay.«

Richter Barclay nahm ihn sofort ins Schlepptau und stellte ihn den Anwesenden vor. Er erwähnte, daß Spencer eben Stanford absolviert hatte und erklärte, wer sein Vater war, und Spencer mußte sich zusammennehmen, um sich seinen Widerwillen nicht anmerken zu lassen. Das Haus der Barclays war der allerletzte Ort, an dem er jetzt sein wollte.

Von den an diesem Abend geladenen zwölf Gästen war einer nicht erschienen: die Frau eines Richters, die sich auf dem Heimweg vom Golfplatz den Knöchel verstaucht hatte. Ihr Mann war aber trotzdem gekommen; er war ein alter Freund der Barclays und wußte, daß sie nichts dagegen haben würden, wenn er allein käme. Priscilla Barclay geriet fast in Panik, als sie die Gäste zählte. Sie würden dreizehn bei Tisch sein, die Gastgeber mitgerechnet, und sie wußte, daß mindestens zwei der Gäste sehr abergläubisch waren. Es war zu spät, um etwas zu unternehmen; das Dinner sollte in einer halben Stunde serviert werden. Also mußte sie ihre Tochter bitten, an der Tischgesellschaft teilzunehmen. Es war der einzige Ausweg. Hastig lief sie hinauf und klopfte an. Elizabeth, die sich eben für eine Party zurechtmachte, war achtzehn und auf dezente Weise sehr hübsch. Heute hatte sie sich für ein schwarzes Cocktailkleid und eine Perlenkette entschieden. Ehe sie im Winter im Cotillon debütierte, wollte sie im Herbst ihre College-Ausbildung beginnen.

»Liebling, ich brauche dringend deine Hilfe.« Ein Blick in den Spiegel, und ihre Mutter schob ihre Perlen zurecht und strich sich übers Haar, um dann wieder flehentlich ihre Tochter anzusehen. »Die Frau von Richter Armistead hat sich den Knöchel verstaucht.«

»Du liebe Güte, ist sie unten?« Elizabeth Barclay wirkte kühl und gelassen, ganz im Gegensatz zu ihrer aufgeregten Mutter.

»Nein, natürlich nicht. Sie rief an, um abzusagen. Ihr Mann ist trotzdem gekommen. Und jetzt werden wir dreizehn bei Tisch sein.«

»Dann tu einfach so, als hättest du nichts bemerkt. Vielleicht fällt es niemandem auf.« Sie schlüpfte in die hochhackigen schwarzen Satinpumps, die sie größer aussehen ließen als ihre Mutter. Elizabeth hatte zwei ältere Brüder; der eine war Regierungsbeamter in Washington, D.C., der andere Anwalt in New York. Sie war die einzige Tochter der Barclays.

»Ausgeschlossen! Du kennst doch Penny und Jane. Eine von ihnen würde sicher auf der Stelle das Haus verlassen, und dann fehlen mir zwei Damen. Liebling, könntest du mir nicht aushelfen?«

»Jetzt?« Elizabeth schien verärgert. »Ich wollte doch ins Theater!« Sie war mit Freundinnen verabredet, eine Verlegenheitslösung und deshalb kein Abend, auf den sie sich sonderlich freute. Da sich ausnahmsweise heute kein anderes Rendezvous ergeben hatte, war ihr nichts anderes übriggeblieben, als sich ihren Freundinnen anzuschließen.

»Ist es denn so wichtig?« Ihre Mutter sah sie ernst an. »Ich brauche dich wirklich.«

»Na, dann meinetwegen.« Elizabeth warf einen Blick auf die Uhr und nickte. Vielleicht ganz gut. Sie hatte sich ohnehin nur halbherzig zu dem Theaterbesuch entschlossen, da sie erst um zwei Uhr morgens von einem jener Debütantinnenbälle nach Hause gekommen war, die sie seit ihrem Abgang vom Burke im letzten Monat fast täglich besuchte. Sie hatte sich blendend unterhalten, und für die nächste Woche war bereits der Urlaub in ihrem Haus am Lake Tahoe geplant. »Also gut, Mutter, ich rufe die anderen an.« Mit einem kleinen Lächeln schob sie die doppelreihige Perlenkette zurecht, das Gegenstück zur Kette ihrer Mutter. Elizabeth war ein ausnehmend hübsches Mädchen, für ihre achtzehn Jahre jedoch zu ernst und gesetzt, und dadurch wirkte sie viel reifer. Im Laufe ihres Lebens hatte sie es fast ausschließlich mit Erwachsenen zu tun gehabt. Ihre Eltern hatten immer großen Wert darauf gelegt, sie in die Gespräche mit ihren Freunden einzubeziehen. Da ihre Brüder zehn und zwölf Jahre älter waren, hatte man Elizabeth schon seit Jahren unwillkürlich als Erwachsene behandelt. Sie hatte sich schon seit langem jene kühle Zurückhaltung angewöhnt, die von einer Barclay erwartet wurde. Stets sehr besonnen und wohlerzogen, war sie bereits jeder Zoll eine Dame. »Ich komme gleich hinunter.«

Ihre Mutter ließ ein dankbares Lächeln sehen, das Elizabeth erwiderte. Ihr dichtes brünettes Haar trug sie als glatten Pagenkopf, die braunen Augen, groß und ausdrucksvoll, bildeten einen reizvollen Kontrast zu ihrem hellen Teint. Sie hatte eine zerbrechliche Taille und war eine ausgezeichnete Tennisspielerin. Was Elizabeth an Wärme fehlte, machte sie durch Haltung wett, die ihre Herkunft erkennen ließ, und nicht zuletzt durch ihren Verstand, der von den Freunden ihrer Eltern sehr bewundert wurde. Auch in ihrer eigenen Clique war sie gefürchtet und respektiert. Elizabeth Barclay war kein naives Ding, das sich viel vormachen ließ. Sie war ein ernsthaftes Mädchen, wißbegierig, scharfzüngig und mit einer Reihe festgefügter eigener Ansichten ausgestattet. Daß sie im Herbst mit einem College beginnen würde, war selbstverständlich. Selbstverständlich kam nur ein ganz angesehenes Institut in Frage.

Zehn Minuten später kam Elizabeth leise die Treppe herunter. Sie hatte ihre Freundinnen angerufen, sich wortreich entschuldigt und erklärt, eine kleine Krise sei ausgebrochen, zu deren Bewältigung sie dringend zu Hause benötigt werde. In dem Leben, das Elizabeth führte, bestanden die einzigen Krisen darin, daß ein Gast zum Dinner fehlte oder daß das richtige Kleid nicht zur Hand war, weil es außer Haus gereinigt oder geändert wurde.

Echte Katastrophen hatte es für sie nie gegeben, sie hatte keine Ahnung, was Enttäuschung oder Härte hieß. Es gab nichts, was ihre Eltern nicht für sie getan hätten, nichts, was ihr Vater nicht für sie bereinigt oder ihr verschafft hätte. Und doch hätte man sie nicht als verzogen bezeichnen können. Elizabeth erwartete einfach einen gewissen Lebensstil, sie erwartete, daß ihre Umgebung Form wahrte. Sie war eine Ausnahme unter den Mädchen ihres Alters. Ihre Kindheit schien mit zehn oder elf zu Ende gegangen zu sein. Von da an hatte sie sich benommen wie eine Erwachsene, die jeder in seiner Loge oder beim Dinner gern als Gast gesehen hätte. Viel Spaß fiel dabei für sie nicht ab, aber Spaß und Vergnügen spielten für Elizabeth Barclay eine untergeordnete Rolle. Dazu war sie zu zielstrebig. Für sie zählten vor allem Zweck und Ziel... und Aktivitäten, die »bedeutend« waren.

Die Gäste hatten schon ihre Drinks eingenommen, als sie herunterkam und in durchwegs bekannte Gesichter blickte. Nur ein einziges Paar war anwesend, das sie nicht kannte: alte Freunde ihres Vaters aus Chicago. Und dann sah sie noch ein unbekanntes Gesicht – jemanden, der sich mit Richter Armistead und ihrem Vater unterhielt. Sie beobachtete ihn unauffällig, während sie ein Glas Champagner von dem Silbertablett nahm, mit dem der Butler vor ihr stand, und sie lächelte, als sie den Raum durchquerte und auf ihren Vater zustrebte.

»Na, heute abend haben wir aber großes Glück, Elizabeth.« Ihr Vater sagte es mit augenzwinkerndem Spott. »Hast du uns in deinem vollen Terminkalender ein Plätzchen eingeräumt? Wirklich erstaunlich.« Liebevoll legte er den Arm um ihre Schultern, und sie blickte lächelnd zu ihm auf. Elizabeth hatte ihm immer schon besonders nahegestanden; es war nicht zu übersehen, daß er sie vergötterte.

»Mutter war so nett und hat mich heruntergebeten.«

»Sehr vernünftig. Richter Armistead kennst du ja, Elizabeth, und das ist Spencer Hill aus New York. Er hat kürzlich sein Studium in Stanford abgeschlossen.«

»Meinen Glückwunsch.« Ihr Lächeln war distanziert, während Spencer sie abschätzend ansah. In seinen Augen war sie ein unterkühlter Typ, schätzungsweise ein- oder zweiundzwanzig. Ihr sicheres Auftreten ließ sie älter aussehen, dazu kam ihre Eleganz, die von dem exquisiten schwarzen Kleid noch unterstrichen wurde, und nicht zuletzt die Art, wie sie ihm in die Augen sah, als sie mit ihm einen Händedruck wechselte. Sie machte den Eindruck, ein Mädchen zu sein, das gewohnt war, alles zu erreichen, was es sich in den Kopf setzte. »Sie müssen ja überglücklich sein«, fügte sie mit höflichem Lächeln hinzu.

»Ja, danke, das bin ich.« Während sein Blick auf ihr ruhte, fragte er sich, was für ein Leben sie führte – ob sie häufig Tennis spielte, oft mit Freundinnen oder mit ihrer Mutter Einkaufsbummel unternahm. Die nächste Äußerung ihres Vaters überraschte ihn daher nicht wenig.

»Elizabeth geht im Herbst nach Vassar aufs College. Wir wollten sie überreden, lieber Stanford zu wählen, aber umsonst, sie hat sich für die Ostküste entschlossen und läßt uns hier allein und von Sehnsucht verzehrt zurück. Ich hoffe nur, die kalten Winter werden sie überzeugen, daß sie hierhergehört. Sie wird ihrer Mutter und mir sehr fehlen.« Seine Worte riefen bei Elizabeth ein Lächeln hervor, und Spencer stellte überrascht fest, daß sie blutjung war. In den letzten Jahren hatten achtzehnjährige Mädchen eine große Veränderung durchgemacht. Und während er sie anblickte, traf ihn wie ein Schlag der Gedanke, daß Elizabeth Barclay alles das war, was Crystal nicht war.

»Miß Barclay, Vassar ist sehr zu empfehlen.« Spencer sagte es mit kühler Freundlichkeit. »Meine Schwägerin war auch dort. Ich bin sicher, Sie werden sich wohl fühlen.« Aus irgendeinem Grund ließen seine Worte sie glauben, er sei verheiratet. Auf die Idee, daß er von der Frau seines Bruders gesprochen hatte, kam sie nicht. Enttäuschung regte sich flüchtig bei ihr. Er war ein auffallend gutaussehender Mann, der unbestreitbar anziehend wirkte.

Der Butler bat die Anwesenden zu Tisch, und Priscilla Barclay bugsierte ihre Gäste routiniert in den Speisesaal, einen Raum mit schwarz-weißem Marmorboden und kostbarer Wandvertäfelung; über dem massiven englischen Tisch hing ein herrlicher Kristallüster. In silbernen Leuchtern brannten Kerzen, weißgoldenes Limoges-Porzellan glänzte, Kristallgläser reflektierten das Kerzenlicht und ließen das Silberbesteck blinken. Auf den schweren Servietten prangte noch das eingestickte Monogramm von Priscilla Barclays Mutter. Unter der diskreten Anweisung der Gastgeberin fanden die Gäste mühelos ihre Plätze, die durch Tischkarten in zierlichen Silberständern gekennzeichnet waren. Elizabeth stellte zu ihrer Freude fest, daß sie neben Spencer zu sitzen kam. Ihr war sofort klar, daß ihre Mutter in aller Eile eine Umgruppierung vorgenommen haben mußte.

Der erste Gang bestand aus Räucherlachs und winzigen Olympia-Austern. Und als der Hauptgang serviert wurde, waren Elizabeth und Spencer schon angeregt in ein Gespräch vertieft. Wieder staunte er über ihre Intelligenz und darüber, wie gut sie informiert war. Es schien kein Gebiet zu geben, auf dem sie nicht beschlagen war, sei es Weltpolitik, Innenpolitik, Geschichte oder Kunst. Ein bemerkenswertes Mädchen, das sich am Vassar sehr gut machen würde, wie er insgeheim zugeben mußte. In mancher Hinsicht erinnerte sie ihn an die Frau seines Bruders, nur war Elizabeth noch um eine Spur brillanter. An ihr war nichts Aufdringliches und keine Angeberei zu entdecken. Sie war ganz Verstand und gute Manieren, so daß sie es sich nicht einmal nehmen ließ, mit dem Tischnachbarn zu ihrer Rechten, einem Freund ihres Vaters, zu plaudern, um sich dann wieder aufs liebenswürdigste Spencer zu widmen.

»Nun, Mr. Hill... was gedenken Sie nun als frischgebackener Stanford-Absolvent anzufangen?« Aus ihrem Blick sprachen Interesse und Gelassenheit. Hätte er weniger getrunken gehabt, ihr Blick hätte ihn tatsächlich aus der Ruhe gebracht.

»Ich werde in New York tätig sein.«

»Haben Sie schon eine Stelle?« fragte Elizabeth unverblümt. Sie redete nicht lange um die Dinge herum. Und sonderbar genug – es gefiel ihm an ihr. Bei ihr brauchte man nicht dummes Zeug reden, und wenn sie ihm Fragen stellte, dann konnte er dasselbe tun. Das war wesentlich einfacher als Flirten.

»Ja, bei der Kanzlei Anderson, Vincent und Sawbrook.«

»Alle Achtung.« Elizabeth nippte an ihrem Wein und lächelte ihm zu.

»Kennen Sie sie?«

»Mein Vater hat sie ein paarmal erwähnt. Es ist die größte an der Wall Street.«

»Jetzt ist es an mir, alle Achtung zu sagen«, zog er sie auf, obwohl er es irgendwie ernst meinte. »Für ein Mädchen von achtzehn Jahren wissen Sie erstaunlich gut Bescheid. Kein Wunder, daß Sie ans Vassar gehen wollen.«

»Danke. Aber ich hänge schon seit Jahren auf Dinnerpartys herum. Und mit der Zeit macht sich das bezahlt.« In Wahrheit steckte bei ihr mehr dahinter. Sie war sehr intelligent, und wenn er in besserer Stimmung gewesen wäre, hätte sie ihm vielleicht sogar gefallen können. Natürlich haftete ihr nichts Geheimnisvolles an, nichts Poetisches oder Zauberhaftes. Statt dessen verfügte sie über einen scharfen Verstand und eine Direktheit, die ihn reizte. Und auf etwas kühle, patrizierhafte Weise war sie sehr reizvoll, ein Eindruck, der sich mit dem Fortschreiten des Abends und je mehr er Harrison Barclays Wein zusprach, noch verfestigte. Was für ein sonderbarer Ausklang dieses Tages! Spencer mußte wieder an Crystal denken. Doch so sehr er sich bemühte, er konnte sich Crystal hier in dieser Umgebung beim besten Willen nicht vorstellen. Seine Gefühle für sie konnten nichts daran ändern, daß sie hier fehl am Platz gewesen wäre. In dieser Umgebung konnte er sich nur dieses Mädchen mit den offenen, braunen Augen und der direkten Art vorstellen. Aber während er Elizabeth zuhörte, sehnte sein Herz sich nach Crystal.

»Wann verlassen Sie San Francisco?«

»In zwei Tagen.« Das Bedauern, das in seiner Antwort mitschwang, war ihnen beiden nicht recht erklärlich. Er konnte den dumpfen Schmerz nicht verstehen, den er spürte, seitdem er die Fahrt von Alexander Valley nach San Francisco angetreten hatte. Und für Elizabeth gab es nichts Aufregenderes, als nach New York zu gehen. Sie konnte es bis zum September kaum erwarten.

»Ach, zu schade. Ich hatte schon gehofft, Sie könnten uns am Lake Tahoe besuchen.«

»Nichts lieber als das. Aber ich habe noch sehr viel zu tun. In zwei Wochen fange ich mit der Arbeit an. Da bleibt mir nicht viel Zeit, mich ein wenig zurechtzufinden, ehe ich mich unter einem Berg von Papier an der Wall Street begrabe.«

»Aufgeregt?« Ihre Augen sahen ihn eindringlich an. Er entschied sich für Aufrichtigkeit.

»Ehrlich gesagt, weiß ich es nicht. Ich versuche noch immer dahinterzukommen, weshalb ich eigentlich das Rechtsstudium gewählt habe.«

»Haben Sie eventuell an etwas anderes gedacht?«

»Ich hätte gern Medizin studiert, wenn mir nicht der Krieg dazwischengekommen wäre. Der Krieg hat für alle alles geändert... für einige allerdings viel ärger als für mich.« Er dachte an seinen Bruder, und seine Miene wurde ernst. »Ich hatte großes Glück.«

»Ich denke, Sie können sich glücklich schätzen, Anwalt zu werden.«

»Ach?« Er schien sich über sie zu amüsieren. Ein interessantes Mädchen. Man spürte, daß an Elizabeth Barclay kein Quentchen Weichheit oder Unentschlossenheit war. »Warum das?«

»Ich möchte im Anschluß an das Vassar auch Jura studieren.«

Er war beeindruckt, aber nicht völlig überrascht. »Ja, das sollten Sie tun. Aber möchten Sie nicht lieber heiraten und Kinder bekommen?« Ihm kam das viel natürlicher vor, und es war unwahrscheinlich, daß ein Mann zulassen würde, daß sie neben der Familie ihren Beruf ausübte; 1947 hieß es entweder – oder. Ihm erschien der Preis als zu hoch. An ihrer Stelle hätte er sich für Mann und Kinder entschieden, aber Elizabeth war offenbar nicht so überzeugt davon.

»Vielleicht.« Einen Augenblick lang wirkte sie jung und unsicher, dann kam das Dessert, und sie tat das Thema mit einem Schulterzucken ab. Mit ihrer nächsten Frage jagte sie ihm einen gelinden Schrecken ein. »Wie ist Ihre Frau, Mr. Hill?«

»Wie bitte?... Tut mir leid... Verzeihen Sie... wie kommen Sie auf die Idee, ich sei verheiratet?« Erst machte er ein entsetztes Gesicht, dann lachte er laut. Kam er ihr denn so alt vor, daß sie sich ihn nur als Ehemann vorstellen konnte?

Zum erstenmal schien Elizabeth nachdenklich, und er sah sogar, daß sie ein wenig errötete. »Ich dachte, Sie hätten erwähnt... Sie sprachen von Ihrer Schwägerin... da nahm ich an...« Er lachte, während sie stockend ihre Rechtfertigung vorbrachte, und schüttelte den Kopf. Seine blauen Augen funkelten lebendig im Kerzenlicht.

»Leider ein Mißverständnis. Ich sprach von der Witwe meines Bruders.«

»Ist er im Krieg gefallen?«

»Ja.«

»Das tut mir leid.«

Spencer nickte. Nun wurde der Kaffee serviert, worauf die Damen sich auf Priscilla Barclays Vorschlag hin zurückzogen. Sie bedankte sich halblaut bei ihrer Tochter, ehe sie den Raum verließ.

»Danke, Elizabeth. Ohne dich wären wir in eine schreckliche Klemme geraten.«

Elizabeth lächelte ihrer Mutter zu und legte den Arm um deren Schulter. Priscilla Barclay sah, obwohl über sechzig, noch immer gut aus. »Es war mir ein Vergnügen. Spencer Hill gefällt mir sehr. Und seit ich weiß, daß er noch unverheiratet ist, gefällt er mir noch viel besser.«

»Aber Elizabeth!« Ihre Mutter tat entrüstet. Elizabeth wußte, daß es nur gespielt war. »Er ist viel zu alt für dich. Spencer Hill muß an die Dreißig sein.«

»Also genau richtig. Ich kann mir vorstellen, daß es sehr nett wäre, sich in New York mit ihm zu treffen. Er wird bei Anderson, Vincent und Sawbrook eintreten.« Ihre Mutter nickte und ging zu den anderen Damen, um zu plaudern, und kurz danach gesellten sich die Herren wieder dazu. Es dauerte nicht lange, und die Gesellschaft löste sich auf. Spencer bedankte sich bei den Barclays für die Einladung und vergaß auch nicht, sich bei ihrer Tochter zu verabschieden.

»Viel Glück auf dem College«, wünschte er ihr.

»Danke.« Ihr Blick war warm, und zum erstenmal gefiel sie ihm wirklich. Sie war netter als Roberts Witwe und sehr viel klüger. »Viel Glück im Beruf. Sicher werden Sie sich großartig machen.«

»Ich will versuchen, mich in ein, zwei Monaten daran zu erinnern, wenn ich mich nach dem leichten Leben in Stanford verzehre. Vielleicht sieht man sich einmal in New York wieder.« Elizabeth lächelte ermutigend, als ihre Mutter nahte und ihm für seinen Besuch dankte.

»Sie müssen an unserer Stelle Elizabeth ein bißchen betreuen, wenn sie in New York ist.«

Er lächelte. Ein Wiedersehen war unwahrscheinlich, doch er wollte nicht unhöflich erscheinen. College-Anfängerinnen waren für ihn ein wenig zu jung, und außerdem... außerdem gab es natürlich Crystal.

»Rufen Sie mich an, wenn Sie in New York sind.«

»Das werde ich tun.« Sie lächelte voller Wärme und sah wieder um vieles jünger aus. Im nächsten Moment war er gegangen. Er fuhr nach Fairmont, in Gedanken bei Elizabeth und ihrem beständigen Fluß interessanter Konversation. Vielleicht hat sie recht, dachte er. Vielleicht sollte sie wirklich Jura studieren. Für ein Leben als Ehefrau mit Bridge und Klatsch war sie viel zu schade. Doch es war nicht Elizabeth, von der er träumte, als er schließlich lange nach Mitternacht einschlief. Es war das Mädchen mit dem platinblonden Haar und mit Augen von der Farbe des Sommerhimmels. In seinem Traum saß sie auf der Schaukel, sah ihn an, und er konnte sie nie ganz erreichen. Er schlief unruhig und nur kurz. Bei Tagesanbruch war er wach und sah zu, wie die Sonne langsam über die Bucht hochstieg. Hundert Meilen von ihm entfernt wanderte Crystal barfüßig über eine Wiese und dachte an ihn, während sie leise singend dem Flüßchen zustrebte.

5. Kapitel

Am nächsten Tag erledigte Spencer hunderterlei Dinge und sah bei einigen Freunden vorbei, um sich zu verabschieden. Plötzlich tat es ihm unendlich leid, fortzugehen, und er nahm sich fest vor, eines Tages wiederzukommen. Es war für ihn ein Tag voller Melancholie, an dem er zeitig zu Bett ging. Am nächsten Tag flog er nach New York. Es war Crystals sechzehnter Geburtstag.

Seine Eltern holten ihn ab. Er kam sich ziemlich albern vor, als siegreicher Held empfangen zu werden. Sogar Barbara, Roberts Witwe, war mit ihren zwei kleinen Töchtern gekommen. Sie nahmen im Haus seiner Eltern ein spätes Abendessen zu sich, und Barbara mußte anschließend gehen und die Mädchen nach Hause bringen, ehe sie bei Tisch einschliefen.

»Na, mein Sohn«, setzte Spencers Vater erwartungsvoll an, nachdem die anderen gegangen waren und seine Mutter sich zurückgezogen hatte. »Wie fühlt man sich so... nach langem wieder im Elternhaus?« Er wartete begierig, eine ermutigende Antwort zu bekommen. Spencer war zu lange fort gewesen, im Krieg und in Stanford, sechs lange Jahre alles in allem, und der alte Herr war sehr froh, ihn wieder in New York zu haben, dort wo er hingehörte. Es war Zeit, daß Spencer seßhaft wurde und daß »etwas« aus ihm wurde, so wie aus Robert, wenn er noch am Leben wäre.

»Ich bin nicht sicher, wie ich mich fühle.« Spencer war ganz aufrichtig. »Mehr oder weniger sieht alles aus wie beim letzten Mal, als ich da war. New York hat sich nicht geändert.« Er ließ unausgesprochen, was er dachte: Aber ich habe mich geändert.

»Hoffentlich wirst du hier glücklich sein.« Aber William Hill zweifelte eigentlich nicht daran.

»Aber sicher, Vater, vielen Dank.« In Wahrheit aber war er unsicherer als je zuvor. Etwas in ihm strebte zurück nach Kalifornien. »Ach, übrigens, kurz vor meinem Abflug besuchte ich Richter Barclay. Er läßt dich grüßen.«

William Hill nickte erfreut. »Würde mich nicht wundern, wenn er eines Tages am Obersten Gericht landet. Denk an meine Worte. Auch seine Söhne können sich sehen lassen. Mit seinem Ältesten hatte ich erst unlängst bei Gericht zu tun. Ein fähiger Anwalt.«

»Na, hoffentlich wird man das eines Tages auch von mir sagen.« Spencer ließ sich auf die Couch im Arbeitszimmer seines Vaters nieder und fuhr sich matt seufzend durchs Haar. Es war ein langer Tag gewesen, eine lange Woche... ein langer Krieg... und plötzlich empfand er als bedrückend, was jetzt vor ihm lag.

»Spencer, du hast dich richtig entschieden. Deine Zweifel kannst du dir sparen.«

»Wie kannst du nur so sicher sein?« Ich bin nicht Robert... ich bin ich... Aber das konnte er nicht laut aussprechen. »Was, wenn ich Anderson, Vincent und Sawbrook hassen werde?«

»Dann gehst du eben in die Rechtsabteilung eines großen Unternehmens. Mit einem juristischen Abschlußexamen kannst du fast alles anfangen, was du möchtest. Eine Anwaltspraxis, ein Geschäft, Staatsdienst, Politik...« Das letzte Wort sprach er mit besonderer Hoffnung aus, denn darauf konzentrierten sich seine Wünsche und Erwartungen. Spencer war dafür wie geschaffen.

So wie sein Bruder vor ihm. Robert, die glänzende Hoffnung, die so rasch untergegangen war. »Barbara sieht fabelhaft aus, findest du nicht auch?«

»Ja.« Spencer nickte. Er hegte ernste Zweifel, ob sein Vater ihn wirklich kannte. »Wie geht es ihr denn?«

»Es war für sie sehr schwer. Aber langsam erholt sie sich, glaube ich«, sagte er und wandte sich um, damit Spencer seine Tränen nicht sehen konnte. »Ich denke, wir alle kommen allmählich darüber hinweg.« Dann drehte er sich wieder um und lächelte Spencer an. »Wir haben auf Long Island ein Haus gemietet. Deine Mutter und ich dachten, dir würde Abwechslung guttun. Und Barbara und die Kinder werden den restlichen August mit uns verbringen.« Es war so sonderbar, in den Schoß der Familie zurückzukehren, wenn man gar nicht sicher war, ob man noch hingehörte. Seit seiner Einberufung hatte sich so vieles verändert. Und so vieles war geschehen, was ihn verändert hatte. Und jetzt, nach Roberts Tod, wurde er das Gefühl nicht los, er sei zurückgekehrt, nicht um ein eigenes, sondern Roberts Leben zu leben.

»Dad, das war sehr lieb von euch, aber ich weiß nicht, wieviel freie Zeit ich haben werde, wenn ich erst mit der Arbeit anfange.«

»Nun, immerhin die Wochenenden.«

Spencer nickte. Man erwartete von ihm, daß er wieder der Junge war, ihr Jüngster. Er hatte das Gefühl, sein eigenes Leben irgendwo unterwegs verloren zu haben.

»Na, man wird sehen. Erst muß ich einmal eine Wohnung finden.«

»Bis du dich einigermaßen eingerichtet hast, kannst du bei uns wohnen.«

»Danke, Dad.« Er blickte auf, und zum erstenmal kam ihm sein Vater alt vor. Seine Hoffnungen waren mit Spencers Bruder gestorben. »Ich weiß es sehr zu schätzen.« Und dann fragte er aus reiner Neugierde: »Geht Barbara wieder aus?« Schließlich waren drei Jahre vergangen, und sie war ein hübsches Mädchen. Für

Robert die ideale Frau. Ehrgeizig, kühl, intelligent, gut erzogen, die vollkommene Ergänzung für einen künftigen Politiker.

»Keine Ahnung«, gab sein Vater offen zurück. »Darüber wird nicht gesprochen. Du könntest sie ruhig einmal zum Dinner ausführen. Vermutlich ist sie noch immer sehr einsam.«

Spencer nickte. Er hätte auch gern seine Nichten wiedergesehen, aber im Moment hatte er zuviel um die Ohren.

Erschöpft fiel er an diesem Abend ins Bett. Am liebsten hätte er losgeheult, denn der Druck der Erwartungen, die man in ihn setzte, lastete schwer auf ihm. Er fühlte sich wie ein Kind, das sich auf dem Heimweg verlaufen hatte. Er wußte nur, daß er unbedingt eine eigene Wohnung finden und ein eigenes Leben führen mußte. Und zwar ganz rasch.

6. Kapitel

Der Rest des Sommers verging damit, daß Crystal auf der Ranch half und ab und zu bei ihrer Schwester vorbeisah, um mit dem Baby zu spielen. Tom war ständig unterwegs, sah gemeinsam mit Tad in den Weinbergen nach dem Rechten oder steckte in der Stadt mit seinen Freunden zusammen. Und Jared verbrachte jede freie Minute bei seiner Freundin in Calistoga. Plötzlich war es, als sei sie völlig allein. So kam es, daß sie immer häufiger zu Hiroko ritt. Crystal fand die junge Frau meist beim Lesen, beim Nähen oder mit Tinte und Feder über eine Zeichnung gebeugt vor. Sie brachte Crystal sogar das Schreiben von *haikus* bei. Sie war eine sanfte Frau, warmherzig und mit den Feinheiten einer Kultur vertraut, die Crystal faszinierte. Hiroko brachte ihr bei, kleine Origami-Vögel herzustellen und zeigte ihr, wie ihre eigene Mutter sie das Arrangieren von Blumen gelehrt hatte. An alldem war nichts Aufgesetztes, nichts Übertriebenes, wie es in der westlichen Welt so oft zu finden war. Alles an Hiroko war leise, diskret und sehr subtil. Und wie Crystal war sie einsam und allein. Sie hatte noch immer keine anderen Freunde gefunden, und sie fürchtete schon, dies würde sich nie ändern. Um so dankbarer war sie für Crystals Gesellschaft.

Auch als die Schule wieder anfing, setzte Crystal ihre Besuche fort. Stundenlang saß sie bei Hiroko am Feuer und machte ihre Hausaufgaben. Zu Hause war sie nur sehr ungern. Ihre Mutter steckte ohnehin fast immer bei Becky, und ihre Großmutter schien nichts anderes im Sinn zu haben, als Crystal dauernd zu schelten. Der einzige, der ein freundliches Wort für sie übrighatte, war ihr Vater, und der war wieder sehr lange krank gewesen. Nach Thanksgiving vertraute Crystal Hiroko an, wie sehr sie sich um ihn sorgte. Er wirkte abgespannt und blaß und hustete ununterbrochen. Das alles machte ihr große Angst. Der Mann, der ihr ein Leben lang unbezwingbar erschienen war, zeigte plötzlich Schwäche. Er hatte sich erneut eine Lungenentzündung zugezogen und war seit Wochen nicht mehr ausgeritten. Am liebsten hätte Crystal sich ständig an ihn geklammert. Sie wußte, daß ihr Leben vorbei sein würde, falls es ihn nicht mehr gäbe. Er war ihr Freund, ihr Verbündeter, ihr aufrechter Verteidiger. Die anderen waren allzu rasch geneigt, sich gegen sie zu wenden, sie wegen Kleinigkeiten zu beschuldigen oder ihr etwas anzulasten, für das sie nichts konnte. Sie wollte nicht dasselbe tun, was Becky machte. Sie wollte nicht den ganzen Tag in der Küche hocken, Kaffee trinken, Plätzchen backen, sie wollte nicht mit den anderen Frauen klatschen, einen Mann wie Tom heiraten und Kinder bekommen. Tom Parker hatte in knapp zwei Jahren Fett angesetzt, roch ständig nach Bier, bis auf die Wochenenden, an denen er nach Whiskey roch.

Schon längst hatte Crystal der sanften Japanerin gestanden, daß sie von einer Filmkarriere träumte. Jetzt aber war sie außerstande, ihren Vater zu verlassen. Um nichts in der Welt hätte sie ihn im Stich gelassen. Aber eines Tages, vielleicht...

Der Traum von Hollywood war in ihr nie gestorben, und auch nicht die Träume von Spencer. Aber über ihn hatte sie niemals mit Hiroko oder Boyd gesprochen, obwohl sie ihnen sonst alles andere anvertraute.

Crystal gestand Hiroko auch ihre Befürchtungen ein, daß sie nie aus dem Tal herauskommen und keiner ihrer Träume sich erfüllen könne. Dabei hing sie an der Gegend. Sie liebte das Land, die Bäume, die sanften Hügel und die dahinter aufragenden Berge. Sogar den Geruch liebte sie, besonders im Sommer, wenn alles frisch und neu war und wenn der Regen alles in strahlendes Smaragdgrün tauchte. Das ganze Leben hier zu verbringen, war nicht das schlimmste denkbare Schicksal, auch wenn es bedeutete, daß sie ihre Träume vom Film begraben mußte. Aber einen Mann wie Tom Parker wollte sie auf keinen Fall heiraten. Allein der Gedanke daran ließ sie schaudern.

»Ist er denn nicht nett zu deiner Schwester?« Zuweilen zeigte Hiroko Neugierde, was die anderen betraf. Für sie waren alle fremd, auch die Schwester ihres Mannes, die endlich geheiratet hatte, gerade noch rechtzeitig, um ihr Baby ehelich auf die Welt zu bringen.

»Ich glaube, wenn er trinkt, ist er sehr brutal zu ihr. Nicht, daß sie davon sprechen würde. Aber vor ein paar Wochen hatte sie sogar ein blaues Auge. Angeblich ist sie über einen hohen Stuhl gestolpert. Aber Mama hat sie die Wahrheit gestanden, denke ich.«

Crystal und Hiroko gaben ein seltsames Paar ab, die eine groß und schlank, die andere zierlich, die eine mit einer Mähne so lang und üppig wie bei einem Palomino-Pferd, die andere mit schimmerndem schwarzem Haar. Die eine Angehörige eines Kulturkreises, in dem Ungezwungenheit in Gesten und Worten selbstverständlich war, die andere sparsam und zurückhaltend in jeder Hinsicht. Sie kamen aus verschiedenen Welten und waren an einem Ort zusammengetroffen, wo sie Schwestern geworden waren.

»Vielleicht gehst du eines Tages doch noch nach Hollywood,

und Boyd und ich besuchen dich dort.« Beide lachten, während sie vom Haus wegschlenderten und von ihren Träumen sprachen. Hiroko wünschte sich eines Tages ein hübsches Haus und viele Kinder zu dem einen, das sie unter dem Herzen trug. Crystal wollte singen und an einem Ort leben, wo die Menschen ihr nicht mit Ablehnung begegneten. Aus unterschiedlichen Gründen waren beide Ausgestoßene, und ihre Träume verbanden sie.

Hiroko verschaffte sich gern Bewegung, traute sich aber allein kaum außer Haus, und Crystal genoß die langen Spaziergänge mit ihr. Hiroko fielen unterwegs auch die winzigsten Einzelheiten auf, die kleinsten Blümchen, die unscheinbarste Pflanze, der zarteste Schmetterling. Aus der Erinnerung pflegte sie dann alles nachzuzeichnen. Die Liebe zur Natur war beiden gemeinsam.

Crystal stand nun mit Hiroko auf so vertrautem Fuß, daß sie ihre Freundin gelegentlich aufzog. »Du siehst diese Dinge nur, weil du der Erde näher bist als ich, Hiroko.« Hiroko reagierte darauf immer mit einem Kichern. Beide wünschten sich, einmal in die Stadt fahren zu können, konnten sich aber gemeinsam nirgends blicken lassen. Das hätte einen Sturm der Entrüstung hervorgerufen. Boyd lud Crystal ein, mit ihnen nach San Francisco zu fahren, doch sie wagte nicht, für längere Zeit einfach zu verschwinden, denn das wäre ihrer Mutter sicher aufgefallen, zudem brauchte ihr Vater sie vielleicht.

Da er zu Weihnachten zu schwach war, um aufzustehen, mußte Crystal ihre Besuche bei den Websters für viele Wochen einstellen, und als sie Ende Januar wieder zu ihnen kam, sprach ihre Miene Bände. In Hirokos Küche weinte sie sich aus, während ihre Freundin mitfühlend den Arm um ihre Schulter legte. Sie hatte das Gefühl, ihr Herz müsse brechen, während sie zusah, wie ihr Vater von Tag zu Tag mehr verfiel. Auch auf der Ranch wurden viele Tränen vergossen. Ihre Großmutter, Olivia, Becky, alle weinten sie, und Jared hielt sich kaum mehr zu Hause auf, weil er das Sterben seines Vaters nicht mit ansehen konnte. Crystal saß stundenlang bei ihm, redete ihm zu, er solle essen, sprach leise auf ihn ein, während sie ihn sorgfältig zudeckte. Manchmal saß sie einfach da, während er schlief, tränenüberströmt und ohne den Blick von ihm zu wenden. Es war Crystal, nach deren Nähe er immer verlangte, Crystal, nach der er im Fieber rief, Crystal, die er suchte, wenn er die Augen wieder aufschlug. Selten seine Frau und niemals Becky. Die waren ihm nun fremd, wie Crystal ihnen fremd war.

Becky war wieder schwanger, und Tom bemühte sich, die Ranch allein zu führen, obwohl er meist zu betrunken war, um etwas fertigzubringen. Crystal brach fast das Herz, wenn sie ihn zum Haupthaus fahren sah. Nur mit Aufbietung ihrer ganzen Willenskraft gelang es ihr, ihm nicht ins Gesicht zu sagen, was sie von ihm hielt. Sie schwieg, ihrem Vater zuliebe. Sie wollte ihn nicht aufregen, sie wollte, daß alles so blieb, wie es war, doch im Februar wußte sie, daß es nicht der Fall sein würde.

Tag und Nacht saß sie still am Bett ihres Vaters und hielt seine Hand. Sie wich nicht von seiner Seite, außer wenn sie sich wusch oder in der Küche hastig etwas zu sich nahm. Sie befürchtete, er könnte in ihrer Abwesenheit sterben. Sie ging auch nicht mehr zur Schule, ja, sie verließ das Haus überhaupt nicht mehr, außer um auf der Veranda tüchtig Luft zu schöpfen oder vor Einbruch der Dunkelheit rasch zum Fluß zu laufen. Einmal folgte Tom ihr bis dorthin und belauerte sie lüstern, während sie auf einer Lichtung saß und in Gedanken bei ihrem Vater und bei Spencer war. Seit der Taufe des kleinen Willie hatte sie nichts mehr von ihm gehört, aber das hatte sie auch nicht erwartet. Boyd hatte zu Weihnachten einen Brief von ihm erhalten. Spencer schien in New York glücklich zu sein und sich in seinem Beruf wohl zu fühlen. Außerdem schrieb er, er würde sich melden, falls er jemals nach Kalifornien käme. Doch er war viel zu weit weg, um ihr jetzt zu helfen.

An jenem Abend nahm sie wieder ihren Platz am Bett ihres Vaters ein und beobachtete, wie er einschlief. Nach Mitternacht schlug er die Augen auf und blickte sich um. Er sah besser aus als seit langem, war bei klarem Verstand und lächelte Crystal zu. Ihre Mutter schlief auf der Couch im Wohnzimmer. Crystal erwachte sofort, als er sich rührte, und bot ihm einen Schluck Wasser an. »Danke, Baby.« Seine Stimme hörte sich kräftiger an. »Du solltest jetzt zu Bett gehen.«

»Ich bin noch nicht müde«, flüsterte sie im Halbdunkel. Sie wollte nicht von seiner Seite weichen. Wenn sie ihn allein ließ, starb er womöglich, aber solange sie ausharrte, blieb er vielleicht am Leben... »Möchtest du etwas Suppe? Grandma hat heute Truthahnsuppe gekocht, sie schmeckt köstlich.« Das blonde Haar hing wie ein Spinnwebvorhang über ihre Schultern, als ihr Vater sie mit jener Liebe anblickte, die er sechzehn Jahre lang für sie empfunden hatte. Er wollte immer zur Stelle sein und sie schützen. Er wußte, wie lieblos die anderen waren und wie eifersüchtig und kleinlich sogar die eigene Mutter war. Und das alles nur, weil Crystal so schön war. Sogar die jungen Männer im Tal hatten Angst vor ihr. Sie war zu schön, um wirklich zu sein, und doch war sie wirklich, sehr sogar. Tad war stolz darauf, was aus ihr geworden war.

Er lehnte die Suppe ab und sah zu ihr auf, von dem innigen Wunsch erfüllt, das Leben möge gnädig zu ihr sein und sie eines Tages einen guten Mann finden und glücklich werden lassen.

»Gib das hier niemals auf, Kleines...« Sein Flüstern war kaum hörbar, so daß Crystal Mühe hatte, ihn zu verstehen.

»Was denn, Daddy?« Ihre Stimme war ebenso leise wie seine, aber ihre Finger, die mit seinen verschränkt waren, hatten viel mehr Kraft.

»Die Ranch, das Tal. Du gehörst hierher, so wie ich. Ich möchte, daß du mehr von der Welt siehst... als nur das...« Das Atmen bereitete ihm große Mühe, »...doch die Ranch... sie wird immer für dich dasein...«

»Das weiß ich, Daddy.« Sie wollte jetzt nicht darüber sprechen. In ihren Ohren klang es wie ein Abschied, und sie wollte ihn nicht gehenlassen. »Versuch jetzt zu schlafen.«

Er schüttelte den Kopf. Es war keine Zeit. Er hatte schon zu lange geschlafen und wollte nun mit seiner Jüngsten sprechen, mit seinem Lieblingskind, seinem Baby. »Tom versteht nichts von der Ranch.« Das wußte sie selbst, aber sie sagte nichts und beschränkte sich auf ein Nicken. »Und Jared wird eines schönen Tages etwas anderes machen wollen. Er liebt das Land nicht, nicht so wie du und ich... Wenn du etwas von der Welt gesehen hast und Mutter nicht mehr ist, dann möchte ich, daß du zurückkommst... und einen guten Mann findest, jemanden, der lieb zu meinem Baby ist...« Er lächelte ihr zu, und in ihre Augen stiegen Tränen, als sie seine Hand drückte. »Und dann richte dir hier ein gutes Leben ein...«

»Daddy, sprich nicht so...« Ihre Tränen machten ihr das Sprechen schwer, als sie ihre Wange an seine legte und ihm einen Kuß auf die feuchtkalte Stirn drückte. Sie lehnte sich zurück und blickte ihn an. »Du bist der einzige Mann, den ich möchte.«

Einen verrückten Moment lang verspürte sie den Wunsch, ihm von Spencer zu erzählen, ihm zu gestehen, daß es jemanden gab, der ihr sehr gefiel, den sie mochte, viel zu sehr mochte, und in den sie sich hätte verlieben können. Doch Spencer war nur ein Traum wie die Filmstars an den Wänden ihres Zimmers. »Ruh dich jetzt aus.« Was sonst hätte sie zu ihm sagen sollen? Die wenigen Worte, die er gesprochen hatte, waren so anstrengend gewesen, daß er atemlos und erschöpft war. »Ich hab' dich lieb, Daddy.« Sie flüsterte diese Worte, und seine Lider schlossen sich bebend. Dann schlug er wieder die Augen auf und lächelte.

»Ich hab' dich auch lieb, Kleines. Du wirst immer... mein kleines Mädchen sein... Crystal...« Und damit fielen ihm wieder die Augen zu. Er sah im Schlaf sehr friedlich aus, und sie hielt seine Hand fest und ließ ihn nicht aus den Augen. In ihren Sessel zurückgelehnt, schlief sie nach wenigen Minuten ein, erschöpft von der tagelangen Pflege. Als sie erwachte, war der Himmel verhangen, der Raum kalt. Ihr Vater war gestorben, ohne ihre Hand loszulassen.

Ganz sachte löste Crystal ihre Hand aus der seinen. Nach einem letzten Blick durch tränenblinde Augen ging sie hinaus, schloß die Tür und lief, ohne jemandem ein Wort zu sagen, so schnell sie konnte an den Fluß. Sie weinte so hemmungslos, daß ihr Körper vom Schluchzen geschüttelt wurde. Crystal blieb sehr lange am Fluß, und als sie zurückkam, weinte ihre Mutter laut in der Küche, während Minerva stumm Kaffee kochte. Sie hatten ihn gefunden.

»Dein Vater ist tot.« Bei Crystals Eintreten stieß ihre Mutter die Worte fast zornig hervor. Es war mehr Anklage als Trauer, als ob Crystal seinen Tod hätte verhindern können. Sie nickte und behielt es lieber für sich, daß sie es schon vor Verlassen des Hauses gewußt hatte. Sie dachte an seine letzten Worte: Ich möchte, daß du zurückkommst... Er hatte gewußt, wie sehr sie dieses Fleckchen Erde liebte, es war Teil von ihr, so wie es Teil von ihm gewesen war. Fortan würde sie hier ihren Vater stets vor sich sehen, in diesem Haus, aber mehr noch draußen in den Hügeln, zu Pferd oder auf dem Traktor in den Weinbergen.

Jared wurde in die Stadt geschickt. Dann kam der Bestattungsunternehmer, um Tad zu holen. Freunde und Nachbarn erwiesen ihm die letzte Ehre, während Frau und Schwiegermutter dastanden, Hände schüttelten und weinten. Olivia warf Tom unter Tränen dankbare Blicke zu, während Crystal den Haß, den sie gegen ihn empfand, zu unterdrücken versuchte. Die Vorstellung, die Ranch würde nun völlig in seine Hände übergehen, ließ sie schaudern. Crystal durfte nicht daran denken.

Die Beerdigung war am nächsten Tag. Tad Wyatt fand auf einer Lichtung am Fluß seine letzte Ruhestätte. Es war eine Stelle, die Crystal sehr gut kannte. Wie oft hatte sie sich dorthin zurückgezogen, um dazusitzen, zu grübeln oder zu schwimmen, und es war für sie tröstlich, den Vater, der über sie wachte, in der Nähe zu wissen. Sie wußte, daß er immer bei ihr sein würde.

An jenem Nachmittag verschwand Crystal unauffällig und besuchte Hiroko. Das Baby sollte schon in zwei Wochen kommen, deshalb stand Hiroko etwas schwerfällig auf, als Crystal leise das Wohnzimmer betrat. Ihr Blick sagte alles. Boyd hatte Hiroko gesagt, daß Tad Wyatt gestorben war, aber man hätte sie nicht ins Haus gelassen. Und nun war Crystal da – wie ein verzweifeltes Kind – und brach in Tränen aus und streckte Hiroko die Arme entgegen. Ohne den Vater würde das Leben nie wieder so sein wie früher. Er hatte sie inmitten von Menschen zurückgelassen, von denen sie instinktiv wußte, daß sie sie nie geliebt hatten.

Crystal blieb mehrere Stunden bei Hiroko und Boyd, und als sie auf die Ranch zurückkehrte, war es dunkel. Ihre Mutter erwartete sie bereits. Mit steinerner Miene saß sie auf dem Sofa im Wohnzimmer und starrte Crystal zornig an.

»Wo warst du?«

»Ich mußte hier raus.« Es war die Wahrheit. Sie hielt die bedrückende Atmosphäre nicht aus und auch nicht die Menschen, die sich die Klinke in die Hand gaben, Geschenke und Essen brachten, um ihnen im Kummer beizustehen. Crystal wollte kein Essen. Sie wollte ihren Daddy.

»Ich fragte, wo du warst.«

»Fort, Mama, ist doch egal, wo.«

»Du schläfst mit irgendeinem Jungen, habe ich recht?«

Crystal starrte ihre Mutter verblüfft an. Seit Wochen war sie nirgends hingegangen, war kaum einen Augenblick von der Seite ihres Vaters gewichen.

»Natürlich nicht. Wie kannst du so etwas sagen?« Ihre Augen füllten sich mit Tränen.

»Ich weiß doch, daß du dich herumtreibst, Crystal. Ich weiß, wann die Schule aus ist. Du kommst meist erst in der Dunkelheit nach Hause. Hältst du mich für dumm?« Crystals Mutter war außer sich vor Empörung.

»Mama... nicht, bitte...« Ihr Vater war erst am Morgen beerdigt worden, und schon ging es mit Haß und Beschuldigungen los.

»Du wirst enden wie Ginny Webster. Im siebten Monat! Dabei

kann sie noch von Glück reden, daß sie unter die Haube gekommen ist.«

»Das ist nicht wahr!« Vor Tränen brachte Crystal die Worte kaum heraus. Unfaßbar, daß ihre eigene Mutter ihr diese Anschuldigungen an den Kopf warf. Wie konnte sie Crystals heimliche Besuche bei Hiroko nur so bösartig mißdeuten.

»Dein Vater, den du anlügen konntest, ist nicht mehr da. Glaub ja nicht, du könntest mich genauso zum Narren halten. Wenn du denkst, du könntest es bei mir auch so wild treiben, denn verlasse sofort das Haus. Ich werde nicht dulden, daß du über die Stränge schlägst. Wir sind eine anständige Familie, vergiß das nicht!« Crystal starrte ihrer Mutter nach, die steif in den Raum ging, in dem ihr Mann gestorben war. Crystal aber stand im Wohnzimmer und lauschte der Stille. Langsam ging sie auf ihr Zimmer und ließ sich aufs Bett sinken. Warum begegneten ihr nur alle mit so viel Haß? Nie wäre ihr der Gedanke gekommen, daß man ihr die Liebe des Vaters neidete, ihr Aussehen, die Art, wie sie sich bewegte, ihre Denkweise. Als sie sich im Dunkeln aufs Bett legte, wußte sie, daß ihr Leben nie wieder so sein würde wie früher. Ihr Vater hatte sie mit den anderen allein gelassen. Von Angst erfüllt, gab sie sich ihren Tränen hin.

7. Kapitel

Hirokos Baby kam mit Verspätung am dritten April. An jenem Nachmittag besuchte Crystal Hiroko, die sich müde und unwohl fühlte, im Gegensatz zu Becky aber keine Klage laut werden ließ. Immer war sie von gleicher Freundlichkeit und Wärme und hieß ihre Freundin herzlich willkommen.

Seit dem Tod von Crystals Vater waren nun sechs Wochen vergangen. Sie hatte Hiroko seither fast täglich besucht, da sie sich auf der Ranch verloren fühlte und ihre Mutter wie immer rasch mit Kritik und scharfen Worten bei der Hand war. Crystal fühlte sich einsamer als zuvor. Sie überlegte, ob ihre Mutter nur so reagierte, weil sie ohne Tad so einsam war und es nicht verstand, sich anders zu artikulieren. Hiroko war geneigt, ihr recht zu geben, insgeheim wußte sie, daß es anders war. Olivia hatte Crystal nie geliebt.

Hiroko und Crystal verbrachten einen ruhigen Nachmittag, und bei Anbruch der Dämmerung ging Crystal nach Hause. Ihre Mutter war nicht da. Sie war mit Becky in die Stadt gefahren, und Crystal half ihrer Großmutter, das Abendessen auf den Tisch zu bringen. Seit dem Tod ihres Vaters hatte sie stark abgenommen, da sie an Appetitlosigkeit litt. An jenem Abend ging sie zeitig zu Bett und sattelte schon bei Sonnenaufgang ihr Pferd, um wieder zu den Websters zu reiten. Es war Samstag und schulfrei. Sie wußte auch, daß ihre Freundin Frühaufsteherin war. Doch als sie ankam, empfing sie Boyd an der Tür. Er wirkte besorgt und erschöpft. Hiroko hatte seit dem Abend Wehen, aber das Baby wollte nicht kommen. Er hatte den Arzt in der Stadt angerufen, doch dieser hatte sich geweigert zu kommen. Mrs. Webster sei nicht seine Patientin. Boyd mußte daher die Entbindung selbst durchführen, denn nach San Francisco konnte er Hiroko nicht mehr schaffen. Dr. Yoshikawa hatte ihm für alle Fälle ein einschlägiges Buch mitgegeben, doch jetzt verlief die Geburt nicht programmgemäß, und Hiroko litt große Schmerzen. Der Kopf des Kindes war schon zu sehen, aber trotz heftigen Pressens wollte er nicht austreten. Das alles erklärte er hastig Crystal, die Hiroko im Schlafzimmer stöhnen hörte.

»Was ist mit dem alten Dr. Chandler?« Er hatte sich schon vor Jahren zurückgezogen und war fast blind, aber er war immerhin Arzt. In Calistoga gab es außerdem eine Hebamme, aber auch sie hatte sich geweigert, Hiroko als Patientin zu akzeptieren.

»Der ist auf Besuch bei seiner Tochter in Texas. Gestern habe ich von der Tankstelle aus versucht, ihn zu erreichen.« Boyd erwog allen Ernstes, Hiroko nach San Francisco zu bringen, befürchtete aber, sie könnte das Kind verlieren.

»Kann ich sie sehen?« Crystal hatte Tiergeburten miterlebt, aber noch nie eine Frau in den Wehen gesehen, deshalb spürte sie, wie ihr ein Schauer über den Rücken lief, als sie Boyd ins Schlafzimmer folgte. Hiroko kauerte, halb in Hockstellung, auf dem Bett. Sie keuchte, verzweifelt bemüht, das Kind herauszupressen, ließ sich aber mit einem hilflosen Blick zu Crystal in die Kissen zurücksinken.

»Das Baby kommt nicht...« Wieder wurde sie von einer Wehe erfaßt, und Boyd hielt ihre Hände fest. Als Crystal sie so sah, befürchtete sie, das Kind könne sterben – oder Hiroko.

Ohne zu überlegen eilte Crystal in die Küche und wusch sich die Hände. Mit einem Stapel sauberer Handtücher kam sie wieder. Das Bett war voller Blut. Hiroko fiel ihr langes, schwarzes Haar übers Gesicht, als sie sich von neuem unter einer Wehe zusammenkrümmte, abermals vergebens. Mit einer Zuversicht, die sie nicht empfand, redete Crystal auf sie ein.

»Hiroko, laß dir von uns helfen...« Sie sah ihrer Freundin eindringlich in die Augen, als wolle sie sie zum Leben überreden. Insgeheim stieß sie ein Stoßgebet für das Baby aus. Sie ließ die Fohlengeburten, die sie erlebt hatte, im Geist Revue passieren. Hoffentlich würde das Wissen, das sie dabei gewonnen hatte, von Nutzen sein. Tränen liefen Crystal über die Wangen, doch es entschlüpfte ihr kein Laut, als sie nach dem Köpfchen des Kindes schaute. Es hatte rötlich-braunes Haar, eine Mischung aus Boyds und Hirokos Haarfarbe.

»Das Baby kommt nicht...« Hiroko stieß die Worte unter Schmerzen hervor, als Boyd ihr riet, sich wieder hinzulegen. Dabei sah Crystal, wie der Kopf des Kindes langsam weiter austrat.

»Los, Hiroko... es kommt schon. Jetzt mußt du pressen.« Hiroko war zu schwach, um es zu verstehen, als die Wehe nachließ. Auf einmal wurde Crystal klar, was nicht in Ordnung war. Man mußte das Kind drehen. Bei Tieren hatte sie es getan, doch die

Vorstellung, es bei ihrer Freundin tun zu müssen, erschreckte sie. Leise erklärte sie Boyd, was zu tun sei. Wurde das Kind nicht gedreht, bestand Lebensgefahr für Mutter und Kind. Für das Baby war es vielleicht ohnehin schon zu spät. Crystal wußte, daß Eile not tat. Wieder wurde ihre Freundin von einer Wehe erfaßt, und diesmal riet sie ihr, nicht zu pressen, sondern sie griff ihr in den Schoß und befühlte das Kind, wobei sie kaum zu atmen wagte. Mit äußerster Vorsicht drehte sie das Kind, während Hiroko gepeinigt aufschrie und Boyd sie festhielt. Wieder kam eine Wehe, und Hiroko preßte erneut, als wolle sie Crystals Hände hinausdrängen, und als Crystal sich zurückzog, preßte sie so heftig, wie sie es selbst nie für möglich gehalten hatte. Ein unerträglicher Schmerz erfüllte sie, und dann mit einemmal war der ganze Kopf des Babys zu sehen. Crystal stieß einen Triumphschrei aus, und im selben Augenblick schrie auch das Baby, obwohl sein Körper noch im Mutterleib steckte. Tränen liefen Crystal über die Wangen. Unter gespannter Stille preßte Hiroko erneut, lachend und weinend zugleich, als sie ihr Baby schreien hörte, und plötzlich glitt das Kind aus ihr heraus. Es war ein kleines Mädchen, auf das sie nun zu dritt erschöpft niederstarrten. Crystal hatte das Leben des Kindes gerettet und betrachtete nun voll Bangigkeit das Kleine. Es sah aus wie seine Mutter, die es vor Freude weinend in den Armen hielt.

»Danke... danke...« Mehr brachte Hiroko vor Erschöpfung nicht hervor. Mit geschlossenen Augen hielt sie ihr Kind an sich gedrückt. Boyd sah es unter Tränen. Er hielt den Blick zärtlich auf die beiden gerichtet und berührte sanft die Wange des Neugeborenen, ehe sein Blick zu Crystal wanderte.

»Du hast sie gerettet... beide...« Seine Tränen waren auch Tränen der Erleichterung. Crystal beeilte sich, die beiden allein zu lassen. Inzwischen stand die Sonne schon hoch am Himmel, und sie erschrak, als sie merkte, wie lange sie hier gewesen war. Die Stunden waren verflogen, während sie darum gekämpft hatte, ihre Freundin und das winzige Baby zu retten.

Nach einer Weile kam Boyd zu Crystal ins Freie, wo sie im Gras saß. Wie bemerkenswert doch die Natur war. Noch nie hatte sie etwas so Schönes gesehen wie das Baby. Wie Hiroko sah es aus, wie eine Elfenbeinschnitzerei. Die Augen hatten den fernöstlichen Schnitt ihrer Mutter, aber daneben hatte es auch etwas von Boyd an sich. Mit einem unmerklichen Lächeln überlegte Crystal, ob die Kleine eines Tages Sommersprossen haben würde wie ihr Vater. Boyd sah plötzlich ganz erwachsen aus, als er auf Crystal hinunterstarrte, so dankbar, daß ihm die Worte fehlten.

»Wie geht es ihr?« fragte Crystal voller Sorge. Ihr wäre wohler zumute gewesen, wenn man einen Arzt hätte rufen können, da das Risiko einer Infektion nie auszuschließen war.

»Beide schlafen.« Er lächelte, als er sich neben Crystal niederließ. »Sie sehen wunderschön aus.«

Crystal lächelte ihm zu. Sie waren zwei Kinder, die an diesem Morgen erwachsen geworden waren. Das Leben würde nie wieder so sein wie früher, und nachdem sie das Wunder der Geburt des Kindes miterlebt hatten, erschien es ihnen im Moment unendlich kostbar. »Wie werdet ihr sie nennen?«

»Jane Keiko Webster. Ich wollte sie ja nur Keiko nennen, aber Hiroko wollte, daß sie einen amerikanischen Namen trägt. Vielleicht hat sie recht.« Bei diesen Worten verdüsterte sich seine Miene, und er richtete den Blick über das Tal, in dem sie beide aufgewachsen waren. »Keiko war ihre Schwester. Sie ist in Hiroshima umgekommen.« Crystal nickte; das wußte sie bereits von Hiroko.

»Sie ist ein bildhübsches, kleines Ding, Boyd. Sei gut zu ihr.« Merkwürdig, daß sie dies zu ihm sagte. Er war vierundzwanzig, sie kannten sich von Kindesbeinen an. Becky war einst ein wenig verliebt in ihn gewesen, ohne daß sich etwas daraus entsponnen hätte – das hatte Crystal immer bedauert. Boyd war ein netter, anständiger Mann, ganz anders als Tom Parker. Verträumt sah sie zu den Hügeln hin. Es war ein herrlicher, sonniger Frühlingstag. »Mein Daddy war immer gut zu mir. Er war der beste

Mensch, den ich kannte.« Ihre Augen waren voller Tränen, als sie Boyd wieder ansah. Mit einem Zipfel ihres Arbeitshemdes trocknete sie sich die Augen.

»Er muß dir sehr fehlen.«

»Ja, das auch ... aber ... alles hat sich so verändert. Mama und ich standen ja nie auf sehr vertrautem Fuß. Sie hat immer schon Becky vorgezogen.« Das sagte sie ganz nüchtern mit einem kleinen Seufzen, als sie sich ins warme Gras zurücklegte. Die Erinnerung ließ sie lächeln. »Ich glaube, sie dachte immer, Daddy hat mich verwöhnt. Und das hat er ja wirklich. Aber ich kann nicht sagen, daß es mich gestört hat.« Sie lachte und sah wieder wie ein Kind aus. Boyd empfand Mitleid mit ihr.

»Ich glaube, ich muß jetzt zu den beiden. Soll ich Hiroko etwas zum Essen machen?« fragte er unsicher, und Crystal lächelte.

»Ja, wenn sie Hunger hat. Mama sagt, Becky hätte hinterher mit Heißhunger gegessen, aber sie hatte es bei Willies Geburt leicht. Sag Hiroko, sie soll sich nicht übernehmen.« Sie stand auf. »Heute nachmittag oder morgen komme ich wieder, wenn ich mich davonstehlen kann.« Ihre Mutter fand immer irgendwelche Arbeiten im Haushalt für sie. Und da Becky nun wieder schwanger war, drängte ihre Mutter Crystal ständig, das Haus für Becky sauberzumachen oder ihr mit der Wäsche zu helfen. Zuweilen kam Crystal sich wie eine Sklavin vor, wenn sie Beckys Wohnzimmer schrubbte, während diese und ihre Mutter in der Küche Kaffee tranken.

»Gib schön acht auf dich.« Verlegen stand er einen Moment da, ehe er zu ihrem Pferd ging und es losband. Dann drückte er ihr errötend einen Kuß auf die Wange. »Danke, Crystal.« Seine Stimme war heiser vor Rührung. »Das werde ich dir nie vergessen.«

Crystal sah ihn offen an, die Zügel ihres alten Pinto in der Hand. »Gib Jane einen Kuß von mir.« Damit schwang sie sich in den Sattel, und als sie auf Boyd hinuntersah, wurde sie merkwürdigerweise an Spencer erinnert. Nachdem sie Hiroko geholfen hatte, fühlte sie sich Boyd so nahe, daß sie sich ihm fast anvertraut hätte. Aber was hätte sie eigentlich zu sagen gehabt? Daß sie in einen Mann verliebt war, der sie wahrscheinlich längst vergessen hatte? Schließlich waren sie sich nur zweimal begegnet. Auf dem Ritt nach Hause war sie in Gedanken bei dem Baby in Hirokos Armen und lächelte. Gleich darauf drängten sich ihr Träume von Spencer auf. Das war alles, was sie hatte: Träume von Spencer, Erinnerungen an ihren Vater, die Filmstarfotos in ihrem Zimmer.

8. Kapitel

»Wo hast du nur den ganzen Tag über gesteckt? Ich habe dich überall gesucht.« Als Crystal nach Hause kam, wurde sie von ihrer Mutter in der Küche erwartet. Einen verrückten Augenblick lang drängte es Crystal, ihr zu erzählen, was sich zugetragen hatte. Es war schön und aufregend gewesen – und sehr, sehr beängstigend. Mit ihren siebzehn Jahren begriff sie nun, was es bedeutete, eine Frau zu sein.

»Ich bin einfach losgeritten. Daß du mich brauchst, wußte ich nicht.«

»Deine Schwester fühlt sich nicht wohl. Ich wollte, daß du rübergehst und ihr hilfst.« Crystal nickte. Becky fühlte sich nie wohl, zumindest tat sie so. »Sie möchte, daß du Willie hütest.« Immer dasselbe.

»Na schön.«

In der Spüle war Geschirr, das Olivia ihr überließ, und nachdem alles gespült und abgetrocknet war, ging Crystal über die Wiesen zum Häuschen der jungen Leute. Tom hörte Radio, er roch nach Bier. Klein Willie tappte in Hemdchen und Windel hin und her. Der Raum war unaufgeräumt, Becky lag im Bett, eine

Zigarette im Mund, in der Hand eine Zeitschrift. Crystal fragte, ob sie etwas zu essen bringen solle, und Becky nickte, ohne aufzublicken, als Crystal in der Küche verschwand, um Sandwiches zu machen.

»Mach mir auch eines, Süße«, rief Tom ihr bierselig nach. »Und gib mir noch eine Flasche aus dem Kühlschrank, ja?« Sie ging mit Willie in den Armen ins Wohnzimmer, um ihm sein Bier zu bringen. Der Kleine hatte im Aschenbecher mit der Milch aus seiner halbleeren Flasche einen Brei angerührt. Er gluckste selig, als Crystal ihn liebevoll an sich drückte. »Wo hast du bloß gesteckt? Deine Ma hat dich überall gesucht.« Tom trug ein Unterhemd, unter dessen Ärmeln sich zwei Halbmonde aus Schweiß abzeichneten. Er stank. Er hielt den Blick unbewegt auf sie gerichtet, sichtlich angetan von Crystal. Seine eigene Frau war aus dem Leim gegangen, ständig müde und am Jammern. Die zwei Mädchen hätten gar nicht verschiedener sein können. Kein Mensch hätte Schwestern in ihnen vermutet.

»Ich war bei Freunden«, ließ sie nichtssagend verlauten. Noch immer hielt sie das Baby in den Armen.

»Einen neuen Freund?«

»Nein«, schleuderte sie ihm brüsk entgegen, ehe sie kehrtmachte und in der Küche verschwand. Toms Blick ruhte wohlgefällig auf ihrer Kehrseite, während sie daranging, sein Sandwich zurechtzumachen.

Nach Hause kam sie erst, nachdem sie saubergemacht, das Essen zubereitet und den kleinen Willie gebadet hatte. Crystal konnte nicht mit ansehen, wie wenig sich die beiden um das Kind kümmerten. Und jetzt erwarteten sie ein zweites Kind. Tom war schon vor Crystal gegangen, ein Umstand, der bei ihr Erleichterung hervorrief. Ihr behagten seine Blicke nicht – ebensowenig wie die Fragen, die er ihr über »Freunde« stellte. Sie hatte nie einen Freund gehabt. Sie besaß nichts, außer ihre harmlosen Träume von Spencer.

Becky fand es nicht einmal der Mühe wert, sich zu bedanken,

als Crystal ging, und zu Hause trug ihre Mutter ihr sofort auf, Kartoffeln zu schälen. Als Crystal damit fertig war, ging sie zu Bett, zu müde, um überhaupt einen Gedanken ans Abendessen zu verschwenden. Vor dem Einschlafen dachte sie noch an Hiroko und nahm sich fest vor, ihre Freundin am nächsten Morgen nach der Kirche zu besuchen. Sie mußte sich etwas ausdenken, um von Mutter und Schwester wegzukommen. Die beiden schienen erpicht darauf zu sein, ständig neue Arbeiten für sie zu finden. Es war alles so anders als zu Lebzeiten ihres Vaters. Innerhalb von zwei Monaten war sie zu einer Hilfskraft auf der Ranch degradiert worden. Sie war jemand, der sich für die anderen abarbeitete und hinter ihnen saubermachte, jemand, den sie anbrüllen und ansonsten ignorieren konnten.

Die Schulferien begannen im Juni. Sie hatte jetzt nur mehr ein Jahr vor sich, dann war sie mit der Schule fertig. Und was dann? Das Leben würde sich für sie nicht ändern. Sie würde auf der Ranch arbeiten und zusehen, wie Tom zugrunde gehen ließ, was ihr Vater und ihr Großvater aufgebaut hatten. In diesem Jahr wollte Tom die Trauben unterpflügen, da man sie zum erstenmal seit Jahren nicht mehr hatte verkaufen können. Einen großen Teil des Viehs hatte er verkauft, weil Viehhaltung angeblich zu arbeitsintensiv war. Damit hatte er zwar Geld auf der Bank, doch der Ertrag der Ranch wurde geschmälert, und das bekamen sie alle zu spüren.

Beckys Baby kam zur Welt. Ein kleines Mädchen diesmal, das seinem Vater wie aus dem Gesicht geschnitten war. Doch es war Hirokos Baby, das Crystals Herz zum Klingen brachte. Die Kleine wurde in einer Kirche in San Francisco getauft, und die stolzen Eltern hatten Crystal gebeten, Taufpatin zu sein. Es hatte Crystal etliche Lügen gekostet, um ihrer Mutter zu erklären, wo sie sich den ganzen Tag aufhalten würde, doch sie war mit ihnen gefahren, fasziniert von den Sehenswürdigkeiten der Stadt. Frisch und belebt kehrte sie wieder nach Hause zurück.

In dem Jahr, als Crystal siebzehn wurde, war der Sommer sehr schön. Crystal lag stundenlang bei Boyd und Hiroko im Gras unter dem Baum im Garten, spielte mit dem Baby, hielt es in den Armen und spürte die Wärme des fröhlich glucksenden und krähenden Kindes. Diese Besuche waren die Glanzlichter ihres Lebens. Erst spät am Nachmittag ging sie nach Hause, um bei der Zubereitung des Abendessens zu helfen. Wie Tom, so beschuldigte auch ihre Mutter sie, einen Freund zu haben, und verlangte von ihr, sie solle ihrer Schwester öfter mit den Kindern helfen. Aber Crystal hatte anderes im Kopf und Becky ebenso. Im Tal wurde allgemein geklatscht, daß Ginny Webster eine Affäre mit Tom hätte. Und Crystal argwöhnte, daß etwas Wahres daran sein könne. Einmal fragte sie Boyd danach, aber er zog die Schultern hoch und antwortete, er glaube nicht, was die Leute redeten. Dabei lief er feuerrot an. Also stimmte es. Nicht, daß es Crystal gewundert hätte, doch sie fragte sich, ob Tom das gewagt hätte, wenn ihr Vater noch am Leben gewesen wäre. Doch Tad war nicht mehr, und Tom Parker konnte tun und lassen, was ihm beliebte.

Tom und Becky tauften das Neugeborene im Spätsommer, kurz bevor Crystal wieder zur Schule mußte. Aber diesmal kam Spencer nicht zur Taufe, und ihre Mutter gab auch keine große Party. Nur ein paar Freunde wurden zu einem Umtrunk nach der Kirche eingeladen, und Tom ließ sich prompt vollaufen und ging sehr zeitig, während Becky in der Küche mit ihrer Mutter weinte. Nachher wanderte Crystal ganz langsam zum Fluß, um sich nahe der Stelle niederzulassen, wo ihr Vater begraben lag. Nicht zu fassen, daß er vor einem Jahr noch gelebt hatte und daß sie auf der Schaukel gesessen und mit Spencer geplaudert hatte. Damals war sie noch ein Kind gewesen, das wußte sie jetzt. Nun war sie es nicht mehr. Das vergangene Jahr war zu hart gewesen, die Verluste zu groß, der Schmerz zu tief. Crystal Wyatt war erst siebzehn, doch sie war eine Frau.

9. Kapitel

Die Einladung erreichte ihn in seinem Büro, und als Spencer sie las, lächelte er. Sein Vater hatte recht behalten. Harrison Barclay war an den Obersten Gerichtshof berufen worden, und Spencer hatte eine Einladung zu seiner Amtseinführung bekommen.

Für ihn war es ein gutes Jahr gewesen, voll harter Arbeit, aber auch voller Begegnungen mit Menschen, die ihm gefielen. Bei Anderson, Vincent und Sawbrook ging es zwar sehr konservativ zu, doch zu seiner eigenen Verwunderung gefiel es ihm in der Kanzlei. Er hatte sich sehr gut eingearbeitet und war inzwischen zum Assistenten eines der Gesellschafter aufgerückt. Sein Vater konnte mit ihm sehr zufrieden sein. Anfangs hatte es zwischen den beiden Auseinandersetzungen gegeben, deren Grund meist Barbara war. Seine Eltern hatten im vergangenen Sommer ein Haus auf Long Island gemietet gehabt, und Barbara hatte mit ihren Töchtern den größten Teil des August dort verbracht. Alicia und William Hill hatten fest damit gerechnet, daß auch Spencer kommen würde. Schließlich gab es für ihn kein Entrinnen mehr, und er hatte zwei Wochenenden draußen verbracht. Barbara hatte mit Aufmunterung nicht gespart, und seine Eltern hatten eine unverkennbar erwartungsvolle Haltung an den Tag gelegt. Barbara habe auf ihn gewartet, behauptete seine Mutter. Sie liebt dich, drängte sein Vater. Schließlich war Spencer der Kragen geplatzt. Barbara hatte auf Robert gewartet und nicht auf ihn, und es war nicht seine Schuld, daß sein Bruder im Pazifik gefallen war. Seine Schwägerin war eine nette Person, und er hatte seine kleinen Nichten liebgewonnen, doch sie war die Frau seines Bruders. Spencer fand es ausreichend, daß er Rechtswissenschaften studiert hatte und Anwalt geworden war. Er war es seinen Eltern und seinem gefallenen Bruder nicht schuldig, auch noch dessen Witwe zu heiraten.

Barbara war unter Tränen abgereist, und eine häßliche Szene mit seinen Eltern war die Folge. Kurz darauf hatte er Long Island verlassen, um nicht wiederzukehren. Seine Eltern sah er erst im Herbst wieder. Barbara war mit den Kindern zurück nach Boston gegangen. Vor kurzem hatte er von einem Freund gehört, daß sie sich oft mit dem Sohn eines sehr einflußreichen Politikers traf. Es war für sie die ideale Wahl, und er hoffte sehr, daß sie ihr Glück gefunden hatte. Er selbst wollte nichts, als in aller Ruhe ein Leben nach seiner Fasson zu leben. New York gefiel ihm, dennoch zog es ihn zurück nach Kalifornien. Und einige Male ertappte er sich dabei, wie er an Crystal dachte. In letzter Zeit aber schon viel weniger. Sie war zu weit entfernt, und sie war nicht wirklich. Sie war für ihn nur eine seltene und schöne Vision, wie eine Wildblume, die man in den Bergen bewundert und dann niemals wiedersieht, aber ständig in Erinnerung behält. Boyd hatte ihm einen Brief geschrieben, als seine Tochter zur Welt gekommen war. Und er hatte eine Anzeige bekommen, in der Tom und Becky die Geburt ihres zweiten Kindes bekanntgaben. Das alles kam ihm nun sehr fern und entrückt vor.

Er nahm seine Arbeit in der Anwaltsfirma ungemein ernst und beschäftigte sich sehr mit den neuen Steuergesetzen. Sein eigentliches Interesse galt dem Strafrecht, ein Gebiet, mit dem sich seine Kanzlei nicht befaßte. Spencer hatte es meist mit Vermögenstransaktionen und der Abfassung von komplizierten Testamenten zu tun, eine interessante Tätigkeit, über die er oft mit seinem Vater sprach.

Als er mit seinen Eltern an jenem Abend speiste, stellte sich heraus, daß sie ebenfalls eine Einladung bekommen hatten. Sein Vater war jedoch zu beschäftigt, um ihr Folge zu leisten.

»Und was ist mit dir? Fährst du hin?« fragte er Spencer.

»Das bezweifle ich. Ich kenne ihn ja kaum.« Spencer lächelte seinem Vater zu, der im Moment einen aufsehenerregenden Kriminalfall bearbeitete. Spencer konnte es kaum erwarten, mehr darüber zu erfahren, als die Presse brachte.

»Du solltest hinfahren. Es ist für dich nicht unwichtig, den Kontakt mit ihm zu pflegen.«

»Nun ja, ich kann es versuchen, aber ich bezweifle, daß ich vom Büro loskomme.« Spencer lächelte. Er sah viel jünger aus als neunundzwanzig. Die Wochenenden am Strand und auf dem Tennisplatz hatten ihm Sonnenbräune beschert. »Dad, ich komme mir komisch vor, wenn ich hinfahre. Er kennt mich gar nicht. Und Zeit habe ich auch keine.«

»Die kannst du dir verschaffen. Sicher wird es die Kanzlei nicht ungern sehen, wenn du an der Amtseinführung teilnimmst.« Immer diese Verpflichtungen! Mitunter war ihm alles zuviel. Dauernd wurde etwas von ihm »erwartet«, aber er war nicht immer sicher, ob es ihm zusagte.

»Ich will mal sehen.«

Zu seiner Verblüffung entpuppte sich sein Chef als Echo seines Vaters, als Spencer bei einem Drink im River Club beiläufig die Einladung erwähnte.

»Eine solche Einladung bedeutet eine Ehre.«

»Sir, ich kenne Richter Barclay kaum.«

Spencers Chef schüttelte den Kopf. »Macht nichts. Er kann eines Tages für Sie sehr wichtig werden. Das müssen Sie sich ständig vor Augen halten. Ehrlich gesagt, ich rate Ihnen dringend, hinzufahren.« Spencer nickte und hielt sich an den Rat, obwohl er sich reichlich dämlich vorkam, als er auf die Einladung antwortete. Sein Büro ging sogar so weit, für ihn im *Shoreham* ein Zimmer zu reservieren. Am Tag vor der Amtseinführung fuhr er mit der Bahn nach Washington.

Sein Zimmer war geräumig und komfortabel. Er lächelte, als er in einem bequemen Ledersessel Platz nahm und beim Zimmer-Service einen Scotch bestellte. Nicht übel. Vielleicht würde es doch ganz nett sein, die Barclays wiederzusehen. Schließlich war Elizabeth wahrscheinlich auch zugegen. Seitdem sie das Vassar-College besuchte, hatte er nichts mehr von ihr gehört. Vermutlich hatte sie viele andere Eisen im Feuer. Aber er konnte sich selbst auch nicht über mangelnde weibliche Aufmerksamkeit beklagen. Im vergangenen Jahr war er mit einem Dutzend verschiedener Frauen ausgegangen, in den »21«, in »Le Pavillon« und ins »Waldorf«. Er hatte mit ihnen Partys besucht, war ins Theater gegangen, hatte Tennis in Connecticut und East Hampton gespielt, doch es war keine darunter, die ihm etwas bedeutet hätte. Drei Jahre nach Kriegsende schien alle Welt es noch immer sehr eilig zu haben, im Hafen der Ehe zu landen. Nur für ihn traf das überhaupt nicht zu, denn es gab so vieles, worüber er sich erst selbst Klarheit verschaffen wollte. Seine gegenwärtige juristische Tätigkeit war für ihn nicht die Erfüllung. Die Arbeit sagte ihm zwar mehr zu als erwartet, insgeheim aber mußte er sich eingestehen, daß sie ziemlich langweilig war, und er wußte noch nicht, wie er sie mit einer anspruchsvolleren und abwechslungsreicheren Tätigkeit in Einklang bringen sollte. Und mit neunundzwanzig blieb ihm noch viel Zeit, um sich ein vergnügtes Leben zu machen, ehe er sich endgültig häuslich niederließ. Erst mußte er das richtige Mädchen finden, und die Richtige war ihm noch nicht begegnet.

Am nächsten Tag, einem kühlen, aber sonnigen Septembertag, ging Spencer zum Gebäude des Obersten Gerichtshofes, um der offiziellen Amtseinführung beizuwohnen. In seinem dunklen Nadelstreifenanzug mit der dezenten Krawatte wirkte Spencer sehr seriös. Das glänzende, dunkle Haar und die blauen Augen bewirkten, daß nicht wenige Frauen sich nach ihm umdrehten und ihm Blicke zuwarfen, die er geflissentlich übersah. Im Anschluß an die Zeremonie konnte er mit Richter Barclay einen kurzen Händedruck wechseln, ehe die Menge ihn verschluckte und er weitergedrängt wurde. Bekannte sah er keine, so daß er schon bedauerte, daß sein Vater nicht hatte mitkommen können.

Am Nachmittag besuchte er das Washington Monument und das Lincoln Memorial und begab sich anschließend wieder ins Hotel, um eine Stärkung zu sich zu nehmen, ehe er sich für die Party umzog, zu der er abends eingeladen war. Zur Feier der

Amtseinführung gaben die Barclays ein Dinner mit anschließendem Tanz im Mayflower Hotel.

Spencer verließ das Hotel im Abendanzug und fuhr mit dem Taxi zum Mayflower. Beim Empfang wartete er geduldig, bis die Reihe an ihn kam und er wärmstens von Priscilla Barclay begrüßt wurde.

»Ach, wie nett, daß Sie kommen konnten, Mr. Hill. Haben Sie Elizabeth schon gesehen?«

»Sehr liebenswürdig... nein, ich habe sie nicht gesehen.«

»Gerade war sie noch da. Sicher wird sie sich sehr freuen, Sie wiederzusehen.« Er ging einen Schritt weiter, um Richter Barclay zu begrüßen, und dann verließ er die Reihe, um den hinter ihm Stehenden Platz zu machen. An der Bar bestellte er Scotch mit Wasser, während er den Blick über die Schar der geladenen Gäste schweifen ließ. Die meisten der anwesenden Herren waren in vorgerückten Jahren, und die Frauen waren erlesen gekleidet. Es war eine interessante Ansammlung sehr bekannter und bedeutender Gesichter, und plötzlich erfaßte ihn eine Woge der Erregung, weil er hier sein durfte. Er nippte an seinem Glas, als er einen der anderen Richter des Obersten Gerichtes erkannte, und beobachtete eine jüngere Frau im Gespräch mit einem älteren Herrn. Als sich die Dame umdrehte, erkannte er in ihr Elizabeth. Sie wirkte um vieles älter als im Jahr zuvor und irgendwie auch viel hübscher, und als sie ihn mit einem Lächeln des Erkennens bedachte, fiel ihm ein, wieviel Haltung sie bei ihrer ersten Begegnung gezeigt hatte und wie anziehend sie ihm erschienen war. Nun war sie noch viel hübscher, als er sie in Erinnerung hatte. Er näherte sich ihr mit einem Lächeln, und dabei sah er, daß ihre glänzenden braunen Augen aufleuchteten. Elizabeth trug das brünette Haar kürzer, und das raffinierte, weiße Satinkleid brachte ihre Sonnenbräune vollendet zur Geltung. Spencer konnte nicht umhin, sie zu bewundern. Elizabeth Barclay war unbestreitbar eine attraktive Erscheinung.

»Ach, hallo, wie geht's? Wie ist es am Vassar?«

»Öde.« Lächelnd blickte sie zu ihm auf und hielt seinem Blick stand. »Ich glaube, fürs College bin ich schon zu alt.« Das Vassar kam ihr so kindisch vor. Schon nach knapp drei Monaten hatte sie das Ende des Studienjahres herbeigesehnt, damit sie andere Fächer belegen konnte. Jetzt, am Beginn des zweiten Jahres, war sie nicht mehr sicher, ob sie überhaupt bis zum Abschluß durchhalten würde.

»Nach Kalifornien kommt einem New York ab und zu auch ziemlich gräßlich vor. Die Winter sind besonders schlimm, finden Sie nicht?« Im Jahr zuvor hatte er sich selbst bitter über die Umstellung beklagt. Mittlerweile hatte er sich an alles gewöhnt und fand die Hektik New Yorks sehr anregend.

»Nett, daß Sie gekommen sind. Sicher hat mein Vater sich sehr gefreut«, gab Elizabeth förmlich von sich. Spencer hätte fast gelacht. Angesichts des Gedränges der Gäste, meist Kollegen und Freunde, war schwer vorstellbar, daß sich Richter Barclay über die Anwesenheit eines jungen, unbedeutenden Anwalts besonders freute.

»Es war reizend von ihm, mich einzuladen. Die Ernennung muß für ihn sehr befriedigend sein.«

Sie sah ihn lächelnd an, während sie an ihrem Gin Tonic nippte. »Das stimmt. Für meine Mutter auch. Sie liebt Washington. Es ist ihr Geburtsort, müssen Sie wissen.«

»Das wußte ich nicht. Ich könnte mir denken, daß es für Sie auch herrlich ist. Kommen Sie leicht vom College fort?« Insgeheim bewunderte er die weiche Rundung ihrer Schultern und ihre schicke neue Frisur.

»Leider nicht so oft, wie ich möchte. Letztes Jahr konnte ich kaum einmal nach New York. Aber ich werde versuchen, in den Ferien hier zu ihnen zu kommen. Das ist viel einfacher, als nach Kalifornien zu fliegen.« So plauderten sie eine Weile, und als die Gäste sich ihre Plätze suchten und Spencer auf einem der Tischpläne nachsah, entdeckte er, daß er mit Elizabeth an einem Tisch saß. Er nahm an, daß ihre Mutter dabei die Hand im Spiel hatte.

Daß Elizabeth selbst dahintersteckte, die mit ihrer Mutter die Gästeliste durchgegangen war und seinen Namen entdeckt hatte, konnte er nicht ahnen. Er hatte schon bei der ersten Begegnung einen unauslöschlichen Eindruck auf sie gemacht. Um so enttäuschter war sie, daß er nie den Versuch unternommen hatte, sie am Vassar zu erreichen. »Und wie gefällt es Ihnen in Ihrer Kanzlei?« Sie konnte sich an die Namen der Anwälte nicht mehr erinnern, sie wußte nur, daß es eine sehr angesehene Praxis war.

»Es gefällt mir.« Er lächelte, als er sie zu Tisch führte, und sie lachte ihn an.

»Das klingt ja sehr begeistert.«

Seine Augen erwiderten ihr Lächeln, als er an ihrer Seite Platz nahm. »Das bin ich tatsächlich. Ich war ja gar nicht sicher, ob ich überhaupt Anwalt sein wollte.«

»Und jetzt sind Sie sicher?«

»Mehr oder weniger. Anfangs dachte ich, es würde mir schwerfallen, aber bislang ist es nicht der Fall. Es läuft so locker dahin.«

Sie nickte und schickte ein stilles Lächeln in die Richtung ihres Vaters an einem der benachbarten Tische.

»Sie sehen ja, wohin das führen kann.«

»Das gilt nicht für alle, fürchte ich. Aber im Moment bin ich zufrieden mit dem, was ich tue.«

»Haben Sie je daran gedacht, in die Politik zu gehen?« erkundigte Elizabeth sich beim ersten Gang. Es war Hummer in Weißwein. Spencer sah sie belustigt an. Sie hatte noch immer diesen forschenden Blick, der ihn zu durchdringen schien, und scheute sich nicht, ernsthafte Fragen zu stellen. Das hatte ihm schon seinerzeit an ihr gefallen. Sie hatte keine Bedenken, auch verfängliche Themen anzuschneiden. Elizabeth war trotz ihrer Jugend ein Typ, der die Initiative übernahm und lospreschte. Sie war eine Frau, die sich selbst und nach Möglichkeit ihre Umgebung beherrschte.

»Mein Bruder zeigte in dieser Richtung Ambitionen, oder zumindest bildete er es sich ein. Aber ich bin nicht sicher, ob mir die Politik liegen würde.« Das Schwierige war, daß er noch überhaupt nicht wußte, was er eigentlich anstrebte.

»Wenn ich ein Mann wäre, würde ich genau das anpeilen.« Das klang so überzeugt, daß er sie beneidete. Ihm fiel ein, daß sie bei ihrer letzten Begegnung gesagt hatte, sie wolle Anwältin werden.

»Welche Fächer haben Sie am Vassar belegt?«

»Kunst, Literatur, Französisch, Geschichte. Nichts Aufregendes.«

»Was wäre Ihnen denn lieber?«

»Ich möchte das College lassen und etwas Nützliches tun. Ich dachte daran, eventuell für eine Weile nach Washington zu ziehen, aber Vater drehte fast durch, als er es hörte. Er möchte, daß ich unbedingt das College abschließe.«

»Das wäre nicht unvernünftig. Es sind ja nur mehr drei Jahre.« Das kam ihm selbst sehr lang vor.

»Waren Sie wieder mal in Kalifornien?«

»Nein, niemals.« Er sagte es bedauernd. »Ich hatte keine Zeit, und das letzte Jahr verging wie im Flug.« Elizabeth nickte. Ihr war es in gewisser Weise ähnlich ergangen, in anderer Hinsicht wieder anders. Sie war nach San Francisco zurückgekehrt, um zu Weihnachten ihr Debüt im Cotillon zu feiern, und kurz davor hatten ihre Eltern im Burlingame Country Club einen Ball veranstaltet. Den Sommer hatte sie natürlich am Lake Tahoe verbracht, den kommenden Winter wollte sie mehr darauf verwenden, New York und Washington kennenzulernen. Die Weihnachtsfeiertage würde sie in Palm Beach verbringen, wohin ihre Eltern sie eingeladen hatten.

Die Band fing zu spielen an, und Spencer forderte sie zum Tanzen auf, während sie auf den Hauptgang warteten. Spencer, der sie formvollendet zur Tanzfläche geleitete, stellte fest, daß sie wundervoll tanzte. Er hielt den Blick auf ihr schimmerndes brünettes Haar und ihre sonnengebräunten Schultern gerichtet. Alles an ihr atmete Gesundheit, Wohlbefinden und Einfluß. Sie erwähnte beiläufig, daß sie im kommenden Sommer mit ihren Eltern auf der *Ile de France* nach Europa fahren würde, und fragte ihn, ob er je dort gewesen sei, was er verneinte. Sein Vater hatte ihm nach seinem Collegeabschluß einen Europatrip versprochen, der Krieg hatte ihm jedoch einen Strich durch die Rechnung gemacht. Er war statt dessen im pazifischen Raum gelandet. Elizabeth erwähnte auch, daß sie in einigen Wochen einen Besuch bei einem ihrer Brüder in New York plante. Ian Barclay war in einem Anwaltsbüro tätig, das noch angesehener war als das von Spencer.

»Kennen Sie die Kanzlei?« Erwartungsvoll blickte sie zu ihm auf und sah dabei sehr jung und sehr hübsch aus. Spencer spürte bereits die Wirkung des Scotch. Ihre Haut fühlte sich so angenehm an, und zum erstenmal nahm er beim Tanzen bewußt ihr Parfüm wahr.

»Nein, ich kenne sie nicht. Aber mein Vater kennt sie.« Ihm fiel ein, daß ihm sein Vater gesagt hatte, er habe mit dem jungen Barclay bei Gericht zu tun gehabt. »Sie müssen mich mit ihm bekannt machen.« Es war das erste Mal, daß er andeutungsweise den Wunsch nach einer weiteren Begegnung äußerte.

»Sehr gern.« Elizabeth sah aus wie eine Siegerin, als sie sich in königlicher Haltung von ihm an den Tisch zurückbringen ließ. Sie setzten sich und plauderten mit den Freunden ihrer Eltern, und als der Abend zu Ende war, hatte er das Gefühl, sie etwas besser zu kennen. Sie spielte Tennis, sie lief gern Ski, sie sprach etwas Französisch, sie haßte Hunde und schien für Kinder kein besonderes Interesse zu haben. Beim Nachtisch gestand sie ihm, daß sie im Leben etwas erreichen wollte und nicht die Absicht hatte, sich auf Bridge und Babys zu beschränken.

Ihr war anzumerken, daß sie geradezu versessen auf ihren Vater war und am liebsten einen Mann wie ihn heiraten wollte, einen, der »ein Ziel vor Augen hatte«, wie sie es formulierte, und keinen, der sich mit einem beschaulichen Dasein begnügte und das Leben nutzlos verrinnen ließ. Sie wollte einen Mann, der bedeutend war.

»Möchten Sie noch irgendwohin auf einen Drink?« hörte Spencer sich zu seiner eigenen Verwunderung sagen, als sie gemeinsam den Ballsaal verließen. Es war unleugbar angenehm, mit ihr zu plaudern.

»Ja, gern. Wo wohnen Sie?« Ihre braunen Augen sahen ihn offen an. Sie fürchtete nichts, am allerwenigsten Spencer.

»Im Shoreham.«

»Wir auch. Wir könnten in der Bar einen Drink nehmen. Ich sage nur meiner Mutter Bescheid.«

Wenig später verließen sie den Empfang. Die meisten Gäste waren bereits gegangen; es war fast ein Uhr. Mrs. Barclay winkte ihnen zu, als sie gingen. Sie nahmen ein Taxi zum Hotel, wo sie sich an einen ruhigen Tisch in der Bar setzten. Spencer bemerkte, daß man sich nach ihnen umdrehte. Sie waren ein auffallend schönes Paar.

Er bestellte Champagner, und sie unterhielten sich eine Weile über New York, seine Arbeit und über Kalifornien. Er gestand ihr, wie sehr es ihm in Kalifornien gefallen hatte und daß er eines Tages gern dort leben würde, obwohl er nicht wußte, wie er dies mit seiner Arbeit für eine Wall-Street-Firma in Einklang bringen sollte. Elizabeth lachte ihn aus, denn sie wollte nichts lieber, als nach dem College nach New York ziehen oder vielleicht nach Washington, da ihre Eltern nun die meiste Zeit des Jahres dort verbringen würden. Sie ließ sogar durchblicken, daß sie sich sehnlichst ein eigenes Haus in Georgetown wünschte.

Man merkte ihr an, daß es ihr nie an etwas gefehlt hatte. Es kam ihr auch nicht in den Sinn, daß ein Wunsch nicht in Erfüllung gehen könne. Das hatte er schon bei der ersten Begegnung in ihrem Elternhaus in San Francisco registriert.

»Sie müssen unbedingt einmal an den Lake Tahoe kommen. Mein Großvater hat direkt am See ein herrliches Haus gebaut. Ich liebe es über alles.« Sonderbar, als sie es erwähnte, dachte er an das Alexander Valley, und er fragte sie unwillkürlich, ob sie jemals dort gewesen war. »Nein, ich war einmal in Napa, um

Freunde von Dad zu besuchen. Dort gibt es nicht viel bis auf Weinberge und ein paar viktorianische Häuser.« Die ganze Gegend war ihr sehr langweilig erschienen. Jetzt freilich schien sich ihr Interesse zu regen, als Spencer ihr das Tal nördlich davon beschrieb, denn sie sah in seinen Augen etwas, das ihre Neugierde reizte. Es war ein Ausdruck des Erinnerns, ein Ausdruck, der ihr sagte, daß mehr dahinter war, als seine Worte vermuten ließen. »Haben Sie dort Freunde?«

Spencer nickte gedankenvoll. »Zwei meiner Leute, die zusammen mit mir in der Armee waren.« Er erzählte ihr von Boyd und Hiroko, und Elizabeths Blick wurde hart.

»Wie dumm von ihm, sie zu heiraten. Kein Mensch wird vergessen, was in Japan passierte.«

Das klang plötzlich sehr überheblich und gefühllos und ärgerte ihn. Es war genau jene Reaktion, der sich Hiroko seit ihrer Ankunft in Kalifornien gegenübersah. Ganz leise und ohne seinen Ärger zu verhehlen, sagte er: »Ich kann mir nicht denken, daß die Japaner Hiroshima vergessen werden.«

»Sagten Sie nicht, Ihr Bruder wäre im Pazifik gefallen?« Ihr Blick tastete ihn ab, und er sah sie offen an.

»Ja, das stimmt, aber ich empfinde deshalb keinen Haß. Wir haben dort selbst genug Menschen getötet.« Es war eine pazifistische Ansicht, die ihr ungewohnt in den Ohren klang und sich von der Meinung ihres Vaters gewaltig unterschied, der unbeugsam konservativ war und den Bombenabwurf über Hiroshima voll und ganz billigte. »Ich habe alles, was wir dort angestellt haben, mit Abscheu betrachtet. Niemand gewinnt einen Krieg, Regierungen ausgenommen. Die Menschen verlieren immer, auf beiden Seiten.«

»Da bin ich anderer Ansicht.« Elizabeth machte ein zugeknöpftes Gesicht, und Spencer versuchte die Stimmung zu entschärfen, indem er einen lockeren Ton anschlug.

»Das hört sich ja an, als wären Sie gern selbst zur Army gegangen.«

»Meine Mutter war für das Rote Kreuz tätig, und ich hätte mich auch gern nützlich gemacht. Aber ich war noch zu jung.«

Er seufzte. Sie war noch immer sehr jung und naiv und von den Ansichten ihrer Eltern beeinflußt. Er hatte seine eigene Meinung über den Krieg, die von der seines Vaters sehr abwich. Spencer war heilfroh, daß alles vorüber war, dachte aber immer noch an die Freunde, die er verloren hatte, die Männer, die mit ihm gedient hatten... und an seinen Bruder. Da sah er Elizabeth an und hatte das Gefühl, ihr Vater sein zu können, obwohl er nur zehn Jahre älter war. »Das Leben kann seltsame Wendungen nehmen, Elizabeth. Wäre mein Bruder nicht gefallen, hätte ich nie Rechtswissenschaften studiert.« Er lächelte. »Dann hätte ich Sie auch nicht kennengelernt.«

»Eine sonderbare Art, die Dinge zu sehen.« Spencer Hill reizte sie gewaltig. Er war aufrichtig und sanft und intelligent, jedoch nicht so ehrgeizig, wie sie es sich gewünscht hätte. Er schien die Dinge gemächlich an sich herankommen zu lassen und abzuwarten, was ihm das Leben bringen mochte. »Glauben Sie nicht, daß der Mensch sein Schicksal in der Hand hat?«

»Nicht immer.« Er kannte die Welt zu gut, um dieser Meinung anzuhängen. Und wenn er Herr seines Geschickes gewesen wäre, dann hätte sein Leben ganz anders ausgesehen. »Glauben Sie denn, Sie hätten Ihr Schicksal in der Hand?« Er war von ihr ebenso fasziniert wie sie von ihm, aber sie hätten nicht verschiedener sein können.

»Vermutlich.« Das klang sehr selbstsicher, und er konnte nicht umhin, ihr Selbstvertrauen und ihre Entschlossenheit zu bewundern.

»Ich glaube tatsächlich, bei Ihnen könnte es zutreffen.«

»Wundert Sie das?« Sie war sich ihrer selbst so sicher, so ungerührt und so beherrscht nach dem langen Abend.

»Eigentlich nicht. Sie haben wohl immer alles bekommen, was Sie sich wünschten.«

»Und Sie?« Elizabeths Ton wurde sanfter. »Sind Sie enttäuscht worden, Spencer?« Sie hätte zu gern gewußt, ob er eine geliebte Frau verloren hatte oder ob eine gelöste Verlobung hinter ihm lag, doch das war nicht der Fall.

Lächelnd überlegte er, ehe er antwortete: »Nicht enttäuscht, nur vom Weg abgebracht, könnte man sagen.« Daraufhin lachte er lauthals und schenkte sich den Rest des Champagners ein. Die Bar würde bald schließen, und er mußte sie zu ihren Eltern oder zu deren Suite bringen. Beide wußten, daß der Abend für sie zu Ende ging. »Meine Eltern wollten, daß ich die Frau – besser gesagt die Witwe – meines Bruders heirate, als ich heimkehrte. Es gab da ziemliche Reibereien zwischen uns.«

»Und warum haben Sie sie nicht geheiratet?« Elizabeth wollte alles von ihm wissen.

Er sah sie aufrichtig an. »Ich habe sie nicht geliebt. Sie war Roberts Frau, nicht meine. Ich bin nicht er. Ich bin ein anderer.«

»Und wer sind Sie, Spencer?« Ihre Stimme klang wie eine Liebkosung in dem dunklen Raum, als sie seinen Blick suchte. »Was möchten Sie?«

»Jemanden, den ich liebe und achte und an dem mir liegt. Jemanden, mit dem ich lachen kann, wenn etwas schiefgeht... jemanden, der keine Angst hat, mich zu lieben... jemanden, der mich braucht.« Spencer fühlte sich sehr verwundbar, als er dies sagte, und er war sich nicht im klaren, weshalb er ihr gegenüber so offen war. Unwillkürlich fragte er sich, ob Crystal seinem Idealbild entsprach. Es war sehr unwahrscheinlich. Dennoch merkwürdig, daß ihn die Erinnerung an sie nicht losließ. Sie war ein Mädchen von wilder Schönheit, das an einem fernen Ort lebte. Er wußte von ihr nur, wie verlockend und sanft sie war und welche Gefühle er in ihrer Nähe hatte. Er wußte hingegen nicht, was in ihr steckte, was sie dachte oder wer sie sein würde, wenn sie erst einmal erwachsen war. Was in Elizabeth steckte, wußte er auch nicht, vermutete aber, daß es nichts Weiches und Nachgiebiges war. Sie war aus härterem Holz geschnitzt, und er konnte sich nicht vorstellen, daß sie jemals einen Menschen brauchen würde, ihren Vater ausgenommen. »Und wenn es nach Ihnen ginge, wen würden Sie wollen, Elizabeth?«

Sie lächelte und war ebenso aufrichtig wie er. »Jemanden von Bedeutung.«

»Das sagt wohl alles, nicht?« Er lachte, aber ihre Worte hatten ins Schwarze getroffen. Sie war genau so, wie er sie eingeschätzt hatte. Hart, intelligent, interessant, lebenslustig, ehrgeizig und unabhängig.

Spencer begleitete Elizabeth zu ihrem Zimmer und wünschte ihr auf dem Korridor gute Nacht. Sie drehte sich noch einmal um, als sie die Tür aufschloß und sah ihn mit warmem Lächeln an. »Wann fahren Sie zurück nach New York?«

»Morgen in aller Herrgottsfrühe.«

»Ich bleibe noch ein paar Tage. Ich möchte Mom bei der Haussuche helfen. Aber nächste Woche bin ich wieder auf dem College, Spencer...« So leise, daß er es kaum hören konnte, schloß sie: »Rufen Sie mich an, ja?«

»Wie erreiche ich Sie?« Zum erstenmal zog er in Erwägung, sie anzurufen, obschon er nicht sicher war, weshalb. Sie kam ihm reichlich hochgestochen vor, dennoch konnte es vielleicht ganz amüsant sein, sie zum Dinner oder ins Theater auszuführen. Sie würde ihn ganz gewiß nicht in Verlegenheit bringen und war eine interessante Gesprächspartnerin, zudem hatte es für ihn einen besonderen Reiz, mit der Tochter eines Bundesrichters auszugehen.

Sie nannte ihm die Telefonnummer, und er versprach, sie sich zu merken. Und dann dankte er ihr für den Abend. »Es war großartig.« Er schien zu zögern, ratlos, was er als nächstes tun sollte, sie aber wirkte völlig selbstsicher, als sie in der Tür stand.

»Ja, finde ich auch. Gute Nacht, Spencer.« Damit schloß sie leise die Tür und war verschwunden. Er ging langsam zum Lift, sehr im Zweifel, ob er sie tatsächlich anrufen sollte.

10. Kapitel

In Spencers Anwaltsbüro hörte man gern, was er von der Amtseinführung und dem anschließenden Dinner zu berichten hatte. Es konnte der Kanzlei keinesfalls schaden, wenn die jungen Mitarbeiter in Tuchfühlung mit bedeutenden Persönlichkeiten kamen. Die Tatsache, daß Spencers Vater Richter war, war seinem Ansehen bei seinen Seniorpartnern ebenfalls nicht abträglich gewesen. Auch sein Vater zeigte sich befriedigt, als Spencer Bericht erstattete. Elizabeth ließ er unerwähnt, da er es für unerheblich hielt. Vor allem aber wollte er vermeiden, daß sich bei seinen Eltern wieder bestimmte Hoffnungen regten.

Und nachdem er sich die Sache eine Zeitlang reiflich überlegt hatte, gelangte er schließlich zu dem Entschluß, sie doch nicht anzurufen.

Elizabeth nahm die Sache selbst in die Hand, als sie einen Monat später nach New York kam, um ihren Bruder zu besuchen. Sie suchte sich Spencers Nummer aus dem Telefonbuch heraus und rief ihn einfach an. Es war ein Samstag, und er staunte nicht schlecht, als er ihre Stimme erkannte. Er war auf dem Sprung zu einem Squash-Match mit Bürokollegen.

»Störe ich?« Wie immer machte sie einen sehr gewandten Eindruck. Er sah lächelnd aus dem Fenster und spielte mit seinem Racket.

»Aber gar nicht. Wie geht's?«

»Gut. In diesem Semester hat Vassar sich gebessert.« Daß sie mit einem der Professoren ausging, sagte sie nicht. Die jungen Männer ihrer Altersstufe ödeten sie an.

»Ich dachte nur, Sie hätten heute vielleicht Lust, ins Theater zu gehen. Wir haben eine Karte übrig.«

»Sind Sie mit Ihren Eltern da?«

»Nein, ich besuche meinen Bruder und seine Frau. Wir wollen

uns im Music Box Theater *Summer and Smoke* ansehen. Kennen Sie das Stück schon?«

»Nein, ich würde es gerne sehen.« Er lächelte. Was konnte schon passieren, wenn ihr Bruder dabei war? Er selbst traute sich nicht über den Weg und wollte sich nicht mit jemandem einlassen, der so ausgeprägte Zukunftsvorstellungen hatte. Er wußte noch, was sie geantwortet hatte, als er sie gefragt hatte, wen sie im Leben suchte. »Jemanden von Bedeutung«, hatte sie gesagt.

»Vor der Vorstellung essen wir im Chambord. Wie wär's, wenn wir uns dort treffen würden? Wäre es Ihnen um sechs recht?«

»Wunderbar. Wir treffen uns also im Restaurant. Und vielen Dank, Elizabeth.« Er war unsicher, ob eine Entschuldigung angebracht war, weil er sie nicht angerufen hatte, entschied dann aber, daß es besser war, die Sache gar nicht zu erwähnen. Elizabeth machte ihm alles sehr leicht. Das beste Restaurant, die beste Show und die Bekanntschaft mit ihrem fabelhaften Bruder Ian Barclay.

Als Spencer das Restaurant pünktlich betrat, erkannte er Elizabeth sofort. Sie trug ein schwarzes Abendkostüm, das ihr wie angegossen saß, und ein schwarzes Samthütchen, das auf ihrer todschicken neuen Frisur thronte. Auf ihr Aussehen schien Elizabeth großen Wert zu legen, eine Eigenschaft, die ihm zusagte. Sie war sehr hübsch, elegant, und sie machte immer Furore. Für ein Mädchen von nicht ganz zwanzig Jahren verfügte sie über einen ausgeprägten Geschmack und ihr Bruder Ian ebenso. Spencer lernte ihn als intelligenten und interessanten Mann kennen, der ihm aber in seinen politischen Ansichten zu engstirnig war. Dennoch fand Spencer ihn sympathisch. Ian hatte seine Frau, eine hübsche Engländerin, kennengelernt, als er mit der Royal Air Force Bombereinsätze flog. Sie war die Tochter Lord Winghams, und Elizabeth sorgte dafür, daß Spencer dies nicht entging. In ihrem Leben tummelten sich viele prominente Namen und hochrangige Persönlichkeiten in wichtigen Positionen. Ihm kam es sehr sonderbar vor, daß er allein durch das Zusammensein mit ihr das Gefühl bekam, einflußreich zu sein, als färbe ihre Umgebung auf ihn ab. Die Barclays waren alle von sich und ihrem Wert so überzeugt – und von ihren Zielen ebenso. Jetzt wurde ihm auch klar, weshalb ihr dies alles so viel bedeutete. Ian und Sarah erwähnten nebenbei St. Moritz, wo sie die kommenden Weihnachten verbringen wollten, und im vergangenen Sommer waren sie in Venedig gewesen. Anschließend hatten sie Rom besucht und waren in Privataudienz von Papst Pius empfangen worden, da dieser ihren Vater kannte. Elizabeth verfügte über die angeborene Nonchalance der Aristokraten und schien zu erwarten, daß alle Welt die Leute kannte, die sie kannte.

Nach der Theatervorstellung, bei der sie sich blendend amüsiert hatten, lud Spencer sie in den Stork Club ein, wo sie tanzten und sich unterhielten und viel lachten. Danach fuhren sie zur Wohnung der Barclays am Sutton Place. Die jungen Barclays waren noch kinderlos. Sarahs Interesse galt in erster Linie ihren Pferden. Immer wieder kam die Rede auf Spring- und Jagdpferde, und Spencer wurde eingeladen, bei Gelegenheit mit ihnen auszureiten. Das alles war sehr angenehm und unterhaltsam, und als Spencer zu Elizabeth sagte, er würde sie anrufen, meinte er es ernst. Er hatte das Gefühl, es ihr nach diesem schönen Abend schuldig zu sein, und genau das hatte sie bezweckt.

Zwei Wochen später lud er sie ein. Er hätte sich schon eher bei ihr gemeldet, erklärte er ihr, nur hätte es im Büro zuviel Arbeit gegeben. Elizabeth sagte kein Wort dazu. Sie verabredeten sich für das kommende Wochenende, das Elizabeth wieder bei ihrem Bruder verbringen wollte. Spencer führte sie zum Dinner und zum Tanzen in den Stork Club aus, nicht weil er sie besonders beeindrucken wollte, sondern weil Elizabeth ein Mädchen war, das nur die besten Adressen gewohnt war. Er schilderte ihr die Fälle, die er beruflich bearbeitete, meist Rechtsstreitigkeiten, bei denen es um Steuergesetze und ähnliches ging. Es war eine interessante Tätigkeit, die sie intelligent kommentierte. Und als er sie an jenem Abend nach Hause brachte und sie vor der Wohnung ihres Bruders standen, küßte er sie.

»Ich habe mich sehr gut unterhalten«, sagte sie leise. In ihrem Blick lag eine Wärme, die allein ihm galt und die ihm nicht entging.

»Ich auch.« Er meinte es aufrichtig. Es war angenehm, mit ihr zu plaudern, und sie sah umwerfend aus in dem silbrig glänzenden Kleid, das ihre Schwägerin ihr aus Paris mitgebracht hatte.

»Was machst du kommendes Wochenende?«

»Mir stehen Prüfungen bevor.« Sie lachte. »Dumm, nicht wahr? Sie bringen mein ganzes gesellschaftliches Leben durcheinander.« Daraufhin lachten beide, und er schlug vor, sie solle am folgenden Wochenende wieder nach New York kommen.

Elizabeth kam tatsächlich, und sie gingen wieder aus, und diesmal fielen die Küsse schon leidenschaftlicher aus. Elizabeths Bruder und seine Frau hatten übers Wochenende in New Jersey eine Einladung zu einer Jagd, und Elizabeth bat Spencer zum Abschied auf einen Drink in die Wohnung hinauf. Sie saßen lange auf der Couch, küßten sich und unterhielten sich. Im nachhinein fühlte er sich schuldig. Sie war viel zu jung für eine Affäre, und er konnte sich nicht vorstellen, daß ihre Beziehung zu irgend etwas führen könnte. Ihre Welt war so anders als die seine. Er war nicht in sie verliebt, aber er fühlte sich zu ihr sehr hingezogen und fand sie sehr anregend. Ihm gefiel das Gefühl der Macht, das in ihrer Welt spürbar war, ohne gleichzeitig zu übersehen, daß es ihr dafür an Wärme fehlte. Alles war sehr berechnet und kühl. Doch als Außenseiter konnte er es sich leisten, dies alles mit distanziertem Amüsement zu betrachten.

Elizabeth wollte mit ihren Eltern zu Thanksgiving nach Hause nach San Francisco fahren, und Spencer versprach, sie nach ihrer Rückkehr wieder anzurufen. Als er es tat, lud sie ihn über Weihnachten nach Palm Beach ein.

»Werden deine Eltern sich nicht wundern?« fragte er ziemlich verdutzt.

»Sei nicht albern, Spencer. Sie mögen dich sehr gern.«

»Ich sollte wohl lieber zu Hause bleiben. Weihnachten ist für meine Eltern noch immer ein ziemlich trauriges Fest.« Seine Schwägerin hatte ihm anvertraut, daß sie nicht die Absicht hatte, die Kinder von Boston nach New York zu bringen, da sie inzwischen eine ernsthafte Beziehung eingegangen war und die Kinder bei sich haben wollte. Seine Eltern würden sehr einsam sein, da das Weihnachtsfest immer die Erinnerung an den verlorenen Sohn weckte und sie in Gedanken bei ihm waren, mehr als bei dem Sohn, der ihnen geblieben war. Dies alles schoß Spencer durch den Kopf, während er die unerwartete Einladung erwog.

»Dann komm doch nach den Feiertagen. Ich werde bis nach Neujahr da sein. Du kannst bei uns wohnen, wir haben Dutzende von Gästezimmern.«

Zu seiner eigenen Verwunderung nahm er schließlich die Einladung an. Noch immer wußte er nicht, was er eigentlich mit ihr vorhatte, aber was immer es sein mochte, es war sehr angenehm.

Die Weihnachtsfeiertage vergingen wie immer, und zwei Tage später trat er einen einwöchigen Urlaub an und flog nach Palm Beach zu den Barclays, die ihn herzlich und liebenswürdig in ihrem Haus empfingen, das voller Gäste war. Auch Elizabeths ältester Bruder Gregory war gekommen. Im Finanzministerium tätig, war er das Urbild des nüchternen, konservativen Bankers. Er war verheiratet, doch ohne seine Frau gekommen. Kein Mensch fand es nötig, darüber ein Wort zu verlieren, und Spencer stellte keine Fragen. Er war mit Elizabeth zu stark ausgelastet, da sie keine Party in der Stadt ausließen. So viele Juwelen an einem Fleck hatte er noch nie zu sehen bekommen. Elizabeth glänzte jeden Abend in einem anderen Abendkleid, dazu trug sie ein hübsches kleines Diadem, ein Geschenk ihrer Eltern zu ihrem Debüt im letzten Jahr.

»Na, amüsierst du dich auch?« fragte sie ihn, als sie nebeneinander am Strand lagen.

Spencer mußte lachen. »Natürlich amüsiere ich mich. Was

glaubst du denn? Für mich ist es der reinste Himmel. Am liebsten möchte ich gar nicht mehr zurück nach New York.«

»Sehr schön. Dann lasse ich das College sausen, und wir brennen nach Kuba durch.« Sie waren für einen Abend nach Kuba geflogen, um zu tanzen und zu spielen. Es war eine zauberhafte Woche. Spencer mußte sich eingestehen, daß er großen Gefallen an diesem Leben fand. Es war ein sehr angenehmes Leben voller kultivierter Menschen, die interessant zu diskutieren verstanden, und voller schöner Frauen. Man hätte sich sehr leicht daran gewöhnen können, aber wozu? Es war ihr Leben und nicht das seine. Für kurze Zeit aber war es ungeheuer amüsant und anregend.

»Gefällt dir das College schon besser?« Er drehte sich um, auf einen Ellbogen gestützt, um sie ansehen zu können. Elizabeth sah in ihrem roten Badeanzug, der ihre Sonnenbräune, ihr brünettes Haar und die dunklen Augen betonte, fabelhaft aus.

»Nicht sonderlich. Ich werde das Gefühl nicht los, daß ich dort meine Zeit vertue.«

»Das kann ich gut verstehen.« Er warf einen Blick zu dem Butler, der sich mit einem Silbertablett näherte. Er bot ihnen Limonade und Rumpunsch an. »Es muß schwer sein, sich von diesem Leben hier loszureißen und sich dann ständig ins Gedächtnis zu rufen, weshalb man eigentlich aufs College wollte.«

»Um ehrlich zu ein, weiß ich es nicht mehr.« Sie lächelte.

»Ohne College kann man nicht Anwältin werden.« Spencer nahm sich eine Limonade, während Elizabeth sich mit einem Rumpunsch bediente und ihm unter der breiten Krempe ihres Sonnenhutes hervor spitzbübisch zulächelte.

»Na, dann werde ich eben keine Anwältin.« Das hörte sich an, als sei es im Spaß gemeint, und er lachte wieder.

»Und was haben Sie statt dessen vor, Miß Barclay? Werden Sie für das Präsidentenamt kandidieren?«

»Ach, vielleicht werde ich einen Präsidentschaftskandidaten heiraten.«

In seinem Blick mischte sich Ernst und Belustigung. »Das würde zu dir passen.«

»Möchten Sie eines Tages Präsidentschaftskandidat werden, Mr. Hill?« Die Wendung, die das Gespräch unvermutet genommen hatte, bereitete Spencer leises Unbehagen. Er lächelte, schüttelte den Kopf und spielte mit seinem Glas. Elizabeth war ein willensstarkes Mädchen, und ihre Familie besaß Einfluß. Lange ließen die sich nicht an der Nase herumführen. Vor einer bewußten Irreführung hätte Spencer ohnehin zurückgeschreckt. Denn in seinem Inneren, unter der lässigen Fassade, die er ihr zuliebe zur Schau trug, war er weich und empfindsam. Er legte Wert auf ganz andere Dinge, auf Dinge, von denen die Barclays nicht einmal träumten.

»Das Präsidentenamt war nie mein Ziel.«

»Und das Amt eines Senators? Du bist wie geschaffen für eine Spitzenposition in der Regierung.«

»Wie kommst du darauf?«

»Du kannst mit Menschen umgehen, du scheust Arbeit nicht, du bist ehrlich, direkt und intelligent.« Wieder lächelte sie. »Und du kennst die richtigen Leute.« Er war nicht sicher, ob ihm gefiel, was sie da sagte. Wortlos blickte er auf den Ozean und überlegte dabei, ob er mit ihr zu weit gegangen war. Vielleicht war es ein Fehler gewesen, nach Palm Beach zu kommen, aber daran ließ sich nun nichts ändern. In zwei Tagen würde er wieder nach New York abreisen, und danach würde er sie vielleicht eine ganze Weile nicht sehen. Elizabeth ließ ihn nicht aus den Augen, während ihm dies alles durch den Kopf ging. »Spencer, sei nicht so nervös«, sagte sie lachend. »Ich gehe nicht zum Angriff über. Ich sagte nur, was ich mir denke.«

»Elizabeth, manchmal hast du eine ziemlich beunruhigende Art, das zu tun. Ich werde das Gefühl nicht los, daß du immer bekommst, was du willst. Ich meine *immer*.« Und er wollte nicht ihr Wunschobjekt sein. Wenigstens nicht im Moment. Nicht bevor er mehr für sie empfand. Ob es jemals mehr sein würde, war nicht abzusehen. Sie waren gute Freunde, aber von sehr verschiedener Wesensart.

»Und was ist schlimm daran, wenn man bekommt, was man möchte?«

»Nichts, solange die anderen damit einverstanden sind.« Er sagte es ganz leise – Grund für sie, ihn forschend anzusehen.

»Und sind die anderen damit einverstanden?« Diese Worte sagte sie mit einer so eindeutigen Betonung, daß er beinahe ins Zittern geriet.

»Warum schwimmen wir nicht ein Stück?« Er wollte ihr keine Antwort geben. Er war noch nicht bereit zu sagen, was sie hören wollte, und er konnte nicht abschätzen, ob er jemals bereit sein würde, denn er träumte noch immer von einer Frau, die ihn brauchte, die sanft, herzlich, warm und liebevoll war. Elizabeth besaß einige dieser Eigenschaften, aber nicht alle. Sie verfügte über andere Qualitäten, andere Eigenschaften, mit denen er sich noch nicht angefreundet hatte.

»Du hast meine Frage nicht beantwortet.« Sie blickte zu Spencer auf, der jetzt neben ihr stand. Es gab kein Entrinnen, das wußte er. Um die Wahrheit kam er nicht herum. Elizabeth verlangte die Wahrheit von jedem, und ganz besonders von Spencer.

»Ich weiß es noch nicht.«

Sie nickte, so als müßte sie es überdenken, und sah ihm dann wieder in die Augen. »Ich glaube, du und ich, wir gäben ein gutes Team ab. Wir haben genug Kraft und Verstand, um gemeinsam interessante Dinge zu tun.« Es hörte sich an wie eine geschäftliche Vereinbarung, und das fand er bedrückend.

»Was denn? Etwa einen Konzern leiten?«

»Vielleicht. Oder in die Politik gehen. Oder einfach so sein wie Ian und Sarah.«

»Mit ihren Pferden und Freunden, ihren Jagdpartien und Clubs und dem Schloß ihres Vaters. Elizabeth«, er setzte sich wieder hin und schaute sie ernst an, »ich bin nicht wie diese beiden. Ich bin anders. Ich möchte andere Dinge.«

»Was denn?« Sie schien erstaunt.

»Kinder beispielsweise. An Kinder denkst du wohl nie, oder?« Elizabeth schien erschrocken zu sein. Kinder hatten ihr nie etwas bedeutet.

»Wir könnten auch Kinder haben.« Wie Diamanten oder Rennpferde oder Geldanlagen. Aus ihrem Mund klang es wie ein Besitz, den man ganz hinten in den Schrank stellte. »Aber es gibt andere, wichtigere Dinge im Leben.«

»Was denn?« Er staunte über ihre Ansichten. »Was ist wichtiger als Kinder?«

»Spencer, mach dich nicht lächerlich. Seine Ziele erreichen, Karriere machen, es zu etwas bringen.«

»Wie dein Vater?« Die verschleierte Kritik hörte sie nicht heraus.

»Genau. Du könntest in seine Fußstapfen treten, wenn du mich heiratest.«

»Das Schlimme ist, daß ich nicht sicher bin, was ich möchte.« Er sah sie reumütig an. »Kannst du das verstehen?«

»Ja.« Sie nickte nachdenklich. »Weißt du, ich glaube, du hast nur Angst. Du fürchtest, die Stelle deines Bruders einnehmen zu müssen. Aber du bist nicht er, Spencer, du bist du, und auf dich wartet im Leben sehr viel. Du mußt nur darauf zugehen und zugreifen.« Spencer war noch immer nicht sicher, ob er je nennenswerten Ehrgeiz entwickeln würde. Andererseits konnte er sich nicht vorstellen, sein ganzes Leben lang Steuersachen für Anderson, Vincent und Sawbrook zu bearbeiten. Was würde er tatsächlich tun, wenn er endlich erwachsen geworden war? Die Entscheidung darüber hatte er bislang noch nicht gefällt.

»Ich möchte die richtige Entscheidung treffen.«

»Ich auch. Aber ich denke, daß ich die Dinge besser sehe als du.«

»Was macht dich so sicher? Du bist erst zwanzig. Du weißt vom Leben so gut wie nichts.« Plötzlich regte sich Ärger in ihm. Auf verhüllte Art wollte sie ihm einen Antrag machen. Dabei wollte er derjenige sein, der sie fragte, falls er jemals den Entschluß dazu fassen sollte. Aber noch war es nicht soweit, und er bezweifelte sehr, ob es jemals dazu kommen würde. Er liebte sie nicht.

»Ich weiß mehr vom Leben, als du denkst. Zumindest weiß ich, was ich will, und das ist mehr, als du weißt.«

»Mag sein, daß du recht hast.« Er stand wieder auf und blickte auf den Ozean. »Ich möchte schwimmen.« Er ging ins Wasser und schwamm eine halbe Stunde. Elizabeth drängte ihn nicht wieder, doch was sie gesagt hatte, erschütterte ihn einigermaßen. Danach wählte er seine Worte mit Bedacht, um nicht etwas zu sagen, was mißverstanden werden konnte. Doch ehe er sich vor der Abreise verabschiedete, kam sie auf sein Zimmer und stellte ihn noch einmal zur Rede. Diesmal gab es kein Entrinnen, ihr Blick sprach Bände. Spencer sah sie an und fühlte sich gejagt.

»Du sollst wissen, daß ich dich liebe.«

»Elizabeth, nicht... bitte...« Es tat ihm weh, ihr nicht sagen zu können, daß er ihre Liebe erwidere. »Laß das.«

»Warum denn? Und was ich unlängst am Strand gesagt habe, ist mein voller Ernst gewesen. Ich bin der Meinung, daß wir gemeinsam Großes erreichen könnten.«

Lachend strich Spencer sich durchs Haar. »Ich bin derjenige, der dir den Antrag machen sollte, Kleines, und wenn es soweit ist, dann wirst du es merken.«

»Ach?« Ihre Augen blickten ihn voller Spott an, als er auf sie zuging.

»Worauf du Gift nehmen kannst.« Er zog sie an sich und küßte sie. Sie war so verdammt selbstbewußt und stark, daß er sie am liebsten verführt hätte, nur um ihr zu beweisen, wer der Boß war, wer hier das Sagen hatte. Andererseits hätte er, wenn es nach ihm gegangen wäre, Elizabeth Barclay jetzt nicht im Arm gehalten. Doch seine Pläne wurden einmal mehr durchkreuzt. Die Liebe mit ihr war ein Spiel mit dem Feuer, und im nachhinein war er nicht mehr sicher, wer wen verführt hatte. Er wußte nur, daß sie sich geliebt hatten und daß er es sehr genossen hatte. Ihr Körper hatte ihn mit Begierde und Leidenschaft erfüllt, dazu war das unwiderstehliche Verlangen gekommen, sie zu beherrschen, zumindest im Bett, wenn schon sonst nirgends. Sie war eine interessante Geliebte, und er hatte, ohne daß darüber ein Wort verloren worden wäre, gewußt, daß sie keine Jungfrau war.

Als Elizabeth ihn zum Flughafen brachte, sah er sie immer wieder lange an, ratlos, was er tun sollte. Er brauchte Zeit zum Nachdenken und hatte es jetzt sehr eilig, nach New York zu kommen.

»Nächste Woche bin ich wieder auf dem College.«

Er küßte sie sanft und hätte sie am liebsten wieder leidenschaftlich geliebt, obwohl es ihn zugleich ärgerte, daß sie, wenn auch nur für einen Moment, Macht über ihn gehabt hatte. Sie war in vielerlei Hinsicht stärker, als er ahnte.

»Ich werde mich melden.«

Er winkte, als er an Bord ging. Und als die Maschine die Piste entlangrollte, sah er sie dastehen in ihrem Sommerkleid mit dem großen Hut. Ihr Blick folgte ihm, auch als sie abhoben. Er hatte das Gefühl, sich nie wieder von ihr lösen zu können. Und er war gar nicht sicher, ob er das wollte. Vielleicht hatte Elizabeth recht. Vielleicht konnte sie ihm helfen, herauszufinden, was er eigentlich anstrebte. Er war jetzt unschlüssiger denn je, und was das Schlimmste war, war, daß er, als sie im Schnee New Yorks landeten, spürte, daß sie ihm fehlte.

11. Kapitel

Weihnachten verlief in diesem Jahr auf der Ranch in bedrückender Atmosphäre. Es war das erste Weihnachtsfest nach dem Tod von Crystals Vater. Becky verbrachte mit den Kindern den Tag bei ihnen. Der nach Fusel riechende Tom kam erst knapp vor dem Dinner und beäugte Crystal ungeniert. Als er wieder gegangen war, brach Becky in Tränen aus und klagte ihre Schwester an, mit ihm zu flirten. Crystal war entsetzt. Sie konnte gar nicht in Worte fassen, wie sehr sie Tom verabscheute.

Am nächsten Tag ging die Familie gemeinsam zur Kirche, und Crystals Mutter vergoß bittere Tränen um den verstorbenen Ehemann und um ihr Leben, das sich so verändert hatte. Anschließend fuhren sie nach Hause, und Crystal stahl sich davon, um Boyd und Hiroko ihre Geschenke zu bringen. Die kleine Jane, die acht Monate alt war und fröhlich krähend im Wohnzimmer umherkrabbelte, konnte sich schon an Crystals Knien hochziehen. Die Websters, bei denen nur ein winziger Weihnachtsbaum stand, freuten sich sehr über die Sachen, die Crystal ihnen schenkte. Für Hiroko hatte sie eine Jacke gestrickt – es war ihr erster Versuch in dieser Richtung – und einen Schal für Boyd. Für Jane hatte sie eine Puppe gekauft, an der die Kleine begeistert zu nagen anfing. Crystal erlebte Weihnachten hier viel bewußter und glücklicher, in einem Haus, in dem Liebe und Warmherzigkeit den Ton angaben und nicht kaltes Schweigen herrschte wie in ihrem Elternhaus.

Becky wußte inzwischen, daß Tom sie betrog. Ihr waren auch die Gerüchte um Ginny Webster zu Ohren gekommen, doch sie schien entschlossen zu sein, die Schuld auf Crystal abzuwälzen, als ginge alles von ihr aus. Immer wieder fing sie damit an, daß ihre Schwester ihrem Mann schöne Augen mache, und auch Olivia hatte Crystal mehrmals beschuldigt, daß sie Tom ermuntere –

eine Anschuldigung, die Crystal unweigerlich in Tränen ausbrechen ließ. Sie hatte nichts getan, womit sie sich diese Verdächtigungen verdient hätte, und doch war sie ihnen hilflos ausgeliefert.

Sogar Jared wandte sich gegen sie. Durch einen seiner Freunde hatte er erfahren, daß sie Boyd und seine Frau besuchte. Er drohte ihr einige Male, es ihrer Mutter zu verraten. Es war, als haßten sie alle, so daß sie es kaum von einem Tag zum anderen ausgehalten hätte, wären da nicht ihre Besuche bei den Websters gewesen.

»Ich weiß nicht, was ich ihnen angetan habe«, klagte sie eines Abends, nachdem sie sich nach einem schrecklichen Tag im Ranchhaus unter Tränen zu Hiroko und Boyd geflüchtet hatte. »Warum hassen sie mich?« Sie machte, was man ihr auftrug, sie arbeitete fleißig, sie ließ sich nur ganz selten auf Auseinandersetzungen mit ihnen ein, und doch hatten sich alle gegen sie verschworen.

»Weil du anders bist«, gab Boyd leise zur Antwort, während Hiroko still das Kind in den Armen wiegte.

Nachdenklich putzte Crystal sich die Nase. Das Leben zu Hause war nahezu unerträglich geworden, doch wo hätte sie hingehen sollen? Irgendwann würde sie das Tal verlassen müssen, aber zuvor wollte sie ihren Schulabschluß machen, weil sie es ihrem Vater versprochen hatte. Sie träumte noch immer davon, nach Hollywood zu gehen. Aber es war noch zu früh. Erst mußte sie die Schule hinter sich bringen, falls sie es hier so lange aushielt. Insgeheim wußte sie, daß sie es schaffen würde. Sie würde nicht zulassen, daß Leute wie ihre Mutter oder Tom Parker ihr Leben zerstörten. Dazu hatte sie zuviel vom Wesen ihres Vaters mitbekommen. Im Moment war sie gezwungen, alles zu schlukken, aber sobald sie das Abschlußzeugnis in der Tasche hatte, wollte sie fort. Egal, wohin.

Um fortzukommen, mußte sie Geld verdienen.

Deshalb nahm sie im Januar eine Stelle als Bedienung in einem

Schnellrestaurant an. Auch damit erntete sie bei ihrer Mutter nur Ablehnung. Sie beschimpfte Crystal als Schlampe und Luder und beschuldigte sie, die Arbeit nur angenommen zu haben, um Männerbekanntschaften zu machen. Gelegentlich ließ sich Tom in dem Lokal blicken und machte ihr das Leben schwer. Wenn es sich einrichten ließ, verschwand sie dann in der Küche und übernahm ihren Anteil am Geschirrspülen. Der Besitzer war sehr nett, sie bekam reichlich Trinkgeld und auch eine stattliche Zahl von zweideutigen Anträgen. Sie stellte sich einfach dumm oder verteilte, wenn es nicht anders ging, unmißverständlich Körbe. Damit sicherte sie sich das Wohlwollen des Besitzers, der dafür sorgte, daß niemand zu weit ging. Sie war ein nettes Mädchen, er hatte schon ihren Vater sehr geschätzt. Von Tom Parker hingegen hielt er nicht viel, vor allem mißfiel ihm die Art, wie dieser sie behandelte. Er riet Crystal wiederholt, sich von Parker fernzuhalten, wenn dieser angetrunken war, und fuhr sie abends einige Male persönlich nach Hause und ließ sie nicht aus den Augen, bis sie das Ranchhaus sicher erreicht hatte. Ihr Geld hielt Crystal unter dem Bett versteckt. Ende April hatte sie vierhundert Dollar beisammen. Das war ihr Ticket nach Hollywood oder irgendwohin sonst in die Freiheit. Sie hütete die Scheine wie ihr Leben und zählte sie spätabends im Mondschein, wenn sie ihre Tür abgeschlossen hatte. Jetzt hieß es nur noch, den richtigen Zeitpunkt abzuwarten. Lange würde es nicht mehr dauern, doch jeder Tag kam ihr vor wie eine Ewigkeit.

Inzwischen war die kleine Jane ein Jahr alt geworden, und Crystal ritt an einem herrlichen Sonntagmorgen auf ihrem Pinto zu den Websters. Sie verbrachte den ganzen Tag bei ihren Freunden und machte sich erst spät auf den Heimweg, aber sie kannte die Strecke ja in- und auswendig. Kurzentschlossen wählte sie eine Abkürzung und ritt querfeldein. Sie atmete tief die würzige Luft ein, während sie leise ihre alten Lieblingsballaden vor sich hin trällerte. Zum erstenmal seit langem fühlte sie sich wieder besser. Ihr Vater war nun seit über einem Jahr tot, der ärgste

Schmerz war überwunden. Sie fühlte sich stark und jung und lebensfroh. Alle ihre Gedanken galten der Zukunft.

Als sie ihr Pferd in seiner Stallbox festband und ihm leise summend den Sattel abnahm, hörte sie hinter sich ein Geräusch. Erschrocken fuhr sie herum. Es war Tom. Er hockte auf einem Futtersack und ließ sich vollaufen. »Na, schönen Tag gehabt, Schwesterchen?« Seine Augen verhießen nichts Gutes. Crystal sah weg und tat, als hätte sie ihn nicht bemerkt. Doch ihre Hände zitterten, als sie das Zaumzeug aufhängte. Da hörte sie dicht hinter sich seinen Schritt. »Wohin bist du denn auf diesem alten Klepper geritten? Hast du einen Geliebten in der Stadt?«

»Nein.« Sie drehte sich um und blickte Tom an. Was sie sah, gefiel ihr gar nicht. Seine Augen waren gerötet, die Flasche zur Hälfte geleert. »Ich habe Freunde besucht.«

»Wieder diese Japsin?« Auch ihm waren die Gerüchte zu Ohren gekommen, und er hatte Becky davon erzählt, die mit ihrer Mutter darüber gesprochen hatte.

»Nein«, log Crystal. »Schulfreundinnen.«

»Ach? Wen denn?« Toms Stimme war rauh vom Alkohol.

»Ach, nicht wichtig.« Sie wollte aus dem Stall gehen, als er grob ihren Arm packte. Sie wurde überrumpelt und geriet ins Straucheln, so daß sie um ihr Gleichgewicht kämpfen mußte.

»Warum so eilig?«

»Ich muß zu Mom.« Crystal versuchte, Tom in die Augen zu sehen, so sehr sie sich auch davor fürchtete. Trotz ihrer Größe konnte sie es mit ihm niemals aufnehmen. Er prahlte vor seinen Freunden, er sei stark wie ein Bulle, und dort, wo es darauf ankäme, sogar noch größer.

»Zu Mom... wie süß«, höhnte er. »Nach Hause zur Mama. Deiner Mutter ist es einerlei. Sie ist ohnehin bei Becky. Die blöde Kuh bekommt schon wieder einen dicken Bauch. Himmelherrgott, man möchte meinen, inzwischen müßte sie es besser wissen. Wir treiben es kaum noch miteinander, und wenn wir es tun, wird sie schwanger.«

Crystal versuchte sich loszumachen, aber Tom hielt ihren Arm fest wie ein Schraubstock. Es war unverkennbar, daß er nicht die Absicht hatte, sie loszulassen, zumindest nicht im Moment.

»Ich sagte dir doch, du sollst bleiben!« Sie nickte starr vor Angst. Bis jetzt hatte sie noch niemand körperlich bedroht. »Einen Drink?«

»Nein, danke.« Bleich vor Angst schüttelte Crystal den Kopf.

»Doch, du möchtest einen.« Mit einer Hand ihre Arme festhaltend, zwang er ihr mit der anderen den Flaschenhals an den Mund, kippte die Flasche und goß die Flüssigkeit über ihre Bluse. Trotz ihrer Gegenwehr gelang es Tom, ihr einen tüchtigen Schluck durch die zusammengebissenen Zähne zu schütten.

»Hör auf! Laß mich los!«

Tom lachte nur und weidete sich an ihrer Angst. Dann warf er sie auf einen Heuhaufen, der für die Pferde vorbereitet war.

»Zieh dich aus!«

»Tom... bitte...« Sie wollte sich hochkämpfen und sich ihm entziehen, aber Tom packte ihre Beine und zwang Crystal auf den Boden zurück. Die Flasche war fortgerollt, der Stall vom Geruch billigen Whiskeys erfüllt. »Bitte... nicht...« Als er ihre Bluse aufriß, schrie sie auf.

»Du mußt sie ja doch loswerden. Also, Schwesterchen, komm, sei ein liebes Mädchen zu deinem Bruder.«

»Du bist nicht mein Bruder... hör auf!« Und dann schlug sie ihm in Todesangst mit der Faust ins Gesicht und traf ihn aufs Auge. Tom stöhnte, was ihn nicht abhielt, sie von neuem zu pakken und ihr einen Hieb ins Gesicht zu versetzen, so fest, daß ihr die Luft wegblieb.

»Luder! Ich hab' dir gesagt, du sollst dich ausziehen.« Mit einer Hand zerrte er an ihren Jeans, mit der anderen drückte er sie zu Boden, um sich mit seinem ganzen Gewicht auf sie zu legen. Sie fürchtete schon, er würde ihr den Arm brechen. Es war ihr einerlei. Er würde sie töten müssen, ehe sie zuließ, daß er sie in Besitz nahm. Crystal kämpfte wie ein wildes Tier, doch immer wieder warf Tom sie zu Boden, bis er plötzlich mit einem dumpfen Reißgeräusch ihre Jeans aufriß und ihre blassen Schenkel enthüllt wurden.

»Nein, nicht... Tom... bitte...« Crystal schluchzte, als er an der Unterwäsche zerrte, während er immer noch mit der anderen Hand ihre Arme hoch über ihren Kopf streckte und zu Boden drückte. Dann saß er rittlings über ihr, und ungerührt von ihrem Schluchzen und Flehen zog er seine Hose herunter. Ohne Zögern fand er sein Ziel, drängte sich in sie und preßte Crystal, die angstvoll schrie und stöhnte, mit jedem Stoß fester zu Boden. Wieder schlug er sie, diesmal noch fester. Blut lief ihr aus dem Mund, unter ihr bildete sich eine Blutlache, als er sie vergewaltigte. Ihr Rücken wurde vom Stroh und vom rauhen Boden aufgeschürft, atemlos vor Schmerz und Angst lag sie da, als er kam und ihr noch einmal fest ins Gesicht schlug. Ihr Widerstand war gebrochen. Es war sinnlos. Zusammengekauert und gebrochen bot sie ein Bild des Jammers, als Tom aufstand und seine Hose hochzog. Wieder griff er zur Flasche und trank einen Schluck. Grinsend blickte er auf Crystal nieder.

»Besser du wäschst dich, ehe du heimgehst, Schwesterchen.« Wieder lachte er. Dann ging er und knallte die Stalltür hinter sich zu. Crystal blieb blutend und wie ein Häufchen Elend auf dem Boden zurück. Verzweifelt wünschte sie sich den Tod herbei, während sie dalag und schluchzte, bis sie keine Tränen mehr hatte. Sie hatte nichts mehr, nur den Tod. Schließlich gelang es ihr, sich aufzurichten und sich zu dem Schlauch zu schleppen, den sie zum Füllen der Pferdetränken benutzten. Sie ließ das Wasser rinnen, während sie sich übergab. Dann wusch sie sich Gesicht und Arme. Ihr Blick fiel auf ihre zerrissenen Jeans, ihre zerfetzte Unterwäsche und das Blut. Wieder ließ sie sich leise wimmernd auf die Knie sinken. Sie konnte nicht nach Hause. Sie konnte ihnen keine Erklärung liefern. Sie konnte niemandem davon erzählen. Man würde die Schuld unweigerlich bei ihr suchen. Mit zitternden Knien taumelte sie in die Box zu ihrem bejahrten Pinto, packte ihn an der Mähne und führte ihn hinaus. Vor dem Stall schwang sie sich auf seinen Rücken und ritt langsam über die Felder zu den Websters, wo sie sich schluchzend vom Pferd gleiten ließ. Boyd erspähte sie vom Fenster aus und lief zu ihr heraus. Hiroko war ihm dicht auf den Fersen.

»Crys... o Gott... o mein Gott...« Boyd glaubte, daß sie jemand überfallen und zu töten versucht hatte, als sie bewußtlos und blutverschmiert zu seinen Füßen zusammenbrach.

12. Kapitel

Boyd trug Crystal ins Haus und legte sie aufs Ehebett. Er übernahm das Baby, während Hiroko sich neben Crystal setzte und sie mit warmen Handtüchern säuberte. Sie behandelte die Schwellungen mit äußerster Vorsicht. Rücken und Beine waren aufgeschürft, eine Platzwunde an der Lippe... ein Wunder, daß er sie nicht getötet hatte. Crystal lag da und weinte in dem Bett, in dem das Kind zur Welt gekommen war, bei dessen Geburt sie geholfen hatte. Am nächsten Morgen saß sie in der Küche und starrte Hiroko und Boyd mit leerem Blick an. Sie hätte jetzt niemand anderen um sich ertragen. Als Boyd ihr eine Tasse Kaffee hinstellte, brach sie wieder in Tränen aus.

»Ich bringe dich nach Hause. Du kannst deiner Mutter sagen, wo du warst. Und dann fahren wir zum Sheriff.«

Crystal schüttelte niedergeschlagen den Kopf. Sie konnte sich vor Schmerzen kaum rühren und hatte die ganze Nacht kein Auge zugetan. Und mit dem blauen Auge, das Tom ihr verpaßt hatte, konnte sie kaum sehen. Wäre ihr helles Haar nicht gewesen, man hätte sie kaum erkannt. Dennoch war ihr klar, daß sie sich nicht an den Sheriff wenden konnte. Tom würde sie töten, wenn sie es täte. »Das geht nicht.«

»Sei nicht albern«, grollte Boyd. Am liebsten hätte er sich Tom selbst vorgeknöpft.

»Das kann ich Becky und meiner Mutter nicht antun.«

»Bist du noch bei Trost? Der Mann hat dich vergewaltigt.« Wieder fing Crystal zu weinen an, und Hiroko faßte nach ihrer Hand.

»Er muß bestraft werden. Boyd hat recht.«

Aber Crystal sah sie wortlos und unter Tränen an. Sie hatte auch Schande über sich selbst gebracht. In ihrem Durcheinander von Gefühlen empfand sie Zorn, Angst, Demütigung, und sie fühlte sich aus einem unerfindlichen Grund irgendwie mitschuldig. War es ihre Schuld? Hatte sie ihn im Laufe der Jahre unwissentlich gereizt? Oder war es abermals eine Strafe für ihr Aussehen? Sie wußte es nicht, und es spielte auch keine Rolle. Es war eben passiert. Ein Grund mehr, dem Tal schleunigst den Rücken zu kehren, jenem Tal, das sie einst geliebt hatte und das sie nun haßte. Hier ließ sie nichts zurück als das Gefühl des Verlustes, Schmerz und Kummer... und die Websters.

»Crystal, du darfst nicht zulassen, daß er ungeschoren davonkommt«, sagte Boyd ganz leise. Innerlich bebte er vor Zorn. »Ich bringe dich nach Hause.«

Am Abend zuvor hatten sie ihre Mutter gar nicht angerufen, da sie mit Crystal zu beschäftigt gewesen waren. Sie ließ das Pferd stehen und stieg mit Boyd in den Wagen. Unterwegs sprach sie kein Wort. Ihre Gedanken kreisten um das, was nun vor ihr lag. Hiroko umfing sie stumm, ehe sie losfuhren, und blieb mit Jane zu Hause. Crystal hatte vor Kummer, Scham und Angst nicht einmal zum Abschied ein Wort herausgebracht.

Boyd folgte Crystal ins Haus. Ihre Großmutter stand in der Küche. Ein Blick auf Crystal, die mit verschwollenem Gesicht und verfilztem Haar in Boyds Jeans vor ihr stand, genügte. Sofort lief sie, um ihre Tochter zu holen. Gleich darauf stürzte ihre Mutter herein, hastig ihren Bademantel um sich raffend.

»Wo, zum Teufel, hast du gesteckt? Mein Gott...« Und mit einem Blick zu Boyd: »Was treibst du denn hier?« Seit der Heirat mit Hiroko war er in ihrem Haus nicht willkommen, von der Hochzeit und der Taufe abgesehen. Seit damals war er nie wieder eingeladen worden.

»Ich habe sie hergebracht. Die letzte Nacht war sie bei uns.« Olivias Blick gefiel ihm nicht. Es lag keine Spur von Mitgefühl darin, sondern nur Anklage. Sie machte keinerlei Anstalten, auf Crystal zuzugehen, während das Mädchen dastand und sie leer anstarrte. Boyd half Crystal zu einem Stuhl, während ihre Mutter sich nicht vom Fleck rührte.

»Wie hast du es angestellt, daß so etwas passieren konnte?«

Boyd wandte sich zu Olivia Wyatt um und sagte ihr wutentbrannten Blickes, was Crystal nicht über die Lippen brachte. »Dein Schwiegersohn hat sie vergewaltigt.«

»Das ist eine Lüge!« schleuderte sie beiden entgegen. Dann fauchte sie Boyd an: »Raus mit dir! Ich kümmere mich um die Sache.« Und Crystal herrschte sie an: »Wie kannst du es wagen, ihm solche Lügen über den Mann deiner Schwester aufzutischen?«

Crystal blickte in stummer Verwunderung zu ihrer Mutter auf. Egal, was ihr auch zustieß, ihre Mutter berührte es nicht. Diese Frau haßte sie und hatte sie wahrscheinlich immer schon gehaßt. Aber das war nicht mehr wichtig. Für Crystal war alles vorbei. In einer einzigen Nacht war sie erwachsen geworden, und die letzte Bindung an ihre Familie war zerrissen.

Boyd hingegen konnte mit seiner Empörung nicht an sich halten. »Olivia, sieh sie doch an! Sie sollte längst im Krankenhaus sein, hatte aber Angst, in der Nacht dort hinzugehen.« Und er hatte Angst gehabt, sie zu zwingen.

»Sie ist ein liederliches Frauenzimmer. Mit wem warst du gestern zusammen? Du bist gar nicht nach Hause gekommen.«

»Doch ... ich war da ... Tom war im Stall ... er hat mich nicht gehen lassen. Er war betrunken.« Ihre Stimme war so stumpf wie ihr Blick. In ihr war etwas in dieser Nacht abgestorben. Mit einem Teil ihres Herzens hatte sie trotz allem ihre Mutter immer geliebt, aber diese Liebe war für immer verloren. Sie war betrogen worden.

»Ich sollte dich aus dem Haus werfen. Geh auf dein Zimmer!« Boyd traute seinen Ohren nicht. Er sah Crystal an. »Komm mit mir, Crystal. Bleib nicht da!«

Doch Crystal schüttelte nur den Kopf. Sie mußte die Sache hier zu einem Ende bringen und wollte nicht vorher gehen. Was immer dies bedeutete und was immer es sie kosten würde. Sie würde bleiben, bis sie dann endgültig das Haus verließ. Und irgendwie argwöhnte sie, daß ihre Mutter es ahnte und froh darüber war. Sie wußte nicht, warum, doch sie spürte deutlich, daß ihre Mutter sich wünschte, sie würde für immer von der Ranch verschwinden.

Boyd schaute sie an. »Crystal, bitte... bleib nicht hier.« Aber sie rührte sich nicht. Sie starrte ihn an, ohne ihn richtig anzusehen, in Gedanken bei dem, was sie tun mußte. Ihre Mutter ging steif auf die Tür zu und riß sie auf.

»Boyd Webster, ich sagte, du sollst dich hinausscheren, oder hast du mich nicht verstanden?«

Er stand breitbeinig da, gewillt, es mit ihr aufzunehmen. »Ich gehe nicht.«

»Muß ich den Sheriff rufen?«

»Ich wünschte, du würdest es tun.«

»Schon gut, Boyd...« Crystal hatte ihre Sprache wiedergefunden. »Es geht schon in Ordnung. Geh jetzt...« Er wollte sie nicht allein lassen, obwohl ihre Blicke ihn baten, zu gehen. »Es ist alles in Ordnung... geh nur nach Hause...« Das hörte sich ruhig und gelassen an, nur ihre Augen wirkten bekümmert. Er zögerte noch, ehe er langsam zur Tür ging.

»Ich komme später wieder«, verkündete er mit einem Blick über die Schulter. Damit knallte er die Tür zu, und im nächsten Moment hörte man seinen Wagen davonfahren. Sofort stürzte sich Olivia auf Crystal. Sie hatte schon den Arm erhoben, um zuzuschlagen, als Crystal ihren Arm packte und ihn so festhielt, daß ihre Mutter zusammenzuckte und plötzlich angsterfüllt vor ihr zurückwich.

»Faß mich nicht an, hörst du? Ich lasse mir von dir nichts mehr gefallen... nicht von dir und auch nicht von Tom und allen anderen hier.« Crystal sagte es mit bebender Stimme und flammendem Blick. Sie haßte alle dafür, was sie ihr angetan hatten, für die mangelnde Liebe und für den Schmerz, den sie ihr so oft zugefügt hatten. Toms Schandtat von letzter Nacht war der Höhepunkt gewesen. Und die Frage schoß ihr durch den Kopf, ob Tom gewagt hätte, sie auch nur anzufassen, wenn ihre Mutter sie seit dem Tod des Vaters anders behandelt hätte. Er wußte, daß niemand ihre Partei ergreifen würde... was also hatte er zu verlieren? Nun aber würde er es zu spüren bekommen. Sie ging an ihrer Mutter vorüber zum Schrank, in dem ihr Vater seine Jagdwaffen aufbewahrte. Sie waren noch vollständig vorhanden, bis auf jene, die Jared benutzte. Sie griff nach einer Flinte, als ihre Mutter zu schreien anfing und ihr Bruder hereinkam.

»Was zum Teufel... Crystal, um Himmels willen... was soll das?«

»Jar, du hältst dich raus!« Als er den Ausdruck in Crystals Augen sah, glaubte Jared fast, sie hätte den Verstand verloren, so furchterregend war ihr Blick.

»Gib mir das Ding!« Er wollte nach der Waffe fassen, aber Crystal versetzte ihm mit dem Lauf einen Schlag, nur so fest, daß er merkte, wie ernst es ihr war.

»Sie will Tom töten!« schrie ihre Mutter. Crystal wandte sich nun wieder ihr zu, mit einer Wut, die noch niemand an ihr je erlebt hatte, einer Wut, die sich seit Monaten in ihr aufgestaut hatte. Eine Wut, geboren aus Hilflosigkeit, Verzweiflung und aus Trauer um den verlorenen Vater. Und nicht zuletzt aus dem Schmerz heraus, mit ansehen zu müssen, wie Tom alles zugrunde richtete, was ihr Vater so mühsam aufgebaut hatte. Aber das verstanden sie nicht.

»Da hast du verdammt recht!« Crystal sah Jared direkt an. Alles Kindliche war von ihr abgefallen. Lodernd vor Zorn stand sie da, schön, trotz ihrer wirren Haare und der häßlich verfärbten Schwellungen. »Und wenn du wissen möchtest, weshalb, dann sieh im Stall nach.«

»Was hat er denn jetzt wieder angerichtet?« Jared hatte noch immer nicht begriffen, was geschehen war.

»Warum fragst du ihn nicht?« Crystals lavendelblaue Augen verbreiteten Eiseskälte, als sie von ihrer Mutter zu Jared blickte.

Olivia fing wieder zu toben an. »Glaub ihr nicht! Sie lügt!«

»Mom, warum glaubst du das?« Crystals Ton war sonderbar ruhig. Während sie die Waffe auf die beiden gerichtet hielt, schien sie ihre Fassung wiedergewonnen zu haben. Sie war nicht mehr Toms hilfloses Opfer, sie stand im Begriff, ihn für das zu töten, was er ihr angetan hatte. Ein wohltuender Gedanke. »Warum glaubst du nicht, daß er es getan hat? Warum bin immer ich diejenige, die unrecht hat?« Ihre letzten Worte mischten sich mit Schluchzen. Nun waren es Zornestränen, die sich in ihre Trauer mischten. Es war so schmerzlich, sich ein für allemal eingestehen zu müssen, daß die eigene Mutter sie haßte. »Denk daran...« Die Jagdflinte ihres Vaters, mit zitternden Händen gehalten, richtete sich abwechselnd auf Jared und ihre Mutter. Egal, was die beiden nun tun mochten, sie ließ sich nicht mehr bremsen. »Denk daran... als ich noch klein war, hattest du mich lieb, weißt du noch? Du hast immer gesagt, ich hätte dich nie angelogen wie Jared und Becky... und es stimmte... ich habe nie gelogen... damals hatte ich dich auch lieb...« Einen Augenblick versagte ihr beinahe die Stimme. »Warum haßt du mich jetzt so sehr? Seit Dad tot ist, tust du so, als hätte ich dir etwas angetan... aber das habe ich nie... niemals, oder?« Sie stellte diese Frage an den Raum als Ganzes, und zuerst gab es keine Antwort. Doch der ganze unterdrückte Haß lag in der Stimme ihrer Mutter, als diese zornbebend hervorstieß:

»Du weißt genau, was du getan hast... du hast dich bei deinem Vater eingeschmeichelt... Wie ein kleines Luder bist du ständig mit ihm ausgeritten... und schließlich... du mußt ihn ja richtig herumgekriegt haben...« Verbittert sah sie Crystal an, der die Wut und die Ablehnung ihrer Mutter noch immer unbegreiflich waren.

Was Olivia da vorbrachte, ergab keinen Sinn. »Wovon redest du da?«

»Du weißt genau, was ich meine, du kleine, berechnende Schlampe. Du hast bekommen, was du wolltest, ist es nicht so? Aber von mir wirst du nichts kriegen, jedenfalls nicht zu meinen Lebzeiten.« Plötzlich stieg ihr Entsetzen in die Augen. Ganz klar, sie glaubte, Crystal wollte sie töten, als diese nervös die Waffe betastete. Aber Crystal stürzte zur Tür, während Jared seine Mutter noch verwirrt anstarrte. Dann eilte er Crystal nach, doch sie war für ihn zu schnell – sie war immer schon schneller gewesen. Er folgte ihr über die Felder, und sie schwang noch immer die Flinte, gab Schüsse in die Luft ab und rief ihm warnend zu, sich von ihr fernzuhalten. Daß etwas passiert sein mußte, das wußte er, aber was es war, konnte er nicht ahnen. Er wußte nur, daß er sie aufhalten mußte, ehe sie Tom oder Becky und den Kindern etwas antat. Sie schien den Verstand verloren zu haben, und er hatte keine Ahnung, weshalb.

Tom hörte sie, lange bevor sie das Haus erreichten. Ein Blick aus dem Fenster zeigte ihm, daß sie über das Feld gelaufen kam, ein Gewehr in der Hand. Er nahm vorsorglich die eigene Flinte vom Ständer und erwartete Crystal, die bereits zwei Schüsse in die Luft abgegeben hatte. Vier Kugeln waren übrig, als Becky schreiend hinter Tom aus dem Haus trat und ihn verzweifelt aufzuhalten versuchte. Sie wußte nicht, was vor sich ging, ahnte aber instinktiv, daß etwas Schreckliches passieren würde.

»Was hast du vor?« Becky zitterte am ganzen Leib, als Tom sie brüsk zurückstieß und sie anherrschte, sie solle ins Haus gehen und bei den Kindern bleiben. Sie wartete ängstlich im Wohnzimmer, als Crystal Tom gegenübertrat und mit bebenden Händen die Waffe auf ihn richtete. Jared war ihr atemlos auf den Fersen.

»Tu das Ding weg, Schwester.« Das sagte er ganz leise, aus Angst davor, was sie tun würde, aber Tom grinste nur. Wie gewöhnlich schien er angetrunken zu sein, aber seine Hände waren beängstigend sicher, als er auf Crystal zielte.

»Nett, dich wiederzusehen, Crystal. Soll das ein Besuch sein, oder gehst du mit Jared auf die Jagd?« Tom schien die Ruhe selbst, während Jared hilflos und nervös neben ihr stand.

»Tom, runter mit der Waffe. Hört mit diesem Unfug auf!«

Jared war entsetzt. Beide mußten den Verstand verloren haben, und plötzlich ging ihm nach einem Blick auf seine Schwester ein Licht auf. Er konnte sich denken, was passiert war, und in ihm erwachte der Wunsch, ihr die Waffe abzunehmen und seinen Schwager selbst zu töten. Aber er sah keine Möglichkeit, Crystal die Flinte zu entreißen, die sie erst auf Toms Kopf gerichtet hielt, um dann mit sichtlicher Genugtuung auf seinen Schritt zu zielen.

»Ich bin gekommen, um mich für letzte Nacht gebührend zu bedanken.« Ihre Stimme bebte. »Du wirst das niemals wieder jemandem antun, hörst du, Tom?« Sie wollte, daß er es mit der Angst zu tun bekam, daß er heulte, sie anflehte und bettelte, wie sie es in der Nacht getan hatte. Er aber feixte nur unverschämt, ihren Geschmack noch frisch auf den Lippen wie das häßliche Grinsen, das er zur Schau trug. Und dann schoß sie ihm ohne Vorwarnung zwischen die Beine. Doch sie verfehlte ihn. Und im selben Augenblick gab Tom zwei Schüsse auf sie ab. Einer pfiff an ihrem Ohr vorüber, und als sie sich erschrocken umdrehte, sah sie neben sich Jared zu Boden sinken. Die Kugel hatte ihn in den Kopf getroffen, und er war auf der Stelle tot. Crystal kniete an der Seite des blutüberströmten Jared nieder. Von weitem war ein Schrei zu hören, doch ihre letzte Erinnerung war Tom, der sich mit gemeinem Grinsen über sie beugte, und die schreiende Becky. Sie selbst lag da und hielt Jared in ihrem Schoß. Schluchzend hielt sie ihn an sich gedrückt. Er war tot. Und es war ihre Schuld. Ebensogut hätte sie ihn selbst erschießen können ... er war tot ... tot ... und Tom ging zu ihr und nahm ihr die Flinte ihres Vaters ab. Dann ging er ins Haus, um den Sheriff zu verständigen.

13. Kapitel

Als der Sheriff eine halbe Stunde später kam, lag Jared noch immer in Crystals Armen auf der Wiese. Man mußte sie wegführen. Die Fragen, die man ihr stellte, verschwammen in ihrem Kopf. Sie wußte noch, daß der Krankenwagen kam, um Jared abzuholen, und daß ihre Mutter hysterisch schluchzend in Beckys Armen zusammenbrach.

Sie wußte auch noch, daß die Kinder sie anstarrten und der Sheriff zu ihr sagte, sie hätte etwas Schreckliches getan ... daß sie ihm zu erklären versuchte, daß nicht sie Jared erschossen hatte ... Sie wußten es ohnehin. Und dann kam heraus, was Tom getan hatte. Man untersuchte den Stall, wo auf dem Boden noch ihr Blut zu sehen war, und man brachte sie ins Krankenhaus. Boyd und Hiroko begleiteten sie und gaben zu Protokoll, in welchem Zustand Crystal in der Nacht zuvor zu ihnen gekommen war. Alle ihre Verletzungen wurden fotografiert. Der Sheriff verzichtete daraufhin auf einen Haftbefehl und gestattete, daß Crystal bei den Websters blieb. Hiroko und Boyd begleiteten Crystal auch zum Gerichtstermin. Ihr drohte eine Anklage wegen versuchten Mordes, Tom aber wollte, daß die Anklage gegen sie fallengelassen wurde, weil er befürchtete, daß er wegen Vergewaltigung und Mord unter Anklage gestellt werden würde, wenn der Fall erst genauer aufgerollt würde. So begnügte sich der Richter damit, den Fall als Unfall einzustufen. Am Ende wurden alle Anklagepunkte fallengelassen und Jareds Tod als Folge einer Verkettung unglückseliger Umstände abgetan. Gemeinsam verließen sie das Gerichtsgebäude, und Crystal sah Tom und ihre Mutter erst bei Jareds Beerdigung wieder. In der Kirche saß sie mit Boyd und Hiroko in der letzten Bankreihe. Inzwischen hatten die Lokalblätter den Fall groß herausgebracht.

Die Freunde von Jared waren vollzählig versammelt, auch sein Mädchen aus Calistoga war da. Alle weinten, auch Tom, der Crystal beim Verlassen der Kirche anklagend ansah. Er war einer der Sargträger gewesen, weil Olivia darauf bestanden hatte. Crystal wurde übel bei diesem Anblick. In den Augen ihrer Mutter war Jareds Tod nicht Toms Schuld, sondern die von Crystal. Jared fand in einem schlichten Grab neben dem seines Vaters die letzte Ruhe. Es war ein Tag, den Crystal nie vergessen würde. Sie stand da und starrte zum Himmel empor, in Gedanken bei Vater und Bruder. Wie anders das Leben einst gewesen war. Jetzt war alles vorbei. Für alle. Es war nichts mehr übrig als Haß, Schuld und Lügen und Trauer um die Toten. Als Boyd sie wegführte, hielt Crystal einen Augenblick inne und sah ihre Mutter an.

»Komm nie wieder zurück auf die Ranch, Crystal. Du bist eine Mörderin und ein Luder. Du gehörst nicht zu uns. Und was du deinem Pa vor seinem Tod eingeredet hast, nützt dir jetzt nichts mehr.« Olivias Haß kannte keine Grenzen. Crystal schüttelte nur den Kopf dazu. Ihr eigener heißer Zorn war längst verraucht. Sie mußte damit leben, daß ihr Wutausbruch ihren Bruder das Leben gekostet hatte. Jetzt hätte sie alles getan, um es ungeschehen zu machen, auch wenn es bedeutet hätte, daß Tom ganz ungeschoren davongekommen wäre. Was er getan hatte, ließ sich ohnehin nicht wieder gutmachen, so wie man auch Jared nicht wieder zum Leben erwecken konnte.

»Mom, jedes Wort ist überflüssig.« Sie sagte es ganz leise. »Ich komme nie wieder zurück. Ich möchte die Ranch nicht mehr wiedersehen. Sie gehört dir. Auf Wiedersehen.«

»Wie wär's, wenn du das für mich und deine Mama schriftlich

niederlegen würdest?« hörte sie Tom hinter sich sagen. Seine Ausdünstung bereitete ihr so starke Übelkeit, daß sie gegen Brechreiz ankämpfen mußte.

»Du brauchst es nicht schriftlich. Morgen kehre ich der Ranch für immer den Rücken.« Sie hatte hier nichts mehr zu suchen. Die Menschen, die ihr etwas bedeutet hatten, waren tot, und die, die sie zurückließ, hätten ebensogut Fremde sein können.

»Tu das und gib acht, daß du nie wieder zurückkommst.«

Tom äußerte es in leise grollendem Ton, als Boyd vortrat und ihren Arm nahm. »Komm, Crystal, gehen wir.« Er führte sie fort, und als sie losfuhren, liefen Crystal die Tränen über die Wangen. Hiroko tätschelte fürsorglich ihre Hand, während sie mit tränenverhangenen Augen zum Fenster hinausstarrte. Zu sagen gab es nichts. Ihr Lebensweg hatte eine andere Richtung genommen, und Jared war tot. Kaum erwachsen geworden, hatte er sterben müssen. Auf der Fahrt zu den Websters sprach Crystal kein Wort, und als sie angekommen waren, ließ sie die beiden allein und unternahm einen langen Spaziergang. Sie wanderte durch das hohe Gras hinter dem Haus, folgte meilenweit dem Fluß, leise die Lieder vor sich hin singend, die ihr Vater und ihr Bruder einst so gern gehört hatten, und als sie »Amazing Grace« sang, wurde sie von ihren Erinnerungen überwältigt. Nun gab es niemanden mehr, der ihr zuhörte, niemanden, dem sie etwas bedeutete oder der sie liebte. Als sie zum Haus der Websters zurückschlenderte, empfand sie eine Einsamkeit wie nie zuvor. Doch sie wußte, daß sie weitermachen mußte. Sie mußte tun, was sie ihrem Vater und sich selbst vor Jahren versprochen hatte. Sie mußte andere Welten und andere Orte kennenlernen. Allein mit ihren Erinnerungen, die sie stets begleiten würden. Und mit der Erinnerung an Jared war die Schuld verknüpft, die sie ihr Leben lang mit sich herumtragen würde. Nichts würde daran etwas ändern oder ihren Schmerz lindern können. Was ihr im Leben auch zustoßen mochte, für sie war es, als hätte sie ihren Bruder auf dem Gewissen, als hätte sie selbst abgedrückt.

Und als sie langsam durch das hohe Gras zurückwanderte, sang sie die Lieder, die sie als Kinder zusammen gesungen hatten. Tränenblind sah sie in ihrer einsamen Trauer zum Himmel empor.

»Leb wohl, Jar...« Die Worte, die sie so lange nicht mehr zu ihm gesagt hatte, kamen im Flüsterton: »...ich hab' dich lieb...«

14. Kapital

Crystal blieb noch einige Tage bei Boyd und Hiroko. Eigentlich hatte sie gleich am Tag nach der Beerdigung gehen wollen, aber das Schuldgefühl und ihr Kummer waren so überwältigend, daß sie sich nicht aufraffen konnte. Um wieder zur Besinnung zu kommen, brauchte sie eine gewisse Zeit, die sie damit verbrachte, mit Jane zu spielen und lange, einsame Spaziergänge zu unternehmen. Hiroko ließ sie gewähren, da sie genau wußte, was ihr jetzt not tat.

Vor der Beerdigung war Crystal kurz nach Hause gegangen, um ihre Sachen abzuholen. Sie hatte auch ihren kleinen gehorteten Geldschatz unter der Matratze hervorgezogen. Boyd und Hiroko hatten sie überreden wollen, noch so lange zu bleiben, bis sie die Schule absolviert hätte. Doch Crystal wußte, daß sie das nicht konnte. Ihr waren die Menschen hier unerträglich, mehr noch, sie war ihnen über Nacht entwachsen. In sechs Wochen hätte sie ihr Abschlußzeugnis bekommen sollen. Es war ihr nicht mehr wichtig. Sie spürte, daß sie schleunigst die Gegend und ihr Elternhaus verlassen mußte.

»Aber wohin willst du?« fragte Hiroko besorgt.

»Nach San Francisco.« Crystals Entschluß stand fest. Mit ihrem Geld konnte sie sich ein Zimmer mieten. Und dann wollte sie sich einen Job als Kellnerin besorgen und so lange arbeiten, bis sie genug Geld für Hollywood beisammen hatte. Sie hatte nichts mehr zu verlieren und wußte, daß sie einen Versuch wagen mußte.

»Du bist viel zu jung, um allein in die Großstadt zu ziehen.« Boyd sah sie besorgt an, Hiroko hatte Tränen in den Augen. Crystal wußte, daß sie alles durchstehen würde, denn das Kind in ihr war tot, so gewiß wie Jared von Toms Kugel getötet worden war.

»Boyd, wie alt warst du, als man dich eingezogen hat?«

»Achtzehn.«

Crystal lächelte traurig. »Bei der Army muß es viel härter gewesen sein als in San Francisco.«

»Darum geht es gar nicht. Außerdem ist mir nichts anderes übriggeblieben.«

»Mir doch auch nicht«, flüsterte sie. Crystal hatte ihr Haar glatt aus dem Gesicht gekämmt und im Nacken zu einem Pferdeschwanz zusammengefaßt. Die Schwellungen waren zurückgegangen, nur das blaue Auge war noch sehr auffällig. Es war Zeit für sie, weiterzuschreiten, das wußte sie besser als jeder andere. Die Tage im Tal waren für sie Vergangenheit.

Am Tag ihrer Abfahrt brachte Boyd sie zur Busstation. Gemeinsam warteten sie auf den Bus. Crystal versprach, ihm zu schreiben, sobald sie eine Bleibe gefunden hatte. Beide mußten gegen die Tränen ankämpfen, als er sie umarmte. Von Hiroko hatte sie sich schon im Haus verabschiedet, was ihr noch schwerer gefallen war.

»Gib acht auf dich, Kleines«, sagte Boyd mit belegter Stimme. Crystal war ihm wie eine Schwester, und er und Hiroko waren die einzigen Menschen, die ihr geblieben waren.

Es schmerzte Crystal tief, sie zu verlassen. Doch eine ganze Welt wartete auf sie, eine Welt voll neuer Hoffnung und Verheißung. Und sie war jung genug, um sich irgendwo ein neues Leben zu schaffen, in dem Menschen wie Tom Parker keinen Platz hatten.

Sie winkte Boyd beim Einsteigen und warf ihm eine Kußhand zu. Die Männer im Bus registrierten es neidvoll. Und dann sah sie still mit an, wie das Tal davonglitt, und spürte trotz der schmerzlichen Erinnerungen, die sie mit sich nahm, so etwas wie freudige Erregung.

15. Kapitel

Der Bus hielt an der Ecke Third Street und Townsend an. Crystal stieg aus und ließ beklommen den Blick wandern. Sie war erst zweimal in San Francisco gewesen, einmal als Kind mit ihrem Vater, das zweitemal mit Hiroko und Boyd bei Janes Taufe. Dies hier aber war für sie ein fremdes und schäbiges und heruntergekommenes Viertel. Auf dem Gehsteig lagen Betrunkene, Autos sausten vorüber, der Geruch von Alkohol und ungewaschenen Körpern lag in der Luft, daneben aber witterte sie Abenteuer und Erregung. An der Busstation besorgte sie sich einen Stadtplan und eine Zeitung und ließ sich unter den neugierigen Blicken der Passanten nieder, um beides zu studieren. Einfach gekleidet, den alten Koffer in der Hand, wirkte sie in dieser Umgebung ziemlich auffallend. Ihr war klar, daß sie vor Einbruch der Dunkelheit unbedingt ein Zimmer finden mußte. Die Frage war nur, wo. Sie hatte keinen Schimmer, wo sie mit ihrer Suche beginnen sollte. An Inseraten, in denen Zimmer angeboten wurden, war kein Mangel, vor allem in Pensionen in Chinatown, doch sie wußte nicht, wie sie es anfangen sollte. Am besten, sie versuchte es einfach auf gut Glück irgendwo. Crystal suchte zwei Adressen heraus und winkte ein Taxi herbei, bei dessen Fahrer sie sich erkundigte, welches der zwei Viertel sicherer sei. Der Fahrer musterte Crystal in ihrem blauen Kleid und mit ihrem Pferdeschwanz. Blutjung war sie, und so hübsch, wie man es selten zu sehen bekam. Zu gern hätte er gewußt, was sie allein in San Francisco trieb. Seine Enkeltochter war ungefähr in ihrem Alter. Wenn die sich an der Ecke Third Street und Townsend herumgetrieben hätte, wäre es ihm alles andere als geheuer vorgekommen.

Er warf für sie einen Blick in die Zeitung und schlug eine Anzeige vor, die Crystal ganz übersehen hatte. Ein Zimmer im Italienerviertel unweit Telegraph Hill in North Beach.

»Versuchen wir es erst bei dieser Adresse. Klingt besser als die beiden anderen und dürfte nicht zu teuer sein.« Crystal entging dabei ganz, daß er das Taxameter ausschaltete. Einem Mädchen wie ihr ein kleines Geschenk zu machen, konnte er sich allemal leisten. Nein, von ihr würde er keinen Cent verlangen, sie war so jung und hübsch, daß er ihr unbedingt helfen wollte. »Wollen Sie hier Bekannte besuchen?« Plötzlich regte sich bei ihm der Verdacht, daß sie eine Ausreißerin sein könnte, obwohl sie eigentlich gar nicht so aussah, als wäre sie vor jemandem davongelaufen. Sie sah einfach aus wie ein beliebiges junges Mädchen, das zum erstenmal allein in der Großstadt war.

Crystal erklärte ihm, daß sie nicht zu Besuch da sei.

»Ich will hier leben«, sagte sie leise, den Blick aus dem Fenster gerichtet. »Eine Zeitlang wenigstens.«

Sie überquerten die Market Street und fuhren in östlicher Richtung weiter, an den Piers des Embarcadero vorüber, dann durch Chinatown und endlich nach North Beach zu der angegebenen Adresse. Es war ein kleines, einfaches Haus mit sauberen Gardinen an den Fenstern. Auf den Stufen saßen zwei alte Frauen, die lebhaft miteinander schwatzten. Ihr Haar war zu straffen Nackenknoten zusammengefaßt, über den schwarzen Kleidern trugen sie Schürzen. Crystal fiel spontan Grandma Minerva ein, aber sie verdrängte die Erinnerung sofort wieder. Das Leben im Tal lag nun hinter ihr. Sie bedankte sich beim Fahrer und fragte, wieviel er zu bekommen habe.

»Nichts... schon gut...«, erwiderte er ziemlich brüsk und machte ein verlegenes Gesicht. Er wollte nichts von ihr nehmen.

Schließlich war sie noch ein Kind und dazu so hübsch. Es war nett gewesen, sie einfach anzusehen. Crystal bedankte sich, und er sah noch, wie sie auf die zwei alten Damen zuging, den Koffer in der Hand. Dann fuhr er pfeifend los. Hoffentlich würde sie es schaffen.

Die zwei alten Frauen starrten Crystal, als sie sich nach dem Zimmer erkundigte, einen Augenblick an, ehe sie antworteten, und wechselten dann ein paar Worte auf italienisch miteinander.

»Wie bitte?« Crystal sah noch jünger aus, als sie den Koffer abstellte. Ein blonder Heiligenschein schien ihr Gesicht zu umgeben. »Das Zimmer... können Sie mir Auskunft geben?«

»Wie kommt es, daß Sie nicht zur Schule gehen?« Die Ältere beäugte sie argwöhnisch und strich über ihre Schürze. Sie hatte große schwarze Augen und ein runzeliges Gesicht.

»Ich habe letztes Jahr meinen Abschluß gemacht«, log Crystal. Die Frauen musterten sie weiter. »Könnte ich das Zimmer sehen?« Crystal ließ sich nicht so leicht einschüchtern.

»Vielleicht. Haben Sie einen Job?« Die Frau lehnte sich an die Stufe. Crystals Lächeln täuschte ein Selbstvertrauen vor, das sie nicht besaß. Was, wenn sie Arbeit nachweisen mußte, um ein Zimmer zu bekommen? Was dann? Panik drohte sie zu erfassen, doch sie entschied sich, bei der Wahrheit zu bleiben – teilweise wenigstens.

»Noch nicht. Ich bin eben erst angekommen. Sobald ich ein Zimmer habe, gehe ich auf Arbeitssuche.«

»Woher kommen Sie?«

»Aus dem Norden, ein paar Stunden von hier.«

»Wissen Ihre Eltern, daß Sie hier sind?« Wie der Taxifahrer fragten auch diese Frauen sich, ob sie eine Ausreißerin vor sich hatten. Crystal schüttelte den Kopf mit einem Blick, der nichts verriet.

»Meine Eltern sind tot.« Das brachte sie mit soviel stiller Kraft heraus, daß die Frau eine Weile nichts darauf zu sagen wußte. Dann stand sie mühsam auf, ohne den Blick von Crystal zu wenden. Noch nie war ihr ein Mädchen wie Crystal untergekommen, blondes Haar, lange Beine, feingeschnittenes Gesicht. Sie sieht aus wie ein Filmstar, hatte sie auf sizilianisch zu ihrer Freundin gesagt.

»Ich zeige Ihnen das Zimmer. Sehen Sie selbst, ob es Ihnen gefällt.«

»Danke.« Crystal wirkte still und beherrscht, als sie den Koffer hochhob.

Es war ein winziges, stickiges Kämmerchen. Die alte Frau hatte das Haus früher mit ihrer Familie bewohnt und vermietete jetzt die Zimmer. Die Bewohner benutzten alle gemeinsam ein Bad. Die Hausherrin selbst bewohnte das einzige Zimmer mit eigenem Bad. Es lag im Erdgeschoß neben der Küche, die die Mieter für zusätzliche fünf Dollar im Monat benutzen durften. Das Zimmer selbst kostete fünfundvierzig Dollar im Monat. Es wirkte ziemlich spartanisch und bot nur Ausblick auf das Haus dahinter. Aber Crystal genügte es. Wohin sonst hätte sie auch gehen sollen? Sauber war das Zimmer auch. An der Tür war ein massives Schloß angebracht, außerdem hatte sie das Gefühl, hier unter den Augen der alten Frau, die das Kommen und Gehen ihrer Mieter im Auge behielt, in Sicherheit zu sein.

»Sie bezahlen einen Monat im voraus – bar. Und wenn Sie ausziehen, dann geben Sie mir zwei Wochen vorher Bescheid.« Daran hielt sich zwar kaum einer ihrer Mieter, die kamen und gingen. Doch Mrs. Castagna hielt das Haus in Schuß und duldete nur anständige Leute. Keine Säufer, keine Prostituierten, keine Männer, die Frauen aufs Zimmer nahmen. Sie nahm nur ordentliche, stille Wesen wie Crystal. Zur Zeit wohnten bei ihr zwei ältere Männer und ein junges Mädchen im zweiten Stock, und zusammen mit Crystal wohnten drei Mädchen und ein Versicherungsvertreter im ersten Stock. »Wenn Sie keine Arbeit finden, können Sie das Zimmer nicht behalten, falls Sie nicht genug Geld bei sich haben.«

»Ich werde mir sofort Arbeit suchen.« Crystal sah sie direkt an.

Sie zählte vier Zehner und fünf Eindollarscheine aus ihrer Brieftasche hervor. »Gibt es hier in der Nähe Restaurants, die Aushilfen suchen?«

Die alte Frau ließ ein kurzes Lachen hören. Lokale gab es viele, aber sie kannte keines, daß Crystal nehmen würde. »Sprechen Sie Italienisch?«

Crystal schüttelte den Kopf. »Nein.«

»Dann müssen Sie sich anderswo umsehen. Hier in der Gegend stellt kein Mensch junge Mädchen ein.« Sie war zu hübsch und zu jung. Die Lokale in North Beach beschäftigten ausschließlich Männer, und zwar Italiener. »Vielleicht im Zentrum.« Doch als Crystal am nächsten Nachmittag mit der Suche begann, wurde sie überall abgewiesen, obwohl sie über Erfahrung im Servieren verfügte, wie sie immer wieder betonte. Man lachte sie nur aus. Entmutigt kaufte sie sich ein Sandwich, das sie mit nach Hause nahm. Mrs. Castagna saß wie immer auf den Stufen, beobachtete das Kommen und Gehen ihrer Mieter und schwatzte auf italienisch mit den Nachbarinnen.

»Haben Sie Arbeit gefunden?« Sie sah Crystal, die langsam die Stufen heraufkam, aufmerksam an. Ihre Füße schmerzten in den unbequemen Schuhen, und das blaue Kleid sah so schlapp aus, wie sie sich fühlte. Sie fröstelte in der kühlen Luft, als der Nebel aufkam. Es war Mai und sehr viel kälter als im Tal. Crystal setzte den Gasofen in ihrem Zimmer mit einer Münze in Gang. Mrs. Castagna sorgte dafür, daß ihre Mieter nichts umsonst bekamen. Sie dachte gar nicht daran, jemandem etwas zu schenken. Sie selbst hatte in diesem Haus zehn Kinder großgezogen, die jetzt erwachsen und längst ausgeflogen waren. Die Zimmer konnte sie anderweitig nutzen, so daß das Haus ihr ein anständiges Einkommen bescherte. Anders als Crystal, die mit nervösen Fingern ihre rasch schwindende Barschaft zählte, saß Mrs. Castagna im einzigen Sessel des Zimmers, den Blick auf das Kruzifix über dem Bett gerichtet. Der einzige andere Wandschmuck war eine farbige Zeichnung der Jungfrau Maria, von einer der Töchter Mrs.

Castagnas angefertigt, die, wie Crystal später erfahren sollte, ins Kloster gegangen war. Alle anderen waren verheiratet und hatten Kinder, mit denen sie an Sonntagen häufig zu Besuch kamen.

Zwei Wochen lang lief sich Crystal die Sohlen ab und war schon der Verzweiflung nahe, weil sie noch immer keine Arbeit gefunden hatte. Sie hegte Zweifel, ob sie je Glück haben würde, als sie eines Abends spät nach Hause ging. Sie hatte in Chinatown versucht, Arbeit als Kassiererin oder sogar als Tellerwäscherin zu finden, aber man hatte sie wieder nur ausgelacht. Immer hatte sie die falsche Hautfarbe, das falsche Geschlecht und sprach die falsche Sprache. An jenem Abend aber ging sie auf dem Heimweg durch das als Barbary Coast bekannte Viertel, in dem sich Nachtclubs und Restaurants aneinanderreihen. Pärchen schlenderten Arm in Arm dahin, lachten und plauderten. Anders als in North Beach war hier alles hell und lebendig und um vieles schicker. Crystal trug zu ihrem blauen Rock eine weiße Bluse und ihre uralten weißen Pumps, darüber eine Jacke, die ihr Mrs. Castagna geborgt hatte. Sie war schwarz, wie alle Kleidungsstücke der älteren Frau, und für Crystal zu groß, doch Mrs. Castagna hatte Mitleid empfunden, als sie Crystal abends in der Kälte frösteln sah. Crystal hatte sonst nur noch eine alte Schaffelljacke, die sie auf ihren Morgenritten mit ihrem Vater getragen hatte. Ihre Garderobe war Welten entfernt von dem, was sie an den eleganten Frauen sah, von denen es in San Francisco wimmelte. Aber sie hatte ganz andere Sorgen. Sie wollte Arbeit, irgendeine Arbeit. Notfalls hätte sie auch Böden geschrubbt. Das sagte sie sich gerade wieder einmal, als sie vor einem eleganten Restaurant mit dem schlichten Namen »Harry's« stehenblieb. Ansonsten war hier von Schlichtheit keine Rede; alles war auffallend und prunkvoll. In kleineren Lettern wurden Show-Einlagen angekündigt.

Unter Herzklopfen wagte sich Crystal hinein, ohne auf die ihr geltenden Blicke der Paare zu achten, die herauskamen. Alle waren gut gekleidet, die Frauen meist tiefdekolletiert. Da sie eine Weile warten mußte, hörte sie einem Sänger zu, der, begleitet von zwei Musikern, auf der Bühne stand und Cole Porters »Too Darn Hot« zum besten gab. Dann kam der Ober auf sie zu und fragte sie ziemlich unfreundlich, was sie wollte.

»Hier kommt man nur in Gesellschaft rein«, erklärte er schroff. Bei Harry's war kein Bedarf an Aufreißerinnen oder an Zaungästen, die in der Tür stehend die Show gratis haben wollten. Aber er konnte auf den ersten Blick erkennen, daß Crystal kein Flittchen war. In ihrer riesigen Jacke und den abgetragenen Sachen sah sie eher aus wie ein Waisenkind. »Was wollen Sie?«

Sie hielt mühsam seinem Blick stand und versuchte, ihr Kniezittern zu ignorieren. »Einen Job. Ich mache alles... Teller waschen, servieren, alles... ich suche ganz dringend Arbeit.« Er wollte etwas sagen, unterzog sie aber erst einer eingehenderen Betrachtung. Das Mädchen war so hübsch, daß allein ihr Anblick schon Herzweh hervorrief. Besonders ihr Blick war anrührend. Erst hatte er die Kleine einfach abwimmeln wollen, jetzt aber besann er sich anders. Vielleicht würde sie Harry gefallen. Er sah auf die Uhr, um festzustellen, ob der Boß noch da war. Zu spät, Harry war sicher schon gegangen.

»Haben Sie schon mal in einem Restaurant gearbeitet?« Er rückte sich die Fliege zurecht und ließ den Blick über die Tische schweifen, dann sah er wieder Crystal an. Sie hatte ein Gesicht, das einen innehalten ließ und den Wunsch weckte, sie ein Leben lang anzusehen. Dennoch schien sie sich ihrer Wirkung nicht bewußt zu sein. Sie hatte etwas völlig Ungekünsteltes an sich und zeigte sich trotz ihrer unübersehbaren Nervosität sehr beherzt. Sein Mitgefühl regte sich. »Schon mal als Serviererin gearbeitet?«

»Ja.« Aus Angst vor Ablehnung verschwieg sie, daß es nur eine Imbißstube auf dem Land gewesen war.

Er sah sie prüfend an. »Wie alt?«

»Achtzehn«, log sie, als könne sie kein Wässerchen trüben.

Kopfschüttelnd sah er zu der Tür, durch die sie hereingekommen war. »Hier dürfen Sie erst mit einundzwanzig arbeiten. Gesetz ist Gesetz.«

»Dann bin ich eben einundzwanzig... bitte...« Ihr Ton war eindringlich, und ihre unglaublich blauen Augen ließen ihn dahinschmelzen. »Bitte... kein Mensch wird es erfahren.«

»O Gott«, stöhnte er, »der Boß bringt mich glatt um.« Crystal spürte, daß er weich wurde.

»Ich werde hart arbeiten, das schwöre ich. Versuchen Sie es doch ein paar Tage mit mir... eine Woche... wie Sie wollen.« Crystals Blick flehte ihn an. Jetzt konnte er nicht anders. Sie war einfach zu hübsch, zu verletzlich und zu jung, und sein Gespür sagte ihm, daß sie den Job brauchte und sich tüchtig anstrengen würde. Zum Teufel, er konnte Harry ja notfalls weismachen, er habe keine Ahnung gehabt. Und wenn sie nichts taugte, konnte man sie immer noch rauswerfen.

»Also gut... meinetwegen. Kommen Sie morgen nachmittag wieder vorbei. Eines der Mädchen wird Ihnen eine Uniform verpassen. Und legen Sie etwas Make-up auf, damit Sie nicht aussehen wie ein Kind. Und um Himmels willen«, grollte er, »werfen Sie dieses Monstrum von Jacke weg.«

»Ja, Sir.« Ihr Lächeln ließ sie noch kindlicher aussehen. Er hatte noch nie ein so hübsches Mädchen gesehen. Und dabei war sie erst achtzehn...

»Also, Punkt vier Uhr.«

»Ja... vielen Dank.« Crystals Stimme klang heiser. Ein wahres Wunder, daß sich noch niemand die Kleine geschnappt hatte. So, wie sie aussah, hätte sie Tänzerin oder Stripperin werden können. Aber dazu war sie wohl zu unschuldig. Als sie aus der Tür rannte, ehe er seine Meinung ändern konnte, und die ganze Strecke zu Mrs. Castagnas Haus im Laufschritt zurücklegte, konnte er nicht ahnen, daß in Crystal Wyatt sehr viel mehr steckte.

Als erstes gab sie Mrs. Castagna dankend die Jacke zurück und berichtete ihr, daß sie Arbeit gefunden habe. Sie sagte es mit so viel Stolz und Zuversicht, als hätte sie einen Sitz im Vorstand von General Motors bekommen.

»Ist es ein anständiger Job?« Mrs. Castagna sah sie mißtrauisch an. Das Mädchen war zu hübsch, viel hübscher, als ihr guttat. Der junge Versicherungsvertreter lungerte ständig auf dem Korridor herum, in der Hoffnung, Crystal zu begegnen, wenn sie ins Bad ging. Aber das Mädchen schien ihn gar nicht zu bemerken. Sie war still und benahm sich ordentlich, lungerte nicht herum und flirtete auch nicht. Aus Gründen, die Mrs. Castagna nicht zu erklären vermocht hätte, war ihr Crystal sympathisch.

»Ich werde in einem Restaurant arbeiten«, erklärte Crystal stolz, und die alte Frau lächelte ihr zu. Ein reizendes Kind, das sie an eine ihrer Enkelinnen erinnerte.

»Was machen Sie da?«

»Ich bediene die Gäste.«

»Gut.« Trotz ihres unwirschen Tons konnte sie ihre Sympathie nicht verhehlen. Die Kleine war ein braves Kind, das ihr keine Schwierigkeiten machte. »Achten Sie darauf, daß Sie pünktlich Ihr Geld kriegen. In zehn Tagen ist die Miete fällig. Und in diesem Monat ist es zu spät für eine Kündigung.« Man konnte die Leute nicht oft genug darauf hinweisen, was für ein Geist hier herrschte. Damit hielt man sie im Zaum. Aber Crystal lächelte nur. Sie durchschaute die alte Frau, die sie liebgewonnen hatte.

»Ich weiß, Mrs. Castagna. Ich will nicht ausziehen.«

»Gut, gut.« Mit einem ungeduldigen Winken verschwand Mrs. Castagna in der Küche und ließ Crystal stehen.

Am nächsten Nachmittag lief sie das Dutzend Blocks zu Harry's zu Fuß, aufgeregt und in Gedanken schon bei der Arbeit. Sie war gespannt, ob es hier ganz anders zugehen würde als in der Imbißstube.

Punkt vier war sie zur Stelle, das Haar straff zu einem Knoten zusammengefaßt, den Mund mit dem Lippenstift bemalt, den sie sich am Morgen bei Woolworth besorgt hatte und der viel zu grell für ihren zarten Teint war, sie dafür aber viel älter aussehen ließ.

Der Ober, der sie am Tag zuvor eingestellt hatte, hieß Charlie. Er überließ sie der Obhut einer etwas älteren, aber überaus attraktiven Person namens Pearl. Pearl erklärte Crystal lachend, daß sie eigentlich Phyllis hieße, aber seit ihrer Kindheit nicht mehr so gerufen wurde. Sie sagte auch, sie arbeitete schon seit Jahren hier und sei vorher Tänzerin gewesen. Fiel eine der Tänzerinnen aus, dann half sie Harry auch jetzt noch ab und zu aus und sang nötigenfalls auch. Pearl kannte Harry schon seit Jahren. Daß sie vor langer Zeit seine Geliebte gewesen war, verschwieg sie lieber. Nachdem sie Crystal mit kritischem Blick angesehen hatte, suchte sie eine saubere Uniform für sie heraus und erklärte ihr anschließend, wie alles in der Küche ablief.

»So um acht geht es hier ziemlich hektisch zu. Erst um zehn wird es etwas ruhiger, und zur Mitternachtsshow belebt sich alles wieder.« Daß das Restaurant auch als Nachtclub geführt wurde, begriff Crystal erst jetzt richtig, und als sie sich umsah, wurde sie nervös, weil sie befürchten mußte, daß man sie nicht hierbehalten würde. Pearl lud sie ein, mit dem Personal zu essen, ehe geöffnet wurde. Und als sie um sich herum das Geplauder hörte, wußte sie, daß es ihr hier gefallen würde. Es gab Kellner und Kellnerinnen, Kellnerlehrlinge und in der Küche Köche und Kräfte fürs Geschirrspülen. Der Betrieb war größer, als sie auf den ersten Blick angenommen hatte, ein Glück für sie. Sie lächelte, als ihr einfiel, daß sie gar nicht wußte, was man ihr bezahlen würde. Pearl sagte ihr, daß sie das Trinkgeld behalten dürfe, und falls einer der Gäste im betrunkenen Zustand zudringlich wurde, sollte sie sich an Charlie, den Ober, oder an einen der Barkeeper wenden.

»Das Arbeitsklima ist gut«, erklärte Pearl. »Harry ist großartig.« In ihre Augen trat die Wärme der Erinnerung. Crystal entging es nicht. »Hast du Erfahrung?« fragte Pearl dann zu Crystals Entsetzen. Wortlos starrte Crystal sie an, und Pearl lachte. »Nein, so war das nicht gemeint. Ich meine, ob du je in einem Lokal wie diesem gearbeitet hast?«

Crystal lachte befreit auf. Leise und im Verschwörerton gestand sie: »Daheim war ich Kellnerin in einem Imbißlokal.«

Pearl tätschelte verständnisvoll Crystals Hand. »Dann heißt es noch viel lernen, Schätzchen. Halte dich immer an mich, ich bringe dir alles bei.«

Crystal hatte allen Grund, dem Schicksal für Pearl zu danken, besonders später, als der Betrieb losging. Das Bedienen der Gäste fiel ihr anfangs schwer, da Charlie sie dauernd im Auge behielt und die Leute erwarteten, daß sie sich die Bestellungen merkte. Sie mußte sich sehr zusammennehmen, und als sie ihre letzte Bestellung servierte, wußte sie, daß sie sich gut gehalten hatte. Pearl bestätigte es ihr. Crystal hatte einundzwanzig Dollar Trinkgeld bekommen. Fast die halbe Monatsmiete. Sie konnte es kaum erwarten, Mrs. Castagna alles zu erzählen.

»Soll ich dich mitnehmen?« Pearl besaß ein altes Auto. Sie machten an jenem Abend gemeinsam Schluß, und Crystal nahm dankbar das Angebot an. Ihre Füße taten so weh, daß sie erwog, sich neue Schuhe zu kaufen, ehe sie am nächsten Tag mit der Arbeit anfing.

»Danke fürs Mitnehmen.« Sie lächelte gewinnend ihrer neuen Freundin zu, als sie vor Mrs. Castagnas Haus anhielten.

»Aber gern. Hier wohnst du?« Pearl warf einen neugierigen Blick zum Haus. »Lebst du bei deiner Familie?«

»Nein.« Crystal schüttelte den Kopf. »Ich habe hier ein Zimmer gemietet.«

Pearl nickte. Die Kleine hätte es viel besser haben können. Sie war genau der Typ, dem die Männer gern großzügige Trinkgelder gaben, nur für das Vergnügen, sich mit ihr unterhalten zu können, und in der Hoffnung, ihre Gunst zu gewinnen.

»Gute Nacht«, rief Crystal und winkte, während sie die Tür aufschloß und Pearl in dem alten Chevy davonfuhr. Zum erstenmal seit Wochen schlief Crystal sofort ein, so erschöpft war sie. Sie hatte Arbeit, und sie hatte heute fast ein Vermögen verdient. Ich liebe San Francisco, dachte sie fast schon im Halbschlaf. Es war zwar weit weg von zu Hause, aber genau das hatte sie ja gewollt.

16. Kapitel

Erst zwei Wochen nachdem sie mit der Arbeit im Restaurant angefangen hatte, sollte Crystal Harry kennenlernen. Ihre Arbeit war hart, die Bezahlung jedoch anständig, und die Trinkgelder, die sie jeden Abend bekam, waren geradezu überwältigend. Das übrige Personal war sehr nett zu ihr, und viele, die ahnten, wie jung sie tatsächlich war, nahmen sie unter ihre Fittiche und behandelten sie wie die eigene Tochter. Zum erstenmal seit dem Tod ihres Vaters wurde sie gut behandelt und kam sich nicht wie eine Ausgestoßene vor. Crystal blühte förmlich auf. Niemand schrie sie an, niemand war ihr feindlich gesinnt. Grund genug, ständig vor sich hin zu summen und die Arbeit lächelnd zu tun. Harry hatte schon viel von ihr gehört und war neugierig auf das Mädchen, von dem alle Wunderdinge behaupteten. Er hielt das für glatte Übertreibung. Kaum aber hatte er Crystal gesehen, wußte er, daß alles stimmte. Er beobachtete sie über die ganze Länge des Raumes hinweg, und später sah Crystal ihn mit Pearl ein paar Worte wechseln. Aber sie hatte keine Zeit, sich den Kopf zu zerbrechen, worum es ging. Kurz darauf gab Pearl ihr ein Zeichen, und Crystal ging auf beide zu, von plötzlicher Nervosität erfaßt. Mit einemmal fürchtete sie, Harry könne sie entlassen, weil er erfahren hatte, daß sie noch nicht einundzwanzig war.

»Crystal, das ist Harry, unser Boß.« Crystal reichte Harry die Hand, ohne daß ihr Lächeln etwas von ihren Befürchtungen verraten hätte. Harry war so fasziniert, daß er den Blick nicht von ihr losreißen konnte. Das Mädchen war ja noch hübscher, als er sich vorgestellt hatte. Sie war absolut umwerfend.

»Wie ich höre, erledigen Sie Ihre Arbeit tadellos.« Daß er viel mehr gehört hatte, sagte er nicht. »Gefällt es Ihnen bei uns?«

»Ja, sehr gut.« Scheu lächelte Crystal Pearl zu, in deren Blick ein Anflug von Stolz lag. Sie hatte die Kleine in ihr Herz geschlossen und so gut wie adoptiert.

»Pearl sagte mir, Sie könnten ein bißchen singen.« Das war eine Untertreibung, aber er wollte sie nicht kopfscheu machen. »Haben Sie schon daran gedacht, einmal auf der Bühne zu singen?« Crystals Kopfschütteln deutete an, daß sie sich darüber amüsierte. »Vielleicht würde es Ihnen gefallen.« Crystal schien unschlüssig. Sein Blick wanderte zu Pearl hin. »Pearl könnte Ihnen noch einiges beibringen. So wie Sie aussehen, könnten wir Sie glatt an einem Abend herausbringen. Mal sehen, wie Sie sich machen.« Das alles brachte er ganz beiläufig vor, um sie nicht einzuschüchtern. Sie konnte nicht ahnen, daß er schon mit Pearl einen Plan ausgearbeitet hatte. Es war reiner Wahnsinn, ein Mädchen mit diesem Aussehen Tabletts hin und her schleppen zu lassen.

»Na, wäre das nicht einen Versuch wert?«

Als Crystal in seinem Blick Ermutigung las, wurde sie von einer Woge der Freude erfaßt. Singen war ihre Leidenschaft, und die Vorstellung, dieser Leidenschaft vor Publikum in einem Nachtclub frönen zu können, erfüllte sie mit prickelnder Erregung.

Am liebsten hätte sie Harry umarmt, weil er ihr diese Chance bot. Statt dessen sagte sie mit kühlem Nicken: »Ja, gern.« Und dann lachte sie gedämpft und heiser. »Und was ist, wenn man mit faulen Eiern nach mir wirft?«

»Dann holen wir Sie ganz rasch von der Bühne.« Er grinste. Harry war ein netter Kerl. Crystal mochte ihn auf Anhieb. »Also, möchten Sie sich von Pearl ein, zwei Tips geben lassen? Sie singt sehr hübsch und ist eine exzellente Tänzerin.« Er hatte Pearl vor Jahren kennengelernt, als sie am Fox Theater engagiert war. Lange Zeit waren sie ein Paar gewesen, aber das war schon eine Ewigkeit her. Dann hatte sie sich den Knöchel verletzt und das Tanzen aufgeben müssen, worauf Harry ihr die Stelle als Serviererin gegeben hatte. Eine gewisse Schwäche für Pearl hatte er sich bewahrt. Das merkte man an der Art, wie er sie ansah oder wie er über ihre tänzerischen Qualitäten sprach. »Also, Sie lassen sich von Pearl ein bißchen einweisen, ja?«

»Okay.« Crystal, die ganz atemlos war, sah Pearl lächelnd an, als Harry sich empfahl. Sie wartete, bis Harry außer Hörweite war. »Glaubst du, daß ich es kann?« fragte sie, den Blick ängstlich auf Pearl gerichtet. Sie wünschte sich, singen zu dürfen, aber sie hatte auch Angst, zu scheitern.

»Keine Angst, du wirst dich wunderbar machen. Und wenn die Leute deine Stimme hören, werden sie vor Begeisterung rasen. Ich bringe dir ein paar Tricks und ein paar Tanzschritte bei. Warte nur, das Publikum wird begeistert sein. Komm morgen schon um zwei, dann können wir am Klavier ein bißchen klimpern.«

»Willst du das wirklich für mich tun?« Crystal sah sie voller Dankbarkeit an.

Pearl lachte. »Was denkst du? Für mich ist es ein Vergnügen.« Mit einem wehmütigen Lächeln zog sie die Schultern hoch. »Außerdem tu ich es auch für Harry.«

Am nächsten Nachmittag brachte Pearl ihr ein paar einfache Tanzschritte bei.

»Du tanzt ja fabelhaft«, sagte Crystal voll aufrichtiger Bewunderung.

Pearl schüttelte gerührt und fast scheu den Kopf.

»Jetzt nicht mehr. Früher war es anders. Obwohl, eigentlich war ich immer nur ein ganz gewöhnliches Tanzgirl.«

Eine Stunde lang probierten sie auf der Bühne. Pearl brachte Crystal bei, wie man sich anmutig bewegte, wie man das Mikro hielt, wie man mit ein paar Schritten zur Musik tanzte. Dann bat sie Crystal ans Klavier. »Jetzt laß mal hören, wie du singst. Dazu brauchst du mich nicht als Lehrerin. Laß es einfach raus. Sing, was dir gefällt, und laß dich davon mittragen.« Sie einigten sich auf einen Song, den Crystals Vater sich oft gewünscht hatte, und Pearl begleitete sie. Crystal fing leise an, ließ sich von Erinnerungen an ihren Vater und ihre Kindheit forttragen, bis ihre Stimme mit dem Schmerz und der Zärtlichkeit, die sie empfand, an Volumen gewann. Sie hielt die Augen geschlossen, und als das Lied zu Ende war, liefen ihr Tränen über die Wangen. Pearl saß da und starrte sie schweigend und voll banger Verwunderung an. Crystal war noch viel besser, als sie vermutet hatte. Die Reinheit und Kraft ihrer Stimme würde jedes Publikum in Bann schlagen. »Allmächtiger, ich wußte ja nicht, daß du *so* singen kannst. Du solltest nach Los Angeles gehen und eine Platte aufnehmen.«

Achselzuckend trocknete Crystal sich die Tränen, als auch schon die anderen Mädchen zur Arbeit erschienen. »Ja, vielleicht irgendwann.« Doch sie hatte Zweifel, ob es jemals soweit kommen würde. Am Abend eröffnete Pearl Harry die gute Nachricht. »Du hast dir da eine ganz große Nummer an Land gezogen. Sie weiß es noch nicht, und ich möchte ihr nicht die Unbefangenheit nehmen, aber sie ist einfach phantastisch. Sie hat eine umwerfende Stimme. Ein bißchen Ausbildung, und sie könnte eines Tages ein großer Star werden. Warte nur, bis du sie gehört hast.« Am nächsten Tag spielte Harry den heimlichen Zaungast. Diesmal war er es, der Tränen in den Augen hatte, aber als er die Treppe zu seinem Büro emporstieg, lächelte er vor sich hin.

Den ganzen Mai und bis in den Juni hinein probte Pearl mit Crystal, und an einem geruhsamen Donnerstagabend wußten beide, daß Crystal soweit war. Sie hatte nun über zwanzig Titel im Repertoire, ihre Auftritte klappten tadellos. Harry wußte, daß sie an diesem Abend singen sollte, und bezog unauffällig Posten, um sie zu beobachten. Er war nervös. Ein Talent wie sie zu finden, passierte einem nur einmal im Leben.

»Viel Glück«, sagte er vor sich hin, als Crystal in einem hellblauen Abendkleid, das Pearl ihr geborgt hatte, die Bühne betrat.

Sie trat zögernd an die Rampe, nicht ohne einen ängstlichen Blick in Pearls Richtung zu werfen. Doch Pearl spreizte die Finger zum Siegeszeichen, während das Personal sich an den Seiten drängte, um zuzuhören. Als der Scheinwerfer Crystal erfaßte und die ersten Takte erklangen, vergaß sie alles und sang sich buchstäblich die Seele aus dem Leib. Sie begann mit dem Billie-Holliday-Titel »God bless the Child«, und alle hörten fasziniert zu. Ihre Freunde konnten sich vor Freude nicht fassen. Es war genauso, wie Pearl es vorausgesagt hatte, genauso, wie Harry es erhofft hatte: Crystal war eine Ausnahmeerscheinung, sie sang, daß einem die Tränen in die Augen stiegen. Als sie geendet hatte, gab es nicht enden wollenden Applaus. Nun wußte Crystal, wohin sie gehörte. Von einem Moment wie diesem hatte sie immer schon geträumt, und jetzt war er gekommen. Jetzt brauchte sie Hollywood nicht mehr, sie brauchte nur diese Menschen, diesen Ort und diesen Augenblick.

Nach der Show lud Harry sie zu Champagner ein. Sie saß mit ihm und Pearl an einem Tisch. Harry strahlte sie an.

»Dachtest du je daran, Sängerin zu werden, Kleines?«

»Nein, Sir.« Sie hatte von einer Filmkarriere geträumt, niemals von einer Karriere als Sängerin.

Er tätschelte liebevoll ihre Hand, schenkte ihr Champagner nach und blinzelte Pearl zu, ehe er sagte: »Nenn mich einfach Harry.«

Crystal spürte ein Prickeln am ganzen Körper. Es war herrlich gewesen. Ein Traum war Wirklichkeit geworden, und alle Schrecknisse der letzten Monate waren vergessen. Und als sie an jenem Abend nach Hause ging, kam sie sich vor wie Aschenbrödel. Sie war kein Serviermädchen mehr. Sie war jetzt jemand. Sie war eine Sängerin. Noch immer lächelnd ging sie die Treppe hinauf, da quietschte unter ihr laut eine Tür. Mrs. Castagna sah finster zu ihr hinauf. Sie spielte zu gern den Drachen, obwohl sie längst eine Schwäche für Crystal entwickelt hatte.

»Na, wieso diese strahlende Miene? Haben Sie einen Freund?« Ihre Stimme hallte laut durchs Treppenhaus. Crystal beugte sich übers Geländer, um ihr zuzulächeln.

»Noch viel besser...« Sie wußte nicht recht, wie sie es ihr erklären sollte. »Heute abend habe ich mit etwas anderem angefangen.« Die Erinnerung an ihren Auftritt und den schier endlosen Beifall zauberte wieder ein Lächeln auf ihre Lippen.

Mrs. Castagnas Stirnrunzeln vertiefte sich. »Sie machen doch nichts Unrechtes, oder?« In der kurzen Zeit, die Crystal in ihrem Haus lebte, war sie zur selbsternannten Mutter aufgerückt.

Das Mädchen schüttelte den Kopf. »Natürlich nicht.«

»Was machen Sie dann?«

»Heute durfte ich singen.« Bei diesen Worten strahlte sie, und die alte Frau staunte nicht wenig. Ein Talent hatte sie in Crystal nicht vermutet. Für sie war sie nur jung und hübsch und arbeitete irgendwo als Serviermädchen. Sie bezahlte pünktlich ihre Miete, und hin und wieder, wenn sie bei Kasse war, brachte sie Mrs. Castagna Blumen mit.

»Was singen Sie denn?« Die alte Frau blieb mißtrauisch.

»Was man so im Nachtclub singt, wissen Sie.«

»Ich weiß gar nichts. Ich war nie in solchen Clubs.« Ganz klar, daß diese neue Entwicklung Grund zur Mißbilligung war. »Kommen Sie, und erzählen Sie mir mehr darüber.«

Crystal hatte trotz ihrer Erschöpfung nicht das Herz, diese Bitte abzuschlagen. Sie ging langsam wieder hinunter.

Mrs. Castagna erwartete sie am Fuß der Treppe, und Crystal sah auf sie hinunter wie ein Mädchen, das vom ersten Ball heimkommt, so verträumt und selig blickten ihre Augen.

»Miß Crystal Wyatt, Sie sehen aber aus, als hätten Sie weiß Gott was getrieben. Was hat man in dem Club von Ihnen verlangt?«

»Nichts hat man von mir verlangt. Ich durfte singen, auf einer Bühne, in einem schönen blauen Kleid.«

»Singen Sie schön?« Mrs. Castagna kniff die Augen zusammen, als erwarte sie, etwas anderes zu sehen, doch sie sah nur, daß Crystal glücklich war.

»Ich denke schon. Dem Publikum hat es gefallen.«

Mrs. Castagna nickte, als hätte sie sich entschieden, Crystal zu glauben. Dann musterte sie Crystal wieder.

»Kommen Sie herein, und lassen Sie es mich auch hören.« Damit drehte sie sich um und ging in ihr eigenes kleines Zimmer, gefolgt von Crystal, die sich köstlich amüsierte. Die alte Frau ließ sich in ihrem Lieblingssessel nieder und sah erwartungsvoll zu ihr auf. »Sie singen mir vor, und ich sage Ihnen, ob es mir gefällt.«

Crystal fing an zu lachen und ließ sich auf einem Stuhl nieder. »Ich kann nicht einfach so singen. Hier ist es nicht dasselbe.«

»Warum nicht?« fragte Mrs. Castagna verblüfft. »Ich habe doch auch Ohren. Also singen Sie.«

Wieder lächelte Crystal, die an ihre eigene Großmutter und an ihre Kindheit erinnert wurde. Auch Grandma Minerva hatte sie gern singen gehört, mit Vorliebe fromme Lieder. »Amazing Grace« war immer ihr Lieblingslied gewesen. »Was möchten Sie hören? Meiner Großmutter hat ›Amazing Grace‹ am besten gefallen. Das könnte ich Ihnen vorsingen.«

Doch Mrs. Castagna verfügte über einen differenzierteren Geschmack als Minerva. »Haben Sie das heute im Club gesungen?«

»Nein... dort habe ich andere Lieder gesungen.«

»Gut. Dann singen Sie die jetzt für mich. Ich warte.«

Crystal schloß kurz die Augen. Sie versuchte, das Gefühl wieder aufleben zu lassen, das sie auf der Bühne verspürt hatte... die Erregung... die Spannung... die Musik, die ihr zu Kopf gestiegen war. Und dann, ganz langsam, stimmte sie eine ihrer Lieblingsballaden an. Sie hatte sie zum Abschluß ihres Auftritts vorgetragen, und alle hatten wie gebannt gelauscht. Dieses Lied sang sie jetzt, ohne Scheinwerfer, ohne Begleitmusik, ohne das blaue Abendkleid. Irgendwie war das alles nicht mehr wichtig. Wichtig waren nur das Lied und die Worte, die sie seit ihrer Kindheit liebte. Mrs. Castagna schien zu verblassen; Crystal sah an ihrer Stelle ihren Vater dasitzen, während sie das Lied vortrug. Und als sie geendet hatte, verharrten beide reglos unter dem Zauber des Gesanges. Crystal sah Tränen auf Mrs. Castagnas Wangen. Sie registrierte es mit Rührung. Zunächst sagte keine der beiden ein Wort, dann nickte die alte Frau.

»Sie singen sehr gut... sehr gut. Das haben Sie mir ja nie gesagt.«

»Sie haben mich auch nie gefragt.« Crystal lächelte sanft. Sie war jetzt müde, müder als je zuvor. Die Erregung des Abends verwandelte sich in bittersüße Wehmut. Sie dachte an ihren Vater, die Ranch und an die ungezählten Male, die sie ihm vorgesungen hatte. Und als Mrs. Castagna sie anschaute, war es, als könne sie dies alles sehen. Die alte Frau stand wortlos auf und tastete sich steif zu ihrer altertümlichen Kommode. Gebeugt blieb sie eine Weile davor stehen, und als sie sich umdrehte, hatte sie eine Flasche und zwei Gläser in Händen.

»Jetzt trinken wir ein Gläschen. Zur Feier des Tages. Eines schönen Tages werden Sie sehr berühmt sein.«

Crystal lachte und sah ihr beim Öffnen der Flasche zu, die schon halb leer war. Mrs. Castagna sparte das Getränk für besondere Anlässe auf. Crystal sah, daß es Sherry war.

»Sie haben eine herrliche Stimme. Ein wahres Gottesgeschenk. Gehen Sie behutsam damit um, denn Sie haben da eine Kostbarkeit mitbekommen.«

»Danke.« Sie stießen kurz an, und Mrs. Castagna trank den ersten Schluck mit einem Ausdruck freudiger Befriedigung. Dann setzten beide die Gläser ab.

»Wieviel bekommen Sie dafür?«

»Nichts... ich meine, nicht mehr als zuvor. Es ist ja nur ein Spaß... es hat mir große Freude bereitet.« Sie war verlegen, weil sie kein Geld dafür wollte, daß man sie tun ließ, was ihr Freude bereitete, aber es hörte sich so albern an, wenn man es aussprach.

»Sie werden den Besitzer reich machen. Die Leute werden von weiß Gott woher kommen, nur um Sie zu hören.«

»Ach, Harry hat immer viele Gäste.« Crystal wurde richtig verlegen. Die alte Frau aber griff wieder zu ihrem Glas und riet ihr mit schlauer Miene: »Verlangen Sie einfach mehr Geld. Sie haben eine Engelsstimme. Hören Sie auf mich... verlangen Sie mehr Geld, viel mehr. Großes Geld, nicht nur Kleinigkeiten. Eines Tages werden Sie berühmt sein. Und wenn Sie es sind, denken Sie an meine Worte.« Lächelnd sah sie zu, wie Crystal ihren Sherry austrank, und sie redete mit ihr wie zu einer ihrer Enkeltöchter. Dann sah sie das junge Mädchen liebevoll an. »Werden Sie wieder einmal für mich singen?«

»Wann immer Sie wollen, Mrs. Castagna.«

»Gut.« Sie erhob sich mit einem Ausdruck der Befriedigung. »Gehen Sie jetzt zu Bett. Ich bin auch müde.«

»Danke für den Sherry«, sagte Crystal ganz leise. Am liebsten hätte sie der alten Frau einen Kuß gegeben. Es war lange her, seitdem sie jemanden geküßt hatte oder daß jemand sie in den Arm genommen hatte... nicht seit dem Tod ihres Vaters... oder seit sie die Websters verlassen hatte. Doch die alte Frau sah sie ernst an und kam ihr nicht entgegen. »Gute Nacht... und vielen Dank noch mal.«

»Ins Bett jetzt...!« Sie drohte Crystal mit ihrem Stock. »Geben Sie bloß acht auf Ihre Stimme... Sie brauchen jetzt Ruhe.« Crystal wünschte ihr lachend gute Nacht und schloß leise die Tür.

Langsam ging sie die Treppe hinauf. Noch beim Ausziehen dachte sie an Mrs. Castagna. Unter der rauhen äußeren Schale steckte ein gutes Herz. Deswegen hatte Crystal sie liebgewonnen. Dann dachte sie an Pearl und die Güte, die sie ihr entgegengebracht hatte, aber als sie das Licht löschte und im Bett lag, wanderten ihre Gedanken zurück ins Tal. Sie fühlte sich Welten entfernt, und nach all der Aufregung des Abends verspürte sie Heimweh. Als sie die Augen schloß, dachte sie an einen längst vergangenen Tag, als sie auf der Schaukel gesessen hatte und sich mit Spencer unterhalten hatte. Zwei Jahre waren seither vergangen. Sie fragte sich, wo er jetzt sein mochte und ob er sich an sie noch erinnern konnte. Es kam ihr sehr unwahrscheinlich vor. Noch im Einschlafen wußte sie, daß sie ihn nie vergessen würde.

17. Kapitel

Das Dinner für die Mitarbeiter von Anderson, Vincent und Sawbrook war eine öde Angelegenheit, die alljährlich im Club über die Bühne ging. Für die jüngeren Firmenangehörigen war das Erscheinen eine reine Pflichtübung. Nach reiflicher Überlegung entschloß sich Spencer, Elizabeth Barclay dazu einzuladen. Seit Palm Beach hatte er sie nur einige Male getroffen. Das College hielt sie so auf Trab, daß sie höchstens einmal im Monat nach New York kam – angeblich, um ihren Bruder zu besuchen. Aber wenn sie in der Stadt war, versäumte sie es nie, Spencer anzurufen, der sie dann meist zum Abendessen einlud. Nun war es nicht so, daß er ihre Gesellschaft nicht geschätzt hätte – im Gegenteil, er schätzte sie mehr, als ihm lieb war. Aber irgendwie ergab es sich immer, daß sie im Bett landeten. Und irgendwie benahm sie sich immer so, daß er sich unter Druck gesetzt fühlte. Er wußte, daß sie mehr wollte, als er zu geben hatte. Er wollte sich nicht ernsthaft mit ihr einlassen. Aber er wollte sie auch nicht enttäuschen. Noch immer hatte er seine eigenen Vorstellungen von dem Mädchen, das er suchte. Und Elizabeth war dieses Mädchen nicht, obgleich er in ihrer Nähe dessen nicht so sicher war. Unter ihrer kühlen Fassade verbarg sich wilde Sinnlichkeit, die ihn wahnsinnig machte. Doch er wollte mehr als das. Er wollte das, was er ihr von Anfang an gesagt hatte: eine Frau, die ihn brauchte, die ihn so liebte, wie er war. Eine Frau, die sanft, lieb und voller Mitgefühl war. Eine Frau, in die er bis über beide Ohren verliebt war. Er wollte keine Frau, die ihn nach ihren eigenen Vorstellungen umformen wollte.

Trotzdem lud er sie zum Dinner seines Anwaltsbüros ein, und anschließend führte er sie zum Tanzen aus, und wie immer liebten sie sich danach, während er sich einzureden versuchte, daß die Tatsache, daß er mit ihr schlief, keine weiteren Verpflichtungen beinhaltete. In Palm Beach hatte sie selbst es ähnlich formuliert, aber er war nie ganz sicher gewesen, ob sie es tatsächlich so meinte.

Es war Ende Juni. Elizabeth hatte ihr zweites Jahr am Vassar beendet. In der folgenden Woche wollte sie nach San Francisco fahren und von dort für den ganzen Sommer an den Lake Tahoe.

»Warum kommst du nicht auch hin?« fragte sie ganz harmlos.

»Ich kann nicht weg.«

»Spencer, sei nicht albern, natürlich kannst du.« Sie war eine Frau, die sich mit einem Nein nicht abfinden konnte. Elizabeth war nun einundzwanzig und anspruchsvoller denn je. Und sie zog ihn andauernd auf, weil er sie nicht seinen Eltern vorgestellt hatte. Spencer hatte es vermieden, weil er die Reaktion voraussah. Besonders sein Vater würde ihm sehr zusetzen. Elizabeth war genau jener Typ Mädchen, den sich seine Eltern als Schwiegertochter wünschten.

»Nicht jeder kann es sich leisten, den Sommer über freizunehmen, meine Liebe«, neckte er sie, als sie zusammen im Bett lagen. »Außerdem bin ich ein richtiges Arbeitstier.«

»Das ist mein Vater auch, aber er nimmt sich zwei Monate frei.« Sie sah glücklich zu Spencer auf. Ihr machte Sex viel Spaß.

»Ich passe nicht in die Schuhe deines Vaters.« Er grinste sie an. »Oder ist dir das noch nicht aufgefallen?« Er küßte sie und nahm sie von neuem in Besitz. Wie immer war es sehr befriedigend, aber gleichzeitig kam er sich vor wie ein elender Schuft, weil er mit ihr schlief, ohne sie zu lieben. Es war Lust, was er empfand, pure, göttliche Lust. Gut möglich, daß es für den Moment genügte.

»Also... kommst du nach Tahoe?« fing Elizabeth von neuem an, eine Zigarette in der Hand. »Komm für eine Woche oder für zwei, wenn es sich machen läßt. Mein Vater wird sich freuen, dich zu sehen.«

»Na, ob er sich auch freuen würde, wenn er uns so sehen könnte?«

»Nein.« Lächelnd blies sie Rauch in seine Richtung. »Da hast du recht. Aber Daddy ist eben altmodisch.«

»Ach, wie drollig.« Spencer grinste. Sie war wirklich erstaunlich.

»Du übrigens auch.«

»Ich? Altmodisch?« Er war erstaunt. »Wie kommst du darauf?«

»Ich werde das Gefühl nicht los, du erwartest, daß Blitz und Donner vom Himmel fahren, bevor du die Sache für richtig hältst. Was mich betrifft, Mr. Hill, so reicht mir das, was ich habe. Mehr kann man auf dieser Welt nicht erwarten als Kameradschaft, Sex, gute Freunde und einen Beruf, der Freude macht. Auf himmlische Geigen, Harfen und Engelschöre braucht man gar nicht erst zu warten. Darum geht es im Leben nicht.«

»Vielleicht hast du recht.« Sanft strich Spencer über die Innenseite ihres Schenkels, aber er war nicht überzeugt. Von Zeit zu Zeit verfolgte ihn noch immer das Bild des Kindes, das er vor zwei Jahren gesehen hatte – auf einer Schaukel, im blauen Kleid, den Blick auf ihn gerichtet, als wolle sie sich ihn ewig in ihr Herz einprägen. Er hatte die Farbe ihrer Augen noch genau in Erinnerung, und wie sich ihre Haut angefühlt hatte, als er ihr die Hand geschüttelt hatte. Zugleich wußte er, daß er verrückt war.

Elizabeth sah ihn so eindringlich an, daß er sich schon fragte, ob sie seine Gedanken lesen konnte. »Spencer, mein Liebling, im Bett bist du großartig, ansonsten bist du ein Traumtänzer.«

»Sollte ich mich für ersteres bei dir bedanken und mich für letzteres entschuldigen?« Zuweilen störte es ihn sehr, daß sie so unverblümt war. Bei Elizabeth gab es keine Poesie, keinen Zauber, nur nackte Tatsachen. Vielleicht sollte sie tatsächlich Anwältin werden.

»Laß die Entschuldigungen. Komm an den Lake Tahoe.«

»Wenn ich komme, dann werden deine Eltern glauben, wir wollen uns verloben.« Auch das bereitete ihm Kopfzerbrechen.

Elizabeth Barclay war kein Mädchen, mit dem man sich nur amüsierte.

»Überlaß das mir.«

»Was willst du ihnen sagen?«

»Daß du beruflich in San Francisco zu tun hättest und ich dich an den See eingeladen habe. Na, wie hört sich das an?«

»Ganz passabel, nur ist dein Vater nicht auf den Kopf gefallen, oder?«

»Ja, aber ich auch nicht. Ich verrate schon nichts, das verspreche ich.«

Während er sich die Sache beim Anziehen durch den Kopf gehen ließ, fiel ihm ein, daß er die Websters bei dieser Gelegenheit besuchen konnte und daß er vielleicht Crystal wiedersehen würde. Der Gedanke schoß ihm nur flüchtig durch den Kopf, und ebenso rasch verdrängte er ihn.

»Ich will es mir überlegen«, meinte er, den Blick auf Elizabeth gerichtet, die sich nach dem Duschen abtrocknete.

»Gut. Ich werde Mutter ankündigen, daß du kommst. Wie wär's mit August?«

»Elizabeth! Ich hab' gesagt, daß ich es mir überlegen möchte.« Sie aber lächelte nur, und da mußte er lachen. Dieses Mädchen war unglaublich. Sie hatte soviel Feingefühl wie ein Zementmischer. Dafür hatte sie phantastische Beine, wie er zugeben mußte, als er zusah, wie sie ihre Strümpfe anzog. Ihre Beine waren schuld, daß er die Beherrschung wieder verlor.

An jenem Morgen wurde es vier Uhr, bis er sie nach Hause zur Wohnung ihres Bruders brachte. Erschöpft verabschiedete er sich mit einem Kuß und versprach ihr, sie anzurufen.

18. Kapitel

Auf dem Flug nach Kalifornien saß Spencer gedankenverloren da und starrte aus dem Fenster der Maschine. Schließlich hatte er sich doch entschlossen – nach einigen drängenden Anrufen von Elizabeth aus San Francisco. Sie ließ nicht locker. Der Urlaub würde ein einziger toller Spaß sein, beide Brüder und einige ihrer Freunde würden ebenfalls kommen. Nun war es nicht so, daß Spencer keine Lust gehabt hätte; er hatte nur Angst vor dem, was er tun würde, wenn er dort war. Auf ganz subtile Art und Weise hatte Elizabeth ihn unsicher gemacht und ihn zu überzeugen versucht, sie hätte damals in Palm Beach recht gehabt, als sie behauptet hatte, daß sie ein gutes Gespann abgäben und das Leben mehr nicht zu bieten hätte. Und er mußte ja auch immerhin zugeben, daß sie sich in puncto Sex blendend verstanden und daß es nur wenige Frauen gab, die es mit ihr an Intelligenz aufnehmen konnten. Und wie oft Spencer in den vergangenen Monaten auch mit anderen Frauen ausgegangen war, so war es ihm doch kein einziges Mal geschehen, daß er die Sphärenklänge und die Poesie erlebt hätte, die er erträumte. Oder Donner und Blitz, wie Elizabeth es formulierte. Statt dessen hatten ihn alle Frauen tödlich gelangweilt. Keine hatte Elizabeths Temperament gehabt, und zudem war ein Mädchen, das so großen Wert darauf legte, ihn zum Ehemann zu bekommen, auch etwas sehr Schmeichelhaftes. Sie waren jetzt fast ein Jahr befreundet, und er mußte zugeben, daß er sich mit ihr noch nie gelangweilt hatte. Dennoch hatte er sich vorgenommen, in Kalifornien keinen Unsinn zu machen. Er hatte sich nur eine Woche freinehmen können und wollte unbedingt Boyd und Hiroko besuchen... und vielleicht... aber nur vielleicht... würde er bei dieser Gelegenheit Crystal wiedersehen. Er wußte noch, wie sie ihn angeblickt hatte, und er empfand ein komisches Gefühl bei dem Gedanken an sie. Elizabeth hätte ihn ausgelacht, das wußte er. Im Vergleich zu ihr war Crystal ein Kind gewesen, und zweifellos war sie es auch jetzt noch, auch wenn sie inzwischen vielleicht schon etwas erwachsener geworden sein mochte.

Nach der Landung in San Francisco wollte Spencer einen Mietwagen nehmen und direkt an den See fahren. Elizabeth hatte ihm gesagt, es sei eine Fahrt von sechs Stunden, deswegen wollte er keine Zeit in der Stadt verlieren. Da ihm nur sechs Tage zur Verfügung standen, wollte er möglichst rasch ans Ziel kommen. Aber als er im Flughafengebäude auf die Vertretung der Mietwagenfirma zusteuerte, hörte er hinter sich eine vertraute Stimme. Er zuckte zusammen.

»Na, brauchst du eine Fahrgelegenheit?« Er drehte sich um, und Elizabeth stand da und lächelte ihn an. Sie trug eine weiße Hose, dazu eine rote Jacke und ihre Perlenkette. Das glänzende, brünette Haar unter dem Strohhut war perfekt frisiert, und an den Ohren blitzten winzige Diamantohrringe, ein Geschenk ihrer Mutter. Elizabeth war also zum Flughafen gekommen, um ihn abzuholen. Er war gerührt. Ihr Stilgefühl war sehr ausgeprägt, und auch das gefiel ihm an ihr. Plötzlich aber ärgerte er sich über sich. Immer wieder lief es bei ihm auf eine Bestandsaufnahme hinaus, als müsse er ihre Mängel gegen ihre Pluspunkte aufrechnen. Alles lief so rational ab, dabei war er sein Leben lang ein Romantiker gewesen. Aber bei Elizabeth war für Romantik kein Platz, sie zählte für sie nicht.

»Was machst du denn hier?« fragte er und gab ihr einen Kuß.

»Ich hole dich ab, weil ich mir dachte, du würdest zum Fahren zu müde sein. Wie war der Flug?« Kein »Du hast mir gefehlt... ich liebe dich...«, aber sie war immerhin gekommen, und das war schon viel.

»Danke, daß du gekommen bist, Elizabeth.« Mit sanften Augen, die blau waren wie der Pazifik, blickte er auf sie nieder. »Für dich eine lange Fahrt, nicht?«

»Ich war über Nacht in der Stadt.« Immer praktisch und gut

organisiert, eine von Elizabeths Eigenschaften, die er am meisten bewunderte.

Hand in Hand gingen sie zum Gepäckband, und sie zog ihn auf, weil er einen Aktenkoffer mitgebracht hatte.

»Ich wollte während des Fluges nicht untätig sein.«

»Zu schade, daß du nicht mit mir geflogen bist, ich hätte eine andere Beschäftigung für dich gefunden.« Es gefiel ihm, daß sie das war, was man unter einer heißen Nummer verstand.

»Hast du deine Golfschläger dabei?«

»Nein, nur den Tennisschläger.«

»Ach, das geht schon in Ordnung. Meine Brüder können dir ihre borgen.« In Wahrheit haßte er Golf, aber er wollte ihre Gefühle nicht verletzen. Alle Männer in ihrer Familie spielten Golf. »Außerdem ist eine Rucksackwanderung geplant, und meine Mutter will unbedingt einen rustikalen Tanzabend und eine Heuwagenfahrt veranstalten.«

»Na, das hört sich ja sehr vergnüglich an. Wie im Sommerlager. Bekomme ich womöglich auch ein Hemd mit Namensetikett, ein Pfadfindermesser und einen Erste-Hilfe-Beutel?«

»Ach, halt den Mund.« Sie drückte ihm einen Kuß auf den Hals. Mit seiner Reisetasche in der Hand ging er mit ihr zum Wagen. Es war ein nagelneuer Chevrolet-Kombi mit Holztüren, der eigens für die Sommerurlaube am See angeschafft worden war. Elizabeth berichtete ihm sämtliche Familienneuigkeiten, unter anderem auch, daß Ian und Sarah tags zuvor eingetroffen waren. Die beiden beabsichtigten nach zwei Wochen am See einen Europatrip zu unternehmen und Sarahs Eltern auf ihrem schottischen Schloß zu besuchen.

Spencer bot Elizabeth an, das Steuer zu übernehmen, nachdem er seinen Koffer in den Wagen geworfen hatte.

»Bist du nicht zu müde?« Sie machte dazu ein Gesicht, als sei sie ernsthaft besorgt, und er lächelte. Jetzt war er froh, daß er trotz aller seiner Einwände gekommen war.

Die Grandeur ihres Sommersitzes traf Spencer dennoch völlig

unvorbereitet. Es war ein weitläufiges Herrenhaus inmitten von makellos gepflegten Gartenanlagen, über die ein halbes Dutzend »Hütten« für Gäste verteilt waren. Diese sogenannten Hütten waren größer als die Häuser gewöhnlicher Sterblicher. Ihre Ankunft nach Mitternacht hielt den Butler nicht ab, ihnen heiße Schokolade und Sandwiches zu servieren, die Spencer mit Heißhunger verschlang. Wenig später kamen Ian und Sarah hereinspaziert, zusammen mit Elizabeths älterem Bruder Greg. Alle waren bester Stimmung. Für den nächsten Tag war eine Angeltour geplant, zu der Spencer gleich eingeladen wurde.

Es war ein beschwingtes, lässiges Leben, voller Amüsement und interessanter Menschen. Aus San Francisco kamen noch weitere Gäste, und allabendlich traf man sich bei einem opulenten Mahl an der langen Tafel. Elizabeth sah im weichen Kerzenlicht fabelhaft aus, und Spencer kam in den Genuß einiger tiefschürfender Gespräche mit ihrem Vater. Er spielte sogar Golf mit ihm und mußte sich für sein elendes Spiel entschuldigen. Aber Richter Barclay schien das nichts auszumachen, er unterhielt sich gern mit ihm und war insgeheim der Meinung, daß seine Tochter eine gute Wahl getroffen hatte – Grund für ihn, aus seiner Sympathie für Spencer kein Hehl zu machen.

Spencer registrierte mit Enttäuschung, daß die Woche rasch dem Ende zuging. Ursprünglich hatte er einen Tag früher abreisen wollen, nun aber hatte er keine Lust mehr, anderswo hinzufahren. Es zog ihn auch nicht zurück nach New York.

»Wieso bittest du nicht um eine weitere Woche Urlaub?« schlug Elizabeth vor, als sie im Boot lagen und sich sonnten. Spencer lachte. Trotz ihrer Intelligenz schien sie zu glauben, jeder sei so einflußreich wie ihr Vater.

»Ich glaube nicht, daß meine Kanzlei sehr erbaut darüber wäre.«

»Ich sehe es gar nicht gern, daß du schon abreist«, sagte sie ganz leise und sah ihn einen sonderbaren Augenblick lang traurig an. »Ohne dich wird es hier sehr einsam sein.«

»Im Kreise deiner Familie und unzähliger Freunde, Liz, sei nicht albern.« Doch er mußte sich eingestehen, daß auch sie ihm fehlen würde. Er hatte sogar seinen Plan, die Websters zu besuchen, aufgegeben. Dazu war jetzt keine Zeit mehr, und die Tage mit all diesen charmanten Menschen waren ungeheuer anregend. So sehr, daß er allmählich zu der Meinung gelangte, er liebe Elizabeth. »Wann kommst du wieder nach New York?« Sie mußten heimlich im Haupthaus zueinander schleichen, und plötzlich fand er die Aussicht, noch einen Monat ohne sie in New York verbringen zu müssen, sehr bedrückend.

»Nach dem Labor Day. Und dann muß ich wieder auf dieses gottverdammte College.« Elizabeth drehte sich auf den Bauch und bedachte ihn mit einem verdrossenen Blick. Sie lagen in einem der zwei Rennbote der Barclays.

»Das hört sich ja an, als müßtest du hinter Gitter.« Er lachte verhalten auf. Sie lächelte und berührte sanft seine Lippen.

»Ist es nicht so? Ohne dich habe ich dort wirklich das Gefühl, eingesperrt zu sein.« Plötzlich war Spencer nicht mehr sicher, ob nicht doch der Blitz endlich eingeschlagen hatte. Er saß da, hörte in sich hinein und wartete, ob sich nun auch Donner melden würde.

»Woran hast du eben gedacht?« Elizabeth kniff die Augen zusammen, besorgt, was ihm durch den Kopf gehen mochte. Spencer war immer so zugeknöpft.

»Ich dachte daran, wie sehr du mir fehlen wirst.« Lake Tahoe hatte ihn überwältigt. Mit den hohen Fichten, den großen Seen und den herrlichen Bergen dahinter war es der schönste Ort, den man sich denken konnte. Alles hier war so ungezwungen, so gesund, natürlich und glücklich. Es war ein Ort, den man lieben mußte, und er wünschte, diese Woche würde nie zu Ende gehen.

»Spencer, du wirst mir auch fehlen.«

Wortlos zog er Elizabeth in die Arme. Als er sich wieder von ihr löste, sagte er, was sie seit ihrer ersten Begegnung hören wollte: »Ich glaube, ich bin in dich verliebt.«

Sie lächelte beglückt. »Lang genug hast du dazu gebraucht.«

Er lachte. »Komm, sei nicht so! Mir wird endlich klar, daß ich dich liebe, und du beklagst dich, daß ich zu langsam war.«

»Ich hab' schon befürchtet, aus mir würde eine alte Jungfer.«

»Mit einundzwanzig halte ich diese Befürchtung für übertrieben.« Nun ging ihm erst richtig auf, was er geäußert hatte, und er wußte mit absoluter Sicherheit, daß er etwas tun mußte, um seine Gefühle durch Taten zu beweisen. Er konnte Elizabeth ja nicht ewig hängenlassen. Ihre Beziehung dauerte nun schon lange genug, und er fühlte sich ihr verbundener denn je. Sie ist die Richtige, sagte er sich. Sie war ein großartiges Mädchen, und sie hatte ganz richtig gesagt, daß sie gemeinsam Großes erreichen konnten. »Elizabeth, möchtest du mich heiraten?«

»Soll das ein förmlicher Antrag sein?« Man sah ihr an, wie entzückt sie war. Spencer drehte sich um.

»Jetzt ist es einer. Also, willst du?«

»Ja, und wie!« Mit einem Freudenschrei schlang sie die Arme um seinen Nacken, wobei das Boot fast kenterte.

»Moment mal, ertränk uns nicht! Es soll ja keine Tragödie werden!«

»Das wird es mit Sicherheit nicht, mein Schatz. Ich verspreche es dir. Es wir ein Happy End geben.« Auch er war zuversichtlich, als er sie küßte. Dann starteten sie das Boot und fuhren ans Ufer, um ihre Familie einzuweihen.

Sie trafen Elizabeths Vater im Wohnzimmer an, in ein Telefonat mit Washington vertieft. Er drehte sich lächelnd zu ihnen um und legte auch schon auf. Spencer sah ihm an, daß er etwas ahnte, denn Elizabeth machte ein Gesicht, als hätte sie einen Haupttreffer gelandet.

»Ja, was ist, Elizabeth?« Der alte Herr sah sie liebevoll an. Seine Tochter wußte, daß er von Spencer hellauf begeistert war.

Sie wartete nicht erst ab, bis Spencer zum Sprechen ansetzte. Sie wollte es als erste sagen. »Spencer hat mich eben gebeten, ihn zu heiraten.«

Strahlend und bestätigungsheischend wandte sie sich an ihren künftigen Ehemann.

»Ich hätte ihr diese Frage schon viel früher stellen sollen, Sir. Dürfen wir Sie um Ihren Segen bitten?«

Harrison Barclay sprang auf und schüttelte Spencer die Hand, wobei sein Blick wohlwollend über Spencer und seine Tochter glitt. »Den habt ihr schon lange. Ich wünsche euch beiden viel Glück.« Damit zog er Elizabeth an sich und richtete an beide die Frage: »Und wann soll das große Ereignis stattfinden?«

»So weit sind wir noch nicht. Das müssen wir erst besprechen.«

»Wenn es nach mir ginge, sollte Elizabeth das College beenden, aber euch zwei Turteltäubchen werden zwei Jahre vermutlich zu lange sein... also, wie wär's mit einem Jahr? Ihr könntet im Juni heiraten, und das letzte Jahr könnte Elizabeth an der Columbia University absolvieren, falls ihr vorhabt, in New York zu bleiben.«

»Soviel ich weiß, bleiben wir in New York. Juni wäre wunderbar.« Spencer schien erfreut, Elizabeth aber machte ihrer Enttäuschung Luft.

»Warum muß ich das College beenden?« klagte sie fast kindlich schmollend.

»Weil du zu gescheit bist«, antwortete ihr Vater mit Nachdruck, »und weil das Vassar ein großartiges College ist. Bis Juni sind es nur zehn Monate. Im Herbst gibt es eine Verlobungsparty und eine formelle Ankündigung. Anschließend wirst du mit deiner Mutter alle Hände voll zu tun haben, um die Hochzeit zu planen.« Wie auf ein Stichwort hin trat in diesem Moment seine Frau mit strahlendem Lächeln ein. »Priscilla, eine großartige Neuigkeit...« Er sah von seiner Tochter zu Spencer, während seine Frau gespannt wartete. »Die Kinder haben sich eben verlobt.«

»Ach... Liebling...« Priscilla Barclay schloß ihre Tochter in die Arme und küßte ihren künftigen Schwiegersohn, der dastand und das Gefühl hatte, ihn hätte eine Woge erfaßt und ins offene Meer hinausgetragen. Aber er hatte es ja so gewollt.

Alles redete nun aufgeregt durcheinander, und beim Lunch erfuhren es auch die anderen. Ian war begeistert und Sarah außer sich vor Entzücken. Spencer rief seine Eltern an. Man kam überein, daß die Verlobungsparty am Tag nach Thanksgiving in San Francisco stattfinden sollte. Spencer versprach, er wolle seine Eltern überreden, nach Kalifornien zu kommen. Und Elizabeth tat kund, daß sie in der Grace Cathedral getraut werden wollte.

Es war für Spencer ein sehr ermüdender Tag gewesen, und als er am Abend ins Bett sank und auf Elizabeth wartete, wurde er von seinen eigenen Gefühlen fast überwältigt. Er hatte kaum mehr die Kraft, sie zu lieben, und schlief in ihren Armen fast ein. Er mußte sich richtig zwingen, wach zu bleiben, um sie rechtzeitig zu erinnern, daß sie wieder in ihr Zimmer mußte. Und als er erwachte, war es Morgen.

Elizabeth fuhr ihn zum Flughafen. Sie sagte, sie hätte in San Francisco Einkäufe zu erledigen und wolle ohnedies einige Tage in der Stadt verbringen. Als er sie zum Abschied küßte und an Bord der Maschine ging, war er noch immer wie betäubt. Er saß da und beobachtete, wie San Francisco immer kleiner wurde, während die Maschine Kurs nach Osten nahm. Nun erst wurde ihm richtig klar, daß er tatsächlich im Begriff stand, Elizabeth Barclay zu heiraten.

19. Kapitel

Wie vorauszusehen, waren Spencers Eltern von seinem Entschluß hingerissen, und sie versprachen prompt, über Thanksgiving zur Verlobungsfeier nach San Francisco zu kommen. Zu dem Zeitpunkt, als Spencer abflog, wurden im Hause Barclay bereits eifrig Pläne für die Verlobungsparty geschmiedet, und es sah ganz so aus, als würde es nicht ohne mindestens fünfhundert Gäste abgehen.

»Sie muß ein ganz reizendes Mädchen sein, mein Lieber«, sagte Spencers Mutter. »Wann werden wir sie endlich kennenlernen?« Es kränkte sie nicht wenig, daß er ihnen Elizabeth noch nicht vorgestellt hatte. Er versprach, dies nachzuholen, sobald sie das nächstemal nach New York kam.

Die nächsten Wochen vergingen wie im Flug, so daß Spencer das Gefühl hatte, es sei kaum Zeit vergangen, als er Elizabeth in Idlewild abholte und sie zum Vassar brachte. Den Verlobungsring hatte er bei Tiffany besorgt, einen schönen, von zwei Saphiren flankierten Diamanten. Mehr konnte er sich nicht leisten. Elizabeth reagierte mit einem entzückten Ausruf. Die Steine waren zwar nicht groß, aber lupenrein, und der Ring als Ganzes sehr geschmackvoll und edel.

»Ach, Spencer, genau das, was ich wollte!« Nachdem er ihr den Ring im Auto über den Finger gestreift hatte, entschlossen sie sich, einige Stunden in seiner Wohnung zu verbringen, ehe sie zum College fuhr. In seinem Bett liegend, kicherte Elizabeth ausgelassen und spielte mit dem funkelnden Ring. Plötzlich wirkte sie ganz jung und sehr glücklich. »Du ahnst ja nicht, wie sehr du mir gefehlt hast.«

»Ich war hier auch sehr einsam.« Da er sie nun bei sich hatte, war ihm bedeutend wohler zumute. Ernsthafte Zweifel an seinem Entschluß hatten ihn nächtelang in Angst und Schrecken versetzt. Er wußte nicht, ob er das Richtige getan hatte. Einer seiner besten Freunde hatte ihn beruhigen müssen und ihm versichert, dies sei völlig normal. Jetzt, da Elizabeth in seiner Nähe war, wußte er, daß sein Entschluß richtig gewesen war. Stundenlang liebten sie sich, und kaum hatte er sie am nächsten Morgen im College abgeliefert, sehnte er sich schon wieder nach ihr. Am nächsten Wochenende wollte sie wieder nach New York kommen, um seine Eltern kennenzulernen.

Als Elizabeth ihnen vorgestellt wurde, schlossen sie sie auf den ersten Blick ins Herz. Sie war genau jener Typ, den sein Vater sich für Spencer erhofft hatte. Auch Spencers Mutter war von Elizabeth begeistert, von ihrer Eleganz, Intelligenz und Damenhaftigkeit. Kurzum, es war eine Verbindung, die den vollen Beifall seiner Eltern fand.

Von nun an kam Elizabeth fast jedes Wochenende nach New York, und im November flogen sie alle gemeinsam nach Kalifornien. Die Barclays gaben ein so stimmungsvolles Thanksgiving-Dinner für alle, daß die Gäste sich sofort heimisch fühlten. Beide Elternpaare kamen blendend miteinander aus, besonders die Mütter verstanden sich auf Anhieb. Es war eine Verbindung, bei der die glückliche Vorsehung ihre Hand im Spiel gehabt zu haben schien. Sarah und Ian waren zur Verlobungsparty gekommen, während Gregory sich in Washington nicht hatte loseisen können, worüber Elizabeth nur mäßige Enttäuschung zeigte. Sie und Greg standen sich nicht besonders nahe. Er führte ein eigenes, von der Familie getrenntes Leben und nahm an Familienfesten und gemeinsamen Ferien nicht teil. Außerdem steckte Greg gerade mitten in einer äußerst unangenehmen Scheidungsaffäre.

Die Party am folgenden Tag wurde ein spektakuläres Ereignis. Zum Cocktail mit festlichem Büffet erschienen nicht weniger als vierhundert Gäste. Im Haus der Barclays drängte sich, was in San Francisco Rang und Namen hatte, sogar der Bürgermeister war gekommen. Bis spät in die Nacht wurde gefeiert und getanzt. In Spencers Augen hatte Elizabeth, die für diesen Anlaß ein schwarzes Samtkleid gewählt hatte, nie verführerischer ausgesehen. Beim Tanzen drückte er sie fest an sich, und Elizabeth strahlte ihn an.

»Na, glücklich, meine Liebe?«

»Ich war nie glücklicher.«

Am nächsten Tag unternahmen die jungen Leute einen Ausflug nach Sausalito. Es war Samstag, und alle waren blendender Laune, wenn auch nach der langen Nacht ziemlich ermattet. Für den Montag war bereits die allgemeine Abreise geplant. Die jungen Leute und das Ehepaar Hill nach New York, Richter Barclay und Frau nach Washington. Blieben also nur zwei Tage und Nächte, die sie voll auskosten wollten.

»War das gestern nicht eine tolle Party?« sagte Ian zu seinem zukünftigen Schwager, als sie von Sausalito aus den Blick über die Bucht genossen.

»Sagenhaft«, erwiderte Spencer, der noch immer zu träumen glaubte. Alles kam ihm so unwirklich vor, die Menschen, die Umgebung. Er erwog flüchtig, seine alten Freunde im Alexander Valley zu besuchen. Aber wieder war die Zeit viel zu knapp. Der Aufenthalt in San Francisco war nicht mehr als ein Blitzbesuch.

»Warte nur, du wirst staunen, was für eine Hochzeit Mutter plant«, bemerkte Sarah, die bei der Trauung als Elizabeths Ehrendame fungieren sollte.

Am späten Nachmittag ruhten sich alle zu Hause kurz aus, damit man abends wieder mit frischem Schwung ausgehen konnte. Sarah erschien in einer auffallenden Kreation in Pink, Elizabeth in einem dunkelblauen Chiffonkleid von I. Magnin. Sie erklärte, die Farbe brächte ihren Verlobungsring erst richtig zur Geltung, worauf Spencer sie lächelnd küßte.

Nach einem vortrefflichen Dinner fuhren sie auf Drinks zum »Top of the Mark«, wo sie wieder Gelegenheit hatten, die prachtvolle Aussicht zu bewundern. Spencer blickte hinaus in die funkelnde Nacht und drückte liebevoll Elizabeths Hand. Es war ein herrliches Panorama, Elizabeth war ein schönes Mädchen, und er liebte sie. Bis elf Uhr blieben sie dort, und als sie gingen, erklärte Ian, von einem stimmungsvollen kleinen Tanzlokal ganz in der Nähe gehört zu haben, in dem es sogar Show-Einlagen gäbe. Alle fanden übereinstimmend, daß dies eine großartige Idee sei, und so fuhren sie zu der angegebenen Adresse. Das Lokal war gedrängt voll, als sie ankamen. Erst ein großzügiges Trinkgeld, das Spencer dem Ober in die Hand drückte, verschaffte ihnen einen Tisch. Eine kleine Band spielte »Some Enchanted Evening«, und

Spencer forderte Elizabeth sofort zum Tanz auf. Von Verlangen nach ihrer Nähe getrieben, drückte er sie eng an sich, und als sie sich wieder setzten, griff er zärtlich nach ihrer Hand und ließ sie nicht los. Es wurde dunkel, und ein Mädchen betrat die Tanzfläche, ein Mikrofon in der Hand. Sie trug ein hellblaues Satinkleid, das blonde Haar fiel ihr ins Gesicht und verdeckte es fast zur Gänze, als der Scheinwerfer sie erfaßte. Spencer starrte mit angehaltenem Atem zur Tanzfläche. Und als er die Stimme hörte, war er wie vom Donner gerührt. Sein Herz fing schmerzhaft zu schlagen an. Die junge blonde Sängerin war Crystal.

Sie war noch schöner, als er sie in Erinnerung hatte. Während er dasaß und ihr wie betäubt zuhörte, war er zu keinem klaren Gedanken fähig. Crystal wirkte zehn Jahre älter als seinerzeit. Ihr Körper, der mit dem schmiegsamen Material des Kleides zu verschmelzen schien, wies Formen auf, die er nie an ihr vermutet hätte. Aber es war nicht so sehr ihr Körper, der seinen Blick bannte, es war vielmehr das Gesicht, das ihn nicht losließ, die Augen von der Farbe des Augusthimmels, die ihm unvergeßlich geblieben waren. Und ihre Stimme, die voller Sehnsucht und Schmerz war, rührte ihn bis ins Innerste an. Spencer wagte kaum zu atmen, während er sie anstarrte, und er bemerkte nicht, daß Elizabeth ihn aufmerksam im Auge behielt. Er wünschte, daß dieser Augenblick nie enden möge, doch dann war Crystals Nummer zu Ende. Es wurde hell, und die Band hob zu einer neuen Tanzmelodie an. Spencer brachte kein Wort über die Lippen. Er wollte nur eines – die Arme ausstrecken und Crystal berühren. Elizabeth bemerkte, wie bleich er geworden war. Schon längst hatte er ihr seine Hand entzogen, ohne es wahrzunehmen.

»Kennst du das Mädchen?« fragte Elizabeth mit gerunzelter Stirn, beunruhigt von der Art, wie er auf die Sängerin reagiert hatte. Sie hatte auch das Mädchen genau beobachtet, ohne etwas entdecken zu können, was auf ein Erkennen hingedeutet hätte. Crystal hatte das Publikum wegen der Scheinwerfer nicht sehen können. So ahnte sie nicht, daß Spencer ihr zugehört hatte, als sie herzergreifend von einer verlorenen Liebe und einem zerbrochenen Leben sang.

»Nein ... das nicht ... aber sie war doch sehr gut, oder?« Verwirrt griff Spencer zu seinem Glas und trank einen großen Schluck Scotch. Ian war indessen in ein angeregtes Gespräch mit Sarah vertieft.

»Sie ist auffallend schön, falls du das meinst.« Elizabeth war spürbar verstimmt. Spencer mußte betrunken sein – ein Irrtum, wie sie dann gleich merkte. Aber was immer in ihn gefahren sein mochte, er war wie elektrisiert gewesen – ein Zustand, der dann tiefer Verstörung wich. Er tanzte noch einmal mit Elizabeth, nachher aber war er sonderbar wortkarg, und kurz danach brachen sie auf. Es war schon halb zwei Uhr morgens, und als Ian verkündete, er sei todmüde, waren sich alle einig, daß es Zeit zum Gehen war.

Im Auto beteiligte sich Spencer am allgemeinen Gespräch, bei dem es um Belanglosigkeiten ging, aber Elizabeth spürte, daß er nicht bei der Sache war. Sie wartete mit einer neuerlichen Frage, bis sie zu Hause angelangt waren. Diesmal sah sie ihm dabei tief in die Augen. »Spencer ... diese Sängerin in der Bar ... hast du sie gekannt?«

»Nein«, sagte er ganz leise. Er mußte lügen, denn die Wahrheit hätte für sie keinen Sinn ergeben, sie ergab nicht einmal Sinn für ihn. Es hatte nie einen Sinn gegeben. Doch das Gefühl war noch vorhanden. Stärker als zuvor. »Sie ähnelte jemandem, den ich früher kannte.«

»So wie dieses Mädchen hast du mich noch nie angesehen.« Es war das erste Mal, daß sie sich richtig verstimmt zeigte. Spencer wußte nicht, was er darauf erwidern sollte.

»Ach, sei nicht albern.« Er versuchte, die Sache leichthin abzutun, und gab ihr einen Gutenachtkuß. Doch diese Nacht ließ sie ihren gewohnten Besuch in seinem Zimmer ausfallen. Es kam ihm nicht ungelegen, denn er stand fast eine ganze Stunde am Fenster, starrte über die Bucht und dachte an Crystal. Sie war noch viel schöner, als er sie in Erinnerung hatte, und dazu hatte sie jetzt etwas sehr Anrührendes an sich. Gewiß, sie hatte nur in einem Lied dieses innere Flehen zum Ausdruck gebracht, und doch spürte er sehr deutlich, was sich dahinter verbarg, nämlich Angst, Schmerz und Einsamkeit. Er vermeinte, dies alles noch jetzt zu hören ... und dazu Donner und Blitz vom Himmel fahren zu spüren. Er lächelte gedankenverloren, als er sich Engelsstimmen und den Himmel voller Geigen und Harfen vorstellte. Total verrückt, versuchte er sich zur Vernunft zu bringen. Aber als er im Bett die Augen schloß, war Crystal das einzige, was er vor sich sah.

20. Kapitel

Am Sonntagmorgen kam Spencer sehr früh zum Frühstück. Bei Rührei, knusprig gebratenem Speck und Kaffee führte er ein angeregtes Gespräch mit Richter Barclay und Ian, denn Elizabeth nahm wie ihre Mutter das Frühstück auf ihrem Zimmer ein und traf mit ihrem künftigen Ehemann erst am Vormittag zusammen. Über den vorangegangenen Abend wurde kein Wort verloren, und Elizabeth fragte ihn auch nie wieder nach dem Mädchen aus dem Nachtclub. Dennoch blieb zwischen ihnen eine gewisse Spannung spürbar, die bis zum Abend anhielt.

Es war das letzte gemeinsame Abendessen im Kreis der Familie. Für den nächsten Tag war der allgemeine Aufbruch geplant. Von einem Anflug von Panik erfüllt, wurde Spencer klar, daß sich keine Möglichkeit mehr bieten würde, Crystal noch einmal wiederzusehen. Den ganzen Tag hatte er hin und her überlegt und erst am späten Nachmittag einen Anruf gewagt und erfahren, daß das Lokal auch am Sonntagabend geöffnet hatte. Er faßte einen Entschluß. So schwer es ihm fiel, Elizabeth anzulügen – er mußte es tun. Als er den kleinen Raum verließ, in dem sich das Telefon befand, erklärte er, er habe eben einen Studienkollegen angerufen.

»Möchtest du ihn hierher auf einen Drink einladen?« fragte Elizabeth, die sich wieder beruhigt hatte. Spencer war den ganzen Tag besonders aufmerksam zu ihr gewesen. Sie war nun überzeugt, daß sie sich am Abend zuvor geirrt hatte und kein Grund zur Besorgnis vorlag. Vermutlich war Spencer beschwipst gewesen, und das Mädchen hatte ihm gefallen.

Spencer schüttelte den Kopf. »Nein, ich gehe nach dem Dinner auf einen Sprung bei ihm vorbei.« Er lud sie nicht ein mitzukommen. Aber sie mußte ohnehin packen, und es gab noch so vieles, was sie mit ihrer Mutter wegen der Hochzeit besprechen mußte, bevor sie wieder aufs College ging.

Spencer verließ das Haus um neun und nahm ein Taxi zu »Harry's«. Unterwegs starrte er, von Gewissensbissen geplagt, aus dem Fenster. Er war frisch verlobt und stahl sich davon, um sich mit einer anderen Frau zu treffen. Niemals hätte er dergleichen für möglich gehalten, aber er mußte Crystal unbedingt sprechen, bevor er San Francisco verließ. Zumindest mußte er es versuchen. Vielleicht hatte sie sich mehr verändert, als er glaubte, vielleicht war sie jetzt nur eine Schönheit ohne Verstand oder gar ein Flittchen. Er wünschte sich sogar, daß sie billig, fad und dumm sein und ganz und gar nicht seinen Träumen entsprechen würde. Er wünschte sich, sie endlich vergessen zu können. Aber dazu mußte er sie wiedersehen – nur ein einziges Mal, das schwor er sich, als er den Fahrer bezahlte und überhastet das Lokal betrat.

Während er auf ihren Auftritt wartete, bestellte er einen Scotch. Ehe sie nicht gesungen hatte, wollte er sich ihr nicht nähern. Ein einziges Mal wollte er sie noch singen hören. Und als Crystal ihren Auftritt hatte, raubte sie ihm wieder den Verstand. Sie sang sich direkt in seine Seele, während er dasaß und sie anstarrte. Und als sie von der Bühne ging, bat er den Ober, ihr eine Nachricht zu überbringen. Darin erinnerte er sie an die Begegnungen im Alexander Valley, das erstemal bei der Hochzeit ihrer Schwester, das zweitemal bei der Taufe von deren Baby. Eigenartig, sich vorzustellen, daß sie sich womöglich gar nicht an ihn erinnern konnte. Aber als sie das Restaurant betrat, sah sie ihn an, als hätte sie ein Gespenst vor sich. Er wußte sofort, daß Crystal ähnlich wie er die Erinnerung an diese Begegnungen über Jahre hinweg bewahrt hatte. In ihrem schlichten weißen Kleid und mit dem langen hellblonden Haar, das ihr bis auf die Schultern fiel, sah sie aus wie ein Engel. Sie stand lange da und sah ihn nur an, bevor sie ihn mit einer Stimme, die tiefer war, als er sie in Erinnerung hatte, begrüßte. Groß und anmutig stand sie vor ihm und blickte ihn mit Augen an, wie er sie noch nie gesehen hatte. Es waren Augen voller Liebe und Leid. Er streckte ihr die Hand entgegen, und als Crystal sie erfaßte, glaubte er, unter ihrer Berührung dahinzuschmelzen. Er mußte sich richtig zwingen, ihre Hand wieder loszulassen.

»Hallo, Crystal.« Spencer fürchtete, sie könne das Beben aus seiner Stimme heraushören. »Es ist lange her.«

»Ja, das ist es.« Ihr Lächeln deutete an, wie schüchtern sie war. »Ich... ich hätte nicht gedacht, daß Sie sich an mich erinnern würden.« Er hatte dasselbe von ihr geglaubt. Daß er sie niemals vergessen hatte, ließ er unausgesprochen.

»Natürlich erinnere ich mich.« Er war bemüht, sie wie ein Kind zu behandeln, aber es wollte ihm nicht gelingen. Crystal hatte nichts Kindliches mehr an sich. »Können Sie sich kurz zu mir setzen?«

»Aber sicher.« Sie nahm neben ihm Platz. Ihren nächsten Auftritt hatte sie erst um Mitternacht.

»Seit wann sind Sie in San Francisco?« Er versuchte sich zu erinnern, wie alt sie war, seiner Berechnung nach jedenfalls nicht viel über achtzehn, obwohl sie älter wirkte. Und er spürte instinktiv, daß das Leben es bisher nicht gut mit ihr gemeint hatte. Das klang schon in ihren Liedern an, und als sie ihm jetzt antwortete, las er es in ihrem Blick, in dem etwas Schreckliches und

Schmerzliches verborgen war. Er ahnte es, ohne daß sie es aussprechen mußte. Es war, als hätte er immer schon alles von ihr gewußt.

»Ich bin seit vergangenem Frühjahr hier«, gab sie zur Antwort. »Zuerst habe ich als Serviermädchen gearbeitet. Mit den Auftritten fing es erst im Sommer an.«

»Sie singen ja noch besser, als ich in Erinnerung hatte.«

»Danke.« In seiner Nähe fühlte sie sich sehr befangen. Am liebsten hätte sie einfach dagesessen und seine Gegenwart genossen. »Es fällt mir auch gar nicht schwer... vermutlich, weil ich es gern tue.« Die Worte, die sie wechselten, waren bedeutungslos. Aber sie schauten sich dabei unverwandt an und fragten sich, was der andere denken mochte. Plötzlich konnte er nicht mehr an sich halten, er mußte wissen, wie es ihr ging und weshalb er das Gefühl nicht loswurde, daß sie viel gelitten hatte.

»Geht es Ihnen gut?« Seine Stimme war so sanft, daß es sie rührte. Diese Frage hatte ihr schon lange niemand mehr gestellt, und schon gar nicht in diesem liebevollen Ton. Mit Tränen in den Augen nickte sie.

»Es geht mir gut.«

Doch Spencer spürte, daß damit nicht alles gesagt war. »Was hat Sie nach San Francisco geführt?«

Crystal zögerte. Dann warf sie seufzend das Haar über die Schulter. In diesem Augenblick sah sie aus wie das Mädchen, das auf der Schaukel sitzend mit ihm gesprochen hatte, an einem anderen Ort, in einem anderen Leben. »Mein Vater ist gestorben. Mit seinem Tod hat sich alles für mich geändert.«

»Hat Ihre Mutter die Ranch verkauft?«

Sie schüttelte den Kopf. An den nächsten Worten erstickte Crystal beinahe. »Nein, Tom hat die Ranch übernommen.«

»Und Ihr Bruder?« Spencer hatte Jared als zerzausten, langbeinigen Jungen in Erinnerung, der nichts lieber tat, als seine Schwester zu necken. Er wußte noch, daß er sie an den Haaren gezogen hatte und wie Crystals Revanche ausgefallen war – harmlose Hänseleien von beiden Seiten. Seinerzeit waren sie ihm wie Kinder vorgekommen, aber das war längst Vergangenheit.

»Jared ist im Frühjahr gestorben.« Crystal brachte die Worte kaum über die Lippen. Spencer starrte sie fassungslos an. Das Schicksal hatte sie hart getroffen, doch um wieviel härter noch alles in Wahrheit gewesen war, verriet sie nicht. Auch nicht die Umstände und die Ursache von Jareds Tod oder ihre Schuldgefühle, die sie nie losgeworden war.

»Das tut mir aber leid... ein Unfall?« Krank konnte er nicht gewesen sein, dazu war er zu jung gewesen. Spencer brach fast das Herz, als sie nach einigem Zögern nickte, den Blick auf ihre Hände gerichtet, damit sie ihn nicht ansehen mußte. Dann schaute sie langsam auf, und die Stärke des Gefühls, das er in ihrem Blick las, überwältigte ihn beinahe. Er erkannte in ihren Augen Wut, Haß, Angst und den Kummer um verlorene Träume. Das alles ballte sich mit ungeheurer Wucht in ihr zusammen. Stumm griff er nach ihrer Hand und hielt sie fest.

»Tom hat ihn erschossen.« In ihren Augen loderte es.

»Mein Gott... Wie konnte das nur passieren?«

Crystal schüttelte den Kopf. Daß Tom sie vergewaltigt hatte, konnte sie ihm nicht sagen. Außer Boyd und Hiroko hatte sie es keiner Menschenseele anvertraut, und daran würde sich nichts ändern. Mit dieser Schande mußte sie leben. »Es war meine Schuld«, kam es fast unhörbar über ihre Lippen. Ihr Schuldgefühl war so intensiv, daß ihr die Tränen fehlten. »Zwischen Tom und mir gab es eine Auseinandersetzung, und ich verlor den Kopf.« Sie holte so tief Luft, als müsse sie um Atem ringen. Spencer umfaßte ihre Hand noch fester. »Ich habe ihn mit dem Gewehr meines Vaters bedroht, und Tom hat daraufhin einen Schuß auf mich abgegeben und unglücklicherweise Jared getroffen.«

»Allmächtiger...« Entsetzt starrte Spencer sie an. Er wagte kaum, sich auszumalen, was sie bewogen haben konnte, ihren Schwager mit der Flinte ihres Vaters zu bedrohen. Zugleich ging ihm auf, was für ein gewaltiges Schuldgefühl auf ihr lasten mußte.

»Der Sheriff stellte fest, daß Jareds Tod durch eine Verkettung unglücklicher Umstände eingetreten sei. Einige Tage nach der Beerdigung verließ ich mein Elternhaus.« Sie machte eine Pause. Dann fuhr sie fort: »Nach dem Tod meines Vaters stand es zwischen mir und Mom nicht zum besten. Und jetzt glaubt sie, ich hätte Jared getötet, was in gewisser Weise auch zutrifft. Es war wirklich meine Schuld. Ich hätte Tom nicht bedrohen dürfen, aber...« Tränen glitzerten in ihren Augen. Sie konnte es ihm nicht sagen. In Spencer erwachte das Verlangen, sie festzuhalten und zu küssen. »Mutter und ich sind nie sehr gut miteinander ausgekommen, müssen Sie wissen. Ich glaube, es hat ihr nicht gefallen, daß ich mit meinem Vater eine so enge Beziehung gehabt habe.«

»Haben Sie je wieder etwas von ihr gehört?«

»Nein. Das alles liegt jetzt hinter mir.« Sie lächelte tapfer. »Jetzt ist das hier mein Leben. Alles andere ist Vergangenheit. Ich muß an das denken, was ich hier mache.«

Schweigend sah sie zu Spencer auf und überlegte, ob er inzwischen einmal die Websters besucht hatte. »Waren Sie bei Boyd und Hiroko?«

Schuldbewußt mußte er verneinen. Es war das zweitemal, daß er die Chance nicht genutzt hatte. »Ich hatte zwar die feste Absicht, aber die Zeit war zu knapp. Wissen Sie, wie es den beiden in letzter Zeit ergangen ist?«

Ihr wehmütiges Lächeln rührte an sein Innerstes. Aus einem ungewöhnlichen jungen Mädchen war eine ungewöhnliche Frau geworden. Von Crystal ging eine Sinnlichkeit aus, die ihn völlig in ihren Bann schlug. Ihre sanfte Weiblichkeit weckte in ihm den Wunsch, immer an ihrer Seite zu sein und sie zu beschützen. Zugleich ging von ihr eine unglaubliche Kraft aus. Diese Kraft war es auch, die ihr geholfen hatte, alles zu überstehen. »Letzte Woche kam ein Brief von Hiroko«, sagte sie auf seine Frage. »Sie erwartet wieder ein Kind. Diesmal wünschen sie sich sicher einen Jungen, obwohl man sich nichts Niedlicheres vorstellen kann als die kleine Jane.« Dann wurde es wieder Zeit für ihren Auftritt. Spencer versprach, auf sie zu warten. Stundenlang hätte er so mit ihr plaudern können. Am liebsten wäre er gar nicht fortgegangen – niemals wieder. Er spürte, daß sie ihn brauchte, und er wollte für sie dasein.

Als sie auftrat, war es, als sänge sie allein für ihn. Ihre Stimme schien nach ihm zu greifen. Crystal vereinte in sich Unschuld und Sex-Appeal, eine Mischung, die in Spencer das Verlangen weckte, sie festzuhalten und nicht wieder loszulassen. Kurz vor eins war ihr Auftritt zu Ende. Sie unterhielten sich noch eine Stunde, bis das Lokal geschlossen wurde. Spencer bot ihr an, sie nach Hause zu bringen und wartete, bis sie sich umgezogen hatte. Für ihn war es fast wie ein Blick in die Vergangenheit, als sie in Wollrock und weißer Bluse erschien. Darüber trug sie eine billige karierte Jacke. Sie sah nun wieder aus wie ein kleines Mädchen. Nur die Augen, die ihn betrachteten, waren die einer Frau, jener Frau, von der er jahrelang geträumt und die er nie vergessen hatte, so wie sie – in dem Bewußtsein, ihn über alles zu lieben – von ihm geträumt hatte.

Langsamen Schrittes begleitete er sie zu Mrs. Castagnas Haus. Sie blieben lange davor stehen und sprachen über sein Leben in New York, über seine Freunde – nur, um noch eine Weile beisammenzusein. Und dann zog er sie schließlich an sich und küßte sie, als hätten sie den ganzen Abend nur darauf gewartet.

»Spencer...« Crystals Stimme drang wie ein leises Flüstern durch die kalte Nacht. »All die Jahre habe ich von dir geträumt... und manchmal habe ich mir eingeredet, alles wäre anders gekommen, wenn du bei mir gewesen wärst.«

»Ich wünschte, ich hätte bei dir sein können.« Spencer schob ihr sacht einen Finger unters Kinn und hob ihr Gesicht hoch. »Ich hab' dich nie vergessen und sehr oft an dich gedacht... Ich hätte es nie geglaubt, daß du dich noch an mich erinnerst. Ich hab' geglaubt, du hättest dich sehr verändert oder wärst inzwischen sogar schon verheiratet.« Das war die schlimmste Schrekkensvision gewesen. Doch am allerwenigsten hätte er sich vorstellen können, sie allein in San Francisco zu finden – als Nachtclubsängerin, und er konnte sich nicht genug über die Schicksalsfügung wundern, die ihn zu ihr geführt hatte. Fast wäre er nach New York zurückgekehrt, ohne je zu erfahren, daß sie in San Francisco lebte. Und nun hatte er sie gefunden und wußte nicht, was er tun sollte. Er hatte sich eben mit Elizabeth Barclay verlobt, und jetzt stand er vor einem Haus an der Green Street und küßte Crystal Wyatt.

»Spencer, ich liebe dich.« Crystal flüsterte die Worte, als fürchte sie, nie wieder eine Chance zu diesem Geständnis zu haben. Er spürte, wie sein Herz schmolz. Aber wie konnte er ihr gestehen, daß es eine andere gab? Eine andere, mit der er verlobt war?

Spencer nahm Crystal in die Arme und hielt sie ganz fest. Ich liebe dich auch... o Gott, Crystal, ich liebe dich..., wollte er sagen. Aber wie konnte er ihr seine Liebe gestehen? Er konnte ihr nichts versprechen. Er durfte sie nur einen kurzen Augenblick umarmen und mußte am nächsten Morgen mit Elizabeth nach New York zurückkehren. Aber mußte er das alles wirklich tun? Warum konnte er nicht Crystal haben? Es war doch nichts Schlimmes. Einen strahlend hellen Moment lang wußte er mit absoluter Sicherheit, daß er sie immer geliebt hatte. Und das mußte er ihr unbedingt sagen, koste es, was es wolle. »Ich habe dich geliebt vom ersten Augenblick an, als ich dich sah.« Es tat gut, das auszusprechen, so als hätte er drei Jahre nur darauf gewartet, sie zu finden und ihr seine Liebe zu gestehen. Nichts anderes zählte mehr daneben. Nichts und niemand.

Sie rückte ein wenig von ihm ab, um ihn anzusehen, und lächelte. Das Kind, das er einst auf der Schaukel gesehen hatte, war zur Frau herangewachsen, und während er sie so umschlungen hielt, wußte er, daß er sie verzweifelt liebte. Jenseits aller

Worte und aller Vernunft. Jenseits von allem. Crystal war alles, was er wollte.

»Ich hab' an dich denken müssen ... als du auf der Ranch aufgetaucht bist, in weißer Hose, mit rotem Schlips ... noch nie war ich jemandem begegnet, der so fabelhaft ausgesehen hat.« Spencer wußte gar nicht mehr, was er damals getragen hatte, sie aber erinnerte sich um so genauer, genauso wie er sich an ihr weißes Kleid beim erstenmal und an das blaue beim zweiten Besuch erinnerte. Als ob sie Gedanken lesen und seinen Kummer erahnen konnte, fragte sie: »Wann fliegst du nach New York?«

»Schon morgen.« Das kam ihm vor wie der völlige Wahnsinn, denn er wollte nichts lieber, als bei ihr bleiben. Aber zuerst mußte er sein Leben neu ordnen. Und dabei hatte er es mit einer Frau wie Elizabeth zu tun. Aber das spielte jetzt keine Rolle. Neben Crystal existierte von nun an nichts mehr. Sie war, worauf er in der langen Zeit der Unschlüssigkeit gewartet hatte. Auf einmal war ihm klar, warum er so lange gezögert hatte. Er hatte immer nur Crystal gewollt. Allen anderen mochte es verrückt erscheinen, nicht aber ihm selbst. Für ihn war es völlig selbstverständlich, daß er sie in den Armen hielt.

»Kommst du wieder einmal nach Kalifornien?« fragte Crystal bang.

»Ja.« Ihre Blicke hingen aneinander. Er wußte, daß er wiederkommen würde. Aber zuvor mußte er Elizabeth alles erklären. Doch um mit Crystal zusammensein zu können, wäre er auch über glühende Kohlen gegangen.

»Ich komme wieder, sobald es sich einrichten läßt. Erst muß ich in New York einiges regeln. Ich rufe dich bald an.« Er ließ sich von ihr die Telefonnummer geben und küßte sie noch einmal. In der Süße ihrer Lippen glaubte er die Verheißung der Zukunft zu spüren, einer Zukunft, der er freudig und furchtlos entgegensah. Die Leidenschaft des Augenblicks hatte alle Zweifel verfliegen lassen.

Hastig schrieb er ihr die Adresse seiner Anwaltskanzlei auf und notierte sich ihre Adresse, ehe er Crystal ein letztes Mal in die Arme nahm. Es widerstrebte ihm, sie zu verlassen. Er spürte, daß seine ganze Zukunft in wenigen Stunden eine neue Richtung eingeschlagen hatte; diesmal eine Richtung, die er selbst wollte.

»Ich möchte nicht fort...«, hauchte er in ihr Haar. Crystal schloß die Augen und dachte beglückt, wie gut es tat, von jemandem umarmt zu werden, den man liebte. Bei Spencer fühlte sie sich glücklich und geborgen. Dennoch wagte sie nicht, alles zu glauben, was er sagte. Es war wie ein Traum, der wahr geworden war – so schön, daß sie es mit der Angst zu tun bekam. Was, wenn Spencer nicht wiederkam? Wenn er völlig aus ihrem Leben verschwand? Insgeheim spürte sie, daß er das nie tun würde. Sie löste sich von ihm, und es war für beide wie ein körperlicher Schmerz. Sie sah ihn so eindringlich an, als versuche sie, sich Spencer ins Bewußtsein einzuprägen, um ihn stets in ihrer Nähe zu haben – wenigstens so lange, bis er hoffentlich wieder zu ihr zurückkam.

»Spencer, ich liebe dich.«

»Dann mach kein so trauriges Gesicht.«

»Ich habe Angst«, sagte sie ganz offen, da sie instinktiv wußte, daß sie ihm gegenüber ganz ehrlich sein konnte.

»Angst? Wovor denn?«

»Davor, daß du nicht zurückkommst.«

»Ich komme wieder, das verspreche ich«, sagte Spencer aus tiefster Überzeugung und bis ins letzte von Leben und Hoffnung erfüllt. Crystal war alles, was er sich wünschte. »Ich liebe dich«, flüsterte er, als sie schon an der Tür standen und er sie wieder küßte. Noch eine Umarmung, und gleich darauf war Crystal im Haus verschwunden. Spencer konnte ihre Schritte auf der Treppe hören, als sie hinauflief, und er sah von der Straße aus, daß sie Licht machte. Sie trat ans Fenster, um ihm zuzuwinken. Erst jetzt machte er sich auf den Weg zu dem Haus am Broadway – zu Fuß wie ein Mensch, der endlich seinem Traum begegnet war. Einen wahnwitzigen Augenblick lang erwog er, Elizabeth sofort alles zu gestehen, obwohl ihm klar war, daß er sich seine Worte erst zurechtlegen mußte, um ihr dann bei Tag und in aller Ruhe alles zu erklären, ohne Gefahr zu laufen, daß sie ihn nicht für angetrunken oder gar für übergeschnappt hielt. Nein, er war nicht verrückt, er war vernünftiger als je zuvor in seinem Leben, und er wußte auf einmal genau, was er wollte. Nun galt es, einen Weg zu finden, das Ersehnte zu bekommen.

21. Kapitel

Als Spencer am nächsten Morgen zum Frühstück kam, waren alle bereits um den Tisch versammelt. Seine Eltern, Elizabeth, die Barclays. Vielleicht wäre dies der ideale Augenblick gewesen, sein Gewissen zu erleichtern. Doch als er nach nur zwei Stunden Schlaf glattrasiert und bleich den Raum betrat, traute er sich nicht, das angeregte Gespräch zu stören. Außerdem war er es Elizabeth schuldig, daß sie es als erste und unter vier Augen erfuhr.

Spencer goß sich aus der silbernen Kanne Tee ein und nahm sein Frühstück ein, ohne sich an dem Gespräch zu beteiligen. Ian war der erste, dem seine Schweigsamkeit auffiel. Er konnte der Versuchung nicht widerstehen, Spencer aufzuziehen.

»Ist mein künftiger Schwager etwa heute verkatert? Aus eigener Erfahrung weiß ich nur zu gut, wie ehemalige Studienkollegen sich auswirken können. Wenn ich mich mit einem von ihnen treffe, komme ich immer so angeschlagen nach Hause, daß Sarah mir mit der Scheidung droht.«

»Stimmt doch gar nicht!« widersprach Sarah lebhaft und sah Ian liebevoll an. »Das war nur einmal der Fall – damals, als man dich verhaftet hat.« Alle Anwesenden quittierten diese Antwort mit herzlichem Lachen – alle außer Spencer, der unerklärlich bedrückt wirkte.

»Laß den Kopf nicht hängen, mein Junge! Bald wirst du dich wieder besser fühlen, und in der Maschine kannst du dir schon wieder einen Drink geben lassen.« Aber Spencer wollte keinen Drink, er wollte Crystal.

Unmittelbar danach verabschiedeten sie sich von den Barclays, die direkt nach Washington flogen.

Elizabeth würdigte Spencer kaum eines Wortes, bis sie in der Maschine saßen. Dann erst sah sie ihn an, ganz ernst und eindringlich. Sie spürte, daß etwas mit ihm nicht stimmte. So in sich gekehrt und bedrückt hatte sie ihn noch nie erlebt.

»Ist etwas passiert?« fragte sie und lieferte ihm damit das ideale Stichwort. Aber Spencer hatte keinen Mut für ein Geständnis. Seine Eltern saßen auf der anderen Seite des Mittelgangs, Ian und Sarah direkt hinter ihnen. Spencer wollte Elizabeth die Schmach ersparen, seine Eröffnung in Gegenwart anderer anhören zu müssen.

Sein Kopfschütteln fiel nicht sehr überzeugend aus. Es bewirkte, daß Elizabeth sich abwandte und aus dem Fenster sah. Trotz ihres Unmuts sagte sie nichts mehr, und wenig später nickte sie ein. Wenn er sie ansah, fühlte er sich schuldig, aber seine Schuldgefühle waren nicht so stark, daß er sie deswegen geheiratet hätte. Er liebte sie nicht, das wußte er jetzt genau. Seine Liebe galt Crystal.

Er vermeinte noch immer, ihr seidiges Haar an seiner Wange, ihre Lippen auf den seinen, die Berührung ihrer Hand zu fühlen, und er fürchtete, noch vor der Landung den Verstand zu verlieren. Sie hatten ausgemacht, daß er Elizabeth noch am selben Abend zum College bringen sollte. Und jetzt hatte er Angst, mit ihr allein zu sein. Er wußte, daß er ihr die Wahrheit sagen mußte, aber es war ihm aus tiefster Seele zuwider, sie zu kränken. Und doch war es unvermeidlich. Der Gedanke daran, wie enttäuscht seine Eltern und wie empört die Barclays sein würden, belastete ihn sehr. Es nützte nichts... er mußte sich diesen Problemen stellen, und er war entschlossen, es zu tun.

Nach der Ankunft nahmen seine Eltern mit Ian und Sarah gemeinsam ein Taxi nach New York. Spencer hatte seinen Wagen am Flughafen geparkt und verstaute Elizabeths Koffer und sein Gepäck im Kofferraum. Die ersten paar Meilen legten sie wortlos zurück, bis Elizabeth es nicht mehr aushielt.

»Spencer, was ist denn in dich gefahren? Was ist gestern passiert? Als du das Haus verlassen hast, warst du noch guter Dinge.« Und jetzt war er es nicht mehr. Beide wußten es, aber nur er allein kannte den Grund. Und er wußte, daß er ihr eine Erklärung schuldig war...

Einen verrückten Augenblick lang dachte Elizabeth an das Mädchen, das im Nachtclub aufgetreten war, und an Spencers Miene, als er dem Mädchen zugehört hatte. Sie fragte sich, ob da ein Zusammenhang bestand. Aber das konnte nicht sein. Oder doch? Spencer hatte ausgesehen wie vom Donner gerührt. »Gibt es etwas, das ich wissen müßte?« Sie wandte ihm den Blick zu, aber Spencer starrte einige Zeit geradeaus, ehe er an den Straßenrand fuhr und anhielt. Er war noch immer blaß und wirkte irgendwie gequält, denn alles in allem kam er sich ziemlich verrückt vor. Zugleich erfüllte ihn eine sonderbare Ruhe. Elizabeth hingegen konnte ihre Ungeduld kaum zügeln.

»Ich kann dich nicht heiraten.« Unglaublich, daß er diese Worte aussprach, und doch waren sie endlich gesagt. Noch unglaublicher aber war Elizabeths Reaktion. Sie schien interessiert, ließ jedoch nicht die Spur von Bestürzung erkennen.

»Und warum nicht? Kannst du mir das erklären?«

»Da bin ich nicht sicher.« Daß er sie nicht liebte, wollte er ihr nicht gestehen. Es wäre für sie zu demütigend gewesen und auch sehr unfair, denn es war ja nicht ihre Schuld, daß sie nicht Crystal war. So wie es auch nicht ihre Schuld war, daß Donner, Blitz und Sphärenklänge ausgeblieben waren, als er sie kennengelernt hatte. Elizabeth hatte vieles zu bieten, und er mochte sie sehr gern. Aber er liebte sie nicht. »Ich weiß nur, daß ich es nicht kann. Wir würden nie glücklich miteinander werden.«

Als sie ihn anschaute, hatte er den Eindruck, daß die Situation sie amüsierte. »Das ist doch wirklich das Dümmste, was ich je gehört habe. Nie hätte ich gedacht, daß du so feige sein könntest.«

»Was hat Feigheit damit zu tun?« Er wirkte noch jämmerlicher als zuvor.

Elizabeth zündete sich eine Zigarette an.

»Sehr viel, Spencer. Du hast kalte Füße bekommen, und jetzt hast du Angst, die Sache bis zum Schluß durchzustehen. Lieber machst du einen Rückzieher und nimmst Reißaus. Aber Angst hat doch fast jeder vor der Ehe, also was soll's? Reiß dich zusammen, um Himmels willen, und sei ein Mann. Laß dich irgendwo vollaufen, wein dich bei deinen Freunden aus, aber lauf nicht davon. Glaubst du denn, anderen Männern ginge es anders?« Elizabeth strahlte eine beängstigende Kühle aus, während sie ihn ausschalt. »Warum nimmst du dir nicht eine Woche frei, siehst zu, daß du zu Atem kommst, und wenn ich dich übers Wochenende besuche, können wir alles in Ruhe besprechen.«

»Elizabeth, so einfach geht das nicht.« Er war noch nicht mit der ganzen Wahrheit herausgerückt. Er wollte ihr nicht gestehen, daß er Crystal wiedergesehen hatte und daß er sich schon vor Jahren in sie verliebt hatte, als sie noch fast ein Kind gewesen war. Das hätte ihn nur zum kompletten Idioten gestempelt.

»Es ist so einfach, wenn man nur will.« Elizabeth sah ihn mit einem Lächeln an, während sie ihre Zigarette ausdrückte. »Warum tun wir nicht einfach so, als hätte es diese Aussprache nie gegeben?«

Spencer ließ einen resignierten Seufzer hören. Er lehnte sich zurück und sah aus dem Fenster. »Allmählich glaube ich, daß du noch verrückter bist als ich.«

»Prima... dann passen wir um so besser zusammen, oder etwa nicht?«

»Nein, das ist es ja, wir passen gar nicht zusammen!« Spencer drehte sich aufgebracht zu ihr um. »Ich bin nicht der, für den du mich hältst. Ich werde es nie sein. Mir bedeuten die Dinge, die dir erstrebenswert erscheinen, nichts. Ich möchte weder Ruhm noch Reichtum erlangen, noch das, was du ›Bedeutung‹ nennst. Ich werde nie der Mann sein, zu dem du mich machen möchtest. Ich will es nicht sein.«

»Und wie steht es mit mir, wenn wir schon dabei sind? Was fehlt mir? ... Denn darum geht es ja eigentlich, oder etwa nicht? Wir sprechen in Wahrheit davon, was ich nicht bin, und nicht, was du nicht bist.« Wie immer war sie von schmerzlicher Offenheit, und sie war klug genug, die Wahrheit klar zu erkennen, auch wenn sie die Gründe dafür nicht ahnen konnte.

»Du brauchst mich nicht.« Es war ein derart lahmer Vorwand für die Lösung einer Verlobung, daß Spencer sich unwillkürlich reichlich dämlich vorkam.

»Natürlich brauche ich dich. Aber nachlaufen werde ich dir deswegen nicht. Zufällig liebe ich dich, falls das für dich etwas ausmachen sollte. Aber ich laufe nicht herum und tue so, als würde ich an Regenbogen oder an Wunder und harfenspielende Engel glauben, deren Erscheinen mir anzeigen müßte, daß ich dich liebe. Du gefällst mir, du bist sehr intelligent und amüsant, und du könntest es noch sehr weit bringen, wenn du dich nur einigermaßen bemühen würdest. Und wenn du ganz oben angelangt bist, dann werden wir ein wunderbares Leben haben. Mehr will ich nicht. Ist das so schlimm?«

»Nein, ist es nicht. Nichts ist schlimm, auch du nicht. Und ich habe dich gern, sehr sogar... aber wir brauchen mehr.« Seine Stimme war viel zu laut in dem beengten Inneren des Autos. Elizabeth schien es nicht aufzufallen. Spencer flehte um sein Leben, und es sah aus, als begriffe sie es nicht. »Ich brauche nämlich Himmelsgeigen, Engelsharfen und Regenbogen. Ich glaube daran. Mag ja sein, daß ich ein hoffnungsloser Romantiker bin, aber wenn wir uns mit weniger begnügen, werden wir es in zehn... was sage ich, in fünf oder gar schon in zwei Jahren bitter bereuen.«

»Zufällig haben wir auch verdammt guten Sex miteinander, vergiß das nicht.«

Ihre direkte Art entlockte ihm wider Willen ein Lächeln. Sie hatte ja recht. Um so wahnsinniger war es, daß er bis über beide Ohren in ein Mädchen verliebt war, mit dem er nie geschlafen hatte. Und während er Elizabeth und sich selbst zuhörte, fragte er sich insgeheim, ob all seine Träume von Crystal nicht nur Illusionen waren. Bei ihr gab es himmlische Sphärenklänge, Träume, Erinnerungen und Visionen. Bei Elizabeth dagegen hatte alles Hand und Fuß. Und er brauchte beides, zumindest bildete er sich das ein.

»Oder spielt Sex für dich keine Rolle, Spencer? Nach allem, was ich von dir weiß, würde es mich sehr wundern.« Als sie ihn anlachte, reagierte er unwillkürlich mit einem Lächeln.

»Doch, er spielt eine Rolle.«

»Na, wenigstens bist du ehrlich. Nicht sehr tapfer, aber ehrlich.« Und dann beugte sie sich zu ihm und küßte ihn auf den Hals, während sie mit der Hand seinen Schenkel entlangfuhr. »Warum machen wir nicht in einem Motel Station und unterhalten uns dort weiter über dieses Thema?«

»Um Himmels willen, Elizabeth, mir ist es bitterernst. Gerade habe ich dir eröffnet, daß ich dich nicht heiraten kann, und du willst in ein Motel gehen. Hast du mir nicht zugehört? Hast du mich nicht verstanden? Ist dir denn alles egal?«

»Natürlich ist es mir nicht egal. Aber ich denke nicht daran, deshalb zum Taschentuch zu greifen. Meiner Meinung nach führst du dich auf wie ein Zehnjähriger, und ich habe nicht die Absicht, deinen Launen nachzugeben. Außerdem glaube ich, daß gestern etwas geschehen ist, was dir eine Riesenangst eingejagt hat. Woran ich das gemerkt habe, könnte ich nicht einmal sagen. Und in dieser Verfassung, die einem Wahn religiöser Art oder ähnlichem Schwachsinn gleicht, willst du auf und davon, einfach so. Also, kein Wort mehr davon. Setz mich beim College ab, fahr nach Hause und sieh zu, daß du zur Vernunft kommst. Und wenn es soweit ist, ruf mich an.« In gewisser Weise nötigte ihm Elizabeths beherrschte Reaktion Respekt ab. Aber zugleich ängstigte sie ihn. Während er mit verzweifeltem Ausdruck den Wagen startete, beobachtete Elizabeth ihn genau. »Willst du mir wegen letzter Nacht etwas beichten? Warum wendest du dich nicht an einen Priester und läßt dir die Absolution erteilen? Dann könnten wir unser Leben weiterführen wie normale Menschen.«

»Das hat damit nichts zu tun.«

»Ich denke schon, und ich glaube, das weißt du sehr gut. Weißt du was, Spencer?« Sie steckte sich noch eine Zigarette an und sah aus dem Fenster. »Ich möchte nichts mehr davon hören. Meinetwegen kannst du deine *crise de conscience*, wie es die Franzosen nennen, allein durchmachen. Ich will nicht, daß du unser gemeinsames Leben zerstörst.«

»Unser Leben würde durch eine Ehe zerstört werden. Glaube mir, ich weiß, wovon ich spreche.« Das hörte sich sehr ernst an, aber noch immer war Elizabeth nicht überzeugt.

»Ein Seitensprung ist kein ausreichender Grund für eine Trennung, egal, was das Gesetz sagt. Falls es sich also darum handelt, daß du mit deinen Freunden gestern über die Stränge geschlagen hast, dann verschon mich mit unerquicklichen Geständnissen. Mach es wie jeder andere normale und anständige Mann mit Selbstachtung – warte, bis du wieder nüchtern bist, kauf mir ein hübsches Schmuckstück und hör mit dem Gejammer auf.« Spencer drehte sich mit dem Ausdruck totaler Verblüffung zu ihr um.

»Ist das dein Ernst?«

»Nicht ganz. Aber zum großen Teil. Wir sind noch nicht mal verheiratet. Wenn du jetzt gelegentlich verrückt spielst, werde ich Verständnis zeigen. Sind wir erst verheiratet, könnte es sein, daß ich weniger gutmütig reagiere.«

»Ich will es mir notieren.« Ein wirklich außergewöhnliches Mädchen. Und plötzlich tat er so, als würde er noch immer Elizabeth und nicht Crystal heiraten wollen. »Du bist wirklich ungewöhnlich aufgeschlossen.«

»Darum geht es doch eigentlich, oder?«

»Nicht unbedingt.« Noch immer widerstrebte es ihm, ihr von Crystal zu erzählen. Es ging sie nichts an. Indem sie die Sache als schnelle Nummer für eine Nacht einstufte und gewillt war, sich damit abzufinden, würdigte sie alles herab. Diese Einstellung erschwerte das Gespräch. »Ich bin der Meinung, es hat mehr mit unseren unterschiedlichen Ansichten über das Leben zu tun. In mancher Hinsicht erwarte ich mehr vom Leben als du, in anderer erwartest du mehr, als ich je möchte. Daraus wird keine im Himmel geschlossene Ehe.«

»Die gibt es gar nicht.« Sie fuhren wieder auf dem Highway dahin, und Elizabeth schmiegte sich an ihn.

»Das stimmt nicht. Ich glaube, daß es sie gibt.«

»Du bist verrückt.« Sie faßte mit ihrer Hand zwischen seine Beine. Spencer erschrak so sehr, daß er das Steuer verriß, und der Wagen schleuderte.

»Elizabeth, laß das!«

»Warum denn? Sonst bist du nicht so abweisend«, sagte sie lachend – offensichtlich noch immer nicht gewillt, ihn ernst zu nehmen.

»Hast du mir nicht zugehört?«

»Ich habe alles gehört und halte es offen gesagt für ausgesprochenen Mist.« Wieder küßte sie ihn auf den Hals. Unwillkürlich erwachte in ihm unbezähmbare Leidenschaft. Er verspürte den irren Drang, sie zu lieben, nur um sie zu überzeugen. Aber wovon? Daß alles aus war? Warum wollte sie ihm nicht glauben? Was wußte sie, wovon er keine Ahnung hatte? Elizabeth verfügte über viel Willensstärke und Eigensinn.

»Es ist kein Unsinn. Ich meine alles ganz ernst.«

»Ja, im Moment vielleicht. Aber schon morgen dürfte dir alles ganz schön peinlich sein. Diese Verlegenheit erspare ich dir, indem ich kein Wort glaube. Na, ist das nicht richtig kameradschaftlich?«

Wieder fuhr er an den Straßenrand, um sie anzusehen, mußte

aber über sich lachen. Er hatte doch tatsächlich geglaubt, sie würde verzweifelt reagieren. Statt dessen zeigte sie sich von seiner Eröffnung und seinen Argumenten gänzlich ungerührt. Und was das Schlimmste war: Irgendwie imponierte ihm diese Haltung.

»Du bist viel verrückter als ich.«

»Danke.« Damit beugte sie sich zu ihm hin und drückte ihm einen festen Kuß auf den Mund. Ihre Zunge drängte sich zwischen seine Lippen, während sie gleichzeitig den Reißverschluß seiner Hose aufzog. Spencer versuchte auszuweichen, aber irgendwie wollte er es selbst.

»Elizabeth, nicht...« Sie küßte und liebkoste ihn, so daß er ihr nicht länger widerstehen konnte, auch nicht unter diesen eher peinlichen Umständen. Und im nächsten Moment lagen sie übereinander auf dem Sitz und kämpften sich unter ihren Mänteln hervor. Elizabeths Rock glitt über ihre Schenkel hoch, und die beschlagenen Scheiben waren Gradmesser ihrer Leidenschaft. Der Akt war kurz und wild, und Spencer verlor völlig die Beherrschung. Als sie sich anschließend wieder zurechtmachten, erfüllte ihn tiefe Niedergeschlagenheit. Elizabeth hingegen war bester Stimmung.

»Das war einfach lächerlich.« Ich benehme mich verrückt, schalt er sich. Womöglich handelte es sich um die Vorboten eines echten Nervenzusammenbruches.

»Ach, ich fand es riesig nett. Tu nicht so erhaben.« Während der gesamten Fahrt zum College war sie bester Laune. Dort angekommen, küßte sie den widerstrebenden Spencer auf den Mund und versprach, sich am nächsten Wochenende in New York ernsthaft mit ihm auseinanderzusetzen.

Anstatt Erleichterung, Reue oder Bedauern zu spüren, kam Spencer sich auf der Fahrt nach New York wie ein ausgemachter Idiot vor. Erst in der Nacht, als er im Bett an Crystal dachte, ging ihm auf, wie verfahren die Sache mit Elizabeth in Wirklichkeit war. Nachdem sie ihn endlich dazu gebracht hatte, ihr einen Heiratsantrag zu machen, war sie nun nicht gewillt, eine Zurückweisung hinzunehmen. Dabei wünschte er sich nichts sehnlicher, als nach Kalifornien zu flüchten und mit einer anderen Frau durchzubrennen. Diese Situation hätte in eine komische Oper gepaßt, nur war es ihm verdammt ernst. Er war sogar versucht, seinen Vater anzurufen und sich mit ihm auszusprechen. Doch der alte Herr hätte ihn nur für übergeschnappt gehalten. Und im Moment war Spencer nicht sicher, ob er noch bei Verstand war.

Am nächsten Morgen erwog er, Crystal bei Mrs. Castagna anzurufen, aber er konnte ihr noch nichts Definitives sagen. Sie wußte ja nicht einmal, daß er verlobt war. Plötzlich hatte er das Gefühl, daß er erst mit ihr sprechen durfte, wenn er sich endgültig von Elizabeth getrennt hatte. Er hätte sich ohrfeigen können, weil er auf dem Weg zum College seiner Leidenschaft nachgegeben hatte. Jetzt fehlte nur, daß Elizabeth schwanger wurde. Dann wäre das Chaos perfekt gewesen. Aus Erfahrung wußte er jedoch, daß sie sich nur zur Liebe hinreißen ließ, wenn sie sicher sein konnte, daß keine Gefahr drohte. Aber auch ohne diese zusätzliche Komplikation steckte Spencer in einem unerträglichen Dilemma. Die ganze darauffolgende Woche konnte er weder essen noch schlafen und war bei seiner Arbeit unkonzentriert. Er konnte nur an Crystal und an seinen erfolglosen Versuch, die Verlobung zu lösen, denken. Ab und zu verfiel er ins Grübeln und überlegte, ob Elizabeth nicht doch recht hatte: Sie kamen prächtig miteinander aus – im Bett und außerhalb. Sie war klug, sie fanden Gefallen aneinander... aber Crystal war so unendlich viel mehr... zumindest bildete er es sich ein, obwohl er sich eingestehen mußte, daß er sie kaum kannte. Kurz vor dem Wochenende konnte er kaum noch einen klaren Gedanken fassen. Spencer hatte alles so oft, so gründlich und sorgfältig erwogen, daß für ihn nichts mehr einen Sinn ergab. Er wußte nur, daß er schon seit Jahren von romantischen Träumen heimgesucht wurde, in denen Crystal die Hauptrolle spielte und die in scharfem Gegensatz zu der Frau standen, mit der er noch verlobt war.

Die ganze Woche über machte Spencer einen so erbärmlichen Eindruck, daß einer seiner Kollegen im Büro eine Bemerkung fallenließ.

»Das muß ja ein turbulentes Wochenende gewesen sein.« Spencer quittierte die Worte mit einem Lächeln. Aber am nächsten Tag, als die beiden zusammen Squash spielten, war er so unkonzentriert, daß er beide Spiele verlor, und bei den anschließenden Drinks wirkte er ziemlich niedergeschlagen. Er spürte, daß er unbedingt jemandem sein Herz ausschütten mußte. George Montgomery, der erst seit kurzem in der Kanzlei arbeitete, war in Spencers Alter und hatte als Neffe von Brewster Vincent, einem der Seniorpartner der Kanzlei, eine große Zukunft vor sich.

George spürte, wie verzweifelt Spencer war. »Los, sag schon, was an dir nagt.«

»Ich glaube, ich bin total verrückt.«

»Vermutlich hast du recht, aber wer ist das nicht?« George bestellte für jeden ein Bier. »Liegt ein besonderer Grund vor, daß dir das gerade jetzt aufgefallen ist?«

Spencer wußte nicht, wie er es formulieren sollte. Wie konnte er George die Sache mit Crystal auch nur andeutungsweise erklären? »Am Wochenende habe ich jemanden getroffen, den ich von früher her kenne.«

George nahm sofort die richtige Witterung auf, als er Spencers Miene sah. »Eine Frau?«

Sein Gegenüber nickte jämmerlich. »Ich habe sie seit Jahren nicht mehr gesehen und schon geglaubt, ich hätte sie vergessen... Und plötzlich... o Gott, ich weiß gar nicht, wie ich es erklären soll...«

»Du bist mit ihr im Bett gelandet«, half George mit einem Grinsen aus. Zwei Tage vor seiner eigenen Hochzeit war ihm ähnliches passiert. »Keine Sorge, du leidest nur an Torschlußpanik. Das gibt sich wieder.«

»Und wenn nicht? Was dann? Außerdem – nur der Genauigkeit halber –, ich habe nicht mit ihr geschlafen.« Das sagte er mehr, um ihren Ruf zu retten als seinen, so als ob das eine Rolle gespielt hätte – George kannte sie ja gar nicht.

»Dann mein herzliches Beileid. Keine Angst, Spencer, du wirst sie vergessen. Elizabeth ist ein großartiges Mädchen. Du könntest es schlechter treffen, als in die Familie Barclay einzuheiraten.« Dachten denn alle nur daran, was es bedeutete, den alten Barclay zum Schwiegervater zu bekommen?

»Ich habe Elizabeth gesagt, daß ich die Verlobung lösen möchte.« Spencers Blick verriet George, daß es ihm ernst war.

George setzte das Glas ab und stieß einen Pfiff aus. »Du hast recht... du spinnst total. Und was hat sie gesagt?«

Spencer schüttelte den Kopf. »Sie will nichts davon hören. Auch sie glaubt, ich hätte nur kalte Füße bekommen. Sie hat gesagt, ich soll mit dem wehleidigen Getue aufhören.« An sich mangelte es der Sache nicht an Komik, aber Spencer war nicht zum Lachen zumute.

»Na, das nenne ich aber richtig sportlich. Weiß sie von der anderen?«

Wieder schüttelte Spencer den Kopf. »Das habe ich lieber verschwiegen. Aber sie hat so ihre Ahnungen. Wie ernst es ist, kann sie natürlich nicht wissen.«

George sah ihn eindringlich an. »Es ist nicht ernst.«

»Doch, ich liebe sie... die andere, meine ich.«

»Dafür ist es zu spät. Denk an das Spektakel, das es geben wird, wenn du die Verlobung löst.«

»Und wenn nicht? Soll ich mein Leben lang an eine andere denken?«

»Das wirst du schon nicht. Du wirst sie vergessen.« George verfügte über eine Sicherheit, die Spencer fehlte. »Du mußt.«

»Andere Leute lösen auch Verlobungen.« Spencer wirkte richtig aufgewühlt, und was das Schlimmste war – er hatte seit Tagen nicht geschlafen, was seine niedergeschlagene Stimmung noch vertiefte.

»Man löst nicht die Verlobung mit Richter Barclays Tochter«, behauptete George mit großer Bestimmtheit – eine Haltung, die Spencer erbitterte. Alle waren so verdammt beeindruckt von Elizabeths Familie. Spencer selbst war dieser Umstand nie wichtig erschienen. Er hatte ihr einen Antrag gemacht, weil er sie irgendwie gern hatte.

»Warum ist das alles so wichtig, George? Was macht es schon aus, wer ihr Vater ist?«

»Du machst mir Spaß! Man heiratet mit Elizabeth nicht irgendein Mädchen, man heiratet einen ganzen Lebensstil, einen Namen, eine angesehene Familie. Man bricht nicht in ein Leben wie ihres einfach ein und stiehlt sich dann wieder davon. Irgendwie würden es die Barclays dir heimzahlen. Aber auch wenn sie es nicht tun, ist dein Name von hier bis zur Westküste ein für allemal erledigt.«

Spencer dachte an seine Eltern und ihre Enttäuschung. Aber er konnte Elizabeth nicht heiraten, nur um ihnen eine Freude zu machen.

»Wenn es sein müßte, könnte ich damit leben.« Konnte er das wirklich? Und was, wenn Crystal auch nicht die Richtige war? Wenn alles nur jugendliche Verblendung war? Er kannte sie ja kaum. »Wichtig ist nur, ob ich Elizabeth liebe oder nicht. Und ehrlich gesagt, George, ich weiß es nicht. Wie kann ich sie lieben, wenn ich leidenschaftlich in eine andere verliebt bin?«

»Ich glaube, du solltest die andere vergessen und wieder Vernunft annehmen. Komm, ich lade dich zum Essen ein. Gönn dir ein paar anständige Drinks, geh zu Bett und sprich mit Elizabeth kein Wort mehr über die Sache. In ein paar Tagen wirst du dich besser fühlen. Wahrscheinlich hat deine Verlobte recht... Torschlußpanik, sonst gar nichts. Das passiert fast jedem.« Spencer war da nicht so überzeugt. Aber zumindest schlief er friedlich in dieser Nacht, und am Morgen las er die Ankündigung seiner Verlobung in der New York Times. Das hübsche Foto von Elizabeth war bei der Amtseinführung ihres Vaters aufgenommen worden. Damit war die ganze Sache publik geworden, und auf dem Weg ins Büro fragte er sich, ob George mit seinem Ratschlag recht gehabt hatte und alles ausgestanden war, wenn ihm gelang, sich Crystal ein für allemal aus dem Kopf zu schlagen. Aber wie sollte er es Crystal sagen? Sollte er behaupten, er habe sich geirrt und liebe sie doch nicht? Daß er eine andere heiraten müsse? Und was sollte aus Crystal werden? Sie brauchte ihn. Es war so schrecklich unfair, und der Gedanke, sie aufgeben zu müssen, zerriß ihm fast das Herz.

Eine Aussprache blieb ihm erspart, denn Crystal las die Verlobungsanzeige in der Zeitung. An diese Möglichkeit hatte Spencer in seiner Seelenqual gar nicht gedacht. Crystal saß mit dem übrigen Personal von »Harry's« beim Abendessen, als Pearl ihr ganz aufgeregt den *Chronicle* reichte. Pearls Erstaunen wurde jedoch bei weitem von dem Crystals übertroffen, als ihr Spencers Gesicht aus der Zeitung entgegenlächelte.

»Waren die nicht unlängst bei uns? Wenn ich nicht irre, habe ich an ihrem Tisch bedient.« Pearl versuchte sich zu erinnern. Presseberichte über Prominente waren für sie eine faszinierende Lektüre. »Ja, ich glaube, es war am Samstag. Sie war irgendwie affektiert, dafür war er um so netter – übrigens war er ganz verrückt nach dir, Crystal. Du hättest sein Gesicht während deines Auftritts sehen sollen.«

Crystal bekam eiskalte Hände. Mit zitternden Fingern gab sie die Zeitung zurück. Ihr reichte, was sie gelesen hatte.

Fassungslos starrte Crystal auf ihren Teller. Von einer Verlobung hatte Spencer kein Wort gesagt. Er hatte ihr nur mehrfach versichert, daß er sie liebe und daß er nach Kalifornien zurückkommen würde. Er hatte sie angelogen. Wenn sie daran dachte, was er alles gesagt hatte, und vor allem, wie, dann tat ihr das Herz weh. Sie hatte ihm rückhaltlos geglaubt.

»Hast du schon mal von ihm gehört?« fragte Pearl, während sie an einem Bissen kaute. In letzter Zeit war sie ein wenig füllig geworden.

»Nein.« Crystal schüttelte den Kopf und machte sich über ihr

Essen her. Ihr Teller war noch fast unangetastet, aber der Hunger war ihr vergangen. An jenem Abend sang sie sich die Seele aus dem Leib, krampfhaft bemüht, nicht an Spencer zu denken – allein umsonst.

Als er sie zwei Tage später anrief, hätte sie den Anruf um ein Haar nicht entgegengenommen, aber Mrs. Castagna drängte sie. »Ein Ferngespräch!« rief sie höchst beeindruckt, und Crystal übernahm den Hörer.

»Ja?« Spencers Stimme. Sie schloß die Augen und schwieg. Erst als er besorgt und ziemlich beklommen noch einmal ihren Namen nannte, hauchte sie: »Ja?«

»Hier Spencer.«

»Herzlichen Glückwunsch«, hörte er sie sagen, und sein Herz drohte auszusetzen. Spencer wußte sofort, worauf sie anspielte. Er hatte es ihr selbst sagen wollen, und jetzt war es zu spät. Sie wußte es bereits.

»Ich bin mit der Absicht, die Verlobung zu lösen, nach New York geflogen, das schwöre ich dir. Gleich nach der Ankunft habe ich mit Elizabeth gesprochen.«

»Und? Seid ihr beide zu der Einsicht gelangt, daß alles nicht so ernst gemeint war?«

»Nein, so war es nicht... Es... ach, ich weiß nicht, wie ich es dir erklären soll.«

»Du mußt mir gar nichts erklären.« Wie gern hätte sie Wut empfunden, und irgendwie war sie auch zornig, aber während sie ihm zuhörte, spürte sie eigentlich nur große Traurigkeit. Sie hatte so viele Menschen verloren, die sie liebte, und das war nun ein Verlust mehr. Spencer war für immer aus ihrem Leben entschwunden. Wie alle anderen. Dabei hätte diesmal alles anders sein können. »Spencer, du bist mir nichts schuldig.«

»Darum geht es nicht... Crystal, ich liebe dich...« Angesichts der Verlobungsanzeige war das das denkbar Dümmste, was er sagen konnte. »Ich möchte die Dinge nicht noch komplizierter machen. Das sollst du wissen. Vielleicht liegen unsere Lebensbahnen zu weit auseinander. Wir hatten nie die Chance, uns näher kennenzulernen.« Eine klägliche Ausflucht. In Wahrheit spürte er instinktiv, wie gut sie miteinander auskommen würden, wie ideal sie zusammenpaßten. Aber er hatte sich für die kühle Realität und nicht für seinen Traum entschieden. »Seit meiner Rückkehr ist alles so schwierig geworden.« Damals war sie ihm völlig unwirklich vorgekommen, nun aber, während er mit ihr sprach, sehnte er sich leidenschaftlich danach, sie in den Armen zu halten und ihre Nähe zu spüren.

Am anderen Ende der Leitung weinte Crystal lautlos, während sie seine Erklärungsversuche hörte. Sie wollte ihn hassen und konnte es doch nicht. »Sie muß eine ganz besondere Frau sein«, sagte sie.

Er zögerte kurz, da es ihn drängte, ihr zu gestehen, daß Crystal ihm viel mehr bedeutete als Elizabeth, auch wenn er sie nicht besitzen durfte. »Mit ihr ist es so ganz anders als das, was zwischen uns beiden ist. Es fehlt jeglicher Zauber.«

»Warum tust du es dann?« Sie verstand es nicht. Es war zu verwirrend.

»Ehrlich gesagt, ich weiß es selbst nicht. Vielleicht weil es einfach zu kompliziert ist, es nicht zu tun.«

»Das ist doch kein Grund für eine Ehe.« Das war ihm selbst klar, und es gab wenig, was er darauf hätte antworten können.

»Ich weiß... hör zu, es klingt verrückt, aber ich möchte dir schreiben... nur, um zu erfahren, wie es dir geht... oder kann ich dich anrufen?« Der Gedanke, sie erneut aus den Augen zu verlieren, war ihm unerträglich. Nein, nicht wieder. Er mußte unbedingt wissen, ob es ihr gutging, und er wollte zur Stelle sein, wenn sie ihn brauchte.

Crystal aber wollte das nicht zulassen. Sie schüttelte den Kopf, während ihr Tränen über die Wangen liefen. »Nein... du bist bald verheiratet... und zwischen uns war ja nichts... nur ein Traum. Ich möchte nichts mehr von dir hören. Es würde mir immer nur in Erinnerung rufen, was wir nie hatten.«

Spencer schnürte es das Herz ab. »Wirst du mich anrufen, falls du etwas brauchst?«

»Was sollte ich brauchen?« Sie lächelte unter Tränen. »Etwa einen Filmvertrag mit Hollywood? Kannst du mir einen besorgen?«

»Aber sicher...« Auch er lächelte unter Tränen. »Für dich besorge ich alles.« Alles, bis auf das eine, das sie beide sich aus ganzem Herzen wünschten. Er selbst hatte alles zerstört. »Wer weiß, vielleicht wird mir dein Name bald schon ganz groß in Leuchtschrift entgegenstrahlen. Oder ich werde deine erste Platte in den Auslagen der Musikgeschäfte sehen.« Das war sein voller Ernst.

»Ja, vielleicht... eines schönen Tages.« Doch daran dachte Crystal jetzt nicht. Ihre Gedanken galten allein ihm und wie sehr er ihr fehlen würde. »Ich finde es schön, daß es dieses Wiedersehen gegeben hat... trotz allem... es hat sich gelohnt.« Auch wenn es nur ein paar Tage voller Träume gewesen waren. Sie hatte ihn wenigstens gesehen, in den Armen gehalten und berührt. Und er hatte ihr gesagt, daß er sie liebte.

Crystal ließ ihren Tränen freien Lauf, während sie darum kämpfte, Stärke zu beweisen, doch es tat so unendlich weh, ihm für immer Lebwohl sagen zu müssen. »Hoffentlich wirst du glücklich mit ihr.«

»Ja, hoffentlich!« Sehr überzeugt klang das nicht. »Versprich mir, daß du mich anrufst, falls du mich brauchen solltest. Ganz im Ernst, Crystal.« Er wußte, daß sie außer den Websters niemanden mehr hatte, und Hiroko und Boyd hätten ihr im Ernstfall nicht viel helfen können.

»Ach, mir wird schon nichts passieren.« Lächelnd schluckte sie die Tränen hinunter. »Ich halte viel aus, wie du weißt.«

»Ja, ich weiß. Lebwohl, Crystal, ich liebe dich.« In seinen Augen standen Tränen. Ihre geflüsterten Worte konnte er kaum verstehen.

»Ich liebe dich auch, Spencer...« Die Verbindung brach ab, Crystal war fort – für immer.

Ein einziges Mal schrieb er ihr noch, um sie wissen zu lassen, wie leid ihm alles tat und wieviel sie ihm bedeutet hatte. Es fiel ihm schwer, dies alles in Worte zu fassen. Der Brief kam ungeöffnet zurück. Er wußte nicht, ob sie umgezogen war, hielt dies aber eher für unwahrscheinlich. Sie war nur klug genug, nicht wieder eine Sache anzufangen, die keiner von ihnen zu einem Ende bringen konnte. Und sie wußte, daß sie ihn endgültig vergessen mußte. Leicht fiel es ihr nicht. Es war sogar das Schwerste, das sie je in ihrem Leben zu bewältigen gehabt hatte, das Verlassen der Ranch und ihrer Heimat ausgenommen. Crystal zwang sich mit aller Kraft, Spencer zu vergessen, und sie wollte auch die Songs nicht mehr singen, die sie an jenem Abend vorgetragen hatte, als er gekommen war. Alles erinnerte sie an Spencer, jeder Morgen, jeder Tag, jede Nacht, jedes Lied, jeder Sonnenuntergang. Jeden wachen Augenblick dachte sie an ihn. In den vergangenen Jahren waren ihre Träume das einzige gewesen, was sie besessen hatte, und jetzt besaß sie gerade soviel mehr, daß es unerträglich schmerzlich wurde. Sie kannte den genauen Farbton seiner Augen, den Duft seines Haares, das Gefühl seiner Lippen, die Berührung seiner Hände, den Klang seiner Stimme, wenn er ihr Zärtlichkeiten zuflüsterte. Und auf einmal mußte sie dies alles wieder aus ihrem Bewußtsein streichen. Ihr ganzes Leben lag vor ihr, und sie hatte niemanden, den sie lieben konnte. Aber sie besaß das, was Gott ihr mitgegeben hatte, wie Mrs. Castagna ihr regelmäßig vorhielt, und sie hatte Pearl, die sie immer wieder erinnerte, daß Hollywood auf sie wartete. Ohne Spencer freilich erschien ihr das alles nicht mehr so wichtig.

22. Kapitel

Bei Spencer glätteten sich schließlich die Wogen des inneren Aufruhrs. Zwar dachte er noch immer oft an Crystal, aber er war entschlossen, aus seiner Verbindung mit Elizabeth etwas Ehrliches und Anständiges zu machen. Als er über Weihnachten mit ihr nach Palm Beach fuhr, hatte er wieder Tritt gefaßt. Mehrfach erwog er noch, Crystal zu schreiben, unterließ es dann aber. Er wußte, daß sie in Ruhe gelassen werden wollte, zudem waren seine Schuldgefühle zu drückend. Elizabeth übersah dies alles wie einen Fauxpas, dessen Erwähnung unter ihrer Würde war.

Trotz allem wurde es ein wunderschönes Weihnachtsfest. Erholt und sonnengebräunt kehrte er aus Florida zurück. Bis zur Hochzeit war es nur mehr ein halbes Jahr.

Elizabeth hielt ihn ständig mit Partys in New York und Ausflügen nach Washington zu ihren Eltern in Trab. Im Frühjahr hatte er kaum Zeit, wurde aber dennoch immer wieder von quälenden Gedanken heimgesucht, die Crystal galten. Er tat sein Bestes, um ihnen auszuweichen. Es hatte keinen Sinn, völlig den Verstand zu verlieren, und er stand im Begriff, das Richtige zu tun. Wenigstens redete er sich das tagtäglich ein.

Anfang Mai fuhr Mrs. Barclay nach San Francisco, um die letzten Vorbereitungen für die Feier selbst in die Hand zu nehmen. Die Trauung sollte auf Elizabeths Wunsch hin in der Grace Cathedral stattfinden, der anschließende Empfang im St. Francis Hotel. Eigentlich hatte sie den Empfang in ihrem Elternhaus geplant, da aber siebenhundert Personen geladen waren, mußte man in ein Hotel ausweichen. Elizabeth sollte ein Dutzend Brautjungfern haben, für die eine entsprechende Zahl von Brautführern vorgesehen war. Es würde eine jener glanzvollen Hochzeiten werden, wie Spencer sie sonst nur aus Presseberichten kannte.

Im Juni, einen Tag nach Semesterende, flog Spencer mit Elizabeth nach San Francisco. Es war das Ende ihres dritten College-Jahres. Nach der Heirat wollte Elizabeth ihren Abschluß machen und im Herbst an die Columbia wechseln. Es war die einzige Bedingung, die ihr Vater an seine Einwilligung zur Ehe geknüpft hatte. Er wollte, daß Elizabeth ihre Ausbildung abschloß. Für Elizabeth hingegen war das Eheleben wichtiger. Schon auf dem Flug waren sie bester Laune. Spencer wußte, daß in Kalifornien eine Party die andere jagen würde. Die Hochzeit war erst für den siebzehnten Juni angesetzt, also blieb ihnen noch eine Woche Zeit. Für die Flitterwochen war ein Urlaub auf Hawaii geplant, und Elizabeth konnte es kaum erwarten. In der Woche zuvor hatte sie hochtrabend erklärt, sie wolle Spencer vor der Hochzeit »auf Entzug« setzen. Spencer neckte sie während des Fluges deswegen und erklärte ihr, daß er dann für sein Verhalten keine Verantwortung übernehmen könne. Die Möglichkeiten für Heimlichkeiten waren in San Francisco allerdings ohnehin sehr beschränkt, da Elizabeths Vater für ihn ein Zimmer im Bohemian Club reserviert hatte. Dort sollten auch die von auswärts kommenden Brautführer wohnen, unter ihnen auch George aus Spencers Büro. Spencer erinnerte sich an Georges Überzeugung, daß er das Richtige tat, und jetzt war er selbst dieser Ansicht – bis zur Landung in San Francisco.

Plötzlich dachte er nur mehr an Crystal, und verzweifelt wünschte er sich, sie wiederzusehen. Er trank mehr als sonst und verlor diesmal kein Wort über die Sache und zwang sich, sein Verlangen zu unterdrücken. Es wäre Elizabeth gegenüber zu grausam gewesen. Deshalb stürzte er sich auch Hals über Kopf in die Vorbereitungen und suchte Vergessen bei den aufwendigen Gesellschaften, die dem jungen Paar zu Ehren gegeben wurden.

Die Barclays veranstalteten am Tag vor der Hochzeit im Pacific Union Club einen großen Empfang mit anschließendem Dinner für die Hochzeitsgäste. Elizabeth sah strahlend aus wie immer. Nie hatte sie schöner ausgesehen. Sie glänzte in ihrem pinkfarbenen Abendkleid, und der französische Nackenknoten, zu dem sie ihr nun etwas längeres Haar geschlungen hatte, brachte die prachtvollen Diamantohrgehänge, ein Hochzeitsgeschenk ihrer Eltern, fabelhaft zur Geltung. Spencer hatte von den Barclays eine Patek-Philippe-Uhr und ein mit Saphiren und Diamanten eingelegtes Zigarettenetui aus Platin bekommen. Sein Geschenk an Elizabeths Eltern war ein Goldetui mit dem eingravierten Vers eines Gedichtes, das Richter Barclay sehr schätzte, wie Spencer wußte. Elizabeth bekam von ihm ein Rubinhalsband mit passenden Ohrgehängen – Schmuckstücke, deren Abzahlung sich über Jahre ziehen würde. Er wußte inzwischen, wie sehr sie Rubine liebte und daß sie nur das Feinste gewöhnt war. Und als er ihr an jenem Abend im Pacific Union Club zulächelte, wußte er, daß sie es verdiente.

Die Trauung fand am nächsten Tag um zwölf statt. Vom Bohemian Club aus setzte sich ein ganzer Limousinenkonvoi in Bewegung, der die Brautführer zur Kirche brachte. Die Braut würde im Rolls Royce ihres Großvaters vorfahren, einem betagten Auto, das sich noch in tadellosem Zustand befand und von den Barclays nur für formelle Anlässe benutzt wurde. Elizabeth strahlte, als der Butler und zwei Hausmädchen ihr halfen, die fünf Meter lange Schleppe sorgsam im Wagen zu drapieren, während ihr Vater sich stumm vor Bewunderung an ihr nicht satt sehen konnte. Der hauchdünne französische Schleier, der sie nebelfein umfloß, war an einem mit winzigen Perlen besetzten Spitzenkrönchen befestigt, in das ihr elegantes kleines Diadem geschickt eingebettet worden war. Das hochgeschlossene Spitzenkleid zeichnete ihre schlanke Gestalt vollendet nach. Es war ein traumhaftes Kleid, und auf der Fahrt zur Kathedrale drehten sich die Kinder auf der Straße nach ihnen um und zeigten mit dem Finger auf die Braut. Elizabeth sah wunderschön aus, und ihr Vater mußte gegen seine Rührung ankämpfen, als sie unter den Klängen des Hochzeitsmarsches aus Lohengrin, den ein Kinderchor wie mit Engelsstimmen sang, zum Altar schritten.

Klopfenden Herzens blickte Spencer seiner Braut entgegen.

Dies war der entscheidende Augenblick. Es war soweit. Und als er ihr Lächeln durch den Schleier sah, wußte er, daß seine Entscheidung richtig gewesen war. Sie sah einfach zauberhaft aus. Wenige Augenblicke noch, und sie würde seine Frau sein – für immer.

Nach der Trauung gingen sie strahlend den Mittelgang entlang, gefolgt von den Brautjungfern und den Brautführern. Anschließend folgte ein endloses Händeschütteln. Um halb zwei trafen sie endlich im St. Francis ein, wo sie schon von der Presse erwartet wurden. Es war die größte Hochzeit, die San Francisco seit Jahren erlebt hatte. Vor dem Hotel drängten sich die Schaulustigen, um sich die Auffahrt der Limousinen nicht entgehen zu lassen. Keine Frage, Elizabeth kam aus einer der angesehensten Familien der Stadt. Im Hotel folgte dann ein Nachmittag, an dem reichlich gegessen, getrunken und getanzt wurde. Spencer wurde den Eindruck nicht los, auf einen politischen Empfang geraten zu sein, so viele Gäste aus Washington und New York hatten sich eingefunden. Einige hohe Richter waren anwesend sowie die einflußreichsten Demokraten der Westküste. Von Präsident Truman persönlich traf ein Glückwunschtelegramm ein.

Um sechs Uhr stahl sich das junge Paar davon, um sich umzuziehen. Elizabeth mußte sich nun von dem Kleid trennen, das sie niemals wieder tragen würde. Ein wenig traurig sah sie es an und dachte an die endlosen Anproben. Wieviel Mühe man sich mit allen Details gemacht hatte, und jetzt mußte sie es gut aufbewahren, für ihre Töchter ... In einem weißen Seidenkostüm, das von einem Chanel-Hütchen komplettiert wurde, kam sie wieder zu den Gästen, die über das junge Paar beim Verlassen des Hotels Rosenblätter regnen ließen. Die Fahrt zum Flughafen legten sie im alten Rolls zurück. Da die Maschine nach Hawaii erst um acht Uhr starten sollte, nutzten sie die Zeit für einen Drink im Restaurant. Elizabeth schenkte ihrem Mann ein triumphierendes Siegerlächeln.

»Na, mein Lieber, geschafft«, flüsterte sie ihm zu.

»Es war wunderschön, mein Schatz.« Er beugte sich zu ihr und küßte sie. »Nie werde ich vergessen, wie zauberhaft du im Brautkleid ausgesehen hast.«

»Ich habe es sehr ungern ausgezogen. Eigenartig... nach all der Aufregung und Mühe, die es gemacht hat, soll ich es nie wieder tragen.« Sie schwelgte in zärtlichen und wehmütigen Gefühlen und schlief in der Maschine prompt ein, den Kopf an seine Schulter gelehnt. Spencer lächelte beglückt und von der Überzeugung erfüllt, daß er sie liebte. Nach den Flitterwochen in Hawaii war eine Woche am Lake Tahoe eingeplant, wo sie Elizabeths Eltern Gesellschaft leisten sollten, bevor ihr Vater wieder nach Washington ging. Anschließend mußten sie in New York eine Wohnung suchen. Bis sie etwas Passendes gefunden hatten, wollte Elizabeth zu Spencer in sein kleines Appartement ziehen. Sie träumte von einer Wohnung an der Park Avenue, die er sich von seinem Gehalt nicht leisten konnte, deshalb bestand sie darauf, etwas zur Miete beizutragen. Sie war mit einundzwanzig Jahren in den Genuß eines Trust-Fonds gelangt, der ihr dies ermöglichte. Spencer freilich war es unangenehm, daß sie sich an den Unkosten beteiligen wollte. In diesem Punkt waren sie sich noch nicht einig, deshalb war es einfacher, wenn sie zu ihm zog, bis alles geregelt war.

Während Elizabeth schlief und die Maschine stetig Kurs auf Hawaii hielt, wußte er, daß alles gut und klaglos ablaufen würde. Sie stiegen in Waikiki im Halekulani ab und brachten die Tage, die wie im Flug zu vergehen schienen, damit zu, am Strand zu liegen oder sich auf ihrem Zimmer zu lieben. Elizabeths Vater rief einmal an, um zu fragen, wie es ihnen ging – trotz heftiger Proteste von seiten seiner Frau, die der Meinung war, man solle die Jungvermählten in Ruhe lassen. Aber er wollte unbedingt wissen, ob es ihnen gutging, und konnte es kaum erwarten, sie am Lake Tahoe wiederzusehen.

Am dreiundzwanzigsten Juni trafen sie glückstrahlend und sonnengebräunt wieder in San Francisco ein. Es war der Tag, an dem Pearl Crystal die Zeitungsfotos von der Hochzeit zeigte. Sie hatte ihr den Artikel schon lange zu lesen geben wollen. Elizabeths Traumkleid mit der überlangen Schleppe wurde darin eingehend beschrieben, und Crystal spürte, wie sich ihr Herz zusammenkrampfte, als sie die Einzelheiten las. Ihr Blick war lange unverwandt auf Spencers Bild gerichtet. Auf Spencer, wie er lächelnd die Hand seiner Braut hielt.

»Ein fabelhaftes Paar, findest du nicht?«

Crystal gab keine Antwort. Sie faltete die Zeitung und gab sie zurück, krampfhaft bemüht zu vergessen, daß sie Spencer noch immer liebte. Es war für sie ein trauriger Tag, an dem sie schon früh am Abend nach Hause ging. Da sie elend aussah, schwindelte sie Harry vor, an Kopfschmerzen zu leiden. Die Show-Einlagen waren ausreichend besetzt, und viele Gäste waren im Sommer ohnehin nicht da. »Harry's« hatte sich zu einem sehr beliebten Nachtclub entwickelt – ein Aufstieg, den das Lokal größtenteils Crystals wachsender Popularität zu verdanken hatte.

Während sie an diesem Abend im Bett lag und die Zeitungsfotos zu vergessen suchte, saßen Elizabeth und Spencer ruhig am Seeufer und redeten miteinander. Es war schon spät, ihre Eltern waren bereits zu Bett gegangen, aber es gab noch so viel zu besprechen. Vor allem bewegte sie das, was Elizabeths Vater von den Prozessen gegen antiamerikanische Umtriebe erzählt hatte, die McCarthy veranstaltete. Spencer hatte sich sehr erregt und Richter Barclay vorgehalten, daß seiner Meinung nach viele der erhobenen Anschuldigungen ungerechtfertigt und unfair waren. Elizabeth zog ihn deshalb auf und bezeichnete ihn als Idealisten und Träumer.

»Elizabeth, das alles ist doch Unfug. Der Untersuchungsausschuß spielt verrückt und beschuldigt völlig harmlose Menschen, Kommunisten zu sein. Eine Schande ist das!«

»Wieso bist du so sicher, daß sie unschuldig sind?« fragte sie lächelnd. Elizabeth teilte die Ansichten ihres Vaters hundertprozentig.

»Herrgott, das ganze Land kann doch nicht rot unterwandert sein! Und außerdem geht es niemanden etwas an, welcher politischen Richtung die Menschen anhängen.«

»Wie kannst du angesichts der Unruhen im Fernen Osten so sprechen? Heutzutage stellt der Kommunismus die größte Bedrohung für unsere Welt dar. Möchtest du noch einen Krieg?«

»Das nicht, aber von Krieg ist nicht die Rede. Wir sprechen von gewissen Tendenzen in unserem Land. Wo ist die Meinungsfreiheit geblieben? Wozu gibt es eine Verfassung?« Er debattierte mit ihr nur ungern über Politik. Viel lieber war es ihm, wenn sie ihrer Leidenschaft nachgaben oder händchenhaltend im Mondschein saßen. »Wie dem auch sei! Ich teile halt einfach nicht die Meinung deines Vaters.« Sie hatten bereits stundenlang darüber diskutiert, und nach dem langen Flug und der Fahrt zum See war er rechtschaffen müde. »Laß uns zu Bett gehen.«

»Das wird meine Meinung auch nicht ändern«, meinte sie lachend.

»Mag ja sein, aber wenigstens wirst du vorübergehend von der Politik abgelenkt.«

Am nächsten Tag fuhren sie zusammen Wasserski und trafen sich abends mit Bekannten zum Essen. Und am Tag darauf traf die Nachricht vom Ausbruch des Krieges in Korea ein. Es war für alle ein Schock. Die Regierung sprach zwar bloß von einer raschen Hilfsaktion, aber nach Spencers Ansicht sah es viel mehr nach einem richtigen Krieg aus. Als er die Nachrichten hörte, ging ihm auf, was dies für ihn bedeutete. Er drehte sich zu seiner Frau um und sagte es ihr. Elizabeth war kreidebleich.

»Du hast was getan?« Ihre braunen Augen starrten ihn groß an. Sie war den Tränen nahe.

»Ich dachte, es würde nie mehr ernst werden, und wollte meinen Offiziersrang nicht verlieren.« Er war Reserveoffizier geblieben, und jetzt wurden die Reservisten eingezogen. Der Einsatzbefehl für Korea konnte jeden Moment eintreffen.

»Läßt sich die Sache nicht rückgängig machen?«
»Dafür ist es jetzt zu spät.«
Spencer wußte nicht, daß ihn das Telegramm, das ihn zur Army rief, bereits im Büro erwartete. George Montgomery rief ihn noch am selben Nachmittag an, und Spencer gab die Nachricht mit ernster Miene an Elizabeth weiter. Er selbst hatte keine Angst. Es war eigenartig, irgendwie wünschte er sich sogar, in den Krieg zu müssen, aber Elizabeth tat ihm unendlich leid. Sie waren erst so kurz verheiratet, und jetzt mußte er nach Korea. Er hatte Order, sich zunächst in Fort Ord bei Monterey zu melden. Zwei Tage blieben ihnen noch füreinander. Elizabeth war wie vom Donner gerührt, und Richter Barclay wurde nachdenklich, als er die Neuigkeit hörte.
»Soll ich versuchen, dich da herauszupauken, mein Junge?«
»Nein, Sir, vielen Dank. Es wäre unrecht, wenn ich mich vor meiner Pflicht drücken würde.« Sein Ehrbegriff ließ das nicht zu, auch wenn Elizabeth ihm in der Nacht erbitterte Vorwürfe machte. Sie waren jung verheiratet, und sie wollte ihn nicht verlieren. Aber Spencer blieb fest. »Mein Schatz, die Sache wird sicher rasch vorbei sein. Es ist ja kein richtiger Krieg, sondern wir spielen nur mal wieder Weltpolizist.«
»Das läuft doch auf dasselbe hinaus!« jammerte Elizabeth. »Warum willst du nicht zulassen, daß Daddy die Sache für dich regelt?« Sie war wütend und hatte ihren Vater angefleht, ihr zu helfen, doch dieser wollte nichts ohne Spencers Einverständnis unternehmen. Insgeheim bewunderte er seinen Schwiegersohn für seine Haltung, aber seine Tochter tat ihm leid. In seinen Augen hatte die Sache allerdings auch ein Gutes – vielleicht konnte er jetzt Elizabeth überreden, vorerst ans Vassar zurückzugehen. Sie hatte nur mehr ein Jahr bis zum Diplom vor sich, und das Studium würde sie während Spencers Abwesenheit beschäftigen. Am nächsten Tag erledigte er die nötigen Anrufe am College. Elizabeths Aufregung kannte keine Grenzen, als sie erfuhr, daß er hinter ihrem Rücken alles arrangiert hatte. Sie lag in ihrem Zim-

mer, schluchzte und beklagte die Grausamkeit des Schicksals. Innerhalb weniger Tage war ihr alles, was sie sich gewünscht hatte, wieder entglitten. Sie hatte Spencer geheiratet, und jetzt mußte er in den Krieg, und sie sollte zurück aufs College, als sei nichts passiert, als hätte ihre Hochzeit nie stattgefunden. Ihr Vater wollte nicht einmal zulassen, daß sie Spencers New Yorker Wohnung bezog.

»Spencer, ich möchte nicht, daß du gehst.«

»Liebling, ich muß.« Und dann liebten sie sich zärtlich, und Spencer war insgeheim von dem Wunsch erfüllt, Elizabeth würde einmal nicht ganz soviel Vorsicht dabei an den Tag legen. Wie gern hätte er sie mit einem Baby zurückgelassen. Dann hätte sie etwas gehabt, was sie beschäftigte, auf das sie sich hätte freuen können, und er wäre aus Korea noch um vieles lieber nach Hause zurückgekehrt. Doch Elizabeth vergaß sich in dieser Beziehung nie.

»Könnte ich nicht wenigstens bei dir bleiben, solange du in Monterey bist?« fragte Elizabeth anschließend.

»Ich darf dich nicht mal besuchsweise sehen. Es hat also keinen Sinn. Flieg du mit deinen Eltern nach Washington und erhole dich noch ein wenig, bis das College anfängt. Und ehe du weißt, wie dir geschieht, bin ich schon wieder zu Hause. Die Wochenenden kannst du immer in New York in meiner Wohnung verbringen.« Für Elizabeth war alles wie ein Alptraum. Spencer bedauerte sie von ganzem Herzen, andererseits konnte er es kaum erwarten, wegzukommen. Er freute sich auf die Kameradschaft unter den Soldaten, die ihm seinerzeit viel gegeben hatte. Das vergangene Jahr an seinem Schreibtisch an der Wall Street hatte ihm gräßliche Langeweile beschert. Zwar hätte er dies niemals zugegeben und schon gar nicht Elizabeth gegenüber, doch die Aussicht, nach Korea zu kommen, reizte ihn ungemein.

Sie begleitete ihn nach Monterey und fuhr nach einem langen, tränenreichen Abschied zurück zu ihren Eltern an den See. Noch zwei Tage, und sie würden alle gemeinsam nach Washington fliegen. Um diese Zeit steckte Spencer bereits knietief in einem Auffrischungslehrgang und durchlief ein hartes Kampftraining. Er kam nicht einmal dazu, Elizabeth vor ihrem Abflug anzurufen, und als sie zwischen ihren Eltern sitzend nach Washington flog, weinte sie bittere Tränen um ihren Mann. Ihre Mutter drückte ihr mitfühlend die Hand und sorgte für Nachschub an Taschentüchern, während ihr Vater schlief. Er war müde und wußte, daß ihn nach der Ankunft viel Arbeit erwartete. Für sie alle sollte es ein sehr langer Sommer werden. Elizabeth gab die Hoffnung auf eine rasche Beendigung des Krieges nicht auf. Sie wollte endlich das gemeinsame Leben mit ihrem Mann beginnen.

23. Kapitel

Volle sieben Wochen blieb Spencer in Fort Ord. In dieser Zeit wurde er in allen möglichen Kampftechniken gedrillt. Er staunte immer wieder, wieviel man in fünf Jahren vergessen konnte, doch mit jeder Woche fühlte er sich beweglicher und gesünder und stellte fest, daß sein Körper sich schneller wieder ins Soldatenleben fügte als sein Verstand. Allabendlich sank er erschöpft auf seine Pritsche, zu müde, um sich zu rühren, zu sprechen, zu essen oder seine Frau anzurufen. Er mußte sich richtig zwingen, sich alle paar Tage bei ihr zu melden, nur damit sie sich keine unnötigen Sorgen machte. Aber Elizabeth beklagte sich mehr, als daß sie sich Sorgen gemacht hätte. Sie verzieh ihm nicht, daß er fort war, obwohl er mit etwas gutem Willen seiner Einberufung entgehen und bei ihr hätte sein können. So hatte sie sich ihre Ehe nicht vorgestellt. Aber wer hatte auch nur ahnen können, daß der Koreakrieg alles verändern würde? Auf sonderbare Weise war der Krieg für Spencer so etwas wie ein Aufschub; ein Aufschub, von dem er gar nicht gewußt hatte, daß er ihn herbeigesehnt hatte. Bei der Hochzeit war er noch ganz sicher gewesen, das Richtige zu tun, aber wenn er jetzt mit Elizabeth telefonierte, hatte er mitunter das Gefühl, es mit einer Fremden zu tun zu haben. Sie sprach von Partys, die sie mit Bekannten ihrer Eltern besuchte, von dem Dinner im Weißen Haus, zu dem die Trumans sie geladen hatten. Für Elizabeth war es eine eigenartige Zeit. Sie war zwar verheiratet, und doch kam es ihr vor, als wäre sie frei. Sie hatte Freunde in Virginia besucht, und in der kommenden Woche wollte ihre Mutter sie zum College bringen.

»Du fehlst mir so sehr, mein Liebling.« Sie klang ganz jung, und er lächelte.

»Du fehlst mir auch sehr. Warte nur, bald bin ich wieder bei dir.« Wann das sein würde, stand in den Sternen. Es konnte Monate oder Jahre dauern. Allein der Gedanke daran versetzte Elizabeth in tiefe Niedergeschlagenheit. Sie wollte nicht wieder ans Vassar, und sie wollte nicht, daß Spencer fortging. Immer wieder machte sie ihm Vorwürfe, weil er Reserveoffizier geblieben war. Doch es war zu spät. Der Schaden war nicht wiedergutzumachen, Spencer war bei der Army.

Vor dem Einsatz in Korea bekam er zwei Wochen Urlaub mit der Auflage, sich nicht weiter als zweihundert Meilen von Monterey zu entfernen, für den Fall, daß das Einsatzdatum vorverlegt würde. Er erzählte Elizabeth nur ungern davon, da er wußte, daß sie sich nicht davon abhalten lassen würde, zu ihm zu kommen, obwohl er der Meinung war, daß es nicht lohnte. Bis zum Semesterbeginn waren es nur mehr wenige Tage, und ein neuerlicher Abschied brachte nur neuen Kummer mit sich. Schließlich sprach er doch mit ihr darüber, und sie gab ihm recht. Es war sinnlos, zu ihm zu kommen, zumal er ja jeden Tag vorzeitig abberufen werden konnte. Statt dessen machte sie den Vorschlag, er solle die Zeit in ihrem Haus in San Francisco verbringen, ein Vorschlag, den er mit nachdenklichem Nicken akzeptierte.

Spencer fuhr mit einem Mietwagen nach San Francisco und bezog eines der eleganten Gästezimmer im Haus der Barclays. Er hatte zwei Wochen ganz für sich und hatte sich nicht viel vorgenommen. Vor allem war er froh, eine Weile die Kameraden nicht sehen zu müssen und der Welt der Militärstiefel und Erkennungsmarken zu entfliehen. Das Kriegsgeschehen in Korea war für ihn Anlaß zu größter Besorgnis. Es sah ganz nach einem häßlichen kleinen Krieg aus, und die Aussicht, wieder wie damals im pazifischen Raum eingesetzt zu werden, hatte für ihn an Reiz verloren. Er war neun Jahre älter als beim erstenmal und hatte mit seinen einunddreißig Jahren kein Verlangen nach Tapferkeit und Heldentum. Es gab jetzt für ihn zuviel, für das es sich zu leben lohnte, so daß die Aussicht auf einen Heldentod in einem fremden Land ihn weiß Gott nicht lockte. Andererseits war er erleichtert, wieder frei zu sein. Er hatte in seiner Kanzlei angerufen, nachdem er die Einberufung bekommen hatte. Alle hatten sich teilnehmend und verständnisvoll gezeigt. Man hatte ihm viel Glück gewünscht und ihm versichert, daß sein Job auf ihn warten würde. Dabei war Spencer gar nicht mehr sicher, ob er jemals wieder zurück an die Wall Street wollte. Sein Interesse galt nach wie vor dem Strafrecht, und in seiner jetzigen Kanzlei bestand nicht die geringste Aussicht, jemals damit zu tun zu bekommen. Aber bevor er einen entscheidenden Schritt unternahm, mußte er ohnehin mit Elizabeth darüber sprechen. Er hatte so eine Ahnung, daß sie ihn bestürmen würde, in seinem alten Anwaltsbüro zu bleiben.

Seinen ersten Nachmittag in San Francisco nutzte Spencer zu einem ausgedehnten Stadtbummel. Es war ein warmer Augusttag, genau der Tag, an dem Crystal neunzehn wurde. Sie feierte im »Harry's« mit ihren Freunden, für die sie eine kleine Geburtstagstorte anschnitt. Harry gab ihr den Abend frei, und Crystal besorgte eine Flasche Champagner, um mit Mrs. Castagna noch ein wenig zu feiern. Seit einiger Zeit bewohnte sie eines der besseren Zimmer im Haus, da der Versicherungsvertreter seine Einberufung erhalten hatte und nach Korea mußte. Das Zimmer war etwas geräumiger und bot Aussicht auf den Nachbargarten. Ansonsten hatte sich für Crystal nicht viel verändert. Sie trat sehr erfolgreich als Sängerin auf und hatte auch schon überaus wohlwollende Pressekritiken geerntet und Einladungen für glänzende Partys bekommen, auf denen sie auftreten sollte.

Zweimal hatten Boyd und Hiroko sie mit der kleinen Jane besucht, immer dann, wenn Hiroko Dr. Yoshikawa aufsuchte. Vor einem Monat war ihr zweites Kind zur Welt gekommen, diesmal ohne fremde Hilfe. Es war eine Sturzgeburt, und das Kind starb, bevor Boyd Hilfe holen konnte. Während er den langen Weg nach Calistoga zurücklegte, um eine Hebamme zu holen, war Hiroko mit Jane allein zu Hause geblieben. Daß die Hebamme überhaupt gekommen war, war ein Glücksfall gewesen – Boyd hatte ihr verschwiegen, daß seine Frau Japanerin war. Sie hatte Hiroko das Leben gerettet, die nach der Entbindung einen ganzen Monat ans Bett gefesselt gewesen war. Crystal hatte ihr versprochen, sie zu besuchen, aber insgeheim fürchtete sie sich davor, das Tal wiederzusehen. Es wäre für sie zu schmerzlich gewesen. Sie wußte, daß Tom noch immer ein Verhältnis mit Boyds Schwester hatte – allerdings hatte in Hirokos letztem Brief gestanden, daß auch er nach Korea abkommandiert war. Boyd hatte sich gleichfalls stellen müssen, da er aber in den letzten Jahren stark an Asthma gelitten hatte, war er wieder nach Hause geschickt worden – ein Glück für Hiroko, für die ein Leben allein in der ihr feindlich gesonnenen Umwelt unerträglich gewesen wäre. Die Herzen der Menschen waren immer noch kalt, besonders seit dem Ausbruch der Feindseligkeiten mit Korea. Für die meisten waren Japaner und Koreaner ein und dasselbe.

Nachdem Crystal sich von Mrs. Castagna verabschiedet hatte, legte sie sich aufs Bett und gab sich ihren Gedanken hin. Nach zwei Gläsern Champagner fühlte sie sich entspannt und glücklich – so sehr, daß sie sich die Überlegung gestattete, was aus Spencer geworden sein mochte und ob man auch ihn einberufen hatte. Nicht, daß es von Bedeutung gewesen wäre. Er war aus ihrem Leben verschwunden, so gründlich, als würde er nicht mehr existieren – aber er lebte in ihrem Herzen. Immer wieder hatte Crystal versucht, ihn völlig aus ihrem Bewußtsein zu verbannen, aber jetzt, nachdem sie Champagner getrunken hatte, stahl er sich wieder in ihre Gedanken, und sie gönnte sich die Erinnerung an ihn als Geburtstagsgeschenk.

Der Abend war so schön, daß sie es schließlich in ihrem Zimmer nicht mehr aushielt und einen Spaziergang unternahm. Die Menschen saßen in den Kneipen oder standen auf dem Gehsteig und unterhielten sich laut auf italienisch. Kinder rannten hin und her, spielten und entwischten ihren Müttern immer wieder. All dies erinnerte Crystal an ihre eigene Kindheit und an Jared, der sie immer mit seinen Hänseleien verfolgt hatte. Sie hatte das Haus in Jeans und einem alten Hemd verlassen und ihre Cowboystiefel angezogen. Das lange Haar fiel ihr als Pferdeschwanz über den Rücken. Vor dem Laden an der Ecke blieb sie stehen, trat ein und kaufte eine Eistüte.

»Alles Gute zum Geburtstag«, sagte sie leise vor sich hin, dann schlenderte sie langsam wieder nach Hause zurück. Das Eis tropfte, und sie kämpfte darum, zu retten, was noch zu retten war, und beugte sich nach Kinderart ganz weit vor, um das Eis nicht auf die Stiefel rinnen zu lassen. Als sie bemerkte, daß sie von einem kleinen Mädchen beobachtet wurde, lächelte sie spitzbübisch. Dabei entging ihr, daß ein hochgewachsener dunkelhaariger Soldat sie aus einiger Entfernung beobachtete.

Im leeren Haus der Barclays hatte die Einsamkeit Spencer so heftig übermannt, daß er meilenweit gelaufen war, in Gedanken bei Crystal und bei seiner Frau. Zum erstenmal seit langer Zeit spürte er das Verlangen, Crystal aufzusuchen, dann aber begnügte er sich damit, an dem Haus vorüberzuspazieren, in dem sie damals gewohnt hatte. Er hatte angenommen, daß sie um diese Zeit in der Bar war. Um so heftiger pochte sein Herz, als er sie zufällig sah. Es war wie ein Wiedersehen mit einem Traum, das Mädchen in Jeans und Cowboystiefeln, das am Rinnstein vorgebeugt stand und an ihrem Eis lutschte. Einen Augenblick war er unsicher, ob er auf sie zugehen sollte. Sie kam ihm vor wie ein kleines Mädchen, während er dastand und sie anstarrte. Als würde sie seinen Blick spüren, wandte sie sich um und verharrte wie versteinert. Die Eistüte entglitt ihr. Crystal richtete sich auf, den Blick noch immer auf ihn gerichtet, dann fing sie zu laufen an, aber er erreichte die Eingangsstufen zum Haus vor ihr.

»Crystal, so warte doch ...« Er wußte nicht, was er sagen sollte, aber nun war es zu spät, sich zurückzuziehen. Er mußte unbedingt mit ihr reden.

»Spencer, nicht ...« Sie drehte sich zu ihm um und sah ihn mit all der Sehnsucht an, die sie erfüllte. Auf einmal wußte er mit absoluter Gewißheit, daß es ein Fehler gewesen war, sie zu verlassen. Wortlos streckte er die Hand aus. So sehr Crystal sich wünschte, ihm zu widerstehen, sie vermochte es nicht.

»Crystal, bitte ...«, flehte Spencer. Er mußte sie sprechen, auch wenn es nur ganz kurz war, er mußte sie ansehen, sie berühren, ihr nahe sein. Als sie ihn anblickte, wußten beide, daß sich an ihren Gefühlen füreinander nichts geändert hatte. Wortlos zog er sie an sich und hielt sie fest, und diesmal wehrte sie sich nicht.

Was für ein Dummkopf war er doch gewesen, auf Elizabeth und George zu hören und nicht auf sein Herz! Was für ein Fehler, Elizabeth zu heiraten, wo doch sein ganzes Sinnen und Trachten Crystal galt. Alles, was er wollte, war dieses Mädchen mit dem platinblonden Haar und den Lavendelaugen. Das Mädchen, das er nun schon seit vier Jahren liebte.

»Spencer, was sollen wir tun?« flüsterte sie in seinen Armen.

»Ich weiß es nicht. Uns nehmen, was wir können, schätze ich, solange es möglich ist.« Es war wie eine Sucht, die von neuem ausbrach. Elizabeth war vergessen, wenn er Crystal ansah.

»Warum bist du hierhergekommen?«

»Weil ich mußte. Ich wollte dich wiedersehen oder zumindest den Ort unseres letzten Zusammenseins.«

»Und was dann?« Traurig blickte sie zu ihm auf. Ihre Kraft und ihr Widerstandsgeist waren dahin, geblieben war nur die

Liebe, die sie seit der ersten Begegnung für ihn fühlte. »Du bist jetzt verheiratet.« Sie dachte an die Zeitungsberichte. »Wo ist deine Frau?« Sie haßte dieses Wort so sehr, daß sie sich zwingen mußte, es auszusprechen. Wie einfach war es, sich jetzt weiszumachen, alles wäre ganz anders gekommen, wenn er seine Verlobung gelöst hätte. Beiden kam derselbe Gedanke, während er sie ansah und ihre Hand festhielt, von dem unbezähmbaren Verlangen erfüllt, sie zu küssen.

»Sie ist in New York.« Er vermied es, ihren Namen vor Crystal auszusprechen. »In einigen Tagen muß ich nach Korea, bis dahin habe ich Urlaub ... Ich, ach Gott, Crystal, ich weiß gar nicht, was ich sagen soll ... Ich komme mir vor wie der erbärmlichste Schuft. Alles war ein Riesenfehler. Das weiß ich jetzt genau. Scheußlich, so etwas kurz nach der Hochzeit zu sagen. Ich war wirklich überzeugt, ich würde das Richtige tun. Zumindest hab' ich es mir eingeredet, weil ich es glauben wollte. Aber wenn ich dich sehe, dann weiß ich wieder ganz genau, was das eigentlich Richtige gewesen wäre.« Man konnte ihm ansehen, wie sehr ihm sein Problem zu schaffen machte und wie sehr er darunter litt.

In Crystals blauen Augen blitzte es zornig auf. »Und was ist mit mir, Spencer? Soll ich dir jetzt als Zeitvertreib zur Verfügung stehen, wenn du Urlaub hast? Wenn ein freies Wochenende winkt? Wenn du dich mal freimachen kannst? Was ist mit mir und meinem Leben, wenn du mich wieder verläßt?« Sie hatte sich fest vorgenommen, ihn nicht wiederzusehen, auch wenn sich ihr eine Möglichkeit geboten hätte. Es hatte alles keinen Sinn. Spencer hatte seine Entscheidung getroffen, und sie mußte damit leben, auch wenn er selbst dazu nicht imstande zu sein schien. Aus diesem Grund hatte sie ihm seinen Brief ungeöffnet zurückgeschickt. »Was hast du dir eigentlich vorgestellt?« Sie war richtig wütend, was sie für Spencer noch viel begehrenswerter machte. »Ein kleines Vergnügen, ehe du wieder gehst? Vergiß es und geh zum Teufel ... oder zurück zu ihr ... aber das wirst du ohnehin tun, so wie das letztemal.«

Er sah sie unglücklich an, denn er konnte beim besten Willen nicht abstreiten, was sie ihm vorwarf. Am liebsten hätte er ihr hoch und heilig versprochen, nie wieder zu Elizabeth zurückzukehren, aber er war mit ihr verheiratet und hatte keine Ahnung, wie es mit ihnen beiden weitergehen sollte. Er konnte doch Elizabeth unmöglich sagen, daß ihre Ehe gescheitert war, noch ehe sie richtig begonnen hatte. Dabei war es genau das, was er wollte. Er wollte für immer bei Crystal bleiben. »Ich kann dir nichts versprechen. Im Moment kann ich dir nichts geben, ... nur das, was ich bin, Minute für Minute. Das mag nicht viel sein ... aber mehr habe ich nicht zu bieten, dies und die Tatsache, daß ich dich liebe.«

»Was soll das nun wieder heißen?« In Crystals Augen standen Tränen, und ihre Stimme klang rauh und tief. »Ich liebe dich auch. Aber was für einen Sinn hat das schon? Was ist mit uns in einem halben Jahr?«

»Im Moment ...« Er lächelte traurig. Keinesfalls wollte er ihr wieder weh tun. Vielleicht war es ohnehin falsch gewesen, sie wieder aufzusuchen, aber er hatte sich nicht dagegen wehren können. »Im Moment kann ich dir nur stapelweise Briefe aus Korea versprechen ... falls du sie überhaupt lesen willst.« Sie wandte sich ab, damit er ihre Tränen nicht sehen konnte. Sie liebte ihn so sehr und schon seit so langer Zeit. Als sie wieder zu ihm aufblickte, wurde ihr klar, daß es sie tief in ihrem Herzen nicht berührte, ob er verheiratet war. Er gehörte ihr jetzt, solange ihnen Zeit vergönnt war, und vielleicht, aber nur vielleicht, lohnte es sich, daß sie ihn festhielt, bis er nach Korea mußte.

Mit gesenktem Kopf dachte Crystal über seine Worte nach. Dann sah sie ihn wieder an. »Ich wünschte, ich hätte den Mut, dich zum Teufel zu schicken.«

»Wenn du willst, dann gehe ich. Ich werde immer tun, was du möchtest.« ... und den Rest meines Lebens von dir träumen. »Möchtest du das, Crystal?« Er strich ihr zärtlich über die Wange.

Crystal schüttelte den Kopf. »Nein, ich möchte es nicht«, sagte sie schließlich ehrlich. Er verstand ihre leisen Worte kaum, aber sein Herz bebte, als sie sagte: »Vielleicht haben wir ein Recht darauf... auf die wenigen Tage... auf ein paar gestohlene Augenblicke...« Viel war es nicht, und dennoch waren sie beide überglücklich über das wenige, was ihnen vergönnt war.

»Vielleicht wird eines Tages mehr daraus... aber versprechen kann ich es noch nicht. Ich kann dir gar nichts versprechen, weil ich nicht weiß, was geschehen wird.« Er war ziemlich durcheinander und wollte sie nicht belügen. Sie sah ihn mit eigenartigem Lächeln an und nahm seine Hand, um ihn langsam die Stufen hinaufzuführen.

»Ich weiß.«

Spencer fühlte sich wieder ganz jung, als er ihr ins Haus folgte. Er hielt ihre Hand fest und betrachtete die schimmernde Haarflut und ihren schlanken Körper, als sie vor ihm die Treppe hinaufging. Nur einmal drehte sie sich um und legte einen Finger an ihre Lippen, um ihn zur Stille zu mahnen. Dann holte sie ihren Schlüssel aus der Jeanstasche und ließ ihn in ihr Zimmer. Mrs. Castagna durfte nichts hören, andernfalls hätte es eine Szene gegeben.

»Zieh die Schuhe aus«, flüsterte Crystal, als sie ihre Cowboystiefel abstreifte. Mit dem Lächeln eines kleinen Mädchens ließ sie sich auf der Bettkante nieder. Es gab Augenblicke, da glaubte er, das Kind, das sie gewesen war, vor sich zu sehen, und im nächsten Moment war sie wieder eine höchst begehrenswerte junge Frau.

Er flüsterte ihr Worte der Liebe ins Ohr, als er sich neben sie setzte, und sie lächelte scheu, während er ihr zärtlich übers Haar strich. Dann küßte er sie. Es war ein sanfter Kuß voller Sehnsucht und voller Dankbarkeit, weil sie sich mit dem wenigen begnügte, das er ihr geben konnte. »Ich liebe dich so sehr«, raunte er in ihr Haar. »Du bist so schön... so gut...« Er begehrte sie schmerzlich, und es bedurfte großer Willenskraft, ihr nicht die

Kleider vom Leib zu reißen. Doch als er mit zaghaften Fingern ihre Bluse öffnen wollte, spürte er, daß sie zurückzuckte. Er rückte ab und fragte sich, was er falsch gemacht hatte. Crystal versöhnte ihn mit einem leidenschaftlichen Kuß und brachte ihn dazu, ihren Körper zu erkunden. Dabei beobachtete er sie beklommen. Auf keinen Fall wollte er sie erschrecken. Spencer war überzeugt, daß sie noch unberührt war. »Hast du Angst?« Sie schüttelte den Kopf und hielt die Augen geschlossen, als er sie sanft ins Kissen drückte und langsam auszog. Er hielt nur inne, um die Rollos herunterzuziehen. Als sie nackt auf dem schmalen Bett lag, streifte er seine Kleider ab und half ihr, unter die Decke zu schlüpfen. Er wußte noch, wie scheu sie als Mädchen gewesen war, und nahm sich vor, behutsam zu sein, ihr Schmerzen und Verlegenheit zu ersparen. Diese Nacht sollte für sie vollkommen sein und ihnen auf ewig im Gedächtnis bleiben. Crystal war noch schöner, als er es sich erträumt hatte, und als er schließlich in sie drang, stöhnten beide verhalten auf. Sie bebte vor Wonne in seinen Armen, und er hörte nicht auf, sie zu küssen und ihr zärtliche Worte zuzuraunen. Lange blieben sie so beisammen, und als es vorüber war, drückte er sie fest an sich, als könnten sie dadurch eins werden, körperlich und seelisch, als könne sie von nun an nichts und niemand mehr trennen.

Mit verträumtem Blick lag Crystal da, und eine einzelne Träne lief ihr über die Wange. Spencer sah es voller Besorgnis. »Crystal... ist etwas?« Sein schlechtes Gewissen verleitete ihn zu der Frage: »Tut es dir leid?« Er hatte ihr so wenig zu bieten, er hatte kein Recht... und doch liebte er sie über alles.

Sie schüttelte den Kopf. »Nein... ich liebe dich«, flüsterte sie unter Tränen.

»Was ist dann?«

»Nichts.« Wieder schüttelte sie den Kopf. Die Erinnerung an Tom hatte sie eingeholt, obwohl es mit Spencer völlig anders gewesen war.

»Sag schon.« Er zog sie noch enger an sich, so daß ihre Tränen seine nackte Schulter benetzten. Sie wischte sie ab, aber die Tränen strömten nur noch reichlicher. Sie brauchte ihn so sehr, weil sie verletzlich und jung war und außer ihm niemanden hatte, der sie beschützte. Es war nicht fair, daß er sie so bald verlassen mußte. »Ich lasse dich nicht los, bevor du mir nicht sagst, woran du denkst.«

»Ich hab' daran gedacht, wie glücklich ich bin.« Crystal lächelte unter Tränen, aber Spencer glaubte ihr nicht.

»Fast hätte ich mich täuschen lassen. Ich hätte geschworen, du weinst.« Er genoß es, bei ihr zu sein, genoß den süßen Duft ihrer Haut und ihres seidigen Haars. Er liebte alles an ihr. »Dir ist etwas zugestoßen, habe ich recht?« Sein liebevoller Ton bewirkte, daß sie nun hemmungslos schluchzte. Er hatte es vermutet, hatte aber nicht gewagt, sie danach zu fragen, und die Geschichte, daß sie Tom Parker mit dem Gewehr ihres Vaters bedroht hatte, war ihm noch gut in Erinnerung.

Sie sah ihn mit traurigen Augen an und nickte.

»Möchtest du darüber sprechen?«

Crystal schüttelte den Kopf. Wieder sah sie aus wie ein Kind. »Ich kann nicht. Es war zu schrecklich.«

»Gewiß... Aber das spielt jetzt keine Rolle mehr, mein Liebling. Was auch immer es war, es ist vorüber. Vielleicht erleichtert es dich, wenn du darüber sprichst.«

Crystal sah ihn lange und unschlüssig an. Was würde er von ihr denken, wenn sie ihm alles anvertraute? Dann berichtete sie ihm stockend die ganze schreckliche Geschichte. Spencer lag wie erstarrt da und hielt sie fest, während sich Crystal schluchzend an ihn schmiegte und ihm ihren Kummer anvertraute. Sein Blick verfinsterte sich, seine Stimme aber war unverändert sanft und liebevoll. Nie hatte sie sich geborgener gefühlt als in seinen Armen.

»Du hättest ihn wirklich umlegen sollen. Ein Jammer, daß du es nicht getan hast. Wäre ich zur Stelle gewesen, dann hätte ich es getan.« Das war sein voller Ernst, aber Crystal schüttelte den

Kopf. Sie wußte es jetzt besser. Und für Jared war es ohnedies zu spät.

»Es war meine Schuld. Wenn ich nicht ... wenn ...« Es fiel ihr schwer, die Worte auszusprechen. »Wenn ich ihn nicht bedroht hätte, dann hätte Tom Jared nicht getötet ... Ach, Spencer, es war allein meine Schuld ... ich bin für seinen Tod verantwortlich.« Sie schluchzte in seinen Armen, während er sie küßte und umarmte.

»Es ist nicht deine Schuld ... das war es nie ... nichts davon war deine Schuld ... Jareds Tod war ein Unfall, den Tom verursacht hat und nicht du. Er hat auf Jared geschossen. Er hat dich vergewaltigt, und auch daran trifft dich keine Schuld.« Allein der Gedanke daran bereitete ihm Höllenqualen, und er ballte unwillkürlich die Fäuste, wenn er sich dies alles vorstellte: den Stall, das feixende Gesicht über ihr, Toms Brutalität und dann den Schuß, der ihren Bruder getötet hatte.

Die ganze Zeit über hielt Crystal den Blick auf Spencer gerichtet. »Ich wollte ihn töten. Ich wollte ihm weh tun, wie er mir weh getan hatte. Aber das war schlecht ... und deshalb mußte Jared sterben.«

»Du darfst jetzt nicht mehr daran denken«, sagte Spencer. »Es ist ohnehin nicht mehr zu ändern. Du kannst dir nur vornehmen, dich nicht mehr damit zu belasten.«

»Das werde ich niemals können. Was ich getan habe, hat meinen Bruder das Leben gekostet.«

»Das ist nicht wahr.« Er setzte sich auf, und sie kuschelte sich an ihn, als er den Arm um ihre Schultern legte. »Crystal, das ist nicht wahr – begreifst du das nicht?« Wieder schüttelte sie den Kopf. Er spürte, daß er sie nie ganz würde überzeugen können. Ihr Leben lang würde sie darunter leiden und insgeheim glauben, daß allein sie die Schuld an dieser Tragödie und daran, daß Tom sie vergewaltigt hatte, trug. Es war ihr zur fixen Idee geworden. Spencer aber wollte nicht, daß sie weiterhin darunter zu leiden hatte. »Du mußt vorwärtsschauen und an all die guten Dinge denken, die vor dir liegen.« Mit einem Lächeln fuhr er fort: »Jetzt hast du ja mich.« Für eine Minute oder einen Tag... vielleicht aber für ein ganzes Leben.

Sie lächelte ihn an und küßte ihn auf die Wange. Er erwiderte die Liebkosung, indem er sie mit frischerwachter Leidenschaft küßte. Bei diesem Kuß fragten sich beide, was wohl die Zukunft für sie bereithielt – falls sie überhaupt etwas erwarten konnten. Doch es war zu früh, daran zu denken. Zwischen ihnen war alles noch ganz neu. Crystal brauchte ziemlich lange, bis sie sich beruhigt hatte und ihre Tränen versiegten. Dann lag sie wieder an ihn geschmiegt da.

»Glaubst du wirklich, daß ich eines Tages Karriere mache?« Ihr selbst kam es unglaublich vor, aber sie hörte es gern. Er schien davon überzeugt zu sein, und das gefiel ihr.

»Ja, darüber besteht kein Zweifel. Ganz im Ernst. Du hast eine tolle Stimme und wirst eines Tages ein großer Star sein. Ich bin mir da ganz sicher.«

»Ich wüßte nicht, wie ich das schaffen sollte.« Obwohl sie ihre Träume noch nicht begraben hatte und nur für ihre Auftritte lebte, schienen für sie Lichtjahre zwischen San Francisco und Hollywood zu liegen.

»Wart's ab! Du stehst ja noch am Anfang, und das Leben hat für dich erst begonnen. Wenn du erst so alt bist wie ich, werden die Menschen Schlange stehen, um dich zu hören.« Diese Vorstellung brachte sie zum Lachen.

»Vielen Dank, Opa«, neckte sie ihn. Ihr langes blondes Haar streifte seine Schulter.

»Etwas mehr Respekt, wenn ich bitten darf.« Seine Hand, die ihren Schenkel berührte, erforderte nun ihre ganze Aufmerksamkeit, und gleich darauf lag sie wieder in seinen Armen, und alles andere rückte in den Hintergrund, während sie sich ihm hingab. Was brauchte sie mehr als ihn?

Am Morgen unternahmen sie einen langen Spaziergang und frühstückten unterwegs. Crystal erzählte Spencer ausführlich von ihren Auftritten bei Harry und davon, wieviel Freude ihr das Singen machte. Es war, als seien sie immer schon zusammengewesen. Spencer hörte ihr gern zu. Das verschüchterte junge Ding gab es nicht mehr, an seiner Seite war die Frau, von der er immer geträumt hatte.

Wer die beiden sah, hielt sie für ein junges Ehepaar. Kein Mensch wäre auf den Gedanken verfallen, daß Spencer mit einer anderen verheiratet war. Crystal, die ihre Befangenheit abgelegt hatte, hörte nicht auf zu reden, und er beugte sich lachend über sie und küßte sie, fasziniert von allem, was sie sagte. Er fand es beglückend, daß es bei ihr nicht um Politik ging oder um die anderen Themen, über die er mit Elizabeth diskutierte, sondern um das Leben an sich, um die Dinge, die für ihn und Crystal zählten.

Anschließend gingen sie wieder nach Hause in ihr Zimmer und liebten sich, und nachdem er sie nachmittags zu »Harry's« begleitet hatte, stellte er fest, daß sie ihm schrecklich fehlte. Jede Stunde ohne sie erschien ihm unerträglich. Er fuhr zum Haus der Barclays, um sich ein paar Sachen zu holen, damit er die restliche Zeit in San Francisco bei Crystal verbringen konnte. Beim Pakken fiel ihm Elizabeth ein. Sie war für ihn bedeutungslos geworden wie alles andere auch. Nur Crystal zählte noch für ihn.

Aus purem Pflichtgefühl rief er an jenem Abend Elizabeth an und riß sie aus dem Schlaf, obwohl es erst halb elf war. Sie beklagte sich, daß sie unter Langeweile litt, und fragte im Jammerton, wann er nach Korea ging.

»Ich weiß es noch nicht. Wenn es soweit ist, rufe ich dich an.« Dann schwindelte er ihr vor, daß er bei Freunden wohne, weil es ihm im Haus am Broadway zu einsam geworden sei. Elizabeth lächelte, und er versprach ihr, sich bald wieder zu melden. Daß sein Ton insgesamt sehr kühl war, schien ihr zu entgehen.

Eine halbe Stunde später ging er aus dem Haus, und Elizabeth schwand aus seinem Bewußtsein, so vollständig, wie sie aus seinem Leben geschwunden zu sein schien. Fast war es, als hätten sie nie geheiratet.

24. Kapitel

Am dritten September wurde Spencer nach Monterey zurückberufen. Zwei Tage später sollte er über Tokio nach Taegu fliegen. Noch einmal fuhr er zurück nach San Francisco, um eine letzte Nacht mit Crystal zu verbringen. Harry hatte ihr für diesen Abend freigegeben, so daß sie stundenlang spazierengehen konnten, sich an den Händen hielten und redeten. Sie wünschten, daß die Nacht nie zu Ende ging, und wollten jeden gemeinsamen Augenblick für immer im Gedächtnis bewahren. Sie bereuten nichts. Die Zeit, die sie zusammen verbracht hatten, war vollkommen gewesen. Zwei kurze Wochen der Vollkommenheit!

»Es tut dir doch nicht etwa leid, oder?« Crystal würde fortan viel Stärke zeigen müssen... womöglich für immer. Aber an Kraft hatte es ihr nie gemangelt. Dennoch machte er sich Sorgen, weil es niemanden gab, der sich so um sie kümmerte, wie er es gern getan hätte.

»Nein, es tut mir nicht leid. Ich liebe dich zu sehr, als daß ich etwas bedauern würde.« Aus ihrem Lächeln sprach Gelassenheit. In den letzten zwei Wochen schien sie an Reife gewonnen zu haben. Das Zusammensein mit Spencer und die Liebe, die er ihr schenkte, waren ihr gut bekommen. »Aber du wirst mir sehr fehlen.« Und mit besorgtem Blick setzte sie hinzu: »Spencer, sei vorsichtig... es darf dir nichts passieren.«

»Mir passiert schon nichts, mein Angsthäschen. Ich bin wieder zurück, ehe du weißt, wie dir geschieht.« Keiner der beiden wußte, wie es weitergehen sollte, wenn er aus Korea zurückkam. Es gab keine einfachen Lösungen – die würde es vermutlich nie geben. Spencer hoffte allerdings, daß er fern von beiden Frauen einer Lösung vielleicht näher kam. Daß er etwas unternehmen mußte, war klar, denn so konnte es nicht ewig weitergehen. Bislang hatte er Crystal keine Versprechungen für die Zukunft gemacht, und sie wollte auch keine. Sie wollte nur das, was er ihr in den letzten zwei Wochen gegeben hatte.

Wieder suchten sie ihr Zimmer auf, und sie liebten sich ein allerletztes Mal, und als Spencer sich anzog, standen in Crystals Augen Tränen. Ihn in Uniform zu sehen, tat ihr weh. Als er dann ging, um nach Monterey zu fahren, begleitete sie ihn verstohlen die Treppe hinunter. Auf den Stufen vor der Haustür blieb sie barfüßig und im Nachthemd stehen.

»Rasch hinein mit dir. Ich rufe dich sofort an, wenn ich angekommen bin«, flüsterte Spencer. Zwei Wochen lang war es ihnen gelungen, von Mrs. Castagna nicht ertappt zu werden.

»Ich liebe dich«, sagte sie mit tränenerstickter Stimme. Spencer hielt sie ganz fest, von dem Wunsch beseelt, ihr Bild für immer seinem Bewußtsein einzuprägen. Und er wollte, daß sie ihn und die zwei gemeinsamen Wochen nie vergaß, für den Fall, daß er nicht wiederkam. Schließlich zog er in einen Krieg, und wer wußte, was ihm zustoßen mochte.

»Crystal, ich hab' dich lieb.« Mehr brachte er nicht heraus, ehe er die Stufen hinunter und um die Ecke zu seinem geparkten Auto lief. Im nächsten Moment winkte er Crystal aus dem fahrenden Wagen zu, und sie huschte in ihr Zimmer, das ihr mit einemmal entsetzlich leer vorkam. Er war fort, und sie mußte sich damit abfinden, daß sie ihn vielleicht niemals wiedersah. Sicher war nur, daß sie ihn nie vergessen konnte. Er war für sie zu kostbar, zu tief in ihrem Herzen eingebettet, als daß er jemals wieder daraus schwinden konnte, ganz egal, was passieren mochte.

Von Monterey aus rief er sie sofort an. Und dann war die endgültig letzte Stunde gekommen. Spencers Einheit sollte am nächsten Morgen abfliegen. Als er Elizabeth zu erreichen versuchte, mußte er sich damit begnügen, für sie eine Nachricht zu hinterlassen. Er war erleichtert, als er hörte, daß sie eine Vorlesung besuchte. Seit einiger Zeit mied er Gespräche mit ihr und meldete sich nur bei ihr, wenn es unumgänglich war – eine heikle Sache, da sie ihn zu gut kannte und jedes Schwanken in seiner Stimme, jede Stimmung erfaßte und jeden seiner Sätze zerpflückte. Aber bislang war es ihm geglückt, sie zu täuschen – ein Umstand, der ihm eigentlich schwer auf der Seele hätte lasten müssen. Es war ganz anders als das, was er eigentlich für die Ehe geplant hatte, aber alle seine Vorsätze waren seit der Wiederbegegnung mit Crystal zunichte. Er hatte die Gelegenheit, mit ihr zusammenzusein, ergriffen, und jeder einzelne Augenblick mit ihr war ihm kostbar.

Als die Maschine in Monterey abhob und Kurs auf Hawaii nahm, blickte Spencer aus dem Fenster. Während er die Westküste verschwinden sah, war er in Gedanken bei Crystal, dem Mädchen seiner Träume, der Frau, die er wider alle Vernunft liebte.

Zur gleichen Zeit hatte Crystal den Blick zum Himmel erhoben, obwohl sie wußte, daß seine Route viel weiter südlich lag. Mit geschlossenen Augen betete sie um seine sichere Heimkehr. Gegen Tränen ankämpfend ging sie ins Haus zurück und auf ihr Zimmer. Plötzlich war ihr, als seien die zwei Wochen mit Spencer viel zu kurz gewesen. So vieles war ungesagt geblieben, so vieles gab es, daß sie noch gern unternommen hätten und wofür ihnen die Zeit gefehlt hatte. Spencer hatte mit ihr ins Alexander Valley fahren wollen, aber Crystal hatte gezögert. So sehr sie Boyd und Hiroko wiedersehen wollte, so wenig konnte sie den Gedanken an eine Begegnung mit ihrer Mutter, Becky oder Tom ertragen. Sie verspürte kein Verlangen, zurückzukehren. Als Boyd sie zwei Wochen später von der Tankstelle aus anrief, um ihr zu sagen, daß ihre Großmutter gestorben sei, nahm sie es zur Kenntnis, ohne einen Gedanken an die Rückkehr zu verschwenden.

Grandma Minerva sollte auf dem Gelände der Ranch bestattet werden, wie ihr Vater und Jared. Sie sei im Schlaf gestorben, sagte Boyd, der Crystal auch zu verstehen gab, daß ihre Mutter auf den Todesfall mit totaler Verzweiflung reagiert hätte. Aber Crystals Herz verhärtete sich. Sie dankte Boyd für den Anruf, erklärte jedoch, daß sie auf keinen Fall kommen würde.

Wieder war ein Kapitel abgeschlossen. Wieder war jemand dahingegangen. Ihre einzigen Angehörigen waren nun Mutter und Becky, und beide waren für sie so gut wie tot. »Wie geht's Hiroko?«

»Sie ist wieder auf den Beinen. Diesmal war es ziemlich hart für sie... du weißt schon.« Hiroko trauerte seit zwei Monaten um das tote Kind und konnte keinen Trost finden, denn der Arzt hatte ihr eröffnet, daß sie keine Kinder mehr bekommen konnte. Jane würde ihr einziges Kind bleiben... ihr Patenkind.

»Warum kommt ihr nicht her und besucht mich einmal?«

»Ja, vielleicht kommen wir wirklich eines schönen Tages.« Zögernd setzte er hinzu: »Du weißt sicher schon, daß Tom seit zwei Wochen in Korea ist. Becky war ziemlich außer sich, meint meine Schwester. Aber eigentlich kann sie von Glück sagen, daß sie den Schurken los ist.« Crystal hörte versteinert zu. Sie haßte alle, alle außer Boyd, Hiroko und Jane. In ihrem Leben hatten die anderen keinen Platz mehr.

»Wer bewirtschaftet jetzt die Ranch?«

»Tja... deine Mutter und Becky, denke ich. Sie haben noch ausreichend Arbeitskräfte, solange nicht alle einberufen werden.« Es sah ganz danach aus, als würde alles wieder so verlaufen wie im letzten Krieg – nach einer nur fünf Jahre währenden Atempause eine grausame Wendung des Schicksals. Wenigstens mußte Boyd nicht zur Army. Crystal war auch Hirokos wegen froh darüber. »Und dir geht es gut, Crystal?«

»Sehr gut. Ich kann mir hier richtig die Seele aus dem Leib singen.« Es gab sehr viel mehr zu berichten, aber das wollte sie nicht einmal den Websters anvertrauen. »Also, wann kommt ihr?«

»Wir werden sehen... Noch etwas, Crystal... das mit deiner Großmutter tut mir aufrichtig leid...« Fast hätte sie vergessen, daß der Todesfall der eigentliche Anlaß seines Anrufes gewesen war, und auch er hatte nicht mehr daran gedacht, aber jetzt gab ihm der alte Peterson schon ein Zeichen, daß er Schluß machen sollte. Boyd mußte sich beeilen.

»Danke, Boyd. Grüß Hiroko und Jane von mir. Und laß mich wissen, wann ihr kommt.«

»Mach' ich.« Er legte auf, und Crystal starrte in Mrs. Castagnas Hausflur ins Leere.

»Ist etwas passiert?« Die alte Frau tauchte auf wie ein Gespenst, wenn sie interessante Neuigkeiten witterte.

Mit einem Seufzer drehte sich Crystal um. »Meine Großmutter ist gestorben.«

»Ach, wie traurig. War sie sehr alt?« Mrs. Castagna empfand aufrichtiges Mitgefühl. Crystal war immer so allein, und sie war so jung und hübsch und anständig.

»Fast achtzig, glaube ich.« Ausgesehen hatte sie wie eine Hundertjährige, und ein Wiedersehen mit ihrer Enkelin war ihr nicht mehr vergönnt gewesen. Daran wollte Crystal jetzt lieber nicht denken. Dafür war es zu spät. Grandma Minerva war tot. Und Crystal hatte genug andere Sorgen, jetzt, da Spencer in Korea war.

»Fahren Sie zum Begräbnis nach Hause?«

»Nein, ich glaube nicht.«

»Sie stehen mit Ihrer Familie nicht auf gutem Fuß, wie?« Nie kam ein Anruf, nie ein Brief, abgesehen von jenen, deren Absender Webster hießen. Das Mädchen ging auch nie aus, von den letzten Wochen abgesehen, als sie den jungen Mann in ihrem Zimmer versteckt hatte. Mrs. Castagna hatte getan, als würde sie nichts merken – aus Sympathie für Crystal.

»Ich hab' ja schon gesagt, daß meine Eltern tot sind.« Mrs. Castagna nickte. Geglaubt hatte sie es nie. Aber Crystals Blick verriet nichts, als die Alte sie ansah. Mrs. Castagna war noch älter als Grandma Minerva, steckte aber noch voller Lebenslust und hatte keineswegs die Absicht, bald das Zeitliche zu segnen.

»Wie geht es Ihrem Freund?« Crystal wurde von dieser Frage überrumpelt und holte überrascht Luft. Ihr war klar, daß die alte Frau damit Spencer meinte. Mit gleichmütigem Ausdruck ging sie zur Treppe.

»Es geht ihm gut.«

»Ist er fort?«

Auf der obersten Stufe blieb Crystal stehen und warf einen wehmütigen Blick auf Mrs. Castagna, und dieser Blick sagte alles. »Ja, er mußte nach Korea.«

Die Alte nickte, bevor sie sich in ihre Küche zurückzog, wo sie ihren Beobachtungsposten am Fenster wieder einnahm. Die Neugier hatte ihr keine Ruhe gelassen. Sie hatte genau gewußt, daß der junge Mann in Crystals Zimmer gewesen war, aber das Mädchen war so lange allein gewesen, daß sie nichts unternommen hatte. Mrs. Castagna staunte selbst über sich. Aber Crystal hatte ihr über ein Jahr nicht den geringsten Verdruß bereitet, und der Bursche hatte einen tadellosen Eindruck gemacht. Ein Jammer, daß das Mädchen mit ihm schlief, aber bei einem hübschen Ding ohne Eltern, ohne eine Menschenseele, die sich um sie kümmerte, war es eigentlich kein Wunder. Der junge Mann war der einzige, mit dem sie Crystal jemals gesehen hatte. Zu schade, daß er nun in den Krieg ziehen mußte.

25. Kapitel

Das nächste halbe Jahr erschien ihnen allen endlos – Crystal, die Abend für Abend sang, Elizabeth, die auf dem College studierte, und Spencer in Korea. Sooft es ihm möglich war, schrieb er beiden, daß er sich manchmal schon komisch vorkam, wenn er die Briefe aufgab. Was, wenn er sich einmal irrte und die Briefe verwechselte? Und ständig grübelte er über eine Lösung seines Problems nach, ohne je zu einer Entscheidung zu gelangen.

Er schrieb Crystal von seinen Gefühlen, gestand ihr, daß er sich nach ihr verzehrte und sie leidenschaftlich liebte. Dennoch ließ er sich zu keinem Versprechen für die Zeit nach dem Krieg hinreißen, da er sich noch immer nicht im klaren darüber war, wie er sich Elizabeth gegenüber verhalten sollte und ob er überhaupt eine Scheidung wollte. Er wußte zwar, daß er Crystal liebte, ebenso wie er wußte, daß er eine der beiden aufgeben mußte. Aber er stand irgendwie in Elizabeths Schuld. Er hatte mit ihr gemeinsam etwas begonnen, und sie konnte nichts dafür, daß er sie nicht liebte. Niemand konnte etwas dafür. So schrieb er auch Elizabeth, schrieb von seinen Erlebnissen, von den exotischen Trachten, den Sehenswürdigkeiten, den fremden Sitten und den Menschen. Er wußte, daß sie sich für solche Dinge ebenso interessierte wie für die politischen Einzelheiten. Sicherlich war auch Crystal begierig darauf, alles über sein Leben in Korea zu erfahren, aber ihre Interessen galten anderen Dingen, und seine Sehnsucht nach ihrer Herzenswärme überwog alles andere. Elizabeth wiederum schrieb ihm, wie satt sie das College hatte – das alte Lied, das er schon auswendig kannte –, und sie beschrieb ihm die Dinnerpartys ihrer Eltern, die sie in den Ferien besuchte. Einige Male war sie bei Ian und Sarah in New York gewesen, die sich nun aber an der Organisation einer neuen Jagd in Connecticut beteiligten und deshalb die Wochenenden meist in Kentucky verbrachten, wo sie neue Pferde für Sarah aussuchten. Wiederholt schrieb ihm Elizabeth, wie froh sie sei, daß sie nicht schwanger war. Das war das genaue Gegenteil dessen, was Crystal erhofft hatte, der ungeklärten Situation wegen aber war Spencer erleichtert, daß keine der beiden ein Kind erwartete.

Elizabeths Briefe lasen sich wie die Gesellschaftsnachrichten, Crystals Briefe hingegen waren eine Labsal für seine Seele und machten ihm Mut.

Im Juni fand Elizabeths Graduierung in Anwesenheit ihrer Eltern statt. Auch Spencers Eltern hatten eine Einladung bekommen. Elizabeth schien sehr zufrieden mit sich zu sein und war erleichtert, daß die Qual vorüber war. Ihr Brief erreichte ihn in Pusan, wo er sich vor Hitze halbtot mit seinen Leuten mühsam durch die Reisfelder kämpfte. Immer wieder kam es zu verlustreichen Scharmützeln, und allmählich wuchs in ihm das Gefühl, daß die amerikanischen Truppen hier nichts zu suchen hatten.

In jenem Sommer, in dem Elizabeth wie immer an den Lake Tahoe fuhr, entschloß sich Crystal endlich zu einem Besuch im Tal. Der Plan hatte ihr schon lange Kopfzerbrechen bereitet, aber da Tom Parker jetzt in Korea war, wollte sie einen Besuch wagen. Sie brauchte jetzt nur noch die eigenen schmerzlichen Erinnerungen an ihren Vater und Jared zu fürchten. Es kam ihr selbst merkwürdig vor, dort zu sein und die Ranch nicht zu besuchen, aber sie hatte kein Verlangen nach einem Wiedersehen mit ihrer Mutter und Becky.

Sie verbrachte einige Tage bei Hiroko und Boyd, und es tat ihr wohl, wieder in der Heimat zu sein, in der Sonne zu liegen und die Gerüche des Tales einzuatmen. Einmal zwang sie sich sogar, an der Ranch vorbeizufahren, die verlassen und verwildert wirkte. Alle Hilfskräfte waren eingezogen worden. Von Boyd wußte sie, daß ihre Mutter die Wein- und Getreideanbauflächen nur mit Hilfe mexikanischer Tagelöhner bewirtschaften konnte. Das Vieh war schon längst verkauft. Von Spencer sollte sie später erfahren, daß Tom beim Kampf um Seoul gefallen war. Als Crystal die Nachricht las, empfand sie Erleichterung. Sie konnte ihm nicht verzeihen, daß er ihren Bruder getötet hatte. Dennoch fragte sie sich, wie Becky die Nachricht aufnehmen würde und ob sie nun vorhatte, mit ihren drei Kindern und ihrer Mutter weiterhin auf der Ranch zu leben. Ein Verkauf war nicht auszuschließen – ein unerträglicher Gedanke für Crystal, aber sie hätte nicht verhindern können, daß die Ranch in fremde Hände geriet. Es gehörte nicht mehr zu ihrem Leben. Zuweilen erschien es ihr unglaublich, daß sie dort aufgewachsen war.

Zu Weihnachten kamen Boyd und Hiroko endlich nach San Francisco, um Crystal singen zu hören. Die beiden sahen so glücklich und gut aus wie schon lange nicht mehr. Die kleine Jane hatten sie in der Obhut von Mr. Petersons Frau zurückgelassen, die diese Aufgabe gern übernahm. Jane war dreieinhalb und sah Hiroko ähnlicher denn je, wenn man den Bildern glauben wollte, die Crystal zu sehen bekam.

Boyd und Hiroko erlebten Crystals Auftritt mit Staunen und Verwunderung. Harrys Nachtclub hatte sich dank seines Gesangstars zu einer wahren Goldgrube entwickelt, und er brüstete sich vor seinen Freunden mit seinem Star. So fand er es nicht weiter verwunderlich, als Ende Februar zwei Agenten aus L. A. auftauchten, Crystal ihre Karte hinterließen und sie um ihren Anruf baten. Sie solle sich bei ihnen melden, falls sie nach Hollywood käme. Man würde dann Probeaufnahmen mit ihr machen. Sie zeigte Pearl ganz aufgeregt die Karte. Eigentlich fühlte sie sich Hollywood noch nicht gewachsen, und sie zog es vor, hier auf Spencer zu warten. In ihrem nächsten Brief an ihn erwähnte sie die Agenten. Das Schreiben erreichte ihn einen Monat später, im März, als er unweit des 38. Breitengrades festsaß.

Spencer hätte zu gern erfahren, wie ihre Entscheidung ausgefallen war. Einerseits war er dafür, daß sie nach Hollywood ging, andererseits hätte er sich gewünscht, sie würde mit ihrem neuen Leben bis zu seiner Rückkehr warten. Ein unfaires Ansinnen, wie ihm wohl bewußt war, aber er fürchtete einfach, sie zu verlieren. Sie war jung und schön, und sie hatte ein Recht auf ein erfülltes Leben, dennoch brachte ihn der Gedanke, daß sie ihn aus ihrem Leben verbannen könnte, zur Verzweiflung.

In Wahrheit kreisten Crystals Gedanken nur um ihn, und das, obwohl sie nun viel seltener Post von ihm bekam. Sie wußte aus seinen spärlichen Briefen, daß sich die Lage in Korea zunehmend verschlechterte: Die Waffenstillstandsverhandlungen blieben ergebnislos, die Kämpfe wurden immer erbitterter, und die Zahl der Opfer stieg. Was Spencer ihr davon schrieb, ließ ahnen, daß er an tiefen Depressionen litt. Wie seine Kameraden auch sehnte er das Ende dieses Krieges herbei, der sich nun schon eine ganze Ewigkeit dahinzuschleppen schien. Um so fassungsloser war Crystal, als sie einem seiner Briefe entnahm, daß Spencer sich während eines Urlaubs in Tokio mit Elizabeth getroffen hatte. So wie er die Begegnung schilderte, hätte Elizabeth ebensogut eine flüchtige Zufallsbekanntschaft sein können, aber allein der Gedanke an ihr Treffen weckte in Crystal glühende Eifersucht. Warum konnte sie nicht auch nach Tokio fliegen? Spencer war schon so lange fort, und sie wartete so sehnsüchtig auf ihn. In ihrem Leben gab es keinen anderen Mann, denn sie wollte niemanden außer Spencer. Keiner der Männer, die sie kennenlernte, hielt dem Vergleich mit ihm stand. Crystal war jung und schön, und sie liebte ihn über alles. Sein einziger Fehler bestand darin, daß er verheiratet war. Ihre Freundin Pearl ermunterte sie immer wieder, sich einen anderen Freund zu suchen – vergebens. Crystal war trotz zahlreicher Anträge an keinem Mann interessiert. Die Männer, die kamen, um sie singen zu hören, gerieten förmlich in Ekstase und überhäuften sie mit Einladungen, die sie prompt ausschlug. Sie hielt Spencer die Treue.

Mit jedem Jahr wurde Crystal schöner, und in diesem Sommer sah sie besser aus denn je. Wenn sie auftrat und ihre Songs vortrug, strahlte sie etwas Sanftes und unendlich Liebenswertes aus, das ihre Schönheit noch unterstrich und das Publikum bezauberte.

Elizabeth war indessen in Washington als Mitarbeiterin des Untersuchungsausschusses für unamerikanische Aktivitäten für McCarthy tätig – eine anspruchsvolle Arbeit, in der sie aufging. Die Ermittlungen dieses Ausschusses hatten schon das Leben so manchen Hollywood-Stars zerstört, aber Elizabeth sah nur das Wohl des Landes, das es vermeintlich zu retten galt. In ihren Briefen beschrieb sie Spencer eingehend, worin ihre Aufgabe bestand und was sie von McCarthy hielt. In seinen Antwortbriefen wich er diesem Thema aus und erkundigte sich statt dessen nach ihrem Befinden und dem ihrer Eltern, nur um nicht auf ihre Tätigkeit für den Ausschuß eingehen zu müssen. Alles, was sie tat, mißfiel ihm gründlich. Und sie wußte, daß er es nicht billigte, doch sie mußte tun, woran sie glaubte.

Im Herbst 1952 entschloß Elizabeth sich, Spencers Wohnung

in New York aufzulösen, seine Sachen in braune Kartons zu pakken und in Washington ein Haus an der N-Street in Georgetown zu kaufen. Es war ein wunderschönes Backsteinhaus ganz nach ihren Wünschen, und es lag unweit der noblen Geschäfte der Wisconsin Avenue, in denen sie, wenn ihre Zeit es erlaubte, Streifzüge in Begleitung ihrer Mutter unternahm und Antiquitäten für das neue Haus erstand. Im Winter brachte die Zeitschrift *Look* Aufnahmen der Inneneinrichtung ihres Hauses, und Elizabeth schickte Spencer eine Ausgabe. Als er die Bilder sah, fiel ihm auf, daß kein einziges Stück seiner eigenen Einrichtung vorhanden war. Was hatte sie wohl mit seinen Sachen gemacht? Plötzlich überfiel ihn das Gefühl, nach dem Krieg kein Zuhause mehr zu haben, in das es sich zurückzukehren lohnte. Er wußte nicht einmal, wo genau das Haus lag, konnte es sich auch nicht vorstellen, da er außer den Fotos in der Zeitschrift nichts in der Hand hatte. Alles sah so steril und perfekt aus. Auf einem der Fotos posierte Elizabeth in dem verspielt und übertrieben luxuriös wirkenden kleinen Boudoir, und Spencer konnte sich beim besten Willen nicht mehr vorstellen, mit ihr zu schlafen.

Elizabeth verbrachte Weihnachten wie immer bei ihren Eltern in Palm Beach. Anschließend flog sie nach Tokio, wo sie sich mit Spencer treffen wollte. Diesmal sah er der Begegnung mit so großer Beklemmung entgegen, daß er sich selbst energisch ermahnen mußte, daß es sich schließlich um seine Frau handelte. Trotzdem kostete es ihn Überwindung, sie zu berühren, als sie nebeneinander im Bett lagen. Sie ging ihm mit ihrem ständigen Gerede, bei dem es sich immer um ihre Arbeit und McCarthy drehte, auf die Nerven.

»Warum wechseln wir nicht das Thema?« schlug er höflich vor. Müde und abgespannt, wie er war, wollte er nichts von dem Kampf hören, den sie in McCarthys Namen gegen vermeintliche Kommunisten führte. Spencer wußte, wo die wirklichen Kommunisten waren, und er hatte es satt, gegen sie zu kämpfen. Seit nunmehr zwei Jahren war er in Korea und wollte heim in die

Staaten. Da der jüngste Waffenstillstand erneut verletzt worden war, bekam er langsam das Gefühl, aus Korea nie wieder herauszukommen. Mehr als ein bißchen Wärme und Zuwendung erwartete er von Elizabeth ohnehin nicht. Nun zeigte es sich aber deutlich, daß sie dazu nicht die richtige Frau war. Sie ging überhaupt nicht auf ihn ein, ihr ganzes Denken kreiste ständig um ihre Arbeit, ihre Bekannten, ihre Eltern. Ihm kam es vor, als seien sie gar nicht verheiratet, und doch war Elizabeth seine Frau und nicht Crystal.

Seinen Versuch, mit ihr über den Krieg und über seine verlorenen Illusionen zu sprechen, tat sie ab, als sei dies alles eine Belanglosigkeit.

»Ach was, du wirst bald schon wieder an deinem Schreibtisch in der Wall Street sitzen...« Zuerst wollte er nichts darauf sagen, dann aber gestand er ihr, welche Gedanken er sich in dieser Beziehung gemacht hatte. Er wollte schauen, wie sie reagierte.

»Ich glaube nicht, daß ich wieder dort anfange.« Elizabeth nickte befriedigt. Das paßte wunderbar zu ihren Plänen. Sie wollte für immer in Washington bleiben.

»In Washington hast du die Auswahl unter vielen renommierten Anwaltsbüros. Du wirst dich dort sehr wohl fühlen, Spencer.«

»Ich möchte mein Leben gründlich überdenken, wenn ich nach Hause komme.« Er sah sie ganz ernst an und war einen Moment lang versucht, ihr alles zu gestehen. Dieses Versteckspiel dauerte schon zu lange und war zu kräfteraubend. Und doch zögerte er erneut und schlug ihr lieber vor, auszugehen, einen Bummel durch Tokio zu unternehmen und den Luxus des Imperial Hotels zu genießen.

Die meisten Fronturlauber erholten sich am Lake Biwa, Elizabeths Vater aber hatte für sie eine Reservierung im Imperial vornehmen lassen. Er wünschte, daß sie erstklassig untergebracht waren. Elizabeth erwähnte zu gern die Großzügigkeit ihres Vaters. Immer wieder zählte sie die Kostbarkeiten auf, die er ihnen für das neue Haus geschenkt hatte: den kleinen französischen Lüster, den prachtvollen Orientteppich. Spencer konnte das alles nicht mehr hören. Er kam sich richtig schäbig vor, wenn er Interesse, Freude und Dankbarkeit heucheln mußte. Nun erst ging ihm richtig auf, daß er zu lebenslanger Dankbarkeit verpflichtet war. Er kam sich gedemütigt und unbedeutend vor. Geld und Einfluß waren die einzigen Werte, die für Elizabeth und ihre Eltern zählten, und er hatte kein Verlangen, mit ihnen in Wettstreit zu treten. Er wollte ein eigenes Leben führen, in einer Welt, in der er respektiert wurde. Doch das alles konnte er Elizabeth nicht sagen, jedenfalls nicht während der kurzen Zeit, die ihnen vergönnt war, ehe er wieder an die Front mußte. Alles, was Elizabeth redete, kam ihm unendlich banal vor, nachdem er mit angesehen hatte, wie Frauen und Kinder im Krieg umkamen, nachdem er über die toten Babys, die er am Straßenrand gefunden und begraben hatte, Tränen vergossen hatte. Er hatte schon zu lange mit zerbrochenen Idealen und unerfüllbaren Träumen gelebt. Und wenn er ihr dies zu erklären versuchte, wollte sie ihm nicht zuhören. Völlig auf sich fixiert, hatte sie keinen Begriff von seinen Qualen in den letzten zwei Jahren. Und am Ende bedauerte Spencer, daß er sich mit ihr getroffen hatte. Er war entschlossen, es nicht mehr zu einer Begegnung kommen zu lassen, falls der Krieg noch länger dauerte. Er wollte warten und nach seiner Heimkehr alle strittigen Fragen lösen. Hier war alles zu unwirklich, zu fremdartig und zu schmerzlich.

Diesmal fühlte Spencer sich noch erbärmlicher, als er an den Kriegsschauplatz zurückkehrte. Er war allen entfremdet und hatte einen inbrünstigen Haß auf Korea und auf das Elend, das er dort erleben mußte, entwickelt. Anfangs unternahm er noch den Versuch, Crystal davon in seinen Briefen zu erzählen, aber immer wenn er das Geschriebene noch einmal durchlas, faßte er den Entschluß, den Brief gar nicht erst abzuschicken. Was er geschrieben hatte, kam ihm so wehleidig, feige und unmännlich vor. Statt dessen schickte er ihr nach längerem Schweigen immer wieder einen kurzen Brief, in dem er ihr nur mitteilte, daß er noch am Leben war, und ihr am Ende in dürren Worten versicherte, daß er sie noch liebte. Spencer hatte die Fähigkeit verloren, sich jemandem mitzuteilen. Er war nicht imstande zu beschreiben, wie entsetzlich erschöpft er war, wie heftig ihm die Ruhr zusetzte, wie tief ihn der ständige Zwang des Tötenmüssens erschütterte und wie sehr ihn der Tod seiner Kameraden erbitterte. Das alles brodelte in ihm so heftig, daß er schließlich in völliges Schweigen versank.

Immer wenn Spencer so lange nichts von sich hören ließ, befürchtete Crystal schon, daß er gefallen sei. Aber sie konnte seinen Namen nicht auf den Gefallenenlisten entdecken und auch nicht unter den Verwundeten und Vermißten. Spencer war am Leben, aber er schrieb ihr nicht mehr. Monate vergingen, bis sie dies begreifen wollte. Er war nicht tot, die Briefe waren nicht verlorengegangen... nein, er schrieb ihr nicht mehr. Sie nahm das als Zeichen dafür, daß ihre Liebe zu Ende war. Zunächst konnte sie sich sehr schwer damit abfinden nach allem, was zwischen ihnen gesagt worden war und was sie gemeinsam erlebt hatten. Aber nach einigen Monaten mußte sie sich der Wahrheit stellen: Es war vorüber. Nachdem sie jahrelang gewartet hatte, hatte er sich einfach entschieden, nicht mehr zu schreiben. Wahrscheinlich hatte er sich nach einem erneuten Treffen mit seiner Frau dazu durchgerungen, an seiner Ehe festzuhalten. Aber er hätte es ihr wenigstens mitteilen können, er hätte ihr ein Wort zukommen lassen können, statt sich in Schweigen zu flüchten. Sie litt unbeschreiblich unter seinem Verhalten. Allein gelassen mit ihren verwirrenden Gefühlen, gab sie sich ihrem Kummer hin und betrauerte Spencer wie einen Gefallenen, und eine Zeitlang hatte sie tatsächlich das Gefühl, daß er nicht mehr am Leben war. Sie mußte sich zwei Wochen Urlaub nehmen, die sie in Mendocino verbrachte und zum Nachdenken nutzte. Bei ihrer Rückkehr wußte sie, daß es weitergehen mußte, mit oder ohne ihn.

Sie rief die Agenten an, die vor Monaten mit ihr Kontakt gesucht hatten, und erklärte sich nach einem kurzen Gespräch bereit, zu Probeaufnahmen nach Hollywood zu kommen.

Das teilte sie Harry an dem Abend mit, als sie wieder zur Arbeit erschien.

»Wer sind diese Typen?« fragte Harry und machte kein Hehl aus seinem Mißtrauen. Seit Jahren hatte er Crystal wie eine Tochter behütet, hatte betrunkene Gäste und alle Männer, die immer wieder versuchten, sie zu belästigen, verscheucht. »Was weißt du über sie?«

»Nur daß es Agenten aus L. A. sind«, mußte sie gestehen. Sie hatte sich einiges von ihrer Unschuld und Arglosigkeit bewahrt.

»Hm, mir wäre wohler, wenn du Pearl mitnehmen würdest. Sie kann bei dir bleiben, solange du sie brauchst. Wenn die Sache nicht klappt, dann kommst du einfach wieder mit ihr zurück. Eines Tages wird sich sicher wieder eine Chance bieten. Ich möchte, daß du dir Zeit für das richtige Angebot läßt.«

»Ja, Sir.« Ihr Lächeln ließ sie wieder wie ein Kind aussehen. Sie freute sich riesig, daß Pearl sie begleiten sollte, denn im Grunde ihres Herzens hatte sie Angst vor Hollywood, obwohl sie mehr denn je überzeugt war, daß die Filmstadt die Erfüllung all ihrer Träume bedeutete. Seit Jahren schon hatte sie zu hören bekommen, daß einmal ein Star aus ihr werden würde. Boyd, Harry, Spencer, Pearl – alle hatten es ihr prophezeit, und jetzt gedachte sie, die Probe aufs Exempel zu machen.

Harry, der für sie eine Abschiedsparty gab, stellte ihr ausreichend Geld für ein anständiges Hotel zur Verfügung, so daß sie ihre eigenen Ersparnisse in einer neuen Garderobe anlegen konnte. Der Abschied von Harry und den anderen fiel ihr sehr schwer, denn sie hatte hier Freunde und Geborgenheit gefunden.

Auch der Abschied von Mrs. Castagna fiel ihr nicht leicht. Crystal gab zwar ihr Zimmer auf, ließ aber einige von ihren Sachen im Haus zurück. Bei einem letzten Glas Sherry, das ihr die alte Frau anbot, versprach Crystal, ihr aus Hollywood zu schreiben und von den Filmstars zu berichten – falls sie welchen begegnen sollte. Es brach Crystal fast das Herz, als sie schließlich gehen mußte.

»Sollten Sie Clark Gable sehen, dann richten Sie ihm Grüße von mir aus!« trug Mrs. Castagna Crystal auf. »Und geben Sie schön acht auf sich, hören Sie!«

Als sie schließlich mit Pearl losfuhr, hätten ihre Hoffnungen nicht hochgespannter sein können. Sie hatten sich in L. A. ein Hotelzimmer reservieren lassen, und schon am Morgen nach ihrer Ankunft war Crystal zu einem Termin bei ihren Agenten bestellt.

Ihre Knie zitterten, als sie in einem schlichten weißen Kleid und mit weißen Schuhen im Büro der Agenten vorsprach. Ihr Haar hatte sie aus dem Gesicht gekämmt, ihr Make-up war dezent. Sie sah zart und unschuldig und wunderschön aus. Jetzt, mit einundzwanzig, war sie noch umwerfender, als die beiden sie in Erinnerung hatten. Kein Wunder, daß sie Crystal zunächst sprachlos anstarrten. Die Kleine war für sie ein Glücksfall.

Pearl spürte sofort, daß die beiden nicht gerade zu den erfolgreichsten Agenten der Filmmetropole gehörten. Dessenungeachtet gelang es ihnen, bereits für den nächsten Tag Probeaufnahmen anzusetzen und einen Termin mit jemandem zu vereinbaren, dem sie Crystal vorstellen wollten. Sie wollten seinen Namen nicht nennen und erzählten nur, daß er ihr gegebenenfalls sehr weiterhelfen konnte.

Die Probeaufnahmen waren für Crystal ziemlich beängstigend. Dann wieder fand sie alles sehr aufregend, und nachdem sie ihr inneres Gleichgewicht wiedergefunden hatte, lief alles sehr gut. Den Rest des Tages brachten Crystal und Pearl damit zu, Sehenswürdigkeiten zu besuchen. Sie sahen sich die Villen der Filmstars an und besuchten Grauman's Chinesisches Theater. Nachdem sie den Sunset Boulevard hinauf- und hinuntergelaufen waren, machten sie an einer Ecke halt, wo Crystal sich lachend von Pearl ablichten ließ. Beide amüsierten sich köstlich, als sie bemerkten, daß sie von Passanten angestarrt wurden, die in Crystal einen aufgehenden Stern am Filmhimmel vermuteten. Sie fand es herrlich, daß sie hier Aufsehen erregte, und war entzückt, als zwei kleine Mädchen sie um ein Autogramm baten.

Ihre nächste Station war wieder das Büro der Agenten. Man hatte Crystal gebeten, gegen Abend noch einmal vorbeizusehen, ohne ihr den Grund zu nennen. Sie hatte sich umgezogen und erschien nun in einem schwarzen Kleid, das Pearl für sie ausgesucht hatte. Dazu trug sie hohe schwarze Lacksandaletten. Ein gestärkter Petticoat verlieh dem Rock des Kleides bauschige Fülle. Das trägerlose Oberteil ließ ihre hellen, seidenglatten Schultern frei. Pearl hatte ihr zugeredet, einen breitkrempigen Hut zu tragen, und sie hatte ihr beigebracht, wie man das Haar mit einer einzigen anmutigen Bewegung im Hut unterbrachte und ihn effektvoll abnahm.

Der Mann, von dem die Agenten gesprochen hatten, wartete bereits, als Pearl und Crystal eintrafen. Er war hochgewachsen, dunkel und gutaussehend. Sein dunkler Anzug, zu dem er ein weißes Hemd und eine schmale Krawatte trug, saß phantastisch. Alles an ihm ließ auf Einfluß und Bedeutung schließen. Crystal schätzte den Mann auf Mitte Vierzig, und er wußte auf den ersten Blick, daß er auf eine Goldgrube gestoßen war.

Ihre Probeaufnahmen hatte er schon gesehen. Gewiß, sie war unerfahren und bar aller Raffinessen, aber ihre Stimme war gut. Mit diesem Aussehen hätte sie auch taubstumm sein können. Das Mädchen war eine Augenweide.

Ihr Lächeln und ihre Art, sich zu bewegen, erregten sein Wohlgefallen, und als sie den schwarzen Rock hochwirbeln ließ, erhaschte er einen Blick auf ihre Beine, die sie berühmt machen sollten. Crystal blickte ihn an und nahm den Hut ab, genau so, wie Pearl es ihr gezeigt hatte. Eine einzige schwungvolle Bewegung, und ihre blonde Mähne löste sich und fiel gleich Engelsschwingen über ihre Schultern. Der Mann im dunklen Anzug ließ ein Lächeln aufblitzen. Nun erst stand er auf, um sich vorzustellen. Dieses Mädchen war eines Ernesto Salvatore würdig.

Langsam ging er auf Crystal zu. In seinem Blick lag etwas Bezwingendes, als könne er durch sie hindurchsehen und die Geheimnisse tief in ihrem Innern lesen. Sie aber hatte nichts vor ihm zu verbergen. Vor niemandem.

»Hallo, Crystal«, sagte er ruhig. »Ich bin Ernesto Salvatore. Nennen Sie mich ruhig Ernie.« Er reichte ihr die Hand, während sein Blick zu Pearl wanderte. In der nicht mehr ganz taufrischen Rothaarigen vermutete er zunächst ihre Mutter. Auch sie hatte gute Beine, wie er registrierte, als sie sie anmutig kreuzte, sie waren aber nicht halb so gut wie Crystals Beine, die auffallend lang waren und an eine langstielige Rose denken ließen. Aber ihr unschuldiger Blick hatte es ihm besonders angetan. Was ihr fehlte, waren ein gekonntes Make-up und ein wenig Schliff – sie brauchte jemanden, der ihre Stimme schulte, der ihr zeigte, wie man sich richtig bewegte und vor der Kamera agierte. Dann würde es mit ihr im Blitztempo nach oben gehen... ganz an die Spitze! Aber davon sagte er kein Wort zu ihr und den Agenten. Crystal war sichtlich nervös. Sie wußte nicht, wer er war und weshalb er sie sehen wollte.

»Könnten Sie am Montagnachmittag in mein Büro kommen?« Obwohl sie nicht sicher war, ob man ihm trauen konnte, nickte sie.

»Ich denke schon.« Crystals Gelassenheit entlockte Pearl ein Lächeln. Ihr entging auch nicht der beifällige Blick von Salvatore, der Crystal seine Adresse nannte und ihr mit einem befriedigten Nicken zu den Agenten hin seine Karte gab. Diesmal waren sie fündig geworden. Nach vielen Nieten und totalen Versagern waren sie endlich auf einen lupenreinen Diamanten gestoßen.

Salvatore war ein bekannter Manager. Bei ihm hatten einige große Stars begonnen – aber nicht sehr viele. Und es hatte sehr unerquickliche Skandale um seine Person gegeben, zwei von der Presse weidlich ausgeschlachtete Selbstmorde junger Schauspielerinnen, die er gemanagt hatte und die mit ihm liiert gewesen waren. Es hatte noch andere Zwischenfälle gegeben, über die er lieber Gras wachsen ließ. Weitaus bedeutsamer war aber, daß Ernie Salvatore die Spitze eines Eisberges darstellte, der vielen Angst einflößte. Seine Verbindungen waren jedenfalls anerkannt gut. Das war schon zu spüren, wenn man ihn ansah. Nur Crystal war sich dessen nicht bewußt. Sie war zu naiv, um an Ernie Salvatore etwas Zwielichtiges zu wittern.

»Könnten Sie nach L. A. ziehen?« fragte er sie nach einem intensiven Blick.

»Ja, ich könnte nach L. A. ziehen.« Ihr Leben lang hatte sie davon geträumt, nach Hollywood zu kommen, und war jetzt bereit, fast alles dafür zu tun, was von ihr verlangt wurde. Es gab niemanden mehr, vor dem sie sich hätte rechtfertigen müssen ... außer vor sich selbst ... nicht einmal Spencer war sie Rechenschaft schuldig.

Salvatore, der über eine tiefe, sonore Stimme verfügte, hatte etwas Bezwingendes und Befehlsgewohntes an sich. Fasziniert ließ sie es geschehen, daß er ganz nahe an sie herantrat und sie einer gründlichen Musterung unterzog. Was er sah, hätte gar nicht besser sein können. Sie war von makelloser Schönheit. »Wie alt sind Sie?«

»Einundzwanzig«, antwortete sie ganz ruhig. »Im August werde ich zweiundzwanzig.« Also nicht minderjährig. Geradezu ideal.

Sie war unschuldig und adrett – sie war genau das, was er schon eine ganze Ewigkeit suchte. Dieses Mädchen lohnte einen gebührenden Einsatz. Er hatte sogar schon den richtigen Film für sie parat. Es kostete ihn nur einen Anruf beim Regisseur, der den dafür vorgesehenen Star von der Besetzungsliste streichen mußte – für Ernesto ein Detail am Rande. Gleich am nächsten Morgen wollte er die Sache in die Wege leiten.

Dann trug er ihr auf, einige Kleider zu kaufen, und holte eine Rolle Geldscheine hervor. Am Montag sollte sie zu ihm ins Büro kommen. Der Regisseur würde auch da sein, um sie selbst unter die Lupe zu nehmen, und schon am Nachmittag desselben Tages sollte sie vor der Kamera stehen. Insgeheim flehte er den Himmel an, daß sie den Text behalten konnte. Die Schauspiellehrerin würde ihr rasch ein paar Tricks beibringen, damit sie nicht hängenblieb. Nun hätte er noch zu gern in Erfahrung gebracht, ob ihre Begleiterin ständig um sie sein würde. Entschlossen drehte er sich um und fragte Pearl, ob sie Crystals Mutter sei.

Pearl lächelte und schüttelte den Kopf. »Nein, ich bin nur eine Freundin.«

»Und Ihre Mutter?« Er wandte sich wieder zu Crystal um. »Wo ist sie?«

»Tot«, antwortete Crystal knapp.

»Und Ihr Vater?«

»Auch er lebt nicht mehr.« Ein Blick in ihre traurigen Augen sagte ihm, daß sie die Wahrheit sagte. Das war ja noch günstiger, als er zunächst angenommen hatte. Mit ihr konnte er ganz nach Belieben umspringen. Er würde sie völlig ummodeln und zu dem machen, was sicher immer schon ihr Wunschtraum gewesen war. Zu einem Star. Einem ganz großen Star.

Sogar ihr Name war ideal. Genau der richtige Klang für eine Filmkarriere. Crystal Wyatt. Ja, sie würde ganz groß werden. Er bedankte sich bei allen und empfahl sich. Kurz darauf gingen auch Pearl und Crystal, die einen total verwirrten Eindruck machte und ihre Freundin entgeistert fragte: »Was soll das alles?«

»Ich glaube, du hast es geschafft«, gab Pearl zurück. Im Überschwang ihrer Gefühle mußte sie sich die Augen trockentupfen. »Warte, bis ich das alles Harry berichte.« In diesem Moment spürte Crystal fast so etwas wie Enttäuschung. Die Erfüllung ihrer Träume bedeutete, daß sie nie wieder in die gesicherte und behagliche Welt von Harrys Restaurant zurückkehren würde. Das hier war nun die wirkliche, die rauhe Welt, und da sie nicht wußte, was auf sie zukommen würde, bekam sie plötzlich Angst. Ernie Salvatore war von anderem Zuschnitt als Harry...

»Was tut eigentlich ein künstlerischer Manager?«

»Genau weiß ich das auch nicht. Ich denke, er ist so eine Art Agent.«

»Dieser Salvatore sieht nicht sehr vertraueneinflößend aus, findest du nicht auch?« Crystal war einem Mann wie Salvatore noch nie begegnet. Sie wußte noch immer nicht, was sie von ihm halten sollte.

»Sei nicht albern«, tat Pearl ihre Zweifel ab. »Er sieht sehr gut aus.«

Am Montag erschien Crystal in einem der Kleider, die sie sich von Ernies Geld gekauft hatte. Als er ihr die fünfhundert Dollar in die Hand gedrückt hatte, war von einem Vorschuß die Rede gewesen. Crystal war die Sache nicht geheuer. Die Vorstellung, mit seinem Geld einzukaufen, war irgendwie angsterregend. Warum tat er dies alles für sie? Was wollte er von ihr? Ihr fielen sämtliche Schauergeschichten ein, die sie über Agenten und Manager in Hollywood gehört hatte, aber sie versuchte sich damit zu beruhigen, daß sie einen Traum erlebte, der in Erfüllung ging. Wenn sie schon nicht den Mann bekommen konnte, den sie liebte, dann wollte sie sich wenigstens den Traum von der Filmkarriere erfüllen. Und Ernie würde ihr dazu verhelfen.

Crystal hatte vier Kleider gekauft, eine Handtasche, zwei Paar Schuhe, drei Hüte, und sie besaß noch immer an die zweihundert Dollar. Sie hatte Modelle gewählt, die ihren mädchenhaften Typ unterstrichen, ohne auf einen Hauch von Erotik zu verzichten. Ein verführerischer Schlitz dort, ein Einblick da, ein Stückchen Schleier, ein offener Knopf. Die Absätze waren hoch, die Röcke weit und die Rocklänge so, daß ausreichend von den Beinen zu sehen war, die Salvatore so begeistert hatten. Der Regisseur, der sie in Ernies Büro erwartete, zeigte sich so beeindruckt wie erwartet. Er war Ernie ohnehin einen Gefallen schuldig, so daß von Anfang an kein Zweifel am Ausgang des Gespräches bestanden hatte. Er versprach, seinen Star zu feuern, falls Crystal einigermaßen sprechen und ihren Text behalten konnte. Die Rolle war nicht schwierig, die Story simpel.

»Baby, du hast es geschafft.« Der Regisseur sah sie wohlwollend an. »Nächsten Montag ist Drehbeginn. Bleibt also knapp eine Woche zum Studium des Drehbuchs und zur Vorbereitung auf die Rolle.«

Verdutzt sah sie ihn an. Ihr Traum war plötzlich wahr geworden. Dank Ernie. Mit einemmal kam ihr alles so unwirklich vor, daß sie das Gefühl hatte, sich unter Wasser zu bewegen.

Gleich nachdem der Regisseur wieder gegangen war, reichte Ernie Crystal ein Vertragsformular.

»Was soll ich damit?« Sie wußte nicht, wie ihr geschah. Alles ging viel zu rasch. Sie hätte sich gern noch mit jemandem besprochen, aber es gab niemanden. Pearl schien ebenso ratlos und überwältigt wie sie selbst zu sein, und einem Ernie Salvatore wäre auch Harry vermutlich nicht gewachsen gewesen.

Eine innere Stimme riet Crystal, Salvatore nicht zu trauen. Wie gern hätte sie Spencers Rat eingeholt, aber er befand sich in einer anderen Welt, und sein langes Schweigen hatte ihr zu verstehen gegeben, daß ihre Beziehung zu Ende war. Trotz der drei Jahre, die vergangen waren, sehnte sie sich noch immer nach ihm. Als er sie damals verlassen hatte, war sie kaum mehr als ein Kind gewesen, und schon damals hatte er ihr geraten, nach Hollywood zu gehen. Vielleicht würde es ihn beeindrucken, wenn er eines Tages ihren Namen in Leuchtschrift las... und vielleicht kam er zu ihr zurück, wenn sie ein Star geworden war... aber auch das hörte sich verrückt an. Er war fort – bei Elizabeth. Er mußte mittlerweile längst wieder in den Staaten sein und hatte sich nicht bei ihr gemeldet. Ihre Zeit mit Spencer war endgültig vorbei, sie mußte jetzt an ihre lang ersehnte Karriere denken. Endlich... Es kam ihr vor wie Weihnachten.

Salvatore reichte ihr mit wissendem Lächeln einen Füller. »Keine Angst, meine Liebe. Aus Ihnen wird noch ein großer Star. Das hier ist erst der Anfang.« Er tätschelte beruhigend ihre Hand.

»Ist es der Vertrag für diesen Film?« Trotz ihrer Verwirrung erschien es ihr seltsam, daß er den Vertrag so flink zur Hand hatte. Wie hatte er wissen können, daß sie die Rolle tatsächlich bekommen würde? Oder hatte der Regisseur den Vertrag mitgebracht?

»Das ist ein Abkommen zwischen uns beiden. Auf diese Weise kann ich alle Verträge für Sie aushandeln, für sämtliche Filme, die Sie drehen werden. So ist es am einfachsten. Ein Abkommen zwischen Ihnen und mir, und ich regle den ganzen Kram für Sie.«

»Welchen Kram?« Ihr eindringlicher Blick bereitete ihm Unbehagen. Ein kluges Kind. Aber sie gierte nach dem, was er zu bieten hatte. Sie hatte sich die Kleider gekauft, war das ganze Wochenende in seiner Limousine herumgekreuzt und hätte wie alle anderen Anfängerinnen in Hollywood ihr Leben für eine Filmrolle gegeben. Alle Köder waren ausgelegt. Sie brauchte jetzt nur noch zu unterschreiben. Und sie würde es tun. Er war ganz sicher. Alle unterschrieben.

»Crystal, Sie wollen doch sicher nicht, daß ich Sie mit Details langweile?« Er lachte, als fände er sie unglaublich kindisch. »Sie vertrauen mir doch, oder?« Noch einmal warf Crystal Pearl einen Blick zu, die ihr kaum merklich zunickte, dann griff sie zum Füller, betrachtete den für sie unverständlichen Vertrag und unterschrieb. »Perfekt.« Salvatore nahm ihr den Füller aus der Hand, erfaßte sie und drückte einen Kuß auf ihre Finger. Langsam wanderte sein Blick höher, bis er ihr voll ins Gesicht sah. Crystal spürte, wie ein Schaudern sie überlief. Sein Blick war beunruhigend. Doch als er sich abwandte, schalt sie sich töricht. Er wußte, was er tat, und er verstand offensichtlich etwas von seinem Geschäft. Immerhin hatte er ihr im Handumdrehen eine Rolle verschafft.

Dann eröffnete Ernie Crystal, daß er sie in einem anderen Hotel unterzubringen gedachte, in einem viel besseren als jenem, in dem Harry ein Zimmer für sie reserviert hatte. Das Hotel lag in Westwood.

»Kann ich es mir leisten?« Sie wußte noch gar nicht, welche Rolle sie in dem Film spielen sollte.

Ernie lachte über ihre Zweifel. »Natürlich.« Sein Blick umfaßte Pearl. »Und Sie... bleiben Sie hier?« In seinem Blick lag etwas, das ihr auf subtile Weise andeutete, daß sie unerwünscht war.

»Ich... nun.« Pearl sah Crystal unschlüssig an. Fast schien es, als sei sie in den letzten Minuten völlig überflüssig geworden. »Ich glaube, ich muß zurück nach San Francisco.« Ihr entschuldigender Blick galt beiden. Crystal war sichtlich enttäuscht, das entging Salvatore nicht. Er lächelte beiden zu, als er den Vertrag wegschloß. Er legte ihn in ein Schubfach, in dem er seine kostbarsten Besitztümer aufbewahrte, wie er Crystal versicherte.

»Warum bleiben Sie nicht, bis Crystal nächste Woche mit der Arbeit anfängt? Dann wird sie ohnehin sehr beschäftigt sein. Leider wird sie allerdings in der laufenden Woche auch schon sehr viel zu tun haben.« Mit väterlicher Miene wandte er sich an Crystal und erklärte ihr, sie täte gut daran, Sprechunterricht zu nehmen. Natürlich stünde es ihr frei, zugleich Schauspielunterricht zu nehmen, aber wenn sie bei den Dreharbeiten aufmerksam aufpasse, könne sie auch im Studio viel lernen.

Pearl war einverstanden, bis zum übernächsten Wochenende zu bleiben, und Ernie riet ihnen, den Umzug in das andere Hotel am besten noch am gleichen Tag zu erledigen. Sein Fahrer würde sie zu ihrer neuen Bleibe bringen. Ihr Einverständnis vorausgesetzt, würde er sie nachmittags zum Cocktail besuchen.

Fünf Minuten später saßen sie im Wagen. Crystal war merkwürdig still, denn ihr ging alles, was sich eben zugetragen hatte, durch den Kopf. Sie konnte es noch immer nicht fassen. Pearl redete ununterbrochen... wie gut Ernie aussah, wie weltmännisch er war, was für eine große Chance sich Crystal bot und wie rasch ein Star aus ihr werden würde. Crystal hätte es nicht definieren können, aber sie traute ihm nicht. Davon sagte sie kein Wort, bevor sie im Hotel angelangt waren. Erst als sie ihre Koffer packten, wandte sie sich mit der Frage an Pearl: »Glaubst du wirklich, er ist in Ordnung? Ich meine... ach, ich weiß nicht...« Sie setzte sich, um ihre hochhackigen Schuhe von sich zu schleudern. Wie gern hätte sie für die abendliche Einladung ihre Jeans angezogen. Aber Salvatore hatte sie ermahnt, daß sie von nun an sorgfältig auf ihr Image zu achten hätte. Sie mußte elegante, verführerische Kleider tragen, durfte nie ungeschminkt oder ohne tadellose Frisur erscheinen, und sie mußte sich auf jeder Party in der Stadt, zu der sie eine Einladung bekam, sehen lassen. Er würde schon dafür sorgen, daß sie überall eingeladen wurde. Das hörte sich ungeheuer aufregend an, aber die Frage, weshalb er sich so intensiv einsetzte, machte ihr sehr zu schaffen. Pearl erklärte sie für verrückt, als sie ihr diese Bedenken anvertraute.

»Natürlich ist er in Ordnung! Spinnst du oder was? Hast du dir sein Büro angesehen? Allein die Einrichtung muß eine Million gekostet haben. Glaubst du, er hätte ein so tolles Büro, wenn er kein großer Manager wäre? Baby... du hast dich mitten ins große Geld gesetzt und merkst es nicht mal. Und das alles tut er für dich, weil er genau weiß, daß du eines Tages ein Weltstar bist. Die einzige, die es offenbar noch nicht kapiert hat, bist du, du Dummchen.« Sie lächelte aufmunternd, und Crystal lachte erleichtert. Pearls Worte hatten sie beruhigt, und nachdem sie Harry noch rasch vor dem Auszug aus dem Hotel angerufen hatte, fühlte sie sich blendend. Er sagte ihr, wie stolz er auf sie sei und was für ein großer Durchbruch ihr bevorstünde. Deshalb war sie nach Hollywood gekommen, und sie hatte genau das bekommen, was sie wollte. Die beiden hatten recht. Es war verrückt, sich Sorgen zu machen. Es lag kein vernünftiger Grund dafür vor. Sie brauchte jetzt nichts weiter tun, als sich zurückzulehnen und alles nach Herzenslust zu genießen.

Die Suite in ihrem neuen Hotel sah aus wie im Film, ebenso die in weißem Marmor gehaltene und mit einem roten Teppich ausgelegte große Empfangshalle. Es war ein mittelgroßes Hotel in einer guten Gegend und unleugbar sehr elegant.

Als Crystal all den Glamour sah, wurde sie mit einem unwillkürlichen Gefühl der Dankbarkeit gegenüber Pearl erfüllt. Crystal drehte sich langsam zu ihr um und ging auf sie zu, um sie zu umarmen. Pearl war ihr in den vergangenen vier Jahren eine treue Freundin gewesen. Wenn sie nun zurück nach San Francisco fuhr und sie hier allein zurückblieb, würde sie sich sehr sonderbar fühlen.

»Danke«, sagte Crystal leise und gefühlvoll.

»Wofür?« Pearls schroffer Ton sollte verbergen, wie sehr sie an Crystal hing, die für sie zu der Tochter geworden war, die sie nie gehabt hatte. Nicht auszudenken, daß sie sie schon nächsten Sonntag allein lassen mußte.

»Ich danke dir, daß du an mich geglaubt hast. Du und Harry... wenn ihr nicht gewesen wärt, wäre ich jetzt nicht hier.«

»Also, etwas Dümmeres habe ich noch nie gehört. Die Agenten haben deine Lieder gehört. *Sie* haben dich entdeckt – damit haben wir nichts zu tun.«

»Und ob ihr etwas damit zu tun habt. Harry hat mich engagiert, und du hast mir alles beigebracht, was ich für meine Nummern brauche. All die Jahre hast du an mich geglaubt, und jetzt hast du mich bis hierher begleitet. Wenn du mich fragst, ist das verdammt viel.«

»Sei nicht albern, Crystal, sieh lieber zu, daß du die Zeit hier richtig genießt.« Sie ging an die rot-goldene Bar, um sich ein Bier aus dem Kühlschrank zu holen. Von einem der hohen, mit schwarzem Velours bezogenen Hocker aus prostete sie Crystal mit der Flasche zu. »Auf dich, Kleines...« Und mit einer weitausholenden, die ganze Suite umfassenden Bewegung rief sie aus: »Und auf Ernie!«

»Auf Ernie!« wiederholte Crystal, die sich ein Coke nahm. Sie konnte jetzt viel unbelasteter an Ernie denken als am Morgen. Irgendwie war ihr jetzt nicht mehr klar, warum sie sich Sorgen gemacht hatte. Sie wußte nur, daß sie es getan hatte, aber jetzt sah sie ein, daß sie keinen Grund dafür gehabt hatte.

Als Ernie um sechs wie vereinbart auf einen Drink kam, war Pearl ziemlich angesäuselt, und Crystal, die Jeans trug, hatte das Gefühl, daß er sie dabei ertappt hatte, daß sie ihre Hausaufgaben nicht richtig erledigt hatte. Von nun an wurde von ihr erwartet, daß sie immer Glamour ausstrahlte und sich tadellos benahm. Ernie hatte sie über die Moralklausel der Studioverträge genau informiert. Und da war sie nun, in Jeans, wenige Stunden nach der Unterzeichnung. Doch er lachte und schien sich über Pearl zu amüsieren. Crystal fand, daß er sehr viel netter zu sein schien, als er ihr ursprünglich vorgekommen war. Und als sie ihn verstohlen musterte, mußte sie widerstrebend zugeben, daß er recht gut aussah.

Ernie beachtete Pearl kaum und konzentrierte sich ganz auf Crystal. Mit sanfter Zunge redete er auf Crystal ein und sagte ihr, wie glücklich er über den Vertrag war. Dann drückte er ihr einen dicken grauen Umschlag in die Hand, auf dem sein Name stand.

»Ich habe heute morgen vergessen, Ihnen das zu geben. Tut mir leid. Solche Fehler unterlaufen mir normalerweise nicht.« Sein Lächeln zeigte an, daß er es gewöhnt war, daß man ihm alles nachsah. Er war an sehr vieles gewöhnt, an Dinge, auf die Crystal nicht im Traum gekommen wäre.

»Was ist das?« Behutsam öffnete sie den Umschlag. Ihr Erstaunen war groß, als sie einen Scheck von Ernie darin vorfand. Warum gab er ihr noch mehr Geld? Sie hatte ja schon fünfhundert Dollar als Vorschuß bekommen, auch wenn sie nicht genau wußte, wofür. Als sie aufblickte, sah sie in sein lächelndes Gesicht.

»Es ist das Geld, das ich Ihnen für die Vertragsunterzeichnung schulde. Sie glauben doch nicht etwa, daß man einen größeren Vertrag bloß mit einem Kuß besiegelt? Obwohl ich gestehen muß, daß mir dies nicht schlecht gefallen würde.« Crystal sah ihn verlegen an. Sie hatte keinen Schimmer, worum es bei diesem Arrangement ging.

»Sie sind mir das schuldig?« Sie fand das irgendwie komisch, und plötzlich war sie entzückt ... Sie hatte mit dem Filmen noch gar nicht angefangen und verdiente schon Geld. Und sie wohnte wie eine Königin in einem feudalen Hotel. Wer hatte je behauptet, Hollywood sei ein beinhartes Pflaster? Das mußte ein Verrückter gewesen sein, der Ernie Salvatore nicht kannte. Wie Pearl ihr prophezeit hatte, fing Crystal ganz oben an.

»Eigentlich schulde ich Ihnen zweitausendfünfhundert, liebe Crystal. Da aber die Fünfhundert ein Vorschuß waren, habe ich sie von der Summe abgezogen.« Er wollte verhindern, daß sich bei ihr das Gefühl einstellte, sie schulde ihm zuviel, denn er hatte Angst, daß sie kopfscheu werden könnte. Das wollte er keinesfalls. Sie sollte das Gefühl haben, das Geld zu verdienen, und das tat sie auch. Er hatte an jenem Nachmittag für ihren allerersten Film einen stattlichen Betrag eingestrichen. Von nun an würde er ihr ein kleines Gehalt bezahlen und den Rest behalten – so besagte es die Vereinbarung, die sie unterschrieben hatte. »Crystal, ich werde Sie bei meiner Bank einführen. Schon morgen können Sie dort ein Konto eröffnen.« Da sie noch nie ein Bankkonto gehabt hatte, fand sie die Aussicht sehr aufregend. Sie nippte eifrig an dem Champagner, den er ihr eingeschenkt hatte. Er blieb noch eine Weile, dann wünschte er ihnen einen guten Abend. Ehe er ging, küßte er Crystal, die ihn zur Tür brachte, auf die Wange. Diesmal war nichts Merkwürdiges an ihm, im Gegenteil, sie fing an, ihn zu mögen. Aber wer hätte ihn nicht gemocht? fragte Pearl. Er war so gut zu ihnen. Das tolle Hotel, die Suite, der Champagner. Crystal strahlte übers ganze Gesicht, als sie gutgelaunt den Scheck schwenkte, nachdem sie die Tür hinter Ernie geschlossen hatte.

»Jetzt weiß ich nicht: Soll ich ihn einlösen oder einrahmen?« Am nächsten Morgen entschied sie sich jedoch leichten Herzens für ersteres. Nachdem Ernies Sekretärin sie am Morgen angerufen und ihr seine Bank genannt hatte, löste sie den Scheck ein und ging schnurstracks zu einem Juwelier auf der anderen Straßenseite, um Pearl ein Bettelarmband zu kaufen, das diese ausgiebig bewundert hatte. Es hatte Pearl fasziniert, weil sämtliche Anhänger mit dem Film in Zusammenhang standen – dunkle Brillen, ein Megafon, winzige Scheinwerfer mit einem Diamanten, ein goldener Regiesessel und eine Tafel mit Klappe, die sich tatsächlich öffnen ließ. Pearl weinte, als Crystal es ihr ums Handgelenk legte. Den Rest des Tages verbrachten sie ausgelassen und guter Dinge und benahmen sich wie Touristen. Ernie hatte ihnen wieder seine Limousine angeboten. Keine der beiden wäre auf den Gedanken gekommen, daß er es nur tat, um so über Crystals Tun und Treiben genau informiert zu sein. In ihren Augen war es eine große Gefälligkeit und der Chauffeur ein reizender Mensch.

Dann kamen die Sprechlehrerin und der Gesangslehrer, und als sie ihm am Flügel, der in der Suite stand, vorsang, staunte er, wie gut sie war. Er fand es sehr bedauerlich, daß sie in ihrem ersten Film nicht singen durfte. Der Mann sollte ihr auch Schauspielunterricht erteilen und gab ihr ein paar Tips für das Drehbuch. Vor allem aber riet er ihr, sich keine Sorgen zu machen. Die Woche verging wie im Flug, und es kam der Augenblick, an dem Pearl sich unter Tränen und Umarmungen verabschieden mußte, nicht ohne zu versprechen, daß sie anrufen würde.

Und plötzlich war Crystal mutterseelenallein in Hollywood.

Ihre Träume waren wahr geworden; morgen sollte sie vor der Kamera stehen. Und als sie in der kühlen Abendluft einen Spaziergang unternahm, dachte sie an Spencer. Sie fragte sich, wo er sein mochte, was er wohl machte und mit wem er zusammen war. Ob er in Korea war oder zu Hause und ob er sie vermißte. Einerlei... doch so sehr sie sich bemühte, sie vermochte es nicht, ihn aus dem Bewußtsein zu verdrängen oder die zwei zauberhaften Wochen mit ihm zu vergessen. Sie wußte, daß sie ihn immer lieben würde, mochte kommen, was da wollte. Er stand ihr so lebhaft vor Augen wie am Tag des Abschieds und bei den Begegnungen davor... wie damals, als sie sich auf den ersten Blick in ihn verliebt hatte – auf der Hochzeit ihrer Schwester.

»Meine Güte, was für ein ernstes Gesicht... das sollten Sie sich für eine dramatische Rolle sparen.« Sie hörte die Stimme unmittelbar hinter sich und drehte sich erstaunt um. Es war Ernie. Sie hatte sein Näherkommen nicht gehört. »Ich dachte, Sie würden sich ohne Ihre Freundin vielleicht einsam fühlen. Deshalb wollte ich kurz vorbeischauen und sehen, wie es Ihnen geht. Am Empfang sagte man mir, Sie seien spazierengegangen. Hätten Sie etwas dagegen, wenn ich Sie ein Stück begleite?«

»Aber nein.« Wie hätte sie ablehnen können, nach allem, was er für sie getan hatte? Und sie hatte sich tatsächlich sehr einsam gefühlt. Die Erinnerung an Spencer war da kein Gegenmittel. Ganz im Gegenteil, es war für sie noch immer demütigend, wenn sie daran dachte, wie er sich einfach in Nichts aufgelöst hatte und verstummt war. Zwar hatte es dieses Verstummen schon einmal zwischen ihnen gegeben... zwischen Beckys Hochzeit und der Taufe ihres Kindes, dann, bis sie sich in San Francisco trafen... und dann wieder einmal, kurz bevor er nach Korea gegangen war. Diesmal aber war es anders. Denn damals hatte sie mit ihm noch nicht geschlafen. Sie hatte ihn nicht geliebt, wie sie ihn jetzt liebte. Doch es hatte jetzt keinen Sinn mehr, sich darüber den Kopf zu zerbrechen. Sie konnte ja doch nichts tun. Er hatte sie aufgegeben und aufgehört, ihr zu schreiben oder auch nur ihre Briefe zu beantworten, und sie wußte insgeheim, daß er schon vorher das Interesse an ihr verloren hatte. Die glühenden Briefe, in denen er ihr seine Liebe und seine Sehnsucht nach ihr gestanden hatte, waren erst zu knappen Postkarten geschrumpft und schließlich... war gar keine Post mehr gekommen.

»Sind Sie aufgeregt wegen morgen?« Ernie blickte gönnerhaft auf sie nieder.

»Ja, sehr.« Sie war wenigstens ehrlich, und ihm gefiel diese Eigenschaft. Eine nette Abwechslung nach den vielen blasierten Starlets, an deren Seite er sich meist in der Öffentlichkeit zeigte.

»Sie werden sehr gut ankommen. Nächstesmal werden wir vielleicht eine Gesangsrolle für Sie bekommen, und dann können Sie richtig zeigen, was in Ihnen steckt.« Er kannte ihre Singstimme von den Probeaufnahmen und wußte, welche Möglichkeiten sie hatte. Aber zuerst wollte er ihr Gesicht bekannt machen, bevor er sich über den Rest Gedanken machte. Er ging mit großer Zielstrebigkeit vor.

»Ja, das würde mir sehr zusagen.« Die Auftritte als Sängerin fehlten Crystal, obwohl sie erst ein paar Tage in Hollywood war.

»Ihr Lehrer sagt, Sie seien einmalig.«

»Danke.« Als sie ihm zulächelte, glaubte er, ein Beben am ganzen Leib zu spüren. Plötzlich kam ihm eine Idee. Solange er den Beichtvater und wohlwollenden Gönner spielte, würde es sich gut machen, wenn er sie zum Dinner ausführte.

»Waren Sie schon im ›Brown Derby‹?« fragte er, obwohl er von seinem Chauffeur wußte, daß sie das Restaurant nicht kannte. Ihm wurde täglich über ihre Aktivitäten eingehend Bericht erstattet. Er wollte sich damit absichern, daß sie kein Flittchen war und sich nicht mit Männern abgab und seinen und ihren Ruf ruinierte. Bislang hatte sie sich anständig aufgeführt, vielleicht, weil ihre Freundin dabeigewesen war. Aber er vermutete, daß sie wirklich so war, wie sie sich gab. Es hätte ihn nicht gewundert, wenn sie noch Jungfrau gewesen wäre. Sie war dieser Typ, und das sagte ihm sehr zu. Auf diese Weise ließ sie sich leichter formen.

»Nein.« Crystal lächelte – ganz Unschuld und Schönheit. Das Mädchen war große Klasse – und zwar bei jeder Beleuchtung und in jeder Aufmachung, elegant oder salopp.

»Hätten Sie Lust, dort mit mir zu Abend zu essen? Allerdings müssen Sie sich darauf gefaßt machen, daß ich Sie sehr zeitig nach Hause bringe. Wenn Sie morgen im Studio anfangen, müssen Sie ausgeschlafen sein.«

»Ja, Sir.« Ihre Augen strahlten wie Weihnachtskerzen. »Das würde ich sehr gern.« Ihre Naivität und ihre spontane Art waren bezaubernd. Ein Typ wie sie mußte groß einschlagen, das stand für ihn fest.

Nach einem Blick auf die Uhr und einiger Überlegung schlug

er vor, sie zum Hotel zurückzubegleiten und sie nach einer Stunde abzuholen, wenn er sich umgezogen hatte. »Um acht bin ich wieder da. Und um zehn setze ich Sie vor dem Hotel ab, damit Sie rechtzeitig ins Bett kommen.« Leider ohne ihn. Ernie war viel zu klug, um die Dinge zu überstürzen. »Ist es Ihnen recht?«

»Sehr recht.« Sie neigte sich zu ihm hin, um ihm einen Kuß auf die Wange zu geben wie einem Großvater.

Als sie später das »Brown Derby« betraten, plauderte Crystal völlig zwanglos mit ihm. Dann blieb sie plötzlich wie angewurzelt stehen, da ihr bewußt wurde, daß alle sie anstarrten. Und die Gäste starrten noch verwunderter, als sie bemerkten, in wessen Begleitung dieses bildschöne Geschöpf war. Der Bursche hatte unbestreitbar die Gabe, die hübschesten Mädchen der Stadt aufzugabeln. Und dieses Mädchen war die absolute Krönung. Ernie schien sämtliche Anwesenden zu kennen, und Crystal fiel fast in Ohnmacht, als sie jemanden vorübergehen sah, der aussah wie Frank Sinatra. Ernie geleitete sie gemächlich an den Tisch, grüßte nach allen Seiten und stellte sie Leuten vor, von denen sie bisher nur geträumt hatte.

»Machen Sie doch kein so ängstliches Gesicht«, flüsterte Ernie ihr aufmunternd zu. Die Reaktionen der Gäste entzückten ihn. Crystal hatte sich gut gehalten. Das weiße Kleid erregte Aufmerksamkeit und lenkte die Blicke aller auf sie, besonders, als er Crystal dazu brachte, das Jäckchen abzulegen, und man ihr Dekolleté sah.

Crystal selbst mußte mit dem Fortschreiten des Abends entdecken, daß sie sich in Ernies Gesellschaft ausgesprochen wohl fühlte.

Er war reizend und zuvorkommend und benahm sich tadellos. An seiner Art, mit ihr zu plaudern, war nicht ein Hauch von Anzüglichkeit. Er war also doch kein Ausbeuter und Sklavenhalter, sondern nur ein Manager, wie er sich selbst zu nennen pflegte. Crystal ließ sich zu dem Geständnis hinreißen, daß sie sich ihr Leben lang gewünscht hatte, Filmstar zu werden. Es war eine

Geschichte, die er schon sehr oft zu hören bekommen hatte, aber er lächelte, als hörte er sie zum erstenmal.

Crystal konnte noch immer nicht fassen, welche Wende ihr Leben genommen hatte. Mit staunenden Augen beobachtete sie das Treiben um sie herum. Es war viel mehr, als sie je zu hoffen gewagt hatte. Tränen brannten in ihren Augen, so daß Ernie sie besorgt ansah.

»Stimmt etwas nicht?«

»Ich kann es nicht glauben, daß dies alles mir passiert.« Ernie lächelte. So hatte er sie am liebsten. Unverdorben und blutjung. Zu gern wäre er noch länger mit ihr zusammengeblieben, aber er wollte, daß sie für die Dreharbeiten ausgeruht war. Crystal war für ihn mehr als nur irgendein Mädchen. Sie war eine Investition.

Beim Kaffee ließen sie sich Zeit, so daß er ihr ausführlich erklären konnte, weshalb er wünschte, daß sie sich in Begleitung der richtigen Leute in der Stadt zeigte. Er nannte sogar die Namen der Männer, die sie anrufen würden. Einige waren ihr bekannt. Erst glaubte sie, er erlaube sich einen Scherz, aber als sie seinen Blick sah, wußte sie, daß es ihm ernst war. »Warum tun Sie das alles für mich?« Sie begriff es noch immer nicht. Warum ausgerechnet sie? Aber Ernie wußte genau, was er tat.

»Sie werden uns beide eines Tages – in nicht allzu ferner Zukunft – reich machen.« Er lächelte, als hätte er einen Edelstein in der Tasse entdeckt. »Sie werden sehr berühmt werden.«

»Woher wollen Sie das so genau wissen?«

»Ich habe mich noch nie getäuscht«, sagte er trocken und tätschelte ihre Hand, als er die Rechnung verlangte. Dann stellte er die Frage, die ihm von Anfang an keine Ruhe gelassen hatte: »Sind Sie liiert?« Ihre nachdenkliche Miene, die sich auf die Frage hin einstellte, entlockte ihm ein Lächeln. »Mit anderen Worten, haben Sie einen Freund?« Sie hatte ihn sehr wohl verstanden, war aber um Worte verlegen.

»Nein«, sagte sie leise. Der Gedanke an Spencer ließ einen Schatten über ihr Gesicht huschen.

»Sind Sie ganz sicher?«

»Ja.«

»Gut. Aber Sie hatten einen Freund?« Sie nickte. »Und wo ist er jetzt?« Ernie wollte sicher sein, daß sie frei war und es keinen Ärger geben würde. Natürlich hätte er auch diese Hürde genommen, aber lieber war es ihm anders.

»Ich weiß nicht, wo er ist«, sagte Crystal. »In Korea . . . oder zurück in New York. So oder so, es ist nicht wichtig.« Einen Augenblick mußte sie gegen aufsteigende Tränen ankämpfen, dann konnte sie sich wieder einigermaßen gefaßt zurücklehnen und beobachten, wie Ernie Bekannte begrüßte, die an ihrem Tisch vorüberschlenderten. Er war attraktiv, charmant und hatte Lebensart – Eigenschaften, die auf Crystal gebührend Eindruck machten, zumal sie jemandem wie ihm noch nie begegnet war. Ihr fiel auf, daß er nur einen Ring trug, einen schweren Goldring mit einem auffallenden Stein. Sein Anzug war teure Maßarbeit, und sein weißes Hemd, das von einem Schneider aus Las Vegas stammte, sah aus, als sei es von einem Londoner Herrenausstatter angefertigt worden. Ernie Salvatores modische Kleidung verriet, daß er auf seine äußere Erscheinung größten Wert legte. Dazu ging eine unverhüllte Sinnlichkeit von ihm aus, für die Crystal nicht unempfänglich war. Aber er strahlte noch etwas aus – eine Willenskraft, die ihr ein wenig angst machte. Obwohl er es unter einer einnehmenden Fassade verbarg, spürte man, daß Ernesto Salvatore ein Mann war, der sich stets durchzusetzen verstand. Davon war ihm jedoch nichts anzumerken, als er sich mit liebenswürdigem Lächeln an sie wandte.

»Gehen wir?« fragte er. Er stand auf und führte sie an mindestens einem Dutzend berühmter Gesichter vorüber zur Tür. Es waren Leute darunter, die er kannte, doch er blieb nicht stehen, sondern ging weiter, als würde er gar nicht merken, wie die Leute Crystal anstarrten. Wenige Minuten später setzte er sie vor ihrem Hotel ab. Sie bedankte sich und ging auf ihr Zimmer, um sich auszuschlafen, ehe sie morgen mit dem Filmen begann.

26. Kapitel

Wie ihr Lehrer es ihr prophezeit hatte, lief bei den Dreharbeiten für Crystal alles glatter, als sie es sich vorgestellt hatte. Die Arbeitszeit war zwar sehr lang, und die Anforderungen waren hoch, aber der ganze Stab war bemüht, ihr zu helfen. Die Abende widmete sie dem Drehbuchstudium und nahm sich immer wieder vor, rechtzeitig zu Bett zu gehen, was ihr allerdings nur selten gelang. Denn zu ihrer großen Überraschung wurde sie mit Einladungen überschüttet. Ernie hatte es ihr zwar prophezeit, daß sich jede Menge Männer bei ihr melden würden, um sie auszuführen. Und sie ahnte auch, daß er das alles für sie arrangiert hatte. Dennoch war sie überrascht, wie liebenswürdig ihre Begleiter waren und was für angenehme und charmante Gesprächspartner sie waren. Sie kamen in Dinnerjacketts, fuhren teure Autos – Schauspieler, Sänger, Tanzstars, die sie zum Teil aus Filmen kannte. Diese Männer führten sie in die besten Lokale: zu »Chasen«, ins »Cocoanut Grove«, ins »Mocambo«. Für Crystal war es märchenhaft, und fast fehlten ihr die Worte, alle Erlebnisse in ihren Briefen an Pearl zu schildern. Sie berichtete ihrer Freundin gewissenhaft von allen Partys und von den Menschen, denen sie dort begegnete, wobei sie sich oft fragte, ob Pearl ihr überhaupt glaubte. Geschichten dieser Art las man in Filmmagazinen, und doch war es die Wahrheit. Alles.

Als der Film zur Hälfte abgedreht war, rief Ernie sie eines Tages selbst an. »Na, amüsieren Sie sich auch richtig?«

»Ich gehe fast jeden Abend aus.« Sie stieß ein atemloses Lachen aus, auf das er ebenfalls mit Lachen reagierte.

»Wie kommt es dann, daß Sie jetzt zu Hause sind?«

»Ich war so müde, daß ich die heutige Verabredung abgesagt habe. Noch einmal umziehen hätte ich nicht geschafft.« Ihm lag eine passende Erwiderung auf der Zunge, aber er hielt sie zurück, weil er der Meinung war, daß Crystal dafür noch nicht bereit war. Um sie nicht zu verstimmen, gab er eine harmlose Antwort.

»Auch nicht ein einziges Mal mehr? Nur für mich?«

»Ach, Mr. Salvatore...« Sie sprach den Satz nicht zu Ende. Sie war so unendlich müde. Täglich mußte sie um vier aus dem Bett und um halb sechs im Studio sein, damit für Maske und Kostüm ausreichend Zeit blieb.

»Ich dachte, wir hätten uns auf ›Ernie‹ geeinigt... Habe ich etwas ausgefressen?«

»Aber nein, tut mir leid...« Er war so nett, und sie stand so tief in seiner Schuld, daß sie ihm beim besten Willen keinen Korb geben konnte. Sie wünschte, er hätte sie nicht angerufen. Sie war wirklich erschöpft.

»Leid braucht es Ihnen nicht zu tun, aber denken Sie nächstesmal daran. Also, was halten Sie von einem stillen Abendessen irgendwo? Sie brauchen sich nicht eigens umzuziehen.«

Crystal atmete auf. Eigentlich war es sehr nett von ihm, daß er sie anrief. Sie blickte aus dem Fenster. »Kann ich in Jeans kommen?«

»Es wäre mir eine Ehre. Und wenn Sie einen Badeanzug haben, bringen Sie ihn mit.«

»Wohin gehen wir?« Das klang neugierig. Ihr anfängliches Unbehagen war in den Hintergrund gerückt.

»Nach Malibu. Dort gibt es ein stilles Plätzchen, das ich gut kenne. Da können Sie sich entspannen. Und ich verspreche, Sie auch früh genug nach Hause zu bringen.«

»Ich freue mich.« Hastig machte sie sich ein wenig zurecht, bürstete ihr Haar zurück und schlang es zu einem Knoten. Dann zog sie ihre Jeans und eines der Hemden an, die sie von zu Hause mitgebracht hatte. Zuletzt schlüpfte sie in ihre alten Cowboystiefel. Als sie in den Spiegel sah, erkannte sie sich wieder... Wie gut tat es doch, einmal nicht geschminkt und so aufgedonnert zu sein.

Zehn Minuten später kam Ernie in seinem Rolls Royce an, und

sie sah, daß auch er Jeans anhatte. Ihre überraschte Miene brachte ihn zum Lachen. »Das Publikum ist richtig dumm«, bemerkte er. »Wie gern würde ich Sie so ungekünstelt in einem Film präsentieren, aber das würde ja doch niemand verstehen.«

Crystal fühlte sich in Ernies Gegenwart diesmal viel unbefangener als früher. Nie wäre sie auf die Idee gekommen, ihn zu fragen, wohin die Fahrt ging. Sie unterhielten sich, sprachen von Crystals Kindheit und von der seinen, die er in New York verlebt hatte. Mit einemmal sah sie, daß sie in der Zufahrt eines Hauses angehalten hatten, das direkt über dem Ozean thronte. »Wo sind wir?«

»Bei mir in Malibu. Haben Sie einen Badeanzug dabei? Im Haus ist ein Pool. Der Ozean ist hier zu kalt.« Sie spürte, wie ihr unwillkürlich ein Angstschauer über den Rücken lief; sie wußte selbst nicht genau, warum. Einen Augenblick fragte sie sich, was Spencer denken würde, wenn er sie hier mit Ernie sähe. Doch dann sagte sie sich, daß es ohne Belang war. Er war verheiratet. Und es war schließlich ihr Leben, und es gehörte ihr allein.

Crystal verdrängte den Gedanken an Spencer und folgte Ernie an die Haustür. Im Haus befand sich keine Menschenseele, und Crystals Unbehagen wuchs. »Du brauchst dich nicht zu fürchten, Kleine.« Er lächelte, als er merkte, daß er zu dem vertraulichen Du übergegangen war, und beschloß, dabei zu bleiben. »Ich tue dir nichts. Ich dachte nur, du hättest einen freien Abend nötig.« Er hatte recht, den brauchte sie wirklich, aber sie war nicht überzeugt, daß sie hier sicher war, nicht zuletzt, weil sein Ton ihr so sonderbar zutraulich vorkam. Ihr Instinkt riet ihr, das Haus nicht zu betreten. Andererseits kam sie sich töricht vor, sich so zu zieren. Er war so nett und zeigte sich ihr gegenüber so zuvorkommend. Also folgte sie ihm in das traumhafte Haus. Hohe Räume mit Glaswänden waren das erste, was ihr auffielen. Auf dem Boden lagen weiche weiße Teppiche, ausladende weiße Ledergarnituren schienen wie geschaffen zur Entspannung. Durch geschickt angebrachte Spiegel wirkte alles noch größer. Hinter den

Panoramafenstern ging eben die Sonne über dem Pazifik unter. Es war wunderschön hier, und der Sonnenuntergang erinnerte sie an all die Sonnenuntergänge, die sie in glücklicheren Tagen auf der Ranch zusammen mit ihrem Vater beobachtet hatte.

»Möchtest du einen Drink?« Ernie war an die Bar gegangen und öffnete ein hinter einer Spiegeltür verborgenes Kühlfach. Crystal schüttelte den Kopf. Sie hatte die feste Absicht, nüchtern zu bleiben.

»Nein, danke...«

»Vielleicht ein Soda?« Schließlich bat sie ihn um ein Coke. Er lächelte. In diesem herrlichen Körper steckte ein Kind. Noch nie hatte er ein Mädchen von so vollkommener Schönheit gesehen. Er konnte sein Glück noch immer nicht fassen. »Traust du mir nicht, oder trinkst du keinen Alkohol?«

Nach kurzem Zögern lachte sie verlegen auf. »Beides, denke ich.«

»Kluges Kind.« Er goß sich einen Wodka mit Soda ein. Dann bat er sie, auf der Couch Platz zu nehmen.

»Ich habe für uns ein Dinner bestellt. Sicher ist es irgendwo gut versteckt. Ich habe hier jemanden, der täglich nach dem Rechten sieht, obwohl ich nicht oft hier bin. Ich lebe in Beverly Hills.« Er blickte sie an. »Crystal, das Haus steht dir nach Belieben zur Verfügung. Komm einfach heraus, wenn du Ruhe brauchst. Nach einem harten Tag im Studio ist es vielleicht nötig.« Seine Güte rührte sie. Ernie hatte schon so viel für sie getan. Der Grund dafür war ihr allerdings nicht ganz klar. Natürlich wollte er Geld durch sie verdienen, aber da steckte mehr dahinter. Er verwöhnte sie mit kleinen Überraschungen, Blumen, Geschenken, mit der Auswahl ihrer Begleiter und jetzt mit diesem Abend am Strand in Jeans. Es war genau das, was sie sich gewünscht hätte. Es war eine seiner Stärken – er hatte einen ausgeprägten Instinkt für Menschen. Das war das Gebiet, auf dem er brillierte.

Crystal ließ den Kopf an die Rückenlehne der Couch sinken.

»Ich glaube, das ist der schönste Tag, den ich bis jetzt hier erlebt habe«, sagte sie mit einem glückseligen Seufzen.

»Prima... Möchtest du vor dem Essen schwimmen oder lieber warten? Sollen wir am Strand spazierengehen?«

Ihr Lächeln zeigte, daß sie sich beruhigt hatte. »Ja, gern.« Ernie stellte sein Glas ab und öffnete die Terrassentür. Eine kühle Brise wehte herein. Sie gingen hintereinander die Stufen zum Sandstrand hinunter. Crystal, die zu laufen anfing, spürte den Wind im Gesicht und im Haar, und zum erstenmal seit langem empfand sie ein echtes Glücksgefühl. Während sie mal ging und mal lief und schließlich ihre Stiefel auszog, um die Zehen ins Wasser zu halten, sah sie wie ein Kind aus. Es wurde langsam dunkel, aber Ernie folgte ihr geduldig und beobachtete sie mit Vergnügen wie ein stolzer Vater. Schließlich kam sie zurück, mit einem Gesicht, das die kühle Luft und der Wind zum Glühen gebracht hatten.

»Kalt?«

»Nein, es geht.« Doch er merkte ihr an, daß sie fror, und zog seine Jacke aus, um sie Crystal um die Schultern zu legen. An der Jacke hing der Duft seines Rasierwassers. Crystal fiel auf, wie angenehm es roch. Sie fragte sich, ob er verheiratet war und ob er Kinder hatte... Was für ein Mensch mochte hinter dieser Fassade stecken? Nie gab er etwas von sich preis. Seine einzige Aufgabe schien es zu sein, sie zu verwöhnen.

Im Haus angekommen, machte er sich auf die Suche nach dem vorbereiteten Dinner. Er entdeckte, daß frischer Hummer mit einer delikaten Soße auf sie wartete, dazu eine Schüssel Spinatsalat. In einem silbernen Eimer mit Eis stand eine Flasche Champagner, und als besondere Delikatesse stand eine Platte mit kaviargefüllten harten Eiern bereit.

»Hast du schon einmal Kaviar gegessen?« Crystal schüttelte den Kopf. Kaviar kannte sie nur vom Hörensagen. Ernie zeigte ein väterliches Lächeln. »Gut möglich, daß er dir anfangs gar nicht schmeckt. Bei manchen Dingen ist das so.« Sie kostete davon, um ihm eine Freude zu machen. Gar nicht übel. Aber als sie sich auf weichen Sesseln vor einem niedrigen Tisch niederließ, schmeckten ihr Hummer und Champagner viel besser. Sie trank nur ganz vorsichtig, und er drängte sie nicht. Er hatte Zeit, sehr viel Zeit, und er wollte sie nicht, bevor sie ihn nicht auch wollte. Und daß es dazu kommen würde, wußte er. Sie stand schon viel zu tief in seiner Schuld.

Sie redeten von ihrer Kindheit, von ihrem Vater, von den Dingen, auf die sie Wert legte, und er hörte ihr zu, als hinge die Welt von dem ab, was sie sagte. Eine halbe Stunde nach dem Essen bot er ihr an, ein paar Längen zu schwimmen. »Zur Entspannung«, sagte er mit gewinnendem Lächeln.

Sein Vorschlag brachte sie zum Lachen. »Wenn ich mich noch mehr entspanne, schlafe ich glatt im Sitzen ein.« Hinter ihr lag ein langer, arbeitsreicher Tag, der seinen Tribut forderte. Und die frische Seeluft hatte sie zusätzlich ermüdet. »Schwimmen täte mir vielleicht gut, falls ich nicht von dem vielen Hummer untergehe.«

»Keine Angst, ich werde dich retten.«

Ernie zeigte ihr, wo sie sich umziehen konnte, und ging, um die Pool-Beleuchtung einzuschalten. Als sie wenig später in einem weißen Badeanzug wieder erschien, stockte ihm der Atem. Sie ahnte ja nicht, wie umwerfend sie aussah, und das war gut so. Es faszinierte ihn. Und auch das Publikum würde sich faszinieren lassen wie er – das vergaß er keinen Augenblick.

»Hoffentlich ist das Wasser warm genug.« Er sah ihr zu, wie sie sich ins Wasser gleiten ließ. Während sie losschwamm, ging er, um sich umzuziehen. Crystal hatte das Gefühl, sich noch nie so wohl gefühlt zu haben wie in diesem riesigen, warmen Schwimmbecken. In ein weiches Badetuch gehüllt, kam Ernie wieder. Er hatte das Tuch fest um die Hüften gewickelt, und als er es nun vor ihren Augen löste, blieb Crystal die Luft weg. Er war nackt. Diskret wandte sie den Blick ab, um ihn nicht in Verlegenheit zu bringen. Sein verhaltenes Lachen drang an ihr Ohr. »Keine

Angst, Crystal, ich werde dich nicht vergewaltigen. Das konnte mir noch keine Frau anlasten.« Dafür hatte man ihn anderer Dinge beschuldigt, von denen sie nichts ahnte. Geschmeidig ließ er sich ins Wasser gleiten. Crystal schwamm unwillkürlich schneller, so als fürchtete sie, etwas zu sehen zu bekommen, was sie nicht sehen sollte. Ernie glitt behende an ihr vorüber und lächelte ihr aufmunternd zu. »Warum legst du nicht auch den Badeanzug ab? Hier drinnen ist es so warm wie in der Badewanne.« Eine böse Absicht schien hinter seinem Vorschlag nicht zu stekken; er wirkte so ungezwungen, und er unternahm auch keinerlei Versuch, sie anzufassen. Also bemühte sich Crystal, sich unbefangen zu geben. Doch das Wissen, daß er nackt war, machte sie nervös.

»Nein, vielen Dank.«

»Wie du willst, meine Liebe.« Er war viel zu erfahren, um das Objekt seiner Begierde zu drängen. Mit der Zeit kamen sie alle von selbst, aus dem einen oder anderen Grund. Im nächsten Moment entstieg er dem Wasser und blieb lässig am Beckenrand stehen. Wider Willen nahm sie wahr, daß er einen auffallend wohlproportionierten Körper besaß – groß, schlank, durchtrainiert. Es war der Körper eines um vieles jüngeren Mannes. Er bot ihr noch Champagner an, was sie mit verlegen abgewandtem Kopf ablehnte. Ihre Scheu amüsierte ihn. »Soll ich das Licht dämpfen? Wäre dir das lieber? Leider habe ich eine krankhafte Abneigung gegen Badehosen. Ich hasse sie. Das mußt du mir nachsehen.«

»Aber ich bitte dich...« Sie versuchte, auf seinen Ton einzugehen und sich zu benehmen, wie sie es sich von einem Filmstar vorstellte. Dennoch wurde sie ihrer Nervosität nicht Herr. Und ehe sie antworten konnte, hatte er die Beleuchtung bereits gedämpft. Es brannten nur noch die Lichter im Pool und einige kerzenähnliche Deckenleuchten.

»Besser?«

»Ja, viel besser.« Das war gelogen.

Nach einem Schluck Champagner tauchte er wieder ins Wasser. Diesmal steuerte er direkt auf sie zu und umfaßte ihre Mitte mit beiden Händen. Crystal erstarrte, den Blick auf sein Gesicht gerichtet.

»Was hast du vor?« rief sie entsetzt.

»Ich möchte dich zu einem Filmstar machen«, flüsterte er. Urplötzlich begriff sie, daß er es nicht umsonst tun würde. Sie schickte ein Stoßgebet zum Himmel, daß das alles nicht wahr sein sollte. Bitte, lieber Gott... diesmal nicht... »Crystal, ich werde dir nichts tun. Hab Vertrauen zu mir.« Sie nickte, unfähig, auch nur ein Wort über die Lippen zu bringen, während er sie festhielt und langsam, ganz langsam näher kam und sie küßte. »Du bist sehr schön... möglicherweise die schönste Frau, die mir je begegnet ist.« Wieder küßte er sie.

Crystal brach in Tränen aus. »Bitte... nicht... bitte...« Sie zitterte so heftig, daß sich sein Mitleid regte.

»Tut mir leid, kleines Mädchen. Ich wollte dich nicht erschrecken. Ich möchte nur, daß du glücklich bist.« Und während sie ihn noch anstarrte, schwamm er an den Rand, stieg aus dem Wasser und hüllte sich wieder in sein Badetuch. Sie hätte nicht verdutzter sein können. Sie gefiel ihm, er bewunderte sie, und er würde sie nicht vergewaltigen. Plötzlich kam Crystal sich unbeschreiblich albern vor. Eilig stieg sie ebenfalls aus dem Wasser, um sich neben Ernie zu setzen, der an seinem Champagner schlürfte.

»Es tut mir leid.« Sie war ihm eine Erklärung schuldig. »Vor vier Jahren wurde ich vergewaltigt... da dachte ich... ich dachte...« Als sie zu weinen anfing, schloß er sie sanft in die Arme.

»Verzeih mir«, flüsterte er. »Du sollst keine Angst vor mir haben. Wenn du zu mir immer ehrlich bist, werde ich dir nie etwas tun.« Darin lag eine verhüllte Drohung, aber Crystal war zu erleichtert, als daß ihr das aufgefallen wäre. Dankbar ließ sie sich gegen ihn sinken, während er ihr das Glas an die Lippen hielt.

»Alles ist so neu für mich... und alles ging so schnell. Die halbe Zeit weiß ich gar nicht, was ich von all dem halten soll. Es tut mir leid, wenn ich mich wie eine dumme Gans benommen habe.«

»Schon gut.« Sein Lächeln verriet Wohlwollen. »Du bist eine kluge dumme Gans, und ich mag dich sehr.« Das hörte sich an, als würde Spencer es sagen. Seine verständnisvolle Haltung rührte sie. »Möchtest du jetzt nach Hause, Crystal? Du mußt früh aufstehen. Oder möchtest du noch schwimmen?«

Nach der Aufregung von vorhin brauchte sie etwas Entspannung. Als sie ihn mit ihren großen Augen ansah, traf ihn das intensive Blau wie ein Schlag. Sie war unbeschreiblich reizvoll. »Ehrlich gesagt, ich möchte noch etwas schwimmen. Ist es dir recht, oder hast du es eilig?«

Er lachte und schüttelte den Kopf. »Natürlich nicht.«

Diesmal war sie schon viel unbefangener, und es kam ihr nicht mehr bedrohlich vor, als er sich seines Badetuchs entledigte und ins Wasser glitt. Sie schwamm einige Längen, ließ sich dann auf dem Rücken treiben, und als sie sich umblickte, sah sie ihn an ihrer Seite. Sofort drehte er sich auf den Bauch, um sie nicht wieder in Verlegenheit zu bringen. Dann beugte er sich sanft vor und küßte sie erneut. Diesmal leistete sie keinen Widerstand. Sie hatte das Gefühl, es ihm schuldig zu sein, weil sie sich so dumm benommen hatte, doch während er sie küßte, strich er sachte über ihre Brüste. Sie erschrak, als sie entdeckte, daß es ein angenehmes Gefühl war. Sofort schwamm sie von ihm fort, aber er folgte ihr, nicht aufdringlich, sondern ganz zwanglos neben ihr hertreibend. Seine Hände berührten sie, um dann unter ihren Badeanzug zu gleiten, als er sie wieder küßte. Sie wünschte, er würde aufhören, und für einen Augenblick reinen Wahnsinns sehnte sie das Gegenteil herbei. Sie schwamm zu den Stufen und versuchte zu Atem zu kommen. Dann fühlte sie, wie er langsam ihren schmalen, rassigen Körper vom nassen Badeanzug befreite. Sie wollte sich umdrehen, aber er drückte sich an sie, und seine geschickten Hände schienen ihre Sinne zum Klingen zu bringen.

Von aufsteigender Panik erfüllt, warf sie den Kopf zurück und stöhnte verhalten auf.

»Ernie, nicht...« Sehr überzeugend hörte sich das nicht an, und immer wieder berührte er sie mit schmerzlich sanften Fingern. Er war ein wahrer Meister der Lust, während sie nur eine Novizin war. Ohne es zu merken, war sie ihm in die Falle gegangen. »O Gott... nicht, bitte...« Auf ihr Flehen hin hielt er inne, und ihr ganzer Körper bebte, als sie sich ihm voller Erwartung zuwandte. Nun gab es kein Halten mehr, und er begann sie im Wasser zu lieben. Sie riß die Augen auf, doch in Sekundenschnelle wurde sie von Wonne überwältigt. Es war wie eine Symphonie, und als sich das Crescendo steigerte, drückte sich Crystal an ihn und wünschte sich, er würde nie aufhören.

Als er ihr später zulächelte, war es ihr peinlich. Übelnehmen konnte sie ihm nicht, was er getan hatte, sie hatte es schließlich auch gewollt... nicht, daß sie ihn geliebt hätte, aber sie hatte so etwas noch nie erlebt, auch nicht mit Spencer.

»Bist du böse?« Er schien besorgt zu sein, und sie runzelte die Stirn, nicht weil sie ihm etwas vorwarf, sondern vielmehr sich selbst zürnte.

»Nein«, stieß sie mit belegter Stimme hervor. »Ich weiß nur nicht, was mit mir los war...«

»Ich fühle mich geschmeichelt.« Ein leichter Kuß, und wieder berührte er ihre Brustspitzen. Jäh erwachte ihr Begehren von neuem. Stundenlang hielten sie sich im Pool auf und liebten sich, und um Mitternacht trug er sie ins Schlafzimmer. Es war ein Raum ganz in Weiß – weißer Samt und weiche Felle. Die Überdecke war aus weißem Nerz, und Ernie bettete die tropfnasse Crystal darauf und trocknete sie ab. Erst mit dem Badetuch, das er um die Hüften getragen hatte, dann mit sanften Fingern und schließlich mit seinen Lippen und einer Zunge, die flammengleich in sie drang. Ein Aufschrei entrang sich ihrer Kehle, als sie ihn anflehte, sie zu nehmen. Die ganze Nacht gaben sie sich ihrer Leidenschaft hin. Ähnliches war ihr noch nie widerfahren. Mit

Spencer war es ganz anders gewesen. Was sie hier erlebte, war furchteinflößend und unheimlich, denn wie oft er sie auch nahm, Crystal wollte immer noch mehr. Es ist wie eine Droge, dachte sie bei sich, und doch war es keine. Er übte eine ungeheure Macht aus, die auf seiner Erfahrung beruhte und dem Verlangen entsprang, ihr neue Dinge zu zeigen. Als sie sich schließlich voneinander lösten, war sie voller Angst.

»Was tust du mit mir?« Trotz ihrer Müdigkeit mußte sie in einer halben Stunde ins Studio fahren – für sie war das eine ganz neue Situation.

»Das, was ich am liebsten tue, mein schönes Kind.« Sein Lächeln war von einem Hauch Bosheit gefärbt. »Noch einmal?«

»Nein... nein!« Abwehrend schüttelte sie den Kopf. Sie konnte sich selbst nicht mehr verstehen – sie wußte nur, daß sie schleunigst fort mußte, sonst stand zu befürchten, daß sie von ihm noch mehr verlangte. Sie duschte erst heiß, dann kalt, und Ernie ließ sie in Ruhe. Als sie angezogen wiederkam, standen heißer Kaffee und frische Brötchen für sie bereit. Sie starrte ihn fassungslos an. »Warum tust du das alles für mich?«

Lachend strich er ihr mit einem Finger über die Wange. »Weil du mir gehörst – solange du willst, jedenfalls. Na, wie hört sich das an?« Es hörte sich beängstigend an – beängstigend und falsch. Er hatte ihr zu der Karriere verholfen, die sie immer schon ersehnt hatte. Er hatte ihr charmante Begleiter zugeführt, er hatte ihr teure Kleider gekauft. Und jetzt hatte er ihr eine Nacht geboten, wie Crystal sie noch nie erlebt hatte. War das wirklich so falsch? Tief in ihrem Herzen wußte sie, daß es grundverkehrt war. Und sie war verzweifelt und empfand Schuldgefühle. Der Gedanke an Spencer brach ihr fast das Herz. Die Erinnerung an das, was sie geteilt hatten, erschien ihr befleckt. Mit ihm war alles Unschuld und Liebe gewesen. Dies hier war ganz anders. Crystal kam sich vor wie eine Dirne. Sie liebte diesen Mann nicht, aber er war gut zu ihr gewesen und wollte sie haben – eine Zeitlang jedenfalls... War das wirklich so schlimm? Manch einer hätte sie vor dem Spiel mit dem Feuer gewarnt, andere wiederum hätten sie getröstet und gesagt, Ernie sei ein netter Mensch. Beides traf zu. Ernie war wirklich voller Widersprüche. Im Moment wollte er tatsächlich das Beste für sie. Er küßte sie wieder, und als sie aus dem Haus ging, schlug er ihr vor, seinen Rolls zu nehmen.

»Und wie kommst du nach Los Angeles zurück?«

»Ach, der Chauffeur fährt die Strecke noch einmal und holt mich ab. Keine Angst, das ist kein Problem.« Wieder küßte er sie hingebungsvoll. Die leiseste Berührung genügte, um ihr ins Gedächtnis zu rufen, was er in der Nacht mit ihr gemacht hatte. Es war Welten entfernt von dem, was Tom Parker mit ihr im Stall getrieben hatte, und noch weiter entfernt von dem, was zwischen ihr und Spencer geschehen war. Mit Ernie verband sie zwar keine Liebe, aber er war bei ihr und er war gut zu ihr. Was also war dagegen einzuwenden? Spencer war schließlich fort. Für immer.

27. Kapitel

Nach der Arbeit fuhr Crystal ins Hotel und fand ein Päckchen vor, das für sie abgegeben worden war. Als sie es auf ihrem Zimmer öffnete, traute sie ihren Augen nicht. Es war ein Diamantarmband von Ernie. Zunächst war sie ratlos, was sie damit machen sollte. Es anzulegen, wagte sie nicht. Am ganzen Leib zitternd, saß sie da und hielt es in der Hand. Noch immer hatte sie die Erlebnisse der letzten Nacht nicht verarbeitet und dachte mit einem gewissen Bangen daran zurück. Am liebsten wäre sie Ernie niemals wieder unter die Augen getreten. Als er dann später anrief, hätte er nicht netter und verständnisvoller sein können, als spüre er intuitiv, was in ihr vorging.

»Na, gefällt es dir?« fragte er wie ein kleiner Junge, der seine Mutter mit Blumen überrascht hat.

»Ich ... Ernie ... es ist phantastisch. Aber behalten kann ich es nicht.« Sie kam nicht gegen das Gefühl an, wie eine Hure bezahlt worden zu sein. Zwischen ihnen herrschte keine Liebe – es gab nur die erstaunlichen Dinge, die er mit ihrem Körper angestellt hatte.

»Wieso denn nicht? Hübsche Mädchen sollten hübsche Sachen bekommen. Darf ich kurz zu dir kommen?«

»Nein ... ich ...« Crystal fing lautlos zu weinen an, aus Angst vor ihm und ihren eigenen Reaktionen. Sie hätte nicht zu sagen gewußt, was in der Nacht in sie gefahren war. Im Studio war sie den ganzen Tag über von Gewissensbissen geplagt worden, und sie hatte verzweifelt versucht, alle Gedanken an Spencer zu verdrängen.

»Baby, ich tu' dir schon nichts.« Das hörte sich irgendwie traurig an, und er tat ihr leid. Es war ja nicht seine Schuld, daß sie sich hatte gehenlassen. Schließlich hatte er keinerlei Zwang ausgeübt, sondern sie mit seinen Zärtlichkeiten und seinen kundigen Händen verführt. »Ich möchte mich ja nur ein wenig mit dir unterhalten.«

»Gut ... ich komme in die Halle.«

»Sehr schön, also dann in einer halben Stunde.« Er trug eine saloppe Sporthose, dazu ein weißes Hemd, und um die Schultern hatte er einen Kaschmirpullover geschlungen. Alle Köpfe drehten sich nach ihnen um, als er sie mit einem Kuß auf die Wange begrüßte. Ernie war in Hollywood eine bekannte Erscheinung, und Crystal war eine Schönheit.

An der Bar bestellte er Drinks für sie beide, während Crystal verlegen und unbehaglich neben ihm saß. Als er nach ihrer Hand faßte, hatte sie das Gefühl, daß er wußte, was sie bedrückte. »Mach dir keine Gedanken über das, was geschehen ist. Es war natürlich und schön. Wir könnten gute Freunde sein, du und ich.« Aber gute Freunde trieben es nicht die halbe Nacht im Swimming-Pool miteinander.

Crystal sah ihn mit tränenfeuchten Augen an. »Ich weiß gar

nicht, wie das passieren konnte.« Sie wollte ihm anvertrauen, wie sehr sie Spencer liebte und wie lange sie schon auf ihn wartete. Aber sie tat es nicht... es war nicht mehr von Bedeutung. Sie hatte jetzt ein Recht auf ein eigenes Leben... allerdings nicht mit einem Mann wie Ernie. Er war zu reich, zu erfahren, zu einflußreich. Das alles war ihr deutlich bewußt. »Ich glaube, ich muß wohl den Verstand verloren haben.« Eine jämmerliche Erklärung, aber mehr wollte ihr nicht einfallen. Sie nippten an ihren Drinks, und er lächelte ihr zu. Ernie hatte die Kopie der ersten Szenen ihres Films gesehen. Ganz eindeutig, sie war ein Naturtalent.

»Ich selbst habe auch den Kopf verloren. Das ist nicht weiter schlimm, Crystal. Du bist so begehrenswert, daß ich mich einfach nicht mehr zurückhalten konnte. Kannst du mir verzeihen?« Er wußte genau, wie er sie zu nehmen hatte, aber sie richtete dennoch den Blick angstvoll auf ihn. »Deshalb das Armband. Als eine Art Entschuldigung für letzte Nacht.« Er ahnte, daß sie von Gewissensbissen geplagt wurde, und er wollte, daß sie den Schmuck als Entschuldigung und nicht als Bezahlung ansah. Das war für sie sehr wichtig, wie er wohl wußte. Sie war so völlig anders als die Starlets, mit denen er sonst zu tun hatte. Diese Mädchen schenkten ihm nur allzu willig ihre Körper als Entgelt für seine Gunst. Aber dieses Mädchen war aus ganz anderem Holz geschnitzt. Sie war in dieser verdorbenen Stadt irgendwie fehl am Platz. Das vor allem war es, was ihn besonders anzog. »Es tut mir leid, Crystal...« Sein Blick erschien ihr so aufrichtig, daß sie sich etwas besser fühlte. Vielleicht hatten sie beide den Kopf verloren. Sie kannte Ernie Salvatore nicht. »Eines Tages wirst du den Schmuck als Andenken an deine erste Zeit in Hollywood ansehen. Dann kannst du ihn deinen Kindern zeigen.« Sie zögerte noch immer, ihn anzunehmen, bis sie seine gekränkte Miene sah und schließlich den Schmuck doch behielt. »Können wir einen Neuanfang wagen?«

Crystal nickte langsam. Sie war sich nicht sicher, ob sie es wollte, aber als er ihr schilderte, wie großartig sie in dem Film zur Geltung kam, vergaß sie ihre Bedenken. Schließlich hatte sie dies alles ihm zu verdanken. Lange saßen sie da und sprachen über ihren Film. Er plante bereits die nächste Produktion für sie.

»So rasch?« Sie war erstaunt und dankbar zugleich. »Wann beginnen die Dreharbeiten?«

»Sobald wir den jetzigen Film abgedreht haben. So Anfang April, schätze ich.« Er sagte ihr auch, wer ihre Partner sein sollten. Sie hätte nicht überraschter sein können. Es waren bekannte Namen, einige davon sogar große Namen.

»Im Ernst?«

»Natürlich.« Was es ihn gekostet hatte, sie auf der Besetzungsliste unterzubringen, sagte er nicht. »Diesmal ist es eine Nebenrolle, aber vielleicht läßt man dich singen. Und die Besetzung ist nicht zu verachten. Allein die Tatsache, daß du mit diesen Stars spielst, wird deiner Karriere sehr förderlich sein.« Er schien genau zu wissen, wie man eine Filmkarriere startete, und er tat für sie alles, was in seinen Kräften stand. Am nächsten Morgen las Crystal ihren Namen in den Zeitungen. Es erschienen bereits die ersten Artikel über ihren neuen Film. Es stimmte also. Ernie hatte es tatsächlich für sie durchgesetzt.

An dem Abend nach dem der Artikel erschienen war, führte er sie zum Dinner aus. Tags darauf war überall das Foto von ihnen zu sehen, und darunter stand: ›Manager Ernie Salvatore und seine neue Freundin Crystal Wyatt‹. Sie hatte das Gefühl, etwas über einen wildfremden Menschen zu lesen, als sie das Bild und die Unterschrift in stummer Verwunderung anstarrte. Eine Nummer schickte sie an Harry und Pearl. Noch immer meldete sie sich gewissenhaft alle paar Tage bei den beiden per Telefon. Sie fehlten ihr sehr, aber nicht halb soviel, wie ihr Spencer fehlte. Sie hatte die Hoffnung nicht aufgegeben, noch einmal von ihm zu hören, obschon sie wußte, daß es eine vergebliche Hoffnung war. Während sie darüber nachsann, wurde ihr deutlich, wie einsam sie ohne ihn war. Ihr einziger Freund war jetzt Ernie.

Er schickte ihr Blumen und Geschenke und brachte sie ungezählte Male in Verlegenheit, wenn er ihr seinen Rolls samt Chauffeur nach einem Drehtag zum Studio schickte. Einen weiteren Verführungsversuch unterließ er. Er wartete, daß sie zu ihm kam, und er war überzeugt, daß sie schließlich kommen würde – so oder so. Zwei Wochen nach ihrem ersten Besuch lud er sie wieder nach Malibu ein. Zunächst zögerte sie, da sie aber inzwischen auf vertrauterem Fuß mit ihm stand, glaubte sie, daß diesmal bestimmt nichts passieren würde. Zusammen unternahmen sie einen langen Strandspaziergang. In wenigen Wochen sollten die Dreharbeiten an Crystals neuem Film beginnen, ein Thema, das ihnen viel Gesprächsstoff lieferte. Unvermittelt wandte Ernie sich ihr zu und lächelte. Er hat so etwas Väterliches, ging es ihr durch den Kopf. Er hatte sie unter seine Fittiche genommen und traf nun für sie sämtliche Entscheidungen. Nach vier Jahren, in denen sie ganz auf sich allein gestellt gewesen war, lernte sie ein völlig neues Gefühl kennen, und es behagte ihr sehr, wie sie sich eingestand.

»Crystal, ich wollte dich schon eine ganze Weile etwas fragen.« Er hielt inne, während sie den Sonnenuntergang betrachtete. Dann nahm er liebevoll ihre Hand. »Was würdest du davon halten, eine Zeitlang bei mir zu wohnen?«

»Hier?« Die Erinnerung an die Nacht, in der er sie geliebt hatte, überfiel sie unwillkürlich, und ihr stieg die Röte ins Gesicht.

Wieder lächelte er. Wie unschuldig und jung sie doch war. Einundzwanzig, und noch ein richtiges Kind, nach Hollywood-Maßstäben jedenfalls. »Nicht nur hier, du Dummerchen. Auch in Beverly Hills. Ich dachte, es wäre viel angenehmer, als im Hotel zu wohnen, und vor allem billiger.« Er legte es darauf an, praktische Erwägungen in den Vordergrund zu stellen und vergessen zu lassen, was es wirklich war, nämlich ein Antrag.

»Ich weiß nicht... ich...« Sie sah ihn mit ihren blauen Augen herzerweichend an. »Ernie, wie ist das gemeint? Du warst zu mir schon großzügig genug. Ich sollte nicht... ich möchte dich nicht weiter ausnützen.«

Ernie legte den Arm um sie. »Ich meine damit, daß du zu mir kommen und mit mir zusammenleben sollst. Ich möchte dich bei mir haben.« Crystal sah ihn stumm an, dann richtete sie den Blick wehmütig auf den Sonnenuntergang. Wo mochte Spencer jetzt sein? Wohin war er verschwunden? Warum war nicht er es, der diesen Vorschlag machte? »Hollywood ist ein gefährliches Pflaster. Ich möchte dir deshalb meinen Schutz anbieten.« Was hätte sie sich Besseres wünschen können? Aber sie liebte ihn nicht.

Langsam schüttelte sie den Kopf. »Ich kann nicht.«

»Warum nicht?«

Sie sah ihn offen an. Ihre Karriere stand auf dem Spiel, aber sie konnte ihn nicht anlügen. Er hatte schon zuviel für sie getan, als daß sie unaufrichtig hätte sein können. »Ich liebe dich nicht.«

Daß er darauf keinen Wert legte, verriet er nicht. Nein, es war nicht ihre Liebe, die er wollte. Er wollte alles andere, ihren Körper, der seine Nächte wärmte, ihr Gesicht, das er an den Film verkaufte. Aus ihrer Filmarbeit zog er stattlichen Gewinn für sich und für die Drahtzieher, die hinter ihm standen. Er diente als Strohmann für eine sehr einflußreiche Interessengruppe, für die Öffentlichkeit aber war er derjenige, der die Zügel in der Hand hielt. Und eine Hoffnung wie Crystal würde seinem Renommee sehr zugute kommen. Das hatte er von dem Moment an gewußt, als er sie das erstemal sah.

»Vielleicht stellt sich Liebe mit der Zeit ein. Wir sind doch Freunde, oder?«

Sie nickte, wobei sie noch immer den Sonnenuntergang beobachtete. Ernie war gut zu ihr gewesen, besser als je ein Mensch zuvor, doch er wollte mehr, als sie zu geben gewillt war. »Habe ich eine Weile Bedenkzeit?« Vielen hätte die Vorstellung, Ernie Salvatore warten zu lassen, Angstschauer über den Rücken gejagt. Er aber blieb geduldig und gütig, während sie zusammen zurück zum Haus gingen. Bei einem Glas Wein hörten sie Musik.

Das Zusammensein mit Ernie war immer so entspannt. Nie setzte er sie unter Druck, er war einfach da, und in gewisser Hinsicht verstand er, was sie wollte. Sie wollte Filmstar werden. Aber sie war nicht bereit, dafür ihre Integrität zu opfern.

»Möchtest du nach Hause?« Er war stets bereit, auf ihre Wünsche einzugehen, und als sie ihm zulächelte, beugte er sich über sie und küßte sie. Es war das erstemal seit jener Nacht vor vierzehn Tagen. Zwei Wochen lang hatte er Distanz gewahrt und keine Forderungen gestellt. Er forderte auch jetzt nichts. Er bot ihr sein Haus und sein Herz an. Für Crystal stellte dies enorm viel dar. Wieder küßte er sie zärtlich, und seine Hände berührten sie wie zufällig. Sie wollte sich von ihm lösen, aber er zog sie mit erstaunlicher Kraft an sich. »Geh nicht«, flüsterte er, »bitte...« Fast tat er ihr leid. Er gab so viel und verlangte so wenig. So ließ sie es zu, daß er sie küßte, und binnen Sekunden reagierte ihr Körper auf seine Nähe. Diesmal streifte Crystal ihm die Sachen ab. Sie liebten sich auf der ausladenden Ledercouch, über sich die verspiegelte Zimmerdecke, hinter sich den großartigen Sonnenuntergang.

Diesmal spürte Crystal keine Reue. Sie wußte, was sie getan hatte und warum. Sie hatte das Gefühl, es ihm schuldig zu sein, nach allem, was er für sie getan hatte. Außerdem hatte das Leben ihr schon genug Härten zugemutet, und sie war deren überdrüssig. Mit Ernie hatte dies nun ein Ende.

Die Nacht verbrachte sie in Malibu. Und als sie nach drei Tagen ins Hotel kam, um ihre Post zu holen, fand sie Spencers Brief vor, den Pearl ihr nachgeschickt hatte. Nach so langer Zeit hatte er schließlich doch geschrieben und versucht, sein Schweigen zu erklären. Er schrieb ihr, wie sehr er den Krieg haßte und daß er vorübergehend alle Hoffnung aufgegeben hatte, sie aber dennoch liebte. Aber es war zu spät. Sie hatte bereits eingewilligt, zu Ernie zu ziehen. Und in Spencers Brief stand nichts, das darauf schließen ließ, daß ihre Liebe zu ihm eine Chance hätte. Er war noch immer in Korea, er wußte nicht, wann er nach Hause kommen würde, und er war nach wie vor verheiratet. Sie hatte recht getan, nach Hollywood zu gehen. Es stand nicht zu vermuten, daß sich bei Spencer je etwas ändern würde. Die Liebe zu ihm war ein Luxus, den sie sich nicht mehr leisten konnte. Sie hatte ihre Seele an Ernesto Salvatore verkauft. Spencers Brief blieb unbeantwortet.

Ernie half ihr, ihre Sachen in sein Haus in Beverly Hills zu schaffen. Praktisch über Nacht erfuhr ihr Leben eine große Veränderung. Ihr standen eine Köchin und zwei Hausmädchen zur Verfügung, sie hatte ein mit rosa Damast ausgeschlagenes Ankleidezimmer, das aussah wie ein Filmset für Joan Crawford. Und als sie ihre Sachen in den Schrank hängen wollte, stellte sie fest, daß dieser bereits von Kleidern überquoll, die Ernie für sie gekauft hatte. Ein weißer Nerzmantel war in seiner ganzen Pracht über einen Sessel drapiert. Wie ein kleines Mädchen kichernd probierte sie ihn über den Jeans an und vollführte vor dem Spiegel schwungvoll eine Drehung. Dann rief sie Pearl an und berichtete ihr alles, auch daß sie zu Ernie gezogen war. Pearl schien weder erstaunt noch schockiert zu sein, allenfalls ein wenig neidisch.

Von nun an zeigten sie sich überall gemeinsam, in den tollsten Restaurants, auf den größten Partys, zu Premieren und Eröffnungen und kurz vor Drehbeginn ihres zweiten Films bei der Oscar-Verleihung.

»Dort oben wirst eines Tages du stehen«, flüsterte er ihr zu, als Shirley Booth auf die Bühne stürzte, um den Oscar als beste Darstellerin in *Komm zurück, kleine Sheba* in Empfang zu nehmen. Gary Cooper wurde als bester Darsteller für die Rolle in *Zwölf Uhr mittag* ausgezeichnet. Der mit den meisten Preisen ausgezeichnete Film war *Du sollst mein Glücksstern sein* mit Gene Kelly. Für Crystal war es wie ein Traum, der Traum, den sie seit ihrer Kindheit im Alexander Valley geträumt hatte.

»Glücklich?« fragte Ernie eines Nachts, nachdem sie miteinander geschlafen hatten, und sie nickte ruhig. Sie war, merkwürdig genug, glücklich, obwohl sie ihn nicht liebte. Ernie kümmerte sich rührend um sie, verwöhnte sie, sorgte dafür, daß alle nett zu ihr waren, und als die Dreharbeiten zu ihrem neuen Film begannen, wurde sie wie eine Königin behandelt. Crystal war nun jemand. Sie war Ernie Salvatores Mädchen. Natürlich genügte ihr das auf lange Sicht nicht. Sie wollte als gute Schauspielerin anerkannt werden, und auch als gute Sängerin, wenngleich sie nur mehr selten Gelegenheit zum Singen hatte. Ihre Songs waren Teil eines anderen Lebens... im Moment konzentrierte sie sich vor allem auf die Schauspielerei. Mit ihren Lehrern, die ins Haus kamen und ihr Sprech- und Schauspielunterricht gaben, arbeitete sie sehr intensiv. Crystal verfügte über ein gutes Gedächtnis und ein hervorragendes Gefühl für das Sprechtempo, wenn sie ihren Text zitierte. Immer war sie pünktlich, nie machte sie Ärger. Beim Filmstab war sie beliebt, weil sie fleißig war und nie unvorbereitet kam. Allmählich nahm man sie auch unter den Schauspielern zur Kenntnis und beobachtete ihre Arbeit mit Interesse. Die Sache mit Ernie war natürlich allgemein bekannt. Es war ein Leben, wie sie es nur aus Romanen kannte, und jetzt war es tatsächlich ihr eigenes Leben. Alles. Ihr Traum war Wirklichkeit geworden. Sie war das geworden, was sie sich ersehnt hatte. Was sie dafür geopfert hatte, bereitete ihr im Augenblick kein Kopfzerbrechen.

Ende Mai beendete sie ihren zweiten Film, und im Anschluß daran fuhr Ernie mit ihr für ein paar Tage nach Mexiko. Crystal genoß es von ganzem Herzen, etwas Neues zu sehen. Die barfüßigen Kinder in den Straßen waren entzückend mit ihren glücklichen Gesichtern und großen Augen, man sah farbenfrohe Trachten und eindrucksvolle Baudenkmäler. Crystal war begeistert, obwohl sie es als Nachteil empfand, daß sie Ernie im Grunde genommen gar nicht kannte. Wieder in L. A. angekommen, überreichte er ihr ein neues Drehbuch – eine Überraschung, die sie mit einem Kuß quittierte. Mittlerweile hatte sie sich an Ernie gewöhnt, sie war gern mit ihm zusammen, und es gab Augenblicke, in denen sie hätte denken können, sie wären verheiratet.

»Was ist denn das?« Sie wollten anschließend ins ›Coconut Grove‹ zum Dinner und Tanzen fahren.

»Dein Oscar. Sieht aus, als hättest du es geschafft, Kleine.« Es war ein Drehbuch, jedoch für eine andere Produktionsgesellschaft. Die Rolle schien ihr auf den Leib geschrieben zu sein, und Ernie hatte rasch zugesagt. Crystals Bekanntheitsgrad wuchs ständig, die einschlägige Presse brachte laufend Berichte über sie. Es kostete Ernie ein Vermögen, das Interesse an ihr anzuheizen. Und wenn er sie ausführte, starrten die Leute sie ungläubig an. So schöne Frauen gab es einfach nicht, nicht einmal in Hollywood. Noch immer machte sie den Eindruck eines scheuen Rehs, das zaghaft aus dem Wald tritt. Und sie würde ein Star werden, ein absoluter Star der Spitzenklasse. Daran zweifelte Ernie keine Sekunde, zumal jetzt dieses einmalige Angebot gekommen war und weitere nicht ausbleiben würden. Und sie gehörte ihm. Eines schönen Tages würde er es ihr sagen, wenn es sein mußte.

Zuweilen fragte sich Ernie allen Ernstes, ob er sie nicht doch liebte, aber das war ihm eigentlich einerlei. Darüber war er längst hinaus. Mit fünfundvierzig hatte er fünf Scheidungen hinter sich. Er hatte zwei Kinder, die in Pittsburgh lebten. Beide waren älter als Crystal. Er hatte sie seit dem Babyalter nicht mehr gesehen.

Crystal verbrachte viele Stunden damit, das neue Drehbuch durchzuarbeiten, und machte sich eifrig Notizen. Auch wenn es immer noch nur eine Nebenrolle war, war es eine gute Rolle – so gut, daß sie nicht genug staunen konnte, daß man sie ihr zutraute. Ihr Text war umfangreicher als in den vorangegangenen zwei Filmen, die Rolle als solche war auch schwieriger und erforderte viel Gefühlsausdruck. Sie wußte, daß sie mit ihren Lehrern sehr eifrig arbeiten mußte, aber sie war hellauf begeistert. »Ernie, es ist wundervoll«, sagte sie hingerissen, als sie ihn am Pool traf. Er hatte ein Telefon mit hinausgenommen, da er draußen Geschäftliches und Anrufe erledigte und Verträge unterzeichnete. Nicht einmal in der Polo Lounge ließ man ihn in Frieden.

Manchmal blieb er dort auch die Nacht über mit Geschäftspartnern, bis man sich einig war.

»Es wird ein guter Film, Crystal, und er wird dir sehr nützen.«

Einen Augenblick wirkte sie besorgt, als sie sich neben ihm niederließ und zu ihm aufsah. »Glaubst du, daß ich es schaffe?«

Er lachte und küßte ihr seidenweiches Haar. Sie war seines Wissens das einzige Mädchen in Hollywood, das sich darum sorgte, ob sie einer Rolle gewachsen war. Die meisten wollten nur in Filmen spielen, die sie weiterbrachten, ohne einen Gedanken an die Qualität ihrer Arbeit zu verschwenden. Crystal war anders, und das machte ihn so sicher, daß ihr der Durchbruch gelingen würde. Diesmal war er an einen Siegertyp geraten. »Du wirst großartig sein.«

»Ich werde wie verrückt lernen müssen, bis der Text richtig sitzt.«

»Du schaffst das schon.« Zur Feier des Tages gingen sie aus, und bevor die erste Klappe für den neuen Film fiel, arbeitete Crystal Tag und Nacht an ihrer Rolle.

Am neunten Juli begannen die Dreharbeiten. Crystals Partner waren William Holden und Henry Fonda, und bei der ersten Begegnung mit den berühmten Kollegen war sie starr vor Bewunderung. Die beide hätten gar nicht netter sein können, und auch die anderen Leute vom Set kamen ihr mit großer Hilfsbereitschaft entgegen.

Einmal bekam sie sogar Clark Gable zu Gesicht, der im Studio einen Freund besuchte. Crystal schwärmte Ernie von ihm vor. Tatsächlich hatte sie noch nie einen so fabelhaft aussehenden Mann gesehen. Ernie lachte sie aus.

»Warte ein paar Monate, dann wird sich Clark Gable vor seinen Freunden brüsten, wenn er Crystal Wyatt gesehen hat.« Crystal lachte. Ernie gelang es immer wieder, ihr Selbstbewußtsein zu heben. In der letzten Zeit bekam sie ihn allerdings sehr selten zu Gesicht, da sie im Studio zu beschäftigt war und zum Ausgehen keine Zeit hatte. Wie eine richtige Einsiedlerin kam sie sich vor.

Sie studierte in ihrer Garderobe gerade ihren Text, als vier Tage später an ihre Tür geklopft wurde. Sie hörte aufgeregte Rufe und spähte hinaus, um festzustellen, was passiert war.

»Es ist vorbei! Endgültig aus!«

»Der Film?« Sie machte ein erschrockenes Gesicht. Womöglich war der ganze Film geplatzt. Dabei hatten die Dreharbeiten gerade erst angefangen.

»Der Krieg!« Einer der Atelierarbeiter stand vor ihr, und Freudentränen liefen ihm über die Wangen. Er hatte zwei Brüder in Korea. Nun erst ging Crystal ein Licht auf. »Der Krieg in Korea ist aus!« Überglücklich nahm er sie in die Arme, und nun bekam auch sie feuchte Augen. Seit Monaten hatte sie versucht, Spencer zu vergessen. Der Brief, den er ihr im April geschrieben hatte, war unbeantwortet geblieben. Aber jetzt würde er heimkehren wie alle anderen – Spencer, der Mann, den sie betrogen hatte, indem sie zu Ernie gezogen war. Jetzt würde Spencer zurückkommen. Aber zu wem wohl? Er war noch immer mit Elizabeth verheiratet. Und sie lebte mit Ernie zusammen. Falls Pearl es ihm nicht sagte, würde er gar nicht wissen, wo er sie finden konnte. Während die anderen um sie herum lachten, durcheinanderredeten und weinten, fragte sie sich, was sie nun tun sollte.

28. Kapitel

Von allen Seiten von der Menge bedrängt, die zum Empfang der Heimkehrer gekommen war, stand Elizabeth am Flugsteig, angestrengt bemüht, Spencers Gesicht auszumachen. Sie hatte ihn schon drei Wochen zuvor in Japan abholen wollen, um anschließend in Honolulu ein paar Tage auszuspannen. Aber die Bestimmungen der Army sahen vor, daß Spencer in San Francisco entlassen werden sollte. Er würde erst frei sein, wenn er auf amerikanischem Boden stand. Elizabeths Eltern waren zur Stelle, Spencers ebenfalls, und um sie herum warteten Hunderte von aufgeregt durcheinanderredenden Frauen. Diese hier durften sich zu den Glücklichen zählen; viele andere saßen zu Hause und trauerten um ihre gefallenen Männer oder Söhne. Aber Spencer hatte es geschafft. Er war nur einmal ganz leicht verwundet worden, und eine Woche nach dem Vorfall war er wieder an die Front geschickt worden. Es war ein häßlicher Krieg gewesen, der viele Opfer gefordert hatte, der zweite Krieg, den Spencer innerhalb von zwölf Jahren mitgemacht hatte.

Elizabeth hatte sich einen ganzen Monat freigenommen. Sie wollte die Zeit mit Spencer und ihren Eltern am Lake Tahoe verbringen. Spencers Eltern waren ebenfalls eingeladen, aber davon hatte Spencer noch nichts erfahren. Ebensowenig wußte er, daß im Haus der Barclays in San Francisco eine riesige Überraschungsparty geplant war.

Als Elizabeth ihn von Bord der Maschine gehen sah, rückte sie automatisch ihren Hut zurecht. Sie war ziemlich nervös. Seit dem letzten Beisammensein war viel Zeit verstrichen, und so viel konnte sich seither verändert haben. Ihre wenigen gemeinsamen Tage im Imperial Hotel waren peinlich gewesen, weil Spencer die Belastung des Krieges nie hatte abschütteln können. Jetzt aber war es das normale, das wirkliche Leben, dem sie sich stellen mußten – und das bedeutete womöglich eine noch größere Umstellung. Vor dem Krieg hatten sie nie richtig zusammengelebt, und jetzt war er drei lange Jahre fort gewesen. Mit ihren vierundzwanzig Jahren war sie an ein unabhängiges Leben gewöhnt. Sie hatte sich voll und ganz der Politik verschrieben. In Washington hatte sie Zutritt zu allen Zirkeln und kannte inzwischen viele interessante Leute.

Doch als sie Spencer schließlich erspähte, war Politik das letzte, woran sie dachte. Groß und sehr schmal stand er da, während er den Blick über die Menge schweifen ließ und dann langsam weiterging, in ein Gespräch mit einigen Kameraden vertieft.

Er hatte Elizabeth noch nicht bemerkt... Sie sah, daß er sich mit Handschlag verabschiedete und die anderen auf ihre Frauen zueilten. Er ging inmitten der vorwärtsdrängenden Heimkehrer weiter, während Elizabeth zu ihm durchzukommen versuchte. Seine Mutter, die ihn seit drei Jahren nicht gesehen hatte, war in Tränen aufgelöst, und er hatte sie noch immer nicht entdeckt. Mit traurigem Blick suchte er die Menge ab. Sein Haar hatte graue Strähnen, die zuvor noch nicht zu sehen gewesen waren, trotzdem sah er mit vierunddreißig besser aus als an dem Tag, an dem Elizabeth ihn bei der Dinnerparty in ihrem Elternhaus kennengelernt hatte. Und dann sah er plötzlich ihr Gesicht unter dem großen Strohhut, stutzte und ließ seinen Seesack fallen, um auf sie zuzulaufen, sie in die Arme zu nehmen und im Kreis herumzuwirbeln. Seine Eltern kamen herzu, und Richter Barclay hatte Tränen in den Augen, als er Spencers Hand herzlich schüttelte. Priscilla Barclay schloß ihn unter Tränen in die Arme.

»Wie schön, daß du wieder da bist... unversehrt.«

»Danke.« Er umarmte und küßte alle. Seine Mutter glaubte, etwas in seinen Augen zu lesen, das vor drei Jahren noch nicht vorhanden gewesen war und das ihr Sorgen machte. Es war ein Kummer, ähnlich jenem, den sie durchgemacht hatte, nachdem ihr ältester Sohn gefallen war. Spencer sah aus, als hätte er im Krieg etwas eingebüßt, einen Glauben, eine Überzeugung, eine Gewißheit, die er vorher besessen hatte. An den Krieg hatte er nie geglaubt.

Lachend, weinend und durcheinanderredend fuhren sie enggedrängt in der Limousine zum Haus am Broadway. Zwischen den zwei Müttern wurden verständnisinnige Blicke gewechselt. Elizabeth aber saß Hand in Hand mit Spencer da, und er hatte einen Arm um ihre Schultern gelegt. Sie hatten sich wenigstens einige Male in Japan getroffen, während die beiden Elternpaare Spencer seit Kriegsausbruch nicht mehr gesehen hatten. Diese lange Zeit hatte ihre Spuren – besonders bei Spencer – hinterlassen. Mit zurückgelegtem Kopf und geschlossenen Augen sagte er, zu allen und niemandem speziell, während Elizabeth sich in ihrem Gespräch mit ihrer Mutter nicht stören ließ: »Nicht zu fassen, endlich wieder zu Hause zu sein.« Noch war er es nicht ganz, aber so gut wie. Er befand sich auf amerikanischem Boden und hatte seine Frau an seiner Seite. Elizabeth war ein Problem, das ihn seit drei Jahren beschäftigte und das er jetzt lösen mußte.

»Willkommen zu Hause, mein Sohn.« Sein Vater griff nach Spencers Arm. Er schluckte schwer, als dieser seine Hand drückte.

»Dad, ich liebe dich. Herrgott, hoffentlich hält sich dieses Land eine Zeitlang aus Kriegen heraus. Ich hab' die Nase voll.«

»Hoffentlich bleibst du diesmal nicht Reservist«, schalt Elizabeth ihn, und er lachte.

»Wo denkst du hin! Nächstesmal sollen sie sich gefälligst einen suchen. Ich beabsichtige, zu Hause zu bleiben, Fett anzusetzen und bequem auf meinem Hintern zu sitzen, während meine Frau Kinder in die Welt setzt.« Das sagte er halb im Spaß und um das Terrain zu sondieren. Neben so manchem, worüber er mit Elizabeth diskutieren mußte, lag ihm dieser Punkt besonders am Herzen. Elizabeth ließ es bei einem Lächeln bewenden und sparte sich die Antwort, aber ihre Einstellung hatte sich nicht geändert, wie sich zeigte, als sie, kaum zu Hause angekommen, die Tür zum Schlafzimmer hinter sich schlossen. Die Uniform, die Spencer am liebsten angezündet hätte, landete auf dem Boden, und nach der Dusche näherte er sich Elizabeth mit einigem Vorbehalt. In Korea hatte er viel Zeit zum Nachdenken gehabt. Einige seiner Probleme hatte er dadurch bewältigt, aber bei weitem nicht alle. Elizabeth stand jetzt greifbar vor ihm, während ihm Crystal, von der er eine Ewigkeit nichts mehr gehört hatte, wie ein bloßer Traum erschien. Und so sehr er sich auch nach ihr verzehrte, so hatte er immer noch keine Ahnung, wie es mit seiner Ehe und Elizabeth weitergehen sollte. In den drei Jahren war mit Elizabeth eine große Veränderung vorgegangen, und es gab vieles, was er von ihr wissen wollte – vor allem, ob sie sich Kinder wünschte oder nicht. Schon lange stand für ihn fest, daß er ihr nichts mehr vormachen wollte. Er mußte endlich erfahren, wer sie war und was sie anstrebte, und wenn es ihm nicht zusagte, gedachte er, die Ehe zu lösen. Er mußte Elizabeth eine Chance geben, aber er hatte auch ein Recht auf die Verwirklichung seiner Wünsche, und er war nicht mehr sicher, ob Elizabeth Barclay dazugehörte. Er hatte zu viele Männer sterben gesehen und zuviel Schmerz miterlebt, um seine Tage mit der falschen Frau zu vergeuden. Das Leben war zu kurz, und mit vierunddreißig war das seine schon zur Hälfte vorüber. Spencer verlor daher keinen Moment und schnitt das Thema an, während Elizabeth sich in einem duftenden Schaumbad entspannte, bevor sie sich fürs Dinner zurechtmachte.

Verlegen ließ er sich am Wannenrand nieder – er hatte geduscht und sich ein Handtuch um die Hüften geschlungen. Er sah besser aus als je zuvor, straff und fest wie ein Jüngling. Dafür hatte das harte Leben in Korea gesorgt.

»Sag mal, was würdest du davon halten, wenn wir in nächster Zeit an Kinder denken?« Erstaunt blickte Elizabeth auf. Die Frage entlockte ihr ein Lächeln.

»Im allgemeinen oder eigene?« Ihr Bruder und Sarah hatten unverblümt verkündet, daß sie keine Kinder wollten – eine Entscheidung, die Elizabeth nicht weiter schockierend fand.

»An eigene.« Er lächelte nicht, während er auf ihre Antwort wartete. Diese Sache gehörte zu den Dingen, die er nicht mehr lange aufschieben wollte.

»Ehrlich gesagt war das in den letzten Jahren kein Thema für mich. Schließlich warst du nicht da.« Sie lächelte wieder und bewegte anmutig ihre Beine in dem schaumbedeckten Wasser. »Weshalb fragst du? Muß das Problem heute gelöst werden?« Sie schien nicht sehr erbaut zu sein, zudem bereitete es ihr Unbehagen, daß er sie so in der Wanne sah.

»Vielleicht ... die Tatsache, daß es überhaupt einer Lösung bedarf, ist an sich schon bezeichnend, finde ich.«

»Ich aber nicht. Es ist nichts, was man überstürzen sollte.«

»So wie bei deinem Bruder und Sarah?« Er suchte die Konfrontation. Er wollte zu einer Entscheidung kommen, und zwar bald. Das ständige Schwanken zwischen zwei Frauen hatte ihn in den letzten Jahren fast um den Verstand gebracht.

»Spencer, die beiden haben damit nichts zu tun. Ich meine nur uns. Mit vierundzwanzig Jahren bin ich noch lange nicht über das Alter fürs Kinderkriegen hinaus, und derzeit habe ich in Washington einen wichtigen Job. Den möchte ich für ein Kind nicht aufs Spiel setzen.« Damit hatte er seine Antwort. Was ihn besonders erbitterte, war die Art, wie sie ihre Ansicht kundtat.

»Du setzt die Prioritäten falsch.«

»Nein, du siehst die Sache nicht richtig. Für dich mag es nett sein, nach Hause zu kommen. Für mich wäre es ein großes Opfer, wenn ich zu Hause bleiben müßte. Das ist ein großer Unterschied.«

»Ja, das ist es.« Er stand auf und knüpfte das Handtuch fester um seine Hüfte. Sie lächelte... wie komisch er in dem rosa Handtuch aussah. »Elizabeth, eigentlich sollte es kein Opfer sein. Es sollte etwas sein, das wir beide uns wünschen.«

»Nicht ›wir‹ wünschen es uns. Du wünschst es dir, und eines Tages bin ich vielleicht auch soweit, aber nicht jetzt. Es ist nicht der richtige Zeitpunkt. Meine Arbeit geht vor.«

»Ist die Arbeit dir wirklich so wichtig?« Er kannte die Antwort schon. Bei ihren Treffen in Tokio war von nichts anderem die Rede gewesen.

»Ja.« Sie sah ihm offen in die Augen. Aufrichtigkeit hatte sie nie gescheut. »Die Arbeit ist für mich sehr wichtig.«

»Und warum?«

»Weil sie mir Unabhängigkeit verschafft.« Das war nicht, was er in einer Ehefrau suchte. Und dennoch... sie hatte etwas an sich. Daß sie ihm jetzt fremd vorkam, hatte damit nichts zu tun, schließlich waren sie nur zwei Wochen verheiratet gewesen, ehe er eingezogen wurde. Sie hatte etwas Herausforderndes an sich, das in ihm das Verlangen weckte, sie zu erobern, auch wenn er im Innersten wußte, daß Elizabeth sich nie würde bezwingen lassen. »Ich habe Urlaub genommen, um dir einen gebührenden Empfang zu bereiten, aber wenn wir nach Hause kommen, möchte ich wieder arbeiten. Hoffentlich ist dir das klar.«

»Ja, sehr klar.« Er zündete sich eine Zigarette an und sah sie ernüchtert an. »Wo ist übrigens dieses Zuhause? Soweit mir bekannt ist, haben wir unsere New Yorker Wohnung aufgegeben. Wo bleibe ich dabei? Ohne Arbeit, schätze ich.«

»Du hast deinen Job in New York ohnehin nicht gemocht.« Sie ließ sich nicht aus der Ruhe bringen. Elizabeth war eine zähe Kontrahentin. »Das hast du mir in Tokio selbst gesagt.«

»Schon möglich. Trotzdem würde ich meinen Lebensunterhalt gern selbst verdienen. Ich bin nicht ganz so – sagen wir – ›unabhängig‹ wie du. Ich brauche Arbeit.«

»Mein Vater wird dich liebend gern allen Leuten vorstellen, die dir weiterhelfen können. Ich hätte da schon einige Ideen... ein Regierungsposten irgendwo in Washington. Das wäre ideal für dich.«

»Ich bin Demokrat. Die sind im Moment nicht gefragt.«

»Mein Vater und ich sind es ebenso. Aber in Washington ist für alle Platz. Genau darum geht es ja. Wir leben in einer Demokratie und gottlob nicht in einer Diktatur.« Einfach lächerlich – er war keine vier Stunden zu Hause, und sie zankten sich schon über Politik und über ihre Arbeit, obwohl er sich nichts sehnlicher wünschte, als sich mit einer Frau, die er liebte, häuslich niederzulassen und ein ruhiges Leben zu führen. Hier war nicht die Spur von Geborgenheit. Er hatte kein Zuhause, keine Arbeit und kam sich ohne die gewohnte Welt der Army heimatlos vor. Und dies verunsicherte ihn noch mehr, denn er hatte sich nichts mehr gewünscht, als nach Hause zu kommen. Jetzt war er zu Hause und war unglücklich.

Spencer zog sich an und ging hinunter. Zwei Stunden später verschlug es ihm die Sprache. Zweihundert Menschen, von denen er nicht einen kannte, waren insgeheim eingeladen worden, um mit einer Überraschungsparty seine Heimkehr zu feiern. Sein Vater war der einzige, der spürte, daß Spencer dafür noch nicht bereit war. In einem großen Sprung von Seoul nach San Francisco, das wäre für jeden Menschen zuviel gewesen. Da Spencer nach der Party Schwierigkeiten hatte, einzuschlafen, verließ er das Haus und ging lange spazieren, im Ohr den dumpfen Ton der Nebelhörner. Er lief, bis er schließlich in North Beach war. Immer wenn er unterwegs einen Laut hörte, zuckte er zusammen. Die Angst vor Heckenschützen saß noch tief.

Vor Mrs. Castagnas Haus blieb er stehen, um mit Herzklopfen zu den Fenstern hinaufzublicken. Dies war der Augenblick, von dem er eigentlich geträumt hatte, wenn er im Krieg an die Heimkehr gedacht hatte. Die Fenster waren dunkel. Am liebsten wäre er einfach ins Haus gestürmt und hätte Crystal überrascht. Während er so dastand, quälte ihn wieder die Frage, warum sie seine Briefe nicht mehr beantwortet hatte.

Mit unsicherer Hand versuchte er, ob sich die Haustür öffnen ließ. Sie war versperrt, und er läutete. Lange Zeit rührte sich nichts. Nach einer Weile kam eine verschlafene Frau im Bademantel an die Tür.

»Was ist? Was wollen Sie?« fragte sie durch die Glasscheibe.

»Ich möchte zu Miß Wyatt.« Seine Uniform verriet, daß er Soldat war.

Die Frau überlegte. Dann schüttelte sie den Kopf. Sie hatte geglaubt, sich die Namen aller Mieter, auch der früheren, gemerkt zu haben. Da fiel ihr etwas ein. »Miß Wyatt wohnt schon lange nicht mehr hier.«

»Doch.« Er ließ nicht locker. Da kam ihm der Gedanke, daß Crystal womöglich umgezogen war. Er bekam es mit der Angst zu tun, als ihm klarwurde, daß er ihre Adresse nicht kannte. »Sie bewohnte das Eckzimmer oben.« Er deutete hinauf. Drei Jahre war es mittlerweile her. Vielleicht waren deshalb seine Briefe unbeantwortet geblieben.

»Sie ist schon ausgezogen, als meine Mutter noch lebte.« Fast hätte sein Herzschlag ausgesetzt. Also gab es auch Mrs. Castagna nicht mehr. Alles hatte sich geändert. So lange hatte er auf diesen Augenblick gewartet, und jetzt war Crystal fort, und mit ihr war alles dahin, was ihm vertraut gewesen war.

»Wissen Sie, wo sie jetzt wohnt?« Noch immer unterhielten sie sich durch die geschlossene Tür. Die Frau dachte nicht daran, ihm zu öffnen. Es war sehr spät, und sie kannte ihn nicht. Er hätte ja ein Betrunkener oder ein Verrückter sein können. Die Tür würde verschlossen bleiben. Sie war eine von Mrs. Castagnas unverheirateten Töchtern, die das Haus jetzt mit Strenge und Umsicht führte. Die Mieten waren erhöht worden, Miß Castagna spielte sogar mit dem Gedanken, das Haus zu verkaufen... sie und ihre Geschwister konnten Bargeld gut gebrauchen.

»Ich weiß nicht, wohin sie ist, Mister. Ich selbst kannte sie gar nicht.«

»Hat sie keine Adresse hinterlassen?« Die Frau schüttelte den Kopf und bedeutete ihm, sich endlich zu trollen, damit sie wieder in ihre Wohnung konnte.

Auf den Stufen blickte er sich noch einmal nach den dunklen Fenstern um. Crystal war fort, und er hatte keine Ahnung, wo er sie finden konnte.

Danach ging er zu *Harry's*, von der Hoffnung getrieben, sie dort anzutreffen. Als er ankam, wollte man eben schließen. Der Ober hatte sein Jackett abgelegt, zwei Männer schrubbten den Boden, sämtliche Stühle waren auf die Tische gestellt worden.

»Tut mir leid, Sir, es ist bereits geschlossen.« Der Ober reagierte auf Spencers Eintreten mit Unwillen. Jemand mußte vergessen haben, die Türen abzuschließen.

»Ich weiß, entschuldigen Sie... ist Crystal da?« fragte er beklommen. Was, wenn sie auch hier nicht mehr war? Wenn ihr etwas zugestoßen war? Die ganze lange Zeit war er mit sich und seinen Nöten beschäftigt gewesen und hatte Crystal im Stich gelassen. Und jetzt war ihr vielleicht Gott weiß was zugestoßen.

Der Ober schüttelte unfreundlich den Kopf. »Sie ist nach L. A. Aber wir haben einen tollen Ersatz für sie. Kommen Sie morgen wieder, dann tritt die Neue auf.«

»Ich bin ein alter Freund... eben aus Seoul zurück... wissen Sie zufällig, wo sie in L. A. wohnt?« Gut möglich, daß sie nach Hollywood gegangen war – diese Vorstellung versetzte ihn in Erregung. Er mußte sie unbedingt finden. Es gab zwischen ihnen so vieles zu besprechen und so vieles zu fragen. Und er schuldete ihr eine Erklärung für sein langes Schweigen. Der Mann schüttelte nur gleichgültig den Kopf. Heimkehrer aus Korea gingen ihn nichts an.

»Nein, keine Ahnung. Harry hat sicher ihre Adresse, aber er hat sich für vierzehn Tage Urlaub genommen. Rufen Sie doch an, wenn er wieder da ist.«

»Und was ist mit...« Verzweifelt versuchte er sich an den Namen zu erinnern. Als er ihm einfiel, war er unendlich erleichtert. Der ganze Abend war eine einzige Katastrophe gewesen. »Pearl... ist sie wenigstens da?«

»Morgen um vier können Sie Pearl erreichen. Hören Sie, Kumpel, ich muß jetzt dichtmachen. Rufen Sie doch morgen an.« Und dann setzte er unaufgefordert hinzu: »Wenn ich nicht irre, macht sie jetzt Filme. Crystal, meine ich. Zu schade, daß man sie nicht mehr singen läßt. Sie war doch die Beste.« Er ließ ein knappes Lächeln sehen, als er Spencer mit Nachdruck zur Tür bugsierte. Gleich darauf stand Spencer wieder auf der Straße und war so klug wie vorher. Sie war fort. In Hollywood. So wie sie es sich immer schon erträumt hatte. Und jetzt mußte er Elizabeth gegenübertreten und entscheiden, wie es mit ihrer Ehe weitergehen sollte. Vielleicht war es besser so... vielleicht war es besser, wenn eine Entscheidung getroffen wurde, bevor er Crystal wiedersah, dann konnte er ihr wenigstens mit reinem Gewissen unter die Augen treten. Der Gedanke daran lastete schwer auf ihm, als er zurück nach Hause ging. Er sah, daß Elizabeth tief und fest schlief. Daß er sich davongestohlen hatte, war ihr entgangen. Wie friedvoll sie aussieht, dachte er, als er sie im gedämpften, aus der halbgeöffneten Badezimmertür dringenden Licht daliegen sah. Er fragte sich, was sie träumen mochte, falls sie jemals Träume hatte. Elizabeth war immer so nüchtern und vernunftsorientiert. Auch seine Heimkehr hatte sie wie einen ihrer gesellschaftlichen Anlässe eingestuft, als etwas, das es zu planen und zu organisieren galt. Keine Spur von Zärtlichkeit, kein sanftes Berühren, kein Streicheln der Hand. Er hatte noch nicht mit ihr geschlafen, seit er zurück war, und verspürte auch keine Lust dazu.

Im Dunkeln schlüpfte er neben sie ins Bett und lauschte ihren Atemzügen, die in ruhigem Rhythmus kamen. Er drehte sich um, sah sie in der Dunkelheit an und strich leicht über ihr Haar. Sie verdiente mehr, als er ihr zu geben hatte. Elizabeth öffnete ein Auge, da sie ihn neben sich spürte, und rührte sich im Halbschlaf.

»Bist du wach?« Sie hob den Kopf und versuchte auf die Uhr zu sehen, war aber zu verschlafen. »Wie spät ist es?« Die Frage war ein benommenes Gemurmel.

»Sehr spät ... schlaf weiter«, flüsterte er darauf, und sie drehte sich um und wandte ihm den Rücken zu.

»Gute Nacht, Elizabeth.« Er hätte ihr gern gesagt, daß er sie liebte, aber in Wirklichkeit kreisten seine Gedanken allein um Crystal, die jetzt irgendwo in Hollywood war. Morgen wollte er Pearl anrufen, und er betete darum, daß sie Crystals Adresse kannte. Aber noch immer war er fest entschlossen, mit Crystal nicht in Verbindung zu treten, ehe er nicht Ordnung in sein eigenes Leben gebracht hatte. Das war fairer, und er wollte ohnehin bald alles regeln. Das Verlangen, sie zu sehen, war übermächtig. Es war eine einsame Heimkehr gewesen, ein lange erwarteter Tag, der endlich gekommen war, aber zu Hause hatte er leider erkennen müssen, daß er sich wie ein Fremder fühlte.

Als er endlich Schlaf fand, dämmerte es bereits, und er träumte, von Ferne Geschützfeuer zu hören ... und eine Stimme, die zu ihm sprach. Jemand flüsterte ihm zu und sagte etwas, was er nicht verstehen konnte, da der Geschützlärm zu laut war... doch während er verzweifelt die Worte zu verstehen versuchte und im Schlaf schluchzte, wuchs in ihm die Überzeugung, daß die Stimme Crystal gehörte.

29. Kapitel

Der nächste Tag brachte für Spencer die Entdeckung, daß er, ohne erst gefragt zu werden, völlig verplant worden war. Es waren drei Wochen am Lake Tahoe vorgesehen, von denen seine Eltern zwei Wochen mit ihm verbringen sollten, und um ihnen etwas zu bieten, hatten die Barclays schon im voraus etliche Abendeinladungen organisiert.

»Du tätest gut daran, dich ein wenig einzukleiden, bevor wir an den See fahren«, riet Elizabeth ihm. Er hatte nur seine Uniform, sein Drillichzeug, seine Armeestiefel und seine Erkennungsmarke – Dinge, die kaum zu dem Lebensstil am Lake Tahoe paßten. Bei seinem Einkauf begleitete sie ihn, so daß er sich wie ein Kind vorkam, als sie ihm bei der Auswahl half und darauf bestand, daß er die Rechnung an ihren Vater schicken ließ. Spencer notierte sich den Betrag und versicherte Richter Barclay, er würde ihm den Scheck geben, sobald er wieder ein Konto eröffnet hatte. Elizabeth hatte mit seinem Einverständnis das Konto in New York aufgelöst, als sie seine Wohnung aufgegeben hatte und nach Georgetown gezogen war.

»Mach dir bloß deshalb keine Sorgen, mein Sohn«, erklärte der alte Barclay lachend. »Ich weiß, wo ich dich finden kann.«

Alles war vorgeplant und klappte reibungslos. Im Konvoi ging es an den Lake Tahoe – Elizabeth saß mit Spencer im Kombi, die zwei Elternpaare fuhren in der Limousine. Zu Mittag wurde in

Sacramento eine Pause eingelegt, anschließend fuhr man bis zum Feriensitz durch, wo alles glänzend vorbereitet war. Es verging kaum ein Tag ohne eine kleinere Party. An den Nachmittagen wurde geschwommen. So verstrichen zehn Tage, bis sich Spencer Gelegenheit zu einer Angeltour mit seinem Vater bot. Er saß nachdenklich im Motorboot und starrte über die Wasserfläche. William Hill bemerkte seine bedrückte Miene mit Besorgnis.

»Die Umstellung macht dir wohl schwer zu schaffen, mein Sohn?«

Spencer seufzte. Was für eine Erleichterung, endlich einmal allein zu sein. In Elizabeths Nähe herrschte ständig Hochspannung, und insgesamt hatte er die Barclays trotz der übergroßen Güte, die sie ihm bewiesen, satt. »Ja, das stimmt.« Er sah seinen Vater offen an. »Als ich zurückkam, hätte ich nicht gedacht, daß es so ausarten würde.«

»Und wie hast du es dir vorgestellt?« Sein Vater war lebensklug und gutherzig und wollte ihm helfen. Er ertrug es nicht, seinen Sohn so unglücklich zu sehen.

»Dad, ich könnte es nicht sagen ... aber ich habe jetzt kein eigenes Zuhause mehr. Drei Jahre war ich in einem Land, das mir fremd war, und jetzt bin ich daheim in der Fremde – in einem Haus, das nicht mir gehört – mit Freunden, die nicht meine Freunde sind, und ich tue, was andere wollen. Im Grunde genommen bin ich dafür schon zu alt. Ich möchte heim und habe kein Heim.«

»Doch, du hast eines, ein wunderschönes Haus. Deine Mutter und ich haben es letztes Weihnachten gesehen.«

»Wie schön für euch. Ich bewohne also ein Haus, das ich nicht kenne, eingerichtet mit Möbeln, die ich nicht ausgesucht habe, in einer Stadt, die mir so gut wie fremd ist.« Spencer entwarf ein so düsteres Bild und schwelgte so ausgiebig in Selbstmitleid, daß sein Vater sich ein gutmütiges Lachen nicht verkneifen konnte.

»Na, so schlimm ist es nun wirklich nicht. Laß dir etwas Zeit. Schließlich bist du noch keine zwei Wochen zurück.«

Spencer fuhr sich energisch mit der Hand durchs Haar, eine vertraute Geste, bei der es seinem Vater warm ums Herz wurde. Es tat wohl, Spencer wohlbehalten und heil zurückzuhaben. Die Reaktion seines Sohnes auf die Heimkehr bereitete ihm keine ernsthaften Sorgen. Seiner Meinung nach war sie ganz normal.

»Dad, ich weiß nicht recht...« Er zog ernsthaft in Erwägung, mit seinem Vater über Crystal zu sprechen, obwohl er das Gefühl hatte, daß Crystal nur ihm allein gehörte und daß es nur ihn etwas anging, was er für sie empfand. Wenigstens wußte er jetzt, wo sie war. Pearl hatte ihm ihre Telefonnummer gegeben, und an dieses Stückchen Papier klammerte er sich wie ein Ertrinkender. Unzählige Male in den vergangenen zwei Wochen hatte er zum Hörer gegriffen und sich dann gezwungen, doch nicht anzurufen. Solange nichts entschieden war, wäre ein Anruf voreilig gewesen. Aber Elizabeth tat so, als sei zwischen ihnen alles in bester Ordnung, und das erschwerte eine Lösung ungemein.

Als spürte er, daß hinter Spencers Krise mehr steckte, als er zugeben wollte, stellte William Hill seinem Sohn eine heikle Frage: »Liebst du Elizabeth noch?« Die zwei gaben ein so prächtiges Paar ab; er hätte es sehr ungern gesehen, wenn die Beziehung zerbrochen wäre, nur weil Spencer im Moment ein wenig durcheinander war und es an Geduld fehlen ließ.

Sein Sohn ließ sich lange Zeit mit der Antwort. »Ich bin nicht sicher... in keiner Hinsicht mehr. Ich bin nicht einmal sicher, ob ich sie kenne.«

»Mein Sohn, du warst sehr lange fort. Drei Jahre sind eine halbe Ewigkeit.«

»Ich möchte Kinder und sie nicht. Das ist ein gravierendes Problem, Dad.«

»Elizabeth ist noch sehr jung. Du mußt ihr eine Chance geben. Fahr nach Hause, richte dich ein. Gewöhnt euch wieder aneinander, und dann solltet ihr versuchen, auf einen gemeinsamen Nenner zu kommen. Elizabeth muß sich auch erst wieder an dich gewöhnen. In den letzten drei Jahren mußte sie alle Entscheidungen allein treffen, es ist für sie eine große Veränderung, dich wieder um sich zu haben.«

Spencers Miene verriet seinen Widerwillen. »Sie war nie auf sich allein angewiesen. Immer hatte sie ihren Vater. Wenn ich es zuließe, würde er auch meine Unterwäsche bezahlen.« Damit spielte er auf seine jüngsten Einkäufe an.

Sein Vater lachte. »Im Leben gibt es viel größere Probleme. Die Barclays sind gute Menschen. Sie möchten euch glücklich sehen.«

»Ich weiß... im Grunde tut es mir auch sehr leid. Was ich gesagt habe, hört sich gewiß sehr undankbar an. Ich bin vielleicht nur total durcheinander.« Wieder starrte er lange auf die Wasserfläche, ehe er seinen Vater ansah. Diesmal sprach er viel leiser, und in seinem Blick lag dieses Entrückte und Traurige, das William seit Spencers Heimkehr Sorgen bereitete. »Da war etwas, bevor ich fortgegangen bin... es gab jemanden, den ich schon seit langem kenne.«

William Hill sah seinen Sohn alles andere als glücklich an. »War es ernst?«

»Ja«, sagte Spencer ohne Zögern. »Sehr ernst. Die beiden sind grundverschieden... so verschieden, wie zwei Frauen nur sein können...«

»Hast du sie gesehen, seitdem du zurück bist?«

Spencer schüttelte den Kopf. Er erzählte nicht, daß er ein Wiedersehen plante und daß er nur noch dafür lebte.

»Junge, laß bloß die Finger davon. Du würdest alles nur noch komplizierter machen. Du bist mit einem reizenden Mädchen verheiratet, also mach etwas aus der Ehe. Bleib bei dem, was du angefangen hast.«

»Das also soll das Leben sein?« Das Silber in Spencers Haar schimmerte in der Sonne. William Hill registrierte mit Erstaunen, daß sein Sohn schon graumeliert war.

»Ja, manchmal schon. Mitunter läuft eine Ehe darauf hinaus, daß man sich einfach arrangiert, ob man nun will oder nicht.«

»Das klingt aber nicht sehr verlockend.«

»Ist es auch nicht immer.« Er faßte nach Spencers Hand. »Spencer, hör auf einen alten Mann. Stell nicht dein ganzes Leben auf den Kopf. Es wäre ein großer Fehler. Bleib bei Elizabeth. Sie ist ein nettes Mädchen, du hast sie geheiratet. Sie hat all die Jahre gewartet, also bist du es ihr schuldig.« Das wußte er selbst, und das war auch der Grund, weshalb er trotz allem letzten Endes zu ihr zurückgekehrt war.

William hatte einen Fisch an der Angel, und eine Weile war für Ablenkung gesorgt. Dann sah er seinen Sohn ernst an, gerührt, weil Spencer sich ihm anvertraut hatte. Er konnte nur hoffen, ihm den richtigen Weg gewiesen zu haben.

»Laß dir alles gründlich durch den Kopf gehen und übe dich eine Zeitlang in Geduld. Alles wird sich von selbst finden. Du würdest dir nie verzeihen, wenn du sie jetzt im Stich ließest. Daran mußt du immer denken. Der anderen schuldest du nichts. Du bist mit Elizabeth verheiratet. Und jetzt mußt du dazu stehen.« Das alles hörte sich sehr vernünftig an, zugleich aber auch niederschmetternd. Spencer startete den Motor und fuhr zurück an den Bootssteg.

»Danke, Vater«, sagte er mit einem Nicken und einem tiefen Blick. Zum erstenmal hatte er das Gefühl, daß sein Vater ihn um seiner selbst willen liebte und nicht nur als Ersatz für Robert.

»Na, etwas gefangen?« Elizabeth empfing sie in bester Stimmung. Sie liebte den See, sie freute sich über das Wiedersehen mit ihren alten Freunden, und vor allem freute sie sich, daß um Spencer so viel Aufhebens gemacht wurde.

»Ein Paar alte Schuhe.« Er grinste sie an. Spencer sah besser aus als seit Tagen. Das Gespräch mit seinem Vater hatte ihm Erleichterung verschafft. »Drei Fische...« Er beugte sich zu ihr hin, und sie tat so, als hielte sie sich die Nase zu... »und einen Kuß für meine Frau.« Wenigstens ließ sie zu, daß er ihr einen Kuß gab. Danach gingen sie ins Haus, und Elizabeth feilte sich die Nägel, während er unter der Dusche stand. Als sie ihm eröffnete, daß sie abends zu einer Party mußten, sagte er mit nachdenklichem Blick: »Hm, ich würde es vorziehen, wenn wir zu Hause blieben.«

»Darling, das geht doch nicht. Wir werden erwartet. Es sind Freunde meines Vaters.«

»Dann sag ihnen, du hättest Kopfschmerzen... oder meine Kriegsverletzungen machten sich bemerkbar.« Sein lausbübisches Grinsen verriet ihr, daß er den Abend mit ihr allein verbringen wollte. Seit seiner Rückkehr hatten sie keinen Augenblick für sich allein gehabt, was Elizabeth nicht besonders zu stören schien.

»Morgen sind wir nur für uns, das verspreche ich.« Doch am darauffolgenden Abend traf ihr Bruder ein, und Elizabeth behauptete, es wäre ungezogen, wenn sie nicht mit Ian ausgingen. Und am Tag danach mußten sie zu einer steifen Abendgesellschaft. Spencer hatte das Gefühl, in einen Kerker geraten zu sein, in dem es Champagner statt Wasser gab. Inmitten dieser vielen Menschen fühlte er sich einsam, auch wenn Elizabeth bei ihm war. Er versuchte ihr das klarzumachen, als sie am Seeufer lagen, sie aber nannte ihn albern. »Wie kannst du in Gesellschaft dieser vielen netten Menschen einsam sein?«

»Weil ich dafür noch nicht bereit bin. Ich möchte mit dir allein sein, damit wir uns unterhalten und einander wieder näherkommen können.« Als Elizabeth noch immer nicht verstehen wollte, ging ihm schlagartig auf, was er zu tun hatte. Er mußte übers Wochenende nach L. A. fahren, da er jetzt genau wußte, was er Crystal sagen würde. Sein Entschluß stand fest. Nach seiner Rückkehr aus L. A. wollte er Elizabeth eröffnen, daß er auf der Scheidung bestünde. Nein, er wollte es ihr nach dem Urlaub sagen. Eine große, häßliche Szene in Gegenwart beider Elternpaare war nicht in seinem Sinn.

»Aber meine Eltern laden gerade deinetwegen einige Leute ein.« Sie war richtig aufgebracht. Fast jeden Abend kamen Gäste wegen Spencer.

»Tut mir leid, es geht nicht anders. Ich muß in Los Angeles ein paar geschäftliche Dinge erledigen.« Sein Ton hatte sich merklich abgekühlt. Er wußte nun, was er zu tun hatte.

»Was ist es denn?« Argwöhnisch beäugte sie ihn. Im Moment hatte er ja nicht mal einen Job.

»Ach, es geht um ein paar Geldanlagen, die ich während des Studiums gemacht habe.«

»Hat das nicht Zeit?«

»Nein, hat es nicht. Keine Minute. Es ist sehr wichtig, Elizabeth. Ich muß hinfahren.«

Elizabeth schmollte noch, als er losfuhr. Der Flug dauerte zwei Stunden; es war ein schwüler Nachmittag im August, als er in Los Angeles ankam. Er stieg im Beverly Hills Hotel ab. Das Geld dazu hatte er sich von seinem Vater geborgt. Kaum war er auf seinem Zimmer, als er die Nummer wählte, die Pearl ihm gegeben hatte. Ein Mädchen hob ab und meldete sich mit ›Salvatore‹. Spencer lächelte unwillkürlich – daß Crystal sich auch immer bei Italienern einmieten mußte. Er verlangte Crystal Wyatt und bekam die Auskunft, daß sie im Atelier sei. Pearl hatte ihm schon gesagt, daß Crystal für einen neuen Film vor der Kamera stand, und darüber freute er sich sehr. Als er fragte, wo sie zu finden sei, fühlte er sich wie neugeboren. Plötzlich hatte er das Gefühl, daß sein ganzes Leben endlich die richtige Perspektive hatte. Tiefer Frieden und das Gefühl, sein Schicksal im Griff zu haben, erfüllten ihn. Er wußte, daß seine Entscheidung richtig war.

»Bei MGM«, teilte das Mädchen ihm mit und nannte ihm in aller Arglosigkeit die Nummer des Ateliers. Er notierte sie sich und verließ das Hotel. Dem Taxifahrer gab er die Adresse an, die er im Telefonbuch nachgesehen hatte. Es war eine lange Fahrt vom Hotel aus, und der Gedanke an das Wiedersehen ließ sein Herz höher schlagen – dieses Gefühl empfand er nur für Crystal. Er wußte, daß er ihr einiges erklären und sich entschuldigen mußte, weil er sich so sonderbar benommen hatte. Er war ihr sehr viel schuldig geblieben, hatte aber nun ein ganzes Leben lang Zeit, alles wiedergutzumachen. Der Gedanke an sie und die gemeinsame Zukunft zauberte ein Lächeln auf seine Lippen.

Der Eingang zum MGM-Gelände beeindruckte ihn ungemein. Spencer sah sich neugierig um wie ein Tourist, nachdem sie das Tor passierten, an dem ein Wachtposten sie angehalten hatte. Spencer erklärte ihm, daß er Crystal Wyatt sprechen wollte, worauf der Mann ihm sagte, daß Fremde ohne Einlaßschein nicht aufs Produktionsgelände dürften. Erst als Spencer ihm erklärte, woher er kam und wie lange er im Krieg gewesen war, ließ sich der Posten erweichen. Er hatte seinen eigenen Sohn in Korea verloren und hätte für einen ehemaligen Soldaten alles getan. »Sagen Sie aber niemandem, daß ich es war, der Sie reingelassen hat«, bat er, als er ihn nach einem verstohlenen Blick über das Gelände durchwinkte. Spencer bedankte sich, und der Taxifahrer steuerte das angegebene Atelier an, vorüber an Scharen von Schauspielern in den ausgefallensten Kostümen – Cowboys, Indianer, Gangster, schöne Mädchen in Badeanzügen oder raffinierten Roben. Das hier war eine andere Welt als Harry's Bar in San Francisco. Nachdem er den Fahrer bezahlt hatte, blieb Spencer stehen und schaute sich um, bevor er sich in das Gebäude wagte, das die Ausmaße eines Flugzeughangars hatte. Im Inneren sah er in einiger Entfernung eine Gruppe zusammengedrängt unter grellen Scheinwerferkegeln. Ein Mann gab in überlautem Ton Anweisungen, während rundherum absolute Stille herrschte. Auch Spencer verhielt sich ruhig. Erst als es nach zehn Minuten eine Drehpause gab, ging er näher. Und dann sah er sie wie im Traum. Er erkannte sofort, daß es Crystal war, obwohl sie ihm den Rücken zuwandte. Am liebsten wäre er losgerannt und hätte sie in die Arme genommen. Sein Herz raste, als er sich ganz behutsam näherte, weil er niemanden stören wollte. Sie aber drehte sich um, als spürte sie seine Gegenwart, und beide erstarrten. Crystal war noch viel schöner als vor drei Jahren. Sie hatte alles Kindliche verloren; ihm gegenüber stand eine auffallend schöne junge Frau. Ihr Haar trug sie in einem eleganten Knoten, das schulterfreie weiße Kleid und die weißen Schuhe glitzerten, als wären sie mit winzigen Diamantsplittern besetzt. Wie einem Märchen entstiegen sah sie aus, aber die Tränen verschleierten ihm die Sicht, als sie langsam auf ihn zuging. Crystal blieb wortlos vor ihm stehen und sah ihn an wie eine Träumende. Und dann lag sie in seinen Armen und küßte ihn. Er glaubte, sein Herz müsse zerbersten. Nie hatte er sie mehr geliebt als in diesem Augenblick. Er hatte den ganzen Krieg nur überstanden, um zu ihr zurückzukehren und sie wieder in die Arme zu schließen. Hier hatte er endlich gefunden, wonach er sein Leben lang gesucht hatte. Alles war genauso, wie er es erhofft hatte.

»O Gott... du ahnst nicht, wie sehr du mir gefehlt hast...« Die ausgestandenen Ängste, die Einsamkeit, das ganze Elend überfielen ihn von neuem, als er sie festhielt und beide in Tränen ausbrachen. Das Bewußtsein dessen, was sie getan hatte, brach Crystal fast das Herz. Sie war überzeugt gewesen, daß Spencer nie zu ihr zurückkommen würde, und jetzt war er hier. Spencer war wieder da. Und sie lebte mit Ernie Salvatore zusammen. Doch im Moment konnte sie nicht an Ernie denken. Alle ihre Gedanken galten Spencer, der sie an sich preßte und sie küßte, während sie sein Gesicht mit hungrigen Lippen und sanften Fingern berührte. »Ach, mein Liebling, ich liebe nur dich.« Lächelnd gab er sie frei. »Wie schön du bist.« Sein zärtliches Lächeln war das eines stolzen Vaters. »Na, bist du ein Filmstar geworden?«

Sie wurde verlegen, bevor sie seinen Kuß erwiderte. »Noch nicht, aber ich bin auf dem besten Weg dorthin. Wir drehen hier einen großartigen Film.« Sie nannte ihre Partner, und Spencer zeigte sich gebührend beeindruckt. Dann hob Crystal mahnend den Finger an ihre Lippen und flüsterte: »Gleich wird wieder gedreht. Komm mit in meine Garderobe.« Auf Zehenspitzen folgte er ihr in den Raum, in dem sie sich umzog, aß und stundenlang das Drehbuch studierte. Es war eine penibel aufgeräumte kleine Kammer. Eine Frau legte eben das Kostüm für die nächste Szene zurecht. Crystal bat sie freundlich, sie einen Moment allein zu lassen. Dann wandte sie sich wieder Spencer zu. »Ich habe eine Stunde Zeit.« Ihr Blick tastete sein Gesicht ab, als wolle sie ergründen, weshalb er gekommen war, wo er gesteckt hatte, wann er heimgekehrt war und ob er noch immer verheiratet war.

»Geschieht dies alles wirklich? Bist du es tatsächlich?« Sie sah ihn mit einer gewissen Scheu an und dachte an sein monatelanges Schweigen, das ihr wie eine Ewigkeit erschienen war. Sie saßen Hand in Hand da, und er versuchte, ihr alles zu erklären, die Einsamkeit, den Schmerz, seine widerstreitenden Gefühle und seine Verzweiflung über den Krieg, das Gefühl, daß nichts mehr zählte außer das ständige Elend und die Zerstörung, die er mit ansehen mußte.

»Mir kam es vor, als wäre nichts mehr wirklich und als würde dieser Alptraum bis in alle Ewigkeit dauern. Ich war nicht mehr imstande, mit jemandem auch nur zu sprechen. Und die Briefe, die kamen, machten alles nur schlimmer. In diesen Briefen las ich, wie normal und glücklich die Menschen hier lebten, und das vergrößerte nur den Gegensatz zwischen meinem Dasein und dem Leben in der Heimat. Vielen meiner Kameraden muß es ähnlich gegangen sein. Erst auf dem Heimflug kam es zur Sprache. Bis dahin hatten alle darüber geschwiegen. Niemand wollte sich eingestehen, wie schrecklich dieser Krieg war, sonst hätten wir wohl gar nicht durchgehalten.« Nie im Leben hatte er so viel Kälte gefühlt, so viel Hoffnungslosigkeit und Bedrängnis. »Jetzt ist alles vorüber, und doch kann man es nur so schwer vergessen.« Bei diesen Worten ruhte sein Blick traurig auf ihr.

»Und ich dachte, du hättest dich entschieden, Schluß mit mir zu machen«, sagte sie leise und betrübt. Dieser Irrtum hatte ihrem Leben eine andere Richtung gegeben. Er hatte sie nach Hollywood und in ein Leben mit Ernie geführt.

Als sie Spencer erzählte, daß sie geglaubt hatte, ihn verloren zu haben, war ihm anzusehen, wie niederschmetternd diese Eröffnung auf ihn wirkte. »Ich hätte mich nie von dir getrennt, ohne dir ein Wort zu sagen. Damals wußte ich nur nicht, was ich tun sollte ... die Briefe von Elizabeth haben die Schuldgefühle in mir geweckt. Sie erwartete, daß ich zu ihr zurückkäme und weitermachte wie bisher, und doch wußte ich, daß ich es nicht fertigbringen würde. Wir haben uns einige Male in Tokio getroffen, aber dadurch wurde nach der Rückkehr an die Front alles nur noch schlimmer. Ich hatte das Gefühl, ein Wochenende mit einer Fremden verbracht zu haben! Und so ist es noch immer. Zwei Wochen bin ich nun schon wieder zurück, und ich bin kurz davor, den Verstand zu verlieren.« Er sah sie ernst an, aber Crystal wich seinem Blick aus. Nun war sie diejenige, die sich schuldig fühlte.

»Am Abend nach meiner Heimkehr habe ich mich auf die Suche nach dir gemacht«, fuhr er fort. »Ich war bei Mrs. Castagnas Haus, und die Frau dort sagte mir, daß du schon lange fort bist. Dann war ich in Harry's Bar, dort wollte man gerade schließen ...« Als er ihr alles berichtete, wirkte er so verzweifelt wie an jenem Abend. »Schließlich habe ich von Pearl deine Nummer bekommen und heute gleich nach der Ankunft angerufen. Deine Vermieterin sagte mir, wo du bist, und ... hier bin ich.« Er lächelte wie ein kleiner Junge zu Weihnachten. Crystal klärte ihn nicht darüber auf, daß es sich nicht um ihre Vermieterin, sondern um ihr Hausmädchen, besser gesagt um Ernies Hausmädchen, gehandelt hatte.

»Und wie hast du dich entschieden ... was soll aus deiner Ehe werden?« fragte sie mit klopfendem Herzen. Teils betete sie darum, er hätte sich für seine Frau entschieden, denn dann wäre für sie selbst alles leichter gewesen – wenigstens für eine Weile. Sie konnte Ernie nicht einfach so verlassen – nicht, nachdem er sie zum Film gebracht hatte und nach allem anderen, was er für sie getan hatte. Aber ähnlich wie Spencer Elizabeth nicht liebte, so liebte sie Ernie nicht.

Spencer erzählte ihr, was er sich auf dem Flug überlegt hatte. Er wollte Elizabeth reinen Wein einschenken, sobald sie in Washington waren, und dann seine Sachen packen – besser gesagt, die Dinge, die noch übrig waren, und mit der ersten Maschine wieder nach Kalifornien fliegen. Im Moment hatte er ohnehin keine Arbeit. In Los Angeles konnte er ebenso auf Jobsuche gehen wie in New York oder Washington. Als Jurist hatte er überall gute Chancen. Sobald er eine Stellung hatte und geschieden war, wollte er Crystal heiraten... falls sie ihn noch wollte. So einfach war das alles.

Er lächelte ihr zu, viel zu glücklich, um von Gewissensbissen geplagt zu werden. »Ich will mich scheiden lassen. Vermutlich hätte ich Elizabeth schon längst alles sagen sollen, schon vor drei Jahren, als ich nach Korea mußte, aber damals wäre mir das zu herzlos erschienen. Wir waren ja erst ganz kurz verheiratet. Tja... ich war dumm, weil ich nicht schon damals einen Schlußstrich gezogen habe. Aber jetzt halte ich dieses Versteckspiel nicht mehr aus. Es ist zwar nicht gerade fair, wenn man bedenkt, wie lange sie auf mich gewartet hat, aber ich bin gar nicht mal sicher, ob sie sich sehr grämen würde. Sie hat ja doch nur ihre Arbeit und die verdammten Partys im Kopf.« Damit waren Elizabeths Interessen zwar nicht vollständig erfaßt, aber beinahe, wenn er daran dachte, was er seit seiner Rückkehr aus Korea miterlebt hatte. »Sie ist jetzt am Lake Tahoe. In ein paar Tagen wollen wir nach Washington abreisen.« Er sah Crystal eindringlich an. »Fast haben wir es geschafft... In ein, zwei Wochen könnte ich wieder zurück sein, und sobald ich eine Stellung gefunden habe, reiche ich die Scheidung ein, und danach können wir heiraten...« Er war sicher, daß Elizabeth vernünftig sein und einwilligen würde. Aber dann meldeten sich bei ihm plötzlich andere Bedenken. Was, wenn sich für Crystal etwas geändert hatte? Obwohl es eigentlich unvorstellbar war, wenn man bedachte, wie sie ihn eben geküßt hatte. Dennoch setzte er vorsichtshalber hinzu: »... falls du mich noch möchtest.«

Crystal betrachtete ihn lange, und ihre Augen füllten sich mit Tränen. Noch immer sagte sie nichts. Da war es nun, was sie sich seit Jahren gewünscht, wovon sie geträumt und was sie nicht mehr zu hoffen gewagt hatte. Sie war überzeugt gewesen, daß er sich für Elizabeth entschieden und es nicht der Mühe wert gefunden hatte, es ihr mitzuteilen.

»Na?« fragte er, ratlos, ob sie Tränen der Freude oder der Enttäuschung vergoß. Dann nahm er sie in die Arme und blickte lächelnd über ihre Schulter. »Weine nicht, mein Liebling. So schlimm wird es schon nicht werden, das verspreche ich dir. Du wirst es gut bei mir haben, das schwöre ich.« Ihr glühendster Traum war wahr geworden. Sacht löste er sich von ihr. Sie sah ihn an und schüttelte den Kopf. Es gab so vieles, was sie ihm erzählen mußte.

»Vielleicht wirst du mich gar nicht mehr wollen...« Sie mußte ihm die Sache mit Ernie beichten.

»Ich wüßte nicht, warum nicht, es sei denn, du hast inzwischen geheiratet«, meinte er grinsend, überzeugt, daß das nicht der Fall sein konnte. »Aber auch das wäre kein Hindernis. Wir müßten einfach durchbrennen und irgendwo in aller Stille heiraten.« Es war als Scherz gemeint, sie aber sah ihn an, als bräche ihr das Herz. Es war schlimmer, als er glaubte. Endlich war Spencer bereit, sich von Elizabeth zu trennen, und jetzt war sie an Ernie gebunden. Wenn er ihr nur geschrieben hätte... wenn er mit ihr in Verbindung geblieben wäre... wenn er ihr erklärt hätte... Da fielen ihr die Briefe ein, auf die sie nicht geantwortet hatte, in der Meinung, es sei zu spät. Sie hatte sich nicht unnötig quälen und nicht mit ihm spielen wollen. Alles hatte sich so unendlich in die Länge gezogen, und sie war überzeugt gewesen, daß er sich für seine Ehe entschieden hatte, als er ihr von dem Treffen mit seiner Frau in Tokio geschrieben hatte.

»Spencer...« Sie suchte verzweifelt nach den richtigen Worten, um ihm alles zu erklären. Leicht würde es nicht sein, soviel war klar. »Ich lebe mit einem Mann zusammen. Mit meinem Manager... es ist eine lange Geschichte... ich weiß gar nicht, wie ich es dir erklären soll.« Spencer starrte sie unglücklich und enttäuscht an. Das hatte er nicht erwartet. Er hatte ja nicht geahnt, was er vorfinden würde, aber im Grunde war er sicher gewesen, daß Crystal ihn noch liebte. Keinesfalls hatte er damit gerechnet, daß sie mit einem Mann zusammenlebte. Es war eine Eröffnung, die in ihm ohnmächtigen Zorn weckte. »Als ich in Hollywood ankam, wurde ich einem Mann vorgestellt, der einer der besten Manager in der ganzen Stadt sein sollte. Tatsächlich hat er mir in kürzester Zeit eine Rolle verschafft. Er hat alles für mich getan. Spencer, ich stehe so tief in seiner Schuld ... ich kann ihn nicht einfach verlassen ... das wäre nicht fair ...« Wie sie das Verhältnis schilderte, kam es ihm wie reinste Sklaverei vor. Er konnte zunächst gar nicht fassen, was er da hörte.

»Liebst du den Burschen?«

Sie schüttelte kläglich den Kopf. »Nein. Und ich habe ihm gleich am Anfang von dir erzählt. Aber ich hab' ihm gesagt, daß es aus sei zwischen uns. Damals war ich fest davon überzeugt. Ich hatte seit Monaten nichts mehr von dir gehört und dachte, du hättest dich mit Elizabeth völlig ausgesöhnt.« Sie konnte nicht weitersprechen, weil die Tränen sie wieder überwältigten.

Spencer lief indessen aufgebracht in der Garderobe auf und ab.

»Falls es dich interessiert ... ich war damit beschäftigt, den Krieg zu überleben.« Völlig verzweifelt sah er auf sie nieder. Während er vor Kälte starr in Schützengräben gehockt hatte, hatte sie an seiner Liebe gezweifelt.

»Verzeih mir ... du warst schon so lange fort ... und hier war alles so anders, so fremd für mich. Und ich wünschte mir so sehr, in Hollywood Karriere zu machen.« Das war zwar aufrichtig, leichter aber machte es die Sache für Spencer nicht. Was er da zu hören bekam, brachte ihn in Rage.

»So sehr, daß du gleich Körper und Seele zu Markte tragen mußtest?«

»Aber begreifst du denn nicht?« schrie sie – plötzlich war sie ebenso aufgebracht wie er. »Als du nach Korea gingst, warst du verheiratet, oder ist dir diese kleine Kleinigkeit entfallen? Spencer Hill, drei volle Jahre habe ich auf dich gewartet, und die halbe

Zeit war ich ohne jede Nachricht von dir. Schließlich kamen ein paar Worte auf einem Fetzen Papier – Worte, wie sie an irgend jemanden Beliebigen hätten gerichtet sein können. Du hast nichts über uns geschrieben, kein Wort von einer gemeinsamen Zukunft oder von deinen Plänen. Du hast offenbar erwartet, ich würde dasitzen und warten, und das habe ich verdammt lange getan. Aber ich wollte ein eigenes Leben. Ich hatte ein Recht auf mehr, als bei Mrs. Castagna zu hocken und auf den Erlöser zu warten.« Spencer gab keine Antwort. Was sie sagte, war die Wahrheit, das konnte er nicht leugnen. »Deswegen bin ich nach Hollywood gegangen, und Ernie hat mich unter seine Fittiche genommen. Er ist ein einflußreicher Mann, der mich zu einem großen Star machen kann. Ich werde sicher nicht für immer bei ihm bleiben, aber ebensowenig werde ich ihn von einem Tag auf den anderen verlassen, nur weil du es möchtest. Ich verdanke ihm viel, und ich möchte nicht, daß aus einem Freund ein Feind wird. Er war gut zu mir, und ich stehe in seiner Schuld. Außerdem könnte er mir eines Tages sehr schaden, wenn ich so etwas täte. Er wäre imstande, meinen Vertrag glatt zu zerreißen.«

»Ach was! Er ist ja offensichtlich nicht auf den Kopf gefallen. Wenn er sich so in der Branche auskennt, wie du sagst, weiß er bestimmt, was er mit dir an der Hand hat. Was für einen Vertrag hast du eigentlich unterschrieben?« Auch dieser Punkt war sehr bedenklich, wenngleich das das kleinste ihrer Probleme war.

»Einen Standardvertrag«, sagte sie, um einen zuversichtlichen Ton bemüht. In Wahrheit wußte sie von dem Vertrag sehr wenig. Ernie hatte ihr wiederholt versichert, es sei unwichtig.

»Was heißt das?«

»Ernie agiert als Vermittler zwischen mir und den Studios. Die Produktionsgesellschaften wenden sich an Ernie, und er ebnet mir alle Wege und handelt alles für mich aus.« So hatte er es ihr erklärt, und sie plapperte es nach.

»Und wer bezahlt dich? Er oder das Studio direkt?« Spencers Argwohn war erwacht. Von Verträgen dieser Art hatte er schon gehört. Manche Manager kassierten das gesamte Vermögen großer Stars, die schließlich mit leeren Händen dastanden.

»Ernie schreibt die Schecks aus. Auf diese Weise sparen wir Steuern.«

»Hast du je die Verträge mit den Studios gesehen oder die Schecks, die die Filmgesellschaften für dich ausstellen?«

»Natürlich nicht.« Crystals Unmut wuchs. »Ernie erledigt alles für mich. Das ist sein Job.« Genau das hatte Spencer befürchtet.

»Dann kannst du getrost davon ausgehen, daß dieser Ernie ein Vermögen an dir verdient und daß du, meine Liebe, mit Brosamen abgespeist wirst, während er den Löwenanteil von den Filmgesellschaften kassiert.«

»Das ist nicht wahr!« rief sie. Zudem war ihr Vertrag mit Ernie ja gar nicht die Hauptsache. »So oder so«, sagte sie, nachdem sie sich entmutigt auf einen Stuhl hatte fallen lassen. Sie sah Spencer bekümmert an. »Ich kann ihn nicht einfach verlassen. Da muß erst eine gewisse Zeit verstreichen. Ich kann nicht mir nichts, dir nichts ausziehen. Das wäre nicht fair, ebensowenig wie es fair gewesen wäre, wenn du Elizabeth zwei Wochen nach der Hochzeit allein gelassen hättest.« Damit traf sie einen empfindlichen Nerv, wie sie genau wußte. Das Gefühl, in Ernies Schuld zu stehen, hatte sich tief in ihr festgesetzt, auch wenn Spencer nicht das geringste Verständnis dafür aufbrachte. Ernie war viel zu gut zu ihr gewesen, als daß sie ihn einfach so hätte verlassen können.

»Crystal, was willst du damit sagen? Daß es zwischen uns aus ist? Daß du bei ihm bleiben möchtest?« Seine Stimme bebte – nicht vor Zorn, sondern vor Entsetzen.

In Crystals Augen standen Tränen, als sie antwortete. Am liebsten hätte sie Spencers Hand genommen und ihn in der nächstbesten Kirche geheiratet, aber sie wußte, daß das nicht ging. Zumindest nicht im Moment. Eine ganze Weile noch nicht. In ihrer Beziehung zu Ernie war äußerste Behutsamkeit angebracht. Sie hatte mittlerweile erkannt, daß er, wenn man seinen Zorn erregte, zu einem gefährlichen Gegner werden konnte. Wenn sie sich jetzt nach all seiner Güte von ihm trennte, hätte er ihr sogar mit einer gewissen Berechtigung seinen Schutz und seine Hilfe entziehen können.

»Ich brauche Zeit, um mich mit Ernie auszusprechen und diesen Film abzudrehen. Erst dann kann ich ihm sagen, daß ich lieber allein leben möchte oder etwas Ähnliches... Aber ich kann es unmöglich binnen einer Woche tun. Du hast drei Jahre gebraucht, um mit Elizabeth ins reine zu kommen. Gib mir einen Monat, höchstens zwei. Ich muß die Sache mit Fingerspitzengefühl angehen. Und ich stecke mitten in Dreharbeiten.«

»Und warum brauchst du so lange dazu? Aus Angst, er könnte deiner Karriere schaden, oder aus Liebe zu ihm?« Ihm war noch immer nicht klar, was sie für diesen Mann empfand und warum sie sich ihm so verpflichtet fühlte. Er konnte sich nicht vorstellen, welche Macht Ernie über sie besaß, wie er ihre Dankbarkeit, ihre Ängste und ihre Gewissensbisse ausnutzte.

»Weil ich ihm verpflichtet bin. Aus Anstand, wenn schon sonst aus keinem Grund. Man kann jemanden, der so viel für einen getan hat, nicht einfach verlassen. Und ich möchte, daß er auch mein Manager bleibt, wenn ich nicht mehr bei ihm lebe.«

»Crystal, das könnte sehr unklug sein. Herrgott, es gibt doch jede Menge Manager in Hollywood.«

»Aber nicht so gute wie Ernie.« Auch davon hatte Ernie sie zu überzeugen verstanden. Spencers Argwohn wuchs, als er das hörte. Es sah ganz danach aus, als würden sie diesen Kerl niemals loswerden.

»Du klingst schon wie Elizabeth. Mein Gott, ich komme aus einem Krieg und möchte nichts lieber als ein wenig Glück finden, aber ihr alle habt nichts anderes im Kopf als euren Beruf. Komisch, nicht?«

Spencer wußte nicht mehr aus noch ein, alle Regeln schienen außer Kraft gesetzt zu sein.

Crystal streckte zärtlich eine Hand nach ihm aus. »Du mußt Geduld haben. Glaub mir, das alles tut mir leid.« Dabei senkte sie verlegen den Blick. Spencer beugte sich über sie und küßte ihr seidenweiches Haar, ehe er ihr Kinn anhob, so daß er ihr in die Augen sehen konnte.

»Mach dir deswegen keine Sorgen. Ich habe es nicht anders verdient, und es hätte ja noch viel schlimmer kommen können... Du hättest mir ja auch sagen können, daß ich mich zum Teufel scheren soll. Ich kann von Glück reden, daß du mich noch willst.«

»Ich liebe dich...«, flüsterte sie in seinen Armen. In diesem Moment klopfte jemand an die Tür. In zehn Minuten mußte Crystal wieder vor der Kamera stehen. Unglücklich blickte sie zu Spencer auf. Sie wollte nicht, daß er schon ging, aber sie hatte ihre Pflicht zu erfüllen, und dann mußte sie sich einen Weg ausdenken, wie sie Ernie die Neuigkeit beibringen konnte. »Was wirst du jetzt tun?«

»Wirst du überhaupt Zeit für mich haben, oder bringt es dich in große Verlegenheit, wenn du dich mit mir triffst?« Seine eigene Situation mit seinen Schwiegereltern und Elizabeth stand ihm allzu deutlich vor Augen.

»Ich glaube nicht, daß es geht.« In ihren Augen stand Verzweiflung, als er sie wieder küßte, und sie wünschte sich verzweifelt, daß er bei ihr bleiben könnte.

»Dann fliege ich zurück nach San Francisco und melde mich in einigen Tagen telefonisch. Und beeil dich, wenn ich bitten darf«, zog er sie auf. Er war über die momentane Situation nicht erbaut, konnte sich aber eine Weile damit abfinden. Eigentlich war es ja seine Schuld, daß es so gekommen war. Es hätte wirklich noch ärger kommen können... sie hätte sich in einen anderen verlieben und ihn heiraten können. Ach was, sie hätte inzwischen schon zwei Kinder bekommen können. Was geschehen war, stellte eine Enttäuschung für ihn dar, aber immerhin liebte sie ihn noch.

Er küßte sie innig, bevor er ging. Der Gedanke, ihn wieder zu verlieren, schmerzte Crystal, aber diesmal würde es nicht für lange sein. Und sie würde wissen, wo sie ihn finden konnte. Sie konnte ihn jederzeit anrufen, und er hatte versprochen, sich zu melden und ihr zu sagen, ob er in sein eigenes Leben Ordnung gebracht hatte. Sobald er Elizabeth alles gesagt hatte, wollte er zurück nach Kalifornien und sich nach einer Stellung umsehen. Bis dahin würde sie mit dem Film fast fertig sein und, so hoffte er jedenfalls, die Situation mit Ernie bereinigt haben. Sie würden sich eine Wohnung suchen müssen, und daneben gab es noch vieles andere zu überlegen. Dies alles gab ihnen beiden Hoffnung.

»Ich lasse dich ungern zurück«, sagte Spencer zum Abschied leise. »Aber ich komme bald wieder.« Crystal nickte. Der nächste Monat würde für beide viel Arbeit bringen. Ehe sie auf Dauer zusammenfinden konnten, mußten noch etliche Hindernisse beseitigt werden.

Nach einem letzten Kuß ging er aus ihrer Garderobe, und sie begleitete ihn. Crystal sah ihm mit einem so zärtlichen Ausdruck nach, daß ihre Augen alles verrieten. Dann ging Crystal wieder an die Dreharbeiten. Keiner von ihnen bemerkte Ernie, der sie von der Tonbühne aus gesehen hatte.

30. Kapitel

Spencer fuhr ins Hotel zurück und gab schon am Nachmittag sein Zimmer auf. Er hatte sich das Wochenende ganz anders vorgestellt, und der Schock, daß Crystal mit einem anderen zusammenlebte, saß tief. Andererseits war er selbst ja auch noch mit Elizabeth zusammen, und es war zumindest teilweise seine Schuld, daß Crystal jede Hoffnung aufgegeben hatte und zu Ernie gezogen war. Ihm wurde ganz elend, wenn er daran dachte. Zu allem übrigen gesellte sich seine Besorgnis, was ihren Vertrag betraf. Er argwöhnte, daß da weit mehr dahintersteckte, als Ernie verraten hatte.

Am Abend flog er nach San Francisco, nahm einen Mietwagen und fuhr Richtung Norden, ohne ein bestimmtes Ziel im Auge zu haben. Seine Gedanken kreisten ständig um Crystal... wie sie ausgesehen hatte, als er sie in der winzigen Garderobe in den Armen gehalten hatte.

Um zehn Uhr erreichte er Napa. Er überlegte, ob er in einem Motel übernachten sollte, als er das Schild sah und plötzlich wußte, warum er unbewußt diese Route gewählt hatte. Es war, als wollte er der Vergangenheit Tribut zollen, dem Kind, das Crystal gewesen war, als er sie kennengelernt hatte. Es war elf Uhr nachts, als er durch das Städtchen fuhr. Vor der Ranch hielt er an. Das Gatter war zu, das Haus halbverborgen hinter Bäumen. Zu gern hätte er nachgesehen, ob es die Schaukel noch gab. Sechs Jahre war er nicht mehr hier gewesen, sieben Jahre waren seit der ersten Begegnung vergangen.

In einem Motel schlug er im Telefonbuch die Nummer der Websters nach. Er fand sie nicht, und an ihre Adresse konnte er sich auch nicht mehr erinnern. Außerdem war er nicht gekommen, um sie zu besuchen; er war Crystals wegen gekommen, ihretwegen und wegen des Mädchens, das sie einmal gewesen war. Vor Hollywood, vor dem Koreakrieg, vor Elizabeth und vor dem Mann, mit dem sie jetzt zusammen war, damals... als er sie in ihrem weißen Kleid auf der Hochzeit ihrer Schwester gesehen hatte, ganz am Anfang, als keiner von ihnen geahnt hatte, wohin das Schicksal sie führen würde...

Lange saß er da, ehe er wieder den Wagen startete. Jetzt mußte er seine eigenen Angelegenheiten regeln. Er hatte sich und ihr einen Monat Frist eingeräumt. Lang war das nicht, wie er jetzt merkte, aber noch am Nachmittag war es ihm wie eine Ewigkeit vorgekommen. Er machte noch einmal Rast und aß eine Kleinigkeit in einer Ortschaft, die er nicht kannte. Von dort benötigte er sechs Stunden bis an den Lake Tahoe. Als die Sonne aufging, fuhr er über den Donner-Paß. Und noch immer konnte er an nichts anders denken als an das Mädchen, das er auf dem MGM-

Gelände zurückgelassen hatte, an die Frau, die er liebte und die er heiraten wollte. Er stieg aus, öffnete die Haustür und schlich auf Zehenspitzen ins Schlafzimmer. Elizabeth, die im gemeinsamen Bett schlief, rührte sich und blinzelte ihn verschlafen an, als er sich auszog.

»Schon zurück?« fragte sie im Halbschlaf.

Er nickte nur – er hatte Angst, mehr zu sagen. Im Augenblick war er zu müde. Und er hatte sich vorgenommen, erst nach dem Urlaub mit ihr zu sprechen. »Schlaf weiter.« Mehr sagte er nicht, sie aber setzte sich auf und starrte ihn an.

»Ich hatte dich erst sonntags zurückerwartet.«

»Es ging alles rascher, als ich dachte.« Zu rasch, und auch wieder nicht rasch genug. Er hatte geplant, das ganze Wochenende mit Crystal zu verbringen.

»Wo warst du?« Elizabeth ließ ihn nicht aus den Augen, aber Spencer wich ihrem Blick geflissentlich aus und schlüpfte neben sie ins Bett.

»Ich sagte es schon ... in Los Angeles. Ich mußte mich um eine Investition kümmern.«

»Nun ... hat alles geklappt?« Ihr Ton war kühl. Sie war nun hellwach.

»Mehr oder weniger. Ich habe leider nicht alle Leute angetroffen, deswegen bin ich schon zurück.«

Elizabeth nickte nicht ganz überzeugt. Seit Tagen schon spürte sie eine Veränderung an ihm, eigentlich bereits seit seiner Rückkehr, und sie fragte sich, was in ihm vorging. »Möchtest du darüber sprechen?«

»Nein, eigentlich nicht. Ich bin die Nacht durchgefahren.« Spencer schloß die Augen, in der Hoffnung, so das Gespräch beenden zu können – vergebens, wie er gleich merken sollte.

»Warum bist du nicht im Haus in San Francisco geblieben?«

»Ach, ich wollte zurück.«

»Wie nett.« Er konnte nicht unterscheiden, ob es sarkastisch gemeint war, und fragen wollte er nicht. »Na, und hast du jetzt insgesamt ein besseres Gefühl?« Sie redete dahin wie am hellichten Tag. Spencer öffnete stöhnend die Augen und sah Elizabeth an, die sich neben ihm aufgesetzt hatte.

»Elizabeth, bitte... warum sprechen wir nicht am Morgen darüber?«

»Es ist Morgen.« Die Sonne war aufgegangen, und die Vögel waren zu hören.

»Also gut, ich habe ein besseres Gefühl, ein viel besseres sogar.« Sehr viel besser nach dem Wiedersehen mit Crystal.

»Möchtest du darüber sprechen?« Sie hatte Witterung aufgenommen, und mit genügend Hartnäckigkeit würde sie auf eine Spur stoßen.

»Nein, eigentlich nicht. Es gibt nichts zu besprechen.« Noch nicht. Nicht im Kreise der Familie, die über sämtliche Räumlichkeiten des Hauses verteilt war. In den zwei Wochen hatten sie kein Privatleben gehabt, und Spencer wollte mit ihr allein sein, wenn er ihr sagte, daß er sich scheiden lassen wollte.

»Ich glaube aber, daß es sehr viel zu besprechen gibt. Ich bin nicht dumm, das solltest du wissen.« Spencer setzte sich auf. Ob sie von Crystal wußte? Es war ausgeschlossen, es sei denn, sie war ihm gefolgt. »Ich weiß, daß dich einiges quält. Vor ein paar Tagen habe ich mit deinem Vater darüber gesprochen. Aus dem Krieg zurückzukommen, bringt gewiß einige Probleme mit sich. Das ist mir klar. Für mich war die Umstellung auch nicht leicht.«

Plötzlich hatte er Mitleid mit ihr. Wieviel sein Vater ihr wohl gesagt hatte? Es wäre ihm lieber gewesen, wenn sich der alte Herr nicht mit Elizabeth ausgetauscht hätte. »Du warst all die Jahre verdammt anständig zu mir.« Er langte nach einer Zigarette, verlegen, weil ihm nicht mehr einfallen wollte. Er wünschte, er hätte ihr sagen können, daß er sie noch liebte. Falls er sie je geliebt hatte. Auch dessen war er sich nicht mehr sicher. Seine Gefühle für Crystal überlagerten alles andere, und seine Beziehung zu Elizabeth war schon immer problematisch gewesen.

»Wir werden uns sicher wieder aneinander gewöhnen, warte

nur«, sagte sie liebevoll. Plötzlich war Zärtlichkeit zwischen ihnen, und er hatte das Gefühl, als hätte er sie betrogen. Und das hatte er tatsächlich, seit langem schon. Jetzt wußte er mit Sicherheit, daß er sie nie hätte heiraten dürfen.

»Bist du sicher, daß du das möchtest?« Er steuerte geradewegs auf das zu, was er erst später zur Sprache bringen wollte. Nun aber hatte sie ihm das Heft aus der Hand genommen, und die große Eröffnung stand unmittelbar bevor.

»Ich denke schon. Was glaubst du, weshalb ich so lange auf dich gewartet habe?« Ihr Lächeln bewirkte, daß er sich noch jämmerlicher fühlte. Sein Vater hatte recht. Er war Elizabeth verpflichtet – aber nicht für den Rest seines Lebens. Das war zuviel verlangt. Ein zu hoher Preis für die Jahre, die sie gewartet hatte.

»Elizabeth, du bist eine tolle Frau.« Zu toll. Sie war viel mehr, als er eigentlich haben wollte. Sie hatte ihre eigenen Ideen, ihre eigenen Ansichten, ihr eigenes Haus und eine Familie, die sich eng um sie scharte. Inmitten all dieser Dinge war kein Platz für ihn. Mit Crystal hingegen konnte er ein neues Leben aufbauen. Er konnte alles für sie tun … die Anfänge ihrer Karriere miterleben, selbst einen Neuanfang wagen, Kinder in die Welt setzen – lauter Dinge, die ihm viel bedeuteten. »Ich weiß nicht, was ich sagen soll.« Als er sich zu ihr umdrehte, erriet sie alles aus seiner Miene. »Ich glaube nicht, daß ich auf diese Weise weitermachen kann. Ich glaube, wir hätten gar nicht heiraten sollen.«

»Meinst du nicht, daß diese Erkenntnis ein wenig zu spät kommt? Nach all den Jahren?« Sie schien wütend und gekränkt zu sein, aber nicht überrascht. Seit Tagen war sie auf diesen Ausbruch gefaßt. Schon ehe sein Vater mit ihr geredet hatte, hatte sie geahnt, daß eine solche Aussprache bevorstand.

»Ich war drei Jahre fort, und davor waren wir zwei Wochen zusammen. Seither haben wir beide uns verändert. Ich habe jetzt andere Ziele als früher. Und du hast deine Arbeit. Als ich fortging, kannten wir uns kaum, und in den letzten drei Jahren sind wir uns völlig fremd geworden.«

»Dafür kann ich nichts. Es ist eben so gekommen. Aber nach all den langen Jahren des Wartens gebe ich jetzt nicht so einfach auf, falls du darauf abzielst.« Ihre Augen waren hart wie Stein, und sein Herz sank.

»Warum? Warum nicht? Warum müssen wir so weitermachen? Auf diese Weise können wir nicht glücklich werden.« Er versuchte, ihr mit Vernunftargumenten zu kommen, merkte aber sofort, daß sie davon nichts hören wollte.

»Vielleicht doch. Wir haben uns viel zu bieten. Davon war ich immer schon überzeugt.«

»Und ich hatte diesbezüglich immer schon meine Zweifel. Das habe ich dir schon vor der Verlobung gesagt.«

»Und ich habe gesagt, daß es mich nicht kümmert. Wir beide haben alles, was zu einer guten Ehe gehört. Einen interessanten Beruf, Intelligenz, ein abwechslungsreiches Leben – all das ist eine solide Grundlage für eine gute Ehe.«

»Aber nicht für mich. Wie steht es mit Liebe, Zärtlichkeit, Treue... und mit Kindern?«

»Spencer, du liest offenbar zu viele Romane. Mit dem wirklichen Leben bist du lange nicht mehr in Berührung gekommen. Sicher, diese Dinge mögen wichtig sein, aber sie sind Beiwerk. Nicht das, worauf es wirklich ankommt.« Was sie sagte, zeigte ihm nur einmal mehr, wie grundverschieden sie waren. Er wollte Liebe. Sie wollte Geld, Ansehen, Einfluß.

»Was empfindest du für mich?« Er sah sie mit gequältem Ausdruck an. »Ich meine... wirklich? Was fühlst du, wenn ich nachts neben dir im Bett liege? Leidenschaft, Liebe, Sehnsucht, Freundschaft? Oder fühlst du dich so einsam wie ich?« Seit seiner Rückkehr hatten sie sich erst einmal geliebt, und es war eine Katastrophe gewesen.

»Du tust mir leid«, erwiderte sie kühl und sah ihm dabei in die Augen.« – »Ich glaube nämlich, daß du auf der Suche nach etwas bist, das es nicht gibt. Das war immer schon so.« Was aber, wenn er ihr nun eingestand, daß er es gefunden hatte? Doch das wollte er ihr nicht sagen. Er wollte sie verlassen, das schon, aber es bestand keine Notwendigkeit, sie unnötig zu kränken. Das wollte er vermeiden. Er wollte nur sein Leben wieder zurückbekommen. Dabei sah er immer klarer, daß sie nicht die Absicht hatte, es ihm zurückzugeben. »Ich glaube, daß du ein Träumer bist und daß du dich endlich in dieser Welt, in der wir leben, einrichten mußt. In einer Welt voller wichtiger Menschen mit wichtigen Tätigkeiten. Alle tun nützliche Dinge. Sie sitzen nicht händchenhaltend mit ihren Frauen da und machen viel Aufhebens um ihre Kinder.«

»Dann tun sie mir aufrichtig leid, und du tust mir auch leid, falls du es so siehst.«

»Du mußt dich zusammenreißen, mußt dir einen Job in Washington suchen, dich mit den richtigen Leuten anfreunden, mit denen, auf die es ankommt...«

»Mit Leuten, wie es die Bekannten deines Vaters sind?« unterbrach er sie. In seinem Blick stand flammender Zorn. Er hatte diese Menschen samt ihrer ständigen Suche nach noch mehr »Bedeutung« gründlich satt. Was für sie wichtig war, bedeutete ihm gar nichts. Schon gar nicht jetzt, nach drei Jahren Korea.

»Ja, wie sie. Was ist so schlecht an ihnen?«

»Ach, gar nichts. Nur mag ich sie nicht.«

»Du hast Glück, daß sie sich überhaupt mit dir abgeben.« Jetzt war auch Elizabeth außer sich vor Wut. Sie hatte es satt, Spencers saure Miene auf allen Partys, die sie besuchten, ertragen zu müssen. »Du kannst von Glück reden, daß ich dich geheiratet habe. Und noch mehr Glück hast du, daß ich zu klug bin, um mich scheiden zu lassen. Eines Tages wird noch etwas aus dir werden, dafür sorge ich schon. Und dann wirst du mir dankbar sein, Spencer Hill.«

Er sah sie an und fing zu lachen an. Er lachte, bis ihm die Tränen kamen. Elizabeth war die größte Egozentrikerin, die man sich vorstellen konnte, und sie war überzeugt, im Recht zu sein. Aber sie war ein Widerstand, den es zu überwinden galt.

»Und was möchtest du aus mir machen? Wie wär's mit dem Präsidentenamt? Oder soll ich etwa König werden? Das wäre mal ein Spaß... könnte mir richtig gefallen.«

»Sei nicht albern, Spencer. Du könntest alles erreichen, was du nur willst. In Washington stehen dir alle Möglichkeiten offen, sogar der Kongreß, wenn du nur deine Karten richtig ausspielst.«

»Und wenn ich gar nicht spielen möchte?«

»Das ist deine eigene Entscheidung. Aber es ist mein Ernst: Falls du eine Scheidung möchtest, bin ich nicht bereit, einzuwilligen.« Er hatte sie noch nicht darum gebeten und schon seine Antwort bekommen.

»Weshalb möchtest du verheiratet bleiben, wenn ich es nicht will?« Es war ihm unbegreiflich, sie aber wußte, was sie wollte, und sie brachte es auf den Punkt, als sie aufstand und ihn mit eisenharter Miene ansah.

»Nach all den Jahren dulde ich nicht, daß du mich blamierst. Ich habe auf dich gewartet, und jetzt ist es an dir, deine Schuld einzulösen. Wenn du es recht bedenkst, ist der Preis nicht zu hoch. Du könntest viel schlechter dran sein.« Ganz beiläufig setzte sie hinzu: »Und außerdem liebe ich dich.« Hätte sie es in einem anderen Ton und etwas früher gesagt, es hätte ihn berühren können.

»Ich bin nicht sicher, ob du die Bedeutung dieses Wortes richtig erfaßt hast.«

»Mag ja sein.« Sie blieb ungerührt. »Aber in diesem Fall, lieber Spencer, könntest du mich ja über die richtige Bedeutung belehren.« Damit verschwand sie im Bad und schloß die Tür hinter sich. Er hörte, wie sie die Badewanne einlaufen ließ. Eine halbe Stunde später trat sie wieder in Erscheinung, taufrisch, ganz in Weiß – Hose, Seidenbluse, Schuhe, um den Hals ihre Perlenkette, dazu ein Perlen-Diamant-Ohrgehänge. Elizabeth war eine attraktive Frau, aber sie hatte nichts an sich, was ihn berührt oder erwärmt hätte. »Kommst du zum Frühstück hinunter, oder möchtest du ausschlafen?« Beide wußten, daß er keinen Schlaf mehr finden würde. Er sah verheerend aus. Die Nacht hatte ihren Tribut gefordert, und der Morgen war nicht besser gewesen. Die Tatsache, daß sie nie in eine Scheidung einwilligen würde, hatte ihm ein Messer in sein Herz gestoßen; in sein Herz, das von Crystal erfüllt war.

»Ich komme später nach.«

»In Ordnung. Zum Lunch sind wir bei den Houstons angesagt. Du freust dich sicher, das zu hören.«

»Ich bin hellauf begeistert.« Sonderbar, er empfand Erleichterung nach diesem Gespräch. Wenigstens brauchte er jetzt nicht mehr so zu tun, als könne er es kaum erwarten, endlich die Ehe weiterzuführen, die sie vor dem Krieg begonnen hatten. Sie kannte seinen Standpunkt, und leider kannte er jetzt auch den ihren. Als sie im Begriff war hinauszugehen, sah er sie wieder an. »Elizabeth, ist das alles wirklich dein Ernst?« fragte er sanft und eindringlich. Noch hatte er eine leise Hoffnung, sie zum Einlenken bringen zu können.

»Was denn? Etwa die Ehe mit dir?« Sie nickte. »Mein voller Ernst.«

»Und warum? Warum kannst du nicht zugeben, daß alles ein Irrtum war? Welchen Zweck hat es, an einer sinnlosen Sache festzuhalten?«

»Ich hab' schon gesagt, daß ich mich von dir nicht demütigen lasse. Außerdem wäre es auch für meinen Vater nicht angenehm.«

»Eine dümmere Begründung fällt dir wohl nicht ein?«

»Dann denk dir meinetwegen selbst eine aus. Jedenfalls ist es mein Ernst. Und ich bin überzeugt, daß wir beide auf lange Sicht froh sein werden, an der Ehe festgehalten zu haben.« Spencer konnte es nicht fassen. Elizabeth ging ohne ein weiteres Wort hinaus, während er im Bett lag und an Crystal dachte.

Crystal sah sich am Abend mit Problemen eigener Art konfrontiert. Da ein Scheinwerfer ausgefallen war und ein wichtiges Requisit zu Bruch gegangen war, hatten sie bis zehn Uhr gedreht. Stundenlang hatten sie nur herumgestanden und gewartet. Es wurde Mitternacht, bis sie zu Hause ankam. Ernie erwartete sie bereits ungeduldig.

»Na, was hast du heute getrieben?« Ungerührt sah er ihr zu, als sie sich auszog. Crystal war todmüde. Den ganzen Abend hatte sie an Spencer gedacht und auch an das, was ihr bevorstand und was sie Ernie sagen mußte.

»Nicht viel. Es gab Probleme mit der Beleuchtung, wir mußten stundenlang warten.« Alle hatten sich über die Hitze im Studio, über das Warten und über den Kantinenfraß, den sie zum Abendessen geliefert bekamen, beklagt.

»Ist das alles?« Er kam langsam auf sie zu. Crystal war unter dem Bademantel nackt.

»Sicher. Warum?«

Ernie packte eine blonde Haarsträhne und riß ihren Kopf mit einem Ruck zurück, so fest er konnte, während sie nach Luft schnappte und sich verzweifelt loszumachen versuchte. »Laß dir ja nicht einfallen, mich zu betrügen!« stieß er hervor.

»Ernie... ich...« Die Worte erstarben auf ihren Lippen. In seinem Blick las sie, daß er von Spencers Besuch im Studio wußte. »Ein alter Freund hat mich besucht, das ist alles...« Wieder riß er an dem Haarbüschel. Sie weinte Tränen der Angst und des Schmerzes.

»Lüg mich nicht an! Es ist der Kerl aus Korea, nicht wahr?« Schließlich war er nicht auf den Kopf gefallen. Der Zeitpunkt paßte genau. Deshalb konnte er sich alles zusammenreimen. Als das Hausmädchen ihm gesagt hatte, ein Mann habe für Crystal angerufen, war ihm alles klargeworden. Er war ins Studio gefahren, nur um zu sehen, ob jemand bei ihr war, und er war gerade noch rechtzeitig gekommen, um die beiden in ihrer Garderobe verschwinden zu sehen. Dann hatte er lange warten müssen, bis sie wieder herauskamen und Blicke tauschten wie Liebende nach einer langen Trennung.

»Ja... ja...« Als er das Haarbüschel verdrehte, raubte der Schmerz ihr den Atem. »Ja, er war es... es tut mir leid... ich wußte nicht, daß es dich so aufbringen würde.«

»Dummes Luder!« Sein Schlag traf sie mitten ins Gesicht. Sie wurde durch den halben Raum geschleudert. »Solltest du ihn jemals wiedersehen oder mit ihm sonst irgendwie in Kontakt treten, dann wird ihm etwas sehr Garstiges zustoßen, verstanden, Miß Unschuld?«

»Ja... Ernie, bitte...« Sie war zu Tode erschrocken. Von dieser Seite hatte sie ihn noch nicht kennengelernt.

»Und jetzt zieh dich aus!« Seine Miene jagte ihr Entsetzen ein, dabei war er gar nicht betrunken. Mit einem Griff riß er ihr brutal den Bademantel vom Leib, und Crystal stand nackt und zitternd vor ihm. »Eines vergiß niemals: Du gehörst jetzt mir und keinem anderen! Nur mir – du bist mein Eigentum! Ist das klar?« Sie nickte tränenüberströmt, während er sie wieder schlug. Ohne weitere Umstände stieß er sie in einen Sessel und entledigte sich seines eigenen Morgenmantels. Die Angst, die ihr ins Gesicht geschrieben stand, entlockte ihm ein böses Lachen. »Ganz recht, ich werde mit dir tun, was ich möchte, weil du mir gehörst.« Und er nahm sie mit so viel Gewalt und Brutalität in Besitz, daß sie vor Schmerz aufschrie. Dann warf er sie mit einer einzigen Bewegung zu Boden. Sie schluchzte herzzerreißend. Tom Parker hatte ihr dasselbe angetan, aber dies hier war schlimmer, weil sie zu Ernie Vertrauen gehabt hatte. Noch am Nachmittag hätte sie die Chance gehabt, mit Spencer fortzugehen. Jetzt war es zu spät, und sie wußte vor Angst nicht ein noch aus, wenn sie sich vorstellte, was er Spencer antun konnte, falls er seine Drohung wahrmachte. Aber auch wenn Ernie sie töten würde... sie würde nichts tun, was Spencer irgendwie gefährden konnte.

Ernie blickte auf Crystal hinunter und lachte über ihre Tränen. Sie wagte nicht, ihn anzusehen. »Aufstehen!« Brutal riß er sie an den Haaren hoch. »Und wenn du ihn jemals wiedersehen solltest, Crystal Wyatt... dann mußt du sterben!« Er ging zu Bett, während sie sich ins Bad schleppte, um sich zu übergeben. Als sie in den Spiegel sah, blickten ihr leere Augen entgegen. Ernie glaubte, sie zu besitzen, weil er sich so großzügig gezeigt hatte. Eines war nun klar – sie wußte, was sie zu erwarten hatte, wenn sie ihn um Spencers willen verlassen würde.

31. Kapitel

Am sechsten September flogen Spencer, seine Frau und Elizabeths Eltern nach Washington. Die Woche zuvor war für Spencer schrecklich gewesen, denn die Spannungen zwischen ihnen waren zermürbend. Elizabeth hatte weitergemacht, als sei nichts geschehen, entschlossen, die Farce einer Ehe aufrechtzuerhalten. Wie es ihm gelingen sollte, sie umzustimmen, wußte er noch nicht, aber es war seine feste Absicht, in einem Monat wieder in Kalifornien und bei Crystal zu sein.

In Washington nahmen das neue Haus, Elizabeths ganzer Stolz, ihr Bekanntenkreis und ihre Arbeit Elizabeth so in Anspruch, daß Spencer sie kaum noch zu Gesicht bekam. Zum Kochen und Saubermachen stellte sie eine Haushälterin ein, und in der darauffolgenden Zeit hatte er den Eindruck, sie seien buchstäblich auf jeder Party in der Stadt anzutreffen. Spencer glaubte, in einem Meer von Menschen zu ertrinken, und jedesmal, wenn er versuchte, mit seiner Frau ernsthaft zu reden, wich sie ihm aus. Am zweiten Wochenende zu Hause platzte ihm schließlich beim Frühstück der Kragen. Elizabeth hatte ihm gerade eröffnet, daß sie für diesen Tag eine Einladung zum Lunch bei ihren Eltern angenommen hatte. Ob Spencer nicht mit ihrem Vater Golf spielen wolle?

»Herrgott, Elizabeth, so geht es doch mit uns nicht weiter. Du kannst nicht einfach so tun, als sei nichts passiert.«

»Spencer, ich habe dir schon einmal gesagt, was ich von allem halte. Und dabei bleibt es. Unser Leben lang. Du tust gut daran, dich damit abzufinden und das Leben endlich zu genießen.« Sie war so kühl und beherrscht wie immer, und das brachte ihn fast um den Verstand.

Er setzte sich zu Tisch und fuhr sich mit seiner gewohnten Geste durchs Haar.

»Wir müssen miteinander reden.« Sein Blick ließ sie nicht los. Spencer wußte zu schätzen, was sie für ihn getan hatte. Aber das Leben konnte so nicht mit ihr weitergehen. »Wir müssen über unsere Ehe sprechen.«

In ihre Augen trat ein eiskalter Ausdruck. Sie war das Thema leid, und sie hatte kein Interesse, es weiterzuverfolgen. Sie dachte nicht daran, in eine Scheidung einzuwilligen. Spencer mußte endlich erwachsen werden und sich dieser Tatsache stellen.

»Es gibt nichts zu besprechen«, entgegnete sie.

»Ich weiß«, sagte er bedauernd. »Genau das ist das Problem.«

»Das Problem besteht darin, daß du noch immer wild um dich schlägst und gegen dein Glück ankämpfst. Erst wenn du damit aufhörst, wird alles besser. Sieh dir meine Eltern an. Glaubst du, für die beiden war alles immer so einfach? Sicher war das nicht der Fall. Aber sie haben sich arrangiert. Und das könnten wir auch, wenn du dich endlich mit den Tatsachen abfinden könntest.«

»Die Tatsache besteht für mich darin, daß ich unsere Beziehung nicht als Ehe ansehe«, erklärte Spencer mit gespielter Ruhe.

»Ach, Unsinn.« Elizabeth war wütend. Sie hatte es satt, über dieses Problem zu sprechen.

»Wir lieben uns nicht. Wir haben uns nie geliebt. Ist das dir so egal?«

»Natürlich ist es mir nicht egal. Aber die Liebe kommt schon noch.« Ihre Gelassenheit machte ihn wahnsinnig.

»Wann denn? Wann soll sich die Liebe einstellen? Mit fünfundsechzig – wie eine Altersrente oder ein Bonus? Liebe ist entweder von Anfang an da oder niemals. Und bei mir war sie nie da. Ich habe mir zwar eingeredet, daß ich dich liebe, aber es stimmte nicht. Gleich nach der Verlobung wollte ich unsere Beziehung beenden – und ich habe es dir sogar gesagt. Leider habe ich mir von dir etwas anderes einreden lassen, ich verdammter Idiot, obwohl ich es besser wußte. Es war dir gegenüber nicht fair, auch nicht mir gegenüber, und jetzt zahlen wir beide den Preis für deine verdammte Halsstarrigkeit.«

»Welchen Preis bezahlst du, wenn ich fragen darf?« Nun war auch sie tüchtig in Rage geraten und ließ es sich anmerken. »Den Preis des Komforts, den Preis, eine Frau zu haben, auf die du stolz sein kannst, oder einen Schwiegervater, der zu den bedeutendsten Persönlichkeiten des ganzen Landes zählt?«

»Wie du weißt, lege ich auf all das keinen Wert.«

»Da bin ich nicht so sicher. Warum hast du mich geheiratet, wenn du mich nicht liebst?« Eine gute Frage.

»Weil ich mir selbst weisgemacht habe, ich wäre verliebt. Damals dachte ich, wir würden das schon irgendwie schaffen, aber wir haben gar nichts erreicht. Das müssen wir beide endlich einsehen.«

»Du mußt endlich einsehen, daß die Dinge anders liegen. Es ist deine Sache, dein verdammtes Pech. Und du tust nichts anderes, als nur zu jammern. Hör endlich mit dem Gejammer auf und unternimm etwas!«

»Genau das will ich ja, verdammt noch mal!« Er schlug auf die Tischplatte ein und hielt sich mit Mühe zurück, Elizabeth etwas an den Kopf zu werfen. »Ich möchte die Scheidung, damit wir beide aus dieser Situation herauskommen und ein Leben führen können wie normale Menschen.«

»Spencer, wir werden nichts dergleichen tun. Wir sind verheiratet, und dabei bleibt es. In guten wie in schlechten Tagen, bis daß der Tod uns scheidet. Also hör auf zu nörgeln und gewöhne dich daran. Setz deinen Allerwertesten in Bewegung und such dir Arbeit. Tu, was du willst, aber laß dir eines gesagt sein: Ich werde mich nie scheiden lassen.«

Spencer spürte, wie Verzweiflung ihn zu überwältigen drohte. »Und wie lange glaubst du, können wir so weitermachen?«

»Wenn es sein muß, ewig. Es hängt von dir ab, wie schwer du dir das Leben machen willst.«

»Elizabeth, möchtest du nicht mehr als das? Ich möchte mehr. Ich möchte jemanden, mit dem ich mich verstehe, jemanden, der meine Ziele und Vorstellungen teilt. ... Leben, Liebe, Glück und Kinder.« Er war den Tränen nahe. »Elizabeth, ich möchte glücklich sein.«

»Ich auch.« Sie war bar allen Mitgefühls, und plötzlich kam ihr ein Gedanke. Sie hatte lange nicht mehr daran gedacht, aber sie wußte noch ganz genau, wie er am Abend nach der Verlobung in San Francisco dieses Mädchen im Nachtclub mit den Augen verschlungen hatte... und zwei Tage später hatte er erklärt, er könne sie nicht heiraten. »Spencer«, fragte sie mit einem tiefen Blick, »gibt es eine andere?«

Er konnte es ihr nicht sagen, denn darum ging es gar nicht. Es ging vielmehr darum, daß sie einen Fehler gemacht hatten und sich dieser Tatsache stellen mußten. Alles andere ging Elizabeth nichts an.

»Nein, es gibt keine andere.« Von Crystal würde er ihr nichts sagen, denn er wollte nicht vom eigentlichen Problem ablenken.

»Bist du sicher?« Sie kannte ihn besser, als ihm lieb war. Er schüttelte den Kopf, entschlossen, sie anzulügen.

»Es ist unwichtig. Was ich dir jetzt sage, ist viel wichtiger. Unsere Beziehung funktioniert nicht, sie wird nie funktionieren.« Elizabeth war seinem wunden Punkt sehr nahe gekommen, und das war ihm deutlich anzumerken, und natürlich erkannte Elizabeth die Anzeichen.

»Es ist wichtig. Ich habe ein Recht, zu erfahren, ob es eine andere gibt.«

»Würde es denn etwas ändern?« Forschend sah er sie an.

»In eine Scheidung würde ich nie einwilligen, wenn es das ist, was du hören möchtest. Aber es würde mir etwas über dich verraten. Dieser ganze Humbug, über den du dich beklagst, dient doch nur dazu, etwas anderes zu überdecken, oder?«

»Ich sagte schon, das ist nicht der Punkt.«

»Ich glaube dir nicht.«

»Elizabeth, nimm bitte Vernunft an.« Was sollte er ihr denn sagen? Daß es eine andere gab? Daß sie die schönste Frau war, die er je gesehen hatte und daß er sie seit ihrem vierzehnten Lebensjahr liebte und jetzt heiraten wollte?

»Mein Vater wollte dich heute mit ein paar wichtigen Leuten bekannt machen.« Sie ging über alles hinweg, was er vorgebracht hatte. »Ich glaube, wir sollten hingehen.« Sie blickte ihn an. »Ein Freund meines Vaters will dir, glaube ich, einen Job anbieten. Ich finde, du solltest ihn kennenlernen.«

»Ich habe die Freunde deines Vaters satt. Und ihn selbst übrigens auch.«

»Es geht um einen Job in einem der Regierungsbüros.« Elizabeth sprach weiter, als hätte sie Spencer nicht gehört. Er verspürte den Drang, laut zu schreien. »Er meint, du könntest dich bei ihm sehr nützlich machen.«

»Im Moment möchte ich mich für niemanden nützlich machen, nur für mich selbst. Und für dich. Ich möchte endlich reinen Tisch machen.«

»Dazu gibt es keinen Grund. Nicht, was mich betrifft. Und ich werde dich nie freigeben, also vergiß es.« Und als er sie ansah, verriet ihm ihre Miene, daß sie es wirklich so meinte. Nie würde sie ihn freigeben. Er saß in der Falle – für immer womöglich.

»Ist das dein letztes Wort?«

»Das ist es.« Sie sah ungerührt auf die Uhr. »Wir sollen um zwölf dort sein. Ich schlage vor, du ziehst dich jetzt an.«

»Elizabeth, ich bin kein Kind. Ich mag es nicht, wenn man mir sagt, was ich tun soll, wann ich mich anziehen, wann ich essen und wann ich eine Party besuchen soll. Ich bin ein erwachsener Mann und wünsche mir eine Frau, die mich liebt.«

»Tut mir leid.« Sie stand auf, und in ihrem Blick lag Eiseskälte. Er hatte all ihre Hoffnungen zunichte gemacht, aber für sie war das kein Grund, ihn gehen zu lassen. Und jetzt war sie überzeugt, daß eine andere dahintersteckte. Wer immer das war, sie würde Spencer nicht bekommen. »Du wirst dich mit der Situation abfinden müssen.« Sie ging aus dem Zimmer, um eine Stunde später blendend gelaunt wieder zu erscheinen, in einem schicken marineblauen Kostüm. Eine blaue Krokotasche und ebensolche Pumps – Geburtstagsgeschenke ihres Vaters – vervollständigten ihre Aufmachung. Auch Spencer, der wütend über seine Nachgiebigkeit war, erschien korrekt gekleidet. Zu seinem grauen Anzug trug er ein Gesicht, das auf jede Beerdigung gepaßt hätte.

Elizabeth plauderte unbefangen mit ihm, ganz so, als wäre nichts gewesen, während Spencer von dem Gefühl, daß sein ganzes Leben sinnlos geworden war, fast erdrückt wurde. Tiefste Hoffnungslosigkeit erfüllte ihn. Wie vorauszusehen, war der Freund von Elizabeths Vater ein sehr seriöser und sehr wichtiger Mann. Er bot Spencer eine Stelle in einer Regierungsabteilung an, eine Tätigkeit, die ihn interessiert hätte, wäre es seine Absicht gewesen, für immer in Washington zu bleiben und einen Job anzunehmen, den er dem Einfluß der Barclays zu verdanken hatte. Die angebotene Stelle war tatsächlich verlockend – aber er sagte dem Mann mehr aus Höflichkeit, er wolle sich die Sache durch den Kopf gehen lassen. Er wünschte sich nichts mehr, als mit Crystal zu sprechen. Bei seinem spätabendlichen Anruf, den er erst wagte, als Elizabeth schon im Bett war, erfuhr er, daß es ihr nicht viel besser ergangen war als ihm. Ernie behielt sie ständig im Auge, und einige Male hatte sie den Eindruck gehabt, daß er sie überwachen ließ. Sie hatte sogar Angst, mit Spencer zu telefonieren. Zum Glück war Ernie nicht im Haus, als Spencers Anruf kam. Sie deutete Spencer nur an, daß Ernie sie bedroht hatte. Daß sie auch um sein, Spencers, Leben bangen mußte, verschwieg sie ihm. Aber Ernie war nicht der Mensch, der leere Drohungen ausstieß.

Neuerdings tauchte er völlig überraschend im Studio auf, setzte sich in ihre Garderobe, überwachte ihre Anrufe, obwohl sie nur wenige bekam. Sie wurde zur Arbeit gefahren und danach gleich wieder nach Hause gebracht. Er schlug sie nicht mehr und wandte auch sonst keine Gewalt an, er rührte sie nicht einmal an. Das war nicht nötig. Er brauchte ihr nur damit zu drohen, daß er Spencer töten würde. Am Tag, nachdem er sie vergewaltigt hatte, hatte er ihr ein prachtvolles Diamantkollier geschenkt. Boshaft lächelnd hatte er zugesehen, wie sie die beigelegte Karte las. ›Betrachte dies als deinen neuen Keuschheitsgürtel, Ernie.‹ Sie zweifelte keine Sekunde daran, was passieren würde, wenn sie ihn verließ. Er würde sie und Spencer töten. Ganz sicher. Das hatte er klar und deutlich angekündigt.

Sie wußte, was sie zu tun hatte. Sie mußte Spencer freigeben, um seiner Sicherheit willen, und sie konnte ihm den Grund nicht sagen, aus Angst, er würde zurückkommen und versuchen, sie vor Ernie zu retten.

»Na, wie geht's im Westen?« Spencer klang ziemlich matt, als er anrief. Es war nach Mitternacht, und er fühlte sich wie ausgelaugt nach seinen vergeblichen Bemühungen, Elizabeth zur Scheidung zu bewegen.

»Es war nicht leicht«, sagte Crystal ganz leise. Es war das erstemal seit Tagen, daß sie mit ihm sprach. Tränen stiegen ihr in die Augen bei dem Gedanken daran, was sie nun sagen mußte. Und doch mußte es sein. Um seinetwillen.

»Das ist die Untertreibung des Jahres, oder?« Er versuchte, einen lockeren Ton anzuschlagen. Beide waren ziemlich am Boden zerstört, wie ihnen deutlich anzumerken war. Er konnte sich nicht verzeihen, daß er sich wider besseres Wissen in die Ehe mit Elizabeth gestürzt hatte. Damals hatte er auf alle anderen, nur nicht auf sich selbst gehört. Und er hatte sogar aus den richtigen Motiven zu handeln geglaubt, hatte versucht, sich einzureden, daß er Elizabeth liebte und daß seine Gefühle für Crystal nur ein leerer Wahn waren.

»Hast du mit Elizabeth gesprochen?«

»Ja. Leider umsonst. Sie läßt nicht mit sich reden. Wenn ich sie nicht gerade mit einem anderen im Bett erwische, kann ich keine Scheidung einreichen, solange sie nicht einwilligt. Aber ich gebe nicht auf. Laß mir nur etwas Zeit, Crystal, dann werde ich sie schon noch herumkriegen.« Wie, das wußte er selbst noch nicht, aber es mußte ihm gelingen. Auf Crystals nächste Worte war er nicht im geringsten vorbereitet. Sie trafen ihn wie ein Keulenschlag bis ins Innerste.

»Das ist nicht nötig«, sagte sie. »Ernie und ich hatten eine Aussprache und ...« Sie erstickte fast daran und mußte sich zu einem unverdächtigen Tonfall zwingen. Es war die bisher schwierigste Rolle ihres Lebens, aber Spencers Sicherheit hing davon ab. Sie mußte ihn überzeugen, mochte er im nachhinein von ihr halten, was er wollte. Das war dann nicht mehr wichtig. Allmählich war ihr aufgegangen, welche Rolle Ernie in Hollywood spielte. Sie hatte gehört, wie die Leute im Studio von ihm sprachen, nachdem man ihn mit ihr zusammen gesehen hatte. Die Gerüchte, die sich um seine weitreichenden Verbindungen rankten, machten ihr angst. Hinter Ernie steckte sehr viel mehr, als auf den ersten Blick zu erkennen war. Hinter ihm standen angeblich sehr gefährliche Leute. Und diese Hintermänner versprachen sich viel Geld von Crystal. »Er hat gemeint, daß es meiner Karriere schaden könnte, wenn ich ihn jetzt verlassen würde. Weißt du, die Publicity könnte sich für mich sehr ungünstig auswirken.«

Spencer glaubte, sein Herz stünde still. »Was sagst du da?«

»Ich hab' gesagt...« Sie zwang eine kühle Note in ihren Ton, so schwer es ihr fiel. »Ich will damit sagen, daß ich vorerst nicht will, daß du zurückkommst. Ich bin dafür noch nicht bereit.«

»Du willst bei ihm bleiben und auf das Gerede der Leute Rücksicht nehmen? Hast du den Verstand verloren?«

»Nein.« Das hörte sich so echt an, daß es ihr fast das Herz brach. Doch es war besser, ihm weh zu tun, als Ernie und seinen Helfern Grund zum Handeln zu bieten. »Ich glaube, bei unserem Wiedersehen habe ich irgendwie den Kopf verloren. Ich konnte nicht anders... es war so viel Zeit vergangen und... ach, ich weiß nicht. Vielleicht habe ich nur eine Rolle gespielt... die Rolle des kleinen Mädchens, das seinen verlorengeglaubten Geliebten wiedersieht.« Tränen liefen ihr über die Wangen.

»Willst du damit sagen, daß du mich nicht liebst?«

Crystal schluckte schwer. Sie mußte sich zwingen, nur an ihn zu denken und nicht an das leere Leben, das sich nun vor ihr erstreckte. »Das alles liegt so lange zurück... ich glaube, wir beide haben uns mitreißen lassen, als wir uns getroffen haben.«

»Komm mir nicht mit diesem Unsinn! Ich hab' mich nicht ›mitreißen‹ lassen, wie du es nennst. Ich habe drei Jahre in diesem gottverdammten häßlichen Krieg überlebt, nur um zurückzukommen und dir zu sagen, daß ich dich liebe.« Er brüllte fast und mußte sich zwingen, seinen Ton zu mäßigen. Er wollte Elizabeth nicht wecken. »Vielleicht habe ich zu lange gewartet, vielleicht war ich ein Idiot, weil ich vieles falsch gemacht habe. Es sieht weiß Gott so aus, als hätte ich das Leben von ein paar Menschen zerstört, aber eines kann ich dir sagen – ich habe mich nicht ›mitreißen‹ lassen und keine Rolle gespielt, als ich dich besucht habe. Ich liebe dich, ich bin bereit, zu dir zu kommen und dich zu heiraten, sobald ich mein Problem hier gelöst habe. Ich möchte jetzt wissen, was du mir eigentlich sagen willst.«

»Ich sage... es ist aus.«

Lang anhaltendes Schweigen an beiden Enden der Leitung. Als Spencer antwortete, klang seine Stimme heiser.

»Ist das endgültig?« In seiner Kehle saß ein Schluchzen. Er unterdrückte es, während er auf ihre Antwort wartete.

»Ja, endgültig.« Sie brachte die Wörter kaum über die Lippen. »Ich muß an meine Karriere denken... und ich bin Ernie sehr zu Dank verpflichtet.«

»Zwingt er dich, so zu sprechen?« Ein schrecklicher Verdacht regte sich bei ihm. »Ist er da?« Das hätte alles erklärt. Crystal konnte das, was sie eben gesagt hatte, nicht ernst meinen. Er hatte ihr Gesicht gesehen und wußte, daß sie ihn liebte. Zumindest hatte er es damals geglaubt.

»Natürlich nicht. Er würde mich zu nichts zwingen.« Es war die schlimmste aller Lügen, die sie ihm zu seinem Schutz auftischte. »Ich möchte nicht, daß du kommst. Ich glaube auch nicht, daß wir uns noch einmal sehen sollten, und sei es als Freunde. Es hat keinen Sinn, Spencer, es ist vorbei.«

»Ich weiß nicht, was ich sagen soll.« Er weinte und wollte nicht, daß sie es merkte. Wenn er nur im Krieg gefallen wäre.

»Spencer, gib gut acht auf dich... und noch etwas.«

»Was denn?« Er hörte sich an, als hätte er von einem Todesfall erfahren.

»Ruf mich nicht mehr an.«

»Verstehe. Alles Gute weiterhin.« Er war nicht verbittert. Er war gebrochen. »Aber eines sollst du wissen... falls du mich jemals brauchen solltest, werde ich für dich dasein. Du brauchst nur anzurufen. Und wenn du deine Meinung änderst...« Er ließ den Satz unvollendet, während beide in Gedanken beim anderen waren. Sie mußte jede eventuell noch vorhandene Hoffnung in ihm ersticken. Das war lebenswichtig.

»Das werde ich sicher nicht.« Sie war totenblaß, aber das konnte er nicht sehen. Sie hatte getan, was sie tun mußte. Jetzt war Ernie der einzige Mensch, den sie auf dieser Welt hatte. Ein schrecklicher Gedanke, den sie lieber verdrängte. In diesen letzten Augenblicken klammerte sie sich verzweifelt an Spencer, auch wenn er nichts davon merken durfte. Sie wollte noch nicht auflegen. Sie wollte seine Stimme hören und ihm noch ein paar Sekunden nahe sein. »Was ist mit Elizabeth? Was hast du weiter vor?« fragte sie, nur damit das Gespräch weiterging und weil es eine Frage war, die sie sich selbst oft gestellt hatte.

»Keine Ahnung. Sie sagt, sie wird mich nie freigeben. Kann

sein, daß es stimmt. Ebensogut ist möglich, daß sie sich irgendwann mit mir langweilen wird. Eine Ehe kann man das wirklich nicht nennen, was uns verbindet.«

»Warum will sie dich unbedingt halten?« Tränen liefen Crystal über die Wangen.

»Sie will ihr Gesicht nicht verlieren. Ich glaube, sie wollte von Anfang an in erster Linie jemanden, der mit ihrem Vater Golf spielt und sie auf Partys begleitet.« Eine grobe Vereinfachung, die aber aus seiner Sicht stimmte. Ihre Beziehung reichte bei weitem nicht an das heran, was ihn und Crystal verband. Sonderbar, aber er glaubte, Crystal trotz der kurzen Zeit, die sie zusammen verbracht hatten, besser zu kennen als seine Frau, besser, als er Elizabeth je kennenlernen würde. »Ich weiß nicht, was ich jetzt tun werde.« In Washington bleiben oder zurück nach New York gehen, Elizabeth verlassen oder die Stelle annehmen, die man ihm angeboten hatte. Es war unwichtig, was er tat. Er fühlte sich wie ein Roboter. »Dieses Gespräch ist wohl eine Schicksalswende, wie man so schön sagt... oder etwa nicht?«

»Ja, das kann man wohl sagen.« Crystal schwieg, verzehrt von dem Verlangen, ihm ihre Liebe zu gestehen. Sie durfte nicht daran denken, daß er jetzt wohl glauben mußte, er sei ihr gleichgültig. »Ja, ich glaube auch, es ist eine Wende...«

»Crystal, laß es dir gutgehen... gib acht auf dich...« Und dann kamen die Worte, die ihr fast das Herz brachen. »Ich werde dich immer lieben.« Damit legte er auf.

Spencer blieb in dem kleinen Arbeitszimmer sitzen, das Elizabeth ihm eingerichtet hatte, und weinte wie ein Kind, das seine Mutter verloren hatte. Er gab sich seinem Kummer hin, in Gedanken bei Crystal und der gemeinsamen Zeit. Dabei versuchte er sich einzureden, daß sie ihre Gründe für diesen Entschluß hatte, obwohl es ihm unbegreiflich war, daß sie ihn ihres Erfolgs zuliebe aufgab. Er wußte zwar, wie sehr sie von einer Filmkarriere geträumt hatte, aber irgendwie sah ihr diese herzlose Entscheidung nicht ähnlich. Natürlich würde er ihren Wunsch respektieren. Das war er ihr schuldig. Jetzt mußte er einen Weg finden, seinem Leben einen neuen Sinn zu geben und mit der Hoffnungslosigkeit fertigzuwerden.

Crystal legte mit bebenden Händen den Hörer auf die Gabel. Ihr ganzer Körper war starr und kalt wie Eis. Sie wußte, daß sie das einzig Richtige getan hatte. Und doch war das Gefühl übermächtig, alles zerstört zu haben, was ihr teuer war. Sie hatte unwissentlich ihre Seele an einen schlechten Menschen verkauft und mußte nun dafür büßen. Es war ein hoher Preis, den sie zahlte, zumal nichts von dem, was sie nun hatte, diesen Preis rechtfertigte. Lange saß sie da und starrte vor sich hin ins Leere, fassungslos, daß Spencer für sie nun endgültig verloren war. Sie fühlte sich wie damals bei Jareds Tod – dieselbe Leere, dieselben Gewissensbisse, dieselbe Einsamkeit, wie sie sie damals überwältigt hatten.

»Warum diese fröhliche Miene?« Erschrocken blickte sie auf. Sie hatte Ernie nicht gehört. Ganz plötzlich stand er vor ihr und sah sie wutentbrannt an. »Ist etwas passiert?« Sie schüttelte den Kopf. Sie wollte nicht mit ihm sprechen. »Sehr gut. Dann zieh dich an. Wir sind heute bei einer Premiere, und anschließend treffen wir uns mit ein paar Produzenten, denen ich dich vorstellen möchte.«

»Ich kann nicht.« Sie sah ihn tränenblind an. »Mir ist nicht gut.«

»Du fühlst dich prima.« Er ging an die Bar und goß ihr einen Drink ein. Nach kurzem Nippen stellte sie das Glas ab. Es ging ihr keine Spur besser. Drinks konnten ihr nicht helfen. Nichts konnte ihr helfen. Ernie lächelte ihr aufmunternd zu. »Braves Mädchen. Und jetzt ziehst du dich schön an. In einer halben Stunde müssen wir gehen.« Sie sah ihn mit ausdruckslosem Blick an. Dann stand sie auf und ging langsam zur Schlafzimmertür. Ernie beobachtete sie scharf. Crystal wußte nicht, daß er mit ihr sehr zufrieden war: Er hatte ihr Gespräch von seinem Büro aus mitgehört.

Sie gingen zusammen aus und wurden von Fotoreportern bedrängt. Daß Crystal seltsam still und blaß war, fiel niemandem auf. Zur Premiere kamen sie zu spät, was in Ernies Sinn war, weil sie so mehr Aufmerksamkeit erregten. Beim Eintreten hielt er stolz ihren Arm fest. Die Produzenten waren begeistert von Crystal, und Ernie hätte nicht zufriedener sein können. Crystal sprach weder mit ihm noch mit den anderen viel. Sie wirkte verloren und einsam.

32. Kapitel

Als Thanksgiving gefeiert wurde, hatte Spencer sich für den Job entschieden, der ihm von Richter Barclays Freund angeboten worden war. Er kam sich zwar wie ein Betrüger und der Betrogene zugleich vor, aber irgend etwas mußte er tun, um seinen Verstand zu beschäftigen. Er konnte nicht ständig zu Hause hokken und warten, daß sich die Dinge zum Besseren wandten. Es würde sich nichts ändern. Elizabeth wollte ihn nicht freigeben, und Crystal hatte ihm in aller Deutlichkeit zu verstehen gegeben, daß sie ihn nicht mehr sehen wollte.

Als er entdeckte, daß ihm seine Arbeit Spaß machte, war er selbst überrascht. Zu Weihnachten hatte er sich einigermaßen gefangen, auch wenn er das Gefühl nicht loswurde, daß ein Teil von ihm gestorben war, als er Crystal aufgegeben hatte. Aus diesem Grund stürzte er sich um so eifriger in seine Arbeit. Die Politik fesselte ihn viel mehr, als er erwartet hatte.

Er entdeckte sein Interesse für Washington, das ein aufregendes und amüsantes Leben bot, und er hätte sehr glücklich sein können, wäre da nicht seine Beziehung zu Elizabeth gewesen, die ihm wüst und leer erschien. Jede Hoffnung, ein innigeres Verhältnis zu ihr zu entwickeln, war zerstört worden, als er sie um die Scheidung gebeten hatte. In den darauffolgenden turbulenten Wochen und Monaten verstärkte sich seine Abneigung gegen sie, und Elizabeth wurde immer mißtrauischer. Er fühlte sich an sie gefesselt, jedoch aus den falschen Gründen.

Wenn sie wollte, konnte sie eine höchst anregende Gefährtin sein – intelligent, geistreich und amüsant. Aber jetzt war ihre einstige Leidenschaft so gut wie vergessen. Ihr Eheleben war geprägt von Zurückhaltung, Bedauern und einer gewissen Bitterkeit, die beide empfanden. Für ihre Umgebung boten sie dessenungeachtet das Idealbild eines glücklichen, zufriedenen und fabelhaft aufeinander eingestimmten Paares. Beide spielten ihre Rollen ausgezeichnet. Die Enttäuschung, die sie jeder für sich empfanden, drang über die Privatsphäre nicht hinaus. Elizabeth war äußerst angetan von Spencers Tätigkeit – für sie das wichtigste Kriterium. Crystal sah er nur auf der Leinwand in dunklen Kinosälen. Eines Abends, als Elizabeth länger arbeitete, sah er sich Crystals ersten Film an. Und nach seiner Rückkehr aus Palm Beach hatte er gelesen, sie solle eine Rolle in einem großen Film bekommen.

Noch immer kein ganz großer Star, war sie dennoch sehr gefragt. Und Spencer wußte, daß alle Studios, die sie beschäftigten, mit Ernie verhandelten. Sie verdiente für ihn ein Vermögen, für ihn und die Männer, deren Interessen er vertrat.

Presseberichten zufolge sollte sie mit den Dreharbeiten zu ihrem neuen Film im Juni beginnen. In der Zwischenzeit zeigte sie sich oft an Ernies Arm oder in Gesellschaft bekannter Stars, mit denen Ernie sie aus Gründen der Publicity ausgehen ließ. In den einschlägigen Kolumnen tauchte regelmäßig ihr Name auf, und ihr Gesicht wurde immer bekannter.

Crystal hatte einen guten Start, aber Spencer graute, wenn er daran dachte, was für ein Leben sie mit Ernie führte. Da er diesen Gedanken nicht ertrug, versuchte er ihn aus seinem Bewußtsein zu verdrängen.

Als im Juni in Palm Springs die Außenaufnahmen für ihren

neuen Film begannen, war Spencer vollauf damit beschäftigt, für seinen Chef in Boston politische Kontakte zu knüpfen. Dabei hatte er hauptsächlich mit einem ehrgeizigen jungen Senator zu tun.

Im Herbst gab Elizabeth ihre Arbeit für den Untersuchungsausschuß auf, da sie sich entschlossen hatte, Jura zu studieren. Spencers momentane Aufgabe war für sie ein Schritt, der sie der Erfüllung ihrer Wünsche näher brachte. Er erwies sich als sehr tüchtig und fand auch bei ihrem Vater höchste Anerkennung. Da Spencer nun genau das machte, was sie sich immer schon gewünscht hatte, zeigte sie sich allmählich milder gestimmt. Das Thema Scheidung war zwischen ihnen nie wieder zur Sprache gekommen, so daß sie annehmen konnte, er sei endlich zur Vernunft gekommen.

Als an einem kühlen Novembernachmittag das Telefon läutete, war Spencer eben nach Hause gekommen und Elizabeth noch auf der Uni. Er hatte die Zeitung noch nicht gelesen und war daher nicht informiert. Um so heftiger erschrak er, als er den Hörer abnahm und hemmungsloses Schluchzen hörte. Das Gespräch lief über die Vermittlung, er wußte nur, daß es ein Ferngespräch war. Es dauerte eine Weile, bis er die Stimme erkannte, und als ihm klarwurde, daß es Crystal war, erschrak er bis ins Innerste. Über ein Jahr war vergangen, seitdem er sie gesehen hatte.

»Crystal... bist du es?«

Am anderen Ende trat Schweigen ein. Nur das Knistern in der Leitung war vernehmbar. Er glaubte schon, die Verbindung sei unterbrochen worden, als er wieder dieses verzweifelte Schluchzen vernahm. Sie stammelte etwas Unverständliches, und er fürchtete, daß ihr etwas Entsetzliches zugestoßen war. Deshalb versuchte er vor allem herauszubekommen, wo sie sich aufhielt.

»Wo bist du? Von wo rufst du an?« fragte er vergeblich, und dann hörte er sie wieder weinen. Das einzig verständliche Wort, das sie herausgebracht hatte, war sein Name. Alles andere war ein unverständliches Gestammel. Spencer sah auf die Uhr. In Kalifornien war es drei Uhr morgens. »Crystal... hör zu... versuch dich zu fassen und sprich ganz langsam und deutlich. Was ist passiert?« Offenbar etwas Schreckliches. Er selbst war den Tränen nahe, aus Verzweiflung und Hilflosigkeit. »Crystal, hörst du mich?«

»Ja.« Es hörte sich an wie ein gedämpftes Aufstöhnen, ehe sie wieder hemmungslos zu schluchzen anfing.

»Liebling, was ist denn? Wo bist du?« Er wünschte sich verzweifelt, zur Stelle zu sein und ihr helfen zu können. Gott sei Dank hatte sie ihn angerufen. Wenn dieser elende Halunke ihr weh getan hatte, konnte er sich auf etwas gefaßt machen...

Das Schluchzen flaute ab, er hörte, wie sie tief durchatmete. »Spencer... ich brauche dich...« Mit geschlossenen Augen hörte er zu. »Ich bin verhaftet worden.«

Spencer riß die Augen auf.

»Wieso das?« fragte er atemlos.

Eine längere Pause, dann ein herzzerreißendes Schluchzen, an dem sie fast erstickte. Dann wieder Schweigen. »Unter Mordverdacht«, flüsterte sie schließlich.

Spencer hatte den Eindruck, daß sich alles um ihn herum drehte. »Im Ernst?« Ein Schauder überlief ihn, denn er wußte, daß sie keinen Scherz machte.

»Ich war es nicht... das schwöre ich... Ernie wurde gestern nacht getötet... in Malibu...« Sie versuchte, ihm alles zu erklären, war aber viel zu durcheinander, als daß er sich ein Bild hätte machen können. Aus purer Gewohnheit griff er nach einem Stift, um sich das wenige zu notieren, was er verstehen konnte. Sie befand sich in Los Angeles. In Untersuchungshaft. Ernies Leichnam war am Morgen in seinem Haus in Malibu entdeckt worden. Die Polizei war in Beverly Hills vorgefahren und hatte Crystal als Mordverdächtige festgenommen.

»Gibt es Indizien, die gegen dich sprechen?«

»Ich weiß es nicht... ehrlich... Wir hatten gestern am Strand einen Streit, und jemand hat uns dabei beobachtet. Ernie hat mich geschlagen.« Spencer zuckte zusammen, als spürte er den Schlag am eigenen Leib. »Und ich habe meinen Arm gehoben, aber das war auch alles... daraufhin habe ich ihn draußen stehenlassen, weil er sagte, er erwarte noch Geschäftspartner, mit denen er etwas besprechen müsse. Wer das war, weiß ich nicht.« Spencer machte sich weiter Notizen, während er ihr zuhörte.

»Kennt jemand diese Leute?«

»Ich weiß es nicht.«

»Um was ging es bei diesem Streit?« Er war ganz der versierte Anwalt, als er sie befragte.

»Wieder einmal um den Vertrag. Ich wollte ihn rückgängig machen, weil Ernie mich an die Studios ausborgte wie ein Auto. Und immer hat er das ganze Geld kassiert. Auch das hatte ich satt. Ich durfte nicht einmal entscheiden, welche Filme ich machen wollte. Er hat mich einfach benutzt...« Wieder übermannte sie das heulende Elend. Endlich hatte sie durchschaut, mit wem sie es zu tun hatte – leider viel zu spät. Sie kam von Ernie nicht los und hatte Spencer so gut wie verloren. »Ich habe ihn gehaßt, aber ich hätte ihn nie getötet. Das schwöre ich.«

»Kannst du das beweisen? Hat dich jemand in Beverly Hills gesehen? Bist du anschließend noch ausgegangen? Hast du Bekannte angerufen?«

»Nein, niemanden. Gar nichts. Nach der Auseinandersetzung am Strand bekam ich Kopfschmerzen und ging zu Bett. Das Mädchen war nicht da, den Chauffeur habe ich nicht gesehen.« Das war auch der Grund, weshalb man sie festgenommen hatte. Sie hatte ein Motiv und kein Alibi und keine Zeugen, die ihre Aussage gestützt hätten. »Spencer«, flehte sie ihn an wie ein verängstigtes Kind, »ich weiß ja, daß ich dich nicht darum bitten sollte. Vermutlich möchtest du mich am liebsten zur Hölle schikken. Aber ich habe sonst niemanden, an den ich mich wenden könnte. Wirst du mir helfen?« Wieder trat längeres Schweigen ein. Dann hörte man, wie sie sich die Nase putzte. Spencer wußte, was er zu tun hatte. Er brauchte keine Sekunde, um einen Entschluß zu fassen – er wußte, daß er unbedingt nach Kalifornien mußte.

»Morgen bin ich bei dir und suche dir einen Verteidiger.«

»Kannst du mich nicht verteidigen? O Gott, Spencer... ich habe solche Angst. Was ist, wenn ich nicht beweisen kann, daß ich es nicht war?« Ihre ängstliche Stimme brach ihm fast das Herz. Das Gespräch nahm ihn so sehr in Anspruch, daß er Elizabeths Eintreten nicht bemerkte. Sie stand in der Diele und hörte, was er zu Crystal sagte.

»Keine Angst, wir werden den Beweis schon erbringen. Aber hör mal... ich bin kein Strafverteidiger, und du brauchst einen, und zwar den allerbesten. Mach jetzt keinen Fehler, Crystal, bitte...« Er mußte befürchten, dem Fall nicht gewachsen zu sein, und es stand dabei zuviel auf dem Spiel.

»Ich möchte nur, daß du den Fall übernimmst... falls du Zeit hast.« An diesen Punkt hatte sie bis jetzt noch gar nicht gedacht. Aber sie war ein wenig ruhiger geworden und überlegte erschrokken, daß er sich womöglich gar nicht freimachen konnte. Das war es aber nicht, was Spencer Sorge bereitete. Er hatte keine Erfahrung als Strafverteidiger, und diesen Mangel konnten weder sein Interesse für dieses Gebiet noch seine Liebe zu Crystal wettmachen.

»Das besprechen wir, wenn ich bei dir bin. Brauchst du irgend etwas?« Er mußte ganz laut sprechen, da es in der Leitung stark knisterte.

»Ja.« Sie lächelte unter Tränen. »Eine Metallsäge.« Sie lachte und weinte gleichzeitig, und Spencer mußte lächeln.

»Braves Mädchen... Wir werden dich da schon herauspauken. Also, Kopf hoch. Ich bin bei dir, ehe du weißt, wie dir geschieht. Und noch etwas, Crystal...« Bei dem Gedanken an sie lächelte er, und gleichzeitig bemerkte er, daß Elizabeth ihn beobachtete. Er wußte, daß er den Satz nicht beenden konnte. »Schön, daß du mich angerufen hast.«

Crystal fühlte sich ein wenig besser, obwohl sie Gewissensbisse plagten, seit sie ihn vor einem Jahr fortgeschickt hatte. Aber es gab sonst niemanden, an den sie sich hätte wenden können, und ihre Liebe zu ihm war unverändert. »Ich habe dich als meinen Anwalt angegeben. Geht das in Ordnung?«

»Selbstverständlich. Du kannst sagen, daß ich es bestätige. Ansonsten sag kein Wort... gar nichts. Ist das klar?«

»Ja.« Sie zögerte. Man hatte ihr bereits so viele Fragen gestellt. Den ganzen Tag war sie verhört worden, bis sie einen Zusammenbruch erlitten hatte. Dann erst hatte man ihr gestattet, ihren Anwalt anzurufen.

»Ganz im Ernst, du darfst nichts aussagen. Erst möchte ich alles mit dir besprechen. Hast du verstanden?«

»Ja.« Nun war ihr schon viel wohler zumute.

»Gut.« Er wirkte befriedigt. »Morgen besuche ich dich. Wir kriegen dich da heraus, du darfst nur die Hoffnung nicht aufgeben.« Crystal bedankte sich unter Tränen, und gleich darauf war das Gespräch beendet. Lange stand er da, den Blick auf den Apparat gerichtet. Dann wandte er sich um und sah Elizabeth an.

»Worum geht es denn?«

Ihre Blicke trafen aufeinander. Er ließ sich Zeit mit der Antwort. Daß er ihr zumindest annähernd die Wahrheit sagen mußte, war klar. Aus der Presse würde sie ohnehin die ganze Geschichte erfahren. Crystal war schon so bekannt, daß der Rummel entsprechend ausfallen würde. »Es geht um eine alte Freundin in Kalifornien, die in großen Schwierigkeiten steckt.« Er holte tief Luft. »Morgen fliege ich hin«, fügte er hinzu.

»Darf ich fragen, warum?« Elizabeth zündete sich eine Zigarette an, ohne ihren eiskalten Blick von ihm zu wenden.

»Ich möchte vor Ort feststellen, wie ich ihr am besten helfen kann.«

»Wer ist diese Freundin?«

Er zögerte. »Sie heißt Crystal Wyatt.« Der Name sagte ihr gar nichts, sein Blick jedoch alles.

»Ich kann mich nicht erinnern, daß du sie je erwähnt hast.« Wachsam ließ sie sich auf der Couch nieder, ohne den Blick von ihm zu wenden. Ganz intuitiv wußte sie, daß dies die Frau war, die zwischen ihnen gestanden hatte. »Was für eine Freundin ist das, Spencer? Etwa eine alte Flamme?«

»Ein kleines Mädchen, das ich von früher kenne. Jetzt ist sie erwachsen und steckt in großen Schwierigkeiten.« Er setzte sich nicht zu seiner Frau. Zwischen ihnen hätte ebensogut eine Eiswand stehen können.

»Ach so... Und was gedenkst du zu unternehmen, um ihr zu helfen?«

»Gut möglich, daß ich ihre Verteidigung übernehme... oder ich verschaffe ihr einen guten Anwalt.«

»Was wirft man ihr vor?«

Er sah ihr in die Augen. »Mord.«

Nun trat anhaltende Stille ein. »Ich verstehe«, sagte sie mit einem Nicken. »Das ist allerdings eine ernste Sache. Aber hast du vergessen, du edler Ritter, daß du kein Strafverteidiger bist?«

»Das habe ich ihr auch gesagt. Ich will sehen, wen ich für sie als Verteidiger gewinnen kann.«

»Das kannst du von hier aus auch in die Wege leiten«, sagte sie in gepreßtem Ton und drückte die Zigarette entschlossen aus.

Spencer schüttelte den Kopf. »Nein, das kann ich nicht.« Er mußte zu Crystal, und sei es nur, um sie zu sehen. Crystal hatte ihn verzweifelt um Hilfe gebeten. Er würde sie nicht im Stich lassen und die Chance nutzen, zu ihr zu stehen. Schließlich stand ihr Leben auf dem Spiel. Er wollte ihr um jeden Preis helfen und, wenn es sein mußte, sie sogar selbst verteidigen. »Ich fliege morgen hin.«

»An deiner Stelle würde ich das lieber unterlassen.« Eine unverhüllte Drohung sprach aus ihren Worten.

Spencer ließ sich nicht beirren. »Ich muß zu ihr.«

Elizabeth sagte ganz ruhig: »Wenn du gehst, lasse ich mich scheiden.« Worum er sie vor einem Jahr verzweifelt gebeten hatte, benutzte sie jetzt als Druckmittel. Spencer wußte, daß er zu Crystal mußte – egal, was Elizabeth sagte oder tat.

»Das tut mir leid zu hören.«

»Nicht möglich...« Ihre Kälte wuchs mit jedem Wort. »Du wolltest ohnehin immer die Scheidung. Und was ist mit Miß Wyatt?« Der Name hatte sich für immer in ihr Gedächtnis eingegraben. »Wie würde sie es aufnehmen?«

»Das einzige Gefühl, das sie jetzt kennt, ist Angst.« Seine Handflächen waren feucht. Er sah seine Frau lange an. Endlich hatten sie den Wendepunkt erreicht, der sich schon längst angekündigt hatte. »Ich weiß nicht, wie lange ich wegbleibe.«

»Was ich gesagt habe, war kein Scherz. Ich möchte nicht vor aller Öffentlichkeit bloßgestellt werden, wenn du den Narren für diese Person spielst.« Das Schweigen, das nun folgte, lastete schwer zwischen ihnen. »Endlich bist du dabei, politischen Ehrgeiz zu entwickeln... eine Scheidung könnte dir da sehr schaden.«

»Das klingt ganz nach Erpressung.«

»Nenn es, wie du willst. Meinst du nicht, daß es zumindest eine Überlegung wert ist?«

»Ich kann nicht anders, ich muß zu ihr.« Er fuhr sich mit der Hand durchs Haar, das an den Schläfen unübersehbar grau geworden war. Crystal brauchte seine Hilfe. Und er würde sie nicht im Stich lassen, egal, was Elizabeth ihm antun oder androhen würde. »Sie braucht mich.«

»Bist du in sie verliebt?« Sein Blick verriet ihr, daß es eine törichte Frage war.

»Ich bin es gewesen.« Zum erstenmal war er ganz aufrichtig – für Ausflüchte war es zu spät. Ihre Ehe war von Anfang an ein Irrtum gewesen.

»Und jetzt?«

»Ich weiß es nicht... es ist lange her, seit ich sie gesehen habe. Aber das ist nicht der Grund, warum ich zu ihr fahre. Ich helfe ihr, weil sie niemanden hat, an den sie sich wenden könnte.«

»Wie rührend.« Elizabeth stand auf und ging zur Treppe, die zum Schlafzimmer führte. »Ehe du abreist, solltest du dir meine Worte gründlich durch den Kopf gehen lassen. Ich schlage vor, du schaltest für sie einen anderen Anwalt ein.«

Gleich nachdem sie den Raum verlassen hatte, rief Spencer die Fluglinie an und ließ sich einen Platz reservieren. Als er die Treppe hinaufging, fragte er sich, was aus ihnen werden sollte. Aber er und Elizabeth waren nicht so wichtig. Das einzige, was in diesem Moment zählte, war, Crystal aus dieser schrecklichen Situation zu befreien. Immerhin stand ihr Leben auf dem Spiel, und man durfte eine solche Anklage nicht auf die leichte Schulter nehmen. Diesen Ernesto Salvatore war sie nun los... aber um welchen Preis? Ihr drohte die Todesstrafe oder lebenslänglich Zuchthaus.

Nachdem er seine Sachen gepackt hatte, rief er seinen Chef an, um ihm mitzuteilen, daß er in einer persönlichen Angelegenheit nach Kalifornien fliegen mußte. Sein Chef zeigte sich sehr verständnisvoll, und Spencer versprach anzurufen, sobald er wisse, wie die Dinge stünden. Dann ging er ins Schlafzimmer. Elizabeth war in die Zeitung vertieft. Sie sah ihn sonderbar an, und als er einen Blick auf das Blatt warf, entdeckte er, daß sie einen Artikel über den Mord an Ernie las. Über dem Artikel prangte ein großes Studio-Foto von Crystal, auf dem sie bei weitem nicht so schön war wie in Wirklichkeit, aber immer noch umwerfend aussah mit ihrem breitkrempigen Hut und dem tiefausgeschnittenen Kleid. Das offene hellblonde Haar fiel ihr wie ein Schleier auf die Schultern. Ihr Blick war direkt auf den Betrachter gerichtet, und ihr Gesicht zeigte einen geheimnisvollen Ausdruck... Elizabeth glaubte, diese Augen schon einmal gesehen zu haben, und als sie Spencer anschaute, fiel ihr alles wieder ein.

»Sie ist das Mädchen aus dem Nachtclub, stimmt's?« Jetzt wußte sie es ganz genau. Das gehörte zu Crystals besonderem Reiz... wer sie einmal gesehen hatte, konnte sie nie vergessen.

Spencer nickte. »Komisch«, sagte Elizabeth gedehnt. »Ich

hatte immer schon das Gefühl, daß sie diejenige ist... wie gut ich mich noch an dein Gesicht an jenem Abend erinnere... wie vom Donner gerührt hast du ausgesehen.«

Er lächelte. Es waren genau die Worte, die er vor langer Zeit gebraucht hatte, als er ihr anvertraut hatte, was er sich von der Liebe wünschte.

»Du fliegst nach L. A.?«

»Ja.«

Sie nickte abermals und löschte das Licht. Und als er neben ihr im Bett lag, war er in Gedanken bei Crystal, die in Kalifornien im Gefängnis saß.

33. Kapitel

Das Tor öffnete sich mit einem gräßlichen Klirren. Spencer wurde in einen kleinen Raum geführt, dessen Einrichtung aus einem ramponierten Tisch und wackligen Stühlen bestand. Als der Gefängnisbeamte wieder hinausging, verschloß er die Tür. War es schon ein schreckliches Gefühl, hier zu sein, so traf es Spencer vollends wie ein Schock, als Crystal hereingeführt wurde, in einem blauen Kittel, die Arme auf dem Rücken mit Handschellen gefesselt. Der Blick aus ihren verängstigten Augen traf Spencer mitten ins Herz. Man befreite sie von den Handschellen und ließ sie mit ihm allein, nicht ohne die Tür wieder abzuschließen. Als ihr Anwalt wagte er nicht einmal, ihr einen Kuß zu geben. Er sah sie nur an und empfand erneut die übermächtige Liebe, die er ihr schon seit Jahren entgegenbrachte. Und als sich ihre Blicke kreuzten, zweifelte er keine Sekunde daran, daß auch sie ihn noch liebte. Das letzte Jahr schien wie weggefegt, und er hatte das Gefühl, daß ihn schon ihre Nähe mit neuer Kraft erfüllte.

Da zu vermuten stand, daß der Raum abgehört wurde, sprach

Spencer nur ganz leise, den Blick unverwandt auf sie gerichtet. Er faßte nach ihrer Hand, ohne ein Wort über seine Gefühle zu verlieren. Crystal klammerte sich an ihn; in ihren Augen standen Tränen. Er hatte ihr schrecklich gefehlt, das vergangene Jahr ohne ihn war ein einziger Alptraum gewesen.

»Na, geht es einigermaßen?«

Sie nickte und setzte sich, ohne seine Hand loszulassen. Spencer gönnte ihr eine kleine Atempause, ehe er mit seinen Fragen anfing. Punkt für Punkt gingen sie den Fall durch, und sein Entsetzen wuchs, als er immer mehr von ihrer Geschichte erfuhr. Salvatore hatte sie wie eine Sklavin in einem goldenen Käfig gehalten. In den letzten Monaten war sie praktisch seine Gefangene gewesen und hatte nur tun dürfen, was er ihr gestattet hatte: Dreharbeiten, Partys, Auftritte in der Öffentlichkeit. Den Rest der Zeit hielt er sie unter strikter Bewachung im Haus. Es hatte deswegen ständig Streitigkeiten zwischen ihnen gegeben, da sein krankhafter Argwohn grundlos war. Seit Spencer hatte es keinen anderen Mann in ihrem Leben gegeben.

»Gibt es Zeugen für die Auseinandersetzungen?«

»Die Hausmädchen und den Chauffeur.«

»Und seine Freunde?«

»Ja, einige. Mit den meisten traf er sich aber in Malibu. Er war immer sehr zurückhaltend, wenn es sich um seine eigenen Angelegenheiten handelte.« Vermutlich hatte er sich auch mit anderen Frauen getroffen. Einige Male hatte er Crystal sexuell mißbraucht, und bei einer Gelegenheit hatte er ihr ein blaues Auge verpaßt, so daß sie gezwungen gewesen war, zwei Wochen mit den Dreharbeiten auszusetzen. Die Sache war bis in die Zeitungsredaktionen durchgesickert. Es hatte geheißen, sie habe einen Unfall gehabt und ihr Gesicht habe so stark gelitten, daß sie vorübergehend nicht filmen könne. Statt dessen hatte sie im Tonstudio gearbeitet, da sie neuerdings in ihren Filmen auch sang.

Spencer hörte dies alles mit wachsender Empörung. »Warum hast du mich nicht verständigt?«

»Er hat mir gedroht, dich zu töten, falls ich dich jemals wieder anrufen sollte. Damals... hat er dich gesehen, und er wußte sofort, wer du bist. Deswegen...« Sie zögerte. »Deswegen habe ich dich angefleht, dich nicht mehr zu melden. Aus Angst um dich.« Sie sah ihn bekümmert an, da sie wußte, wieviel Schmerz sie ihm bereitet hatte. Spencers Herz klopfte wild. Sie hatte ihn die ganze Zeit über geliebt! Dann erzählte Crystal weiter, daß Ernie gedroht hatte, auch sie zu töten – mehr als einmal, besonders in letzter Zeit, als es zwischen ihnen immer wieder zu Auseinandersetzungen wegen des Vertrages gekommen war. »Meine Gage wurde ihm ausbezahlt. Alles. Ich habe nur soviel bekommen, daß ich mir etwas zum Anziehen kaufen konnte.« Wie ein Zuhälter hatte er ihren Körper verkauft, dachte Spencer voll Zorn. Er hörte sich alles an und machte sich Notizen, wenn sie etwas sagte, das ihm wichtig erschien. Er fragte sie nach Daten und Vorkommnissen, nach Personen und Orten, und alles deutete darauf hin, daß es für sie eine schreckliche Zeit gewesen sein mußte – ein Leben, das auf Alpträumen aufgebaut war. »Ich habe immer gedacht, ich stünde tief in seiner Schuld. Damals war mir noch nicht klar, wie seine Machenschaften aussahen.« Sie sah Spencer in die Augen, und wieder schmolz sein Herz bei ihren Worten dahin. »Er hielt mich für seinen ganz persönlichen Besitz wie irgendein Objekt – etwas, das er günstig erworben hatte und das wie eine gute Investition viel Geld brachte. Anfangs ließ er mich in dem Glauben, er täte alles nur für mich.« In ihrem Blick lag Bitterkeit. »Und ich war ihm sogar dankbar für seine Großzügigkeit. Aber er hat mir alles genommen – auch dich.«

Spencer war dies nur allzu schmerzlich bewußt. »Und was passierte dann?« fragte er.

»Wir haben uns häufig gestritten.«

»In der Öffentlichkeit?«

»Ja, hin und wieder schon.« Sie war ganz aufrichtig. »Einmal sagte ich zu Hedda, daß ich die Absicht hätte, meinen Vertrag zu lösen und mir einen anderen Agenten zu suchen. Dafür hätte er mich fast umgebracht. Ich glaube, bei dieser Sache ging es auch um die Interessen anderer, und Ernie fürchtete vor allem die Reaktion dieser Leute. Genau weiß ich es nicht, weil ich meinen Vertrag nie wieder zu Gesicht bekommen habe. Ich war so dumm, ihn nicht vor der Unterschrift durchzulesen.« Auch mit Pearl und Harry war jeder Kontakt abgebrochen. Salvatore hatte Crystal mit der Zeit völlig von ihrer Umwelt abgeschnitten. Sie durfte nur zur Arbeit das Haus verlassen, zu der Arbeit an immer größeren und besseren Filmen. Seine Investition hatte sich gelohnt. Crystal war wie ein Rennpferd, das für seinen Besitzer Siege errang.

»Gab es an dem Mordabend Streit?«

»Ja, den Streit am Strand, von dem ich dir schon erzählt habe. Aber diesmal habe ich zurückgeschlagen, so fest ich konnte. Ich glaube, sein Ohr blutete. Ich lief zurück zum Haus, es war mir gleichgültig. Ich haßte ihn. Er war ein schlechter Mensch, und ich bin sicher, daß er mich getötet hätte.«

»Wer hat beobachtet, daß du ihn geschlagen beziehungsweise verletzt hast?«

»Ich glaube, ein Nachbar, der mit seinem Hund am Strand entlanggegangen ist. Er gab bei der Polizei an, ich hätte Ernie mit einem Stock angegriffen. Das stimmt nicht. Ich hatte zwar ein Stück Treibholz in der Hand, aber ich habe mit der anderen zugeschlagen.« Spencer nickte und notierte sich etwas, während ein Wärter am Fenster vorüberging.

»Und was war dann?«

»Ich ging ins Haus, und als er nachkam, verprügelte er mich.«

»Hat man Spuren gesehen?«

Crystal schüttelte den Kopf. »Nein, diesmal nicht. Meist gab er acht, weil er vermeiden wollte, daß ich fürs Studio ausfiel. Das hätte ihn und seinen Freunden zuviel Geld gekostet.«

»Wer waren diese Leute? Weißt du das?« Sie schüttelte den Kopf. »Und was passierte dann?« Er mußte die Geschichte in allen Einzelheiten durchgehen und alles erfahren, bevor er einen

Anwalt mit der Verteidigung beauftragen konnte. Er wollte mit den besten Anwälten in Kontakt treten – er selbst war noch nie vor Gericht als Verteidiger aufgetreten und hatte Skrupel, Crystals Fall zu übernehmen. Crystal brauchte einen Anwalt mit viel Erfahrung, und er war gewillt, ihr den besten zu verschaffen.

Crystal seufzte und putzte sich die Nase mit dem frischen weißen Taschentuch, das er ihr reichte. Sie sah ihn dankbar an und holte tief Atem, während sie sich mit geschlossenen Augen zu erinnern versuchte. »Ich weiß nicht mehr genau... ich ging im Haus umher... wir stritten sehr lange, und ich habe eine Lampe zerbrochen.«

»Erzähl mir das genauer!«

»Ich habe sie nach ihm geworfen.«

»Hast du ihn getroffen?«

»Nein.« Sie lächelte bedauernd. Das Lächeln erlosch sofort wieder. »Dann sagte Ernie, daß er noch jemanden erwarten würde. Ich solle nach Hause fahren, nach Beverly Hills.«

»Und wen er noch erwartete, sagte er nicht?«

»Über solche Dinge hat er nie gesprochen.«

»Hat dich jemand losfahren sehen? Ein Nachbar? Jemand vom Hauspersonal?«

»Es war niemand da. Wir waren allein.«

»Wie spät war es, als du losfuhrst?«

»So um acht herum. Am nächsten Morgen mußte ich wieder vor die Kamera. An dem Tag, an dem es passiert ist, hatte ich frei. Ich wollte rasch zu Bett. Ernie sagte, er würde die Nacht über in Malibu bleiben. Und dann... dann hörte ich nichts mehr von ihm und dachte, es sei alles in Ordnung. Um fünf Uhr morgens fuhr ich ins Studio. Der Chauffeur brachte mich hin.« An ihren nächsten Worten drohte sie zu ersticken. »Um neun kam die Polizei ins Studio und erzählte mir, daß Ernie tot sei. Man hatte ihn mit fünf Kopfschüssen aufgefunden. Er muß etwa um Mitternacht ermordet worden sein.«

»Wurde die Tatwaffe gefunden?«

Sie nickte verängstigt. »Ja ... sie wurde an den Strand gespült. Jemand muß sie ins Meer geworfen haben, aber nicht weit genug. Am Strand wurden auch die Fußabdrücke einer Frau gefunden ... Spencer ...« Sie fing zu schluchzen an. »Ich schwöre dir, daß ich ihn nicht getötet habe.«

Er drückte beruhigend ihre Hand. »Hast du die Waffe vorher schon einmal gesehen?«

»Sie gehörte Ernie. Ich habe sie einige Male in seinem Schreibtisch gesehen. Er muß befürchtet haben, daß ich sie einmal gegen ihn richten könnte. Sie war verschwunden, bis ... bis die Polizei sie mir gestern zeigte.«

»Kennst du jemanden, der ihn getötet haben könnte?«

»Ich weiß nicht ... wirklich ...« Im Laufe dieses einen Jahres hatte Ernie sie wahrlich oft genug provoziert, aber Spencer wußte, daß sie ihn nicht getötet hatte. Bei den Verbindungen, die er Salvatore zutraute, konnte es Gott weiß wer getan haben: Jemand, dem er etwas angetan hatte, eine Frau, die er fallengelassen hatte, ein Mann, den er beim Kartenspiel betrogen hatte, ein Handlanger, der ihn haßte, oder sogar einer seiner Hintermänner. Aber Spencer war auch klar, daß der oder die Täter vermutlich alle Spuren sorgfältig verwischt hatten. Den wirklichen Mörder würde man nie finden. Crystal mußte als Sündenbock herhalten, und die Schlinge paßte perfekt um ihren Hals.

Ihre Stimme klang wie ein Flüstern durch den häßlichen Raum. »Was wird nun passieren?«

Diese Frage beantwortete er ungern. Wenn kein anderer Verdächtiger auftauchte, konnte sie zu einer lebenslänglichen Haftstrafe verurteilt werden – es konnte aber auch noch ärger kommen. Aber daran wollte er lieber gar nicht denken. Er wußte nur, daß er es nicht zulassen durfte. »Ich will dir nichts vormachen. Es wird hart auf hart gehen. Du hattest die Gelegenheit und ein Motiv, du hast aber kein Alibi – eine verhängnisvolle Kombination. Und viele Leute wissen, daß du oft Streit mit ihm gehabt hast ... auch alle, die diesen Mann haßten, wußten davon. Ich wünschte, jemand hätte dich an jenem Abend von Malibu fortfahren oder in Beverly Hills ankommen sehen. Bist du sicher, daß es keine Zeugen gibt?«

»Ich wüßte nicht... ich kann mir nicht denken, wer mich gesehen haben sollte.«

»Denk noch einmal gründlich nach. Wir werden in dieser Angelegenheit einen verdammt guten Privatdetektiv brauchen.« Spencer war entschlossen, für alle Unkosten aufzukommen, da er wußte, daß Crystal keinen Cent besaß. Salvatore hatte ihr von ihren Gagen nichts gelassen.

»Was wirst du nun tun?« Voller Angst sah sie ihn an. Sie fürchtete sich davor, wieder in die Zelle zu müssen. Das Wachpersonal hatte sie angestarrt, und einige weibliche Mithäftlinge hatten ein ganz spezielles Interesse für ihren »kleinen Filmstar«, wie sie Crystal nannten, gezeigt. Spencer mußte sie so schnell wie möglich herausholen, aber alle Versuche, sie schon am Nachmittag gegen Kaution freizubekommen, waren fehlgeschlagen. Daraufhin setzte er alle Hebel in Bewegung, damit die Anklage auf Totschlag beschränkt würde, es blieb jedoch bei vorsätzlichem Mord, so daß Crystal bis zum Prozeß in Untersuchungshaft bleiben mußte. Er bat sie, sich zusammenzunehmen und diese Zeit einigermaßen zu überstehen. In seinem Hotel erledigte er ein gutes Dutzend Anrufe. Als erstes rief er zwei Studienkollegen an, die ihm die besten Strafverteidiger der Stadt nannten. Die nächsten Anrufe zeigten, daß diese Anwälte alles andere als erpicht darauf waren, diesen Fall zu übernehmen. Dazu standen die Chancen zu schlecht. Einige deuteten sogar an, daß ihnen der Fall zu anrüchig sei. Als Spencer auflegte, war er außer sich vor Zorn. Er blickte hilflos um sich. Die Entscheidung war ohne sein Zutun gefallen. Keinem dieser Anwälte hätte er Crystal anvertrauen wollen. Jetzt war er gezwungen, den Fall selbst zu übernehmen, und konnte nur inständig hoffen, daß er sie gut vertrat. Es stand so viel auf dem Spiel – Crystals Leben und ihre gemeinsame Zukunft.

An jenem Abend rief er Elizabeth an und anschließend das Regierungsbüro, in dem er beschäftigt war. Er teilte seinem Chef mit, daß er bis zum Prozeß in Los Angeles bleiben wolle. Natürlich war sein Arbeitgeber davon nicht erbaut. Elizabeth aber geriet völlig außer sich. Er wußte noch genau, welche Drohungen sie vor seiner Abreise ausgestoßen hatte, aber das berührte ihn nicht mehr. Crystals Leben hing von ihm ab, und er war entschlossen, es nach besten Kräften zu verteidigen.

»Wie lange wird es dauern?« fragte Elizabeth, als er ihr eröffnete, Crystals Verteidigung übernehmen zu wollen.

»Das weiß ich nicht. Das Gesetz sieht vor, daß ihr binnen dreißig Tagen der Prozeß gemacht werden muß. Das Verfahren kann sich wochenlang hinziehen. Ich glaube, ich werde mindestens zwei Monate, wenn nicht länger, hierbleiben.« Seufzend streckte er sich während des Gespräches auf der Couch aus. Hinter ihm lag ein langer Tag, und erreicht hatte er eigentlich gar nichts, außer daß er von Crystal die ganze Geschichte erfahren hatte.

Elizabeth war höchst ungehalten. »Über Weihnachten willst du dann wohl auch nicht nach Hause kommen?« Bis zu den Feiertagen war es nur mehr ein Monat, und wie immer war ein Weihnachtsurlaub mit ihren Eltern in Palm Beach geplant.

»Ich bezweifle, ob ich noch willkommen wäre.«

»Bist du auch nicht, aber, was zum Teufel, soll ich meinen Eltern sagen?« Das also war es! Es ging ihr vor allem darum, sich nicht zu blamieren, und nicht so sehr um die Rettung der Ehe.

»Ich glaube nicht, daß es vieler Erklärungen bedarf. Die ganze Geschichte wird wochenlang von der Presse breitgetreten werden.« Einige Reporter hatten ihn schon beim Verlassen des Untersuchungsgefängnisses fotografiert, und er erwartete, sein Bild am nächsten Morgen in der Zeitung zu sehen.

»Großartig. Und dein Job? Ich kann mir nicht vorstellen, daß du an deine Stellung gedacht hast.«

»Ich habe schon angekündigt, daß ich unbefristeten Urlaub nehmen muß. Die Regierung wird hoffentlich noch im Amt sein, wenn ich zurückkomme, und wenn man mich feuert... tja, dann muß ich mich damit abfinden und mich nach etwas anderem umsehen.« Falls er überhaupt je zurückkam. Doch das mußte später entschieden werden.

»Aus deinem Mund hört sich das alles sehr einfach an.«

»Ist es ganz und gar nicht. Aber ich versuche, das Beste aus dieser elenden Situation zu machen. Das Leben des Mädchens steht auf dem Spiel. Ich werde sie jetzt auf keinen Fall im Stich lassen.«

»Kann ich gut verstehen.« Elizabeth zögerte, bevor sie mit einem gespielten Seufzer fortfuhr: »Sie wäre glatt imstande, dich zu töten.«

»Gute Nacht, Elizabeth. Ich rufe in ein paar Tagen wieder an.«

»Laß es bleiben. Ich bin auf der Uni, und nächste Woche fahre ich mit Freunden zum Skilaufen. Thanksgiving verbringe ich bei meinen Eltern.«

»Grüß sie von mir.« Es war nur halb sarkastisch gemeint, und sie fand es gar nicht spaßig. Er war zu weit gegangen. Fast war sie entschlossen, ihn nicht mehr aufzunehmen, selbst wenn er zurückkommen wollte.

»Fahr zur Hölle.«

»Danke.« Dort würde er vielleicht auf Crystal treffen.

Er verbrachte die nächsten Tage damit, Crystals Geschichte in allen Einzelheiten zu überprüfen, doch so sehr er sie nach allen Seiten drehte und wendete, es kam doch immer wieder dasselbe heraus. Und am dritten Tag wußte er im Innersten, daß alles, was sie sagte, der Wahrheit entsprach. Er erschien bei mehreren Verhören an ihrer Seite, und er engagierte einen Detektiv, der alles überprüfen sollte. Aber es zeigte sich, daß alles so war, wie sie es geschildert hatte. Niemand hatte sie kommen oder gehen sehen, und der einzige vorhandene Zeuge sagte aus, sie habe Salvatore am Strand mit einem Stock auf den Kopf geschlagen. Er ging sogar so weit, zu behaupten, sie hätte sich völlig ungerührt gezeigt, als er blutete. Das alles zusammen ergab kein günstiges Bild.

Mit jedem Tag wurde Crystal schmaler und blasser, und immer wenn Spencer sie sah, hatte er den Eindruck, ihre Augen seien größer geworden. Was geschehen war, hatte sie gebrochen, und es zerriß ihm fast das Herz, als er sie am Weihnachtstag in ihre Zelle zurückkehren sah, wo sie mit ihren Mithäftlingen ihre Portion Truthahn verzehren würde. Über ihre Gefühle hatten sie nicht zu sprechen gewagt. Doch ehe er ging, hielt er ihre Hand lange fest, und beider Augen sprachen Bände. Zwischen ihnen hatte es nie vieler Worte bedurft. Sie gehörten zusammen.

Der Prozeß war nach einigen Verschiebungen für den neunten Januar angesetzt. Spencer selbst war gegen die Verzögerungen gewesen. Je eher die Sache über die Bühne ging, desto besser. Gemeinsam hatten sie sich entschieden, auf Notwehr zu plädieren. Es war die einzige Hoffnung, die Crystal blieb. Spencer brauchte deshalb möglichst viele Frauen auf der Geschworenenbank.

Am Weihnachtsabend rief er Elizabeth in Palm Beach an. Sie weigerte sich rundweg, mit ihm zu sprechen, und Priscilla Barclay, die ihm dies kühl ausrichtete, konnte sich die spitze Bemerkung nicht verkneifen, die Presseberichte über ihn seien sehr aufschlußreich. Erklärungen waren sinnlos. Noch sinnloser waren sie, als er seine Eltern am nächsten Morgen anrief.

»Was, zum Donnerwetter, treibst du im Westen?« Richter Hill nahm sich kein Blatt vor den Mund. »Du bist kein Strafverteidiger, du wirst diesen Fall verlieren.« Genau das befürchtete Spencer selbst.

»Die Zeit war zu kurz... ich konnte keinen fähigen Anwalt ausfindig machen.«

»Das ist kaum ein Grund, sich auf dieses Abenteuer einzulassen.«

»Von Abenteuer kann keine Rede sein. Und ich werde mein Bestes tun.«

»Ich könnte mir denken, daß Elizabeth alles andere als erfreut ist.«

»Das kann man wohl sagen.«

»Ich begreife es einfach nicht.« William Hill schüttelte enttäuscht den Kopf, als Spencer seinen Eltern frohe Weihnachten wünschte. Mehr als einmal hatte sich William gefragt, ob es das Mädchen war, das Spencer nach seiner Heimkehr aus Korea erwähnt hatte. Eine innere Stimme sagte ihm, daß seine Vermutung zutraf. Und wenn dem so war, dann stand großer Ärger mit den Barclays ins Haus. Er fragte sich, ob Spencer wohl wußte, worauf er sich da eingelassen hatte. Ein- oder zweimal rief Spencer seinen Vater in dieser Angelegenheit an und fragte ihn um Rat. Auch Richter Hill war der Meinung, die einzige, wenn auch geringe Chance bestünde darin, daß er auf Notwehr plädierte.

Die Auswahl der Geschworenen nahm zehn Tage in Anspruch, schließlich aber hatte Spencer die Jury, die er wollte. Sieben Frauen und fünf Männer, die allesamt mit Entsetzen reagieren würden, wenn sie hörten, wie Salvatore Crystal mißbraucht hatte. Spencer unterzog sich sogar der Mühe, für Crystal die Kleidung auszusuchen, die sie während des Prozesses tragen sollte. Crystal sollte aussehen wie vor vielen Jahren – unschuldig und rein. Ihre verängstigte Miene war echt, als sie neben ihm am Tisch des Verteidigers saß. Sie litt tatsächlich Todesangst. Die Eröffnungen des Staatsanwalts waren aggressiv, direkt und brutal. Das Bild, das die Anklage entwarf, war das eines Mädchens, das in Hollywood um jeden Preis Karriere machen wollte und nicht davor zurückschreckte, mit einem doppelt so alten Mann zu schlafen, der über Verbindungen verfügte, die mehr als anrüchig waren. Was dieser Mann war, wurde nicht verschwiegen – im Gegenteil, man versuchte Ernies Zwielichtigkeit gegen Crystal zu verwenden. Der Staatsanwalt machte seine Sache sehr gut, als er mit ausgestrecktem Zeigefinger durch den Saal deutete und Crystal als Luder darstellte, das hinter teuren Kleidern her war und einen aufwendigen Lebensstil mit Pelzen und Schmuck pflegte. Daß ihr das Zusammenleben mit dem Mordopfer Vorteile gebracht hatte, wurde immer wieder hervorgehoben. Und mit ihrer Karriere war es steil bergauf gegangen. Sie hatte es allein dem Mann zu verdanken, den sie kaltblütig ermordet hatte, daß sie ein angehender Star geworden war. Alle ihre Filme wurden aufgezählt, und es hörte sich tatsächlich so an, als hätte sie die Rollen völlig unverdient bekommen. Es wurde ein Bild der Gewalt und Verkommenheit entworfen, in das sich die einige Jahre zurückliegende Familientragödie gut einfügte. Es blieb nicht unerwähnt, daß Crystals Bruder dabei sein Leben verloren und sie im Anschluß daran ihrem Elternhaus den Rücken gekehrt hatte, um jahrelang in einem zweitklassigen Nachtclub in San Francisco zu arbeiten und dann nach Los Angeles zu ziehen, mit der Absicht, jeden zu umgarnen, der gewillt war, ihre Filmkarriere zu fördern. Und als ihr Gönner ihr nicht mehr nützen konnte und sie ihn loswerden wollte, hatte sie ihn getötet.

Aber auch Spencer war gut vorbereitet und hatte keine Kosten gescheut, um Zeugen herbeizuschaffen, die zu Crystals Gunsten aussagen sollten. Pearl pries in den höchsten Tönen ihre Unschuld, ihren Fleiß, ihre moralische Integrität, und Harry beschrieb keine Nachtclubsängerin, sondern einen unschuldigen jungen Engel. Crystal vergoß bei der Aussage ihrer alten Freunde heiße Tränen und warf ihnen Blicke voller Dankbarkeit zu. Dem von Spencer engagierten Detektiv war es gelungen, jeden Ober, jedes Hausmädchen, jede Kostümbildnerin und Garderobiere in ganz Hollywood ausfindig zu machen, die mit angesehen hatten, wie Crystal von Salvatore mißhandelt worden war. Die Vergewaltigung im Haus in Malibu kam zur Sprache, ebenso wie der Vertrag, dessen Tücken Crystal nicht durchschaut hatte. Schläge, Beleidigungen und Mißhandlungen aller Art wurden aufgelistet. Spencer brachte sogar vor, daß Crystal, kaum den Kinderschuhen entwachsen, vergewaltigt worden war. Sie saß da und hielt den Blick auf ihre Hände gerichtet, während sie an die Szene mit Tom Parker dachte. Sie war ein Mädchen, dessen Stolz immer wieder gebrochen worden war, das es aber trotz allem geschafft hatte, weil es hart arbeitete, sich bewährte und niemandem etwas zuleide tat – bis Ernie sie vergewaltigt, geschlagen und bedroht hatte und sie sich zur Wehr hatte setzen müssen. Die Behauptung, daß sie Salvatore nicht getötet hatte, wäre unter den gegebenen Umständen sinnlos gewesen. Spencer wußte, daß es aussichtslos war, es auf diese Weise zu versuchen, also entwarf er statt dessen vor der Jury das Bild eines Ungeheuers, das versucht hatte, dieses Mädchen zu zertreten, das keine Familie, keine Freunde und niemanden auf der Welt hatte, der für es eintrat. Seine Darstellung lenkte die Antipathie der Geschworenen auf Ernie. Am letzten Prozeßtag trat Crystal in eigener Sache in den Zeugenstand. Sie trug ein schlichtes graues Kleid, das sie blutjung, unschuldig und verängstigt aussehen ließ. Die Geschworenen hingen wie gebannt an ihren Lippen, und als Spencer schließlich seine Verteidigung abschloß, schickte er ein inbrünstiges Stoßgebet zum Himmel und flehte um den Sieg.

Es war ein Fall, der allen ans Herz griff. Und doch zogen sich die Beratungen der Geschworenen über zwei Tage hin, denn die Geschworenen waren untereinander uneins. Zwei Männer beharrten darauf, daß Crystal des Mordes schuldig war. Spencer, der mit Crystal die Korridore auf und ab lief, wagte es kaum, sie anzusehen. War er mit seiner Darstellung nicht durchgedrungen, dann war es um ihr Leben geschehen. Diese Situation machte das Zusammensein zu einer Qual. Crystal sprach kaum ein Wort und warf ihm nur hin und wieder einen beklommenen Blick zu. Und als sie wieder in den Saal hineingebeten wurden, zitterten ihre Knie so stark, daß sie mit Spencer kaum Schritt halten konnte. Der Richter forderte sie auf, sich zu erheben, bevor er sich an den Sprecher der Geschworenen wandte und um den Urteilsspruch bat. Crystal wartete mit geschlossenen Augen, während ihr Verstand auszusetzen drohte. Die Anklage lautete auf Mord, und es gab nur zwei mögliche Entscheidungen: Sie war schuldig oder unschuldig. Hatte sie das Verbrechen geplant? Hatte sie den Mord beabsichtigt? Hatte sie gewußt, was sie tat, als sie auf ihn schoß? Oder hatte er sie bedroht, hatte sie um ihr Leben gekämpft und sich dabei nicht mehr anders zu helfen gewußt als mit der Waffe? Wenn die Geschworenen letzterer Meinung anhingen, dann kam sie frei, wenngleich sie dann damit leben mußte, daß die Welt sie für die Täterin hielt. Diese Aussicht erschreckte Crystal zutiefst. Wochenlang hatte sie darauf beharrt, daß sie Ernie nicht getötet und sich nicht am Tatort aufgehalten hatte, als er erschossen worden war. Aber Spencer wußte, daß Notwehr der einzige Ausweg war und er den Fall so darstellen mußte, daß sie und nicht Ernie als Opfer dastand.

»Wie haben Sie über die Angeklagte befunden? Schuldig oder unschuldig des vorsätzlichen Mordes?« So einfach war das.

Die Stille dauerte endlos lang. Dann räusperte sich der Sprecher der Geschworenen und sah sie an, während Spencer in seiner Miene zu lesen versuchte. War er zufrieden mit dem Ergebnis? Oder empfanden die Geschworenen Bedauern über das, was sie Crystal antun mußten? Es war nicht zu erkennen. »Unschuldig, Euer Ehren.« Wieder sah der Mann Crystal an, diesmal mit einem sparsamen Lächeln, während der Richter mit seinem Hämmerchen auf den Tisch klopfte und Crystal in Spencers Arme sank. Fast hätte sie die Besinnung verloren. Ein klarer Fall von Notwehr, hieß es in der Urteilsbegründung.

Spencer legte seine Arme um sie und hielt sie fest. Zwei Monate hatte er nicht gewagt, sie anzurühren, und jetzt lag sie in seinen Armen – im Gerichtssaal, der von einem Moment zum andern zum Tollhaus wurde. Die Presse bekam Zutritt, und Blitzlichter flammten auf. Das Gericht vertagte sich, und Spencer beeilte sich, mit Crystal aus dem Gebäude zu kommen. Draußen wartete ein Wagen mit Chauffeur, zu dem sie sich mühsam ihren Weg durch die Menge der Schaulustigen bahnen mußten. Es war ein Sensationsprozeß gewesen. Wer die Tat wirklich begangen hatte, das würde für immer im dunkeln bleiben. Crystal hatte die Schuld auf sich genommen, aber sie war frei. Spencer hatte es erreicht.

Sie vergoß noch immer Tränen der Erleichterung, als sie im Wagen saßen. Ihre spärlichen Habseligkeiten hatte Crystal im Gefängnis gelassen; sie wollte sie niemals wiedersehen. Die Sachen, die Ernie ihr geschenkt hatte, interessierten sie keinen Deut mehr. Sie wollte nur noch fort. Spencer ließ sich zu seinem Hotel bringen und packte in aller Eile seine Sachen zusammen. Eine Stunde später saßen sie in einem Mietwagen und fuhren los.

»Ich kann es noch immer nicht fassen«, flüsterte sie. »Ich bin frei.« Noch nie war ihr die Welt so herrlich erschienen. An einem Nachmittag im Februar verließ sie mit Spencer an ihrer Seite Hollywood, zwei Jahre nachdem sie in die Filmmetropole gekommen war.

34. Kapitel

Nach etwa zwanzig Meilen fuhr Spencer an den Straßenrand und hielt an. Er saß einfach da, sah Crystal an... und plötzlich lächelte sie. Alles war vorbei, der Alptraum hatte ein Ende. Spencer hatte ihr das Leben gerettet. Er zog sie so rasch in seine Arme, daß ihr momentan die Luft wegblieb.

»Herrgott, Crystal, wir haben's geschafft!«

Sie lachte und weinte zugleich, und dann rückte sie von ihm ab und sah ihn kurz an, um sich sofort wieder in seine Arme zu schmiegen. Am liebsten wäre sie ihm für immer so nah gewesen.

»Spencer, du hast es geschafft. Ich habe ja nur dagesessen und vor Angst fast den Verstand verloren.«

»Ich auch«, gestand er flüsternd und drückte sie an sich. Dann lehnte er sich zurück und betrachtete sie so, wie er es nicht gewagt hatte, seitdem er nach Kalifornien gekommen war. Endlich waren sie unbeobachtet und allein. Seit dem Verlassen des Hotels hatte er den Rückspiegel ständig im Auge behalten, um sicherzugehen, daß sie nicht von der Presse gejagt wurden. »Nie im Leben hatte ich so große Angst.« Er wollte gar nicht daran denken, was geschehen wäre, wenn man sie schuldig gesprochen hätte.

Aber alles war gut ausgegangen, und es war vorbei. Beide mußten erst wieder zu Atem kommen. Jetzt wollte er einige Zeit mit ihr verbringen und ein wenig Ordnung in ihrer beider Leben bringen. Plötzlich lachte er laut auf. Sie hatten es so eilig gehabt, der Stadt den Rücken zu kehren, daß er sich gar nicht überlegt hatte, wohin sie fahren sollten. »Wohin möchtest du?« Unbewußt war er Richtung San Francisco gefahren.

»Ich weiß es nicht.« Noch immer fassungslos sah sie ihn an. Vier Stunden zuvor hatte noch ihr Leben auf dem Spiel gestanden, und jetzt lag das ganze Leben vor ihnen. »Ich möchte nur noch einen Moment hier sitzen und Atem holen. Nie hätte ich gedacht, daß ich jemals wieder die Sonne so sehen kann.«

»Hollywood?« fragte Spencer nach einer Weile.

Crystal überlegte nicht lange, ehe sie den Kopf schüttelte. »Eigentlich nicht. Die Arbeit... meine Singerei... die Dreharbeiten... ja, das hat Spaß gemacht. Aber alles andere ist leer und hohl.« Und sie hatte einen sehr hohen Preis dafür bezahlt. Dank Ernie hatte sie der Ruhm beinahe das Leben gekostet. Noch nach seinem Tod wäre es ihm beinahe gelungen, sie zu vernichten. »Ich werde ohnehin nie zurückgehen können.«

»Warum nicht? Wenn du möchtest, schaffst du sicher eines Tages ein Comeback.«

»Nein, das geht nicht. Der Moralkodex Hollywoods würde nie erlauben, daß eine Mörderin eine Rolle bekommt.« Sie lachte verbittert, als er den Wagen startete und sie einen Blick aus dem Fenster warf. Nie zuvor hatte sie die Welt intensiver empfunden. Vor allem die Farben waren es, die ihr jetzt ins Auge sprangen. Alles war so grün und blau und wunderschön. »Ich verdanke dir mein Leben«, sagte sie und sah ihn an. »Aber das weißt du ohnehin.« Sie berührte seine Hand und rückte näher an ihn heran. Crystal sah wieder ganz jung aus. Die Anspannung hatte sich gelöst; das Haar fiel ihr auf die Schultern. Nur ihre Augen erzählten eine Geschichte voller Grauen. Spencer berührte sanft ihre Wange und küßte sie.

»Ich liebe dich so sehr. Es wäre mein Tod gewesen, wenn dir etwas zugestoßen wäre.« Er legte den Arm um sie und zog sie an sich, und sie klammerte sich wie ein verlorenes Kind an ihn.

»Ich weiß nicht, was ich getan hätte, wenn...« Sie brachte den Satz nicht zu Ende.

Er behielt die Straße im Auge, ohne Crystal loszulassen. »Vergiß es, Crystal. Es ist vorbei.«

Unterwegs besprachen sie endlich, wohin sie fahren wollten. Crystal war nur erpicht gewesen, möglichst rasch Los Angeles zu verlassen. Sie wollte in San Francisco Station machen und Harry und Pearl besuchen und mit Spencer zusammensein. Sie hatte so viel zu besprechen, besonders jetzt, da er wußte, daß sie damals nur aufgrund von Ernies Drohungen die Beziehung zu ihm abgebrochen hatte.

Um zehn Uhr abends kamen sie in San Francisco an und fuhren direkt zu Harry, der die Neuigkeit schon aus den Nachrichten wußte. Unter Tränen umarmten sie sich, und Harry spendierte ihnen Drinks. Anschließend fuhr Spencer mit Crystal ins Fairmont. Dort nahm er zwei Zimmer, für den Fall, daß jemand die Presse verständigte. Die Zimmer lagen nebeneinander, wie er erfreut feststellte. Und dann stand mit einemmal Crystal in der Verbindungstür und sah Spencer ängstlich an. Sie hatte das Gefühl, daß ihre Knie jeden Moment nachgäben. Spencer nahm sie in die Arme und trug sie zum Bett. Stundenlang hielt er sie fest und entdeckte alles wieder, was beiden in Erinnerung geblieben war. Als sie endlich einschlief, löschte er das Licht, und sie erwachte erst am Morgen. Spencer erwartete sie schon mit Kaffee und Croissants, als sie wach wurde, und sah lächelnd zu, wie sie sich dehnte und streckte. Eilig schlüpfte er neben sie ins Bett.

»Guten Morgen, Dornröschen. Na, fühlst du dich besser?«

Er hatte schon in seinem Büro angerufen und ein ausführliches Gespräch mit seinem Chef geführt. Was dieser ihm sagte, kam nicht überraschend, und Spencer empfand kein Bedauern. Das Aufsehen, das er in den letzten zwei Monaten erregt hatte, sei mit der Tätigkeit in einem Regierungsbüro unvereinbar – kurzum, Spencer war für seine Abteilung zu einem Ärgernis geworden. Man hoffte auf sein Einsehen und bedauere außerordentlich, Richter Barclays Unmut zu erregen. Spencer aber war sehr erleichtert, als er es hörte. Crystal verriet er nichts von der Kündigung, weil er wußte, daß sie sich schuldig fühlen würde. Spencers Sekretärin hatte ihm nur noch ausgerichtet, daß ein junger Senator aus Kalifornien mit ihm in Verbindung treten wolle. Die Sache erschien Spencer rätselhaft, da er ihn gar nicht kannte.

Im Bett sprachen sie wieder über den Prozeß, und beim Frühstück zeigte Spencer Crystal die Zeitungen. An diesem Tag beherrschte ihr Freispruch sämtliche Schlagzeilen, und Crystal fürchtete schon, man würde sie erkennen, wenn sie ausginge. »Eine schreckliche Art, Berühmtheit zu erlangen.« Sie lächelte ihm zu, während sie sich die Croissants und den Kaffee schmekken ließ. Während sie aß, schlug Spencer ihr vor, mit ihr ins Alexander Valley zu fahren und Boyd und Hiroko zu besuchen. Aber Crystal wehrte ab. Sie wußte, daß es ein schmerzliches Wiedersehen werden würde.

»Ich möchte die Ranch nicht wiedersehen.« Es wäre für sie unerträglich gewesen. Becky war sicher schon lange nicht mehr dort, ebenso wie Tom, aber ihre Mutter mußte noch auf der Ranch leben. Es war ein Ort, der für Crystal mit zu vielen unglücklichen Erinnerungen behaftet war. Andererseits war ein Besuch in Spencers Begleitung vielleicht noch einigermaßen erträglich, wie sie dann zugeben mußte. »Und was ist mit dir?« Sie sah ihn besorgt an. »Mußt du denn nicht zurück?« Sie wußte, daß er sich bei Elizabeth nicht gemeldet hatte, seitdem sie in San Francisco eingetroffen waren. Nun war es an ihm, Ratlosigkeit zu zeigen. Seit Wochen schon hatte er nicht mehr mit seiner Frau gesprochen. Er hatte den Ausgang des Prozesses abwarten wollen, bevor er etwas unternahm. Und jetzt wollte er Crystal nicht verlassen.

»Ich habe es nicht eilig.«

Am Nachmittag bummelten sie an den Docks entlang, und Crystal kleidete sich ein wenig ein. Von dem Geld, das sie in Hollywood verdient hatte, besaß sie nichts mehr, denn alles war in Ernies Taschen gelandet, und sie hatte ihre sämtlichen Sachen im Haus in Beverly Hills zurückgelassen. Sie wollte sie nicht mehr haben, und sie wollte sie auch nicht verkaufen. Jetzt brauchte sie ganz rasch Arbeit, denn sie konnte nicht zulassen, daß Spencer sie ewig unterstützte. Crystal befand sich wieder dort, wo sie vor Jahren begonnen hatte – ohne ein Dach über dem Kopf und ohne einen Cent in der Tasche. Immerhin, sie hatte Spencer, wenigstens vorübergehend. Für einen Augenblick oder einen Tag. Daß er wieder zurück nach Washington mußte, war klar. Aber bis dahin war sie dankbar für jeden Augenblick, den sie zusammensein konnten. Während des Prozesses hatten sie oft davon gesprochen. Unter den wachsamen Blicken der Gefängniswärter und in Anwesenheit der allgegenwärtigen Fotografen hatte er nicht gewagt, sie anzurühren. Jetzt aber lagen Tage vor ihnen, in denen sie die Zweisamkeit in vollen Zügen genießen konnten.

Später gingen sie wieder ins Hotel, und als Crystal bemerkte, daß die Menschen in der Halle sie anstarrten, erklärte sie, daß sie lieber auf dem Zimmer essen wolle. Zu viele hatten sie erkannt, die meisten aus Gründen, die sie lieber vergessen wollte.

An diesem Tag hatten sie sich ausgiebig unterhalten – auch über Spencers Stellung und sein Leben in Washington. Crystal hatte erfahren, daß er Gefallen an der Politik und an seiner Tätigkeit für die Regierung gefunden hatte. Sie wiederum erzählte von den Menschen, denen sie in Hollywood begegnet war, und von der harten Arbeit in den Ateliers. Und sie gestand ihm, daß sie die Zeit trotz Ernie sehr genossen hatte. »Ich glaube, eines Tages wäre ich sehr gut geworden«, sagte sie leise, nachdem er für sie das Dinner bestellt hatte. Aneinandergeschmiegt saßen sie da, in den Bademänteln, die sie untertags gekauft hatten. Zwischen ihnen herrschte eine Innigkeit, die alles überdauert hatte, was sich zwischen sie geschoben hatte.

»Du warst schon gut, bevor du nach Hollywood gegangen bist.« Ihr Auftritt in Harry's Club stand ihm noch deutlich vor Augen. »Vielleicht glückt dir eines Tages ein Comeback, wenn erst einmal über die Sache Gras gewachsen ist.«

»Ich glaube nicht, daß ich das möchte.« Ihre Stimme war leise, ihre Augen blickten traurig. »In Hollywood kann das Leben ganz schön hart sein.« Aber wenn nicht Hollywood, was dann? Außer Singen und Spielen konnte sie nichts. Und jetzt hatte sie sogar Angst, ihr Gesicht zu zeigen. Alle würden sie erkennen. Als Harry ihr den alten Job anbot, lehnte sie ab.

»Die Leute werden sich nicht ewig an den Prozeß erinnern. Die Sache wird verblassen wie alle Nachrichten von vorgestern...« Plötzlich fiel Spencer der Anruf des Senators ein, und wieder fragte er sich, was dieser von ihm wollte.

Als das Dinner gebracht wurde, bemerkte Spencer, daß Crystal in ihrem Essen nur herumstocherte. Er umfaßte sanft ihre Hand und fragte sie, woran sie dachte. Lächelnd und mit tränenhellen Augen sah sie ihn an, dann lachte sie laut. »Ich dachte eben, daß ich gern nach Hause möchte. Aber ich habe kein Zuhause.« Auch er mußte lachen vor ohnmächtigem Schmerz. Es war wahr: Sie hatte keine Heimat und keine Familie. Pearl hatte ihr ein Zimmer angeboten, aber Crystal wollte ihr nicht zur Last fallen und war gar nicht sicher, ob sie in San Francisco bleiben wollte. Es hing so viel davon ab, was Spencer vorhatte.

»Fahren wir doch für ein paar Tage ins Alexander Valley. Wir müssen ja nicht lange bleiben. Wir könnten kurz Station machen, Boyd und Hiroko besuchen und dann weiterfahren. Du brauchst jetzt Zeit zum Nachdenken. Es ist ja erst zwei Tage her... also, fahren wir morgen los.«

Unschlüssig sah sie ihn an. Dann nickte sie. »Und was ist mit dir? Du kannst doch nicht ewig hier in Kalifornien bleiben und auf mich aufpassen?«

»Du ahnst ja nicht, wie gern ich das täte«, flüsterte er.

»Aber du lebst in Washington. Zumindest hast du das getan,

bevor ich dich ein Vierteljahr mit Beschlag belegt habe. Ich könnte mir denken, daß der Preis, den du bezahlen mußt, sehr hoch ist.« Sie dachte bei diesen Worten an Elizabeth. Das zwischen den beiden bestehende Arrangement durchschaute sie nicht. Sie hatte keine Ahnung, wie die Dinge standen, denn er sprach nur sehr selten von seiner Frau. Und doch wußte sie, daß er noch immer verheiratet war. Ernie war nicht mehr am Leben, sie selbst war nun frei, aber Spencer war gebunden, und seine Frau stand immer zwischen ihnen, zumindest verhielt es sich in Crystals Vorstellung so. Spencer hatte Elizabeth einmal angerufen und bei der Haushälterin eine Nachricht hinterlassen, daß er sich in San Francisco aufhielt. Daß er im Fairmont wohnte, hatte er nicht gesagt. Er war zu einem Gespräch mit Elizabeth noch nicht bereit, wollte aber verhindern, daß sie in Panik geriet, wenn sie in seinem Hotel in Los Angeles anrief und feststellte, daß er am Tag der Urteilsverkündung ausgezogen war. Er wußte genau, was sie denken würde, und hatte keine Lust, etwas zu leugnen. So wie es zwischen ihnen stand, ging es sie nichts mehr an, was er tat. Eingedenk ihrer Drohungen vor seiner Abreise fragte er sich, ob sie nun endlich zur Scheidung bereit sein würde.

Nun erst gestand er Crystal beiläufig, daß er seinen Job verloren hatte. Sie starrte ihn fassungslos an.

»Das darf doch nicht wahr sein!«

»Ist es aber!«

»Mein Gott, dann sind wir ja beide arbeitslos.« Ihr hilfloses Lachen konnte ihr Schuldgefühl nicht verdecken. Erst am Morgen hatte er ihr erzählt, wieviel ihm die Politik und seine Arbeit in einem Regierungsbüro bedeutete ... und jetzt hatte er keine Aussicht mehr, in dieser Richtung beschäftigt zu werden. Er erwähnte den Anruf des Senators, und Crystal drängte ihn, gleich am nächsten Tag zurückzurufen. »Würdest du dich jemals selbst als Kandidat aufstellen lassen?«

»Gut möglich. Oder ich wachse in das Richteramt hinein wie mein Vater.« Er lächelte. Das alles war jetzt so unwichtig. Es zählte einzig und allein, daß Crystal in Sicherheit war und daß sie zusammensein konnten. Neun Jahre der Trennung hatten nichts zwischen ihnen zu ändern vermocht. Noch immer beherrschte sie Tag und Nacht seine Gedanken, und er wußte, daß er sie nicht mehr verlassen würde.

Bis tief in die Nacht sprachen sie von seinen noch nicht ganz ausgegorenen politischen Ambitionen, von Crystals Filmen, aber auch von Kindern, von Hunden und von Boyd und Hiroko. Crystal sah dem Besuch am nächsten Tag frohgemut entgegen, trotz ihrer Vorbehalte, das Tal wiederzusehen. Spencer hatte einen Wagen gemietet, und sie wollten zeitig losfahren, da Crystal es plötzlich kaum erwarten konnte, die kleine Jane in die Arme zu schließen. Seit sie von San Francisco fortgegangen war, hatte sie das Mädchen, das jetzt schon sieben Jahre alt war und sich an Crystal sicher gar nicht mehr erinnern konnte, nicht gesehen.

Und schließlich gingen sie zu Bett und liebten sich. Spencer hielt sie lange und zärtlich in seinen Armen. Es war, als sei die verlorene Zeit nie gewesen, als sie in enger Umarmung selig wie Kinder einschliefen.

35. Kapitel

Am nächsten Tag fuhren sie nach Norden. Crystal, die neben Spencer saß, summte die Melodien aus dem Radio nach, in ihre eigenen Gedanken versunken. Er lächelte vor sich hin. Wie einfach das Zusammensein mit ihr war. Crystal stellte keine Forderungen, es gab keine Enttäuschung, kein Aufeinanderprallen verschiedener Meinungen, keine Anklagen. Daß sich ihm der Vergleich mit Elizabeth aufdrängte, war unvermeidlich. Wie verschieden die beiden doch waren. Crystal war genau die Frau, die er sich immer erträumt hatte.

Sie fuhren über die Golden Gate Bridge und weiter nordwärts. Alles war grün, von den Winterregen frisch gewaschen. Unter einem Himmel, der blau war wie Crystals Augen, leuchteten die Hügel in strahlendem Smaragdgrün. Crystal wirkte friedlich und entspannt, wenn sie Spencer einen Blick zuwarf und sie sich zulächelten. Es war sehr angenehm, mit ihr zusammenzusein. Zwischen ihnen bedurfte es keiner Worte.

Sie zeigte ihm den Weg zu den Websters. Mit Herzklopfen durchquerte Crystal den winzigen Vorgarten und klingelte. Sie mußte lange warten, bis ein kleines Mädchen öffnete. Crystal spürte, wie die Tränen sie übermannten.

»Hallo.« Die Kleine blickte zu ihr auf. Daß es Jane war, verrieten der asiatische Augenschnitt und das dunkle, rötlichbraune Haar, das sie schon bei ihrer Geburt gehabt hatte. »Wer bist du?«

»Ich heiße Crystal. Ich bin eine Freundin von deiner Mami.«

In den Kinderaugen lag keine Spur von Scheu. »Sie ist drinnen und kocht.«

Spencer faßte nach Crystals Hand. »Dürfen wir hinein?« Mit einem Nicken trat Jane beiseite. Der Raum war genauso, wie Crystal ihn in Erinnerung hatte. Hier hatte sich sehr wenig verändert. Man sah sofort, daß die Websters noch immer sehr arm waren, aber sie hatten die Liebe, die sie füreinander empfanden. Fotos von Jane und japanische Drucke, die Hiroko aus ihrer Heimat mitgebracht hatte, schmückten den ordentlichen Raum, in dem die wenigen Schätze standen, die sie besaßen. Tränenblind ging Crystal die wenigen Schritte zur Küche und blieb stehen, den Blick auf ihre Freundin gerichtet. Hiroko, die vor sich hin summte, drehte sich um, in der Erwartung, Jane zu sehen. Ihre Augen wurden groß, und mit einem einzigen Aufschrei fielen sich die beiden Frauen in die Arme.

Sie hielten sich lange umfangen, während sie das Gefühl hatten, als hätten sie sich gestern erst zum letztenmal gesehen. Sie waren sehr lange getrennt gewesen, und doch hatte sich zwischen ihnen nichts geändert.

»Crystal, die Sache hat mir ja so leid getan.« Und dann sah Hiroko, daß Spencer in der Tür stand und sie beobachtete. Hiroko lächelte, als ihr aufging, daß die beiden zusammengefunden hatten. An der Küchenwand hing noch immer ein Foto von Spencer und Boyd, das an ihrem Hochzeitstag aufgenommen worden war. »Du siehst wunderbar aus!« Wieder gab sie ihrer Freundin einen Kuß, um sich gleich darauf die Tränen zu trocknen, und plötzlich redeten alle laut durcheinander, während Jane sie erstaunt anstarrte. Hiroko erklärte ihrer Tochter, daß Crystal mitgeholfen hatte, sie auf die Welt zu bringen, und Spencer vernahm die ihm unbekannte Geschichte und warf Crystal einen bewundernden Blick zu.

»Sieh einer an«, zog er sie auf. »Du könntest glatt als Hebamme arbeiten.«

»Lieber nicht«, antwortete sie mit schalkhaftem Lächeln. Sie und Hiroko hatten sich viel zu erzählen, während Spencer mit Jane spielte. Es ging den Websters recht gut. Der alte Mr. Peterson war gestorben und hatte Boyd die Tankstelle hinterlassen. Hiroko erkundigte sich nach Crystals Filmkarriere, dann war halblaut vom Prozeß die Rede. Man hörte einen Laster vorfahren, und Boyd kam hungrig hereingestürmt und wollte wissen, wer zu Besuch gekommen sei. Er hatte das Auto gesehen. Wie angewurzelt blieb er stehen, als er Spencer und Crystal erblickte. Dann umarmte er Crystal und schüttelte Spencer kräftig die Hand.

»Wir haben alles über euch gelesen.« Die Wiedersehensfreude stand ihm deutlich ins Gesicht geschrieben. »Ich habe mich schon gefragt, ob ihr wieder einmal den Weg hierher finden würdet.« Spencer gestand nun, daß er vor zwei Jahren durch das Tal gefahren sei, das Haus aber nicht gefunden habe. Es lag an einem abgelegenen Weg, den er heute wieder verfehlt hätte, wenn Crystal nicht bei ihm gewesen wäre.

Hiroko bereitete für alle das Mittagessen zu, und Crystal half ihr dabei, während Boyd alle Neuigkeiten aus der Gegend berichtete. Becky hatte wieder geheiratet und lebte jetzt mit zwei weiteren Kindern in Wyoming. Dann zögerte er, weil er nicht wußte, wieviel Crystal hören wollte.

»Deine Mutter ist sehr krank«, sagte er schließlich gedämpft. Ihre Mutter war das einzige Familienmitglied, das Crystal geblieben war. Dennoch verspürte sie nicht das Verlangen, sie zu besuchen. Sie hatte Spencer bereits gestanden, daß sie die Ranch nicht sehen wollte. Es wäre nach all den Jahren ein zu schmerzliches Wiedersehen gewesen. Sechs Jahre waren vergangen, seitdem sie nach Jareds Tod fortgegangen war. Für sie gab es hier nichts mehr als die Gräber ihres Vaters und ihres Bruders. Sie fragte Boyd danach und wollte wissen, ob ihre Mutter fortgezogen sei. »Nein, sie ist hier. Von der Ranch ist nicht mehr viel da. Schon vor Jahren wurde das Weideland verkauft, weil kein Vieh mehr gehalten wurde. Ich glaube, bei den Weinanbauflächen sieht es ganz gut aus, zumindest habe ich das von den Leuten gehört. Ich selbst war schon lange nicht mehr drüben. Ich weiß nur, daß Dr. Goode sehr oft bei deiner Mutter ist. Seit Juli ist sie krank.« Wieder hielt er inne und sah erst Spencer, dann Crystal an. »Ich glaube nicht, daß sie noch lange lebt. Falls du sie noch einmal sehen möchtest...«

Traurig schüttelte Crystal den Kopf.

Boyd nickte – genau das hatte er vermutet.

Crystal wollte nicht an die Kindheit erinnert werden, nicht an das, was ihre Mutter ihr angetan hatte.

»Ich glaube«, sagte sie schließlich, »es hätte nicht viel Sinn. Außerdem wird sie mich vielleicht gar nicht sehen wollen. Ich habe all die Jahre nichts von ihr gehört. Ist Becky zufällig da?« Wenn ihre Mutter im Sterben lag, war es gut möglich, daß sie von Wyoming gekommen war.

»Von meiner Schwester weiß ich, daß sie über Weihnachten ein paar Tage hier verbracht hat. Ich selbst bin ihr nicht begegnet. Jetzt ist sie nicht mehr da.« Crystal nickte erleichtert. Becky bedeutete ihr nichts, sie hatte ihr nie etwas bedeutet. Die Menschen, die sie geliebt hatte, waren tot, abgesehen von jenen, mit denen sie jetzt bei Tisch saß.

Nach dem Essen unternahmen sie einen langen Spaziergang, ehe Boyd zu seiner Arbeit zurück mußte. Sie versprachen, ihn an seiner Tankstelle zu besuchen, bevor sie weiterfuhren. Spencer und Crystal waren noch unentschlossen, wohin sie eigentlich wollten. Ihm schwebten ein paar Tage in einem kleinen gemütlichen Hotel im Weinland vor. Aber nachdem sie sich von Hiroko verabschiedet hatten, bog Spencer in die falsche Richtung ab, und Crystal erschrak. Unversehens waren sie an der Ranch vorübergefahren. Auch er hatte das Haus erkannt. Ein besorgter Blick zeigte ihm, wie blaß und bestürzt Crystal war.

»Soll ich kurz anhalten? Kein Mensch wird erfahren, daß wir hier waren. Wenn deine Mutter so krank ist, ist bestimmt nicht zu erwarten, daß wir ihr hier draußen über den Weg laufen.«

Crystal deutete mit einem fast unmerklichen Nicken auf einen überwachsenen Pfad. »Hier entlang kommt man direkt zum Fluß.« Da er Bedenken hatte, das Stück mit dem Auto zu fahren, stiegen sie aus und gingen Hand in Hand weiter. Crystal sprach kein Wort. Auf einer kleinen Lichtung blieb sie stehen. Nun sah Spencer die drei Gräber. Jared, ihr Vater und ihre Großmutter waren hier begraben, als warteten sie auf Crystal.

Still trocknete sie sich die Augen. Spencer legte den Arm um sie, und als sie durch das hohe Gras zurückschlenderten, dachte er an Beckys Hochzeitstag und an Crystal, die in ihrem weißen Kleidchen bloßfüßig dagestanden hatte. Ihr Haar hatte wie weißes Gold in der Sonne geschimmert. Und dann, im Gehen, entfernte sie sich langsam von ihm, um in einigem Abstand von ihm stehenzubleiben, den Blick auf das Ranchhaus gerichtet, das ihr Geburtshaus war. Wieder dachte sie an ihren Vater, und Spencer schmerzte es, es mit ansehen zu müssen.

»Möchtest du hinein? Ich komme mit.« Er beobachtete sie genau und spürte ihren Schmerz.

»Ich wüßte gar nicht, was ich nach so langer Zeit sagen sollte.«

»›Hallo‹ ist immer ein guter Anfang.«

»Du Neunmalkluger, du!« Sie lachten und wollten sich gerade umdrehen, als die mit Fliegengitter bespannte Tür zugeschlagen wurde. Die Pflegerin, die täglich vorbeikam, verließ das Haus. Dr. Goode stand im Eingang. Crystal warf Spencer einen kurzen Blick zu. Sie zögerte trotz seines aufmunternden Nickens noch immer. Dann ging sie langsam auf das Haus zu, in dem einst die Menschen gelebt hatten, die sie geliebt hatte, und das jetzt nur noch allmählich verblassende Erinnerungen barg.

»Los, weiter«, machte Spencer ihr Mut. Sie ergriff seine Hand, als sie die Stufen hinaufgingen. Ihre Handflächen wurden feucht vor Nervosität. Dr. Goode starrte ihr mit einem sonderbaren Ausdruck entgegen. Er hatte sie erkannt und wunderte sich, daß sie gekommen war. Sie war lange fort gewesen – nach dem Skandal.

»Woher wissen Sie es?« fragte er.

»Was soll ich wissen?« Crystal fühlte sich in ihre Kindheit zurückversetzt.

»Daß sie jeden Moment sterben kann. Im Moment ist sie bei sich, falls Sie hereinkommen möchten.« Plötzlich fragte sich Crystal, ob der Schock für ihre Mutter nicht zu groß sein würde.

»Über sechs Jahre lang war ich nicht wieder da... ich weiß nicht, ob sie mich sehen möchte.«

»Wenn der Mensch die Nähe des Todes spürt, ändert sich alles«, erwiderte der Arzt leise. Wer wohl der Mann an ihrer Seite war? »Sind Sie verheiratet?« Crystal schüttelte den Kopf. Der Doktor hatte keine Ahnung, wo sie die ganze Zeit über gewesen war und was sie gemacht hatte. Die Sorge um seine Patienten nahm ihn ganz in Anspruch. Er hatte zwar gehört, daß Crystal nach Hollywood gegangen sei, um zum Film zu kommen, aber wie ein Filmstar sah sie eigentlich nicht aus. Sie sah aus wie immer, ein wenig älter, etwas schmaler, aber noch immer so hübsch wie seinerzeit. »Gehen Sie doch hinein, und sagen Sie ihr guten Tag. Fürchten Sie sich nicht.« Zögernd betrat Crystal das Haus, fast in Erwartung, ihre Großmutter in der Küche zu sehen. Es war kein Mensch da. Im Inneren herrschte Halbdunkel, und alles sah alt und mitgenommen aus. Seit Jahren schon fehlten Hände, die voller Sorgfalt und Liebe etwas ausgebessert hätten. Es sah aus, als hätte ihre Mutter innen und außen alles verkommen lassen. Spencer folgte ihr den Korridor entlang zum Zimmer ihrer Mutter. Er wartete draußen, nachdem Crystal angeklopft hatte und eingetreten war. Olivia, von der fast nichts mehr übrig war, lag im Bett – abgezehrt und dem Tode nahe. Nur die Augen schienen noch vorhanden zu sein, die Crystal groß ansahen.

»Guten Tag, Mutter.«

Olivia Wyatt wirkte zwar erstaunt, aber nicht so sehr, wie Crystal vermutet hatte. Es war, als hätte sie ihr Kommen geahnt, und wenn nicht – nun, Olivia kümmerte das alles nicht mehr. »Wie geht es dir, Crystal?« Keine Bemerkung über den Tag, an dem Crystal gegangen war, kein Wort von dem Schmerz, den sie ihrer Tochter zugefügt hatte, kein Wort über Jareds Tod oder Toms Untat. Sie lag nur da, sah ihr jüngstes Kind an und wartete darauf, zu sterben und zu den anderen zu kommen.

»Mir geht es gut.« Von dem Prozeß wußte ihre Mutter nichts. Sie wußte überhaupt nichts mehr, ihr Interesse an der Welt war erloschen, denn schon seit Monaten war ihre Welt auf ihr Zimmer zusammengeschrumpft.

»Du bist nach Hollywood gegangen, habe ich gehört. Stimmt das?«

Crystal nickte. »Ja, vorübergehend.«

»Und was machst du jetzt?«

»Jetzt besuche ich dich.« Crystals Lächeln fand keine Erwiderung in den Augen ihrer Mutter. Olivia war zu matt.

»Sicher hast du schon gehört, wie das mit der Ranch ist. Ich habe damit gerechnet, daß man dich suchen würde, wenn ich tot bin. Becky sagte, Boyd Webster wüßte, wo du zu finden bist.«

»Ja, er wußte es immer. Und was ist mit der Ranch? Willst du sie verkaufen?«

»Das ist jetzt deine Sache. Mir war das alles immer zuviel... dein Vater hat bestimmt, daß ich hier ein lebenslanges Wohnrecht habe. Danach soll alles dir gehören. Becky war deswegen ganz schön wütend. Aber sie hat es jetzt sehr gut getroffen... mit einem guten Mann. Weißt du, daß Tom in Korea gefallen ist?«

»Ja, ich weiß.« Doch Crystals Verstand hatte Mühe, das Gehörte zu verarbeiten. Sie setzte sich in den Schaukelstuhl neben dem Bett, dann griff sie behutsam nach der Hand ihrer Mutter. Die Kranke wehrte sich nicht. Sie überließ ihr kraftlos die Hand, die wie ein dürrer Zweig in Crystals Fingern lag. »Wie war das mit der Ranch gemeint?«

»Sie gehört dir. Ich hatte nur das lebenslange Nutzungsrecht, so nennt man das wohl. Dann soll sie dir gehören. Er sagte, daß du die einzige bist, die an der Ranch hängt.« Crystals Augen wurden feucht. Ihr Vater hatte ihr die Ranch vermacht, und kein Mensch hatte ihr ein Wort davon gesagt. Man hatte sie einfach so gehen lassen, ohne ihr zu sagen, daß die Ranch eines Tages ihr gehören würde. »Wenn du willst, könntest du jetzt das kleine Haus beziehen. Es ist seit Jahren unbewohnt. Mit mir dauert es nicht mehr lange.« Sie entzog Crystal ihre Hand. »Bald wird alles dir gehören.«

»So darfst du nicht reden. Kommt jemand, der für dich kocht?«

»Ja, ein paar Mädchen von der Kirche wechseln sich ab. Ich bin versorgt, und Dr. Goode kommt zweimal täglich, meist ist die Schwester dabei.« Erschöpft schloß sie die Augen. Sie konnte nicht mehr sprechen. Und während sie dahindämmerte, stand Crystal da und schaute die Frau an, die ihr so viel Leid zugefügt und sie nie verstanden oder gar geliebt hatte. Dann ging sie leise hinaus zu Spencer. Sie setzte sich auf die Eingangsstufen, und noch immer konnte sie nicht fassen, was ihre Mutter ihr gerade gesagt hatte.

»Spencer, es ist unglaublich, was ich eben erfahren habe.«

»Was denn?«

Crystal ließ den Blick über das Land schweifen. Eine Woge der Liebe zu diesem Fleckchen Erde erfaßte sie. Diese Liebe war es, die ihren Vater bewogen hatte, ihr die Ranch zu vererben. Sie dachte an seine letzten Worte: »Gib die Ranch niemals auf.« Als sie seinerzeit fortgegangen war, hatte sie deshalb unter starken Gewissensbissen gelitten. Sie blickte zu Spencer auf. »Mein Vater hat mir bei seinem Tod die Ranch hinterlassen, und kein Mensch hat mir ein Wort davon gesagt. Ich glaube, deswegen haben mich alle so gehaßt – weil ich alles bekommen sollte.«

Man sah ihr an, daß sie diesen Schock noch immer nicht verkraftet hatte. Erst das Wiedersehen mit ihrer Mutter nach so langer Zeit und dann dies... Kopfschüttelnd stand sie auf. »Was soll ich mit der Ranch nur anfangen?«

»Hier leben und es dir gutgehen lassen. Es ist ein herrliches Fleckchen Erde, vielmehr war es das einmal, aber das könnte es wieder werden. Ich möchte wetten, daß die Weinberge noch immer guten Gewinn abwerfen. Vielleicht auch der Getreideanbau.«

»Spencer, endlich bin ich zu Hause«, sagte Crystal mit einem Lächeln.

»Ja, das bist du ganz sicher. Und du wolltest gar nicht herkommen.« Beide lächelten, bis der Gedanke an die Sterbende im Haus sie wieder ernst werden ließ. Langsam gingen sie zum Auto, ohne zu wissen, wohin sie fahren würden.

»Sie sagte, wir könnten im kleinen Haus bleiben.«

»Wir?« fragte er erstaunt. »Wußte sie denn, daß ich da bin?«

»Nein... ganz recht, sie sagte, ich könne dort bleiben. Sicher sieht es dort verheerend aus.« Crystal wollte nicht in der Nähe sein, wenn ihre Mutter starb. »Fahren wir einfach ins Blaue. Wir können ja später zurückkommen.« Er nickte, und sie fuhren zur Tankstelle, um sich von Boyd zu verabschieden. Abends meldete Boyd sich in dem Hotel, in dem sie ein Zimmer genommen hatten. Crystal hatte zuvor Hiroko angerufen und ihr für alle Fälle die Nummer gegeben. Ihre Mutter war verschieden, kurz nachdem sie gegangen waren. Lange saß Crystal da und versuchte sich über ihre Gefühle Klarheit zu verschaffen. Sie empfand keine Trauer oder Zorn oder das Gefühl des Verlustes. Geblieben war eine undeutliche Erinnerung an die Frau, die sie als Kind gekannt hatte – mehr nicht. Und jetzt gehörte die Ranch ihr, wie ihr Vater es gewollt hatte. Was sie damit anfangen würde, wußte sie noch nicht. Wenigstens hatte sie jetzt ein Dach über dem Kopf.

Am nächsten Tag fuhren sie zurück, und zwei Tage darauf wurde ihre Mutter neben den anderen beerdigt. Weil sie noch immer unschlüssig war, verbrachte Crystal die nächsten Tage bei Boyd und Hiroko. Erst dann entschloß sie sich, das Haupthaus auf der Ranch zu beziehen. Sie bezog sogar gemeinsam mit Spencer ihr altes Zimmer, in dem noch ihr altes Bett stand und die Fußbodenbretter wie eh und je knarrten. Auf merkwürdige Weise war alles unverändert geblieben, und doch war alles anders, als sie an jenem Abend bei Sonnenuntergang über die Felder und Wiesen zu der Stelle gingen, wo sie sich zum erstenmal begegnet waren. Spencer sah mit einem Lächeln auf sie nieder. Sonderbar, wie das Leben manchmal so spielte.

Als die Sonne ganz untergegangen war, küßten sie sich und gingen Hand in Hand zum Haus zurück. Sie waren dankbar, daß sie diese kostbaren Augenblicke erleben durften, und Crystal begann ganz leise, wie eine schwache Erinnerung, zu singen.

36. Kapitel

Am nächsten Tag fuhr Spencer mit Crystal den größten Teil der Ranch ab. Das meiste war verwildert, Hilfskräfte waren nicht mehr da. Nur die Rebstöcke waren einigermaßen gut erhalten. Im Vorbeifahren sahen sie dort zwei Mexikaner an der Arbeit.

Sie schwammen im Fluß, in dem sich Crystal als Kind getummelt hatte, und saßen hinterher in Decken gehüllt im Gras. Sie lachten und kuschelten sich aneinander, während Crystal die Lieder sang, die sie ihrem Vater vorgesungen hatte. Einen kurzen Augenblick empfand sie Gewissensbisse, weil sie kurz nach dem Tod ihrer Mutter so fröhlich war – aber alles war ja ganz anders. Ihre Mutter war für sie seit Jahren gestorben gewesen, und die Ranch war ein letztes Geschenk ihres Vaters.

Wieder im Haus, stellte sie den alten Kessel auf und wurde sofort an ihre Großmutter mit ihrer großen, weißen Schürze erinnert. Sie schilderte Spencer, der ihr wie gebannt lauschte, ihre frühesten Erinnerungen. Und schließlich sprachen sie von Washington und von seiner beabsichtigten Rückkehr dorthin.

»Was ist mit Elizabeth?« Beiden war klar, daß eine Entscheidung gefällt werden mußte. Wenn Spencer noch lange mit Crystal zusammenblieb, würde sich die Entscheidung vermutlich von selbst ergeben. Spencer konnte sich nicht vorstellen, Crystal wieder zu verlassen, und sie beide wußten, daß er es nicht wollte. Seit einem Vierteljahr hatte er Elizabeth nicht gesehen, und er war fast sicher, daß sie jetzt in eine Scheidung einwilligen würde. Es war zu beschämend für sie, wie er in Washington alles liegen- und stehengelassen hatte und bei Crystal in Kalifornien geblieben war. Crystal wünschte sich glühend, daß er bei ihr blieb, aber sie wollte, daß er sich allein entschied. Wenn er sein Leben in Washington wiederaufnehmen wollte, dann sollte er es tun. Sie hatte ihm – gemessen an Elizabeth und den Barclays – nichts zu bieten. Am Tag zuvor hatte sie erfahren, daß die Ranch sich selbst kaum tragen konnte. Sie konnte hier leben, besaß aber eigentlich nichts. Sie konnte Spencer nur ihre Liebe und all das, was sie vom ersten Augenblick an für ihn empfand, schenken.

Am Nachmittag fiel Spencer ein, daß er den Senator anrufen mußte. Crystel spülte das Geschirr und hörte Radio, während er sich verbinden ließ. Crystal blickte erst wieder auf, als er aufhängte. Sie lächelte ihm zu, während sie sich die Hände an den neuen Jeans abwischte, die sie sich zugelegt hatte. »Na, was gibt es?«

Er starrte sie an. Was für seltsame Dinge geschehen konnten... Der junge Senator aus Kalifornien hatte den Prozeß mit großer Aufmerksamkeit verfolgt und wollte Spencer als Mitarbeiter gewinnen, sobald er wieder nach Washington kam. Spencer sollte für ihn seine Wahlkampagne organisieren. Diesmal war alles ohne Richter Barclays Fürsprache gegangen.

»Ist das ein Job, der dir gefallen könnte?« fragte Crystal, nachdem er ihr alles erklärt hatte. Es war eine sehr anspruchsvolle Aufgabe, die ihn, wie er wußte, sehr befriedigen würde, aber er hatte keine Lust, in Washington zu leben. Er wollte hier bei Crystal im Alexander Valley bleiben.

»Vor einem halben Jahr noch wäre es genau das gewesen, was ich mir vorgestellt habe. Ich hätte mit beiden Händen zugegriffen.« Er ließ sich auf einem der alten Küchenstühle nieder, und Crystal goß ihm Kaffee ein. »Aber jetzt... ich weiß nicht. Ich bleibe lieber hier.« Er zog sie auf seinen Schoß und sah sie an, noch immer erstaunt über das Angebot des Senators.

»Was hast du ihm gesagt?« Sie beobachtete seine Miene. Sie wollte herausfinden, was das Beste für ihn war und was er sich wünschte. »Ich habe ihm vorgeschlagen, daß ich mich bei ihm nächste Woche noch einmal melde. Er fliegt morgen nach Washington. Ich kann nicht glauben, daß es ihm ernst ist, aber es muß wohl so sein.« Beide hatten sie Glück im Unglück. »Aber was wird aus uns? Würdest du mit mir kommen?«

»Das ist jetzt nicht der Punkt. Wichtiger ist, was du möchtest.«

Spencer trank von dem dampfenden Kaffee, den Blick nachdenklich auf Crystal gerichtet. Ja, es war das, was er sich immer gewünscht hatte. Ganz plötzlich eröffnete sich ihm die Welt der Politik, aber leider zu spät. Er wollte Crystal nicht wieder verlieren, auch nicht für einen Traumjob. Doch es war ihm deutlich anzumerken, daß ihn die Aufgabe sehr reizte. Crystal war klar, daß er es mit einer Frau wie Elizabeth an seiner Seite weit bringen konnte, während alle seine schönen Hoffnungen zunichte werden mußten, wenn er eine Frau heiratete, die für schuldig befunden war, Ernie Salvatore getötet zu haben. Der Skandal könnte ihn vernichten, und was würde ihm bleiben? Das Leben eines Farmers, für das er nicht geschaffen war. Er war für Größeres geschaffen. Als sie sich an jenem Abend liebten, war Crystal hinterher merkwürdig still. Er wußte nicht, was sie bedrückte, und glaubte, es sei das Haus und die damit verbundenen Erinnerungen.

»Woran denkst du?« Er strich ihr übers Haar und drückte sie an sich, während sie mit bekümmertem Lächeln zu ihm aufsah.

»Für dich ist es höchste Zeit, nach Washington zurückzukehren und dich den Tatsachen zu stellen.« Es war das größte Opfer, das sie je gebracht hatte, aber sie wußte, daß es unumgänglich war.

Er schüttelte bedächtig den Kopf. »Ich möchte dich nicht schon wieder allein lassen. Wir beide haben genug mitgemacht. Wir haben uns unser trautes Glück verdient.«

Crystal stützte sich auf einen Ellbogen. »Aber du gehörst nicht hierher, mein Liebling. Auf dich wartet Größeres als die Instandhaltung einer heruntergekommenen Ranch.« Sie war ihrer Sache ganz sicher, er aber wollte nichts davon hören.

»Und du nicht? Mach dich nicht lächerlich. Vor drei Monaten warst du ein angehender Filmstar, und sieh dich jetzt an. Du bist jetzt wieder da, wo du angefangen hast.«

»Das ist etwas anderes.« Sie küßte ihn auf die Nasenspitze. »Das war doch alles nur leerer Schein. Was du machst, hat Gewicht. Du könntest eines Tages eine Persönlichkeit von großem Einfluß sein. Vielleicht wird aus dir sogar ein Präsidentschaftskandidat.« Aber nicht, wenn sie zuließ, daß er bei ihr blieb. Nicht hier. Mit einer Skandalfrau an seiner Seite hatte er keine Chance. Sie würde ihn um alles bringen, und das konnte sie nicht zulassen. Er mußte zurück zu Elizabeth, weil sie genau die Frau war, die er jetzt brauchte. »Ich möchte, daß du nach Hause gehst.«

»Warum?« Er war verblüfft. »Wie kannst du so etwas sagen?«

»Weil du nach Washington gehörst. Es liegt noch so viel vor dir. Du hast noch Menschen kennenzulernen, neue Ideen zu verwirklichen und für Leute zu arbeiten, die deine Mithilfe brauchen. Was mich betrifft, so habe ich eine schöne Zeit hinter mir – mehr war es nicht. Ein großer Spaß zu einem viel zu hohen Preis. Ich möchte nichts mehr davon. Aber du brauchst eine Aufgabe. Das ist der Unterschied.« Sie hatte seinen Blick bemerkt, nachdem er mit dem Senator telefoniert hatte. Sie durfte ihn nicht um seine Karriere bringen. Täte sie es, würde er sie eines Tages dafür hassen, das wußte sie.

»Und was soll ich tun? Soll ich dich etwa hier zurücklassen? Warum kommst du nicht mit?« Er sah sie flehend an.

»Nach Washington?« Sie lächelte.

»Warum nicht?«

»Weil ich dein Untergang wäre, so sehr ich dich auch liebe. Vergiß nicht, welche Vergangenheit ich habe. Immerhin stand ich unter Mordanklage. Und die Geschworenen befanden, daß ich in Notwehr gehandelt habe. Sie haben nicht gesagt, daß ich es nicht getan habe. Mit deiner Karriere wäre es vorbei an dem Tag, an dem ich in Washington auftauche, das weißt du sehr gut.«

»Ich gehe nicht zurück.« Er zog sie neben sich und hielt sie fest. Plötzlich hatte er Angst, sie zu verlieren. »Ich lasse nicht zu, daß du bleibst«, sagte sie ernst, und er erschrak.

»Warum nicht?«

»Weil es dich vernichten würde.«

Er gab ihr keine Antwort. Und als sie eingeschlafen war, lag er da, hielt sie in den Armen und lauschte ihren Atemzügen. Wenn er sie verließ, bedeutete es sein Ende, zumindest für einen Teil von ihm.

Am nächsten Tag brachte Crystal das Thema erneut zur Sprache. Sie blieb eisern. Und am Ende wußte sie, was sie zu tun hatte. Sie mußte ihn um jeden Preis fortschicken, auch wenn sie ihm sagen mußte, daß sie ihn nicht mehr liebte. Zu guter Letzt aber war sie doch nicht gezwungen, so weit zu gehen. Sie brachte ihm behutsam bei, daß sie noch nicht bereit war, sich mit ihm auf Dauer einzurichten. Sie wollte allein auf der Ranch leben, auch wenn es nach allem, was er für sie getan hatte, sehr undankbar wirken mußte. Sie hatte so viel durchgemacht, daß sie noch nicht an eine Ehe denken wollte. Spencer freilich glaubte ihr nicht so recht. Ihr Verhalten erinnerte ihn zu sehr an den Anruf vor eineinhalb Jahren, als sie ihm, um ihn vor Ernie zu schützen, gesagt hatte, daß sie ihn nicht mehr liebe.

Dennoch war Spencer auf dem Weg vom Fluß nach Hause sehr deprimiert.

»Warum willst du allein sein?«

»Ich brauche Zeit, das ist alles. Ich möchte für mich sein und mit allem allein fertigwerden. Das ist mein gutes Recht, oder nicht?« Spencer war tief getroffen, und Crystal war die ganze Nacht den Tränen nahe, als er sie in den Armen hielt. Tagelang diskutierten sie, doch Crystal blieb fest. Nach einer schmerzlichen Woche hatte sie ihn überzeugt. Er würde den Job in Washington annehmen, aber er bestand darauf, oft zu kommen und sie zu besuchen. Sie wußte, was für einen Skandal das heraufbeschwören konnte, und schwor sich, daß sie es nie zulassen würde. Sie mußte für ihn stark sein. Sie wußte, daß jede Beziehung, jeder Kontakt zu ihr, daß jede Bindung an sie seine Zukunft zerstören würde. Sie war mit einem Makel behaftet. Hätte es sich um einen anderen gehandelt, dann wäre alles vielleicht anders verlaufen. Spencer aber hatte sein Leben noch vor sich, und wenn er von seiner künftigen Arbeit an der Seite des Senators sprach, konnte er seine Vorfreude nicht verhehlen. Sie wollte ihm um keinen Preis im Wege stehen. Eines Tages würde er vielleicht Großes erreichen, und sie durfte nicht diejenige sein, die ihn daran hinderte.

Er fuhr am späten Nachmittag los. Sie tauschten einen langen Abschiedskuß im Licht der tiefstehenden Sonne. Spencer wollte sie noch immer überreden, mitzukommen. Doch Crystal weigerte sich bis zum Schluß. Er ging nur unter der Bedingung, daß er bald wiederkommen durfte, sie aber wußte es besser. Groß und stolz stand sie da und winkte ihm nach, als erwartete sie, ihn bald wiederzusehen, aber sie würde nicht zulassen, daß er wiederkam. Es war für ihn zu gefährlich. Mit der Zeit würde er es ihr danken, das wußte sie genau. Als er fort war, warf sie sich aufs Bett und schluchzte, als müßte ihr Herz brechen. Wieder war er weg – diesmal für immer, und ihre übergroße Liebe konnte nichts daran ändern. Der Verzicht war ihr letztes Geschenk an ihn. Mehr hatte sie nicht zu geben. Alles andere besaß er bereits, ihr Herz, ihre Seele und ihren Körper.

37. Kapitel

Crystal bot das kleine Haus Boyd und Hiroko an. Sie zogen im März ein, nachdem sie es entrümpelt und frisch gestrichen hatten und das Unkraut gejätet und ein Garten angelegt worden war. Crystal hatte zwei Hilfskräfte für das Getreide eingestellt, und ein paar zusätzliche Mexikaner sollten sich um die Rebstöcke kümmern. Boyd ging noch immer täglich zu seiner Tankstelle, während Hiroko und Crystal wie Sklavinnen schufteten, um das Ranchhaus wieder bewohnbar zu machen. Die kleine Jane half ihnen mit Feuereifer.

Im April schien die Sonne schon sehr warm. Nachdem sie bis spätabends die Wände geschrubbt und gestrichen hatte, war Crystal einer Ohnmacht nahe. Hiroko, die ihr zu einem Sessel helfen mußte, musterte sie mit einem besorgten Stirnrunzeln. Irgend etwas stimmte nicht mit Crystal, so sehr sie es auch abstritt. Aber die letzten zwei Monate hatten ihren Tribut gefordert, und davor lag der Prozeß und, schlimmer noch, die Zeit mit Ernie. Aber das Allerschlimmste war die Trennung von Spencer. Er hatte einige Male angerufen, sie aber hatte Ausflüchte gebraucht, um seinen

Besuch zu verhindern. Sie erklärte ihm etwas schroff, daß sie sich mit jemandem aus der Stadt angefreundet hätte und die Ranch viel Zeit in Anspruch nehmen würde. Und er war wieder mit Elizabeth zusammen, die sich trotz allem nicht scheiden lassen wollte.

Hiroko legte Crystal ein feuchtes Tuch auf die Stirn und setzte sich neben sie. Sie bestand darauf, daß Crystal zu einem Arzt ging.

»Mach dich nicht lächerlich. Mir fehlt nichts. Ich bin einfach die Schwerarbeit nicht mehr gewöhnt.« Die Ranch machte einen tadellosen Eindruck, fast besser als zuvor. Ihr Vater hätte allen Grund gehabt, stolz auf sie zu sein. Boyd konnte es nicht fassen, daß Crystal in so kurzer Zeit solche Veränderungen herbeigeführt hatte. Sie war erst seit zwei Monaten hier.

Drei Tage später wurde Crystal wieder ohnmächtig – diesmal beim Unkrautjäten. Jane fand sie und schrie nach ihrer Mutter. Der Kleinen gefiel es in dem neuen Zuhause in der Nähe ihrer neuen Freundin. Crystal hatte versprochen, ihr im Sommer das Reiten beizubringen. Diesmal fuhr Boyd Crystal in die Stadt und setzte sie vor Dr. Goodes Praxis ab.

»Crystal Wyatt, nichts wie rein mit dir. Oder muß ich dich hineinschleppen?«

Sie grinste ihn an. Es war ein warmer Tag, trotzdem hatte sie gefroren und einen dicken Pullover angezogen. Boyd befürchtete, daß sie ernsthaft krank war. Dr. Goode hingegen erklärte ihr ohne Umschweife, daß sie schwanger sei. Ungläubig starrte sie ihn an, doch als sie zurückzählte, wußte sie, daß er recht hatte. Am Abend vertraute sie sich Hiroko an.

»Was willst du jetzt machen?« fragte die Freundin leise.

In Crystals Blick lag Wehmut, aber sie schwankte keine Sekunde. »Ich will das Baby bekommen.« Es war alles, was ihr von Spencer geblieben war, und sie hatte jetzt wenigstens ein Zuhause für das Kind, das im November zur Welt kommen sollte. Sie ahnte, daß sie gleich beim erstenmal, als sie mit Spencer in

San Francisco geschlafen hatte, schwanger geworden sein mußte.

Boyd war wie erschlagen, als Hiroko ihm davon erzählte. Crystal beschwor ihn, nichts weiterzusagen – sehr zu seinem Bedauern. Er war der Meinung, daß Spencer unbedingt davon erfahren sollte. Aber Crystal blieb hart. Spencer stand am Anfang einer großen Karriere, und sie würde dafür sorgen, daß er nicht von seinem Weg abwich.

»Du willst es ihm also nicht sagen?«

Sie schüttelte den Kopf. Es war das Allerletzte, was sie tun würde. Sie hatte ihn bereits um einen Job gebracht, und was er jetzt tat, war viel zu wichtig. »Außer euch beiden wird es niemand erfahren.« Nicht einmal Harry und Pearl wollte sie einweihen. Sie waren Teil eines anderen Lebens. Und sie wollte hier im Tal bleiben, bis das Kind geboren war. Und während sie im Laufe des Sommers immer umfangreicher wurde, dachte sie ständig an Spencers Kind. Es war die große Freude ihres Lebens... ihre letzte Erinnerung an Spencer.

38. Kapitel

Crystal hatte sich nicht geirrt. Spencer ging in seiner neuen Tätigkeit auf. Die Arbeit für den Senator war genau das, was ihm immer schon vorgeschwebt hatte. Er arbeitete sehr ausdauernd und intensiv, und die Verantwortung, die ihm übertragen worden war, war enorm. Unversehens war er in die Welt der Politik geraten, wo ihm seine Erfahrungen als Jurist sehr zustatten kamen. Er zog sogar in Erwägung, selbst für den Kongreß zu kandidieren. Andererseits war ihm der Senator zu sympathisch, als daß er ihn im Stich gelassen hätte.

Sogar Elizabeth kam jetzt auf ihre Kosten, und das war der einzige Grund, weshalb sie auch jetzt nicht in die Scheidung einwilligte. Trotz seiner Rolle bei dem aufsehenerregenden Mordprozeß und der Liebesaffäre, die er ihrem Gefühl nach gehabt haben mußte, war sie endlich am Ziel ihrer Wünsche angelangt. Sie hatte einen »bedeutenden« Mann. Bei seiner Rückkehr hatte sie ihn zunächst ihren Groll spüren lassen, und in der ersten Woche hatte er sie kaum zu Gesicht bekommen, so daß er bereits Vorbereitungen traf, auszuziehen. Er wußte, daß er die Ehe nicht weiterführen konnte – mit oder ohne Crystal. Das Zusammensein mit ihr hatte ihm einmal mehr vor Augen geführt, was er bei Elizabeth entbehren mußte. Er war nicht mehr gewillt, darauf zu verzichten. Als es schließlich zu einer Aussprache kam, sagte er ihr, daß er es vorzöge, in Zukunft allein zu leben. Er tischte ihr keine Lügen auf, keine Ausflüchte, keine Erklärungen. »Ich glaube, es ist Zeit, daß wir Schluß machen.«

Doch Spencers momentane Tätigkeit stellte für Elizabeth eine große Herausforderung dar. Es war das erstemal, daß er etwas tat, was ihrer Meinung wirklich von Bedeutung war. Dazu kam, daß alle Welt voll des Lobes war, weil er sich so phantastisch als Verteidiger des Filmstars bewährt hatte. Anstatt wütend zu sein, war sie stolz, und Spencer wurde klar, wie wenig er sie doch kannte. Für Ruhm und Ansehen hätte sie jeden Preis bezahlt, und sie nahm auch eine unglückliche Ehe in Kauf.

»Spencer, warum lassen wir die Sache nicht noch eine Weile auf sich beruhen? Wir haben nun so lange gewartet, daß wir jetzt nichts überstürzen müssen.« Aber für Spencer waren die Zeiten längst vorbei, als er sich noch vorgemacht hatte, Elizabeth zu lieben oder sich wenigstens mit ihr arrangieren zu können. Jetzt wollte er bei diesem Spiel nicht mehr mitmachen. Er wollte seine Freiheit, und das sagte er ihr auch.

»Warum, in Gottes Namen, willst du diesen Zustand unbedingt fortsetzen? Wir sind ja nicht einmal mehr Freunde. Ist dir das einerlei?«

Genauso war es. »Mir gefällt, was du tust, Spencer.« Frau eines

Wahlkampfmanagers zu sein, kam ihren Ambitionen sehr entgegen.

»Ist das dein Ernst?« Spencer war schockiert.

»Ja, das ist es. Ich bin gewillt, die Ehe weiterzuführen. Ehrlich gesagt, denke ich nicht daran, dich freizugeben.« Wie immer nahm sie kein Blatt vor den Mund. »Das bist du mir schuldig.«

Er lief rot an. »Wofür?«

»Du hast mich mit diesem Mädchen öffentlich zum Narren gemacht, und wenn du glaubst, ich ließe mich jetzt scheiden, damit du sie heiraten kannst, hast du dich gewaltig geirrt.« Daß Crystal ihn weggeschickt und ihm geraten hatte, seiner Karriere zuliebe verheiratet zu bleiben, verschwieg er ihr.

»Ich möchte sie heiraten!« Er wollte nicht lügen. »Aber sie möchte nicht.«

»Dann ist sie entweder dumm oder sehr schlau. Das kann ich nicht beurteilen.«

»Sie sagt, daß sie allein sein möchte, und sie glaubt, daß sie meiner Karriere schaden würde.«

»Da hat sie recht. Sie ist doch klüger, als ich dachte. Wird sie wieder nach Hollywood gehen?«

Spencer schüttelte den Kopf. »Nein, sie ist jetzt wieder nach Hause zurückgegangen. Mit der Filmarbeit ist es für sie aus.«

»Und wo ist sie zu Hause?« Sie war neugierig und darauf aus, möglichst viel über ihre Rivalin in Erfahrung zu bringen.

»Das ist unwichtig.«

»Wirst du sie wiedersehen?« Sein Blick verriet, daß er es gern getan hätte, wenn Crystal einverstanden gewesen wäre. Elizabeth spürte, daß vor seiner Rückkehr etwas vorgefallen sein mußte, und sie vermutete ganz richtig, daß Crystal ihn fortgeschickt haben mußte. Andernfalls wäre er sicher nicht zurückgekommen. Aber nun, da Elizabeth ihn wieder bei sich hatte, war sie entschlossen, alles zu tun, um ihn zu halten. »Du bist ein verdammter Idiot, wenn du dich weiterhin mit ihr abgibst, und dein Senator wäre alles andere als begeistert.«

»Das ist mein Problem, nicht deines.« Er wollte mit seiner Frau nicht über Crystal debattieren. Tag und Nacht dachte er an sie. Und immer, wenn er sie anrief, blieb sie eisern und behauptete, sie wolle allein sein. Ihrer beider Leben sei zu unterschiedlich, und nichts, was er sagte, konnte sie von dieser Meinung abbringen.

Spencer war mit seiner Arbeit so ausgelastet, daß die Wochen nur so verflogen. Zu guter Letzt zog er doch nicht aus, und Elizabeth verlangte es auch nicht. Mit ihren Eltern traf er nun viel seltener zusammen als früher. Sein Schwiegervater hatte ihm zu seiner gegenwärtigen Tätigkeit gratuliert. Er freute sich auch für Elizabeth; jetzt konnte Spencer ihr endlich geben, was ihr gebührte.

Spencer begriff es selbst nicht, aber er wohnte weiterhin in dem Haus in Georgetown. Für einen Umzug war er zu beschäftigt, und Elizabeth störte ihn nicht. Sie besuchte Partys mit ihm und arrangierte alles, wenn er Einladungen gab, daneben führte sie ein eigenes, sehr reges gesellschaftliches Leben und widmete sich ihrem Studium. Kein einziges Mal beklagte sie sich über diesen Zustand, und nach wenigen Monaten wurde ihm klar, daß ihm die Ehe mit ihr sehr nützte. Er litt unter Gewissensbissen, weil er es so sah, aber Washington war eine merkwürdige Stadt, und die Politiker waren noch merkwürdiger. Mit Richter Barclays Tochter verheiratet zu sein, war alles andere als ein Nachteil. Außerdem hatte er so viel zu tun, daß es im Grunde keine Rolle spielte, mit wem er verheiratet war. Von gesellschaftlichen Anlässen abgesehen, wenn sie sich mit ihm zusammen in einem Raum befand, bekam er Elizabeth kaum noch zu Gesicht.

Ihm blieb jetzt auch kaum mehr Zeit, Crystal anzurufen, und wenn er mit ihr sprach, dann war sie immer sehr kühl. Es ginge ihr gut, sagte sie und berichtete ihm von der Ranch, nicht ohne ihm zu verstehen zu geben, daß sie ihn nicht zu sehen wünschte. Sie hatte ihn zu Elizabeth nach Washington zurückgeschickt, und nun saß er von neuem in der Falle. Es war genau das, was sich Crystal für ihn gewünscht hatte, und es war das, was er brauchte, wie sie instinktiv gespürt hatte.

Seine Familie sollte er erst zu Thanksgiving wiedersehen. Elizabeth gestaltete das Dinner in diesem Jahr besonders stimmungsvoll. Spencers Eltern kamen von New York und blieben bei ihnen, und wieder beglückwünschte sich sein Vater, weil er Spencer in der unruhigen Phase nach seiner Heimkehr aus Korea überredet hatte, bei Elizabeth zu bleiben. Auch die Barclays waren erleichtert, und kein Mensch stellte die Frage, wann die beiden endlich an Kinder dachten. Jeder konnte sehen, wie beschäftigt sie waren. Im Juni sollte Elizabeth ihr Studium abschließen.

»Man stelle sich vor«, scherzte Spencers Vater, »zwei Anwälte unter einem Dach. Ihr könntet eine eigene Praxis aufmachen.« Wenn überhaupt, dann würde es das einzige sein, was wir gemeinsam haben, dachte Spencer bei sich. Elizabeth, charmant und anmutig, wahrte Haltung wie immer, und alle, die Spencers Frau kennenlernten, waren von ihr begeistert. Sie hatten eine glänzende Zukunft vor sich. Von Richter Barclay war sogar der Vorschlag gekommen, daß Spencer nach einiger Zeit bei dem jungen Senator selbst in die Politik einsteigen und für ein Amt kandidieren solle. Wie Elizabeth war auch er der Meinung, daß sich Spencer als Kongreßkandidat aufstellen lassen solle. Aber dafür war es noch zu früh. Spencer war als Wahlkampfmanager sehr eingespannt und bürdete sich noch zusätzliche Arbeit auf, um der Einsamkeit seiner Ehe zu entfliehen. Mit sechsunddreißig hatte er es weit gebracht, hatte jedoch verloren, was er am heftigsten begehrte. Er hatte Crystal verloren.

39. Kapitel

Auch Crystal gab ein Thanksgiving-Dinner. Sie füllte einen Truthahn, dazu gab es Preiselbeeren, Süßkartoffeln und winzige Maishörnchen, alles in ihrer frischgestrichenen Küche zubereitet. Hiroko und Boyd kamen mit Jane. Boyd konnte sich ein Lächeln über Crystals Unförmigkeit nicht verkneifen, als sie sich mit ihnen zu Tisch setzte und Jane das Tischgebet sprach. Das Baby konnte jeden Augenblick kommen. Und Boyd wußte, ohne daß es einer Frage bedurft hätte, daß Spencer keine Ahnung hatte. Ihre traurige Miene war herzzerreißend, aber sie war eisern und blieb bei ihrem Entschluß, koste es, was es wolle. Boyd gewann den Eindruck, daß sie gelegentlich noch von Spencer hörte. Sie hatte ihnen gesagt, daß er in Washington als Mitarbeiter des Senators zu den aufgehenden Sternen am politischen Himmel gehörte, aber sie war meist sehr zurückhaltend, was ihn anging.

Das Ranchhaus wirkte verändert; alles war sauber und frisch gestrichen. Er erkannte den Raum kaum wieder, als er sich an den großen Eichentisch in der gemütlichen gelben Küche setzte. Crystal war immer noch sehr emsig und hatte Jareds Zimmer in ein Kinderzimmer verwandelt – mit hellblau gestrichenen Wänden und weißen Scheibengardinen.

»Und wenn es ein Mädchen wird?« zog Boyd sie auf, bevor sie sich an jenem Abend verabschiedeten.

Ihr Lächeln war Spiegel ihrer inneren Gelassenheit. »Das wird es nicht.«

Als Hiroko am nächsten Morgen kam und nach ihr sah, traf sie Crystal still in ihrem Zimmer sitzend an – mit einer Miene, die äußerste Konzentration verriet. Ein vertrauter Ton erklang in ihr, und noch während sie hinsah, sah Hiroko, wie sich Crystals Gesicht vor Schmerz verzerrte.

»Das Kleine kommt, nicht wahr?«

»Ja.« Crystal lächelte unter Schmerzen, um sich gleich darauf an die Armlehnen ihres Sessels zu klammern. Sie brachte kein Wort mehr heraus. Hiroko lief zu Boyd, der den Arzt holen sollte. Schon vor Monaten hatte sie Crystal gedrängt, ins Krankenhaus zu gehen – vergeblich. Crystal wollte das Kind zu Hause bekommen. Ihr Gesicht war noch zu bekannt, die Filme, in denen sie mitgespielt hatte, liefen noch, und mehr als einmal war sie in der Stadt erkannt und angestarrt worden. Die Leute hatten sich offensichtlich gefragt, ob es sich um die Frau aus dem Film handeln konnte. Sie wollte, daß kein Mensch von ihrem Kind erfuhr, am allerwenigsten die Presse. Sie mußte einen neuen Skandal vermeiden, sonst hätte Spencer erfahren, daß er Vater geworden war. Das vor allem wollte sie um jeden Preis verhindern. Doch dieser Preis konnte das Kind sein, wie Boyd und Hiroko befürchteten. Auf diese Weise hatten sie ihr zweites Kind verloren, und sie hätten auch Jane verloren, wenn Crystal nicht gewesen wäre. Andererseits hatte Dr. Goode gesagt, daß Crystal gesund und jung sei und daß es keinen Grund gäbe, weshalb eine Vierundzwanzigjährige nicht zu Hause entbinden könne.

Boyd rief Dr. Goode an, der eine Stunde später eintraf. Inzwischen kam Crystal zwischen den Wehen kaum mehr zu Atem, und ihr Gesicht war schweißüberströmt. Hiroko saß bei ihr und hielt ihre Hände. Boyd ließ Jane im Garten spielen, während Dr. Goode und Hiroko sich abmühten und Crystal stöhnte.

Spät am Nachmittag kam Hiroko kurz vors Haus. Sie wirkte besorgt und abgespannt und bat Boyd, mit Jane nach Hause zu gehen. Dr. Goode hatte gesagt, daß es noch Stunden dauern konnte.

»Was ... noch immer nichts?« Auch Boyd war in Sorge um die Freundin. Jetzt dauerten die Wehen schon so lange. Kaum zu glauben, daß das Kind noch nicht auf der Welt war.

»Der Doktor sagt, daß das Kind sehr groß ist.« Boyd suchte besorgt Hirokos Blick. Doch seine Frau lächelte, als sie wieder hineinging. »Vielleicht bald.« Es waren dieselben Worte, die sie gleich darauf zu Crystal sagte, als sie versuchte, das Baby herauszudrücken und Dr. Goodes alte, erfahrene Hände ihr halfen. Er hatte sich vor siebeneinhalb Jahren geweigert, zu Hiroko zu kommen und sie auch während der Schwangerschaft abgewiesen, weil sein eigener Sohn im Kampf gegen die Japaner gefallen war. Doch als er sie jetzt beobachtete, war er gerührt von ihrer Sanftheit, ihrem Mitgefühl und ihrer Klugheit. Sie schien von innen erhellt von Wärme, Güte und Frömmigkeit, und einen Sekundenbruchteil verspürte er das Verlangen, ihr zu sagen, daß es ihm leid tat. Er wußte, daß ihr zweites Kind gestorben war, und jetzt quälte ihn die Frage, ob er es hätte retten können. Hiroko schwieg, während er sie beobachtete. Als Crystal ihre Hände umklammerte und aufschrie, sprach sie ihr Mut zu. Die Wehen wurden immer länger und schmerzhafter, und doch wollte das Kind nicht kommen.

»Vielleicht müssen wir sie ins Krankenhaus schaffen.« Dr. Goode erwog die Möglichkeit eines Kaiserschnitts, aber Crystal raffte sich auf und wehrte sich dagegen so heftig, daß er erschrak.

»Nein! Ich bleibe hier!« Vor einem Jahr hatte sie unter Mordanklage gestanden. Ein uneheliches Kind fehlte gerade noch. Um Spencers Karriere wäre es geschehen, falls jemand auch nur vermutete, es könnte sein Kind sein. Die Presse würde die Sache sofort aufgreifen. »Nein! Ich komme schon selbst zurecht... o Gott...« Wieder drohte eine Wehe sie zu zerreißen. Da sie wußte, was der Arzt von ihr verlangte, preßte sie heftiger. Das Kind glitt diesmal weiter nach unten, und dann preßte sie erneut, und der Arzt nickte beifällig.

»Wenn Sie noch ein wenig so weitermachen, dann haben wir im Handumdrehen ein Baby.« Sie lächelte Hiroko zwischen den Wehen matt zu. Ohne etwas zu sagen, ging der Arzt, um seine Helferin anzurufen und sie darauf vorzubereiten, daß man auf der Wyatt Ranch vielleicht einen Krankenwagen brauchen würde. Es bestand immer noch die Möglichkeit, daß Crystal ins Krankenhaus nach Napa gebracht werden mußte. Wenn es noch lange so weiterging, wollte er nichts mehr riskieren. Die Schwester versprach, in der Nähe zu bleiben und den Fahrer des Krankenwagens für alle Fälle zu verständigen. Als er wieder in Crystals Zimmer kam, sah Dr. Goode, daß sie Fortschritte gemacht hatte. »Noch einmal!... ja, genau so... pressen, fester... fester!« Aber Crystal sprangen bereits vor Anstrengung die Augen fast aus dem Kopf, und ihr Gesicht war hochrot angelaufen. Sie bemühte sich so sehr, daß sie das Gefühl hatte, ihr Leib müsse zerspringen, während ein gewaltiger Druck, wie von einem Expreßzug erzeugt, sie zu zerreißen drohte. Jetzt konnte sie nicht mehr aufhören, sie mußte ständig pressen, während Hiroko zusah, wie ein kleines, rotes Gesichtchen mit seidigem, schwarzem Haar zwischen Crystals Beinen hervorschnellte. Das Baby stieß einen zornigen Schrei aus, als Dr. Goode sanft seine Schultern drehte und es herauszog, um es auf den Leib seiner Mutter zu legen. Crystal war so erschöpft, daß sie kaum ein Wort herausbrachte. Sie lächelte unter Tränen, als sie den Kleinen ansah.

»Wie hübsch er ist... ach, wie hübsch...« Sogar Hiroko konnte sehen, daß er Spencers Ebenbild war. Crystal sah den Arzt mit einem triumphierenden Lächeln an, nachdem er die Nabelschnur durchschnitten und Hiroko das Kind gesäubert und es in ein sauberes weißes Tuch gehüllt hatte. »Ich habe ja gesagt, daß ich es schaffe.«

Dr. Goode lächelte. »Eine Zeitlang haben Sie mir höllische Angst eingejagt. Der kleine Bursche muß mindestens zehn Pfund wiegen.«

Als der Kleine auf der Küchenwaage gewogen wurde, zeigte sich, daß der Arzt recht hatte. Der Doktor reichte ihn wieder seiner glücklich lächelnden Mutter. Das Kind war ein Geschenk direkt aus Gottes Hand, und so nannte Crystal ihn auch: Zebediah, Gottesgeschenk. Ein Kraft verheißender Name für ein kräftiges Kind der Liebe.

Der Arzt blieb noch eine Weile, während Crystal und das Kind friedlich schliefen. Es war für alle ein Tag voll schwerer Arbeit gewesen, am schwersten für Crystal. Leise verließ er den Raum. Hiroko, die allein im Wohnzimmer saß, bot dem Arzt eine Tasse Tee an. Nach einem Augenblick des Zögerns nahm er sie an. Ihm fiel es auch jetzt noch schwer, mit ihr zu sprechen, aber sie hatte sich an diesem Tag seine Achtung erworben. Er bedauerte, daß es nicht schon eher dazu gekommen war.

»Mrs. Webster, Sie waren mir eine große Hilfe«, setzte er vorsichtig an, und sie lächelte. Sie besaß eine Weisheit, die weit über ihre Jahre hinausging. Das Leben war für sie nicht leicht gewesen, aber es hatte ihr dank Boyd und Crystal reichen Segen gebracht.

»Danke.« Scheu lächelte sie ihn an, und als er ging, verabschiedete er sich mit einem ernsten Händedruck. Eine Entschuldigung war es nicht, dafür war es zu spät. Aber es war ein erster Schritt zur Versöhnung.

Am nächsten Morgen erzählte er in der Praxis seiner Hilfe von Hiroko. Zehn Jahre hatte es gedauert, bis man ihr vergeben hatte, daß sie Japanerin war, und bis man begriffen hatte, daß Hiroko Webster eine gute Frau war. Bald sollte sie bemerken, daß die Blicke der Menschen sich geändert hatten, und eines Tages, als sie mit Jane in den Laden ging, lächelte die Kassiererin, die sie zehn Jahre lang wortlos bedient hatte, und begrüßte sie.

Zebediah gedieh prächtig, und Crystal war bemerkenswert schnell wieder auf den Beinen. Als das Baby einen Monat alt war, wurde es in der Kirche, in der Becky geheiratet hatte, auf den Namen Zebediah Tad Wyatt getauft. Die Taufpaten waren Boyd und Hiroko. Nach der Taufe erlaubte Crystal der kleinen Jane, den Täufling zu halten. Als das Mädchen mit dem Gewicht des schlafenden Baby kämpfte, mußten alle lachen. Jane blickte mit besorgtem Stirnrunzeln auf und stellte Crystal eine Frage, die dieser die Tränen in die Augen trieb.

»Und wer wird sein Daddy sein?«

Crystal schluckte die Tränen hinunter, als sie Jane und Spencers Baby betrachtete. »Es hat nur mich. Vielleicht bedeutet das, daß wir es alle um so mehr liebhaben müssen.« Dabei fragte sie sich, ob Zebediah ihr eines Tages dieselbe Frage stellen würde.

»Darf ich seine Tante sein?«

»Aber sicher.« Tränen rollten über Crystals Wangen, als sie beide küßte. »Tante Jane. Wenn es etwas größer ist, wird es dich sehr liebhaben.« Das kleine Mädchen gab das Baby seiner Mutter zurück und freute sich sichtlich.

40. Kapitel

Vier Tage nach Thanksgiving, am 26. November 1956, feierte Zebediah seinen ersten Geburtstag.

Crystal buk den Geburtstagskuchen selbst, und der Kleine faßte selig glucksend mit beiden Händen hinein, so daß Jane helfen mußte, ihn zu säubern. Für die Achtjährige war der Junge der liebste Spielgefährte.

Hiroko wurde nun allmählich im Ort akzeptiert – ohne Aufhebens und ohne viel Worte –, und zwar von Leuten, die sie ein Jahrzehnt geschnitten hatten. Jane hingegen mußte noch immer den Preis für den Mut ihrer Eltern bezahlen, wenn ihre Mitschüler sie hänselten und Halbblut nannten. Diese Zurückweisung hatte sie scheu und über ihr Alter hinaus reif gemacht. Unter Hirokos sanfter Anleitung erwarb sie langsam die Gabe, Vergebung und Geduld zu üben. Sie schleppte Zeb auf der Ranch ständig mit sich herum und war Crystal damit eine große Hilfe, da sie mit der Ranch sehr beschäftigt war und oft selbst auf den Feldern mitarbeitete. Alles lief ganz gut, nachdem sie ein kleines Stück Land verkauft hatte, um sich ein paar Investitionen leisten zu können. Das alles konnte jedoch nicht darüber hinwegtäuschen, daß die Ranch immer nur das Allernötigste abwerfen würde. Crystal konnte von Glück reden, wenn die Ranch sich selbst trug und sie für sich und Zeb den Unterhalt erwirtschaftete. Reich konnte man hier nie werden, und sie würden sich auch nie den kleinsten Luxus leisten können. Das alles bereitete ihr schon seit geraumer Zeit Sorgen.

Crystal konnte täglich miterleben, wie die Websters zu kämpfen hatten und ließ sie deshalb umsonst in dem kleinen Haus wohnen, denn ähnlich wie die Ranch warf auch die Tankstelle kaum Gewinn ab. Sie mußte jetzt an Zeb denken, und das bedeutete, daß sie sich bald Arbeit suchen und seine Zukunft absichern mußte. Daß sie die Ranch niemals verkaufen würde, stand für sie fest. Die Worte ihres Vaters, der sie gebeten hatte, sich von der Ranch nie zu trennen, waren in ihr Bewußtsein eingebrannt. Um keinen Preis hätte sie sie verkauft, denn sie war ihre und Zebs Heimat, und jetzt auch die der Websters.

Als Spencer wieder einmal anrief, verriet sie ihm nichts von ihren Sorgen. Von Zeit zu Zeit meldete er sich noch, da sie aber fürchtete, er könne das Baby im Hintergrund hören, war sie immer sehr kurz angebunden. Zudem rief er immer seltener an. Es quälte ihn, ihre Stimme zu hören, nachdem sie ihm so oft unmißverständlich zu verstehen gegeben hatte, daß sie ihn nicht zu sehen wünschte. Sie litt tausend Ängste, er könne von Zebs Existenz erfahren. Ihr Kind war ein Geheimnis, das sie mit ihrem Leben geschützt hätte. Sie wußte, daß es Spencer sehr gutging und daß er sich bewährte. Einmal las sie etwas in *Time* über ihn und bei anderer Gelegenheit sogar in einer Lokalzeitung.

Im Frühjahr 1957 erfreute sich das Land einer wirtschaftlichen Blüte, von der Crystals Leben unberührt blieb. Sie wußte nun, daß sie sehr bald etwas unternehmen mußte. Der Winter war für sie besonders hart gewesen. Sie brauchte eine Arbeit, um mehr Geld zu verdienen.

Zeb war achtzehn Monate alt und lief Jane auf Schritt und Tritt nach. Er konnte es kaum erwarten, daß sie von der Schule heimkam. An einem Nachmittag im Mai folgten Crystal und Hiroko den beiden auf dem Feldweg, der sich zwischen den Weinstöcken hindurchschlängelte. In der Nacht zuvor war Crystal zu einem endgültigen Entschluß gelangt. Crystal wollte es in Hollywood noch einmal versuchen. Es war das einzige, was sie konnte, und nach zwei Jahren mußte über den Skandal endlich Gras gewachsen sein. Als sie ihrer Freundin davon erzählte, sah Hiroko sie unglücklich an. Seit langem schon hatte sie sich gefragt, ob Crystal zurückgehen würde. Und sonderbarerweise erstaunte es sie nicht. Es würde ihnen nur unendlich leid tun, sie fortgehen zu sehen. Vielleicht würde sie sogar die Ranch verkaufen, auf der sie jetzt lebten. Crystal beeilte sich, ihre Freundin zu beruhigen, und ihre nächsten Worte überwältigten Hiroko geradezu.

»Ich möchte Zeb hier bei dir lassen.« Sie sah dem Kleinen nach, der sich an Janes Fersen geheftet hatte. Das Mädchen kicherte, und Zeb lachte sein glucksendes Lachen, das seiner Mutter ans Herz griff. Jeden Augenblick, jeden Tag war er eine ständige Erinnerung an seinen Vater.

»Du willst ohne ihn nach Los Angeles?« Hiroko konnte es kaum glauben.

»Ich muß. Schau, es kann Jahre dauern, bis ich wieder beim Film unterkomme. Vielleicht glückt es mir überhaupt nicht. Aber es ist einen Versuch wert. Und es ist das einzige, was ich kann.« Sie wußte, daß sie sehr gut gewesen war. Im Jahr zuvor hatte sie sich einen ihrer Filme angesehen, und es hatte sie fasziniert, sich selbst auf der Leinwand zu beobachten. Sie war reifer geworden, und ihre Schönheit war noch ausgeprägter. In diesem Jahr würde sie sechsundzwanzig werden, und sie hatte ein Kind, an das sie denken mußte. Jetzt war der Zeitpunkt für einen neuen Anlauf günstig, ehe sie noch älter wurde und sie womöglich völlig in Vergessenheit geriet. Da sie mit Absicht all ihre Kontakte abgebrochen hatte, mußte sie noch einmal von vorn anfangen. Diesmal wollte sie es dank harter Arbeit schaffen, ohne die Hilfe eines Mannes wie Ernie in Anspruch zu nehmen. Nie wieder würde sie von jemandem Gefälligkeiten dulden. Diese Lektion hatte sie gründlich gelernt. Am Abend erzählte Hiroko ihrem

Mann von Crystals Entschluß, und er war ebenso betroffen wie sie, als er hörte, daß Crystal fort wollte.

»Sie läßt Zeb bei uns?« Hiroko nickte, und Boyd war gerührt. Das war der höchste Vertrauensbeweis, denn sie wußten, wie sehr Crystal ihr Kind liebte. Eine Woche lang weinte Crystal, ehe sie im Juni die Ranch verließ. Sie hatte das Gefühl, ihr würde das Herz herausgerissen, aber sie mußte es tun, Zeb zuliebe. Besser jetzt als in zehn Jahren – dann wäre es für sie ohnehin zu spät gewesen. Die Maßstäbe der Filmstadt waren streng, und sie wurde nicht jünger.

»Und wenn er mich vergißt?« weinte sie sich bei ihrer Freundin aus. Als Hiroko sah, wie sehr Crystal unter dem Trennungsschmerz litt, fragte sie sich, ob sie selbst imstande gewesen wäre, ihr Kind zu verlassen.

An einem klaren Junitag küßte Crystal ihr Söhnchen zum letztenmal. Sie stand lange in der Morgensonne auf der Veranda und blickte hinaus, im Herzen das Gefühl, das sie immer spürte, wenn sie über das Land blickte, das sie von ihrem Vater geerbt hatte. Sie drückte Zebediah an sich, zog noch einmal seinen vertrauten Geruch ein und reichte ihn dann mit einem erstickten Schluchzen Hiroko.

»Gib gut auf ihn acht...« Laut heulend streckte Zebediah nach ihr die Arme aus. Seit seiner Geburt war er nicht eine Stunde von ihr getrennt gewesen. Und jetzt wollte sie ihn verlassen. Sie hatte versprochen, so bald wie möglich wiederzukommen, ihre Finanzen würden ihr aber eine Fahrt nicht sehr oft erlauben.

Boyd brachte Crystal in die Stadt und sah sie in den Bus einsteigen. Sie drehte sich um und umarmte ihn noch einmal mit tränenumflortem Blick. »Gib gut acht auf mein Baby.«

»Dem passiert schon nichts. Paß du auf dich selbst auf.« Er dachte an die Katastrophe, die sie durchgestanden hatte. Ein Glück, daß sie jetzt älter und erfahrener war.

In San Francisco machte sie für einen Tag Station, um ihre Garderobe zu vervollständigen. Sie mußte mit ihrem Geld sehr haushalten und das wenige, das sie hatte, vernünftig ausgeben. Diesmal wußte sie genau, was sie brauchte. Sie wählte Kleider, die ihre Figur betonten, ohne zu aufreizend zu sein. Erst jetzt merkte sie, wie dünn sie von der Arbeit auf der Ranch geworden war. Dadurch wirkten ihre Beine länger, ihre Taille schmaler und ihre Brüste voller. Sie kaufte Hüte, die ihr Gesicht betonten, und Schuhe mit so hohen Absätzen, daß sie kaum darin gehen konnte. Nach einem Besuch bei Harry und Pearl trat sie für einen Abend im Nachtclub auf, nur um zu sehen, wie es lief und um der alten Zeiten willen. Sie war erstaunt, daß sie nichts verlernt hatte. Aber ihr Auftritt erinnerte sie an den Abend, an dem Spencer nach seiner Verlobung hier gewesen war. Alles erinnerte sie an ihn. Sie konnte nur hoffen, daß Hollywood sie nicht an Ernie erinnern würde.

Am nächsten Tag kam sie in Hollywood an und bekam sofort das Gefühl, daß man ihr Gesicht vergessen hatte. Kein Mensch schien sie wahrzunehmen, als sie sich ein Zimmer in einem billigen Hotel nahm. Sie war eines von vielen hübschen Mädchen, die in der Flimmermetropole auf Entdeckung hofften.

Einen Tag nutzte sie, um sich neu zu orientieren und zweimal zu Hause anzurufen. Zeb ging es gut, er futterte tüchtig und war zum großen Haus gelaufen, um sie zu suchen, aber Jane hatte ihn eingeholt und zurückgebracht. Hiroko versicherte ihr mehrmals, daß er zufrieden sei. Gleich am nächsten Morgen wählte Crystal mit zitternden Fingern die Nummer eines der Agenten, mit denen sie vor Jahren zu tun gehabt hatte. Fünf Jahre waren vergangen, seitdem sie mit Pearl nach Los Angeles gekommen war. Diesmal aber wußte sie genau, was sie tat. Der Agent gab ihr einen Termin, und sie suchte ihn nachmittags auf.

Er war ganz offen. »Ehrlich gesagt, ich könnte Sie niemals vermitteln.«

»Warum nicht?« Ihre Augen wirkten groß und traurig, aber sie war noch immer atemberaubend schön. Ein Jammer, doch es war die reine Wahrheit. Er konnte mit ihr nichts anfangen.

»Sie haben einen Kerl umgelegt. Wir leben hier in einer komischen Stadt. Jeder würde jedem alles Erdenkliche antun, weil alle nur so viel Moral besitzen wie eine läufige Hündin. Aber wenn es um die Moralklausel in den Filmverträgen geht, dann wollen die Studios Jungfrauen. Alle sollen sauber bleiben und sich nett benehmen. Man kann verrückt sein oder sexbesessen. Wird man aber schwanger, schläft man mit der Frau eines anderen oder bringt man jemanden um, dann ist es aus. Also, folgen Sie meinem Rat, gehen Sie dorthin zurück, wo Sie die letzten zwei Jahre waren, und vergessen Sie ein Comeback.«

So einfach war das. Crystal erwog ernsthaft, seinen Rat zu befolgen. Ihr Geld reichte aber für zwei Monate, und sie war noch nicht bereit, klein beizugeben. In der Woche darauf suchte sie drei andere Agenten auf, die ihr, wenngleich taktvoller, dasselbe sagten. Alles lief auf eines hinaus: Mit ihrer Hollywoodkarriere war es aus. Sie gestanden ihr zwar zu, daß sie in ihren letzten beiden Filmen gut und ihre Stimme hervorragend gewesen war und daß alle Regisseure, mit denen sie zusammengearbeitet hatte, sie sehr gelobt hatten. Dennoch würde keines der Studios sich mit ihr die Finger verbrennen.

Zwei Wochen vergingen. Es war ein sengend heißer Tag, und Crystal saß in einem Restaurant bei einer Limonade, als sie einen ihrer ehemaligen Filmpartner entdeckte. Er starrte von weitem zu ihr herüber, dann kam er langsam auf sie zu.

»Crystal... bist du es?« Sie nickte und nahm lächelnd den Hut ab. Trotz seines Starruhms war er ein sehr netter Mensch, mit dem sie sehr gut zusammengearbeitet hatte.

»Ja, zumindest glaube ich es. Wie geht's, Lou?«

»Mir geht es gut. Wo hast du die ganze Zeit über gesteckt?«

»Ich war fort.« Beide wußten, warum, aber er vermied es, den Prozeß oder den Mord an Ernie zu erwähnen.

»Und was machst du jetzt hier? Filmst du?« Er hatte von ihrer Rückkehr nichts gehört. Sehr vertraut waren sie nie gewesen, obwohl sie ihm sympathisch gewesen war. Er hatte sehr bedauert, daß alles für sie so ungünstig ausgegangen war. Sie war ein Profi, und er war überzeugt gewesen, daß sie eines Tages groß herauskommen würde. Aber dieser Meinung war Ernie auch gewesen.

Lachend schüttelte sie den Kopf. »Nein, ich arbeite nicht.« Mit einem Anflug von Resignation setzte sie hinzu: »Niemand will etwas mit mir zu tun haben.«

»Ja, hier kennt man kein Pardon.« Er hatte selbst mit Problemen zu kämpfen gehabt, da Gerüchte, er sei homosexuell, im Umlauf gewesen waren. Daraufhin hatte er die Schwester seines Partners heiraten müssen. Jetzt war alles wieder bestens. In Hollywood war man nicht gewillt, die Wahrheit zu akzeptieren. Man mußte sich an die Regeln halten oder war erledigt. »Und dein Agent?«

»Dieselbe Geschichte.«

»Mist.« Er setzte sich. Er hätte ihr gern geholfen. Plötzlich kam ihm eine Idee. »Hast du dich mal direkt an einen Regisseur gewandt? Hin und wieder kann das klappen. Wenn die einen haben wollen, setzen sie die richtigen Hebel in Bewegung, und – Simsalabim – das Telefon läutet, und man hat Arbeit.«

Wieder schüttelte Crystal den Kopf. »Ich fürchte, in meinem Fall dürfte es nicht ganz so einfach sein.«

»Hör zu ... ach, wo wohnst du übrigens?« Sie nannte ihm die Hoteladresse, die er sich auf einer Serviette notierte. »Unternimm nichts. Rühr dich nicht. Ich rufe dich an.« Sie tat ihm so verdammt leid, als er sich von ihr verabschiedete, und er wußte, daß es ein heikles Problem war. Crystal erwartete gar nicht, daß er ihr half oder sie anrief.

Zwei Wochen später, als sie fast völlig resigniert hatte und sich vor Sehnsucht nach Zeb verzehrte, läutete in ihrem stickigen Hotelzimmer das Telefon. Es war Ende Juli, und Crystal war bereit, aufzugeben und nach Hause zu fahren. Es hatte keinen Sinn, den ganzen August hierzubleiben. Als sie abhob, war es Lou ...

»Hast du etwas zum Schreiben, Crystal? Also, notier dir folgendes ...« Er nannte ihr zwei Namen, den eines Regisseurs und den eines sehr bekannten Produzenten. Die beiden drehten Filme, die oftmals Oscars einbrachten, und sie lachte ihn aus, als er ihr riet, sie anzurufen. »Crystal, ich habe mit beiden gesprochen, es sind großartige Leute. Der Regisseur war nicht sicher, wieviel er für dich tun kann, aber er will es versuchen. Brian Ford sagte mir, daß du ihn unbedingt anrufen sollst.«

»Na, ich weiß nicht recht... Lou, eigentlich habe ich schon aufgegeben, trotzdem vielen Dank.«

»Hör mal, wenn du nicht anrufst, bringst du mich in Verlegenheit.« Er wirkte verärgert. »Ich habe mich für dich stark gemacht und gesagt, daß du unbedingt wieder arbeiten willst. Also, wie steht es damit?«

»Ich möchte schon, aber... wissen sie von dem Prozeß?«

»Soll das ein Scherz sein?« Er lachte verbittert. Sechzehn Filmleute hatten ihm rundheraus erklärt, daß er sie zum Teufel schikken solle. Sie hatten es gewußt. Alle wußten es. »Versuch es doch einmal. Was hast du denn schon zu verlieren?« Er hatte recht.

Am nächsten Morgen rief Crystal eine der Nummern an. Frank Williams nahm kein Blatt vor den Mund. Er sagte, daß es nahezu unmöglich sein würde, ein Engagement für Crystal zu finden, aber er bot ihr Probeaufnahmen an, und falls die etwas taugten, hatte sie damit vielleicht etwas in der Hand. Sie entschied sich, dies als erstes in Angriff zu nehmen. Sobald sie die Probeaufnahmen hatte, wollte sie mit dem Produzenten Kontakt aufnehmen.

Die erste Probeaufnahme, die gemacht wurde, fiel ziemlich schwach aus. Crystal war sehr nervös und hatte das Gefühl, alles vergessen zu haben, was sie einmal beherrscht hatte. Aber Frank bestand auf einem neuerlichen Versuch, und diesmal waren die Aufnahmen besser. Während er sich den Film gemeinsam mit Crystal ansah, erklärte er ihr, was sie falsch gemacht hatte. Sie wußte, daß sie wieder einen Lehrer brauchte, aber sie konnte sich keinen leisten. Ob es sich lohnte, Brian Ford überhaupt anzurufen, war sehr fraglich. Die Probeaufnahmen waren mäßig, sie war müde und litt unter der Hitze... und sie hatte eine häßliche Vergangenheit hinter sich. Nur Lou zuliebe rief sie an – damit seine Bemühungen nicht ganz umsonst gewesen waren. Wenigstens konnte sie ihm sagen, daß sie es versucht hatte, ehe sie sich wieder nach Hause auf ihre Ranch und zu ihrem Baby zurückzog. Fast war sie froh, daß es nicht geklappt hatte, denn sie hielt die Trennung kaum mehr aus.

Brians Fords Sekretärin, die zu wissen schien, wer sie war, gab ihr für den folgenden Nachmittag einen Termin, und am nächsten Tag nahm Crystal ein Taxi und fuhr zu Fords Büro im Norden von Hollywood. Voller Unruhe behielt sie das Taxameter im Auge. Jetzt war sie genau fünf Wochen in der Stadt, und ihre bescheidenen Mittel waren fast aufgebraucht. An manchen Tagen sparte sie sich aus Angst das Essen. Da es heiß war und ihr Zeb so fehlte, hatte sie ohnehin nie Appetit.

Die Sekretärin bat Crystal zu warten – eine Ewigkeit, wie ihr schien. Schließlich wurde sie in Fords Büro gebeten. Crystal hatte sich für ein weißes hochgeschlitztes Kleid entschieden. Ihr platinblondes Haar hatte sie gebürstet, bis es seidig glänzte. Es fiel ihr offen über den Rücken wie seinerzeit in ihrer Kindheit. Ihre hochhackigen Sandalen waren weiß wie die Handschuhe. Das Make-up war kaum sichtbar. Sie hatte es satt, sich aufzudonnern und einen Typ hervorzukehren, der ihrem Wesen widersprach. Sie wollte nach Hause und ihre Jeans anziehen. Dies hier war der letzte Versuch. Nach dem Gespräch wollte sie nichts wie nach Hause, und ihr Blick verriet es, als die Sekretärin sie in einen großen, geschmackvoll ausgestatteten Raum mit einem Schrank voller Oscars, einem Kamin und einem gläsernen Schreibtisch bat. Auf dem Boden lag ein weicher, grauer Teppich. Der Mann, auf den sie zuging, wirkte mit seinem schneeweißen Haar und den durchdringenden blauen Augen höchst eindrucksvoll, und als er aufstand, sah sie, daß er ein Hüne war. Seine Stimme war tief und sonor. Vor vielen Jahren war Brian Ford Schauspieler gewesen, hatte aber sehr bald entdeckt, daß ihn andere Dinge mehr reizten als das Auswendiglernen von Drehbuchtexten. Mit fünfundzwanzig war er bereits Regisseur gewesen, und zehn Jahre später hatte er etliche herausragende Filme produziert. Jetzt, mit fünfundfünfzig, lagen drei Jahrzehnte Filmgeschichte hinter ihm. Seit Jahren schon machte er große Filme und erfreute sich allgemeiner Wertschätzung. Crystal war sich der Ehre, von ihm empfangen zu werden, bewußt – ein Beweis, wieviel Achtung und Zuneigung er für Lou hegte.

Mit unbefangenem Lächeln forderte er sie auf, sich zu setzen, und bot ihr eine Zigarette an, die sie ablehnte. Er steckte sich selbst eine an und beobachtete Crystal aus zusammengekniffenen Augen. Seinem Aussehen nach hätte man ihn sich eher im Sattel vorgestellt, anstatt hinter einem Schreibtisch. Von der aalglatten, schillernden Art des toten Ernesto Salvatore war an ihm nichts zu entdecken. Dieser Mann war eine angesehene und bedeutende Persönlichkeit.

»Lou sagte mir, Sie hätten es ziemlich schwer, seitdem Sie wieder in Hollywood sind.« Crystal nickte ruhig. Sie spürte nicht die Spur von Nervosität. Fast kam er ihr vor wie ein Vater.

»Das war wohl zu erwarten.« Beide kannten den Grund, aber er war taktvoll genug, ihn nicht zu erwähnen.

»Hatten Sie überhaupt kein Glück?« Als sie den Kopf schüttelte, kniff er die Augen im Zigarettenrauch zusammen.

»Nein. Morgen fahre ich nach Hause.«

»Jammerschade. Ich hätte da eine Idee...« Crystal war nicht einmal mehr sicher, ob sie sich dafür interessierte. Was immer sie vorgehabt hatte, es trennte sie von Zeb, und sie war zu der Einsicht gekommen, daß sie es ohne ihn nicht aushielt. »Im Moment stellen wir die Besetzung für einen neuen Film zusammen. Ich würde gern eine kleine Rolle für sie hineinschreiben lassen, nur damit Sie wieder Boden unter die Füße kriegen. Nichts Großes. Aber damit haben wir die Möglichkeit, festzustellen, wie Publikum und Presse reagieren werden.«

»Handelt es sich um einen Studio-Film?« Inzwischen wußte

sie, daß keine der großen Produktionsfirmen ihr eine Rolle, und sei es auch nur eine ganz kleine, geben würde. Er schüttelte den Kopf. Frank Williams hatte ihm die Probeaufnahmen gezeigt, und sie hatten ihm zugesagt.

»Nein, ich drehe den Film unabhängig. Den Vertrieb übernehmen natürlich die anderen, aber bei der Besetzung können sie mir nicht dreinreden.« Er hatte sogar erwogen, Crystal unter einem anderen Namen spielen zu lassen, aber das war wohl keine Lösung. Was sie auch sonst getan haben mochte, Crystal Wyatt hatte sich schon einen guten Namen als Schauspielerin gemacht. »Möchten Sie sich die Sache nicht durch den Kopf gehen lassen? Wir fangen erst im September an.«

»Möchten Sie, daß ich mit Ihnen einen Vertrag mache?«

Er lächelte und schüttelte wieder den Kopf. »Nur für diesen einen Film. Ich bin kein Sklavenhalter.« Daran merkte sie, daß er die Geschichte von ihr und Ernie kannte und ihr trotzdem eine Rolle geben wollte. Eine Woge der Dankbarkeit erfaßte sie. Jetzt war sie eher geneigt, es zu versuchen.

»Bekomme ich einige Tage Bedenkzeit?« Beide wußten, daß es die einzige Chance war, die sie hatte. Sie wollte auch nicht die Spröde mimen; sie wollte nur überlegen, ob es die Trennung von Zeb wert war.

Er drückte ihr die Hand und begleitete sie hinaus. Eigenartig, wie wohl sie sich in seiner Nähe fühlte. Lou hatte recht behalten. Brian Ford war ein netter Mann, der ihr einen neuen Start im Filmgeschäft anbot. Die ganze Nacht lag sie da und grübelte, und am nächsten Morgen rief sie Ford an und nahm sein Angebot an. Er schien erfreut zu sein und versprach, ihr das Drehbuch und den Vertrag zuzuschicken.

»Lassen Sie den Vertrag durch einen Anwalt überprüfen.«

Was für ein Gegensatz zu Ernie! »Sie brauchen erst am fünfzehnten September im Atelier zu sein.« Das war die beste Nachricht der ganzen Woche! Sie konnte den ganzen August und den halben September zu Hause bei Zeb verbringen. Als nächstes rief sie Lou an und bedankte sich. Er nannte ihr den Namen seines Anwalts, der sich um ihren Vertrag kümmern würde. Nachdem sie in Fords Büro ihre Adresse hinterlassen hatte, flog sie nach San Francisco und saß abends im Bus, noch immer gerührt, wie gut Brian Ford zu ihr gewesen war. Und als sie abends mit ihrem Söhnchen in den Armen in der Küche saß, lächelte sie vor sich hin. Es hatte geklappt! Sie hatte es geschafft!

Sechs Wochen später flog Crystal wieder in den Süden. Die Rolle war nur klein, aber Ford hatte dafür gesorgt, daß sie gut war. Er wollte, daß Crystal beachtet wurde. Er hielt sie für talentiert und fand sie sympathisch.

Sie strahlte eine Offenheit aus, die ihn ansprach. Ihre Aufrichtigkeit und Wärme, gepaart mit stiller Tapferkeit, war eine wertvolle Ergänzung ihrer Schönheit und verlieh ihrer Darstellungskunst Substanz. Und er merkte, daß er wie immer recht behalten hatte, wenn er sich die Aufnahmen des Tages ansah. Crystal war gut. Sehr gut. Als der Film abgedreht war, bot er ihr eine neue Rolle an, und als sie zu Weihnachten nach Hause zu Zeb flog, hatte sie genug Geld, um für alle hübsche Geschenke zu kaufen. Anschließend mußte sie sofort wieder zurück und arbeitete intensiv bis März. Auch der zweite Film fiel sehr gut aus, und als er herauskam, überschlug sich die Kritik vor Begeisterung. Die Vergangenheit war plötzlich vergessen. Crystal Wyatt war wieder zum Publikumserfolg aufgerückt – und das ganz ohne falsche Protektion. Sie war eine gute Schauspielerin, die in einem guten Film mitwirkte, den einer der ambitioniertesten Produzenten Hollywoods gedreht hatte. Keine Spur von Zwielichtigkeit, kein Druck, keine heimtückischen Verträge, keine Unterwelt. Das Gespenst von Ernie Salvatore war endgültig zu Grabe getragen worden, und Crystal Wyatt hatte nicht nur überlebt, sie triumphierte sogar.

Spencer, der sich ihren zweiten Film eines Abends in Washington allein ansah, staunte nicht schlecht, sie wieder auf der Leinwand zu sehen. Seit Monaten hatte er sie nicht mehr angerufen. Von ihrer neuen Karriere hatte er keine Ahnung gehabt. Er saß da, starrte die Leinwand an und spürte einen dumpfen Schmerz in der Brust. Gleich am nächsten Morgen versuchte er, sie anzurufen. Doch das Telefon auf der Ranch wurde nicht abgehoben, und er wußte nicht, wo er sie in Hollywood erreichen konnte. Außerdem war ein Anruf sinnlos. Bei ihrem letzten Gespräch hatte sie ihm klipp und klar ihre Meinung gesagt. Sie wollte nicht, daß er sie anrief. Und sein eigenes Leben war sehr ausgefüllt. Er war zum wichtigsten Mitarbeiter des Senators aufgerückt und hatte sich entschlossen, nicht für den Kongreß zu kandidieren.

Inzwischen war es Anfang 1959, und Crystal begann mit den Dreharbeiten für einen neuen Film. Sie hatte sich eine eigene Wohnung zugelegt und spürte zum erstenmal, daß ihr die Arbeit eine gewisse Sicherheit verschaffte. Die Filmgesellschaften überschütteten sie mit Angeboten, sie aber zog es vor, unabhängig zu bleiben und für Brian Ford zu arbeiten. Damit schränkte sie ihr Betätigungsfeld zwar ein, aber die Qualität seiner Filme imponierte ihr, außerdem hatte er ihr sehr viel beigebracht. Und sie verdiente genügend Geld. Ab und zu führte Brian sie zum Essen aus. Sie waren gute Freunde, aber er verlangte nie mehr von ihr, als sie zu geben bereit war. Crystal lebte nur für ihr Kind. Jeden Abend sprach sie per Telefon mit Zeb und lebte für die Drehpausen, die sie zu Hause verbrachte.

Eines Abends war sie mit Brian beim Dinner, als er sich mit abgeklärtem Lächeln zu ihr wandte. »Jetzt möchte ich aber doch wissen, wieso es dich immer wieder nordwärts zieht?« Er nahm an, daß es sich um einen Mann handelte, weil sie sich in Hollywood mit niemandem näher einließ. Crystal lächelte. Sie zögerte mit der Antwort, obwohl sie wußte, daß sie ihm trauen konnte. Da sie aber in mitteilsamer Stimmung war, sagte sie es ihm.

»Ich habe eine Ranch und einen Sohn. Während ich arbeite, ist er dort bei Freunden gut aufgehoben.« Brian sah sie mit gerunzelter Stirn an. Die nächste Frage stellte er ihr halblaut.

»Warst du je verheiratet?« Sie schüttelte den Kopf. Genau, wie er sich gedacht hatte. »Dann paß auf, daß niemand etwas davon erfährt. Denk daran, was man mit Ingrid Bergman gemacht hat. Man würde dich aus der Stadt jagen – so rasch, daß du nicht wüßtest, wie dir geschieht.«

»Ich weiß.« Sie seufzte. »Deswegen lasse ich auch mein Kind dort oben.« Ein Tötungsdelikt wurde offenbar eher toleriert als ein uneheliches Kind.

»Wie alt ist der Kleine?« Er hätte gern gewußt, wessen Kind es war. Vielleicht hatte sie Ernie deswegen umgebracht, vielleicht hatte die Tat etwas mit dem Kind zu tun.

»Er ist zweieinhalb.« Ernie war seit dreieinhalb Jahren tot. Damit war seine Frage beantwortet.

»Dann ist er nicht von Ernie.«

»Meine Güte, nein!« Sie lachte. »Eher hätte ich mich umgebracht, als ein Kind in die Welt zu setzen.«

Auch Brian lächelte. »Da bin ich mit dir einer Meinung. Ich fand es immer bedauerlich, daß du dich mit ihm eingelassen hast. Lange vor dir hätte ihn jemand umlegen sollen.«

»Ich habe ihn nicht getötet«, sagte Crystal mit einem tiefen Blick in seine Augen. »Aber mein Verteidiger mußte auf Notwehr plädieren. Es war die einzige erfolgversprechende Strategie. Ich hatte kein Alibi. Und die Polizei hat behauptet, ich hätte ein Motiv und die Möglichkeit zur Tat gehabt. Wir mußten den einzigen gangbaren Ausweg beschreiten. Und wir hatten Erfolg damit. Ich denke, das ist das einzige, was jetzt zählt.« Bis auf den Umstand, daß alle Welt noch immer der Meinung war, sie habe einen Menschen getötet. Es schmerzte Crystal, in den Augen der Welt als Mörderin dazustehen. Wenn sie es sich genau bedachte, war es bemerkenswert, daß sie wieder eine Rolle bekommen hatte. Sie blickte mit sanftem Lächeln zu Brian auf. Aus ihrem Blick sprach die große Achtung, die sie ihm entgegenbrachte. »Ich danke dir für dein Vertrauen. Von dir konnte ich viel lernen.«

»Ach, das beruht immer auf Gegenseitigkeit.« Wieder ging ihm die Frage durch den Kopf, wer der Vater des Kindes sein mochte. »Lebt der Vater des Jungen mit dir auf der Ranch zusammen?« Er vermutete, daß sie deswegen immer unmittelbar nach Beendigung der Dreharbeiten aus Hollywood verschwand – nicht nur des Kindes, sondern auch des Vaters wegen. Crystal schüttelte wortlos den Kopf. Damit hatte sie längst ihren Frieden geschlossen. Es war die richtige Entscheidung gewesen, Spencer gehen zu lassen. Und es freute sie jedesmal, wenn sie hörte, daß Spencer auf der Karriereleiter immer höher kletterte. Er war jetzt endgültig aus ihrem Leben verschwunden, dafür hatte sie den Rest ihres Lebens Zeb. Das Kind war ein besonderes Geschenk... ihr kleines Gottesgeschenk. »Sein Vater ist aus meinem Leben verschwunden, bevor das Kind geboren wurde. Er weiß nichts von seinem Sohn.«

Brian sah sie lange und eindringlich an. Seine Achtung vor ihr stieg. »Da hast du eine verdammt schwere Zeit hinter dir.« Crystal lächelte. Es gab einige Dinge in ihrem Leben, die sie bedauerte, ihr Kind gehörte nicht dazu. Dann sprachen sie von ihrem neuen Film und von Brians sonstigen Plänen. Nachdem er die Rechnung verlangt hatte, sagte er lächelnd zu ihr: »Warte nur, es wird nicht lange dauern, und wir werden dir noch einen Oscar verschaffen.« Aber darum ging es ihr gar nicht. Sie war ein Star, mittlerweile sogar ein Topstar. Überall wurde sie erkannt, die Leute bestürmten sie um Autogramme, wenn sie ausging. Sogar bis nach Alexander Valley war ihr Ruf gedrungen, aber in ihrer Heimat trat sie mit allergrößter Zurückhaltung auf. Sie wollte verhindern, daß jemand von Zebs Existenz erfuhr und die Entdeckung an die Presse weitergab.

Brian führte sie noch einige Male aus, und als der Film abgedreht war, gab er eine große Abschiedsparty. Ein paar Freunde, darunter auch Crystal, blieben bis in die Morgenstunden. Während alle gemeinsam den Sonnenaufgang bewunderten, wurde ihnen auf dem Patio ein mexikanisches Frühstück serviert. Brian erzählte Crystal gedämpft und wehmütig von seinen Söhnen. Beide waren im Krieg gefallen, und seine Ehe hatte diesen Verlust nicht verkraftet. Schließlich hatten er und seine Frau sich scheiden lassen, und sie war nach New York gegangen. Er vertraute Crystal an, daß sein Leben dadurch eine unwiderrufliche Veränderung erfahren hatte. An eine neue Ehe dachte er nicht. Sie begriff jetzt, warum er ihre Einladung, sie auf der Ranch zu besuchen, ausgeschlagen hatte. Da er von Zeb wußte, hatte sie nichts vor ihm zu verbergen. Sie hatte auch nicht die Absicht, sich mit ihm einzulassen – es hatte nur eine freundliche Geste sein sollen. Doch die Begegnung mit ihrem Sohn wäre für ihn zu schmerzlich gewesen. Er erklärte ihr offen, daß er Kinder mied, da sie ihn zu sehr an seine Söhne erinnerten. Crystal und Brian hatten für ihr gegenwärtiges Leben einen hohen Preis bezahlt, der ihren Wesen freilich auch Tiefe verliehen hatte. Das zeigte die Qualität der von ihm gedrehten Filme und die Art, wie Crystal ihre Rollen darstellte.

Sie unterhielten sich stundenlang, und nachdem alle gegangen waren, fuhr Brian sie nach Hause. Crystal wollte in wenigen Tagen zur Ranch zu fahren und den ganzen Sommer dort zu verbringen, ehe im Herbst wieder die Arbeit an einem neuen Film begann – zum erstenmal für einen anderen Regisseur. Brian hatte ihr mit der Begründung zugeredet, daß ihr eine Abwechslung guttäte. Im Anschluß daran hatte er wieder ein Projekt für sie vorgesehen. Es sah aus, als würden sie noch jahrelang gemeinsam drehen. Vor ihrer Wohnung angekommen, lud Crystal Brian zu sich ein, er aber sagte, er sei nach der langen Nacht zu müde. Am Nachmittag meldete er sich bei ihr, um sie zu fragen, ob sie mit ihm noch einmal essen gehen wolle, bevor sie der Stadt den Rükken kehre. Crystal war gerührt über seinen Anruf.

In einem Restaurant in Glendale saßen sie an einem Tisch in einer stillen Ecke. Brian sah sie wortlos an, und Crystal glaubte in seinem Blick Wehmut zu lesen. Sie fragte sich, was ihn bedrükken mochte, und war verwundert, als er nach ihrer Hand faßte.

»Ich weiß nicht recht, wie ich es dir sagen soll. Ich habe lange darüber nachgedacht, und irgendwie mag es sich jetzt ziemlich dumm anhören.« Crystal, die noch immer nicht ahnte, was ihm Sorgen bereitete, saß Hand in Hand mit ihm da und lächelte. Brian war ihr lieb und teuer. Er war siebenundvierzig, sie selbst würde im Sommer auf der Ranch ihren achtundzwanzigsten Geburtstag feiern. Sie war gerührt, daß er ihre Freundschaft so hoch schätzte. »Crystal, wenn du im Herbst zurückkommst, möchte ich ein wenig Zeit mit dir verbringen. Es wird mir eigenartig vorkommen, mit ansehen zu müssen, wenn du diesmal für einen anderen arbeitest. Du wirst mehr sehr fehlen.«

Sie lachte leise. »Natürlich werde ich mit dir zusammensein. So lange wird die Trennung nicht dauern. Wir fangen ja im Januar dann schon mit deinem nächsten Film an.« Er merkte, daß sie nicht verstanden hatte, was er ihr zu verstehen geben wollte.

»Ich habe eigentlich gemeint, daß ich mit dir ein paar Tage irgendwo verbringen möchte.« Erschrocken sah sie ihn an. »Du bist die erste Frau seit langem, mit der ich mich richtig aussprechen konnte.« Er selbst wunderte sich noch immer, daß er ihr von seinen Söhnen erzählt hatte. In den vergangenen Jahren hatte er sich niemandem anvertraut. Seine freie Zeit verbrachte er meist allein mit Gartenarbeit, Lektüre, langen Spaziergängen, der Ausarbeitung neuer Ideen und dem Studium von Drehbüchern für künftige Produktionen. Inmitten der turbulenten Filmmetropole war er ein solider, unerschütterlicher Einzelgänger, der über Verstand und Würde verfügte.

»Möchtest du mit auf die Ranch kommen?« lud sie ihn wie vor langer Zeit wieder ein. Diesmal war sie neugierig, ob er annehmen würde. Doch er lächelte und schüttelte den Kopf.

»Das ist deine ganz private Sphäre. Da möchte ich nicht stören. Wir könnten irgendwohin fahren, wenn du zurückkommst.« Und was dann? Würden sie dann noch immer Freunde sein? Diese Frage bereitete ihr ein wenig Sorgen, aber auf der Rückfahrt zu ihrer Wohnung beruhigte er sie diesbezüglich. Er wollte von ihr nur wenig mehr als bisher. »Crystal, ich sage jetzt nicht, daß ich in dich verliebt bin. Ich bin es nicht. Ich glaube nicht, daß ich mich jemals wieder verlieben könnte. Das alles hatte ich bereits. Mein Leben verläuft jetzt in ruhigeren Bahnen.« Er lächelte in der Dunkelheit. »Ich möchte keine Kinder, keine Ehe, keine Verpflichtungen, keine Lügen. Ich möchte einen Menschen, mit dem ich mich aussprechen kann, jemanden, der hin und wieder da ist, aber nicht mehr. Mehr wünsche ich mir wirklich nicht, und manchmal habe ich den Eindruck, daß du trotz deiner Jugend dasselbe möchtest. Du möchtest hart arbeiten, deine Sache gut machen und anschließend zurück auf deine Ranch. Stimmt's?«

Sie nickte eifrig. Wie gut er sie einschätzte. »So ist es. Ich hatte schon alles im Leben, was ich wollte. Einen Mann, den ich über alle Maßen liebte, Erfolg... und jetzt Zeb. Das reicht mir.« Und für dies alles hatte sie mit viel Herzweh bezahlt.

»Nein, es genügt nicht. Eines Tages möchte ich dich gern mit jemandem zusammen sehen, den du liebst. Aber im Moment bin ich so selbstsüchtig, daß es mich freut«, er lächelte, »wenn du dich damit begnügst, ein wenig Zeit mit einem alten Mann zu verbringen.« Allein die Vorstellung, daß er so von sich dachte, brachte sie zum Lachen. Er sah noch so jung aus, da er auf sich achtete, Tennis spielte, viel schwamm, selten lange aufblieb und nie über die Stränge schlug. Nie hatte sie seinen Namen im Zusammenhang mit dem neuesten Starlet oder einem der bekannten Filmstars gehört. Sie vermutete, daß er genau das war, was er zu sein schien: sehr erfolgreich, sehr fleißig, ein verdammt netter Mann. »Wann kommst du zurück?«

»Kurz nach dem Labor Day.« Kurz danach sollten die Dreharbeiten beginnen. Brian schien zufrieden zu sein. Er war bereit, so lange zu warten.

Im Sommer rief er sie einige Male an, schickte ihr ein paar Bücher, von denen er annahm, sie würden ihr gefallen, und einen prächtigen neuen Cowboy-Hut zum Geburtstag. In diesem Jahr wurde sie achtundzwanzig und feierte ihren Geburtstag mit Boyd und Hiroko auf der Ranch. Ab und zu dachte sie an Brian. Er war so anders als die anderen Männer in ihrem Leben. Es gab keine Leidenschaft, kein Feuer, keine Spur von der schmerzhaften Liebe, die sie und Spencer verbunden hatte, nichts von all dem Häßlichen, das Ernie in ihr Leben gebracht hatte, keine Diamantarmbänder, keine Pelze, nur einen Cowboy-Hut, gute Bücher und gelegentlich lustige Briefe, in denen er ihr die Hollywood-Szenerie beschrieb, die sich nie wirklich änderte, während sie den Eindruck zu erwecken versuchte, als wäre sie stündlich und täglich anders. Und bei ihrer Rückkehr nach Los Angeles erwartete Brian sie, wie er es vor den Ferien versprochen hatte. Sie fuhren für einige Tage nach Puerto Vallarta. Es gab keine Geheimnisse wie damals, als Ernie mit ihr dort gewesen war, um Geschäfte mit »Freunden« zu machen, mit Freunden, die ihn wahrscheinlich ermordet hatten.

Die Dreharbeiten kamen gut voran, und kein Mensch schien etwas von ihrer Beziehung zu bemerken, die so unauffällig war wie Brian Ford selbst. Crystal entdeckte, daß Brian entfernt mit Politik befaßt war und große Summen für die Demokraten aufbrachte. Der junge John F. Kennedy, der in diesem Jahr für die Präsidentschaft kandidierte, hatte es ihm besonders angetan. Mit der Zeit merkte auch ihre Umgebung, was sie mit Brian verband. In Hollywood war Brian Ford unantastbar. Man klatschte nicht über ihn, man kümmerte sich nicht um sein Tun und Lassen, und da Crystal in seinem Schatten stand, wirkten die auf sie gerichteten Scheinwerfer nicht so hell – ein Umstand, der ihr sehr gelegen kam. Sie hatte ohnehin mehr Publicity, als ihr lieb war. Diesmal war sie eine geachtete Schauspielerin. Und im April ging Brians Wunsch in Erfüllung. Die Nominierung für den Preis der Filmakademie traf Crystal wie ein Blitz. Am Abend der Oscar-Verleihung saß sie atemlos und mit großen Augen da, als der Umschlag geöffnet und ihr Name genannt wurde. Crystal hatte den Oscar als beste Darstellerin gewonnen!

Brian drückte ihre Hand, als man ihren Namen verlas: Einen Augenblick saß sie reglos da, aus Angst, daß sie sich verhört haben könnte. Dann stand sie auf und schritt den Mittelgang entlang, während alle applaudierten und die Kameras sich auf sie konzentrierten. Sie konnte es noch immer nicht fassen, daß sie dies tatsächlich erlebte. Alles verschwamm ihr vor den Augen, als sie die Bühne betrat und die Statue mit zitternden Händen in Empfang nahm. Dann richtete sie den Blick ins Publikum.

»Ich weiß gar nicht, was ich sagen soll«, sagte sie mit einer Stimme, die heiser und melodisch war wie immer. »Nie hätte ich gedacht, einmal hier oben zu stehen... wo soll ich beginnen? Es sind so viele, denen ich danken müßte, Menschen, die an mich geglaubt haben. An erster Stelle vor allem Brian Ford. Wäre er nicht gewesen, würde ich in einem entlegenden Tal Trauben und Mais ernten. Aber auch anderen schulde ich Dank – Menschen, die mir schon vor langer Zeit geholfen haben... ein Mann namens Harry, der mich als Sängerin auftreten ließ, als ich siebzehn war.« Als sie dies sagte, brach Harry in seinem Restaurant in San Francisco, wo man im Fernsehen alles mitverfolgte, ungeniert in Tränen aus. »Und Pearl, die mir das Tanzen beigebracht hat und mit mir nach Hollywood kam... und meinem Vater, der mir geraten hat, in die Welt zu ziehen und meinen Träumen zu folgen... und allen Regisseuren, die mir das beigebracht haben, was ich kann... meinen Partnern in diesem Film... euch allen schulde ich Dank.« Mit Tränen in den Augen hob sie den Oscar hoch. »Euch verdanke ich dies, und auch meinen Freunden Boyd und Hiroko, die sich um mein Liebstes kümmern.«

Sie hielt mit einem Lächeln inne, während ihr die Tränen über die Wangen liefen. »Und ganz besonderer Dank gebührt dem Menschen, der mich wachsen ließ und der mir alles bedeutet... Zeb, dem meine ganze Liebe gilt.« Jetzt lächelte sie nur für ihn, weil sie ahnte, daß er zusah. »Euch allen vielen Dank.« Sie hob grüßend die Hand und ging unter starkem Applaus zurück zu ihrem Sitz.

Man wußte, wie weit sie es gebracht hatte und was hinter ihr lag. Man wußte von dem Prozeß, und man hatte ihr vergeben. Sie wurde wieder akzeptiert, und ihr war die höchste Auszeichnung zuteil geworden. Brian legte den Arm um sie, als sie sich wieder setzte. Noch immer hatte sie feuchte Augen, als er sie an sich drückte und sie ihn mit einem triumphierenden Lächeln anschaute. »Was für ein glücklicher kleiner Junge«, flüsterte er ihr zu, während die Kamera sie nicht losließ und sich erst nach einigen Sekunden auf das noch immer Beifall klatschende Publikum richtete. Ihre Fans freuten sich mit ihr, und die Menschen, deren Namen sie genannt hatte, feierten bei sich zu Hause. Lou Brown verfolgte mit Freunden die Verleihung am Bildschirm. Auch er freute sich außerordentlich für Crystal, und Boyd und Hiroko konnten es gar nicht fassen, als sie mit Sake auf Crystals Oscar anstießen. Pearls Tränen hatten zu strömen angefangen, als Crystals Name zum erstenmal genannt worden war, und Harry hielt das ganze Lokal mit Champagner frei. In Washington hatte sich Spencer wegen einer Erkältung bei einer Dinnerparty entschuldigt und lag im Bett. Er saß da und starrte die Mattscheibe an. Wie weit Crystal es gebracht hatte ... er wünschte sich, er hätte in diesem Moment an ihrer Seite sein können. Was für ein Idiot er doch gewesen war, sie wieder allein zu lassen und ohne sie nach Washington zu gehen. Zuweilen fragte er sich, ob sie es mit Absicht getan hatte, ob sie ihn zu Elizabeth nach Washington zurückgeschickt hatte, damit er seine Karriere weiterverfolgen konnte. Es hätte ihr ähnlich gesehen, aber jetzt war es ohnehin zu spät, um etwas zu ändern. Er steckte jetzt zu tief drin, war zu stark mit der Politik verquickt, und in Crystals Leben gab es jetzt andere. Er hatte gesehen, wie sie den neben ihr sitzenden Mann umarmt hatte. Ganz selbstverständlich nahm er an, daß er der über alles geliebte Zeb war. Ein Glückspilz, dachte Spencer. Er konnte nur hoffen, daß er gut zu ihr war. Sie hatte im Fernsehen fabelhaft ausgesehen. Er selbst kannte von ihr auch eine andere Seite, jene Seite, die es ihm ermöglicht hatte, seine Träume zu verwirklichen. Die Frau, die mit ihm alle ihre Geheimnisse geteilt hatte... das Mädchen, dem er begegnet war, als es noch ein Kind gewesen war... die Frau, mit der er ins Tal zurückgekehrt war und die er mehr als das Leben geliebt hatte und auch jetzt nach der langen Zeit noch liebte. Er dachte daran, ihr ein Telegramm zu schicken, kannte aber ihre Adresse nicht, und dieser Gedanke machte ihn nur noch trauriger. Er hatte Crystal verloren, sie war für immer dahin, das Beste, was ihm je in seinem Leben passiert war. Er schaltete den Apparat aus und lag da und dachte an Crystal.

Auch der kleine Zeb dachte an jenem Abend im Bett an sie. Er war erst viereinhalb und hatte mit einem fröhlichen Grinsen reagiert, als sie seinen Namen nannte. »Das ist Mom!« hatte er verkündet und Jane sein Coke überlassen, während er wie gebannt auf den Fernsehschirm starrte. Er wollte wissen, was sie dort tat, und Hiroko hatte ihn getröstet und gesagt, daß sie bald wieder daheim sein würde.

Alle waren stolz auf sie, am stolzesten aber war Brian Ford. Zwischen ihnen bestand eine ganz besondere Beziehung. Wäre er jünger gewesen und sein Leben anders verlaufen, hätte er sich vielleicht ein anderes Leben mit ihr gewünscht. Aber was sie jetzt hatten, entsprach ihnen beiden. Es war ein einfaches, ehrliches und sauberes Verhältnis. Keine Täuschung, keine Verstrickungen, keine Versprechungen. Nur Freundschaft und die Tatsache, daß er ihre Gesellschaft schätzte. An jenem Abend bestand sie darauf, ihn zum Essen auszuführen, und anschließend gingen sie tanzen. Sie gestand ihm, daß sie ihr Glück noch immer nicht fassen konnte. Brian dagegen wunderte es nicht, daß sie den Oscar bekommen hatte. Sie hatte sich die Auszeichnung voll und ganz verdient. Daß sie sie für seinen Film bekommen hatte, machte ihn um so glücklicher. Es war für beide ein einmaliger Abend, und als er sie allein ließ und nach Hause fuhr, saß sie still in ihrer Wohnung und starrte den Oscar an, der auf dem Tisch stand. Es war eine große Ehre für sie. Ein unvergeßlicher Abend, die Belohnung dafür, daß sie noch einmal nach Hollywood gegangen war und es richtig gemacht hatte. Sie dachte an ihren Vater... und an Spencer... an Zeb... an die Menschen, die sie in ihrem Leben am meisten geliebt hatte. Zwei davon waren gegangen. Aber sie hatte Zeb, und eines Tages würde sie ihn lehren, was sie von ihnen allen gelernt hatte, nämlich ehrlich und anständig zu sein, hart zu arbeiten, gut zu leben und mit ganzem Herzen zu lieben, ohne Rücksicht auf den Preis... und sich nie zu scheuen, seinen Träumen zu folgen, wo immer sie einen auch hinführten.

41. Kapitel

Die Wahl verlief in diesem Jahr besonders aufregend, und auch Crystal ließ sich gemeinsam mit Brian von der allgemeinen Erregung mitreißen. Brian flog ein- oder zweimal zu Wahlpartys an die Ostküste, während Crystal an einem seiner neuen Filme arbeitete. Als er wiederkam, schilderte er ihr begeistert die erregende Atmosphäre in der Hauptstadt. Er hatte in Washington Kennedys Sieg miterlebt und damit den Beginn einer neuen Ära.

An Zebs fünftem Geburtstag war Crystal bei ihm. Als sie wieder in Hollywood war, entdeckte sie überrascht, daß sie eine Einladung zum Präsidentenball bekommen hatte. Bis dahin würde sie zwar mit den laufenden Dreharbeiten fertig sein, aber sie zögerte dennoch, die Einladung anzunehmen. Es gab alte Gespenster, denen sie in Washington tunlichst aus dem Weg gehen wollte. Sie hatte Angst, Spencer zu treffen.

»Du mußt hin«, drängte Brian. »Es ist eine Ehre, die man nicht ablehnen kann. Und es ist ein ganz besonderer Anlaß.« Er wußte, daß ein solcher Tag nie wieder kommen würde. Und er wollte, daß Crystal Kennedy und seine Frau kennenlernte. Brian setzte ihr so heftig zu, daß sie schließlich einwilligte, ihn zu begleiten. Dieser Entschluß fiel ihr nicht leicht, denn sie hatte gelesen, daß Spencer kürzlich in Kennedys engsten Mitarbeiterstab berufen worden war ... Er würde also auch anwesend sein. Sie konnte nur hoffen, daß sie sich im dichten Gedränge nicht begegnen würden. Wiedersehen wollte sie ihn auf keinen Fall. Sechs Jahre waren vergangen – eine viel zu lange Zeit. Sie wollte nicht, daß die Sehnsucht wieder erwachte und der Schmerz. Sie wünschte sich nicht mehr als das, was sie hatte – ihre Erinnerungen an ihn und Zeb, der sie erwartete, wann immer sie sich von der Arbeit freimachen und auf die Ranch kommen konnte.

Ihre Abendrobe fand sie bei Giorgio, ein Modell aus Silberlamé. Brian stieß einen Pfiff aus, als sie sich ihm darin zeigte. Dann sagte er lachend: »Du hast es geschafft, Kindchen. Du siehst wirklich wie ein Filmstar aus.« Es war ein starker Kontrast zur stillen Eleganz der neuen First Lady, aber es war eine Eleganz eigener Art, so wie Crystal Wyatt ein eigener Typ war. Das Kleid glitzerte prächtig, als Brian ihr schwungvoll die Hand küßte. Brian wußte, daß ihr Auftritt im Kreis des Präsidenten ein kleines Ereignis sein würde. Und das war es dann auch.

Der Ball am Tag der Amtseinführung war um vieles schöner, als Crystal ihn sich erträumt hatte. Es gab etliche Partys und eigentlich zwei Bälle. Die First Lady wirkte sehr mondän in ihrem Abendkleid. Vor dem Gelände drängten sich die Schaulustigen, und auch Crystal wurde immer wieder angesprochen und um Autogramme gebeten. Brian war mit Recht stolz auf sie. Er war inzwischen neunundfünfzig, aber markanter und in seinem fabelhaft geschnittenen Dinnerjackett stattlicher als je zuvor.

»Du siehst selbst wunderbar aus«, hatte Crystal ihn geneckt, als sie sich in ihrem Nobelhotel umzogen. Schon vor Monaten hatte er eine Suite bestellt. Crystal mußte zugeben, daß sie froh war, hergekommen zu sein.

Ihre Beziehung war noch genauso wie zu Beginn – eine sehr angenehme Partnerschaft und eine diskrete Affäre, von der die wenigsten wußten und über die die Eingeweihten schwiegen. Crystal mochte ihn sehr gern, zudem brauchte sie jemanden, mit dem sie sich in Hollywood aussprechen konnte, und sie holte oft seinen Rat ein, auch wenn es sich um Fragen die Ranch betreffend handelte. Und auch die Nächte mit ihm waren wundervoll – selbst wenn ihre Leidenschaft auf eher kleiner Flamme brannte. Brian gab ihr das wohlige Gefühl, mit einem Mann zusammenzusein, den sie schätzte und bewunderte und der nichts von ihr verlangte, was sie nicht wollte. An jenem Abend besuchten sie beide Bälle, und Brian fand Gelegenheit, Crystal dem jungen Präsidenten vorzustellen, der sie ebenso beeindruckte wie die aparte, vornehm aussehende Frau an seiner Seite, die einen scheuen Eindruck machte und sich mit jemandem auf französisch unterhielt. Als Mrs. Kennedy mit Crystal bekannt gemacht wurde, gestand sie ihr, wie sehr ihr ihre Filme gefallen hatten.

Brian und Crystal tanzten in bester Stimmung bis spät in die Nacht, und erst als Brian ihre Stola holen ging, entdeckte sie Spencer. Er stand mit einigen Männern an der Tür und unterhielt sich angeregt mit ihnen. Von einer Woge der Sehnsucht erfaßt, wollte sie sich rasch wieder umdrehen. Hoffentlich beeilte sich Brian, damit sie rasch verschwinden konnte, aber es schien eine Ewigkeit zu dauern, bis er zurückkam. Als sie sich umdrehte, wurde Spencers Blick vom Aufblitzen ihres Kleides gefangen, und er stockte mitten im Satz. Er entschuldigte sich rasch bei seinen Gesprächspartnern, und im nächsten Moment stand er neben ihr und sah sie an – überwältigt von ihrer Schönheit wie am ersten Tag. Als müsse er sich überzeugen, daß sie wirklich vor ihm stand, streckte er die Hand aus und berührte ihren Arm. Sie war wirklich. Fast zu wirklich.

»Crystal...« Sechs Jahre waren vergangen. Sechs lange Jahre, schwere Zeiten und gute Zeiten, die Ranch, die Filme, sein Baby...

»Hallo Spencer. Ich dachte mir schon, daß ich dich hier sehen würde. Meinen Glückwunsch.« Ihre Stimme war leise in dem von

Geräuschen erfüllten Raum, und doch hörte er jedes Wort. Noch nie hatte sie reizvoller ausgesehen als in dem Silberkleid, das ihre Figur wie ein Schleier aus Eis umschmiegte, den herrlichen Körper, der ihm noch deutlich in Erinnerung war.

»Danke. Hinter dir liegt ein langer Weg.« Er lächelte. Seine Worte waren vieldeutig. Die letzten Jahre hatten sie zu dem großen Star gemacht, der sie immer hatte werden wollen. Jetzt war sie am Ziel und genoß es sehr. Aber ihre Karriere bedeutete ihr nichts im Vergleich zu dem, was sie für ihm empfand. Allein, wenn sie ihn ansah, kam alles wieder – die Freude, der Schmerz, ein ganzes Leben voller Sehnsucht, die nie vergangen war. »Bleibst du länger hier?« fragte er mit beiläufigem Interesse.

»Ein paar Tage.« Sie formulierte ihre Antwort absichtlich vage, während sie insgeheim darum betete, daß er ihr Herzklopfen nicht hören möge. »Ich muß zurück nach Kalifornien.« Er nickte, und sie fragte sich, ob er noch immer verheiratet war. Am anderen Ende des Saales sonnte sich Elizabeth in ihrem Triumph. Ihr Mann gehörte zu Kennedys engsten Mitarbeitern. Mit einunddreißig hatte sie es geschafft. Die einzige Frau, die von Elizabeth beneidet wurde, war die First Lady, aber vielleicht würde eines Tages auch dieser Traum Wirklichkeit werden. Von nun an war alles möglich. Spencer war ein bedeutender Mann – auch in den Augen der Barclays.

»Wo wohnst du?«

Nach anfänglichem Zögern schickte sie alle Bedenken zum Teufel. Er führte jetzt ein eigenes Leben, und sie hatte Brian. »Im Statler!«

Er nickte, und in diesem Moment erschien Brian mit ihrem Silberfuchs. Ihr blieb nichts übrig, als die beiden miteinander bekannt zu machen. Brian hatte schon von Spencer gehört, aber sie waren sich noch nicht begegnet. Es interessierte ihn ungemein, woher Crystal diesen jungen Mann kannte. Trotz der offenkundigen Beziehung zu Brian sprach Spencers Blick Bände. Sie verabschiedeten sich und gingen. Im Wagen stellte Brian fest, daß

Crystal ungewohnt wortkarg war und aus dem Fenster in den leise fallenden Schnee starrte. Er sagte nichts, bis sie in ihrer Suite waren. Dann konnte er mit seiner Frage nicht mehr an sich halten.

»Wie kommt es, daß du Spencer Hill kennst?« Seines Wissens war sie noch nie in Washington gewesen. Er hatte diesen Hill im Jahr zuvor mit Kennedy kurz gesehen und als vielversprechende Hoffnung eingestuft. Hill hatte noch eine große Zukunft vor sich, besser gesagt, seine Zukunft hatte bereits begonnen. Er war für den jungen Präsidenten jetzt schon unentbehrlich.

Crystals Miene verriet nichts, als sie den Reißverschluß ihres Kleides öffnete und ihm zulächelte, obwohl in ihren Augen Wehmut lag. Er erkannte etwas in ihrem Blick, was er noch nie gesehen hatte: unverhüllten Schmerz, der an die Grenze des Erträglichen ging. »Ich habe ihn vor Jahren auf der Hochzeit meiner Schwester kennengelernt. Er war mit meinem Schwager im Pazifik.« Sie wandte sich ab. »Er war auch mein Verteidiger vor Gericht.« Plötzlich ging Brian ein Licht auf. Vorher hatte er sich die Sache nie richtig zusammenreimen können. Langsam ging er auf sie zu und sah mit traurigen Augen auf sie nieder.

»Er ist der Vater des Jungen, habe ich recht?« Eine lange Pause trat ein, bevor sie langsam nickte und sich abwandte.

»Weiß er es?«

Sie schüttelte den Kopf. »Er wird es nie erfahren. Es ist eine lange Geschichte... er führt sein eigenes Leben und kann es noch weit bringen. Wenn er bei mir geblieben wäre, hätte er sich seine ganze Karriere verbaut.« Sie hatte ihm das Geschenk der Freiheit zum richtigen Zeitpunkt gemacht. Ein gutes Gefühl, daß er es nicht verschwendet hatte. Spencer hatte guten Gebrauch davon gemacht.

»Er liebt dich noch immer.« Brian ließ sich ermattet neben ihr nieder. Er hatte gewußt, daß es eines Tages so kommen würde. Leid tat es ihm trotzdem. Ihm waren Spencers und Crystals Blicke nicht entgangen.

»Lächerlich. Ich habe ihn sechs Jahre nicht gesehen – bis zu diesem Abend.«

Doch am nächsten Morgen, als Brian an einem politischen Frühstück mit Parteifreunden teilnahm, rief Spencer an. Crystals Herz raste, als er sich meldete. Sofort mahnte sie sich zur Ruhe und schalt sich albern. Er wollte sie kurz sehen, bevor sie abflog, aber sie behauptete, daß es ihr unmöglich sei, sich freizumachen.

»Crystal, bitte... um der alten Zeiten willen...« Alte Zeiten, die ihr ein Kind beschert hatten.

»Ich glaube nicht, daß wir uns sehen sollten. Was ist, wenn die Presseleute Wind davon bekommen? Das ist die Sache nicht wert.«

»Das Kopfzerbrechen darüber überlaß mir. Bitte...«

Er flehte sie an, und sie sehnte sich doch ebensosehr nach einem Wiedersehen. Aber wozu? Wenn Brian mit seiner Vermutung recht hatte, daß Spencers Gefühle für sie nicht erloschen waren, würde ihn ein Wiedersehen um so mehr schmerzen. Sie versuchte erneut abzulehnen, aber er ließ es nicht zu.

»Also gut. Wo?« Sie war nervös und wollte Brian nicht kränken – und schon gar nicht jetzt, da er Bescheid wußte. Sie hatte den Kummer in seinem Blick am Abend zuvor gesehen, und sie wollte ihn überzeugen, daß der Kummer sich nicht lohnte. Spencer Hill war nicht mehr Teil ihres Lebens, und er würde es nie wieder sein.

Spencer nannte ihr die Adresse einer kleinen Bar, die er kannte, und sie versprach, ihn dort um vier Uhr zu treffen. Brian war nicht da, und sie nahm ein Taxi anstatt die Limousine, die er für sie zurückgelassen hatte. Sie fürchtete, der Fahrer würde womöglich die Presse informieren, wenn er Spencer erkannte.

Crystal hatte sich mit einer großen Pelzmütze und einem Pelzmantel und dunkler Sonnenbrille verkleidet. Spencer wartete bereits, als sie kam. In seinem Haar, das grauer war als beim letztenmal, war Schnee. Und als sie ihn ansah, mußte sie unwillkürlich an die erste Begegnung denken, als er in weißen Flanellhosen, dunklem Blazer und rotem Schlips vor ihr gestanden hatte, mit schimmerndem schwarzen Haar und einem warmherzigen Lächeln. Viel hatte er sich nicht verändert, sie dafür um so mehr. Mit achtundzwanzig war das Mädchen, das sie mit vierzehn gewesen war, praktisch vergessen.

»Danke, daß du gekommen bist.« Spencer faßte nach ihrer Hand, als sie sich setzten. »Ich mußte dich sehen.« Sie lächelte, als sie sah, wie ähnlich sein Sohn ihm war – der Sohn, den er noch nie zu Gesicht bekommen hatte und der Sinn und Freude in ihr Leben gebracht hatte. »Du hast es so weit gebracht«, sagte er mit einem Lächeln. »Ich habe alle deine Filme gesehen.«

Als sie lachte, fühlte sie sich wieder ganz jung. »Wer hätte das gedacht, damals als ...«

»Ich weiß noch, wie du mir zum erstenmal gesagt hast, du willst Filmstar werden.« Und dann fragte er: »Hast du die Ranch noch?«

Sie nickte. »Boyd und Hiroko leben dort mit mir. Wenn es sich einrichten läßt, bin ich dort.« ... um deinen Sohn zu sehen ... unser Baby ...

»Ich würde so gern einmal zu Besuch kommen.« Der Gedanke ließ sie erbeben. Gleichzeitig wußte sie, daß er mindestens vier Jahre viel zu sehr eingespannt sein würde, um einen Besuch auf der Ranch auch nur in Erwägung zu ziehen.

Und dann stellte sie ihm die Frage, über die sie sich am Abend zuvor schon den Kopf zerbrochen hatte. »Bist du noch immer verheiratet?« Sie hatte nichts von einer Scheidung gelesen. Da Kennedy Katholik war, stand zu vermuten, daß Spencer noch verheiratet war, andernfalls könnte er kaum in unmittelbarer Nähe des Präsidenten arbeiten.

Er nickte gedankenvoll. »So irgendwie. Viel war es nie, und als ich zurückkam ... Elizabeth weiß von uns. Das Komische daran ist, daß es sie nicht stört. Sie hatte ihre ureigenen Gründe, bei mir zu bleiben. Und jetzt hat sie alles, was sie sich gewünscht hat.«

Sein Lächeln ließ ihn jungenhaft aussehen. »Zumindest bildet sie es sich ein. So wie du von einer Filmkarriere geträumt hast, hat sie davon geträumt, einen Mann zu bekommen, der es zu etwas bringt. Jeder geht seine eigenen Wege... aber im Veranstalten von phantastischen Partys ist sie unübertroffen.« Das hörte sich nicht so sehr verbittert als vielmehr enttäuscht an. Er hatte die Frau, die er liebte, aufgegeben und war seit über zehn Jahren mit einer Fremden verheiratet. »Ich denke, wir alle haben erreicht, was wir wollten, oder?« Filmstar, Mitarbeiter des Präsidenten, Ehefrau eines Mannes in wichtiger Position. Es fehlte nur das Wichtigste. Die Liebe in ihrem Leben. »Wann fliegst du ab?«

»Morgen.«

»Mit Brian Ford?«

»Ja.« Sie sah ihn offen an. Sie wußte, was er wissen wollte, aber sie sprach nicht darüber, und er fragte nicht danach. Es war zu schmerzlich.

»Du hast in ein paar wunderbaren Filmen gespielt.«

»Danke.« Sie lächelte. Es gab so vieles, was sie sagen wollte und nicht konnte.

Spencer sagte wehmütig: »Als ich dich bei der Oscar-Verleihung im Fernsehen gesehen habe, hätte ich fast geweint. Du warst so wunderschön, Crystal... und das bist du immer noch... Du wirst immer schöner.«

»Und älter.« Crystal lachte ungekünstelt. »Ich weiß noch, wie mir dreißig als praktisch tot vorkam.« Jetzt lachte auch er. Neben ihr kam er sich wie ein Greis und verdammt einsam vor...

Sie plauderten eine Weile, dann sah er auf die Uhr. Er ging nur ungern, aber er mußte sie verlassen. Um sieben mußte er im Weißen Haus an einem Dinner teilnehmen, und zuvor mußte er Elizabeth abholen und sich für den Abend umziehen.

»Kann ich dich irgendwo absetzen?« fragte er.

»Ich glaube nicht, daß das angebracht wäre.« Sie hatte noch immer Bedenken. Er quittierte ihre Antwort mit einem Lächeln.

»Ich glaube, du machst dir überflüssige Gedanken. Ich bin

nicht der Präsident, ich gehöre nur zu seinem Stab. Im Gegensatz zu dem, was meine Frau glaubt, bin ich nicht halb so wichtig wie er.« Sie stieg neben ihm in die Limousine ein, und sie fuhren gemeinsam zum Hotel. Er fragte sie nicht, weshalb sie nie geheiratet hatte, und sie unterließ die Frage, warum er und seine Frau keine Kinder bekommen hatten. Sie sprachen über den Ball, und dann hielt der Wagen an. Spencer sah sie traurig an und hielt ihre Hand fest. »Crystal, ich möchte dich nicht wieder verlassen. Die letzten Jahre ohne dich waren schrecklich.« Das hatte er ihr schon bei seinem Anruf sagen wollen, und es war der Grund, warum er so hartnäckig um ein Wiedersehen gebeten hatte. Sie sollte wissen, wie sehr er sie noch immer liebte.

»Spencer, nicht... es ist zu spät für uns. Du hast eine großartige Position erreicht. Verdirb dir jetzt nicht alles.«

»Sei nicht albern. Damit kann es in vier Jahren aus und vorbei sein, mit uns aber nicht. Ist dir das nicht klar? Bedeutet es dir nichts, daß wir nach fünfzehn Jahren noch immer so empfinden? Wie lange willst du warten? Bis ich neunzig bin?«

Sie sah ihn melancholisch an, und er beugte sich mit geschlossenen Augen zu ihr und küßte sie. Sein Kuß raubte ihr den Atem, und als er aufhörte, standen Tränen in ihren Augen. Es gab nichts zu sagen. Ihm zuliebe konnte sie nicht nachgeben, mochte sie es sich auch noch so verzweifelt wünschen. Und er machte ihr die Sache nicht leichter.

»Und wenn ich nach Kalifornien komme... wirst du mich dann sehen wollen?«

»Ich... nein. Brian... nicht.«

Da stellte er ihr rundheraus die Frage, vor der er zurückgeschreckt war. »Lebst du mit Ford zusammen?«

Sie schüttelte den Kopf. Das hatten sie vermieden, jeder aus seinen eigenen Gründen. »Ich lebe allein.« Er lächelte beglückt, bevor er sie erneut küßte. Der Fahrer blieb diskret draußen in der Kälte stehen und wartete, bis sie das Gespräch beendeten.

»Ich rufe dich an, sobald es sich einrichten läßt.«

»Spencer!«

Mit einem letzten Kuß brachte er sie zum Schweigen. Dann lächelte er sie an. »Ich liebe dich, ich werde dich immer lieben... und wenn du glaubst, du könntest es ändern... vergiß es.« Sie waren zu weit gelangt, hatten zu oft widerstanden, hatten zu heftig darum gekämpft, verloren und gewonnen und wieder verloren. Jetzt gab es keinen Ausweg mehr. Crystal wußte ebenso wie er, daß sie zusammengehörten.

Lange sah Crystal ihn an. »Ist es das, was du wirklich möchtest?«

»Ja... mag es auch noch so wenig sein, Crystal... es ist wenigstens etwas.«

»Ich liebe dich so sehr«, hauchte sie, von ihren Gefühlen überwältigt. Dann öffnete sie die Tür und verschwand in ihrem Hotel. Sie spürte noch seine warmen Lippen auf den ihren. Was sollte nun aus ihnen werden?

42. Kapitel

Am nächsten Tag flog sie mit Brian nach Kalifornien. Beide schwiegen während des Fluges. Brian las, und Crystal starrte aus dem Fenster. Er wollte noch nichts sagen, obwohl er alles wußte. Er hatte sie den ganzen Nachmittag im Hotel zu erreichen versucht, und als er sie dann am Abend getroffen hatte, stand die ganze Geschichte in ihren Augen. Er wollte nichts mehr, als ihr alles Gute wünschen und ihr raten, vorsichtig zu sein. Als an Bord der Lunch gereicht wurde, kamen sie darauf zu sprechen. Mit geheimem Bedauern sah er den Star an, den er aus ihr gemacht hatte. Andererseits verdiente Crystal all das Gute, das ihr noch widerfahren würde. In der Vergangenheit hatte sie viel Leid erlebt, und er betete darum, daß es diesmal ohne unliebsames

Aufsehen abgehen würde. Denn die Sache roch sowohl für sie als auch für Spencer Hill nach Skandal.

»Du sollst wissen, daß du immer auf mich zählen kannst. Ich werde immer dein Freund bleiben«, sagte Brian. Crystal schossen bei seinen Worten die Tränen in die Augen. Als Freunde und Liebende waren sie nach Washington gegangen, und jetzt war alles vorbei.

Es war ihm immer klargewesen, daß dieser Tag kommen würde. Er hatte nur gehofft, es würde noch nicht so bald soweit sein. Zwei Jahre hatte ihre Beziehung gedauert, mehr konnte er nicht verlangen. Mehr wollte er eigentlich auch nicht. An eine Ehe hatte er ohnehin nie gedacht. Das Schlimme war nur, daß auch Spencer sie nicht heiraten würde, weil er es nicht konnte. Das deutete Brian auch an, aber das war nichts Neues für Crystal. Seufzend putzte sie sich die Nase. Trotz der feierlichen und prunkvollen Partys in Washington waren es zwei schwierige Tage gewesen.

»Brian, das alles ist mir klar. So geht es doch schon seit fünfzehn Jahren mit uns.« Er war verblüfft.

»Also schon vor dem Jungen?«

»Lange davor. Ich bin seit meinem vierzehnten Lebensjahr in ihn verliebt.«

»Warum, zum Teufel, hast du ihn dann nicht geheiratet? Oder hat er dir nie einen Antrag gemacht?«

»Doch, das hat er, aber nie zur richtigen Zeit. Es war eine einzige Komödie der Irrungen mit uns. Kurz nach seiner Verlobung fanden wir uns wieder. Und als er heiratete, entdeckte er, daß er seine Frau nicht liebte. Er ging nach Korea, ich lernte Ernie kennen, und als Spencer heimkam, glaubte ich, zu tief in Ernies Schuld zu stehen, um ihn verlassen zu können. Ist das nicht ein Witz? Ernie ließ mich nicht gehen, als ich fort wollte, und Elizabeth wollte in keine Scheidung einwilligen, und so ging es Jahr um Jahr – zwei Verrückte, die nicht voneinander lassen können. Nach dem Prozeß wollte er mich wieder heiraten, aber da stand er am Beginn einer politischen Laufbahn, und ihm wurde eine großartige Position angeboten. Eine Frau, die unter Mordverdacht steht, ist für jemanden, der Wahlen gewinnen will, keine Empfehlung. Deshalb habe ich die Beziehung ihm zuliebe abgebrochen.«

Mit neuerwachter Bewunderung sah er sie an. Den Rest konnte er sich denken. »Und dann hast du deine Schwangerschaft entdeckt und sie ihm verheimlicht.«

Sie nickte. Er hatte richtig geraten.

»Kein einfaches Leben. Was nun?«

»Ich weiß es nicht.« Sie und Brian waren übereingekommen, ihre Affäre zu beenden, aber alles war noch offen. Nun war sie zwar frei, Spencer aber nicht, denn seine Frau und seine Arbeit für Kennedy nagelten ihn fest. »Er möchte mich besuchen, wenn es sich einrichten läßt. Und was dann?«

»Laß dir eines sagen: Über kurz oder lang bist du fünfzig und noch immer in einen Mann verliebt, der mit einer anderen verheiratet ist. Du wirst warten, daß er zweimal im Jahr aufkreuzt. Und was, wenn er sich eines Tages um die Präsidentschaft bewirbt? Was dann? Dann ist es endgültig aus, und wie alt bist du dann? Komm, such dir lieber einen netten jungen Mann, den du heiraten kannst und der dir Kinder schenkt, ehe es zu spät ist.« Er selbst kam dafür freilich nicht in Frage. Beide wußten, daß er weder eine Ehe noch Kinder wollte.

Jetzt ging es darum, wie es mit Spencer weitergehen würde. Als ihr Freund billigte Brian die Affäre nicht und sagte ihr, daß sie dumm sei. Wenn Spencer sie nicht heiraten konnte, sollte sie ihn fallenlassen. Das war leichter gesagt als getan, denn als er sechs Wochen darauf in Los Angeles auftauchte, waren die gemeinsamen Stunden mit all der Liebe und Leidenschaft erfüllt, die Crystal seit Anbeginn empfunden hatte. Die ganze Zeit über blieben sie in der Wohnung und gingen kein einziges Mal aus. Zwei Tage später flog Spencer ab und hinterließ eine schmerzhafte Lücke in ihrem Leben, während sie auf seine Rückkehr wartete. Es dauerte ein ganzes Vierteljahr, bis er sich wieder freimachen konnte. Das war kein Leben, doch mehr hatten sie nicht – gestohlene Augenblicke, versteckt verbrachte Tage, eingeschlossen in Crystals Wohnung mit ihrem Geheimnis. Und ständig wurde geklatscht und gerätselt, mit wem sie ausging. Nach einem Jahr der Heimlichkeiten mit Spencer fing Crystal schließlich eine angebliche »Affäre« mit einem Star an, mit dem sie oft zusammenarbeitete. Der Mann war homosexuell und ebenso ängstlich darauf bedacht, sein Geheimnis zu bewahren wie sie. Ab und zu traf sie sich auch mit Brian, der sie immer wieder ausschalt, wenn er sie fragte, ob sie sich noch immer mit Spencer traf.

Inzwischen war Zeb sieben Jahre alt und wünschte sich sehnlichst, Crystal einmal in Hollywood besuchen zu dürfen. Schließlich ließ sie sich erweichen und erlaubte ihm, mit Hiroko und Boyd zu kommen, die ebenso überwältigt waren wie er. Der gemeinsame Besuch in Disneyland war für alle ein Heidenspaß. Crystal versprach Zeb, er könne sie bald von neuem besuchen; er aber freute sich bereits wieder darauf, mit Jane, die er stets Schwester nannte, zu Hause auf der Ranch herumzutollen. Mit vierzehn Jahren war sie von ebenso zarter Schönheit wie ihre Mutter. Crystal hatte mit ihnen allen eine Besichtigungstour durch einige der Studios unternommen und fragte sich im nachhinein, weshalb sie sie nicht schon eher nach Hollywood eingeladen hatte. Kein Mensch hegte einen Verdacht, da Zeb Crystal kaum ähnlich sah.

Im Sommer 1963 waren es zwei Jahre, daß Spencer und sie sich heimlich trafen. Crystal hatte sich mit ihrem Schicksal abgefunden. Sie unternahm keinen Versuch mehr, Spencer diese Besuche auszureden, da sie wußte, daß sie es nicht mehr ertragen hätte, ihn für immer zu verlieren. Ohne ihn konnte sie nicht leben, und es bestand auch nicht die Notwendigkeit. Kein Mensch ahnte etwas, und Elizabeth war es gleichgültig, was er trieb. Sie ging in ihrem Bekanntenkreis, in ihren verschiedenen Ausschüssen und in Partys auf und übte daneben noch ihren Anwaltsberuf aus. Für einen Ehemann war in ihrem Leben kein Platz.

Im November steckte Crystal buchstäblich Tag und Nacht in Dreharbeiten zu einem Film, den Brian inszenierte – wie immer war es ein sehr guter Film. Brian hätte seinen Kopf verwettet, daß man Crystal für ihre Rolle wieder einen Oscar verleihen würde. Als die schreckliche Nachricht kam, saß sie im Studio und plauderte mit den Kollegen. Der Präsident war in Dallas erschossen worden. Mit rasendem Herzklopfen rannte Crystal in ein Büro, in dem ein Fernsehgerät stand, um die Nachrichten zu sehen. Zunächst nahm man an, auch einige Mitarbeiter des Präsidenten seien getroffen worden. Um elf Uhr fünfunddreißig kalifornischer Zeit verkündete der Sprecher mit erstickter Stimme, daß der Präsident gestorben sei. Seine sterbliche Hülle sollte nach Washington geflogen und in einem Staatsbegräbnis beigesetzt werden. Dann zeigte man das verwüstete Gesicht seiner Frau sowie die Fassade des Hospitals, in das man Kennedy gebracht hatte. Spencer wurde nicht erwähnt. Crystal war blaß, und die Menschen um sie herum brachen in Tränen aus.

Den ganzen Tag über hörte Crystal nichts von Spencer, und sie war wie in einem Dämmerzustand. Gegen Abend war dann Lyndon B. Johnson vereidigt worden, und John F. Kennedy war, begleitet von den Tränen einer ganzen Nation, nach Washington zurückgebracht worden. Seine Frau hatte in ihrem blutbefleckten Kostüm wie gebrochen dagestanden, als man ihn in seinem Sarg davontrug.

43. Kapitel

Die Beerdigung war eine einzige Prozession des Schmerzes. Der Sarg auf einer von Pferden gezogenen Lafette, die beiden tränenüberströmten Kinder, der kleine Junge, der seinem Vater ein letztes Mal salutierte. Die ganze Nation hielt inne, um zu trauern. Kennedys Mörder wurde erschossen, die ganze Welt war wie im Schock. Es war eine Zeit, die niemand je vergessen würde. Für Crystal gab es keine Möglichkeit, mit Spencer in Verbindung zu treten oder in Erfahrung zu bringen, wie es ihm ging und was er machte. Sie hatte auch keine Ahnung, ob Lyndon B. Johnson ihn in sein Team berufen würde. Brian gab seinen Schauspielern zwei Wochen frei. Niemand hatte das Herz, sich sofort wieder in die Arbeit zu stürzen. Alle benötigten Zeit, um die Wunden verheilen zu lassen. Als Zeichen der Verehrung für den Präsidenten hatte Brian Ford sein Büro offiziell geschlossen.

Crystal flog nach Hause und saß mit Boyd und Hiroko auf der Ranch praktisch Tag und Nacht vor dem Fernsehgerät... Sogar Zeb weinte, als er das Begräbnis im Fernsehen sah. Er und Jane faßten sich an den Händen, als sie die vaterlosen Kennedy-Kinder sahen.

In Washington traf Spencer eine weitreichende Entscheidung, nachdem er einige Tage wie in tiefer Benommenheit verbracht hatte. In seinem ganzen Leben hatte er nicht so viele Tränen vergossen. Es folgten herzzerreißende Abschiede und die von Bitterkeit überschattete Ankunft der Familie Johnson. Spencer wußte, daß er niemandem so dienen konnte, wie er es für Kennedy getan hatte. In seinem Herzen war die Gewißheit, daß er ihm echte Zuneigung entgegengebracht hatte.

Am Tag nach der Beerdigung kündigte er, wünschte Lyndon B. Johnson alles Gute und räumte voller Wehmut sein Büro. Dann fuhr er davon mit seinen Kartons, seinen Büchern und seinen Erinnerungen an einen Menschen, der eine bleibende Lücke in seinem Leben hinterließ.

Elizabeth sah ihn, als er heimkam, und sie erschrak. Sie selbst hatte der Beerdigung gemeinsam mit ihrem Vater beigewohnt. Spencer war mit dem gesamten Mitarbeiterstab anwesend gewesen.

»Was hast du vor?« Elizabeth stand im Wohnzimmer und starrte ihn an. Er wirkte müde und um Jahre gealtert. Spencer fühlte sich wie ein greiser Mann ohne Hoffnung und Träume. Aus diesem Grund hatte er so gehandelt. Er hatte seine Tätigkeit im Weißen Haus aufgegeben, weil er wußte, daß für ihn der Traum aus war. Er hatte schon zu viele Träume aufgegeben, um nach dem Tod dieses einen Mannes, der ihm so viel bedeutet hatte, weiterzumachen.

»Ich habe gekündigt. Ich komme heim, Elizabeth.«

»Das ist doch Wahnsinn!« Sie starrte ihn verblüfft an. Das konnte er ihr nicht antun. Sie wußte, daß er im Moment total durcheinander war, aber das Präsidentenamt würde weiterbestehen, mit oder ohne Kennedy. Er konnte nicht einfach auf und davon gehen. Das würde sie nicht zulassen. »Ich verstehe dich nicht.« Es klang verbittert und unwillig. »Du bist ganz nah dran, deinen großen Traum zu verwirklichen, und gibst ihn einfach so auf?«

»Ich gebe ihn nicht auf. Er ist gestorben. Er wurde ermordet.«

»Na schön, ich gebe zu, daß du momentan einiges durchmachst. Aber Johnson wird auch Mitarbeiter brauchen.«

Sein Kopfschütteln war von einer matten Handbewegung begleitet. »Nicht, Elizabeth. Es ist vorbei. Heute morgen habe ich meine Kündigung eingereicht. Wenn du den Posten möchtest, bitte sehr... ich rufe gern den Präsidenten an.«

»Sei kein Esel. Und was jetzt?« Er selbst konnte für ein politisches Amt nicht kandidieren, da er es versäumt hatte, die dazu nötigen Grundlagen zu schaffen. Mit eigenartigem Lächeln drehte sich Spencer zu seiner Frau um. Er wußte endlich genau, was er wollte und wohin er strebte.

»Elizabeth, das ist der endgültige Schlußpunkt. Er kommt vierzehn Jahre zu spät. Aber ich möchte nicht eines Morgens als Greis aufwachen und mich fragen, wohin, zum Teufel, mein Leben verflogen ist.«

»Was soll das heißen?« Der Präsident war tot, das bedeutete aber noch lange nicht, daß auch für sie beide alles zu Ende sein mußte. Was war denn in ihn gefahren? Spencer klammerte sich an den letzten Traum, der ihm geblieben war, und diesmal wußte er, daß er ihn nicht aufgeben würde.

»Das heißt, daß ich gehe. Ich bin viel zu lange geblieben... Und jetzt ist es aus für mich.«

»Du meinst für uns?« Sie wollte nicht verstehen, und er nickte.

»Genau. Ich bin gar nicht sicher, ob es dir aufgefallen wäre, wenn ich es dir nicht gesagt hätte.«

»Und wohin möchtest du?« Sie war bemüht, sich ihre Angst nicht anmerken zu lassen.

»Ich gehe nach Hause, wo immer das sein mag. Ich gehe fort. Nach Kalifornien. Zu Crystal.«

»Du verläßt Washington?« Sie war wie betäubt. Spencer wollte alles hinwerfen.

»Richtig. Ich hatte das Beste, was es geben kann, und jetzt gehe ich. Ich werde irgendwo eine Privatpraxis eröffnen oder vielleicht in kleinem Rahmen in die Lokalpolitik einsteigen, aber hier bleibe ich nicht, und ich bleibe auch nicht verheiratet. Elizabeth, ich möchte die Scheidung. Ob du nun einverstanden bist oder nicht... so ist die Lage. Und dein Einverständnis brauche ich nicht mehr. Wir haben 1963 und nicht mehr 1950.«

»Du hast den Verstand verloren.« Sie sank auf die Couch und starrte ihn an. Elizabeth war vierunddreißig. Er schlug ihr ganzes Leben in Trümmer.

»Nein.« Er schüttelte bedrückt den Kopf. »Ich glaube, ich habe ihn vielmehr gefunden. Wir hätten gar nicht erst heiraten sollen, und das weißt du ganz genau.«

»Das ist absurd.« Sie wirkte elegant und beherrscht wie immer – eine perfekte Imitation der First Lady in ihrem Chanel-Kostüm und mit einem Pillbox-Hütchen. Aber auch damit war es jetzt vorbei. Alles war vorbei.

»Das einzige Absurde daran ist der Umstand, daß ich mich von dir überreden ließ, so lange zu bleiben. Du bist noch jung, du hast das ganze Leben noch vor dir. Du kannst selbst eine politische Laufbahn einschlagen, wenn dir so viel daran liegt. Aber nach allem, was passiert ist«, seine Stimme versagte beinahe, als er an den Mann dachte, den er so geschätzt hatte, »möchte ich es nicht mehr. Meinetwegen kannst du dir das alles nehmen – die Erregung, die Spannung, die Enttäuschungen, das Herzweh.«

»Du bist ein Feigling.« Sie spie ihm diese Worte entgegen, doch beide wußten, daß er das nicht war.

»Vielleicht. Vielleicht bin ich auch nur müde.« Und traurig. Und so verdammt einsam, daß er am liebsten geheult hätte. Jetzt wollte er zu Crystal – dorthin, wo er hingehörte.

»Du gehst zu ihr zurück?« Elizabeth wollte Crystals Namen nicht über die Lippen bringen.

»Vielleicht, wenn sie mich noch will.«

»Spencer, du bist ein Narr. Du warst es immer schon. Dafür bist du zu gut.« Er drehte sich um und ging hinaus, um seine Sachen zu packen, diesmal für immer. Und als er am Abend das Haus verließ, wußten beide, daß es endgültig war.

44. Kapitel

Spätabends rief Spencer Crystal an, um ihr die letzte Wendung der Dinge mitzuteilen. Er hatte sich nicht mehr bei ihr gemeldet, seit er in Dallas gewesen war. Doch sie war nicht zu Hause. So entschloß er sich, sie in Los Angeles zu überraschen. Auf dem Flug, der sich endlos in die Länge zog, saß er gedankenverloren da. Das einzige, was ihn aufrecht hielt, war die Aussicht, Crystal wiederzusehen. Aber in ihrer Wohnung war sie nicht. Daher fuhr er ins Studio.

Es gab so vieles zu besprechen, und er hatte selbst noch nicht alles verarbeitet... Er war soviel wie frei. Er hatte alles hinter sich gelassen und wußte, daß er richtig gehandelt hatte. Jetzt wollte er nur noch erfahren, wie sie darüber dachte. Er erlebte einen Anflug von Angst, als er vor dem Studio aus dem Taxi stieg und das Atelier betrat. Was, wenn es für sie zu spät war? Wenn es sich schon zu lange hinzog? Wenn sie ihn nicht heiraten wollte? Alles war möglich, wenn es auch unwahrscheinlich war, daß jetzt noch etwas dazwischenkam. Er wußte, wie sehr Crystal ihn liebte und wieviel sie einander bedeuteten. Es war das einzige, woran er in all den Jahren nie wirklich gezweifelt hatte.

Das Studio war leer, und er erfuhr, daß die Dreharbeiten wegen des Trauerfalls für vierzehn Tage unterbrochen waren. Lange stand er da und wußte nicht, was er als nächstes tun sollte.

Und dann wußte er es.

Kurz entschlossen mietete er einen Wagen. Er entschied, Crystal nicht anzurufen, bevor er zu dem einzigen Ort fuhr, an dem sie sich aufhalten konnte.

Die Fahrt dauerte vierzehn Stunden, aber fliegen wollte er nicht. Er wollte einfach dahinfahren, an sie denken und sich ausmalen, was sie zusammen tun würden. Als er zu müde war, um weiterzufahren, hielt er an und schlief. Zweimal legte er eine Pause ein und ging essen. Doch als die Sonne über dem Tal aufging, spürte er, wie sein Herz sang, und er spürte den Geist seines toten Freundes um sich. Es war eine merkwürdige Zeit in einer sonderbaren Welt, doch Spencer wußte, daß er richtig entschieden hatte.

Um sieben Uhr morgens traf er auf der Ranch ein. Die Sonne stand hoch am Himmel, die Luft war kühl... Es war ein herrlicher Novembertag, und ein Junge lief über die Wiesen. Er fuhr langsamer, um ihn zu beobachten. Einen Moment hatte er geglaubt, es sei Jane, aber als er das Kind genauer ansah, wußte er, daß er sich geirrt hatte. Der Kleine hatte schimmerndes schwarzes Haar, und er rief jemandem etwas zu, als Spencer ausstieg. Er konnte noch immer nicht den Blick von ihm losreißen. Er mußte etwa acht Jahre alt sein, und als er bemerkte, daß der Fremde ihn ansah, hielt er inne und starrte ihn an. Dann kam der Junge langsam auf ihn zu.

Spencer rührte sich nicht, während er den Jungen im Auge behielt. Und als er ganz nahe war, stockte ihm der Atem. Er hatte dieses Gesicht schon gesehen, vor langer, langer Zeit, als er selbst noch ein Kind gewesen war. Es war ein Gesicht, das er gut kannte. Es war sein eigenes Gesicht. Spencer war, als blicke er zurück in seine eigene Kindheit.

Langsam ging er auf das Kind zu. Und plötzlich ging ihm auf, was geschehen war.

»Hi!« Der Junge winkte ihm zu. Mit feuchten Augen hielt Spencer inne. Da er nicht wußte, was er sagen sollte, lächelte er nur unter Tränen.

Dann sah er Crystal in einiger Entfernung. Sie war stehengeblieben, erschrocken, ihn hier zu sehen. Sie wollte Zeb zurückrufen, aber es war zu spät. Plötzlich fing sie zu laufen an, wie um ihn zum Umkehren zu bewegen. Zu spät... sie sah nur Spencer vor sich. Er lächelte erst dem Kind zu, dann ihr. Sie fing leise zu weinen an. Er war nach Hause gekommen, auf eine Minute oder eine Stunde oder einen Tag, oder wie lange sie ihn haben wollte. Sie sah ihn auf Zeb zugehen und seine Hand ergreifen, während sie noch immer auf die beiden zulief. Es war zu spät... Er wußte es. Ihr Geheimnis war nun auch seines... und das von Zeb. Crystal erreichte ihn, als Spencer seinen Sohn in die Arme nahm. Sie kam auf ihn zu und umfing beide gleichzeitig. Spencer musterte Crystal, während Zeb beide fasziniert anschaute.

»Ich wußte nicht, du hast mir vieles verschwiegen, wie ich sehe.«

»Du hast mich nicht danach gefragt.« Sie lächelte mit feuchten Augen, als er sie küßte.

»Beim nächstenmal werde ich daran denken.« Zeb entwand sich seinen Armen, weil ihm die Situation unangenehm war, und lief zwischen den Rebstöcken davon, wie Crystal es als Kind schon getan hatte. Spencer ergriff ihre Hand. Langsam gingen sie in ein Gespräch vertieft auf die Ranch zu. Die aufmerksamen Blicke des Jungen folgten ihnen. Vor den Stufen zum Haus sah

Spencer Crystal wortlos an, dann blickte er zum Himmel. Es war ein sonniger Wintertag... aber er hätte schwören mögen, von weitem Blitze zucken zu sehen und Donner zu hören, als er sie küßte. Zu dritt gingen sie ins Haus. Endlich daheim. Endlich vereint.

DANIELLE STEEL
im Goldmann Verlag

Väter

Aus dem Amerikanischen von Dr. Ingrid Rothmann
Roman · Gebunden
349 Seiten

Eigentlich sind sie eine glückliche Familie: Oliver Watson, seine Frau Sarah und ihre drei Kinder. Doch Sarah Watson ist es müde, ihr Leben lang die brave, selbstlose Ehefrau und Mutter zu sein; sie will die goldenen Ketten eines trauten Familienglücks auf dem Lande ablegen und ihr eigenes Leben beginnen. Seitdem sieht sich ihr Mann Oliver unvermutet gänzlich neuen Herausforderungen gegenübergestellt: Mit drei Kindern ganz auf sich allein gestellt, muß er plötzlich lernen, was es wirklich heißt, Vater zu sein.

Mit feinem Gespür für die Zerbrechlichkeit menschlicher Gefühle und Träume hat Danielle Steel in *Väter* ein Thema aufgegriffen, das viele Menschen heute bewegt: den berechtigten Wunsch moderner Frauen nach Selbstverwirklichung und die Probleme, die er oftmals mit sich bringt. Scharfsichtig und bewegend zugleich beschreibt Danielle Steel die schwierige Suche der Watsons nach dem eigenen Weg zwischen familiären Verpflichtungen und dem Traum vom eigenen persönlichen Glück.

DANIELLE STEEL
im Goldmann Verlag

Jenseits des Horizonts

Aus dem Amerikanischen von Dr. Ingrid Rothmann
Roman · Gebunden
415 Seiten

Nach dem Unfalltod ihrer Eltern wächst die junge Audrey Driscoll mit ihrer kleinen Schwester Annabelle bei ihrem vermögenden Großvater in San Francisco auf. Da sie sehr früh Haushaltspflichten übernehmen muß, kann sie jahrelang nur davon träumen, einmal durch die Welt zu reisen, so, wie ihr Vater, ein unsteter Weltenbummler, es zeit seines Lebens getan hatte. Erst als ihre Schwester Annabelle heiratet, bietet sich Audrey endlich die Gelegenheit, der Stimme ihrer Sehnsucht zu folgen.

Unterwegs lernt sie den berühmten Reiseschriftsteller Charles Parker-Scott kennen und lieben. Ihm folgt sie über Venedig nach Istanbul und von dort in das von Revolutionswirren erschütterte China. Doch dann müssen sich die beiden unter Schmerzen trennen. Wieder scheint Audreys Glück für lange Jahre in die Ferne gerückt zu sein, wieder scheint es unerreichbar »jenseits des Horizonts« zu liegen ...

Vor der Folie der weltgeschichtlichen Erschütterungen in der ersten Hälfte unseres Jahrhunderts und vor dem Hintergrund wechselnder Schauplätze von den Salons San Franciscos oder Londons bis in die exotischen Landschaften Chinas erzählt Danielle Steel in diesem Roman die bewegende Geschichte einer Frau – ihres unstillbaren Fernwehs und ihrer Abenteuer, ihres Kampfes im immerwährenden Konflikt von Glücksverlangen und Pflichtbewußtsein, ihrer selbstvergessenen Opferbereitschaft und ihres zähen Ringens um das Glück mit dem Mann ihres Lebens.

DANIELLE STEEL
im Goldmann Verlag

Töchter der Sehnsucht

Aus dem Amerikanischen von Dr. Ingrid Rothmann
Roman · Gebunden
382 Seiten

Im Paris des Zweiten Weltkrieges begegnet der Amerikaner Sam Walker der scheuen und schönen Solange. Er verliebt sich in die junge Französin und ist überglücklich, als er sie nach dem Krieg zu sich nach Amerika holen kann. Dort macht Sam alsbald am Broadway Karriere, und Solange schenkt ihm drei reizende Töchter: Hilary, Alexandra und Megan. Doch dann ziehen plötzlich dunkle Wolken über dem Paar auf. Von verzehrender Eifersucht gequält, wirft Sam seiner Frau vor, ihn zu betrügen. Und dann verliert er bei einer heftigen Auseinandersetzung mit Solange die Beherrschung, ermordet sie und begeht kurz darauf Selbstmord.

In der Folge werden die drei Waisenkinder der Walkers bei verschiedenen Adoptiveltern untergebracht, und ihre Wege verlieren sich im Dunkeln. Als die drei Schwestern nach Jahren doch wieder zusammenfinden, scheint es, als seien alle Leiden der Vergangenheit vergessen. Da deckt die junge Hilary ein letztes, düsteres Geheimnis auf.

Mit *Töchter der Sehnsucht* hat Danielle Steel ein faszinierendes, unvergeßliches Buch um den Taumel und die Abgründe der Liebe geschrieben, um rauschhaftes Glück und bitteres Leid, um die Wechselhaftigkeit der Gefühle und die Sehnsucht nach Geborgenheit, Zuneigung und Glück.

DANIELLE STEEL
im Goldmann Verlag

Abschied von St. Petersburg

Aus dem Amerikanischen von Dr. Ingrid Rothmann
Roman · Gebunden
412 Seiten

Die bezaubernde Grafentochter Zoya Ossupowa, eine vertraute Freundin der Zarentöchter, träumt insgeheim von einer Karriere als Primaballerina. Doch mit dem Ausbruch der Oktoberrevolution werden alle ihre Hoffnungen zunichte. Zoyas Eltern und ihr älterer Bruder kommen ums Leben, und sie selbst muß mit ihrer Großmutter und einem alten Diener fluchtartig ihre geliebte Heimat verlassen.
In Paris begegnet Zoya dem amerikanischen Offizier Clayton Andrews, der sie mit sich in die Staaten nimmt. Doch abermals erweist sich ihr Glück als brüchig ...

Mit *Abschied von St. Petersburg* hat Danielle Steel die Geschichte einer großartigen Frau geschrieben, die sich selbst in den schlimmsten Stürmen und Niederlagen des Lebens ihren Traum vom Glück nicht rauben läßt.

DANIELLE STEEL
im Goldmann Verlag

Der Preis des Glücks

Aus dem Amerikanischen von Dr. Ingrid Rothmann
Roman · Gebunden
404 Seiten

Das Schicksal hat Bernard Fine alles geschenkt, was er sich je erträumt hat: eine glanzvolle Karriere in der Modebranche, eine wunderbare Frau und eine reizende Tochter, die er abgöttisch liebt. Doch dann droht Bernard Fine plötzlich fast alles zu verlieren. Verzweifelt ringt er um das Leben seiner Frau, um das Sorgerecht für seine Tochter, um sein ganzes, verletzliches Glück ...

Danielle Steel, die große amerikanische Autorin mitreißender Frauenromane, hat in diesem Buch erstmals einen Mann ins Zentrum ihrer Geschichte gestellt. Wie sie diese Geschichte erzählt, das beweist einmal mehr ihr einzigartiges psychologisches Einfühlungsvermögen, ihr waches Gespür für die Atmosphäre und das Ambiente einer faszinierenden Welt und ihren erzählerischen Atem, der den Leser bis zur letzten Seite zutiefst bewegt und fesselt.